Abigail Reynolds

Mr. Darcys Zauber

Eine Variation von Stolz und Vorurteil

Übersetzt von Nicola Geiger

White Soup Press

I0565556

Inhaltsverzeichnis

Mr. Darcys Zauber 1

Kapitel 1 2

Kapitel 2 34

Kapitel 3 72

Kapitel 4 102

Kapitel 5 125

Kapitel 6 158

Kapitel 7 196

Kapitel 8 229

Kapitel 9 259

Kapitel 10 284

Kapitel 11 299

Kapitel 12 316

Kapitel 13 359

Kapitel 14 381

Kapitel 15 410

Kapitel 16 443

Kapitel 17 474

Kapitel 18 508

Epilog 552

Glossar 571

Danksagungen.. 576

Über die Autorin 577

Weitere Werke von Abigail Reynolds.................................. 578

Teil I - Magier und Magie

Kapitel 1

Elizabeth Bennet beugte sich über den verletzten Jungen auf seinem schmalen Bett. "Was ist dir geschehen, Tommy?" Sie erwartete keine brauchbare Antwort. Niemand sonst hatte ihr sagen können, wer oder was sie angegriffen hatte.

"Weiß nicht", murrte der Junge.

"Ich hab's gesehen." Ein Mädchen von vielleicht fünf Jahren spähte hinter der Tür hervor. "Es war ein Feenwesen. Es sprang aus dem Gebüsch, packte sein Bein und hat ihn gebissen."

Endlich jemand, der ihre Vermutung bestätigen konnte! "Wie hat es ausgesehen?"

Das Kind überlegte. "Es war einer von den Kleinen mit den roten Strumpfmützen."

Eine Rotkappe, wie Elizabeth vermutet hatte. "Danke. Das hilft mir sehr."

"Nur Babys sehen die Feen", spottete Tommy.

Elizabeth berührte sanft die Haut um seine Wunde. Heiß. Zu heiß. "Alle Kinder können sie sehen, wenn sie sehr jung sind, aber ich kenne ein paar Glückliche, die ihr ganzes Leben lang die Fähigkeit behalten haben, das Feenvolk zu sehen."

Das kleine Mädchen schlich sich heran und stellte sich neben Elizabeths Rock. "Hoffentlich kann ich das auch. Ich mag das Feenvolk. Wir haben eine Brownie."

"Das sehe ich", sagte Elizabeth. Das Cottage war blitzsauber, innen wie außen, im Gegensatz zu vielen der vernachlässigten Cottages in Hunsford. "Sie leistet hervorragende Arbeit." Sie nickte der kleinen, untersetzten Kreatur zu, die vor dem Fenster stand und jede Scheibe polierte. Die Brownie starrte mürrisch zurück.

"Wird das wehtun?", fragte der Junge argwöhnisch.

"Ein bisschen, aber allzu schlimm sollte es nicht werden. Es war klug von deiner Mutter, die Wunde so schnell auszuspülen." Elizabeth packte mehrere Fläschchen und Ampullen aus ihrer Tasche und reichte eine Tommys Mutter. "Geben Sie zwei Tropfen davon auf seine Schläfen und massieren Sie es langsam ein." Es würde keinen wirklichen Unterschied machen, aber die Ablenkung war dienlich, während sie ihre Magie wirkte.

Sie schickte ihr Bewusstsein durch ihre Fingerspitzen in die klaffende Bisswunde. Das Feengift war nicht weit vorgedrungen, aber der Biss war übersät mit Funken bösartiger Magie, die sich wie Dornen ins Fleisch gruben. Einen nach dem anderen zog sie die Funken heraus und zog das Gift an die Oberfläche.

"Das brennt!", weinte der Junge, als sie mit einem feuchten Tuch über seine Wunde wischte, um das Gift zu entfernen.

"Das tut mir leid." Elizabeth faltete das Tuch zweimal zusammen und reichte es Charlotte.

"Wird er es überleben?", fragte Tommys Mutter, Mrs. Miller, mit zitternder Stimme.

"Ich sehe keinen Grund, warum er es nicht sollte." Elizabeth wickelte einen dicken Verband um sein Bein. "Er ist jung und gesund. Sie sollten eine Ranke der schwarzen Tollkirsche oberhalb der Wunde um sein Bein wickeln. Achten Sie darauf, dass sie die Wunde nicht berührt. Das wird den Rest des Giftes herausziehen." Die Tollkirschenranke hatte keinen Einfluss auf das Gift, aber sie würde Funken bösartiger Magie auffangen, die sie möglicherweise übersehen hatte. Wenn sie nur ihren Einsatz von Magie nicht verbergen müsste! "Wir werden morgen wiederkommen, um nach ihm zu sehen."

Mrs. Miller rang sich die Hände. "Warum greifen uns die Feenwesen an? Sie haben nie zuvor jemandem etwas getan. Und jetzt ist es nicht mehr sicher, durch ein Feld zu gehen."

"Ich wünschte, ich wüsste es." Elizabeth kniff heimlich einen irrläufigen Funken Magie aus. "Ich erinnere mich, dass die Rotkappen Menschen nie behelligten, solange sie nicht angegriffen wurden."

Die Frau senkte die Stimme. "Ist es sicher, mit einer Brownie zusammen im Haus zu leben?"

"Ihre Brownie wird Sie nicht verletzen. Ich habe nur Verletzungen durch Rotkappen und Elfenpfeile gesehen. Wenn Sie sich von Bäumen und Büschen fernhalten, könnte das helfen, die Kinder vor Rotkappen zu schützen." Nichts konnte vor Elfenpfeilen schützen, jenem schrecklichen, pfeilspitzenförmigen Projektil, das aus dem Nichts zu kommen schien und sich seinen Weg zum Herzen des Opfers bahnte. Kein Wunder, dass die Dorfbewohner Angst hatten. "Wenn sich sein Zustand verschlechtert, schicken Sie nach mir im Pfarrhaus."

Tränen füllten die Augen der Frau. "Danke. Das werde ich."

Elizabeth folgte Charlotte Collins aus der Hütte. "Könntest du eine Minute warten? Ich muss noch etwas erledigen." Neben ihr gähnte und streckte sich eine flauschige weiße Katze.

"Natürlich", sagte Charlotte.

Elizabeth ging um die Hütte herum zu dem Fenster, wo sie die Brownie gesehen hatte. Die untersetzte Hauswichteldame war immer noch da und schrubbte emsig mit einem abgenutzten Lappen den Fensterrahmen.

Das Feenwesen blickte Elizabeth finster an. "Was willst du?", fauchte sie. "Ich hab' noch Arbeit hier."

"Der Verband am Bein des Jungen ist mit Eisenspänen durchwirkt. Ich wollte nicht, dass du dich verbrennst, wenn du ihn berührst."

"Eisenspäne, fürwahr", grummelte die Brownie. "Sterbliche machen nichts als Ärger." Mit unmenschlicher Geschwindigkeit streckte sie die Hand aus und kratzte mit dem spitzen Nagel ihres kleinen Fingers Elizabeth am Hals. "Jetzt scher' dich fort und nimm dein Pech mit." Sie zeigte auf die weiße Katze.

Die Katze fauchte sie an, machte auf dem Absatz kehrt und stolzierte davon. Elizabeth folgte ihr.

"Was war das?", fragte Charlotte. "Mit wem hast du gesprochen?"

"Mit der Brownie. Ich habe sie vor den Eisenspänen gewarnt." Elizabeth rieb sich über die Haut, wo das Feenwesen sie gekratzt hatte.

Charlotte spähte auf ihren Hals. "Was ist geschehen?"

"Die Brownie hat mich markiert. Ich denke, es ist eine Botschaft an die anderen Fay, um ihnen mitzuteilen, dass ich ihr geholfen habe, aber ich könnte darauf verzichten."

"Ich wünschte, ich könnte das Feenvolk noch sehen. Meine Erinnerungen aus der Zeit, als ich noch klein war, sind nicht mehr besonders gut", sagte Charlotte wehmütig.

"Und ich wünschte, ich könnte verstehen, warum sie unschuldige Kinder angreifen", grummelte Elizabeth. "Hoffentlich, geht es dem Jungen bald besser. Sobald Mr. Darcy eintrifft, kann ich es mir nicht mehr leisten, meine Magie erneut bei ihm anzuwenden."

"Ich bezweifle, dass wir viel von Mr. Darcy sehen werden. Lady Catherine wird uns nicht mehr so oft brauchen, um ihr Gesellschaft zu leisten, wenn ihre Neffen erst einmal auf Rosings weilen", sagte Charlotte.

"Ihre Neffen? Gibt es außer Mr. Darcy noch einen?"

Charlotte nickte. "Lady Catherine hat Mr. Collins gestern mitgeteilt, dass Mr. Darcy seinen Cousin, Colonel Fitzwilliam, den Sohn des Earls of Matlock, mitbringen wird. Das sollte dir in die Karten spielen. Mr. Darcy wird seine Zeit mit ihm verbringen. Möglicherweise bemerkt er nicht einmal, dass du hier bist."

Elizabeth blieb entsetzt stehen. "Der Sohn des Earls of Matlock? Das ist noch viel schlimmer. Lord Matlock ist Großmeister des Collegiums der Magier. Wenn Mr. Darcy seinen Verdacht seinem Cousin anvertraut, bin ich verloren." Sie versuchte, ihr rasendes Herz zu beruhigen. "Das ist zu gefährlich. Ich kann nicht hierbleiben."

"Sei nicht töricht, Lizzy. Wenn du vorzeitig abreist, würdest du damit erst recht ihre Aufmerksamkeit auf dich ziehen. Außerdem weißt du gar nicht, ob Mr. Darcy dich verdächtigt."

"Ich kann es nicht beweisen, aber warum sollte er mich sonst unentwegt beobachten? Er hat mich bereits in Meryton bespitzelt und wollte mich auf frischer Tat ertappen." Sie hatte in diesen Tagen auf Netherfield solche Angst gehabt, dass sie unachtsam sein und ihr ein Ausrutscher passieren könnte.

"Ich erinnere mich, aber ich denke, er hat dich aus einem ganz anderen Grund beobachtet. Er findet dich attraktiv, Lizzy."

"Unsinn. Er findet mich ganz erträglich, aber nicht hübsch genug, um ihn in Versuchung zu führen. Das hat er selbst gesagt." Ein Grund mehr, Mr. Darcy nicht zu mögen.

"Warum machst du dir solche Sorgen wegen Mr. Darcy? Die Magier in der Nähe von Meryton haben dich noch nie so sehr beunruhigt. Bei ihnen hattest du keine Angst, dass sie herausfinden könnten, was du tust."

"Die Magier in Meryton kennen mich mein ganzes Leben lang und würden es mir wahrscheinlich nachsehen, wenn sie meine Magie entdecken würden. Mr. Darcy missbilligt mich. Ich war so erleichtert, als er endlich aus Netherfield abreiste."

"Wie hätte er es herausfinden können? Du achtest stets darauf, dass niemand sieht, wie du deine Magie einsetzt."

Elizabeth schloss die Augen. "Weil ich töricht war. Ich habe an diesem ersten Abend bei der Tanzveranstaltung in Meryton eine Illusion genutzt, nur eine winzige Illusion, um einen Fleck auf meinem Kleid zu verdecken. Lydia hatte Tee darauf verschüttet, aber er muss es bemerkt haben. Ich habe alles riskiert, aus purer Eitelkeit."

"Vielleicht hat er es bemerkt und es war ihm einerlei. Hast du das jemals in Betracht gezogen?"

Elizabeth schüttelte den Kopf. "Dafür hat er mir zu viel Aufmerksamkeit geschenkt. Jetzt werde ich nicht mehr so dumm sein. Oh, warum konnten sie nicht bis nach meiner Abreise mit ihrem Besuch warten?"

"WIE GERISSEN VON DIR, dass du dich mit der Frau des neuen Pfarrers und ihrer Freundin bekannt gemacht hast", sagte Richard Fitzwilliam. "Jetzt haben wir eine gute Ausrede, Rosings zu entkommen. Ich vergesse immer, wie sehr mir der Ort widerstrebt."

"Das kannst du aber gut verstecken." Darcy ging leichten Schrittes. Bald schon würde er wieder mit Elizabeth im selben Raum sein, nach all diesen dunklen Monaten, in denen er geglaubt hatte, er würde sie nie wiedersehen.

Das war deutlich besser als die endlosen, leeren Monate der Sehnsucht. Vielleicht würde er entdecken, dass er sie verklärt hatte und dass sie gar nicht so bezaubernd war wie in seiner Erinnerung, und sie würde aufhören, ihn bis in seine Träume zu verfolgen. Oder vielleicht würde er noch einmal die schiere Freude erleben, in ihrer Gegenwart zu sein, den Schauer, den ihr leises Lachen über seinen Rücken sandte, und die seelische Freiheit, die nur sie ihm bringen konnte. Oder vielleicht würden ihre schönen Augen ihr brennendes Verlangen ausdrücken, wenn sie ihn erblickten, und sie würde ihn bei der Hand nehmen, irgendwo hinführen, wo sie ganz unter sich waren, ihre Hände unter seinen Mantel gleiten lassen und ihn streicheln während ihre Lippen federleichte Küsse seinen Kiefer entlang hauchten, die einen Ruck des Verlangens durch seinen Körper sandten und er würde endlich diese verlockenden Lippen mit seinen eigenen fangen und... Nun ja, das vermutlich nicht, aber ein Mann konnte schließlich träumen.

Wie oft war er aus fieberhaften Träumen von Elizabeth Bennet erwacht, Träumen davon, den Stoff ihres Kleides beiseite zu schieben, um das unberührte Fleisch darunter zu enthüllen, Träumen von ihren dunklen Locken, die sich über sein Kissen ergossen, während sie sich unter ihm bewegte.

Richard fuhr fort: "Den alten Drachen zu ignorieren fällt mir nicht schwer, aber Anne wäre ein schwerer Schlag für den Stolz eines jeden Mannes. Nicht, dass sie ein großer Fang wäre, aber welcher Mann mag es, mit einer Frau zusammen zu sein, die vor Angst ohnmächtig wird, wenn er in ihre Nähe kommt? Was habe ich jemals getan, um sie so sehr in Panik zu versetzen? Jasper war derjenige, der ihr die Heuschrecken ins Bett gesteckt hat, nicht ich." Er schnaubte angewidert. "Die Dienstboten sind das Schlimmste. Der Herr im Himmel weiß, dass ich an Diener gewöhnt bin, die mich ausspionieren, aber die hier sind so...so...unterwürfig. Bei der ganzen Speichelleckerei dreht sich mir der Magen um, genauso, wie wenn ich Aal in Aspik essen muss. Igitt. Ich wäre nicht überrascht, wenn ich entdecken würde, dass sie meine Stiefel wortwörtlich sauber leckten."

"Warte, bis du Mr. Collins, den Pfarrer, kennengelernt hast. Der hat das Kriecherische zu einer hohen Kunst entwickelt. Er kann nicht

7

aufhören, unsere Tante zu preisen, selbst wenn er drei Grafschaften entfernt weilt."

Richard stöhnte. "Dann hoffe ich mal, dass er nicht zu Hause ist. Ich brauche nicht noch eine Dosis Aal in Aspik."

Für Darcy war es ein ständiges Rätsel, warum Richard sich Napoleons angreifender Armee stellen konnte, ohne mit der Wimper zu zucken, es aber in alltäglichen Situationen Menschen gab, deren Anwesenheit er kaum aushalten konnte, ohne sich krank zu fühlen. Es waren auch nie die Leute, von denen man es erwarten würde. Normalerweise waren es nur harmlose Wichtigtuer. Aber er konnte nicht leugnen, dass das erbärmliche, unterwürfige Verhalten, das Lady Catherine von ihren Mitmenschen verlangte, einem auf den Magen schlug. "Collins' Frau ist ganz in Ordnung. Ich kann mir nicht vorstellen, was sie dazu veranlasst hat, einen so lächerlichen Mann zu heiraten."

"Aus finanziellen Gründen tun Frauen die seltsamsten Dinge. Zum Beispiel wird Anne nicht ohnmächtig, wenn du dich ihr näherst. Ich glaube nicht, dass das *nur* an deinem hübschen Gesicht liegt, Cousin. Glaubst du, das könnte der Grund sein, warum sie mich fürchtet? Vielleicht glaubt sie, ich würde versuchen, sie ihres Geldes wegen zu kompromittieren, um dir sie und Rosings wegzuschnappen."

Nun war es Darcy, der stöhnte. "Bitte tu das! Ich würde in deiner Schuld stehen."

"Das wär' mal was Neues", grummelte Richard. "Denk' dir nur, ich könnte jeden Tag meines Lebens unter Dienern verbringen, bei denen mich eine Gänsehaut überkommt. Wie reizend."

Sie hatten das Pfarrhaus erreicht, deshalb verzichtete Darcy, darauf hinzuweisen, dass Richard neue Diener einstellen könnte. Sein Herz begann schneller zu schlagen, als er mit dem goldenen Knauf seines Flanierstocks gegen die Tür klopfte. Elizabeth war hinter dieser Tür. Er wusste, dass sie da war, weil der ständige Druck der Elemente um ihn herum bereits nachließ.

Das Dienstmädchen führte sie in ein kleines Wohnzimmer, in dem Elizabeth und die ehemalige Miss Lucas in der Nähe eines winzigen Feuers saßen. Darcy brachte es irgendwie fertig, Richard ihnen vorzustellen, obwohl er vollkommen von Elizabeths zarter und ansprechender Gestalt überwältigt war, von den winzigen dunklen Locken an ihrem Hals, die ihren Haarnadeln entwischt waren und von den Bewegungen der langen, schlanken Finger an ihren kleinen Händen. Oh, wie es sich wohl anfühlen würde, wenn diese zarten Finger seine Haut streicheln würden! Wenn er seine Gedanken nicht zügelte, wäre bald nur allzu offensichtlich, in welche Richtung sie sich bewegten.

Wie kam es, dass die Luft um Elizabeth herum heller wirkte als überall sonst?

Ihre dunklen Augen waren genauso schön, wie er sie in Erinnerung hatte, obwohl der Ausdruck in ihnen nicht sinnlich, sondern wachsam war. Vollkommen natürlich, vermutete er. Sie war die einzige gewesen, der er beim Ball auf Netherfield Aufmerksamkeit geschenkt hatte und dann hatte er sie verlassen. Sie musste denken, dass er absichtlich mit ihren Gefühlen gespielt hatte. Aber sie wirkte dennoch gesund. Ihr Teint war noch immer rosig und sie schien nicht so abgenommen zu haben wie er.

Charlotte sagte: "Es ist mir eine Freude, Sie kennenzulernen, Colonel. Lady Catherine erzählt oft von Ihnen und Ihrer Familie."

Richard nahm einen Ausdruck gespielter Bestürzung an. "Bitte, lassen Sie mich raten." Er drückte seine Hand an seine Brust und sagte unnatürlich hoch: "Mein lieber Bruder, der Earl of Matlock."

Charlotte lachte. "Ehrlich gesagt, hat sie ihn ein- oder zweimal erwähnt, ohne uns daran zu erinnern, dass er ein Earl ist - allerdings nur, um uns vor Augen zu rufen, dass er auch ein mächtiger Magier ist."

"Ich bin voll des Staunens, dass sie das jemals vergessen konnte!", sagte Richard.

Darcy spürte einen Druck an seinem Bein und sah nach unten, wo er eine weiße Katze entdeckte, die ihn mit verschiedenfarbigen Augen anblickte. "Miss Elizabeth, haben Sie Ihre Katze mit nach Kent gebracht, oder ist diese hier nur nah mit ihr verwandt?"

Elizabeth lächelte. "Das ist in der Tat meine Katze. Sie hasst es, von mir getrennt zu sein. Da es ihr nichts ausmacht, sich in der Postkutsche in einem Korb zusammenzurollen, habe ich sie mitgebracht."

"Ich erinnere mich, wie sie Ihnen drei Meilen über die Felder gefolgt ist, als Sie in Netherfield weilten." Darcy griff nach unten, um die Katze am Kopf zu kraulen. Normalerweise waren ihm Katzen einerlei, aber er hatte einen solchen Frieden empfunden, als diese hier sich im Garten von Netherfield auf seinen Schoß gesetzt hatte. Aber vielleicht mochte er sie auch einfach nur, weil sie Elizabeths Katze war.

"Ich bin beeindruckt, dass Sie sich an sie erinnern", sagte Elizabeth.

"Eine weiße Katze namens Pepper vergisst man nicht so schnell." Darcy konnte kaum sagen, dass er in den Monaten, seit er sie bei seinem Besuch auf Netherfield besser kennengelernt hatte, nichts vergessen hatte, was mit Elizabeth zusammenhing. Er hatte versucht, sie sich aus dem Kopf zu schlagen und war kläglich gescheitert, und jetzt konnte er sich nicht von ihr fernhalten.

"Sie haben eine weiße Katze Pepper genannt, also Pepper wie Pfeffer?", fragte Richard überrascht. Als die Katze ihren Namen hörte, schnüffelte sie an seinen Stiefeln.

"Die Lorbeeren kann ich nicht für mich beanspruchen", erwiderte Elizabeth leichthin. "Sie wurde mir von einer Freundin mit einem außergewöhnlichen Sinn für Humor geschenkt. Ich habe Glück, dass sie sie nicht Rotkehlchen oder Elefant oder etwas noch weniger Passendes als Pepper getauft hat."

"Gütiger Gott! Ihre Augen!", rief Richard aus. "Eines ist blau und das andere gelb. So etwas hab' ich noch nie gesehen."

"Pepper ist eine ungewöhnliche Katze", sagte Elizabeth schelmisch.

Pepper kümmerte sich nicht weiter um Richards Stiefel und sprang auf Darcys Schoß. Ihr flauschiger Schwanz kitzelte sein Kinn, als sie sich umdrehte, sich zusammenrollte und zu schnurren begann. Darcys Muskeln entspannten sich, sobald er ihren Rücken streichelte. Das Schnurren wurde lauter.

Mrs. Collins reichte Richard eine Tasse Tee. "Sind Sie auch ein Magier wie Ihr Vater?"

"Gewissermaßen", antwortete Richard. "Meine Magie kann es mit seiner nicht aufnehmen, sie ist auch ganz anderer Natur. Was aber ganz gut ist, andernfalls wäre ich gezwungen gewesen, im Collegium der Magier in seine Fußstapfen zu treten, und ich bin in der Armee viel glücklicher."

"Es muss aufregend sein, mit einem Vater aufzuwachsen, der ein Magier ist", sagte Mrs. Collins. "Als ich ein Kind war, wob Mr. Bennet gelegentlich eine Illusion, um uns zu unterhalten, und ich fand es das Wunderbarste auf der Welt."

Ein Schatten huschte so schnell über Elizabeths Gesicht, dass Darcy dachte, er habe es sich nur eingebildet. Sie sagte: "Mein Vater praktiziert keine Magie mehr. Meines Wissens nach ist er möglicherweise aus dem Collegium ausgetreten."

Richard schüttelte den Kopf. "Das würde er nicht tun. Die Leute würden vermuten, dass er sich mit schwarzer Magie beschäftigt."

"Heutzutage doch nicht mehr", sagte Mrs. Collins. "In England hat es seit mehr als einem Jahrhundert keinen schwarzen Magier mehr gegeben."

"Nur dank des Collegiums und weil es alle Magier im Auge behält, um zu verhindern, dass sie versucht sind, sich auf schwarze Magie einzulassen." Richard nippte an seinem Tee mit der eleganten Anmut, die ihm seine Mutter eingebläut hatte. "Mein Gott, ich höre mich schon genauso an wie mein Vater. Himmel bewahre!"

Mrs. Collins erschauderte. "...versucht sind, sich auf schwarze Magie einzulassen? Wer würde zu einem Monster aus unseren Albträumen werden wollen?"

"Ich bezweifle, dass einer von ihnen ursprünglich Böses im Sinn hatte. Aber haben Sie sich nie gewünscht, dass Sie jemanden dazu bringen könnten, sich Ihrem Willen zu beugen? Für einen Magier ist das der Weg zur schwarzen Magie, also haben wir es verboten, Menschen mit Zaubern zu belegen."

Elizabeths Augen blitzten. "Zumindest bei Männern." Ihre normalerweise lächelnden Lippen nahmen einen bitteren Zug an.

Oh nein. Darcy hätte sich am liebsten einen Tritt verpasst. Er hätte das kommen sehen sollen.

Richard war in die Falle getappt. "Magier wirken keine Magie in den Köpfen von Menschen, auch nicht an Frauen oder Kindern."

"Abgesehen von jenen unglückseligen Frauen, die selbst Magie haben", sagte Elizabeth bestimmt.

Bevor Richard antworten konnte, unterbrach sie Mrs. Collins fest: "Lady Catherine war so freundlich, uns eine der köstlichen Mandeltörtchen ihrer Köchin zu schicken. Lizzy, möchtest du ein Stück?" Eine Warnung lag in ihrem Tonfall.

"Danke, nein", antwortete Elizabeth kleinlaut.

"Mr. Darcy? Colonel Fitzwilliam?" Sie schnitt jedem der Herren ein Stück ab. "Ich hoffe, Lady Catherine und Miss de Bourgh sind bei guter Gesundheit."

"In der Tat, das sind sie", sagte Richard ein kleinwenig zu herzlich. "Lady Catherine ist sehr zufrieden mit Annes Gesundheit. Das hat sie uns mindestens vier Mal gesagt, seit wir gestern angekommen sind."

Als ob jemand bei guter Gesundheit wäre, der zweimal am Tag ohnmächtig wurde und kaum einen Gedankengang zu Ende führen konnte, ehe er abgelenkt wurde! Darcy wäre viel lieber bei Elizabeth, obwohl er später mit qualvollen Träumen dafür bezahlen würde.

Aber Elizabeths Stimmung schien sich nicht wieder zu erholen. Sie hatte noch nicht einmal ihren Tee angerührt. Hatte sie ihn ebenso sehr vermisst, wie er sich nach ihr gesehnt hatte? War es schmerzhaft für sie, sich plötzlich in seiner Gegenwart wiederzufinden, weil sie wusste, dass sie keine Zukunft haben konnten? Arme Elizabeth! Wenn er nur das Recht hätte, sie wieder zum Lächeln zu bringen.

Abwesend fuhr er fort, ihre Katze zu streicheln. Näher würde er ihr vermutlich nie kommen. Schon gar nicht, was Berührungen anbelangte.

"LIZZY, WAS HAST DU dir dabei gedacht?", rief Charlotte verzweifelt aus. "Hast du versucht, dich bloßzustellen?"

Elizabeth sah weg. "Ich weiß. Das war gedankenlos von mir."

"Ganz sicher! Zwei Magier, und du hast nichts Besseres zu tun, als ihnen umgehend unter die Nase zu reiben, wie ungerecht Frauen mit Magie behandelt werden. Sie sind nicht dumm, Lizzy. Was ist, wenn sie Lady Catherine erzählen, was du gesagt hast? Das könnte auch mich in Schwierigkeiten bringen."

Als ob ihr Ausrutscher ihr nicht schon genug Angst machen würde! "Es tut mir wirklich leid. Ich konnte es einfach nicht ertragen, als der Colonel sich darüber ausließ, dass das aufgeklärte Collegium es nicht zulässt, Magie in den Köpfen von Menschen zu wirken - zumindest dann nicht, wenn es ihnen passt. Bis zu diesem Zeitpunkt habe ich mich aus dem Gespräch herausgehalten. Vielleicht sollte ich früher nach London zurückkehren, und du kannst Lady Catherine sagen, dass du mich wegen meines Betragens weggeschickt hast."

"Sei nicht närrisch. Das wird sich im Sande verlaufen. Colonel Fitzwilliam scheint Lady Catherine nicht wirklich ernst zu nehmen. Er verspottet sie. Ich bezweifle, dass er sie ins Vertrauen ziehen würde."

"Wenn du deine Meinung ändern solltest-" Elizabeth wünschte, sie würde es tun. Es wäre viel einfacher, all das hinter sich zu lassen, aber sie hatte Charlotte einen langen Besuch versprochen. Außerdem brauchten die verletzten Dorfbewohner sie.

"Ich werde meine Meinung nicht ändern. Ich bin froh, dich hier zu haben." Charlotte nahm Elizabeths volle Teetasse und stellte sie auf das Tablett. "War etwas mit dem Tee nicht in Ordnung?"

Elizabeth schüttelte den Kopf. "Nein. Er war einfach nicht so heiß wie ich ihn gerne mag. Daran gewöhne ich mich wohl besser. Ich werde ziemlich viel lauwarmen Tee trinken, bis Mr. Darcy Rosings wieder verlässt." Sie bemerkte Charlottes besorgten Blick und fügte hinzu: "Ich habe nichts gegen lauwarmen Tee, um ehrlich zu sein. Es hat mich einfach geärgert, dass ich ihn nicht mit Magie wieder erhitzen konnte, wie ich es sonst gewöhnlich tue."

"Und dann wolltest du ihn überhaupt nicht mehr, weil du so beschäftigt damit warst, dich über Mr. Darcy zu ärgern."

"Wie gut du mich kennst!" Elizabeth wandte sich ihrer Katze zu. "Und du bist zum Verräter geworden, Pepper. Seit wann bist du Mr. Darcys Freundin?"

"Miau." Unbekümmert begann Pepper, sich zu putzen.

DARCY NAHM DEN WEG durch den Hain zum Pfarrhaus. Er hatte vorgehabt, später am Tag mit Colonel Fitzwilliam dort vorbeizuschauen, aber der Gedanke an Elizabeth zog ihn an. Er war die Motte und sie die Flamme, und er konnte es kaum erwarten, bei ihr zu sein. Sie schien am Ende ihres gestrigen Besuchs unglücklich gewesen zu sein, ein Gedanke, der ihn nicht losließ und er sehnte sich danach, ihre Not zu lindern.

Mitten im Gehen blieb er stehen. Die Elemente wurden schwächer, also musste Elizabeth in der Nähe sein, wahrscheinlich sogar hier im Hain. Darcy blieb stehen und lauschte. Ja, zu seiner Linken nahm er Geräusche wahr. Er beeilte sich, den Weg in diese Richtung einzuschlagen.

Da war sie. Er konnte ihre schlanke und gefällige Gestalt an einer Baumgruppe vorbei sehen. Seine Lippen verzogen sich zu einem Lächeln. Elizabeth! Sie sah auf etwas hinunter und schien damit zu sprechen. Höchstwahrscheinlich ihre Katze. Typisch Elizabeth, Gespräche mit ihrer Katze zu führen!

Aber als er die Biegung hinter sich gelassen hatte, stellte er fest, dass ein kleines Mädchen, dem Aussehen nach zu schließen ein Kind aus einer Pächterfamilie, neben ihr herhüpfte. Was machte sie auf dem Privatgelände von Rosings? Den Pächtern war es nur zum Arbeiten gestattet, sich dort aufzuhalten.

Er verbeugte sich. "Miss Bennet, welch glücklicher Zufall, Sie hier zu treffen. Ich war auf dem Weg zum Pfarrhaus, um Sie zu besuchen." Es klang gestelzter und förmlicher als ihm lieb war.

Ihr fröhlicher Ausdruck erstarb. "Sie hätten dort niemanden angetroffen. Mrs. Collins hilft einem Gemeindemitglied in ihrem Cottage und ich gehe ihr zur Hand, indem ich die kleine Meggy ablenke."

Darcy nahm das Mädchen in Augenschein. Zumindest die Kleidung war sauber und geflickt, ihre Hände dafür aber umso schmutziger. "Das ist Meggy, nehme ich an." Sie hatte ganz sicher nichts auf dem Privatgrund zu suchen.

Das Mädchen vergrub ihr Gesicht in Elizabeths Rock. "Kriege ich jetzt Ärger?", wimmerte sie.

14

"Überhaupt nicht", beruhigte sie Elizabeth. "Mr. Darcy, Meggy weiß, dass sie sich nicht auf dem Gelände von Rosings aufhalten soll, aber ich sagte ihr, es sei in Ordnung, wenn sie dieses eine Mal mit mir in den Hain kommt. Ihr Bruder ist sehr krank und ich wollte ihr hier etwas zeigen." Sie sah ihn flehend an.

Normalerweise hielt er nichts davon, die Regeln derart zu beugen, aber Elizabeth hatte es eindeutig aus mildtätigen Gründen getan. "Du bist nicht in Schwierigkeiten. Solange du mit Miss Bennet zusammen bist, kannst du hierherkommen."

"Siehst du, alles ist gut." Elizabeth lächelte und formte mit den Lippen ein lautloses 'Danke'. "Meggy, das ist Mr. Darcy, Lady Catherines Neffe, und er wird dich nicht fressen wie der böse Wolf."

Das Gesicht des Mädchens tauchte wieder aus den Rockfalten auf, aber sie hielt sich weiterhin daran fest. "Versprochen?", fragte sie Elizabeth scheu.

Wenn freundlich zu dem kleinen Mädchen zu sein ihm ein Lächeln von Elizabeth einbrachte, dann wollte er das vollends auskosten. "Ich verspreche bei meiner Ehre als Gentleman, dich nicht zu fressen."

"Oh." Das Mädchen ließ das Kinn hängen. "Und Sie sagen es auch nicht Ihrer Ladyschaft?" Ihr Tonfall machte deutlich, dass Ihre Ladyschaft eine noch schlimmere Bedrohung darstellte, als vom bösen Wolf gefressen zu werden.

"Und ich werde es auch nicht Ihrer Ladyschaft verraten."

"Danke", sagte Elizabeth, "Lady Catherine ist für einige der Kinder hier sehr einschüchternd."

Darcy lachte. "Das kann ich mir vorstellen. Sie schüchtert auch viele Erwachsene ein."

"Das habe ich nicht gesagt", entgegnete Elizabeth spitz, aber mit einem Lächeln.

"Ich kann mir nicht vorstellen, dass Sie sich von ihr einschüchtern lassen", sagte Darcy.

"Selbstverständlich nicht", erwiderte Elizabeth trocken. "Es wäre höchst kleinlich von mir, wenn ich mich von ihr einschüchtern ließe."

Das war schon viel besser. Sie wollte ihn necken, er sah es ihr an. "Weshalb das kleinlich wäre, erschließt sich mir allerdings nicht." Gespannt wartete er auf ihre Reaktion.

Sie riss die Augen in gespielter Unschuld weit auf. "Na, wenn ich mich einschüchtern ließe, würde das bedeuten, meine charakterlichen Fehler und die Defizite in meiner Bildung bloßzustellen, und das würde Lady Catherine der großen Freude berauben, mich über meine Fehler und die meiner Eltern in Kenntnis zu setzen. Ich glaube nicht, dass ich sie jemals so glücklich gesehen habe, als zu jenen Gelegenheiten, wenn sie jemandem mitteilen kann, dass er ihr unterlegen ist, um sogleich Instruktionen folgen zu lassen, wie derjenige sich verbessern könnte."

Er neigte den Kopf. "Da haben Sie ins Schwarze getroffen, Miss Bennet. Ich kann Lady Catherines Vergnügen, andere zu korrigieren, nicht leugnen, obwohl ich nicht glauben kann, dass sie an Ihnen etwas gefunden hat, das der Korrektur bedarf."

Ihr wohlklingendes Lachen klang freier und aufrichtiger, als er es seit seiner Ankunft in Kent von ihr gehört hatte. "Da muss ich leider widersprechen. Ich würde gerne alle Fehler aufzählen, die sie an mir gefunden hat, aber ich kann mir vorstellen, dass Meggy nach der ersten Stunde ungeduldig werden würde."

Er hob eine Augenbraue. "Gut gemacht! Wenn ich jetzt vorschlage, dass Sie unmöglich so viele Fehler haben können, werden Sie mich fragen, welche Fehler Sie meiner Meinung nach haben."

Elizabeth drückte ihre Hand dramatisch gegen ihre Brust. "Sie haben meinen hinterhältigen Plan durchschaut. Woraus wir schließen können, dass ich zu klug bin, um Ihrer Tante zu gefallen und nicht klug genug, um Sie hinters Licht zu führen!"

"Miss Bennet!" Das Mädchen zog an Elizabeths Arm, ihr Gesicht war plötzlich aschfahl.

Elizabeth bückte sich, um mit dem Mädchen zu sprechen. "Was ist los, Meggy?"

Meggy flüsterte etwas, eine Träne lief über ihre Wange.

Elizabeth richtete sich auf und sah mit einem merkwürdigen, starren Blick an Darcy vorbei. Sie griff verstohlen in den Beutel, der an ihrer Taille befestigt war.

"Ist etwas geschehen?", erkundigte sich Darcy. Im Hain drohten ihnen keine Gefahren, aber vielleicht war dies ein Spiel.

"Mr. Darcy, bitte hören Sie mir jetzt sehr genau zu", sagte Elizabeth ruhig. "Bleiben Sie ruhig. Bleiben Sie vollkommen still stehen. Bewegen Sie keinen Muskel."

Sie schoss um ihn herum und er hörte, dass es ein Gemenge in den Büschen gab. "Du elende kleine Kreatur! Du darfst ihn nicht beißen", schimpfte sie. "Außerdem würde er sauer schmecken."

Auf schrilles Schreien folgte eine quietschende Stimme, die kreischte: "Lass mich gehen! Lass mich los! Das brennt!"

Also war da wirklich etwas. Darcy befand, dass es jetzt sicher sei, sich zu bewegen, und drehte sich um, um zu sehen, wie Elizabeth eine Kreatur, kaum zwei Fuß groß, am Kragen ihres Hemdes im Nacken hochhielt. Die winzigen Hände des Feenwesens klammerten sich an seine rote Strumpfmütze während es wild mit den Beinen strampelte.

"Jetzt hör mir gut zu", sagte Elizabeth streng. "Dies ist mein Revier und du darfst nicht hierherkommen. Wenn ich dich irgendwo in der Nähe finde, werde ich dir weit Schlimmeres antun."

"Das brennt! Das brennt!", quietschte die Rotkappe, und gewährte Einblick in einen Mund voller spitzer Zähne.

"Fort mit dir und kehre nicht zurück!" Elizabeth schleuderte die Kreatur in die Büsche. Schrilles Heulen hallte wider, als das Wesen sich davonmachte.

"Sie können Rotkappen sehen?" Darcy war fassungslos.

Sie lächelte reumütig. "Da habe ich mich wohl selbst verraten. Er wollte Sie beißen. Sie können das Feenvolk also auch sehen?"

"Schuldig im Sinne der Anklage, obwohl ich noch nie mit jemandem darüber gesprochen habe. Was haben Sie mit ihm gemacht?"

Sie hob die Hand und zeigte ein paar Eisenspäne, die noch an ihrer Handfläche klebten. "Ich habe ihm Eisenspäne unters Hemd gesteckt. Das wird er nicht so schnell vergessen."

"Tragen Sie stets Eisenspäne bei sich?", wollte er wissen. Nur wenige Menschen machten sich so viele Sorgen um eine Begegnung mit den Fay, wie das Feenvolk auch genannt wurde.

Sie schenkte ihm ein keckes Lächeln. "Nur, wenn ich denke, dass sie nützlich sein könnten."

Das kleine Mädchen zitterte: "Ist er weg?"

"Er ist weg, Meggy, und er hat niemanden gebissen." Elizabeth sah zu Darcy auf. "Ihr Bruder wurde von einer Rotkappe gebissen und ist immer noch sehr krank von dem Gift, deshalb hat sie jetzt Angst vor ihnen."

Darcy runzelte die Stirn. Normalerweise mieden Rotkappen Menschen, solange sie nicht angegriffen wurden. "Hat dein Bruder die Rotkappe geärgert?"

Meggy wischte sich die Tränen weg und ihre schmutzige Hand hinterließ einen ebenso schmutzigen Streifen auf ihrer Wange. "Er hat nichts getan, nur am Kamin gesessen. Er ist zu alt, um die Feen zu sehen, aber ich habe es gesehen."

Darcy fuhr zusammen. "In eurem Haus? Habt ihr keine Wächter, um böswillige Feen fernzuhalten?"

Elizabeth verzog das Gesicht. "Lady Catherine hat es für unnötig gehalten, die alten Wächter erneuern zu lassen, außer natürlich auf Rosings selbst. Sie sagt, das Feenvolk komme einem aufrechten Christen nicht zu nahe. Wenn also jemand von den Feen behelligt wird, bedeutet das, dass diejenigen keine guten Christen und deshalb ihres Schutzes nicht würdig sind."

Darcy schnaubte. "Das ist irrwitzig."

"Ich weiß." Elizabeth wischte sich die letzten Eisenspäne von den Händen. "Leider zahlen Meggys Bruder und die beiden anderen Dorfbewohner, die gebissen wurden, den Preis."

"Drei Leute wurden von Rotkappen angegriffen?", fragte Darcy ungläubig. "Ich habe erst kürzlich von Angriffen der Feen andernorts gehört, aber hier haben sie die Menschen bisher immer in Frieden gelassen, solange sie nicht angegriffen wurden."

"Zweifellos war das einmal wahr. Irgendetwas hat sich geändert, ich weiß allerdings nicht, was." Sie wischte Meggys Gesicht mit ihrem Taschentuch sauber.

"Lady Catherine hat nichts über Angriffe durch die Fay gesagt", murmelte er halb vor sich hin.

"Ich kann mir nicht vorstellen warum. Selbst wenn ihr niemand von den Rotkappenbissen erzählt hat, wurde im letzten Monat ein Mann durch einen Elfenpfeil getötet." Sie klang verärgert.

"Meggy, ich werde dafür sorgen, dass die Wächter und der Schutzzauber in deinem Haus erneuert werden, damit du darin sicher bist." Was hatte sich Lady Catherine dabei gedacht, die Schutzzauber ablaufen zu lassen?

"Wie sagt man, Meggy?", forderte Elizabeth sie auf.

"Vielen Dank, Sir", flüsterte das Mädchen.

Elizabeth sagte: "Ich würde es auch begrüßen, zumal es hier keine Kräuterfrau gibt, die durch die Fay verursachte Krankheiten behandelt. Die vergifteten Bisse wären nicht so ernst geworden, wenn den Menschen eine zur Verfügung stünde, aber Lady Catherine zwang die letzte Kräuterfrau, zu gehen. Charlotte und ich haben dem Jungen einige Heilkräuter verabreicht, aber es ist nicht dasselbe."

Darcys Mund verzog sich. "Eine Kräuterfrau? Sie meinen eine Heckenhexe?"

Elizabeths Muskeln spannten sich an. "Sie können Sie so bezeichnen, wenn es Ihnen beliebt", entgegnete sie kühl. "Meggy, vielleicht sollten wir weitergehen, und Mr. Darcy nicht weiter belästigen."

Er wollte nicht, dass sie ging, besonders nicht, wenn sie wieder seinetwegen unglücklich war. "Warten Sie! Ich wollte Sie nicht beleidigen."

Sie taute ein wenig auf. "Sie beleidigen die Kräuterfrauen mit diesem Ausdruck aber. Die meisten von ihnen haben ein Leben lang ihr Handwerk gelernt, und wenn sie in den Hecken leben, dann deshalb, weil die Magier ihnen keine andere Wahl gelassen haben", entgegnete sie trotzig. "Die Kräuterfrau in der Nähe von Longbourn kennt sich sehr gut mit dem Heilen aus und hat Leben gerettet."

"Das ist ein Missverständnis. Ich habe keine Einwände gegen Hecken-, ähm, gegen Kräuterfrauen, solange sie keine schwarze Magie betreiben."

Sie musterte ihn misstrauisch. "Das ist sehr großzügig von Ihnen." Diesmal lag definitiv Ironie in ihrer Stimme.

Er wollte sich nicht mit ihr streiten. Vielleicht würde es ihr gefallen, wenn er noch einmal mit dem Mädchen sprach. "Meggy, hast du hier im Hain etwas Interessantes gesehen?"

Das Mädchen schüttelte den Kopf und vergrub ihr Gesicht wieder in Elizabeths Rock. Warum hatte sie jetzt Angst?

"Wir können genauso gut gestehen, da ich bereits erwischt worden bin", sagte Elizabeth mit einem reumütigen Lachen. "Meggy wollte eine Dryade sehen."

Darcy musterte sie zweifelnd. Neckte sie ihn? "Ich habe hier noch nie eine Dryade gesehen."

"Vermutlich haben sie Angst vor Ihnen." Elizabeth rieb sich abwesend den Hals direkt unter dem Ohr. "Ich begegne ihnen meistens hier, wenn sie sich um die Bäume kümmern."

War das eine phantasievolle Geschichte, die sie spann, um das Mädchen zu unterhalten? "Es tut mir leid, wenn ich Eure Unterhaltung verjagt habe. Kann ich etwas tun, damit sich die Dryaden wohler fühlen?"

Sie zog die Brauen zusammen. "Versprechen Sie, sie nicht zu verletzen?"

"Selbstverständlich. Sie richten ja keinen Schaden an, oder?"

"Nein. Wenn Sie sich mit Meggy auf die Bank setzen, kann ich vielleicht eine davon überzeugen, herauszukommen."

Jetzt tat sie definitiv nur so als ob. Wie könnte Elizabeth Bennet die Feen hervorlocken? "Also gut." Er ging zur Steinbank und setzte sich. Meggy gesellte sich schüchtern zu ihm und achtete darauf, so weit wie möglich von ihm entfernt zu sitzen. Zumindest schien das Mädchen zu wissen, was sich gehörte.

Elizabeth ging an ihnen vorbei, vom Weg ab und zwischen den Bäumen hindurch. "Wenn sich hier eine Dryade aufhält, würde ich es als große Freundlichkeit betrachten, wenn sie zuließe, von meinen Freunden gesehen zu werden. Das kleine Mädchen ist sehr besorgt um ihren kranken Bruder, und sie wollte schon immer eine Dryade sehen, wenn auch nur für einen kleinen Augenblick." Sie kehrte zurück, um sich zwischen die beiden zu setzen.

Plötzlich fand Darcy die Anwesenheit des kleinen Mädchens ganz gut, da es bedeutete, dass Elizabeth nahe genug bei ihm sitzen musste, dass er den Druck ihres Armes gegen seinen spüren und das Aroma von süßem Lavendel wahrnehmen konnte, das sie als Parfum trug. Er würde ihr den Gefallen tun und jede Feengeschichte glauben, wenn sie nur so nah bei ihm blieb.

"Werden sie kommen?", wisperte Meggy.

"Vielleicht, vielleicht auch nicht", sagte Elizabeth freundlich. "Bei Sterblichen sind sie schüchtern."

"Schau!" Mit großen Augen zeigte das Mädchen auf eine große Eiche, hinter der mehrere Streifen türkisfarbener Seide im Wind flatterten.

Wie hatte Elizabeth es geschafft, das so schnell zu arrangieren? Es war aber nicht dumm. Jetzt würde das Mädchen glücklich nach Hause gehen und denken, sie hätte eine Dryade gesehen.

Dann hielt Darcy den Atem an, als ein halbes, blasses, längliches Gesicht mit schräg stehenden, mandelförmigen Augen und hohen Wangenknochen hinter der Eiche hervorschaute. Ein unnatürlich schlanker Arm, der zur Hälfte von hauchzarter, schwebender Seide verdeckt war, streckte sich aus und winkte das Kind zu sich heran.

"Geh ruhig zu ihr", ermutigte Elizabeth, die von der Erscheinung nicht überrascht zu sein schien. "Sie wird dir nichts tun." Ihre Hand senkte sich auf Darcys Arm und warnte ihn, sich nicht zu bewegen.

Meggys Mund stand vor Schock offen, als sie zögernd und auf Zehenspitzen auf die Dryade zuging. Das Feenwesen trat hinter der Eiche hervor, gekleidet in hauchzarte Seide, die ihre grazilen Beine nur zur Hälfte verbarg. Sie nahm die Hände des Kindes und beugte sich vor, um ihr einen Kuss auf die Stirn zu hauchen. Dann verschwand sie wieder in der Eiche.

Elizabeth rief der leeren Luft zu: "Ich werde deine Freundlichkeit und Großzügigkeit nicht vergessen."

"Wie haben Sie das gemacht?", fragte Darcy erstaunt.

Ein sanftes Lächeln erhellte Elizabeths Gesicht. "Reines Glück. Ich bin überrascht, dass sie so weit gegangen ist, da sie sich mir nie nähern. Vielleicht lag es daran, dass ich im Namen eines Kindes gefragt habe."

21

Meggy kehrte zu ihnen zurück und sah beinahe hypnotisiert aus. "Sie war so schön", seufzte sie.

Darcy sagte langsam: "Ich bin einem Feenwesen noch nie so nah gekommen. Normalerweise sehe ich sie nur aus der Ferne."

Elizabeths Lippen zitterten. "Vielleicht liegt es daran, dass Sie ein Magier sind", sagte sie schelmisch. Dann schaute sie weg. "Aber für gewöhnlich bekomme ich auch nicht mehr zu sehen. Komm, Meggy, ich sollte dich zu deiner Mutter zurückbringen, nun, da du deine Dryade gesehen hast."

Er wollte nicht, dass sie ging, nicht so bald nach diesem magischen Moment. "Darf ich Sie begleiten?"

"Wenn Sie wünschen", sagte sie vorsichtig.

"Ich würde gerne sehen, wo sich diese Häuser befinden, deren Wächter erneuert werden müssen." Das würde ihr gefallen, nicht wahr?

Sie schien sich ein wenig zu entspannen. "Also gut."

TOMMY, DER JUNGE, HATTE heute Fieber, ein schlechtes Zeichen, aber Elizabeth spürte nichts von dem Kribbeln der Magie, als sie ihre Hand auf seinen Knöchel legte. Beim Auspacken des Verbandes kamen rote, geschwollene Haut oberhalb der Wunde und zwei rote Streifen auf seinem Bein zum Vorschein. Sie drückte ihren Handrücken gegen einen der roten Streifen. Brennend heiß.

"Infiziert", sagte sie leise zu Charlotte.

"Kannst du etwas tun, um zu helfen?"

Elizabeth verzog das Gesicht. "Sehr wenig unter meinen gegenwärtigen Einschränkungen." Wenn nur Mr. Darcy endlich abreisen würde! Dann konnte sie ihre Magie einsetzen, um dem Jungen wenigstens die Chance auf einen Kampf gegen die Infektion zu geben.

"Es sieht schlecht aus, oder?", fragte Mrs. Miller.

"Jedenfalls nicht gut. Wie lange fiebert er schon?", erkundigte sich Elizabeth.

"Es begann letzte Nacht."

Elizabeth biss sich auf die Lippe. "Ich sollte die Wunde am besten reinigen. Können Sie mir eine Schüssel Wasser bringen?" Sie holte saubere Lumpen und einige Heilkräuter aus ihrer Tasche, mehr, um etwas zu tun zu haben und nicht, weil sie dachte, sie könnten helfen.

Wenn sie nichts tat, könnte sich die Infektion von selbst bessern, oder aber fortschreiten, was wahrscheinlicher war. Das Bein müsste amputiert werden - die meisten Wundärzte hätten das längst vorgeschlagen - und selbst dann könnte Tommy sterben. Wenn sie ihre Magie einsetzen würde, hätte er eine bessere Chance auf Genesung, es gäbe jedoch keine Garantie. Aber falls Mr. Darcy sie erwischte, wenn sie Magie wirkte, würde er sie mit einem Bindebann belegen und sie würde alles verlieren, was ihre Persönlichkeit ausmachte. Sie hatte Mrs. Goulding gesehen, nachdem man ihren Geist mit einem solchen Bann gefesselt hatte. Er hatte sie langsam, nervös und reizbar gemacht. Ihr blieb die Wahl zwischen ihrem Verstand und Tommys Bein, wenn nicht seinem Leben.

Wenn sie nur mehr über die Fähigkeiten von Magiern wüsste! Sie waren eine halbe Meile von Rosings entfernt. Würde Mr. Darcy es aus dieser Entfernung spüren können, wenn sie ihre Magie einsetzte? Vielleicht machte sie sich zu viele Sorgen. Wenn Magier das Wirken von Magie eine halbe Meile entfernt spüren könnten, hätten sie schon vor Jahren jede Frau mit Magie erwischt. Aber Mr. Darcy hatte sie so genau beobachtet. Machte das einen Unterschied?

Vielleicht könnte sie bis spät in die Nacht warten, wenn es sehr wahrscheinlich war, dass Mr. Darcy und Colonel Fitzwilliam schlafen würden. Aber wie würde sie der Mutter des Jungen erklären, dass sie ihn lieber mitten in der Nacht als jetzt behandeln wollte? Und die Infektion könnte sich bis dahin auch stark verschlimmert haben.

"Das wird wehtun." Sie tauchte einen Lappen in das Wasser, das seine Mutter gebracht hatte, und begann die Bisswunde sanft zu reinigen.

Der Junge stöhnte. "Mach, dass es weggeht!"

"Gleich hast du es geschafft, Tommy. Du bist sehr tapfer." Ihn leiden zu sehen tat weh.

Sie musste es tun. Wenn sie das Risiko nicht einging, würde sie sich selbst im Spiegel nicht mehr in die Augen schauen können. Magie war das einzige, was in ihrer Macht lag, um ihm zu helfen, also würde sie Magie einsetzen und hoffen, dass die Entfernung zu Rosings ausreichte, damit die Magier dort es nicht bemerkten.

Elizabeth legte ihre Finger auf Tommys Knöchel und fühlte nach seiner Lebenskraft. Da war sie, ein wenig schwach, aber genug, um damit zu arbeiten.

Ein Klopfen an der Haustür unterbrach ihre Konzentration. Als die Mutter des Jungen antwortete, nahm Elizabeth die Hände weg. Sie wartete besser, bis sie wieder allein waren.

Eine vertraute Stimme sagte: "Ich bin Mr. Darcy, der Neffe von Lady Catherine de Bourgh. Ich bin gekommen, um die Schutzzauber an Ihrem Haus zu erneuern."

Elizabeth zuckte mit klopfendem Herzen zurück. Gott sei Dank hatte sie noch nicht wirklich angefangen gehabt! Ihr Magen rebellierte. Das war knapp gewesen! Verstohlen zog sie die Decke über Tommys Wunde.

"Oh, kommen Sie herein, Mr. Darcy", sagte Mrs. Miller. "Wir wären sehr dankbar, wenn die Schutzzauber erneuert würden."

Darcy zog den Kopf ein, um das Cottage zu betreten. "Ich wusste nicht, dass Sie Besuch haben." Er verneigte sich vor Elizabeth und Charlotte.

"Der kleine Tommy ist sehr krank", sagte Charlotte. "Wir sind gekommen, um zu sehen, ob wir etwas tun können, um zu helfen."

"Es tut mir leid, das zu hören. Ist das der Junge, der von einer Rotkappe gebissen wurde?", fragte er Elizabeth.

"Ja." Oh, warum hatte sie ihm von dem Jungen erzählt?

Charlotte schien eine Entscheidung getroffen zu haben und trat näher, um Mr. Darcy etwas zuzuflüstern. Elizabeth nutzte diese Ablenkung, um sich weiter zurückzuziehen. Am liebsten wäre sie mit den Schatten verschmolzen. Sie konnte kaum glauben, dass er sie beinahe beim Einsatz von Magie erwischt hatte.

"Ich habe keine besondere Gabe was Heilung anbelangt, aber ich kenne die grundlegenden Sprüche zur Behandlung gängiger Probleme", sagte Darcy zu Charlotte.

"Würden Sie sich so weit herablassen, um zu sehen, ob Tommys Verletzung dergestalt ist, bei der Sie möglicherweise helfen können?"

Darcy ging zu Elizabeth hinüber. "Glauben Sie, es ist ein Feenzauber?", fragte er sie leise.

Irgendwie brachte sie es fertig, ihre Stimme wiederzufinden. "So hat es begonnen, aber jetzt ist das Problem die Infektion."

"Es gibt eine Zauberformel, um Infektionen aus dem Fleisch herauszuziehen. Sie löst das Problem selten vollständig, verbessert aber häufig die Situation. Das könnte ich versuchen."

Warum sah er sie an? "Mrs. Miller, Mr. Darcy ist ein Magier. Möchten Sie, dass er Magie an Tommys Wunde anwendet?"

"Ich würde Hilfe vom Teufel selbst nehmen", antwortete Mrs. Miller und ihre Augen füllten sich mit Tränen, "so besorgt bin ich."

Elizabeth zog die Decke vorsichtig zurück, um die Verletzung zu offenbaren.

Mr. Darcy studierte Tommys Bein und betrachtete es zuerst aus einer Richtung und dann aus einer anderen. Mit gequältem Gesichtsausdruck schob er die Tollkirschenranke beiseite. "Was für ein Unsinn", murmelte er. Er begann, Worte auf Latein zu murmeln, tauchte seinen Zeigefinger ins Wasser und legte zwei Tropfen nebeneinander über die Wunde und zwei direkt darunter. Elizabeth spürte das Kribbeln der sich aufbauenden Magie, als er mit seiner Hand ein paar Zentimeter über der Wunde entlangfuhr.

Nichts schien zu geschehen, als Darcy den Spruch beendet hatte. Er sagte: "Jetzt müssen wir warten, bis die Gifte aus der Wunde fließen. Das kann ein wenig Zeit in Anspruch nehmen." Aber eine trübe Flüssigkeit begann bereits, den Biss auszufüllen. "Ich kann in der Zwischenzeit die Wächter überprüfen."

Er ging an der Wand entlang und blieb in der Nähe einer Ecke stehen. Er drehte den anderen den Rücken zu, und begann, den Schutzzauber zu murmeln. Elizabeth konnte die Gesten, die er mit seiner Hand machte, nicht erkennen, und er achtete anscheinend darauf, die Zauberformel selbst so leise zu sprechen, dass er nicht belauscht werden konnte. Elizabeths Lippen verzogen sich. Typisches Magierverhalten.

Hauptsache man stellt sicher, dass niemand sonst seine Fähigkeiten erlernen kann.

Sie weigerte sich, herumzustehen und ihn anzuglotzen. Stattdessen kümmerte sie sich um Tommy und wischte die Flüssigkeit weg, die aus dem Biss tropfte. Die roten Streifen an seinem Bein begannen bereits zu verblassen. Nichts, was in ihrer Macht stand, hätte so schnell oder so gut funktioniert. Sie solle erleichtert sein, aber stattdessen stieg Wut in ihr auf. Das war nicht gerecht. Darcy bot sich die Gelegenheit, Magie zu studieren und Fähigkeiten und Zaubersprüche zu erlernen, anstatt sich stümperhaft herantasten zu müssen, um herauszufinden, wie man seine Magie einsetzt. Überhaupt nicht gerecht.

In Elizabeth brodelte es noch immer, als sie und Charlotte das kleine Cottage verließen, lange nachdem Darcy die Abwehrzauber erneuert hatte. "Um Tommys willen bin ich froh, aber die Millers hätten es sich niemals leisten können, einen Magier für seine Heilung zu bezahlen. Darcy war zufällig geneigt, Milde walten zu lassen, wahrscheinlich wollte er wohltätig dastehen, und so geruhte er, ihnen zu helfen. Ich würde Jungen wie Tommy helfen, ohne Geld zu verlangen, aber ich darf nicht lernen, wie man das macht, und ich kann bestraft werden, wenn ich überhaupt wage, es zu versuchen. Das macht mich so zornig!"

"Dennoch war es nett von ihm, zu helfen, als ich fragte", wandte Charlotte vernünftig ein. "Er hätte uns nicht behilflich sein müssen. Und es ist nicht seine Schuld, dass Frauen nicht die gleiche Ausbildung wie Männer erhalten können."

"Nein, aber er ist bereitwillig Teil des Collegiums, das diese Regeln durchsetzt", murmelte Elizabeth. "Das kann ich ihm nicht vergeben."

DARCY EILTE DURCH DAS Tor zu den formalen Gärten von Rosings Park. Das war der schnellere Weg und es würde ihm die Möglichkeit geben, sich umzuziehen, bevor er Elizabeth besuchte. Würde ihr warmes Lächeln zurückkehren, nachdem sie gesehen hatte, wie er dem kranken Jungen geholfen hatte?

Er hatte gerade den italienischen Garten erreicht, als er ihre Anwesenheit spürte, dieses subtile Nachlassen des Drucks der Elemente und sein sehnsüchtiger Hunger nach ihr begann zu wachsen. Dann sah er sie am Rand des Brunnens sitzen, ihre Handschuhe neben sich, wie sie ihre Fingerspitzen durchs Wasser gleiten ließ. Es war ein bezauberndes Bild, das ihm den Atem raubte, zumindest bis sie ihn entdeckte und ihre Hand aus dem Wasser zog.

Darcy blieb stehen und verbeugte sich. Jeder Atemzug bereitete ihm Freude, nun, da er in ihrer Gegenwart war. "Guten Tag, Miss Elizabeth. Ich wusste gar nicht, dass Sie diese Gärten mögen."

"Im Allgemeinen bevorzuge ich den Hain, aber heute hatte ich Lust auf Blumen, die in geraden Linien gepflanzt wurden. Lady Catherine sagte mir, ich könne in den Gärten spazieren gehen, wann immer es mir beliebt, solange ich niemandem im Weg sei." Sie fügte schelmisch hinzu: "Ich hoffe, ich stehe Ihnen nicht im Weg."

Es wäre unklug, ihr zu sagen, wie sehr es ihm gefiel, sie im Weg zu haben. "Nicht im Geringsten. Ich bin auf dem Rückweg vom Dorf und dieser Weg ist der Direktere als die Straße."

"Es ist nett von Ihnen, die Schutzzauber zu erneuern. Ich hätte nicht gedacht, dass Sie diese Art von Arbeit selbst auf sich nehmen würden." In ihrer Stimme lag eine leichte Schärfe.

Deutete sie an, dass das unter seiner Würde war? Natürlich würde er das normalerweise auch denken. "Die Dorfbewohner brauchen Schutz während dieser Angriffe durch die Fay, und ich habe eine gewisse Verantwortung für die Pächter von Rosings, einschließlich des Dorfes."

Sie neigte den Kopf. "Ist das nicht Lady Catherines Pflicht?"

"Sie erledigt einen Großteil der alltäglichen Verwaltung des Gutes, weil sie es so bevorzugt, und ich habe keinen Grund gesehen, mich einzumischen, aber das Anwesen gehört Miss de Bourgh, und ich bin ihr Vormund." Wenn er nur ihre rosigen Lippen küssen könnte, anstatt unsinnige Konversation betreiben zu müssen!

"Tatsächlich? Es muss eine Herausforderung sein, Vormund für eine Frau Ihres Alters zu sein."

"Ursprünglich wurde mein Vater als ihr Vormund eingesetzt. Ich habe die Verantwortung nach seinem Tod geerbt." Es war eine Plage, die er im Allgemeinen lieber meiden würde, aber eben diese Vormundschaft hatte ihn gezwungen, jedes Jahr nach Rosings zu kommen, und ohne das hätte er Elizabeth nicht wiedergetroffen.

"Ich hoffe, Lady Catherine hat nichts gegen die Erneuerung der Schutzzauber einzuwenden."

"Diese Angelegenheit habe ich nicht mit ihr besprochen. Es musste gemacht werden, und so habe ich es getan. Sofern sie nicht jeden Wächter einzeln aus den Wänden klopfen möchte, bleibt ihr nichts Anderes übrig, als es zu dulden." Er wollte seine Zeit nicht damit verschwenden, mit Elizabeth über seine Tante oder die Wächter und die darüber aufgespannten Schutzzauber zu sprechen.

Elizabeth lehnte sich nach hinten, um ihre Finger wieder durch das Brunnenbecken gleiten zu lassen. Es war gleichzeitig unschuldig und sinnlich, die Bewegung enthüllte die Kurven ihres Körpers. Sie hätte eine Wassernymphe sein können, wie sie dort saß, und er war der griechische Gott, der sie unbedingt besitzen wollte. Wie konnte er sich davon abhalten, sie zu berühren, seine Finger mit ihren zu verschränken und dann über ihre wohlgeformten Arme zu streichen, wobei sein Körper immer mehr von ihr verlangte -

Mit einem überraschten Schrei riss Elizabeth ihre Hand aus dem Wasser und starrte sie erschrocken an.

"Was ist los?", fragte Darcy.

"Das Wasser! Nur meine Fingerspitzen waren drin, aber das Wasser kroch über meine Hand und mein Handgelenk hinauf!" Es war offensichtlich, wie sehr sie das verstörte. "Haben Sie mich verzaubert?", beschuldigte sie ihn.

"Kein Zauber an sich, aber es ist meine Schuld." Wie konnte er derart die Kontrolle verloren haben? Er wollte im Boden versinken. "Meine Magie ist elementar und Wasser hat eine besondere Affinität für mich. Wenn ich so nahe an einem Gewässer bin, kann es sich danebenbenehmen, wenn ich keine Anstrengungen unternehme, es ruhig zu halten. Ich habe nicht ausreichend darauf geachtet und möchte mich dafür entschuldigen."

Elizabeth starrte immer noch auf ihre Hand hinunter. "Wasser lebt nicht. Wie kann es eine Affinität für Sie haben?"

"Magneten leben auch nicht, dennoch richten sie sich nach Norden aus. Naturphilosophen streiten sich seit Jahrhunderten über die Affinität des Wassers. Einige würden sagen, dass meine Anwesenheit die Ätherschwingungen beeinflusst, die das Wasser an Ort und Stelle halten. Andere behaupten, es sei ein Relikt von Spuren von Feenblut in meinem Blut. Ich habe noch keine überzeugende Erklärung dafür gefunden, weshalb ich das zu tun vermag." Er drückte seine Handflächen gegeneinander und zog sie langsam etwa einen Fuß breit auseinander. Das Wasser im Brunnen teilte sich gehorsam, zog sich zu beiden Seiten zurück und hinterließ einen trockenen Raum in der Mitte.

Elizabeth musterte ihn vorsichtig. "Das ist verblüffend. Und Sie haben keinen Zauberspruch angewandt?"

"Nein, wenngleich es Zaubersprüche gibt, die ähnliche Dinge bewirken könnten. Ich konzentriere mich einfach auf das Wasser und was ich von ihm möchte. Wenn ich es sich selbst überlasse, ohne es ruhig zu halten, würde es das tun." Er verschränkte die Arme und unterließ den unablässig beruhigenden Einfluss seines Geistes.

Das Wasser bewegte sich langsam auf ihn zu, spritzte über den Rand des Brunnens und lief in Rinnsalen auf seine Stiefel zu. Es war langsamer als gewöhnlich, höchstwahrscheinlich lag das an Elizabeths seltsamer Fähigkeit, einen Teil seiner Wirkung auf die Elemente abzuschwächen. "Deshalb sage ich, dass es eine Affinität für mich hat." Er nahm seine beruhigenden Gedanken wieder auf und das Wasser spritzte nicht mehr aus dem Brunnen. "Meine Stimmungen können ebenfalls das Wasser beeinflussen." Das erzählte er nie anderen, aber sie sollte wissen, was sie erwartete, wenn er ihr einen Antrag machte.

Elizabeth berührte eines der Rinnsale. "Also keine Illusion", sagte sie wie zu sich selbst. "Aber ich habe noch nie gesehen, dass Ihnen so etwas passiert ist."

"Für gewöhnlich sage ich dem Wasser, dass es das nicht tun soll."

"Die ganze Zeit?" Sie klang ungläubig.

"Die ganze Zeit. Ich hatte eine sehr nasse Kindheit, bis ich lernte, es zu kontrollieren."

Das schien sie zu amüsieren. "Ich nehme an, dass das eine recht nützliche Fähigkeit ist."

"Nein. Es ist überhaupt nicht nützlich." Er hatte nicht vorgehabt, so schroff klingen, aber das Thema war ein wunder Punkt. "Abgesehen von solch kleinen Taschenspielertricks wie diesen, darf ich nur noch Leute beraten, wo sie am besten einen Brunnen graben sollen. Meine Fähigkeiten anders zu nutzen ist mir verboten."

"Verboten? Wer verbietet Ihnen das?"

"Das Collegium. Es ist eine gefährliche Fähigkeit und leicht zu missbrauchen. Wenn es auf meinem Land eine Dürre gibt und ich Wasser in meine Brunnen ziehe, werden die Brunnen eines anderen austrocknen. Wenn ich Hochwasser von meiner Haustür fernhalte, ist das Resultat, dass stattdessen das Haus eines anderen überflutet wird. Und während Wasser meine primäre Affinität ist, kann ich auch mit einem einzigen Gedanken ein Feuer entfachen. Was mir ebenfalls verboten ist."

Sie nickte zögerlich. "Sie haben Angst vor Ihnen."

"Zurecht. Wenn ich wollte, könnte ich heilloses Chaos anrichten."

"Also sind sie bereit, Ihnen zu vertrauen, dass Sie ihre Regeln befolgen, aber nicht, Ihre Kräfte mit Bedacht einzusetzen."

Genau das machte es zu einem wunden Punkt. "Mehr oder weniger."

Sie drehte ihre Handfläche nach oben und betrachtete sie. "Eines verstehe ich nicht. Warum ist das Wasser meinen Arm hinaufgekrochen, anstatt sich auf Sie zuzubewegen?"

Natürlich hatte Elizabeth diesen einen Schwachpunkt in seiner Erklärung entlarvt. Wie konnte er sich aus dieser Zwickmühle befreien? Vielleicht sollte er einfach sagen, dass er es nicht wusste. Oder vielleicht war es ein Zeichen, dass er aufhören sollte, gegen das Unvermeidliche anzukämpfen. "Ich habe an Ihren Arm gedacht. Das Wasser muss meinen Gedanken gefolgt sein."

Sie stand auf und die Röte stieg ihr in die Wangen. "Mr. Darcy, ich denke, es ist Zeit für mich zu gehen."

Er hob die Hand. "Warten Sie, bitte. Ich wollte nicht respektlos sein."

"Sie haben respektvoll an meinen Arm gedacht? Ich bin kein Dummkopf, Mr. Darcy. Guten Tag."

Er trat vor sie, um ihr den Weg zu versperren. Er konnte nicht zulassen, dass sie ihn wütend verließ. "Ich versichere Ihnen, dass meine

Absichten ehrbar sind." Die Worte waren aus ihm herausgesprudelt, bevor er sich bewusstwurde, was er da gesagt hatte.

Sie drehte sich langsam zu ihm um und riss die Augen auf. "Was haben Sie gerade gesagt?", fragte sie zweifelnd.

Er hatte es begonnen, jetzt musste er es auch zu Ende führen. "Ich hatte nicht vor, mich Ihnen heute zu erklären, aber offensichtlich muss ich das, da sich meine Gefühle nicht länger unterdrücken lassen. Sie müssen mir gestatten, Ihnen zu sagen, wie leidenschaftlich ich Sie bewundere und liebe. Ich habe mir schon kurz nach unserem ersten Aufeinandertreffen gewünscht, dass Sie meine Frau werden und meine Gefühle sind seitdem nur noch stärker geworden. Ich habe gegen sie angekämpft. Ich kann nicht leugnen, dass ich versucht habe, diese Verbindung zu vermeiden. Der Stand Ihres Vaters im Leben ist akzeptabel, wenngleich niedriger als meiner, die Herkunft Ihrer Mutter steht allerdings auf einem anderen Blatt. Noch schwerer wiegt das unziemliche Verhalten Ihrer Mutter, Ihrer jüngeren Schwestern und sogar gelegentlich Ihres Vaters. All das hat mich zögern lassen und wenn ich mich nicht so stark von Ihnen angezogen fühlte, dann hätte ich nicht-"

"Mr. Darcy, ich bitte Sie, nicht weiterzusprechen", unterbrach Elizabeth ihn entschlossen. "Wenngleich mich Ihre Aufmerksamkeit sehr ehrt, ist eine Verbindung zwischen uns unmöglich. Zusätzlich zu den Hindernissen, die Sie erwähnt haben, habe ich vor langer Zeit beschlossen, niemals einen Magier zu heiraten, und nichts wird mich dazu veranlassen, meine Meinung zu ändern. Es tut mir leid, wenn Sie dadurch enttäuscht werden. Um unseres Seelenfriedens willen, lassen Sie uns nicht mehr davon sprechen."

Er starrte sie ungläubig an. "Dass Sie mich zurückweisen ist überraschend, das gebe ich zu. Aber dass sie es tun, weil ich ein Magier bin? Weil ich mit Kräften geboren wurde, die ich mir nicht ausgesucht habe und von denen ich jahrelang lernen musste, sie zu unterdrücken? Sie könnten mich ebenso gut ablehnen, weil ich braune Augen habe."

Elizabeths Augen verengten sich. "Pardon. Ich hätte mich klarer ausdrücken sollen. Der Grund ist nicht, weil Sie magische Kräfte besitzen, sondern weil Sie Mitglied des Collegiums der Magier sind.

Wenn Sie einer Gesellschaft von braunäugigen Männern angehören würden, die entschlossen sind, alle blauäugigen Männer mit allen ihnen zur Verfügung stehenden Mitteln zu unterwerfen, dann würde ich Sie zurückweisen, weil Sie braune Augen haben. Aber das spielt keine Rolle, da ich auch andere Gründe habe." Sie versuchte, an ihm vorbeizugehen.

Diesmal war Wut der Grund, weshalb er sich ihr in den Weg stellte. "Oh? Wären Sie so freundlich, mich über meine anderen Fehler aufzuklären?" Er spie die Worte förmlich aus.

Elizabeth erblasste. "Wir alle haben Fehler, und ich glaube, dass eine Darlegung derer auf keinen von uns ein gutes Licht werfen würde. Belassen wir es dabei, dass ich Ihren sehr schmeichelhaften Antrag ablehnen muss."

"Ich möchte wissen weshalb", presste er zwischen zusammengebissenen Zähnen hervor.

Sie schwieg einen Moment, und dann begannen die Worte zu strömen. "Also schön. Ich mag Ihre stolze und verächtliche Haltung gegenüber Leuten, die Ihnen gesellschaftlich unterlegen sind, nicht. Es ist mir abscheulich, besonders wie wenig es sie berührt, welchen Schaden Sie damit anrichten. Muss ich erklären, dass Sie das Glück meiner geliebten Schwester zunichtegemacht haben, die immer noch an Herzschmerz leidet, weil Sie dachten, sie sei nicht gut genug für Ihren Freund? Und wenn das immer noch nicht Grund genug für meine Ablehnung ist, dann darf ich anführen, dass Mr. Wickham mir erzählt hat, er sei nicht mehr in der Lage, für seinen Lebensunterhalt aufzukommen, weil Sie ihn aufgrund seiner niederen Geburt aus dem Collegium ausschließen ließen."

Darcy ballte die Fäuste. "George Wickham ist ein Lügner. Er wurde aus dem Collegium ausgeschlossen, weil er mithilfe seiner Magie beim Kartenspiel betrogen hatte. Es hatte nichts mit seinem Stand zu tun. Wenn Sie mir nicht glauben, schlage ich vor, Sie fragen Colonel Fitzwilliam, der Ihnen die ganze Geschichte erzählen kann."

Elizabeth trat einen Schritt zurück und kämpfte offensichtlich damit, ihre eigenen Gefühle im Zaum zu halten. "Ich gestehe Ihnen zu, dass ich keinen Beweis dafür habe, welche Ihrer Geschichten wahr ist, aber Sie selbst haben vor wenigen Minuten Ihre Verachtung für meine niederen Verbindungen zum Ausdruck gebracht."

"Erwarten Sie etwa, dass ich angesichts der Minderwertigkeit Ihrer Verbindungen frohlocke? Und mir zu der Hoffnung auf Beziehungen gratuliere, deren Stand so entschieden unter meinem eigenen liegt?" Er konnte sich nicht im Zaum halten.

"Dann sollten Sie erleichtert sein, dass ich Ihren Antrag abgelehnt habe, da Sie keine Vorstellung davon haben, wie nieder meine Verbindungen tatsächlich sind. Ich kann einem Jungen helfen, der von Rotkappen angegriffen wurde, weil ich jahrelang als Assistentin einer Kräuterfrau oder, wie Sie sagen würden, einer Heckenhexe gedient habe, einer alten Frau, deren Vater nichts weiter als ein Bauer mit gepachtetem Land war. Sie erblindete und konnte ihre Arbeit nicht ohne jemanden erledigen, der die Feenwesen und ihre Spuren sehen konnte, und ich war die einzige, die sie finden konnte. Und ich bewundere sie, obwohl ihr gesellschaftlicher Stand rein durch Geburt unter meinem liegt. Jetzt sehen Sie, weshalb ich keinen Magier heiraten kann, einen Mann, der ihren Geist mit einem Bindebann einkerkern würde, nur weil sie eine Frau ist. Sie sollten dankbar sein, dass ich abgelehnt habe. Sie wären der letzte Mann auf Erden, den ich heiraten würde."

Jedes ihrer Worte traf ihn wie einen Dolch. Dass sie so schlecht von ihm denken konnte! Ihm blieb nichts Anderes übrig, als sich zurückzuziehen und zu hoffen, dass diese qualvolle Leere eines Tages nachlassen würde. "Sie kennen mich nicht im Geringsten. Bitte vergeben Sie mir, dass ich so viel Ihrer Zeit in Anspruch genommen habe." Er drehte sich um und ging mit steifen Schultern davon.

Kapitel 2

Elizabeth wandte sich von Darcy ab und eilte davon, nicht, dass er noch über seine Schulter zurückblickte und sah, wie sie wie ein verlorenes Kind dastand. War das wirklich gerade geschehen? Mr. Darcy hatte ihr einen Heiratsantrag gemacht - und das auf solch beleidigende Weise! Und sie war auch nicht besser gewesen und hatte schreckliche Dinge zu ihm gesagt. Charlotte wäre ihr ganz schön böse, wenn sie davon wüsste.

Sie drückte ihre Hände gegen ihre heißen Wangen. Charlottes Zorn war die geringste ihrer Sorgen. Sie hatte sich in Gefahr gebracht. Sollte Mr. Darcy bisher noch nicht von ihrer Magie gewusst haben, hatte er nun sicherlich genug Beweise, dass er es spätestens jetzt begriffen hatte. Wer würde schließlich die Entscheidung treffen, niemals einen Magier zu heiraten, wenn man keine Angst vor Magiern hätte? Und es gab nur einen Grund, warum sie Angst vor Magiern haben sollte.

Warum hatte sie nicht einfach gesagt, dass Jane der Grund war? Diesen Punkt hatte er überhaupt nicht bestritten, wie er es in Bezug auf Wickham und das Collegium getan hatte. Oh je, seine Erklärung dafür ergab mehr Sinn als die von Wickham, und Darcy hätte ihr nicht gesagt, sie solle Colonel Fitzwilliam danach fragen, wenn er gelogen hätte. Wickham hatte einen so offenen und ehrlichen Eindruck auf sie gemacht. Oder vielleicht war sie auch einfach nur leichtgläubig gewesen. Und jetzt hatte sie sich noch dazu zum Narren gemacht. Aber was spielte das schon für eine Rolle? Darcy hatte neben ihrer Leichtgläubigkeit viele Gründe, schlecht über sie zu denken.

Tränen liefen ihr übers Gesicht. So konnte sie nicht ins Pfarrhaus zurückkehren, also blieb sie an der Steinbank im Hain stehen und gestattete sich schließlich, in ihr Taschentuch zu schluchzen, überwältigt von Scham und Elend. Dass Mr. Darcy die ganze Zeit über etwas für sie übriggehabt hatte, und gleichzeitig sie und ihre Familie verachten konnte! Sie hatte ihre Mutter und ihre jüngeren Schwestern immer als peinlich empfunden, aber ihn beschreiben zu hören, wie sich deren Verhalten auf sie auswirkte, war mehr als nur demütigend. Wie viele andere Menschen empfanden ebenso?

Ein kalter Schauder lief ihr über den Rücken. Ihre Demütigung spielte keine Rolle. Sie war nun in Gefahr. Es blieb keine Zeit, sich mit irgendetwas anderem zu befassen. Sobald Mr. Darcy bemerkte, dass sie Magie hatte, würde er sie mit einem Bindebann belegen. Sie musste weg, bevor das passieren konnte, aber wie? Die Poststation war fünf Meilen entfernt, und bis sie dort ankäme, wäre die letzte Kutsche des Tages bereits abgefahren. Sie würde das bis morgen aufschieben müssen. Aber würde Mr. Darcy so lange warten? Für übermorgen war seine Abreise aus Rosings geplant, dieses Problem würde er also sofort lösen wollen.

Heute Abend sollte sie zusammen mit den Collins in Rosings speisen. Sie würde Kopfschmerzen vorschützen, um nicht hingehen zu müssen. Aber das könnte Misstrauen in ihm wecken, und er würde vermuten, dass sie versuchte zu fliehen, und dann würde er noch schneller handeln. Es wäre wohl besser, nach Rosings zu gehen, so unangenehm es auch sein mochte, und ihn in dem Glauben zu lassen, er hätte genug Zeit, sich noch mit ihr zu befassen. Immerhin konnte er sie wohl kaum beim Abendessen mit einem Bann belegen. Nein, er würde bis zum Morgen warten wollen, bis er sie alleine erwischen konnte.

Selbst jetzt war sie nicht sicher. Was dachte sie sich dabei, an einem Ort zu sitzen, von dem er wusste, dass er einer ihrer Lieblingsplätze war? Sie konnte kaum durch ihre Tränen sehen, als sie den schmalen Trampelpfad entlangeilte, der in die Mitte des Hains führte. Auf der Lichtung würde er sie nicht suchen. Zumindest für den Moment war sie in Sicherheit.

Sie würde sich nachts aus dem Pfarrhaus schleichen müssen, wenn sie rechtzeitig für die erste Postkutsche an der Poststation ankommen wollte. Sobald sie die Gardiners in London erreicht hatte, würden sie ihr helfen, einen Ort zu finden, an dem sie sich verstecken konnte. Zu viele Leute konnten jedoch darauf schließen, dass dies ihr Ziel sein würde, also musste sie eine falsche Spur legen, um Mr. Darcy aufzuhalten. Sie könnte eine Nachricht hinterlassen, dass sie nicht mehr mit sich selbst leben konnte und dass sie im Mühlenteich ihren Frieden finden würde. Charlotte wäre verzweifelt, bis sie entdeckte, dass es nicht wahr war, aber es würde Mr. Darcy wichtige Zeit kosten, bis sie den Mühlenteich durchkämmt hatten. Bis dahin hätte sie London erreicht.

Sie blickte über die Lichtung. Wenn sie die Postkutsche nicht erwischte, gab es noch eine letzte Möglichkeit. Sie ließ den glatten Stein in ihrem Beutel durch ihre Finger gleiten. Es wäre riskant, aber besser als gebunden zu werden. Die Enge in ihrer Brust ließ etwas nach.

Aber selbst wenn sie entkommen und nicht gebunden werden würde, wäre nichts mehr wie zuvor. Sie konnte niemals mehr nach Hause zurückkehren, weil Darcy wusste, dass er dort nach ihr suchen musste. Im Moment konnte sie es sich nicht leisten, über diese Zukunft nachzugrübeln. Sie musste stark sein und sie hatte immer gewusst, dass dies eines Tages passieren könnte. Es lag sogar ein gewisser Trost darin, dem ein Ende zu setzen.

Sie wartete, bis sie glaubte, die Anzeichen von Tränen wären aus ihrem Gesicht verschwunden, bevor sie zum Pfarrhaus ging. Als sie zum Tor am Rande des Parks von Rosings kam, spähte sie die Gasse auf und ab. Niemand zu sehen.

Weit war sie nicht gekommen, als sie Colonel Fitzwilliam begegnete, der auf Rosings zulief. Nach einem kurzen Anflug von Angst wurde ihr klar, dass er noch nicht mit Darcy gesprochen haben konnte. Aber er war sich möglicherweise dennoch Darcys Gefühle für sie bewusst, und das machte sie unerklärlich nervös.

"Welch glücklicher Zufall, Miss Bennet", sagte er fröhlich, "ich war gerade im Pfarrhaus in der Hoffnung, Sie zu sehen."

"Nun haben Sie mich gefunden." Sie zwängte sich ein Lächeln aufs Gesicht. "Ich bin auf dem Weg dorthin zurück."

"Gewähren Sie mir die Ehre, Sie zu begleiten?"

"Es wäre mir ein Vergnügen." Oder zumindest eine Ablenkung. Und vielleicht könnte sie die Gelegenheit nutzen, um Mr. Darcys Geschichte über Mr. Wickham zu überprüfen. Damit wäre zumindest eine der Millionen Fragen beantwortet, die in ihrem Kopf herumwirbelten.

"Colonel, ich würde Ihnen gern eine Frage stellen, wenn das nicht zu unverfroren ist."

"Stellen Sie Ihre Frage, und ich werde mein Bestes tun, um sie zu beantworten."

"Kürzlich war eine Truppe der Miliz in meiner Heimatstadt stationiert. Unter ihnen war ein Mann, der behauptete, Mr. Darcy zu kennen, ein Mr. Wickham. Er berichtete mir-"

Der sonst so umgängliche Colonel sah aus, als wäre er ein erzürnter Zeus, der gleich einen seiner Blitze abfeuert. "Was auch immer Wickham Ihnen gesagt hat, es ist wahrscheinlich eine Lüge. Ihm ist nicht zu trauen."

Ihr stieg die Röte ins Gesicht. Jetzt würde auch er wissen, wie leichtgläubig sie gewesen war. "Er sagte, er sei Mitglied des Collegiums gewesen, aber Mr. Darcy habe ihn wegen seiner niederen Geburt hinauswerfen lassen."

"Wegen seiner niederen Moral wäre akkurater. Darcy hätte ihn Jahre zuvor dem Collegium melden sollen, aber er warnte Wickham immer wieder und hoffte, dass der sich ändern würde. Ich hätte ihm sagen können, dass das niemals geschehen würde. Wickham ist ein Spieler. Er benutzte Illusionen, um das Aussehen seiner Spielkarten zu ändern, damit er gewinnen konnte. Er ist ein niederträchtiger Schuft. Ich rate Ihnen dringend, sich von ihm fernzuhalten."

Wickham, der so aufrichtig gewirkt hatte, als er ihr Aufmerksamkeit zuteilwerden ließ. Wie vollkommen demütigend, zu entdecken, was für eine Närrin sie gewesen war! "Vielen Dank. Ich hatte mich gefragt, ob er mir vielleicht nur die Hälfte der Geschichte erzählt hat und Sie haben es mir bestätigt."

"Ich muss Ihre Wachsamkeit loben. Wickham hat eine so charmante Art mit Damen. Ich habe noch nicht eine getroffen, die seine Maskerade durchschauen konnte, bevor es zu spät war."

Sie wandte ihr Gesicht ab und sagte mit leiser Stimme: "Sie schenken mir Anerkennung, die ich nicht verdient habe. Ich glaubte seinen Verleumdungen, bis mir Grund gegeben wurde, ihn zu hinterfragen. Es beschämt mich, zu entdecken, dass ich so leichtgläubig war."

"Das sollte es nicht. Ich kenne erfahrene, vernünftige Frauen, die seinem Charme zum Opfer gefallen sind. Manchmal frage ich mich, ob er Magie einsetzt, um Frauen für seine Fehler blind zu machen."

"Das ist ein erschreckender Gedanke." Aber es ergab mehr Sinn, als sie zugeben wollte.

"Beängstigend, in der Tat. Es gibt nur sehr wenige Magier, die Glamour wirken, also Dinge durch Zauberei erschaffen können, aber ich vermute, er ist einer von ihnen."

"Ich dachte, nur die Fay wären des Glamours mächtig", sagte sie.

"Sie sind Meister darin, wenn man den alten Geschichten glauben will. Die meisten Magier vermögen nicht mehr als Illusionen, die sind aber nicht schwer zu durchschauen, weil sie sich allein durchs Anfassen leicht als Täuschung entlarven lassen."

Was wäre schlimmer, wenn er sie mit falschem Charme eingewickelt oder mit Magie getäuscht hätte? Höchste Zeit, das Thema zu wechseln, sonst würde sie wieder zu weinen anfangen. "Wie ich hörte, sind Illusionen bei gesellschaftlichen Veranstaltungen in London populärer geworden. Sie sollen dekorativen Zwecken dienen."

"Ja, das stimmt. Es ist ein netter Zeitvertreib, herauszufinden, welcher der Gäste die Illusionen gewirkt hat. Bei Lady Athertons Ball im letzten Monat schien sich eine Wand zur Wüste und den Großen Pyramiden hin zu öffnen. Es hat zwei Magier gebraucht, die den ganzen Tag beschäftigt waren, um diese zu erschaffen."

"War es überzeugend?"

"Vom visuellen Standpunkt aus gesehen, ja, es sei denn, Sie haben versucht, hineinzugehen und sind stattdessen auf die Mauer geprallt. Da ich immer noch die Treibhausblumen, das Parfüm und das Kerzenwachs riechen und das Orchester spielen hören konnte, war es schwierig, mich davon zu überzeugen, dass ich in der ägyptischen Wüste sei. Es ist ganz schön anstrengend, über so lange Zeit hinweg eine solch große Illusion aufrechtzuerhalten."

Noch anstrengender war es, die Illusion aufrechtzuerhalten, dass sie keine Magie hatte. Wie würde der Colonel reagieren, wenn Darcy ihm sagte, dass sie Magie haben könnte? Das wollte sie lieber nicht herausfinden.

MR. DARCYS ZAUBER

DARCY LEGTE SEINE STIRN in die linke Hand, während er seine Feder in das Tintenfass tauchte. Nur noch ein bisschen mehr. Er hatte bereits eine Erklärung geschrieben, warum er Bingley von Jane Bennet getrennt hatte und seine gesamte Verbindung zu Wickham offengelegt, von ihrer Kindheit über Wickhams Ausschluss aus dem Collegium bis hin zu seinem Versuch, aus Rache mit Georgiana durchzubrennen. Wenn Elizabeth dumm genug wäre, Wickham danach noch zu vertrauen, würde ihr Niedergang nicht auf Darcys Gewissen lasten.

Nur noch ein Abschnitt und er wäre fertig. Sobald er diesen Brief abgeschlossen hatte, würden der stechende Schmerz in seiner Brust und die Übelkeit angesichts der Demütigung aufhören und er würde wieder frei sein. Er musste sich all die Dinge von der Seele schreiben, die er nicht hatte persönlich sagen können, weil er zu wütend und verletzt gewesen war. Danach wären sie geschiedene Leute.

Und er musste sich beeilen. In weniger als einer Stunde wurde er unten zum Dinner erwartet, und das wäre womöglich seine einzige Gelegenheit, ihr den Brief zu geben.

Zuletzt muss ich die Angelegenheit des Collegiums erwähnen. Ich bin nicht mit allen Richtlinien des Collegiums einverstanden. Viele Magier würden es vorziehen, wenn Frauen in ihrem Einsatz von Magie nicht weiter beschränkt würden, aber Veränderungen brauchen Zeit. Möglicherweise verurteilen Sie mich auch weiterhin für eine Verbindung mit dem Collegium, aber wenn diejenigen von uns austreten, die mit den Regeln nicht einverstanden sind, werden diese Veränderungen niemals eintreten.

Wie konnte Elizabeth, die Elizabeth seines Herzens, einfach das Schlimmste von ihm angenommen haben? Er hatte ihr gegenüber das Thema Frauen und Magie nie erwähnt, wenngleich er schon lange vermutet hatte, dass sie welche besaß. Hielt sie ihn für so verabscheuungswürdig, dass sie nicht einmal die Möglichkeit in Betracht zog, dass er seine eigene Meinung dazu hatte? Und er hatte gedacht, er bedeute ihr etwas. Dummer, dummer Fehler.

Jetzt würde sie es besser wissen und sehen, was ihre voreingenommene Sicht auf alle Magier sie gekostet hatte. Sie hätte die Herrin von Pemberley sein können, und stattdessen war sie nichts.

Warum hatte sie seinen Antrag nicht einfach annehmen können, wie es jede andere Frau in England gerne tun würde? Aber von denen wollte er keine. Er wollte nur Elizabeth.

Er zögerte immer noch, den Brief zu unterschreiben. Wenn er das getan hatte, dann wäre es vollbracht, und er könnte Elizabeth Bennet hinter sich lassen. Und doch lag etwas so Finales darin, mit seinem Namen zu unterschrieben. Damit wäre ein Schlussstrich gemacht.

Was war nur mit ihm los? War er der Herr von Pemberley oder ein winselnder Schuljunge?

Ich füge nur hinzu, Gott segne Sie.
Fitzwilliam Darcy.

Er würde zu spät kommen. Rasch streute er Sand über den Brief und rief seinen Kammerdiener, damit der ihm beim Umziehen fürs Dinner behilflich war.

Er hatte den Brief geschrieben und alles gesagt, was er zu sagen hatte. Warum tat seine Brust immer noch weh und er fühlte sich, als könnte er nie wieder aufrecht stehen? Wenn überhaupt, war die Qual noch schlimmer geworden. Die Qual, nicht nur die Frau zu verlieren, die er liebte, sondern zu entdecken, dass sie eigentlich überhaupt nicht existiert hatte. Die eine Frau, von der er gedacht hatte, sie würde verstehen, was er durchlitten hatte, und ihn lehren, wieder zu lachen. Die eine Frau, die ihm das Gefühl geben würde, dass seine Kämpfe es wert gewesen waren.

Elizabeth. Oh, Elizabeth!

"BIST DU SICHER, DASS es dir gut genug geht, um am Dinner teilzunehmen?", fragte Charlotte Elizabeth, als sie sich Rosings näherten.

"Es sind nur Kopfschmerzen, und ich würde nicht einmal im Traum daran denken, Lady Catherine wegen einer solchen Lappalie zu enttäuschen", entgegnete Elizabeth. Es hatte keinen Sinn, so zu tun, als wäre nichts. Charlotte würde das sofort durchschauen.

Mr. Collins sagte: "Eine bewundernswerte Einstellung, Cousine Elizabeth. Lady Catherines Wünsche müssen an erster Stelle stehen."

"Ich kann nicht hoffen, die Tiefe deiner Hochachtung vor Lady Catherine zu erreichen, aber ich gebe mein Bestes." Sie konnte sagen, was sie mochte, da Mr. Collins es nicht als Seitenhieb erkennen würde. Der Mann dachte nie an etwas Anderes als an Lady Catherines Wünsche.

Elizabeth war entschlossen, keine Aufmerksamkeit auf sich zu ziehen. Sie würde so weit wie möglich im Hintergrund bleiben und es vermeiden, Mr. Darcy anzusehen. Vielleicht könnte sie sich zu Miss de Bourgh setzen, da ihr Mr. Darcy selten zu nahe kam. Außerdem hatte sie Mitleid mit Miss de Bourghs Einsamkeit, zumal sie allmählich herausgefunden hatte, welche Themen die häufigen Ohnmachtsanfälle dieser Dame hervorriefen.

Zum Glück war Mr. Darcy nicht in Lady Catherines Salon anwesend, als sie ankamen. Erleichtert lächelte Elizabeth Colonel Fitzwilliam an, setzte sich neben Charlotte und hörte mit halbem Ohr Lady Catherines üblichem Monolog zu.

"Wo ist Darcy?", verlangte Lady Catherine. "Weiß er nicht, dass ich Verspätungen besonders verabscheue?"

Colonel Fitzwilliam sagte: "Er hat eben noch einen Brief zu Ende geschrieben und sagte, er würde in Kürze unten sein."

"Ich hoffe, er schreibt Georgiana mit meinem Rat, dass sie nicht erwarten kann, am Klavier hervorragende Leistungen zu erbringen, wenn sie nicht reichlich übt. Anne hätte es meisterhaft beherrscht, hätte ihre Gesundheit es zugelassen, dass sie es erlernt."

Wie könnte Miss de Bourgh irgendetwas beherrschen, wenn sie es kaum fertigbrachte, einen vollständigen Satz zu sprechen, bevor sie von etwas anderem abgelenkt wurde?

"Da bist du ja, Darcy. Du bist zu spät."

Bis zur Schmerzgrenze befangen, hielt Elizabeth ihre Augen nach dem Begrüßungsknicks auf dem Boden. Ihre Anspannung wuchs mit jedem Atemzug.

"Pardon", sagte Darcy kalt. "Ich wollte eine bestimmte Stelle in einem Buch finden, um sie Miss Bennet zu zeigen, und es dauerte länger als erwartet."

Elizabeths Muskeln spannten sich an. Was hatte er vor?

"Für Miss Bennet?" Lady Catherine wirkte nicht erfreut. "Warum sollte es dich darum kümmern, Lesestoff für sie zu finden?"

"Ich möchte, dass sie das liest. Wir hatten eine kleine Meinungsverschiedenheit über Methoden der Landbewirtschaftung. Sie meinte, dass die Methoden ihres Vaters denen überlegen waren, die ich vorgeschlagen hatte. Ich dachte, sie würde davon profitieren, wenn sie die Wahrheit erführe", sagte er, ohne einen Hauch Wärme in der Stimme.

"Sie sind sehr gütig, Sir", erwiderte Elizabeth hastig, ohne ihn anzusehen. "Ich bin sicher, Sie wissen viel mehr darüber als ich oder mein Vater."

"Darcy hat ganz sicher recht", sagte Lady Catherine. "Er zeigt große Herablassung, indem er auf Ihre Fehler hinweist. Ist es eine lange Passage, Darcy?"

"Nur ein paar Seiten."

"Dann kann sie sich zum Lesen neben das Pianoforte setzen. Dort wird sie niemandem im Weg sein."

Ein Paar glänzender Stiefel erschien neben ihren Füßen auf dem Boden und zwang Elizabeth schließlich, den Blick zu heben. Mr. Darcys Gesichtsausdruck war kalt und verächtlich, als er ihr ein ledergebundenes Buch reichte. Seine Fingerspitzen waren mit Tinte befleckt.

Sie nahm es mit tauben Händen. "Ich danke Ihnen."

"Beginnen Sie auf Seite 36." Er machte auf dem Absatz kehrt und ging zu Colonel Fitzwilliam. Klarer hätte er nicht ausdrücken können, dass er mit ihr fertig war.

Sie schluckte schwer. Zumindest lieferte ihr dies einen Vorwand, sich auf die andere Seite des Raumes zu setzen. Sie wählte den Stuhl, auf dem ihr Gesicht von der reich verzierten Statuette einer Hirtin verdeckt war. Warum schmerzte seine Kälte so sehr?

Sie schlug das Buch auf der Seite auf, die er vorgeschlagen hatte, und fand drei Seiten Briefpapier, die eng und sauber beschrieben waren. Sie holte tief Luft, um sich zu beruhigen, und rief sich all die abscheulichen Dinge, die er gesagt hatte, ins Gedächtnis. Dachte er, er könnte ihr eine

Art Entschuldigung anbieten? Dieser Brief würde sie wahrscheinlich noch wütender machen als sie es ohnehin schon war.

ELIZABETH WUSSTE KAUM, wie sie den Rest des albtraumhaften Abends überstanden hatte. Irgendwie hatte sie es geschafft, das Buch an Mr. Darcy zurückzugeben, dessen einzige Reaktion ein knappes Nicken war, als er es entgegennahm. Anscheinend hatte er sie bereits in Gedanken aus seinem Bekanntenkreis gestrichen.

Sie konnte sich nicht entscheiden, wie sie seinen Brief interpretieren sollte. Seine Entschuldigungen für die Trennung von Jane und Bingley schienen schwach zu sein, aber sie kehrte immer wieder zu seinen Worten über das Collegium zurück. War er wirklich anderer Meinung als das Collegium was Frauen und Magie anbelangte? Wenn ja, musste sie möglicherweise ihre Familie und Freunde nicht zurücklassen, um bei Fremden zu leben. Aber was, wenn er es nur sagte, um sie in Sicherheit zu wiegen? Das Risiko war erschreckend, aber auch der Gedanke, ihre Familie und Freunde zu verlassen. Es wäre so viel einfacher, wenn sie seine Zusicherungen akzeptieren könnte. Vieles an ihm mochte sie nicht, aber berechnendes, hinterhältiges Verhalten hatte sie an ihm noch nie beobachten können. Seine schwache Notlüge, sie das Buch lesen zu lassen, war nicht das Werk eines geübten Lügners gewesen.

Sie verbrachte eine unruhige Nacht, die von Träumen von Mr. Darcys verächtlichem Gesicht und kalter Abneigung geprägt war. Am Morgen ging sie spazieren, schlicht, um seinen Brief noch einmal zu lesen und darüber nachzudenken wie sehr sie seine Worte demütigten. Auf ihre Menschenkenntnis war sie immer stolz gewesen, und jetzt wusste sie, wie sehr es ihr daran eigentlich mangelte. Sie war genauso dumm wie Lydia oder Kitty. Mr. Darcys Kritik an ihrer Familie drückte ungewöhnlich stark auf ihre Stimmung.

Bei ihrer Rückkehr ins Pfarrhaus stellte sie fest, dass ihr Spaziergang sie vor der Demütigung bewahrt hatte, auf Mr. Darcy und Colonel Fitzwilliam zu treffen, die dem Pfarrhaus einen Besuch abgestattet hatten, um sich zu verabschieden, bevor sie am nächsten Morgen abreisten. Selbst dieser glückliche Zufall konnte ihre Stimmung nicht heben.

Am nächsten Tag musste sie sich, obwohl sie wusste, dass Mr. Darcy Rosings Park verlassen hatte, alle Mühe geben, vor Charlotte die Tapfere zu spielen. Sie vermutete, dass ihre Freundin sich nicht täuschen ließ, wenngleich Charlotte nichts dergleichen erwähnte. Sie war immer gut darin gewesen, Elizabeths Privatsphäre zu respektieren.

Am frühen Nachmittag übergab das Dienstmädchen Charlotte einen Bogen gefaltetes Briefpapier. Ein besorgter Ausdruck huschte über ihr Gesicht, als sie es las.

"Charlotte, ist etwas geschehen?" Das Letzte, was Elizabeth brauchte, waren noch mehr Sorgen.

"Lady Catherine ist krank. Mr. Darcy bittet um meine Anwesenheit in Rosings. Ich nehme an, Ihre Ladyschaft verlangt, dass ich ihr vorlese."

Ihr Magen schien Purzelbäume zu schlagen. "Mr. Darcy? Ich dachte, er wäre abgereist!"

"Offensichtlich noch nicht. Er bittet ausdrücklich darum, dass ich dich mitbringe."

Elizabeths Herz verkrampfte sich in ihrer Brust. "Mich? Warum sollte er mich dort haben wollen?" War es ein Trick, um sie doch noch mit einem Bindebann zu belegen oder wollte er sie lediglich beschimpfen oder tat er es gar, um ihr zu zeigen, dass sie ihn nicht weiter berührte, indem er sie mit kalter, verächtlicher Miene ansah? *Sie müssen mir gestatten, Ihnen zu sagen, wie leidenschaftlich ich Sie bewundere und liebe.* Und jetzt würde sie ihn wiedersehen müssen, die Scham von allem, was er in seinem Brief gesagt hatte, frisch in ihren Gedanken.

Charlotte zuckte mit den Achseln. "Vielleicht möchte Lady Catherine dir zuhören wie du das Pianoforte spielst. Es tut mir leid, dir das aufzuzwingen, aber wir können es uns nicht leisten, Ihre Ladyschaft vor den Kopf zu stoßen."

Ihr musste die Bestürzung ins Gesicht geschrieben stehen. "Selbstverständlich begleite ich dich." Irgendwie würde sie es schaffen, vor Mr. Darcy nicht die Fassung zu verlieren. Irgendwie.

MR. DARCYS ZAUBER

DAS KRIBBELN, ALS SIE die Schutzzauber von Rosings durchschritten, verschlimmerte Elizabeths Übelkeit nur. Sie würde Mr. Darcy sehen und sich mit ihm unterhalten müssen. Vielleicht könnte sie sich hinter Charlotte verstecken und ihr das ganze Gespräch überlassen. Auf diese Weise konnte sie sich konzentrieren und wäre bereit, wegzulaufen, wenn er auch nur ein Wort auf Latein sprach.

Zumindest ließ Darcy sie nicht lange warten und erschien keine fünf Minuten, nachdem der Butler sie hereingeführt hatte, im Salon. "Ich danke Ihnen, dass Sie so schnell gekommen sind, Mrs. Collins."

"Ich bin froh, Ihnen behilflich sein zu können", sagte Charlotte bescheiden.

Darcy sah an Charlotte vorbei und seine Lippen spannten sich an. "Miss Elizabeth, darf ich frei vor Mrs. Collins sprechen?", fragte er abrupt.

Elizabeth sog scharf die Luft ein. Was, um Himmels willen, dachte er sich dabei? "Ich habe die, ähm, jüngsten Ereignisse nicht mit ihr besprochen." Mr. Darcys katastrophaler Antrag ging Charlotte nichts an.

Er schüttelte ungeduldig den Kopf. "Nicht das. Ich spreche von Ihren Aktivitäten, wenn Sie Krankenbesuche machen."

Erleichterung durchflutete sie. "Charlotte weiß, dass ich die Arbeit einer Kräuterfrau verrichte, wenn Sie das meinen."

"Gut. Lady Catherines Krankheit scheint nicht von dieser Welt zu sein. Sie wurde bewusstlos im Garten gefunden. Nichts, was ich versucht habe, hat Wirkung gezeigt." Er spie die Worte förmlich aus, als ob er es hasste, irgendeine Schwäche zuzugeben.

War es möglich, dass er sie weder wegen seines Heiratsantrages noch wegen ihrer Magie einbestellt hatte? Elizabeth sagte vorsichtig: "Wenn Sie möchten, dass ich nachsehe, ob ich etwas tun kann, dann tue ich das gerne. Es gibt jedoch wesentlich erfahrenere Kräuterfrauen als mich."

"Nein. Das darf nicht nach außen dringen."

Elizabeth warf Charlotte einen Blick zu. "Also schön. Könnte jemand ins Pfarrhaus geschickt werden, um meine Tasche zu holen? Darin befinden sich Dinge, die ich möglicherweise benötigen werde."

ES WAR NICHT VERWUNDERLICH, dass Miss Elizabeth beim Betreten von Lady Catherines Schlafzimmer zögerte. Seine Tante lag blass und völlig bewegungslos da und sah eher tot als lebendig aus.

Elizabeth fragte ihn: "Sind Sie sicher, dass es sich nicht um einen Hirnschlag handelt?"

"Es riecht mir schwer nach Schabernack der Feen." Er ließ sich auf einen Stuhl sinken und beobachtete sie aufmerksam, als sie sich Lady Catherine näherte und ihr Handgelenk fühlte. Er sollte sich Sorgen um seine Tante machen, aber der Anblick von Elizabeth brachte zu viele schmerzhafte Erinnerungen mit sich.

Richard schaute fragend zur Tür herein. Darcy winkte ihn hinein.

Elizabeth schien nicht überrascht zu sein, dass Lady Catherines Augen starr nach oben gerichtet waren, und die Bewegungen um sie herum gar nicht wahrzunehmen schienen. Sie legte den Handrücken auf Lady Catherines Stirn. "Kein Fieber. Diese Krankheit unterscheidet sich von den Rotkappenbissen, die ich behandelt habe. Charlotte, würdest du mir helfen, ihre Kleidung zu untersuchen? Ich suche nach einem kleinen Riss oder Schnitt am Stoff."

"Elfenpfeil?", fragte Darcy harsch. Elfenpfeile kamen einem Todesurteil gleich.

"Es ist zu früh, um das mit Bestimmtheit sagen zu können." Elizabeth fuhr mit den Fingern über den Stoff von Lady Catherines Kleid.

"Hier ist ein kleiner Riss", Charlotte zeigte auf Lady Catherines Unterarm, "ich sehe aber kein Blut."

"Elfenpfeile verursachen keine Blutungen, obwohl niemand sagen kann, weshalb das so ist." Elizabeth eilte zur gegenüberliegenden Seite des Bettes. Sie drückte ihre Finger unterhalb der Schulter in Lady Catherines Arm und begann ihr Fleisch abzutasten. Sie bewegte ihre Hände über ihren Arm, bis ihre Finger knapp über dem Ellbogen innehielten.

"Da", murmelte sie wie zu sich selbst. Sie richtete sich auf, strich sich eine Haarsträhne aus dem Gesicht und sah zu Darcy auf. "Es tut mir leid, Ihnen das sagen zu müssen, aber es sieht so aus, als wäre es ein Elfenpfeil. Aber er ist immer noch in ihrem Arm, so dass noch nicht alles verloren ist. Ich kann versuchen, ihn zu entfernen, wenn Sie es wünschen, das ist jedoch ein schwieriger Prozess, der möglicherweise nicht erfolgreich ist."

"Und wenn wir nichts tun?", fragte Richard.

"Dann wird der Elfenpfeil seine Reise zu ihrem Herzen fortsetzen und sie töten."

Richard wandte sich zu ihm um. "Darcy? Was denkst du?"

Warum musste es seine Entscheidung sein? Es war schon schwer genug, Elizabeth anzusehen, geschweige denn mit ihr über solche Angelegenheiten zu sprechen. Darcy räusperte sich. Gut. Seine Stimme funktionierte immer noch. "Wir wären sehr dankbar für alles, was Sie tun können."

Sie zögerte und biss sich auf die Lippe. "Es wäre womöglich klug, vorsorglich nach einem Wundarzt zu schicken. Wenn mein Versuch, den Elfenpfeil zu entfernen, fehlschlägt, wäre die nächste Wahl, ihren Arm zu amputieren, und Zeit ist hier von entscheidender Bedeutung."

"Wird sie das retten?"

"Aus rein logischen Gesichtspunkten schon, aber Elfenpfeile folgen nicht immer den Gesetzen der Logik."

Darcy nickte Richard zu, der den Raum verließ. Er wollte nicht einmal darüber nachdenken, wie seine Tante wohl reagieren würde, wenn sie ohne Arm aufwachte. Womöglich hätte sie den Tod vorgezogen.

Elizabeth warf einen Blick auf Lady Catherine und dann zurück auf Darcy. "Falls ich den Elfenpfeil entfernen kann, können Sie ihn dann zerstören? Andernfalls wird er sie erneut aufsuchen."

"Selbstverständlich", entgegnete er, der Zweifel in ihrer Stimme ein Stachel in seinem Fleisch. "Was brauchen Sie noch?"

"Alles, was ich benötige, ist in meiner Tasche, aber vielleicht kann ich auch schon ohne sie beginnen. Ein scharfes Messer und eine Aderpresse sollten fürs Erste genügen. Eine ungestärkte Halsbinde und ein Stock lassen sich hervorragend als Aderpresse einsetzen. Eine Pinzette, falls vorhanden. Und Tücher, wenn die Blutung beginnt. Vielleicht könnte Lady Catherines Kammerzofe den Ärmel ihres Kleides abschneiden."

"Keine Diener." Wenn es die Runde machte, dass er eine Kräuterfrau hinzugezogen hatte, würde er auch noch den letzten Rest des Vertrauens im Collegium verlieren. Doch dasselbe würde zutreffen, wenn Lady Catherine in seiner Gegenwart eines verdächtigen Todes starb, sonst hätte er niemals zu solchen Mitteln gegriffen. "Ich werde holen, was Sie brauchen."

Elizabeth sah überrascht aus. "Na schön. Charlotte, Liebes, wird dich der Anblick von Lady Catherines Blut beunruhigen?"

Als Richard mit der Nachricht zurückkehrte, dass nach dem Wundarzt geschickt worden sei, war Elizabeths Tasche eingetroffen, und sie hatte die Aderpresse an Lady Catherines Oberarm angebracht. Sie kramte in der Tasche herum und zog mehrere Gegenstände heraus, darunter auch eine kleine Metalldose. Ihre Bewegungen waren effizient und kompetent.

Darcy konnte sich nicht helfen, er konnte einfach seine Augen nicht von ihr lassen. Dies war eine Seite von Elizabeth, die er an ihr noch nie zu sehen bekommen hatte und die er so niemals vermutet hätte. In den Geschichten, die man ihm über Kräuterfrauen erzählt hatte, waren sie immer als halb wahnsinnige Greisinnen dargestellt worden, die Kräuter verstreuten und seltsame Zeichen in die Luft malten. Niemand hatte jemals erwähnt, dass sie bezaubernde Wesen mit wunderschönen Augen sein könnten. Neben ihr zu stehen war Folter.

Elizabeth wickelte den Draht ab, der die Dose geschlossen hielt. Bestand diese dicke, dunkle Watte in der Dose womöglich aus Eisenspänen? Sie hob vorsichtig eine steinerne Pfeilspitze heraus. Vielleicht begann an diesem Punkt jetzt der Teil mit dem Wahnsinn.

"Was ist das?", fragte Darcy.

"Inaktiver Elfenpfeil." Sie sah ihn nicht an.

Er griff an ihr vorbei. Der Stein prickelte, als er ihn berührte und er riss seine Hand ruckartig zurück.

"Weitestgehend inaktiv", sagte sie mit einem leichten Lächeln. "Andernfalls würde er mir nicht helfen." Sie ließ die Pfeilspitze über Lady Catherines Arm gleiten, bis sie plötzlich wie von selbst anhielt. "Ja, definitiv ein Elfenpfeil. Er sucht seinesgleichen. Aber ich nehme an, das wissen Sie bereits."

Er konnte fast das Echo ihrer Stimme hören. ... *habe ich vor langer Zeit beschlossen, niemals einen Magier zu heiraten, und nichts wird mich dazu veranlassen, meine Meinung zu ändern.* "Nein. Im Collegium lernen wir andere Dinge."

Mit erhobenen Augenbrauen sah sie ihn an und legte die Pfeilspitze wieder in die Eisendose zurück. Sogleich nahm sie ihr Skalpell zu Hand und wickelte den Griff in ein Stück Stoff, hielt dann aber inne. Sie reichte Mrs. Collins einen Kerzenhalter vom Nachttisch. "Charlotte, könntest du die bitte anzünden?" Ihre Stimme war seltsam flach.

Darcy schnippte mit dem Finger. "*Ardescas.*" Der Docht fing Feuer und eine gleichmäßige Flamme entstand.

"Vielen Dank." Die Worte klangen gezwungen. Elizabeth hielt das Skalpell in die Flamme bis die Spitze glühte.

"Warum machen Sie-"

"Elfenpfeile mögen kein Feuer", blaffte sie. "Es ist schwierig genug, dies mit einem Magier im selben Raum zu tun, auch ohne alles erklären zu müssen."

Mrs. Collins fragte schüchtern: "Soll ich ihren Arm festhalten?"

Elizabeth schüttelte den Kopf. "Nicht nötig. Sie kann nichts spüren, während sie unter dem Einfluss eines Elfenpfeils steht."

Darcy sog scharf die Luft ein, als Elizabeth tief in den Arm seiner Tante schnitt. Sie zögerte auch dann nicht, als Blut hervorquoll und stocherte tiefer mit dem Skalpell herum.

"Da", murmelte sie. Sie streckte ihm die Hand entgegen. "Den inaktiven Elfenpfeil, bitte. Obacht mit den Rändern!"

Darcy gehorchte rasch. Elizabeth nahm ihn wortlos entgegen und steckte ihn direkt in die Wunde. Konnte das sicher sein? Aber nichts an der ganzen Geschichte war sicher.

Was geschah nun? Sie schien nicht wirklich etwas zu tun. Aber plötzlich hatte sie zwei Pfeilspitzen in der Hand. Sie zog den zweiten mit der Pinzette ab und hielt ihn in seine Richtung. "Tun Sie es."

Er murmelte die Worte des Tilgungszaubers und der Elfenpfeil löste sich in Asche auf. "Ist sie jetzt in Sicherheit?"

Elizabeth schüttelte den Kopf. "Es sind immer noch Spuren vorhanden, die ich entfernen muss." Sie beugte sich über die Wunde und bedeckte sie mit beiden Händen, eine über die andere gelegt. Mrs. Collins wischte das heraussickernde Blut weg.

Da es so aussah, als könnte er nichts weiter tun, um ihr zu helfen, trat Darcy zurück. So war es sicherer. Die unmittelbare Krise war vorüber und in ihrer Nähe zu sein, rief ihm nur vor Augen, was er alles verloren hatte. Er hatte ihr alles angeboten, was er besaß, und sie hatte es verschmäht. Er war der letzte Mann auf Erden, den sie heiraten würde. Und während er heute vielleicht eine neue Seite von ihr zu sehen bekam, blieb sein Verlangen nach ihr unverändert. Er sehnte sich schmerzlich nach ihr und sie wollte nichts mit ihm zu tun haben.

Aber er konnte nicht aufhören, sie zu betrachten. Er ließ sich auf einem Stuhl nieder, von dem aus er ihr Gesicht sehen konnte. Ihre Finger bewegten sich in der Nähe der Wunde, aber ihre Augen waren geschlossen. Das musste Teil der Darbietung sein, von denen er in Bezug auf Kräuterfrauen bereits gehört hatte aber er war überrascht, dass Elizabeth sich einem solchen Theater hingeben würde.

Minute um Minute verging still, bis Elizabeths Gesicht schließlich einen Ausdruck extremer Anspannung annahm. Ihr Körper versteifte sich und Schweißperlen bildeten sich auf ihrer Stirn. Ihre Augen waren fest geschlossen.

Könnte etwas schiefgegangen sein? Wirkten sich die Überreste des Elfenpfeils auf Elizabeth aus? Gütiger Gott, er könnte es nicht ertragen, wenn ihr etwas geschehen würde! Vielleicht sollte er einschreiten.

Mrs. Collins fragte: "Lizzy, geht es dir nicht gut?"

Elizabeth schüttelte fast unmerklich den Kopf, schwieg aber.

Schließlich, nach gefühlten Stunden, hob sie die Hände und öffnete die Augen. "Charlotte, würdest du die Wunde verbinden? Ich bin zu..." Ihre Stimme verstummte und sie sackte auf einen Stuhl in der Nähe, ihre Hände immer noch mit Blut bedeckt. Sie seufzte schwer und sah Darcy direkt an. "Sie hätten mich ruhig warnen können, dass sie selbst Magie hat." Ihre Stimme war anklagend. "Sie hat keinen Zentimeter kampflos aufgegeben."

"Magie?" Darcy sträubte sich gegen ihre Schlussfolgerung. "Meine Tante besitzt keine magischen Fähigkeiten."

"Glauben Sie, was Sie wollen, wenn es tröstlich für Sie ist." Sie klang erschöpft. Es sah Elizabeth gar nicht ähnlich, so leicht nachzugeben.

Richard runzelte die Stirn und legte seine Fingerspitzen an Lady Catherines Hals. Sicherlich nahm er diese lächerliche Behauptung nicht ernst! Er richtete sich auf und sein Gesicht verlor an Farbe. "Miss Bennet hat recht. Eiskalte Fitzwilliam-Kraft."

Wie konnte das sein?

Sein Cousin schüttelte ungläubig den Kopf. "Entschuldigen Sie, Miss Bennet. Wir hatten keine Ahnung davon. Entweder weiß sie es selbst nicht oder sie hat es sehr gut zu verbergen gewusst." Er ging zum Beistelltisch, goss Wasser aus dem Krug in eine Schale und trug sowohl die Schale als auch ein Handtuch zu Elizabeth hinüber.

Sein Angebot schien sie zu verwirren. Richard kniete sich neben sie, tauchte das Handtuch ins Wasser und begann, das Blut von ihren Händen zu waschen.

"Danke", murmelte sie, als wäre sie zu müde, um laut zu sprechen.

Richard starrte auf ihre Hand. "Darcy", sagte er mit monotoner Stimme, "ich nehme nicht an, dass du etwas gegen Verbrennungen tun kannst."

Das war genug, um Darcy aus seinem fassungslosen Zustand zu erwecken. Er eilte an ihre Seite. Ihre Finger, ihre schönen Finger, die er bewundert hatte, als sie sich über die Tasten des Pianofortes bewegten, waren mit hässlichen roten Blasen übersät. Sanft, ehrfurchtsvoll nahm er ihre Hand in seine und achtete darauf, sie nur dort zu berühren, wo die Haut intakt war.

"Was haben Sie vor?", fragte sie argwöhnisch.

Die Antwort, die ihm sofort in den Sinn kam, konnte er ihr nicht geben und sagte stattdessen: "Ich kann die Verbrennungen nicht heilen, aber ich kann Ihre Haut ermutigen, schneller zu wachsen." Er fasste ihren ausbleibenden Protest als Zustimmung auf und murmelte die Worte, um ein gesundes Wachstum anzuregen. Es machte keinen sichtbaren Unterschied, aber er konnte fühlen, wie es in ihr arbeitete, das Pochen des Wachstums, das Rauschen von heilendem Blut unter ihrer Haut. Es war schwindelerregend intim.

"Das fühlt sich besser an." Sie klang überrascht - und wacher. Wie hatte sie sich so schnell erholen können?

Natürlich. Er hätte es wissen müssen. Richard war auf ihrer anderen Seite, seine Fingerspitzen an der Innenseite ihres Handgelenks. Er musste ihr Kraft zuführen, wieder auffüllen, was sie erschöpft hatte.

Mrs. Collins sagte: "Lady Catherine rührt sich!"

Elizabeths Gesichtsausdruck hellte sich auf. "Gut. Das heißt, dass der Elfenpfeil restlos entfernt ist."

"Es wird ihr wieder gut gehen?", fragte Richard.

"Irgendwann möglicherweise. Die andere Person, von der ich weiß, dass sie einen Elfenpfeil überlebt hat, gab nach dem ersten Erwachen zusammenhanglosen Unsinn von sich, und es dauerte mehr als eine Woche, bis er wieder er selbst war. Überbleibsel des Elfenpfeils, die noch einen Einfluss auf den Organismus haben, nehme ich an."

Richards Lippen verzogen sich. "Aber woher wissen wir, ob sie sinnlosen Unsinn plappert oder einfach nur sie selbst ist?"

Elizabeth fing an zu lachen und verbarg es hinter einem Husten, aber ihre Augen funkelten.

Und Darcy hatte immer noch ihre Hand in seiner. Er sagte heiser: "Meine Fähigkeit, Ihnen zu helfen, stößt hier an ihre Grenzen. Es tut mir leid, dass ich nicht mehr tun kann."

Elizabeth streckte vorsichtig ihre Finger aus und schloss dann ihre Hand. "Es tut kaum mehr weh und ich fühle mich viel besser. Ich danke Ihnen."

Darcy sah weg und vermisste bereits ihre Hand in seiner. "Das war Richard, nicht ich. Kraft wiederherzustellen ist seine Gabe."

Richard nahm seine Finger von Elizabeths Handgelenk und richtete sich auf. "Sie schienen es zu brauchen." Seine Wangen waren verräterisch gerötet. "Und jetzt sollten wir Ihnen etwas zu essen geben. Nach allem, was Sie geleistet haben, und Darcys Heilung, müssen Sie hungrig genug sein, sich jeden Augenblick an der Bettdecke gütlich zu tun."

Elizabeth lächelte schief. "Eigentlich wollte ich mit den Bettvorhängen beginnen. Sie sehen appetitlicher aus."

WAS HATTE SIE GETAN?

MR. DARCYS ZAUBER

Der Colonel hatte recht gehabt, als er sagte, sie würde hungrig sein. So ausgehungert war Elizabeth noch nie in ihrem Leben gewesen. Natürlich hatte sie auch noch nie so viel Magie auf einmal benutzt. Sie brachte es gerade so fertig, das Tablett mit Gebäck und kaltem Braten nicht mit beiden Händen zu attackieren. Wie eine Lady nur grazil in ihrem Essen herumzustochern war keine Option, also begnügte sie sich damit, in gleichmäßigem Tempo zu essen, wenn auch deutlich mehr als sich für eine Dame ziemte. Der Colonel aß ebenso herzhaft. Glücklicherweise konnte Elizabeth Lady Catherine für den Moment in Charlottes Obhut geben.

Colonel Fitzwilliam ließ das Gespräch zwischen den einzelnen Bissen nie abbrechen, aber Mr. Darcy hatte sich entschuldigt, sobald das Essen eintraf. Anfangs war es eine Erleichterung, sich nicht jeden Moment Sorgen machen zu müssen, was er von ihr hielt, aber jetzt machte sie sich Sorgen, wohin er gegangen sein könnte. War seine Bereitschaft, Frauen mit Magie zu tolerieren, doch nicht so groß, wie es sein Brief angedeutet hatte? Vielleicht hielt Colonel Fitzwilliam sie nur hier fest, während Darcy Schritte unternahm, um einen Bindebann vorzubereiten. Oh, sie konnte es nicht ertragen, ganz besonders nicht von ihm!

Warum, oh, warum hatte sie es getan? Sie hätte sich nicht gänzlicher entblößen können, selbst wenn sie es absichtlich gewollt hätte. Er hatte bereits Grund zu der Annahme, dass sie Magie haben könnte, aber jetzt hatte sie es ohne jeden Zweifel gezeigt. Warum hatte sie Mr. Darcy nicht gesagt, dass sie nichts tun könne? Sie hätte ihre Bemühungen einstellen können, anstatt ihre Kräfte einzusetzen, als Lady Catherines Magie sie angegriffen hatte. Lady Catherine hätte ihren Arm oder sogar ihr Leben verlieren können, aber Elizabeth wäre nicht Gefahr gelaufen, alles zu verlieren, was ihr lieb war. Wenn sie aufgehört hätte, hätte Darcy sie für nichts weiter als eine von vielen verrückten Kräuterfrauen gehalten, die Talismane und Hokuspokus einsetzte, von dem sie nichts verstand.

Und sich ausgerechnet vor Mr. Darcy bloßzustellen! Vor dem Mann, den sie erst vor zwei Tagen schwer beleidigt hatte, vor dem Mann, der keinen Grund hatte, ihr wohlgesonnen zu sein oder sie zu beschützen. Ebenso gut hätte sie sich von einer Klippe stürzen können.

Erschwerend kam noch hinzu: Sie konnte nicht einmal behaupten, dass die Ursache ihres Untergangs der Wunsch gewesen war, Lady Catherine zu heilen. Es war ihr Stolz, ihr lächerlicher, gefährlicher Stolz gewesen. Mr. Darcy hatte ihre Fähigkeiten, ihre Familie und sie selbst beleidigt. Als er ihre Hilfe gebraucht hatte, konnte sie nicht widerstehen, ihm zu zeigen, dass ihre Fähigkeiten nicht nutzlos waren. Und dann, nachdem es zu spät war, hatte sie nicht gewusst, wann sie aufhören sollte.

Aber Colonel Fitzwilliam war so freundlich zu ihr gewesen. Er hatte weder Schock noch Bestürzung gezeigt und sie so behandelt, als wäre es die natürlichste Sache der Welt für eine Frau, Magie zu haben. Bestand eine Chance, dass er sie verteidigen würde?

Sie schluckte einen Bissen Gebäck. "Colonel, Sie wirken nicht weiter beunruhigt über das, was ich getan habe."

"Dass Sie Lady Catherine gerettet haben?", scherzte er. "Zweifelsohne werde ich das eines Tages bereuen, wenn sie mich dafür zurechtweist, dass ich nicht richtig atme, oder für irgendeine andere Sünde, aber ich hätte sie nicht sterben lassen können."

"Aber Sie haben nicht erwartet, wie ich dabei vorgehen würde, und ich bin eine Frau."

"Und eine äußerst liebreizende obendrein!"

Sie zögerte. "Das Collegium der Magier vertritt die Auffassung, dass man Frauen mit Magie nicht trauen kann, weil ihre schwächeren Charaktere und ihr Mangel an Vernunft sie zu anfällig für die Versuchungen der schwarzen Magie machen würden."

Die Lippen des Colonels zuckten amüsiert. "Ich glaube, ich erinnere mich auch noch an Details wie das schlechte moralische Urteilsvermögen und die Unfähigkeit, Recht von Unrecht zu unterscheiden, aber im Allgemeinen liegen Sie richtig, ja. Ich frage mich allerdings, wie Männer, die so denken, es solchen mangelhaften Kreaturen erlauben, ihre Kinder großzuziehen! Was Ihren Einsatz von Magie betrifft, nun, ich habe eine Schwester. Ich bin mir bewusst, dass viele Frauen diese Fähigkeit besitzen. Wie es scheint, setzen Sie Ihre Kräfte ein, um zu heilen. Weshalb sollte ich dagegen etwas haben?"

"Viele Magier hätten mich bereits mit einem Bindebann belegt."

Er schüttelte den Kopf. "Viele Magier stecken mit ihren Köpfen noch im Mittelalter. Ich habe eine wissenschaftlichere Sicht auf die Dinge. Wie alle Fitzwilliams. Wir haben bemerkt, dass die Fähigkeit oft von den Eltern auf die Kinder übergeht. Sie bevorzugt weder den ältesten Sohn noch die jüngste Tochter."

Erleichterung breitete sich langsam in ihr aus. "Das ist in der Tat eine moderne Sichtweise. Mir war nicht bewusst, dass jemand solche Ansichten vertritt."

"Wenn Sie sich die Indizien ansehen, ist es durchaus klar. Ihr Vater ist ein Magier, nicht wahr?"

"Ja", gab sie zu. "Er nutzt seine Kräfte jedoch selten."

"Dennoch, sobald ich das wusste, nahm ich an, dass höchstwahrscheinlich auch Sie die Begabung der Magie geerbt haben. Darcy hat es bestätigt, als ich ihn nach unserem ersten Besuch gefragt habe."

Schockstarre schien sie auf ihrem Platz festgenagelt zu haben. "Mr. Darcy *wusste* es?"

Colonel Fitzwilliam kicherte. "Hatten Sie gedacht, er wüsste es nicht?"

"Ich hatte eine solche Angst, dass er es erraten würde! Wie hat er es herausgefunden?" Und er hatte ihr dennoch einen Antrag gemacht!

"Es hat irgendetwas mit Ihrer Auswirkung auf seine elementare Magie zu tun. Ich erinnere mich nicht an die Details."

Ihre Magie beeinflusste seine? Dann musste er es die ganze Zeit gewusst haben, all die Monate, in denen sie sich so verzweifelt gesorgt hatte, dass er ihr Geheimnis entdecken würde! "Das wusste ich nicht."

"Auch ohne das weiß er, dass Magie oft vererbt wird. Mein Großvater bemerkte das Muster und als er feststellte, dass mein Vater ungewöhnlich starke Fähigkeiten hatte, legte er großen Wert darauf, seine anderen Kinder in Familien von mächtigen Magiern einzuheiraten. Darcys Vater war ein Experte im Manipulieren der Elemente, und mein Großvater hoffte, dass seine Tochter einen Sohn hervorbringen würde, der sowohl elementare Kräfte als auch die Fähigkeit besitzt, selbst Zaubersprüche zu erschaffen. Leider erhielt Darcy nur die Elementarkräfte, allerdings mit der Stärke der Fitzwilliam-Magie. Der arme Kerl kann nicht einmal den grundlegendsten Zauber kreieren, aber er muss immer aufpassen, dass er nicht versehentlich eine Flut verursacht oder irgendetwas in Flammen aufgehen lässt. Lady Catherine bestritt jegliche Magie zu haben, aber mein Großvater verheiratete sie dennoch mit einem starken Magier. Vielleicht wusste er, dass sie nicht die Wahrheit sagte. Ich selbst verfüge nur über die Fähigkeiten, die in der Familie meiner Mutter liegen, nicht über die meines Vaters."

Elizabeths Tee war kalt geworden. Aber jetzt, da kein Grund mehr zur Geheimhaltung bestand, konnte sie ebenso gut heißen Tee trinken. Sie legte ihre Hand um ihre Teetasse und setzte ihren Willen ein, um die Temperatur in der Tasse ansteigen zu lassen. "Wenn Mr. Darcy keine Zauber anwenden kann, wie hat er dann meine Hände geheilt?"

"Er kann Zauber anwenden, die von einem anderen Magier entworfen wurden. Er kann nur keine eigenen erschaffen."

"Sofern es nicht unangebracht ist, das zu fragen - wenn er heilen kann, warum hat er dann nicht angeboten, Lady Catherines Wunde zu heilen?"

Der Colonel schüttelte den Kopf. "Einen Blutsverwandten zu heilen ist gefährlich. Viel zu oft kommt nichts Gutes dabei heraus, normalerweise auf unerwartete Weise."

War das der Grund, warum ihre Hausmittel Jane immer kränker zu machen schienen, anstatt ihre Gesundheit wiederherzustellen? Wenn sie das nur gewusst hätte! "Welche Art von Kraft haben Sie von Ihrer Mutter geerbt?"

"Ich? Ich bin eine Quelle. Ich kann andere Magier mit Kraft versorgen. Außerdem kann ich Zauber spüren - was sie sind, wer sie gemacht hat, so etwas. Die meisten Magier können das ansatzweise, aber nicht im selben Umfang wie eine Quelle es vermag. Nichts Dramatisches, fürchte ich."

"Aber gelegentlich sehr nützlich, kann ich mir vorstellen. Ich war jedenfalls sehr froh, als Sie Lady Catherines Magie bestätigt haben."

"Ja, genau." Er tippte mit dem Finger auf die Seite des Tisches. "Was mich beunruhigt, ist, dass es in einer Familie wie meiner so lange unbemerkt geblieben ist. Warum habe ich es nie zuvor an ihr gespürt?"

Elizabeth überlegte. "Könnte es sein, dass sie eine Möglichkeit gefunden hat, es zu vertuschen? Sie war bewusstlos, als Sie es überprüft haben. Möglicherweise hätten Sie nichts gefunden, wenn sie wach gewesen wäre."

"Das, meine Liebe, ist ein interessanter Gedanke. Das muss ich mit meinem Vater besprechen. Lady Catherines Abneigung dagegen, berührt zu werden, könnte eine Rolle dabei spielen. Ich kann mich nicht erinnern, wann sie mir das letzte Mal ihre Hand angeboten hat."

"Tatsächlich? Bei Mr. Collins macht sie das häufig."

Die Augenbrauen des Colonels schossen in die Höhe. "Tatsächlich? Sie lässt sich von Nicht-Magiern berühren, da sie weiß, dass sie keine Erkenntnis daraus ziehen können. Wie verschlagen sie doch ist! Dennoch ist es gut, dass Sie sie gerettet haben. Wenn sie gestorben wäre, während Darcy hier ist, noch dazu, wenn ihr Tod etwas mit Magie zu tun hatte, hätten manche vermuten können, dass er die Finger dabei im Spiel gehabt hatte."

"Mr. Darcy? Warum sollte er wollen, dass sie stirbt? Er hat versucht, sie zu retten."

"Ich weiß, ich weiß. Aber einige Leute könnten vermuten, dass er Lady Catherine aus dem Weg schaffen wollte, damit er Anne heiraten kann, um die vollständige Kontrolle über alle Vermögenswerte von Rosings ohne ihre Einmischung zu erlangen. Aber wie Sie vielleicht wissen, hat Darcy kein Interesse daran, Anne zu heiraten, auch nicht, wenn sie Rosings als Mitgift mitbringen würde."

Elizabeth unterdrückte den Drang zu lachen. Also wusste Colonel Fitzwilliam nicht, dass Darcy sich ihr angetragen hatte. Das war eine Erleichterung. "Ich habe nie gesehen, dass er Interesse an ihr gezeigt hat, trotz all der Anspielungen von Lady Catherine."

"Und denen meines Vaters. Er ist noch versessener darauf, dass Darcy Anne heiratet als Lady Catherine. Armer Darcy. Aber wenn wir von meinem Vater sprechen - könnte ich mir Ihren inaktiven Elfenpfeil einmal näher ansehen?"

"Aber sicher doch. Hier, bitteschön." Sie unterbrach ihr Essen gerade lange genug, um die Dose aus ihrer Tasche zu holen.

"Vielen Dank. So etwas hab' ich noch nie gesehen." Er öffnete die Schachtel und legte seine Fingerspitzen darauf, wobei seine Augen wirkten, als würde er in die Ferne schauen.

"Wirklich? Jede Kräuterfrau hat einen."

Er zog die Augenbrauen hoch. "Das Verfahren, das Sie heute durchgeführt haben, ist also üblich?"

"Nein, überhaupt nicht. Wenn ein Elfenpfeil irgendwo anders als am Arm eindringt, erreicht er das Herz zu schnell, als dass man ihn stoppen könnte."

"Und doch tragen alle Kräuterfrauen das mit sich herum?"

Elizabeth lächelte. "Nicht aus diesem Grund. Wir verwenden sie, um festzustellen, ob jemandes Tod durch einen Elfenpfeil verursacht wurde. Auf diese Weise wissen wir, ob wir denjenigen mit Eisen über dem Herzen begraben müssen, um zu verhindern, dass der Elfenpfeil entkommt und sich ein neues Ziel sucht."

"Interessant. Ich sollte öfter mit Kräuterfrauen sprechen."

Sie war versucht zu lachen. "Viel Glück. Es ist unwahrscheinlich, dass sie mit Ihnen sprechen wollen. Kräuterfrauen haben guten Grund, Magier zu fürchten."

"Vermutlich. Aber wie sind Sie zu einer geworden? Ich hatte den Eindruck, dass Kräuterfrauen normalerweise, ähm, älter sind."

"Das sind sie auch. Es heißt, es bringe Unglück, wenn eine Frau mit kleinen Kindern diese Art von Arbeit verrichtet, deshalb machen es meist alte Jungfern oder Frauen, deren Kinder schon erwachsen sind."

"Wie wurde also eine heiratsfähige junge Dame wie Sie eine?"

Sie lachte. "Ich bin nichts weiter als ein Gernegroß, keine echte Kräuterfrau. Ich war nur oft genug dabei, wenn eine Kräuterfrau ihrer Arbeit nachging und habe dadurch genug von ihr gelernt. Die örtliche Kräuterfrau ist auf mich zugekommen, als ich zwölf Jahre alt war, weil sie dachte, dass ich ihr behilflich sein könnte."

Er hob eine Augenbraue. "Bei Geschichten wie Kerzen anzünden und Elfenpfeile zerstören?"

"Sie haben meine Täuschung durchschaut! Ja, solche Sachen eben. Sie hatte ihr Augenlicht verloren und damit ihre Fähigkeit, Magie zu wirken. Ich bin immer mit ihr gegangen, wenn sie zu jemandem gerufen wurde, und ich habe aufgepasst."

"Das haben Ihre Eltern erlaubt?"

Elizabeth errötete. "Sie wussten nichts davon. Sie dachten, ich mache einfach gerne lange Spaziergänge alleine. Aber ich hätte eigentlich aufhören müssen, als ich achtzehn wurde, weil die Kräuterfrau sagte, es sei eine ungeeignete Arbeit für eine heiratsfähige Frau von Stand, aber dann gab es letztes Jahr einen Ausbruch von durch Fay ausgelösten Krankheiten und die Arbeit war zu viel für sie. Die leichteren Fälle habe ich allein konsultiert, die, bei denen ein halb ausgebildeter Lehrling besser ist als gar keine Heilerin." Sie machte eine Pause und sagte reumütig: "Ihre Tante war kein leichter Fall. Ich bin überrascht, dass ich es geschafft habe."

"Aber Sie haben es geschafft", sagte der Colonel mit einem Lächeln. "Wie haben Sie gelernt, Kerzen anzuzünden und Elfenpfeile zu zerstören?"

"Durch Experimente. Als ich ein Kind war, hat mein Vater zum Zeitvertreib Illusionen für mich erschaffen, und einmal zeigte er mir, wie er das machte. Ich konnte mich nicht an den Zauberspruch erinnern, aber als ich wusste, dass es möglich war, fand ich irgendwie meinen eigenen Weg, Illusionen zu erschaffen, kleine, hauptsächlich, um Dinge vor meiner Mutter zu verbergen. Als mein Vater mich dabei erwischte, weigerte er sich, mir noch mehr zu zeigen. Ein paar Dinge habe ich noch gelernt, indem ich ihn beobachtet habe. Ich war entschlossen, den Tilgungszauber zu beherrschen, damit ich niemals dazu gebracht werden könnte, etwas zu essen, das ich nicht mochte. Ich hasse Fisch, wissen Sie. Ich kann kleine Gegenstände auflösen, aber ich bin nie gut genug geworden, um Fische zu tilgen."

Er lachte. "Lebewesen und Dinge, die einmal lebendig waren, widersetzen sich dem Tilgungszauber. Es bräuchte schon einen mächtigen Magier, um einen Fisch zu tilgen."

"Hat es deshalb nicht funktioniert? Ich war so frustriert darüber. Glücklicherweise hat uns unsere Köchin schließlich verlassen und ich mochte die Fischgerichte der neuen Köchin viel lieber."

"Was können Sie noch, außer Tilgungszauber und Illusionen?"

"Vorwiegend das, was zum Heilen nötig ist, da ich unnötigen Einsatz von Magie immer vermieden habe, aus Angst, erwischt zu werden. Ich kann lauwarmen Tee wieder aufwärmen. Ich kann das Feenvolk sehen und sagen, wann sie anwesend waren, also so etwas, wie die Überreste des Elfenpfeils aufzuspüren, und ich kann ein paar Fay-Zauber ausführen - wie man Milch gerinnen lässt und so etwas."

Colonel Fitzwilliam richtete sich abrupt auf. "Grundgütiger! Sie stecken voller Überraschungen! Wie um alles in der Welt haben Sie die Zauber der Fay erlernt?"

"Als ich klein war, hat sich ein Feenkind mit mir angefreundet. Nun, nicht gerade ein Kind, weil Kinder, wie wir es kennen, bei ihnen nicht existieren. Nur eine sehr junge Fee, die erst vor kurzem entstanden war und noch wenig Erfahrung in der Welt gesammelt hatte. Sie sagte, sie würde irgendwann einmal eine Dryade sein, wenn sie bereit wäre, aber sie war sehr schelmisch. Ich wusste nie, was ich glauben sollte, weil sie sich die wunderlichsten Geschichten ausdenken konnte." Elizabeth lächelte bei der Erinnerung. "Sie hat versucht, mir beizubringen, wie man gestaltwandelt, aber ich muss wohl nicht erwähnen, dass mir das nicht gelungen ist."

"Grundgütiger! Aber das sagte ich bereits, nicht wahr? Nun, es verdient es noch einmal gesagt zu werden. Haben Sie eine Ahnung, wie außergewöhnlich das ist?"

Elizabeth zuckte die Achseln. "Ich habe keine Ahnung. Meine Freundin hat mich ein oder zwei Mal mit nach Faerie genommen, also kam es mir ganz normal vor."

Dem Colonel fiel die Kinnlade herunter. "Sie waren auch in Faerie? Dem Reich der Feen? Verblüffend! Besucht Sie Ihre Freundin immer noch?"

"Nein. Obwohl ich Feen immer noch sehen kann, haben meine Freundin und ich uns aus den Augen verloren. Bis vor ungefähr zwei Jahren besuchte sie mich von Zeit zu Zeit noch. Bei ihrem letzten Besuch sagte sie, sie könne nicht wiederkommen, weil ihr König allen Sterblichen den Krieg erklärt habe und jedem Fay unter Androhung der Verbannung verboten habe, Sterblichen zu helfen. Und sie hat mir eine

Katze geschenkt, die mich an sie erinnern soll - die weiße Katze namens Pepper, wenn Sie sich erinnern."

Er hob die Hände. "Halt, Stop! Ihr König hat uns den Krieg erklärt? Sind Sie sich da ganz sicher?"

Erstaunt über seine heftige Reaktion sagte sie langsam: "Das hat sie gesagt. Ob es wahr ist oder nicht, kann ich nicht sagen. Sie ist schließlich eine Fee und sie hatte sich selbst den Namen Bluebird gegeben, weil sie weder blau noch ein Vogel war, also würde ich dem, was sie sagte, nicht allzu viel Bedeutung beimessen. Abgesehen davon, dass es sich eigentlich so anfühlt, als ob Faerie mit uns Krieg führt, mit all diesen Angriffen der Fay."

"Aber weshalb? Warum sollten sie mit uns Krieg führen?"

Elizabeth zuckte mit den Achseln. "Bluebird sagte, es sei wegen der Bäume. Aber sie hat sich immer recht bildhaft ausgedrückt, also hätte sie alles Mögliche damit meinen können."

"Die Bäume? Das ergibt keinen Sinn."

Bevor er weitermachen konnte, kehrte ein frustriert aussehender Darcy zurück. "Ich habe versucht, Anne zu erklären, was mit ihrer Mutter los ist. Ich kann nicht sagen, ob sie einfach nicht versteht, was ich sage oder ob sie sich weigert, mir zuzuhören. Schlussendlich starrte sie mich nur an, als hätte sie keine Ahnung, wer ich bin. Vielleicht bringt sie das mit ihrer Mutter zu sehr aus dem Gleichgewicht, aber ich habe sie noch nie so verwirrt gesehen. Richard, vielleicht wenn du-"

"Oh nein, nicht ich. Ich versetze sie in Angst und Schrecken. Du weißt wie das immer abläuft. Ich komme zur Tür herein und sage 'Cousine Anne' und sie fällt in Ohnmacht. Oder rennt weg. Oder läuft davon und wird anschließend ohnmächtig. Vielleicht könnte Miss Bennet..." Der Colonel wandte sich hoffnungsvoll an sie.

"Ich kenne sie kaum", protestierte Elizabeth, deren Befangenheit mit Darcy zurückgekehrt war. "Wir haben kaum ein Dutzend Worte miteinander gesprochen. Oh, na schön, ich werde es versuchen, aber ich gehe nicht davon aus, dass ich Erfolg haben werde. Vielleicht kann mich Mrs. Collins begleiten. Miss de Bourgh kennt sie besser." Sie hielt inne. "Colonel, ist es möglich, dass Miss de Bourgh Angst hat, Sie könnten sie berühren?"

"Ich würde ihr niemals wehtun! Oder meinen Sie...Hmm. Was denkst du, Darcy?"

Darcy musterte ihn nachdenklich. "Wenn sie nicht zulässt, dass du sie berührst, werden wir wahrscheinlich nicht herausfinden, ob sie Grund hat, dich zu meiden."

"ICH BIN NICHT ÜBERRASCHT, dass Miss de Bourgh die Erklärungen von Mr. Darcy nicht verstanden hat", sagte Charlotte. "Wenn man nicht sehr geduldig mit ihr ist, wird ihre Verwirrung zu stark."

"Mich überrascht das auch nicht", brachte sich Elizabeth ein, "allerdings aus einem anderen Grund. Hast du bemerkt, dass Miss de Bourghs Ohnmachtsanfälle und ihre Verwirrung für gewöhnlich dann auftreten, wenn das Thema Magie angeschnitten wird?"

"Wie seltsam. Diese Verbindung hatte ich noch gar nicht hergestellt. Was könnte geschehen sein, das ihr solche Angst vor der Magie eingejagt hat?"

"Vielleicht hat sie überhaupt keine Angst davor", sagte Elizabeth finster. "Der einzige Grund, aus dem ich mir vorstellen kann, dass jemand verwirrt ist, sobald Magie erwähnt wird, ist noch mehr Magie."

Charlotte packte sie am Arm. "Sicher kannst du nicht glauben, dass sie mit einem Bann belegt wurde?"

"Genau das denke ich, und da ich weiß, dass Lady Catherine Magie hat, ist es nicht schwer, zu erraten, warum ihre Tochter unter einem Bann steht."

"Ein Bindebann", hauchte Charlotte.

"Und jetzt kannst du nachvollziehen, warum ich genau das fürchte. Ich würde lieber sterben als so zu sein wie sie."

Miss de Bourgh war in ihrem Wohnzimmer und schaute abwesend aus dem Fenster, während Mrs. Jenkinson ihr vorlas. Als sie Charlotte und Elizabeth erblickte, hielt sie inne.

Charlotte nickte ihr zu. "Mr. Darcy hat uns gebeten, Miss de Bourgh Lady Catherines Unwohlsein zu erklären."

"Oh!", rief Mrs. Jenkinson aus. Sie senkte ihre Stimme zu einem Flüstern. "Sie müssen sehr sachte mit ihr sein. Miss de Bourgh hat heute keinen guten Tag. Überhaupt keinen guten Tag."

"Wir werden behutsam vorgehen", sagte Charlotte beruhigend. "Miss de Bourgh, hat Mr. Darcy Ihnen erklärt, dass Ihre Mutter verletzt wurde?"

Miss de Bourgh stand auf. "Verletzt? Ich muss zu ihr gehen. Sie wird es erwarten."

"Es wäre besser, wenn Sie damit noch warten würden. Lady Catherine ist bewusstlos und wird es wahrscheinlich noch einige Zeit bleiben."

"Sie ist ohnmächtig geworden?" Sie lächelte unerwartet, ein schelmisches Lächeln. "Sie ist ohnmächtig geworden!"

"Ähm, ja", sagte Charlotte. "Sie ist derzeit nicht in Gefahr."

"Oh." Miss de Bourgh blickte wieder aus dem Fenster, ihre Finger begannen, mit den Fransen ihres Schals zu spielen.

"Wir glauben, dass sie von einem Feenwesen angegriffen wurde. Sie wurde von einem Elfenpfeil getroffen, aber er konnte entfernt werden."

Miss de Bourgh runzelte die Stirn. "Feenwesen? Auf Rosings gibt es keine Feen. Ich..." Ihre Stirn glättete sich urplötzlich. "Wo war ich stehengeblieben?"

"Die Verletzung Ihrer Mutter wurde durch einen Elfenpfeil verursacht", half ihr Charlotte auf die Sprünge.

"Elfenpfeil? Wie seltsam." Sie hielt inne. "Oh, die Sonne ist herausgekommen, wie ich sehe."

Elizabeth beugte sich vor, bereit, Miss de Bourgh aufzufangen. "Wir glauben, dass Lady Catherines Verletzung magischer Natur ist."

Wie sie erwartet hatte, rollten sich Miss de Bourghs Augen himmelwärts und ihr Kopf fiel zur Seite. Elizabeth schob sie sanft wieder auf ihren Sessel.

Als Mrs. Jenkinson mit Riechsalzfläschchen und Kissen um Miss de Bourgh herumschwirrte, legte Elizabeth eine Hand auf das Handgelenk der jungen Frau und schickte ihr Bewusstsein los. Ja, da war ein Zauber, keine Frage, aber er hatte nicht die gleiche Textur wie Mr. Darcys oder

Colonel Fitzwilliams Magie. Es war eine Erleichterung, zu wissen, dass keiner von ihnen dafür verantwortlich war.

RICHARD SCHLENDERTE herein und blieb beim Anblick von Darcy abrupt stehen. "Ich hatte nicht erwartet, dich hier zu finden. Ich dachte, du würdest Miss Bennet Gesellschaft leisten."

Darcy machte ein finsteres Gesicht. "Ich bezweifle, dass Miss Bennet mich bei sich haben möchte, besonders nachdem ich ihren Besuch bei Mrs. Collins unterbrochen habe, indem ich sie hierher gebracht habe. Und ich könnte auch darauf hinweisen, dass du ebenfalls beschlossen hast, nicht bei ihr zu bleiben."

Richard setzte sich in den Ledersessel und streckte die Beine vor sich aus. "Ich habe meinem Vater einen Brief geschrieben. Da es darin um Miss Bennet ging, dachte ich, dass ich das besser alleine mache."

Darcy erstarrte. "Du hast deinem Vater über sie geschrieben?"

"Selbstverständlich. Er wird sie treffen wollen."

"Warum?"

"Nicht nötig, mich so anzufahren, alter Freund! Weil sie Informationen über Faerie hat. Ob er schon über die Praktiken der Kräuterfrauen Bescheid weiß, kann ich nicht sagen, aber du weißt, wie versessen er darauf ist, alles über Faerie zu erfahren. Sie war nur sehr kurz dort, aber das ist mehr als jeder andere, den wir kennen. Und..."

"Und was?" Ein Gewicht legte sich auf Darcys Brust.

Richard beugte sich vor und sprach leise. "Sie kennt den Zauber zum Gestaltwandeln. Sie kann ihn nicht durchführen, aber sie kennt die Worte. Mein Vater würde seine Seele für diesen Zauberspruch verkaufen."

"Auch, wenn er nicht funktioniert?"

"Komm schon, Darcy. Nur weil ein ungeschultes Mädchen es nicht fertigbringt, heißt das nicht, dass mein Vater es nicht kann. Ich kann mich nicht erinnern, dass ihm jemals ein Zauber nicht gelungen wäre." Er rieb sich die Hände.

MR. DARCYS ZAUBER

Ein bitterer Geschmack breitete sich in Darcys Mund aus. Wenn Lord Matlock auch nicht seine Seele für den Zauber verkaufen würde, dann doch seinen Sohn. Richard hatte aus seiner Bewunderung für Elizabeth kein Geheimnis gemacht, aber durch ihre fehlende Mitgift war sie außerhalb seiner Reichweite gewesen. Dieser Zauber allein wäre eine enorme Mitgift. "Es ist unwahrscheinlich, dass Elizabeth deinen Vater treffen möchte. Sie hat deutlich gemacht, dass sie so wenig wie möglich mit Magiern zu tun haben möchte, geschweige denn mit dem Großmeister des Collegiums."

"Sie braucht ihn nicht zu fürchten. Das weißt du ebenso gut wie ich. Vorerst werde ich es ihr gegenüber nicht erwähnen. Wenn er nicht in London ist, kann es eine Woche dauern, bis ihn dieser Brief erreicht. Ich habe ihm geschrieben, dass ich sie nicht zu ihm bringen kann, also muss er hierherkommen. Sobald sie ihn kennenlernt, wird sie verstehen, dass er sie nicht verletzen würde."

Es war besser, das nicht zu beantworten. Sollte Richard an eigenen Leib erfahren, dass Elizabeth sich nicht gerne zu etwas zwingen ließ.

"Dennoch bedeutet das, dass ich hierbleiben muss, bis ich von meinem Vater höre. Ich weiß, dass du eigentlich abreisen wolltest, bevor all das passiert ist, wenn du also willst, kannst du morgen nach London zurückkehren, während ich mich hier um alles kümmere."

Noch vor einer Stunde hatte Darcy das Schicksal verflucht, das ihn gezwungen hatte, in Rosings zu bleiben, und sich der Qual und Demütigung in Elizabeths Gesellschaft aussetzen zu müssen. Aber Richards Plan, sich um alles zu kümmern, könnte beinhalten, dass er sich auch darum kümmerte, einen Ring an Elizabeths Finger zu stecken. "Vorerst bleibe ich lieber. Ich bin Annes Vormund, und ich möchte mich nicht dem gerechtfertigten Zorn unserer Tante stellen müssen, wenn sie entdeckt, dass ich meine Pflicht vernachlässigt habe." Hörte sich das nach einem guten Grund an?

"Gut. Wenn du immer noch hier bist, wenn sie wieder gesund ist, kannst du ihr erklären, warum wir einer Kräuterfrau gestattet haben, sie zu behandeln und dass wir ihr Geheimnis entdeckt haben. Von dir wird sie es besser aufnehmen.

Der Butler brachte eine Visitenkarte auf einem Silbertablett. Wer wollte ihnen um diese Uhrzeit einen Besuch abstatten? Darcy las die Karte und schnaubte. "Collins. Den solltest am besten du empfangen, Richard. Wenn ich es tue, endet es nur darin, dass ich etwas sage, was ich bereuen würde." Darcy marschierte zur Tür.

"Oh, danke vielmals, lieber Cousin!", rief ihm Richard mit gespielter Dankbarkeit nach.

EIN LEISES KLOPFEN an Lady Catherines Schlafzimmertür ließ Elizabeth die Zeitschrift der Dame schließen, durch die sie geblättert hatte. Sie hatte ohnehin nicht darin gelesen und sie nur benutzt, um ihr Unbehagen zu verschleiern. Wieder und wieder wiederholten sich in ihrem Kopf die Worte von Colonel Fitzwilliam, der ihr erzählt hatte, dass Darcy die ganze Zeit über von ihrer Magie gewusst hatte. Diese eine Tatsache stellte alles auf den Kopf, was sie von ihm zu wissen glaubte. Er hatte ihre Nähe gesucht, ihr sogar die Ehe angetragen, obwohl er wusste, dass sie Magie hatte. Es klang, als würde seine Familie sogar erwarten, dass er eine Frau mit Magie heiratete. Wenn sie das nur gewusst hätte! Sie hätte alles darum gegeben, einen Magier zu finden, der sie im Einsatz ihrer Fähigkeiten unterstützte. Sie wäre mehr als dankbar für seine Aufmerksamkeit gewesen, ganz gleich, wie stolz und verächtlich er auch sein mochte. Aber wie hätte sie ahnen können, dass seine Überzeugungen nicht mit denen des Collegiums übereinstimmten?

Wie konnte sie ihm jetzt gegenübertreten, nach den Anschuldigungen, die sie ihm an den Kopf geworfen hatte, als er sie um ihre Hand gebeten hatte? Sie hatte so falsch über ihn geurteilt. Und nun konnte sie nicht aufhören, an ihn zu denken.

Charlotte erhob sich von ihrem Platz neben Lady Catherines Bett und öffnete die Tür. "Mr. Darcy, bitte treten Sie ein."

Hitze durchflutete Elizabeth, als sie aufstand und knickste. Oh, warum musste seine bloße Anwesenheit dazu führen, dass sie sich schämte? Er war zweifellos nur gekommen, um sich nach seiner Tante zu erkundigen. Höchstwahrscheinlich dachte er nicht einmal an sie.

Immerhin hatte er vorhin kein Interesse an ihr gezeigt, abgesehen von ihrer Behandlung von Lady Catherine, und war gegangen, sobald es vollbracht war. Er hätte seinen Wunsch, ihr auszuweichen, kaum deutlicher machen können, und sie konnte ihm nicht wirklich einen Vorwurf dafür machen.

"Hat sich irgendetwas geändert?", fragte er Charlotte mit teilnahmslosem Gesicht.

Charlotte deutete auf Lady Catherines Bett. "Keine Verbesserung, aber auch keine Verschlechterung. Wir haben ihre Lippen mit Essenz von Mutterkraut betupft. Einige sagen, es könne bei der Behandlung von Elfenpfeilen hilfreich sein."

"Bitte informieren Sie mich, wenn sich irgendeine Veränderung einstellt. Mrs. Collins, gestatten Sie mir die Ehre, ein privates Gespräch mit Miss Elizabeth zu führen?"

Oh nein. Was konnte er ihr sagen wollen, was er nicht vor Charlotte sagen konnte? Wollte er möglicherweise noch einmal auf seinen Antrag zu sprechen kommen? Aber nein, das war unmöglich! Nicht, nachdem sie ihn so behandelt hatte.

Sein Mund verzog sich. "Sie müssen sich keine Sorgen machen, Miss Elizabeth. Ich möchte Sie lediglich über etwas informieren." Er bemühte sich nicht, die Ironie aus seiner Stimme herauszuhalten. Er ahnte wohl, was sie gedacht hatte.

Charlotte sah ebenfalls besorgt aus. Zurecht. "Wenn Lizzy mit Ihnen sprechen möchte, habe ich nichts dagegen."

Darcy legte den Kopf schief. "Miss Elizabeth, vielleicht könnten wir bei geöffneter Tür im Wohnzimmer sprechen. Auf diese Weise könnte Mrs. Collins uns sehen." In seiner Stimme lag keinerlei Wärme.

Sie konnte sich kaum weigern und ging ihm voran ins Wohnzimmer. "Ja, Mr. Darcy?"

Er durchschritt den kleinen Raum, bevor er sich wieder zu ihr umdrehte. "Sie haben meinem Cousin gesagt, dass Sie den Zauber zum Gestaltwandeln kennen." Er klang nicht besonders erfreut.

Warum sehnte sie sich danach, nicht nur Härte auf seinem Gesicht zu erkennen? Er hatte allen Grund, sie nicht zu mögen. "Ich kenne die Worte, aber ich bringe ihn nicht zustande."

"Miss Elizabeth, diese Worte, ob Sie sie nun einsetzen können oder nicht, wären bestimmten Menschen sehr viel wert. Sehr, sehr viel sogar. Ich empfehle Ihnen, dass Sie sie nicht ohne Weiteres preisgeben."

Sie befeuchtete ihre Lippen mit der Zunge. "Ich verstehe nicht recht, was Sie damit meinen."

Wenn überhaupt möglich, verfinsterte sich sein Gesichtsausdruck noch. "Sie sollten sie niemandem ohne Gegenleistung mitteilen. Sie könnten dafür fast alles bekommen, was Ihr Herz begehrt. Ein Anwesen, auf dem kein Erbschaftsvertrag zugunsten von Mr. Collins liegt. Eine Mitgift. Eine Garantie, dass kein Magier Sie jemals mit einem Bindebann belegen wird."

"Ich verstehe." War es möglich, dass er versuchte, ihr zu helfen?

"Aber sobald Sie jemandem diese Worte preisgeben, geben Sie diese Macht aus den Händen."

Warum sagte er ihr das? "Darf ich annehmen, dass Magier diejenigen sind, die an dem Zauber interessiert sind? Werden sie es mit Hinterlist versuchen?"

"Ich hoffe nicht. Ich habe eher befürchtet, dass Sie frei über den Zauber sprechen könnten, ohne zu wissen, dass Sie sich damit Ihre eigene Sicherheit erkaufen könnten. Ihr anderes Wissen über die Fay ist ebenfalls wertvoll, aber der Gestaltwandlerspruch ganz besonders."

Sie sah für einen Moment auf ihre Hände hinunter, um ihm dann ganz bewusst in die Augen zu sehen. "Danke, dass Sie mir das gesagt haben. Ganz besonders, da Sie mich einfach nach dem Zauber hätten fragen können und ich ihn Ihnen gesagt hätte."

Sein Adamsapfel bewegte sich, als er schwer schluckte. "Ich weiß, wie es sich anfühlt, mit der Bedrohung zu leben, eines Tages womöglich mit einem Bindebann belegt zu werden. Das wünsche ich weder Ihnen noch sonst jemandem."

Ihr Mund klappte überrascht auf. "Sie kennen diese Angst?"

"Jetzt nicht mehr", wischte er ihre Frage beiseite. "Jemand hat sich große Mühe gegeben, um den Anschein zu erwecken, dass ich meine Fähigkeiten missbraucht habe, und die Bestrafung dafür ist, gebunden zu werden."

"Oh. Es tut mir leid, dass Sie das durchmachen mussten." Sie meinte es ernst. Es würde ihr das Herz brechen, zu sehen, wie sein Stolz und seine Klugheit durch einen Bindebann zunichtegemacht würden. Wie konnte jemand denken, dass er so etwas tun würde oder dass er sich erwischen lassen würde? "So eine dumme Idee."

Jetzt sah er wütend aus. Er musste sie missverstanden haben.

Sie sagte schnell: "Oh, Ihr Gesichtsausdruck! Ich meinte nur, wenn Sie Ihre Kräfte missbrauchen würden - und ich habe keineswegs vor, Ihnen das zu unterstellen - aber wenn Sie es tun würden, dann würden Sie Ihre Spuren so sorgfältig verwischen, dass niemand auch nur im Traum darauf käme, es mit Ihnen in Verbindung zu bringen. Sie würden es niemals auf eine nachlässige, offensichtliche Weise tun. Das ist alles."

Sein Zorn verrauchte, ersetzt durch ein leichtes Lächeln. "Sehr scharfsinnig, Miss Elizabeth. Schade, dass Sie nicht in der Untersuchungskommission saßen."

Zögernd lächelte sie zurück.

"Lizzy!" Mrs. Collins' Stimme unterbrach ihren Moment der Verbindung. "Die Augen Ihrer Ladyschaft sind wieder offen."

"Entschuldigen Sie mich", murmelte Elizabeth, als sie zurück ins Schlafzimmer eilte.

Lady Catherines Augen waren in der Tat weit geöffnet und wieder starr zur Decke gerichtet, die Pupillen geweitet. Elizabeth winkte mit einer Hand vor ihrem Gesicht, aber sie zeigte keinerlei Anzeichen von Bewusstsein, genauso wie zu dem Zeitpunkt, als sich der Elfenpfeil noch in ihrem Arm befunden hatte. "Ich wünschte, ich könnte Ihnen sagen, was das bedeutet, aber ich habe keine Ahnung", sagte Elizabeth.

Lady Catherines Augenlider schlossen sich wieder.

"Wie seltsam", kommentierte Mrs. Collins.

Darcy sagte: "Mrs. Collins, ich habe vergessen zu erwähnen, dass Ihr Mann mit Colonel Fitzwilliam unten ist. Vermutlich fragt er sich, weshalb Sie hier sind. Obwohl ich Ihre Unterstützung sehr schätze, kann ich kaum erwarten, dass Sie länger bleiben."

Charlotte warf ihr einen Blick zu. "Und Lizzy?"

"Die Entscheidung liegt ganz bei ihr", sagte er mit ruhiger Stimme.

"Ich würde es für klug halten, wenn sie bliebe. Sollte sich etwas an Lady Catherines Zustand ändern, wäre es schwierig zu erklären, warum Sie mitten in der Nacht zum Pfarrhaus kommen würden, um Lizzy zu holen."

Wie konnte sie im selben Haus wie er übernachten? Aber sie hatte keine Ausrede um sich zu weigern. "Also gut. Ich werde hierbleiben."

"Wird Mr. Collins Einwände erheben?", fragte Darcy Charlotte.

Mrs. Collins schüttelte den Kopf. "Ich werde ihm sagen, dass Lady Catherine, als sie einen kurzen Moment bei Bewusstsein war, den Wunsch geäußert hat, dass Lizzy sich um sie kümmern möge. Das wird er akzeptieren. Ich werde heute Nacht hier bei ihr bleiben, sofern das nicht zu viele Umstände macht."

Darcy verneigte sich. "Vielen Dank. Wir würden uns freuen, Sie beide hier zu haben. Ich denke, es wäre jetzt sicher, wenn die Dienstmädchen Ihnen behilflich sind. Wir haben ihnen erklärt, dass Lady Catherine sich den Kopf angeschlagen hat und das Bewusstsein noch nicht wiedererlangt hat. Der Wundarzt sollte in Kürze eintreffen, und wir werden ihn bitten, auch bei dieser Geschichte zu bleiben."

"Sehr gut. Ich nehme an, ich muss mit meinem Mann sprechen, bevor er Colonel Fitzwilliams Geduld zu sehr strapaziert", sagte Mrs. Collins. "Würden Sie mich begleiten, Mr. Darcy?"

Er nickte. "Mit Vergnügen."

Elizabeth stieß einen Atemzug aus, den sie unbewusst angehalten hatte. Plötzlich wollte sie nicht, dass er ging, nicht bevor sie sich richtig bei ihm bedanken konnte. Er hätte jedes Recht gehabt, verbittert und wütend mit ihr zu sein, so scharf, wie sie ihn zurückgewiesen hatte. Aber irgendwie hatte er es fertiggebracht, das zu überwinden und versucht, ihr einen Weg aufzuzeigen, wie sie ihre schlimmsten Befürchtungen vermeiden konnte. Sicherlich erforderte dies eine Art Anerkennung, und wenn sie jetzt nichts sagte, würde sie nie den Mut dazu finden.

Aber er folgte Charlotte bereits zur Tür hinaus.

Sie musste ihn aufhalten. "Mr. Darcy, darf ich Ihnen eine Frage stellen?"

Er drehte sich augenblicklich um. "Selbstverständlich, Miss Elizabeth." Lag etwas Sanftes in seinem Ton?

Sie biss sich auf die Lippe. Eine Frage. Sie musste ihm eine Frage stellen, die zeigte, dass er sich ihr Vertrauen verdient hatte. "Meine Katze, Pepper. Haben Sie etwas Ungewöhnliches an ihr bemerkt?"

Er schüttelte den Kopf. "Nein, nichts, abgesehen von ihrem Namen und ihren Augen."

"Sie ist ein Feenwesen, oder zumindest teilweise. Ist das etwas, was andere Magier bemerken könnten?" Sie beobachtete ihn ängstlich.

Er machte große Augen und hielt inne, bevor er antwortete. "Daran habe ich noch gar nicht gedacht. Richard ist sehr empfindlich was Magie anbelangt und er schien nichts zu bemerken, also würde ich vermuten, dass es auch sonst keiner tut. Aber ich werde mir Gedanken dazu machen."

"Vielen Dank. Ich würde es vorziehen, wenn niemand ihre wahre Natur erkennen würde. Sie ist mir sehr wichtig." Würde er verstehen, dass dies ihre Entschuldigung dafür war, dass sie ihm misstraut hatte?

"Ich werde mit Sicherheit alles in meiner Macht Stehende tun, um die Aufmerksamkeit von Pepper abzulenken."

Sie lächelte erleichtert. Er hatte verstanden. "Ich danke Ihnen."

Er zögerte. "Ich hoffe, ich werde die Gelegenheit haben, Pepper wiederzusehen, nun, da ich das weiß."

Mit einem schelmischen Blick sagte sie: "Das liegt ganz bei Pepper. Wie jede andere Katze trifft sie ihre eigenen Entscheidungen."

Kapitel 3

Darcy sah von seinem Buch auf, als Elizabeth die Bibliothek betrat. Sein Herz machte einen Satz bei ihrem Anblick, obwohl der Druck der Elemente nachließ.

Sie blieb wie angewurzelt stehen, sobald sie ihn erblickte. "Verzeihung. Ich wollte Sie nicht stören. Ich habe nach einem Buch zum Lesen gesucht." Wie ein Reh stand sie da, bereit, vor dem Jäger zu fliehen.

Wie konnte ihre Anwesenheit ihn stören, wenn er sich kaum auf sein Buch konzentrieren konnte, weil er ständig an sie denken musste? Er hatte gestern überhaupt nicht allein mit ihr gesprochen, nur ein kurzes Gespräch vor den Dienern über den Gesundheitszustand seiner Tante. Ansonsten war sie den ganzen Tag in Lady Catherines Gemächern geblieben. Da sich am gesundheitlichen Zustand seiner Tante nichts geändert hatte, konnte er nur annehmen, dass sie sich vor ihm versteckte - eine bittere Enttäuschung nachdem sie zuletzt so einvernehmlich über Pepper gesprochen hatten. "Bitte, kommen Sie herein und suchen Sie sich etwas aus. Ich kann mir vorstellen, dass es langweilig sein muss, Lady Catherine beim Schlafen zuzusehen."

Sie schien sich ein wenig zu entspannen. "Das macht mir nichts. Es ist eine neuartige Erfahrung, so lange in ihrer Gegenwart zu sein, ohne sich einen Rüffel einzuholen."

"Rosings wirkt ohne sie ungewöhnlich still." Offensichtlich machte er sie immer noch nervös. Vielleicht konnte er sie an ihren Waffenstillstand erinnern. "Ich hatte gehofft, Sie mehr über Pepper fragen zu können. Ich kann mich nicht erinnern, jemals etwas Ungewöhnliches an ihr bemerkt zu haben, abgesehen von ihren Augen und ihrer Bereitschaft, mit Ihnen zu reisen. Auf mich wirkte sie wie jede andere Katze."

"Es freut mich, das zu hören."

Er beschloss, sich noch ein wenig weiter vorzuwagen. "Wenn sie nur zum Teil ein Feenwesen ist, was ist dann der andere Teil? Eine normale Katze?"

"Das weiß ich nicht. Ich habe angenommen, dass sie kein reines Feenwesen ist, da jeder sie sehen kann, nicht nur Kinder, aber sie ist keine gewöhnliche Katze. Sie kann verschwinden, wenn sie es wünscht. Selbst ich kann sie dann nicht sehen, wenn sie nicht gesehen werden möchte." Elizabeth ging zum Fenster hinüber und öffnete einen Flügel.

"Etwas frische Luft?" Dafür war der Tag eigentlich zu kühl.

"Nicht ganz." Sie studierte kurz die Aussicht.

Ein weißer Vogel flog am Fenster vorbei und ließ sich dann auf dem Sims nieder. Elizabeth flüsterte ein paar Worte, streckte ihm ihren Finger wie eine Stange hin und der Vogel hoppste darauf.

Erstaunt sagte Darcy: "Ist das ein weißer Rabe? Ich habe noch nie einen gesehen, geschweige denn einen zahmen."

"Schauen Sie genau hin." In Elizabeths Stimme schwang ein Lachen mit, als sie den Vogel zu ihm trug. "Pepper, Liebes, erinnerst du dich an Mr. Darcy? Ich habe ihm von dir erzählt."

Sicher konnte sie nicht glauben, dass dieser Vogel ihre Katze war!

Der weiße Rabe streckte seine Flügel aus und zeigte eine größere Flügelspannweite als Darcy erwartet hatte. Mit einem leisen Krächzen flog er in die Luft, umkreiste die Bibliothek einmal und landete auf Darcys Schulter.

Darcy starrte den Vogel an. Er hatte noch nie einen lebendigen Vogel aus nächster Nähe gesehen. Wie winzig die Federn auf seinem Gesicht waren! Der Rabe legte den Kopf schief, als würde er ihn studieren. War eines seiner Augen gelb? Mit einer plötzlichen Bewegung schnappte der Vogel sich eine Haarsträhne mit dem Schnabel und zog daran. Fest. Darcy zuckte zusammen.

"Hab Nachsicht mit ihm, Pepper. Mr. Darcy möchte uns helfen, in Sicherheit zu bleiben."

Das kam Darcy einfach zu seltsam vor, als dass er sich damit wohl gefühlt hätte. "Möchten Sie mir damit sagen, dass Ihre Katze eine Gestaltwandlerin ist?"

Elizabeth grinste. "Eigentlich dachte ich, ich würde es Ihnen zeigen."

Der Vogel pickte an seiner Nase. Ganz deutlich äußerte er sich mit "Miau".

"Gütiger Himmel!", rief Darcy. Vögel miauten eigentlich nicht!

"Pepper, hab Mitleid mit dem armen Mann. So eine erstaunliche Kreatur wie dich konnte er sich bisher gar nicht vorstellen."

Der weiße Rabe sprang auf Darcys Bein und begann sich zu putzen. Irgendwie verschwamm er an den Rändern und wurde plötzlich zu der vertrauten weißen Katze. Pepper leckte ihre Pfote und rieb sie sich über das Gesicht, als wäre nichts Außergewöhnliches geschehen.

Mit erstickter Stimme gelang es Darcy zu sagen: "Ich gestehe Ihnen zu, dass dies keine gewöhnliche Katze ist."

"Nein, sie ist ziemlich außergewöhnlich", sagte Elizabeth mit einem gewissen Stolz, "und sehr eitel. Sie mag es, unterhalb ihrer Ohren gekrault zu werden."

Darcy folgte ihren Anweisungen, aber es brauchte mehr Mut, als er zugeben wollte. "Verwandelt sie sich auch in andere Tiere?"

"Nicht das ich wüsste, aber sie scheint zu verstehen, was ich sage, zumindest wenn sie will. Oft ignoriert sie mich auch. Sie weiß, wann ich sie brauche. Es war kein Zufall, dass sie zum Fester hereingeflogen kam. Aber die meiste Zeit ist sie wie jede andere Katze, nur dass sie sich zufällig eben auch in einen Vogel verwandeln kann."

Pepper begann zu schnurren.

Er versuchte, die Reste seines Verstandes zusammenzukratzen. "Dann ist sie eine Phouka? In den alten Geschichten sind Katze und Rabe zwei der Formen, die Phoukas annehmen können, aber ich dachte, alle Phoukas wären dunkel."

"Ich habe keine Ahnung, was sie ist, und sie sagt es nicht. Ich weiß nur, dass sie ein sehr schönes Kätzchen ist, nicht wahr, Pepper?" Sie beugte sich vor, um der Katze den Kopf zu tätscheln.

Wie sollte er klar denken, mit ihrem Körper direkt vor seinem Gesicht und ihrem Lavendelduft, der ihm in die Nase stieg? "Ich glaube nicht, dass andere Magier sie verdächtigen würden. Und ich kann mir nicht vorstellen, dass jemand auf die Idee käme, Ihre Katze mit Eisen zu testen."

Die Katze sah ihn mit zusammengekniffenen Augen an, als wollte sie sagen, dass jeder, der das wagte, es bereuen würde.

Zu seinem Bedauern richtete sich Elizabeth auf. "Ich hoffe nicht."

Denk nach. Er musste sich etwas einfallen lassen, das nichts mit dem Ausschnitt ihres Kleides zu tun hatte. "Ich nehme an, das erklärt, wie sie mit Ihnen nach Kent kommen konnte."

"Soweit ich weiß, ist sie geflogen. Der Korb, in dem sie sein sollte, enthielt einen Laib Brot."

Die Katze stand auf und streckte sich. Sie streckte eine Pfote aus, um Darcy unterhalb seines linken Ohrs zu berühren. Ohne Vorwarnung grub sie ihre Kralle in die Haut und kratzte ihn.

"Au! Wofür war das denn?", forderte Darcy, als ob die Katze ihm antworten könnte. Und er hatte die Kreatur gemocht!

Elizabeth hob eine Hand. "Moment. Nicht bewegen."

Jetzt legte die verflixte Katze beide Vorderpfoten auf seine Schulter. Erwartete sie, dass er sich erneut von ihr kratzen ließ? Aber Elizabeth hatte ihm gesagt, er solle sich nicht bewegen.

Anstelle einer scharfen Klaue rieb eine raue Zunge über die zerkratzte Stelle. Wie überaus seltsam! Als er stillhielt, spürte er ein kaum wahrnehmbares Kribbeln. Kraft. "Sie benutzt Magie!", sagte er anklagend, "was tut sie?"

"Die Fay nennen es markieren. Damit teilt sie anderen Feenwesen mit, dass sie Ihnen vertraut. Pepper hat mich markiert, als sie ganz frisch bei mir war." Elizabeth drehte den Kopf und schob ihre Locken beiseite, um eine winzige Narbe unter ihrem linken Ohr zu entblößen.

Der Anblick ihres entblößten Halses machte ihn schwindelig. "Das ergibt keinen Sinn."

"Nein, aber ergeben die Fay jemals Sinn? Sie scheinen sich daran zu erfreuen, jedweder Logik zu entbehren. Ich behaupte nicht, Pepper zu verstehen. Ich weiß nicht einmal, warum sie lieber bei mir als in Faerie lebt."

Pepper schien mit ihrer Arbeit zufrieden zu sein und rollte sich wieder auf Darcys Schoß zusammen, aber er fand es nicht mehr entspannend. Er mochte Unberechenbarkeit nicht, ebenso Dinge, die er nicht verstehen konnte. Zumindest tat der Kratzer nicht mehr weh.

Darcy befühlte die Stelle, an der sie ihn gekratzt hatte. Das Fleisch war nicht einmal empfindlich und er konnte nicht mehr als eine winzige Rille fühlen. "Ist es möglich, dass es schon verheilt ist?", fragte er Elizabeth.

Sie spähte auf die Stelle unter seinem Ohr und folterte ihn erneut mit dem Anblick ihrer Brust. "Es scheint so. Es tut mir leid, dass sie Sie verletzt hat. Sie mag Sie. Es ist selten, dass sie sich bei jemand anderen als mir auf den Schoß setzt."

Richard marschierte herein. "Hier seid ihr. Diese Katze wird überall auf deiner Kleidung Haare hinterlassen, Darcy."

Das war Darcys geringste Sorge was Pepper anbelangte.

"Miss Bennet, die Sonne ist endlich rausgekommen, und ich habe mich gefragt, ob Sie mich auf einem Spaziergang durch die Gärten begleiten würden", sagte Richard.

Darcy warf ihm einen bösen Blick zu, aber bevor Elizabeth überhaupt antworten konnte, drang eine vertraute, kräftige Stimme aus der Eingangshalle zu ihnen. "Schon gut. Ich finde selbst herein."

ELIZABETH ERHOB SICH rasch. Welcher Mann würde es wagen, ungebeten Rosings Schwelle zu überschreiten? Doch weder Darcy noch den Colonel schien das besonders zu überraschen.

Ein kräftiger älterer Herr mit langen Koteletten kam mit seinen Handschuhen in der Hand in den Raum marschiert. "Da bist du ja, mein Junge. Und Darcy auch, wie ich sehe."

Pepper sprang von Darcys Schoß und flugs hinter Elizabeths Röcke.

Darcy verneigte sich. "Willkommen auf Rosings, Sir."

Der Mann warf seine staubigen Handschuhe auf einen Beistelltisch, offensichtlich ohne sich dessen bewusst zu sein, dass ein Diener ihm deswegen würde hinterherputzen müssen. "Wie ich verstehe, hat sich Catherine in Schwierigkeiten gebracht. Wie geht es ihr?"

"Langsam aber stetig besser", sagte der Colonel, "sie wacht für kurze Zeit auf, brabbelt aber nur Unsinn. Manchmal wirft sie mit Dingen um sich."

Der ältere Mann lachte. "Klingt für mich nach typischer Catherine! Ich dachte, ich sehe am besten selbst nach ihr. Und ist das die junge Dame, die solch herausragende Hilfe geleistet hat, als meine liebe Schwester krank wurde?"

Pepper zischte leise.

"Ja, das ist sie", sagte Colonel Fitzwilliam. "Miss Bennet, erweisen Sie mir die Ehre, Ihnen meinen Vater, Lord Matlock, vorzustellen?"

Der Earl of Matlock, Großmeister des Collegiums der Magier. Und jemand hatte ihm von ihr erzählt. Elizabeth hielt mit steifen Schultern den Atem an. Irgendwie gelang es ihr zu knicksen und zu murmeln: "Es ist mir eine Ehre, Mylord."

Er ging weiter, bis er direkt vor ihr stand. "So, so, so! Sie haben es jedenfalls geschafft, meinen Sohn zu beeindrucken. Er hat Sie in seinem Brief erwähnt. Wie es scheint, sind wir alle Ihnen zu großem Dank verpflichtet."

Sie fühlte, wie sich eine Gänsehaut über ihren Arm ausbreitete. "Lady Catherine war mir gegenüber sehr gnädig. Ich war glücklich, ihr auf meine eigene kleine Weise behilflich sein zu können."

Warum sah er sie so erwartungsvoll an? Sicherlich erwartete er nicht, dass sie ihm ihre Hand anbot. Sie würde sich mit einem Angehörigen des Hochadels niemals solche Freiheiten herausnehmen! Aber er hatte seine eigene Hand ausgestreckt, sodass ihr keine andere Wahl blieb, als ihre anzubieten. Welche seltsamen Manieren er hatte!

Seine Hand schloss sich um ihre Finger. Das Kribbeln von Magie prickelte auf ihrer Haut. Die Textur war anders als die von Darcy, dem Colonel oder sogar der ihres Vaters, aber dennoch vertraut. Es war wie –

"Ihr!", schrie sie unwillkürlich, entzog ihm ihre Hand und wischte sie heftig an ihrem Rock ab. Sie sprang hinter einen Stuhl. Er würde ihr keinen Schutz vor einem Magier bieten, aber er war alles, was sie hatte. Ihr Herz pochte wild vor eiskalter Angst.

"Miss Bennet, ich versichere Ihnen, dass ich nicht beabsichtige, Ihnen Schaden zuzufügen", sagte der Earl, "ich freue mich darauf, Sie besser kennenzulernen."

Der Colonel meldete sich zu Wort: "Es ist wahr. Er wird Ihnen nichts tun."

Elizabeth starrte den Colonel ungläubig an. "Ich habe Ihnen vertraut. Ich habe Ihnen beiden vertraut. Ich hätte Ihre Tante sterben lassen können, anstatt das Risiko einzugehen, meine Fähigkeiten preiszugeben. Ich habe Ihnen geglaubt, als Sie behaupteten, dass Sie nichts davon hielten, Frauen mit Bindebannen zu belegen, aber das war gelogen, nicht wahr? Keiner von Ihnen konnte einen Bindebann ausführen, also haben Sie nach jemandem geschickt, der dessen fähig war. Und ich habe Ihnen vertraut!"

Darcy schaute betroffen drein - zurecht. Hatte er gedacht, sie würde niemals die Wahrheit herausfinden? Und ihm hatte sie auch noch Peppers Geheimnis anvertraut. Was für eine Närrin sie gewesen war! Und jetzt würde sie den Preis dafür zahlen.

Colonel Fitzwilliam trat neben sie. "Ich habe Sie nicht getäuscht. Ich versichere Ihnen, dass mein Vater vertrauenswürdig ist. Ich habe ihm nur von Ihnen erzählt, weil ich wusste, dass er Ihre Geschichte hören möchte."

Lord Matlock tat so, als wäre er die Geduld selbst. Wie scheinheilig. "Das ist alles ein Missverständnis. Ich gebe Ihnen mein Wort als Gentleman, dass ich keinen Bindebann an Ihnen vollführen werde. Das tue ich nie. Ich finde sie unnötig. Meine eigene Tochter hat Magie und wurde nicht gebunden."

Elizabeth fühlte sich eingekesselt. "Aber Ihr habt Eure Nichte mit einem belegt! Ich habe es an Eurer Berührung erkannt. Sagt mir, konnte Miss de Bourgh einmal in vollständigen Sätzen sprechen? Hat sie immer schon einen Gedanken nur halb zu Ende führen können ehe er im Sande verlief? Wusste sie, wie man ein alltägliches Gespräch führt, bevor Ihr einen halben Menschen aus ihr gemacht habt?"

Der Colonel schüttelte den Kopf. "Anne steht nicht unter einem Bindebann. So war sie schon immer."

Darcy sagte langsam: "Miss Bennet hatte Recht was Lady Catherines Kräfte anbelangt. Wenn sie sagt, Anne sei gebunden worden, dann muss ich mir die Frage stellen, ob das ebenfalls wahr sein könnte. Ich weiß nicht, wer ihn ausgeführt haben könnte-"

Der Earl hob eine Hand, um ihn zum Schweigen zu bringen. "Sie haben ganz Recht, Miss Bennet. Ich gratuliere Ihnen zu Ihrer

Beobachtungsgabe. Der Bindebann, unter dem meine Nichte steht, stammt von mir. Aber er wurde aufgrund einer außergewöhnlich gefährlichen Situation ausgeführt, nicht zu vergleichen mit Ihrer. Und es gab keine andere Wahl außer ihren Geist einzukerkern. Ich habe es nur mit dem größtmöglichen Widerwillen und äußerst ungern getan."

"Es geschieht immer mit dem größtmöglichen Widerwillen und äußerst ungern, nicht wahr? Ich würde lieber sterben als gebunden zu werden." Verzweifelt blickte Elizabeth von einer Seite zur anderen. Eine Flucht war unmöglich, aber sie musste es versuchen. Sie schoss um die Männer herum, aber bevor sie die Tür erreichen konnte, hielt ein unsichtbares Netz sie auf. Sie kämpfte mit aller Kraft dagegen an, konnte aber nicht das Geringste dagegen ausrichten.

Darcy rief: "Lass sie gehen, ich flehe dich an! Das ist nicht der rechte Weg, um-"

Verschwommen nahm sie wahr, wie ein weißes Fellknäul durch den Raum geschossen kam. Lord Matlock brüllte vor Schmerz. "Nehmt dieses Ding von mir!"

Die unsichtbaren Fesseln, die sie gefangenhielten, verschwanden. Elizabeth floh.

"DARCY, HILF MIR HIER!", rief Richard, als er versuchte, die weiße Katze, die um den Kopf seines Vaters gewickelt war, zu entfernen. Lord Matlock ruderte mit den Armen und schlug auf Pepper ein, aber mit dem Körper der Katze über seinem Gesicht konnte er nichts sehen und deshalb auch seine Magie nicht einsetzen - zweifelsohne der Grund, weshalb Pepper sich entschlossen hatte, ihn genau dort zu attackieren.

Darcy riss seine Augen von dem Anblick von Elizabeth weg, die über den Rasen von Rosings davonrannte. Er bemühte sich halbherzig, Peppers wild umherfliegende Pfoten zu ergreifen. Aber wenn eine gestaltwandelnde Katze es sich in den Kopf gesetzt hatte, seinen Onkel zu attackieren, dann bezweifelte Darcy, dass er imstande wäre, irgendetwas auszurichten als abzuwarten, bis sie von selbst wieder aufhörte. Richard schien die Stärke der Katze offensichtlich ungewöhnlich zu finden.

"Verdammt, Richard!", fluchte sein Onkel.

"Je mehr du kämpfst, um sie von ihm wegzuziehen, desto stärker wird sie ihre Krallen in ihn schlagen", sagte Darcy. "Lass sie in Ruhe, dann ist die Wahrscheinlichkeit am größten, dass sie selbst von ihm ablässt und davonrennt." Er öffnete heimlich das Fenster hinter sich.

"Einen Versuch ist's wert", grummelte Richard und ließ Peppers Fell los.

"Aua!", rief Lord Matlock.

Aber Pepper hatte Darcys Hinweis verstanden und machte einen Satz. Sie rannte direkt zum Fenster, als wüsste sie, was er vorhatte, und sprang hinaus.

"Ich werde diese Katze erschießen lassen!", knurrte Lord Matlock. Blut rann aus mehreren Kratzern über sein Gesicht.

"Das ist gar nicht notwendig", erwiderte Darcy, "den Sturz hat sie höchstwahrscheinlich nicht überlebt." Er lehnte seinen Kopf aus dem Fenster und sah zu, wie ein weißer Rabe in dieselbe Richtung flog, in die Elizabeth geflohen war.

Lord Matlock wischte sich mit seinem Taschentuch über seine Kratzer. Er knurrte angesichts der blutigen Spuren auf dem weißen Leinen. "Dieses Tier hätte niemals in diesem Haus sein dürfen!"

"Pepper ist normalerweise sehr friedlich", sagte Darcy. "Sie muss gedacht haben, du bedrohst Miss Bennet. Sie nimmt Miss Bennets Schutz sehr ernst."

"Sie ist ebenso verrückt wie ihre Herrin! Richard, du hast mich nicht gewarnt, dass das Mädchen eine Wahnsinnige ist."

Richard zuckte die Achseln. "Bis jetzt war sie immer vollkommen ruhig. Sie hat jedoch riesige Angst davor, mit einem Bindebann belegt zu werden."

"Zu Recht", sagte Darcy kalt. "Es war ein Missverständnis, aber ich kann nachvollziehen, warum sie deine Absichten falsch interpretiert hat. Wenn du ihr etwas Zeit gibst, kann sie vernünftig mit dir darüber sprechen." So hatte er noch nie zuvor mit Lord Matlock gesprochen. Jetzt, wo Elizabeth in Sicherheit war, konnte er dem schwelenden Zorn nachgeben. Wie konnte sein Onkel es wagen, Anne zu binden und dann die Frechheit besitzen, Darcy in eine Ehe mit ihr zwingen zu wollen?

Richard goss ein Glas Portwein aus der Karaffe auf dem Buffet ein und reichte es seinem verärgerten Vater. "Hast du Cousine Anne wirklich mit einem Bindebann belegt?"

Lord Matlock kippte eine derart große Menge Portwein hinunter, die Darcy zum Würgen gebracht hätte, und hielt ihm das Glas erneut hin. "Musste ich."

"Warum?" Darcy versuchte, seine Wut nicht durchscheinen zu lassen.

"Sie ist zu stark. Unnatürlich stark. Stärker als ich. Sogar stärker als du, Darcy. So etwas habe ich noch nie gesehen. Schlimmer noch, sie hatte eine Affinität zum Tilgen entwickelt und sie war ein temperamentvolles Kind. In einem Wutanfall hat sie den halben Ostflügel ausradiert. Sir Lewis hat sie die Rute dafür spüren lassen und sie hat ihn getilgt. Ja, ihr habt richtig gehört. Ich kann kaum einen Apfel verschwinden lassen, und sie hat einen ausgewachsenen Mann getilgt! Sie war erst neun Jahre alt und vollkommen ungebändigt. Wir gaben bekannt, dass Sir Lewis auf See verschollen sei, haben einen leeren Sarg begraben und ich belegte sie mit dem straffsten Bindungszauber, den ich fertigbrachte. Es hätte keinen Sinn gehabt, sie wegzusperren. Sie hätte einfach die Wände ihres Gefängnisses getilgt. Furchterregendes Kind."

"Aber jetzt ist sie ja erwachsen und könnte die Konsequenzen ihres Handelns verstehen-"

"Wenn du getan hättest, was dir aufgetragen wurde, Darcy, und sie vor Jahren geheiratet hättest, hätte ich die Bindung lockern können. Du bist der Einzige, der geschult genug und in der Lage ist, sie in der Spur zu halten, wenn etwas schieflief. Catherine wäre alleine vollkommen hilflos gewesen."

In gewisser Hinsicht ergab das Sinn, aber sein Onkel hätte den Plan, sie zu verheiraten, nicht nur aus Nächstenliebe seiner Nichte gegenüber ausgeheckt. Es musste eines seiner Experimente gewesen sein, stärkere Magier zu züchten. Verdammt!

Darcy verließ wortlos den Raum.

Richard rief ihm nach. "Wohin gehst du?"

"Miss Bennet suchen. Wohin sonst?"

ES WAR NAHELIEGEND, am Pfarrhaus zu beginnen. Das Dienstmädchen der Collins bestätigte, dass Miss Bennet dort gewesen war, aber nur lange genug, um etwas aus ihrem Zimmer zu holen. Nein, ihr Gepäck habe sie nicht mitgenommen. Nein, sie habe nicht gesehen, welche Richtung Miss Bennet eingeschlagen habe. Ja, sie würde es ihn wissen lassen, wenn Miss Bennet wieder zurückkehre.

Es war kaum überraschend, dass Elizabeth wieder fort war. Schließlich wollte sie nicht leicht gefunden werden. Aber wohin war sie wohl gegangen? Sein erster Impuls war, dass sie vielleicht den Hain aufgesucht hatte, in dem er sie schon oft laufen gesehen hatte, aber er konnte sich nicht vorstellen, dass sie willentlich so nahe an Rosings Park bleiben würde.

Hatte sie andere Freunde in Hunsford gefunden? Sie hatte sich um mehrere kranke Gemeindemitglieder gekümmert, aber er wusste weder, um wen es sich handelte, noch wo sie wohnten. Hatte er tatsächlich so wenig Ahnung von ihrem täglichen Leben? Er überprüfte die Kirche, obwohl es ihm unwahrscheinlich erschien, dass sie dort Zuflucht gesucht haben könnte. Nachdem sie sich als leer herausstellte, machte er sich wieder auf den Weg nach Rosings.

Er machte einen Bogen um das Arbeitszimmer, in dem Richard und Lord Matlock in ihre Unterhaltung vertieft waren, und suchte stattdessen Mrs. Collins in Lady Catherines Gemächern auf.

Mrs. Collins legte den Finger an ihre Lippen, als er das Wohnzimmer betrat. "Sie schläft endlich", flüsterte sie.

Er hatte Lady Catherines Verletzung in dieser letzten chaotischen Stunde praktisch vergessen. Darcy deutete auf die offene Tür. Mrs. Collins ging in die Richtung, die er ihr wies und er schloss sich ihr oben im Treppenhaus an.

"Ihre Ladyschaft schläft friedlich", sagte sie. "Ich habe alle zerbrechlichen Gegenstände aus ihren Gemächern entfernen lassen und sie durch das alte, nicht zusammenpassende Porzellan ersetzt, das von der Dienerschaft verwendet wurde. Auf diese Weise kann sie immer noch Dinge zerbrechen, wenn sie es wünscht, die wertvollen Stücke bleiben jedoch verschont." Sie nahm offensichtlich an, dass er gekommen war, um nach seiner Tante zu sehen.

"Vielen Dank für Ihre weise Voraussicht. Mein Onkel, Lord Matlock, ist kürzlich angekommen und wird Lady Catherine zweifellos irgendwann sehen wollen." Darcy zögerte. "Er hat es geschafft, Miss Bennet unbeabsichtigt zu erschrecken, was dazu führte, dass sie aus dem Haus floh."

"Oje. Das sieht Lizzy gar nicht ähnlich."

"Das stimmt, aber er ist der Großmeister des Collegiums der Magier. Da ist es möglicherweise verständlich, dass er einschüchternd auf sie wirkt. Ich glaube nicht, dass er ihr Böses wollte, aber ich kann verstehen, wie sie zu diesem Schluss kommen konnte."

Mrs. Collins sagte: "Wenn Sie vielleicht versuchen, allein mit ihr zu sprechen, ohne Ihren einschüchternden Onkel, ist sie möglicherweise eher bereit, zuzuhören."

"Genau das hatte ich vor. Ich bin zum Pfarrhaus gegangen, wo sie auch gewesen war. Aber als ich ankam, war sie schon wieder fortgegangen und deshalb muss ich warten, bis sie zurückkehrt. Wenn Sie sie sehen, wären Sie so freundlich, ihr von unserem Gespräch zu erzählen?"

"Gewiss. Vielleicht sollte Lizzy jetzt im Pfarrhaus bleiben. Lady Catherine geht es gut genug, ich glaube nicht, dass Lizzys Anwesenheit hier nachts noch vonnöten ist."

"Vermutlich nicht." Es wäre einfacher, wenn sie seinem Onkel nicht so oft über den Weg laufen würde, aber das würde seine Chancen verringern, sie zu sehen. Es war der erste Schritt zu einem Leben ohne sie. Einem leeren, hohlen Leben ohne sie.

Und Elizabeth dachte, er hätte sie hintergangen. Sein Magen krampfte sich zusammen, sein Hals war so eng, er bezweifelte, dass er noch ein weiteres Wort herausbringen konnte. Er verneigte sich vor Mrs. Collins und ging. Allein.

"DARCY, SCHLIESS DICH uns doch an", sagte Richard heiter. "Ich habe meinem Vater gerade den Zauber für das Gerinnen von Milch gezeigt, den Miss Bennet mir beigebracht hat. Er wird es versuchen, sobald die Magd uns mehr frische Milch bringt. Nicht, dass es besonders nützlich wäre, Milch gerinnen zu lassen, aber es beweist, dass wir Fay-Zauber ausführen können."

"Wenn Richard es fertigbringt, beweist das, dass fast jeder sie ausführen kann", sagte Lord Matlock autoritär. Die Kratzer auf seinem Gesicht waren jetzt nicht mehr gar so rot. Er musste einen Heilzauber eingesetzt haben.

"Wenn du das nächste Mal eine Quelle brauchst, die dir Kraft spendet, wirst du dich nicht über meine eingeschränkten Fähigkeiten mit Zaubersprüchen beschweren", erwiderte Richard.

Darcy fügte hinzu: "Deine Talente waren sehr nützlich, als Miss Bennet darauf bestand, dass Lady Catherine Magie hatte, und ich sagte, das sei lächerlich."

Lord Matlock schnaubte missbilligend. "Es liegt nahe, dass sie Magie hat. Immerhin haben das auch alle anderen in der Familie."

"Sonst hat es keiner so vehement bestritten", sagte Darcy.

"Wie geht es Miss Bennet? Hat sie sich beruhigt?", fragte Richard.

"Ich konnte sie nicht finden. Höchstwahrscheinlich ist sie spazieren gegangen, um sich wieder zu fassen. Die Diener werden eine Nachricht schicken, wenn sie zurückkommt."

"Gut", knurrte Lord Matlock, "ich muss mit diesem Mädchen sprechen. Hast du mehr über das, was sie weiß, in Erfahrung bringen können?"

Richard schüttelte den Kopf. "Nur sehr wenig. An dem Tag, an dem Lady Catherine verletzt wurde, sprach sie frei darüber, aber danach wurde sie zurückhaltender. Vielleicht ist es ihr peinlich."

"Oder vielleicht ist ihr klargeworden, dass ihr Wissen einen Wert hat und nicht ohne Weiteres weitergegeben werden sollte", sagte Darcy. Anscheinend hatte sie seinen Rat angenommen.

"Falls nötig, werden wir einen Weg finden, sie zu entlohnen. Richard, wie stark ist ihre Magie?"

"Mittelmäßig", antwortete Richard. "Sie hat sie gut einzusetzen gelernt, ganz ohne Zaubersprüche."

"Mittelmäßige Kraft oder nicht, sie kann die Fay sehen und mit ihnen kommunizieren", sagte Darcy. Warum kümmerte es ihn, was sie von Elizabeths Kräften hielten? "Es gibt nur wenige von uns, die das können."

"Stimmt, aber sie muss ihre Fähigkeiten unter Beweis stellen, bevor ich es glaube. Feenwesen sehen zu können, kann jeder behaupten."

"Ich kann es bezeugen", sagte Darcy. "Sie hat eine Rotkappe hinter mir entdeckt. Sie stellte sich zwischen uns und schalt die Kreatur, bis sie floh. Später zeigte sich eine Dryade auf ihre Bitte hin."

Lord Matlocks Augen verengten sich. "Könnte sie ein Wechselbalg sein?"

Darcy schüttelte den Kopf. "Ich habe gesehen wie sie Eisenspäne in ihrer bloßen Hand gehalten hat." Die gleiche Frage hatte er sich auch kurz gestellt, zumal Elizabeth ihrer Mutter und ihren jüngeren Schwestern so unähnlich war. "Ihr Vater ist ein Magier, ebenso wie dessen Vater vor ihm."

"Was ist mit der Familie ihrer Mutter?"

"Sie sind im Handel tätig, daher ist es unwahrscheinlich, dass sie Magie haben."

"Ich habe mich gefragt, ob magische Kräfte weiter verbreitet sind als wir denken. Wenn die Geschichten wahr sind, tragen viele gewöhnliche Menschen etwas Feenblut in sich. Eine Schande, dass man das nicht bestimmen kann."

Noch mehr von diesen lächerlichen Theorien. "Was das Thema Zucht anbelangt, möchte ich eines ganz deutlich machen: Ich werde Anne nicht heiraten. Das ist nicht verhandelbar."

Lord Matlock winkte ab. "Du bist die perfekte Wahl für sie. Du verfügst über die nötigen Fähigkeiten, um mit ihr fertigzuwerden, außerdem bleibt Rosings dadurch in der Familie."

Darcy breitete die Finger auf dem Tisch aus und beugte sich vor. "Anne will mich nicht. Ich will sie nicht. Ich möchte keine Frau mit dem Verstand eines Kindes, und ich möchte ganz bestimmt nicht der Gefängniswärter meiner Frau sein. Wenn du möchtest, dass sie Kinder bekommt, dann verheirate sie mit jemandem mit geringeren Kräften. Andernfalls riskierst du, ein Kind auf die Welt loszulassen, das noch unkontrollierbarer ist als sie es war. Ich werde das nicht tun."

"Du würdest sie für den Rest ihres Lebens unter einem Bindebann bleiben lassen?", forderte Lord Matlock.

"Das liegt nicht in meiner Verantwortung. Warum nimmst du sie nicht in deinen Haushalt auf? Du könntest sie genauso gut kontrollieren wie ich. Ich verstehe nicht, warum du es nicht schon vor Jahren so gemacht hast."

"Ich hatte Pflichten im Collegium, und Catherine bestand darauf, dass sie hierbleibt. Sie hatte ihren Ehemann verloren und wollte ihre Tochter nicht auch noch verlieren. Sie hat darum gebeten, dass Anne ihr ganzes Leben lang gebunden bleibt."

Darcy schnauzte: "Dazu werde ich ihr noch meine Meinung geigen, wenn sie wieder bei Sinnen ist, dessen kannst du dir sicher sein!"

DARCY SAH ZU, WIE DIE Uhrzeiger vorwärts schlichen. Mrs. Collins war ins Pfarrhaus zurückgekehrt, nachdem sie Lord Matlocks Fragen zu Lady Catherines Gesundheitszustand beantwortet hatte. Sie hätte nicht länger als eine Viertelstunde brauchen müssen, um das Pfarrhaus zu erreichen, vielleicht noch eine Viertelstunde, um ihren Ehemann zu begrüßen, und noch eine Stunde, um ihm eine Nachricht zukommen zu lassen, dass Elizabeth zurückgekehrt war. Nun waren schon beinahe zwei Stunden vergangen, die Dämmerung brach bereits herein und keine Nachricht war eingetroffen. Darcy hatte sogar den Butler gefragt, ob eine Nachricht gekommen sei und ihm klargemacht, dass keine Verzögerung bei der Übermittlung geschehen dürfe, sobald sie einträfe.

Dann waren zweieinhalb Stunden vergangen und am Himmel nur noch wenig Licht übrig. Darcy schickte einen Küchenjungen ins Pfarrhaus, um nach Miss Bennet zu fragen. Als er ohne Neuigkeiten zurückkam, abgesehen davon, dass Mrs. Collins besorgt war, krampfte sich Darcys Magen zusammen.

Darcy konnte Richard und Lord Matlock nicht länger die Ruhe selbst vorspielen und so verlangte er nach einer Laterne und machte sich auf den Weg zur nächsten Poststation. Er konnte sich nicht vorstellen, dass sie ohne ein Wort und ohne jegliches Gepäck fliehen würde, aber das war die einzige Möglichkeit, wie sie die nähere Umgebung hätte verlassen können. Doch niemand hatte sie in der Poststation gesehen.

Darcy kehrte mit leeren Händen nach Rosings zurück. Er stellte sicher, dass jeder Stallknecht wusste, wie ansehnlich er belohnt werden würde, wenn er ihm eine Nachricht schickte, sobald Miss Bennet auftauchte.

Er konnte nicht schlafen. Elizabeth würde niemals nachts wegbleiben, ganz gleich wie verängstigt sie auch sein mochte. Es würde ihren Ruf ruinieren und sie für den Rest ihres Lebens beflecken. Nicht, dass ihn das gestört hätte, aber ihr war das nicht egal, das wusste er.

Sobald der Morgen graute, stand er vor der Tür des Pfarrhauses. Es war eine völlig unangemessene Zeit, um einen Besuch zu machen, aber was machte das schon?

Trotz der frühen Stunde öffnete Mrs. Collins selbst die Tür, ihr Gesicht von Furchen der Besorgnis durchzogen. "Ist sie in Rosings?", fragte sie.

Er schüttelte den Kopf. "Und hier auch nicht, wie ich annehme."

"Nein, keine Spur von ihr. Ich habe ihr Zimmer durchsucht, aber wenn etwas fehlen sollte, dann ist es mir nicht aufgefallen. Ich habe eine Liste aller Personen zusammengestellt, denen ich sie hier vorgestellt habe, sowohl Gemeindemitglieder als auch Pächter. Ich habe vor, zu jedem von ihnen zu gehen. Vielleicht hat sie die Nacht damit verbracht, sich um einen Kranken zu kümmern."

Sie wussten beide, dass Elizabeth eine Nachricht geschickt hätte, wenn dies der Fall wäre, aber Darcy war bereit, nach jedem Strohhalm zu greifen. "Wie kann ich Ihnen helfen? Soll ich Sie begleiten?"

"Dann würde ihre Abwesenheit nur umso mehr auffallen. Wenn Sie einen Suchtrupp durch das Gelände von Rosings arrangieren könnten-"

"Das wird bereits gemacht. An der Poststation wurde sie auch nicht gesehen, also hat sie keine Postkutsche genommen, aber falls sie es geschafft haben sollte, die Gegend zu verlassen - möglicherweise hat ihr jemand angeboten, sie mitzunehmen? - wohin würde sie dann gehen?"

Mrs. Collins kaute auf ihrer Lippe. "Ihr Onkel in London ist am nächsten. Er wohnt in der Gracechurch Street, aber ich kenne die Nummer nicht. Meryton wäre eine andere Möglichkeit. Ich weiß von keinem anderen Ort. Aber sie würde erwarten, dass wir sie an diesen Orten suchen."

"Hat sie andere Verwandte? Freundinnen, die geheiratet haben und fortgezogen sind?" Er hatte die lange Nacht damit verbracht, alle Möglichkeiten durchzugehen.

"Abgesehen von ihrem Onkel ist ihre gesamte Familie in Meryton. Was Freundinnen anbelangt - es gab da ein Mädchen, das heiratete und nach Ware zog, nur wenige Meilen von Meryton entfernt. Sie hieß Emma Swift. Mittlerweile Emma Lazarus, aber ich weiß nicht genau, wo sie wohnt."

"Ich werde Männer aussenden, um all das zu überprüfen. Natürlich diskret. Haben Sie vor, Mr. Bennet zu benachrichtigen?"

Zum ersten Mal machte sie einen unsicheren Eindruck. "Ich habe vor ein paar Minuten einen Brief begonnen, aber ich frage mich, ob ich bis morgen warten soll. Lizzy wäre wütend, wenn ich ihn unnötig beunruhigen würde."

"Ich würde nicht warten. Wenn wir sie finden, können Sie einen zweiten Brief hinterherschicken, aber wenn auch nur der Hauch einer Chance besteht, dass die Bennets wissen, wo wir sie suchen müssen... Sie kann nicht viel Geld und keine zusätzliche Kleidung haben, also ist Zeit von entscheidender Bedeutung." Seine Worte hallten in seinen Ohren wider: Wenn wir sie finden, wenn wir sie finden.

"Sie haben recht. Ich werde ihn sofort losschicken. Und ich werde Sie wissen lassen, was ich heute herausfinden kann, selbst wenn es nichts ist."

DARCY KNIETE AM RANDE des Sees, der an den Hain in Rosings Park grenzte. Die Angst ließ ihn zögern, aber er tauchte beide Hände in den kalten See, ließ seine Magie das Wasser begrüßen, sammelte es und ließ es sich durch die Finger gleiten. Seine Sinne folgten der Magie in die trüben, halbdunklen Tiefen, suchten und suchten immer weiter. Zoll um Zoll und Fuß um Fuß wanderte seine Magie durch den Schlamm am Boden. Seine Nerven waren zum Zerreißen gespannt und wurden durch jedes Hindernis, auf das er stieß, erschüttert. Sein Herz blieb fast stehen, als er auf einen langen, dicken Gegenstand stieß. Aber es war nur ein kräftiger Ast, und irgendwie zwang er sich, weiterzumachen, zu überprüfen und zu überprüfen, bis er sicher war, dass es nichts gab, was nicht da hingehörte.

Schließlich ließ er sich auf seine Fersen zurücksinken, ein unerträgliches Gefühl der Erleichterung durchströmte ihn. Sie hatte gesagt, sie würde lieber sterben als gebunden zu sein, und obwohl er nicht glaubte, dass sie es auch in die Tat umsetzen würde, konnte er nicht sicher sein. Zumindest war es nicht hier geschehen, in dem See, an dem sie zusammen spazieren gegangen waren, während er von ihrer Zukunft träumte. Gestern hatte es ihn mitgenommen, dass sie niemals die Seine sein würde; heute wäre er dankbar zu wissen, dass sie noch lebte. Er bedeckte sein Gesicht mit seinen kalten, nassen Händen.

"Mr. Darcy! Stimmt etwas nicht, Sir?" Es war einer der Diener, die das Anwesen nach Spuren von Elizabeth durchkämmten.

Er ließ seine Hände sinken. "Nein. Da ist nichts im See."

"Oh, nun, das ist doch gut, oder?" Glücklicherweise schien der Mann keine Antwort zu brauchen, als er wieder wegging und seine Augen den Boden absuchten.

LORD MATLOCK VERABSCHIEDETE sich später am Morgen. Ihn schien das Wissen, das ihm nun entging, mehr zu kümmern als Elizabeths Wohlergehen. Darcy war nicht böse darum, ihn gehen zu sehen. Richard war ausgeritten, in der Hoffnung, in benachbarten Anwesen, die die Suchenden zu Fuß nicht erreichen würden, etwas erreichen zu können.

Darcy war allein, als er eine Nachricht von Mrs. Collins erhielt. Sie hatte nichts gefunden. Niemand hatte Elizabeth gesehen.

Wie konnte sie sich in Luft aufgelöst haben? Die einzige Möglichkeit schien nun noch zu sein, dass sie sich irgendwo unter einer Illusion versteckte, aber wie lange konnte sie die aufrechterhalten? Die Nächte waren immer noch kalt. Was würde sie essen?

Wie würde er weiterleben können, wenn er nicht wüsste, was mit ihr geschehen war?

Er konnte nicht stillsitzen und versuchte etwas, was er noch nie zuvor getan hatte. Er suchte seine Cousine Anne auf.

Sie schien nicht überrascht zu sein, ihn zu sehen, aber eigentlich zeigte sie selten Anzeichen von Emotionen. Darcy erklärte sorgfältig die Suche nach Elizabeth und bemerkte zum ersten Mal, wie sie immer dann den Faden verlor, wenn er in irgendeiner Form auf Magie zu sprechen kam. Die Beweise waren eindeutig; er hatte sich einfach nie die Mühe gemacht, genauer hinzusehen.

Nachdem Anne das fünfte oder sechste Mal einen Satz nicht beendet hatte, fragte er: "Fühlt es sich manchmal so an, als ob du etwas denkst und dir der Gedanke aus dem Kopf geschnappt wird?"

Sie beugte sich vor und ergriff seine Hände. "Ja. Ja, ja, ja." Es war, als würde sie sich in eine andere Person verwandeln, eine, die er noch nie zuvor getroffen hatte.

Sie spürte den Verlust.

Wie sollte er nun darauf reagieren? Er konnte nicht anbieten, es zu reparieren. Schließlich sagte er: "Miss Bennet möchte dir helfen."

Ihr unverwandter Blick war zurück. "Du magst Miss Bennet, nicht wahr?"

Er spannte die Lippen an, um die Worte nicht herauszulassen, aber warum eigentlich? "Ja. Ich mag Miss Bennet sehr." Wie erleichternd es war, das endlich auszusprechen.

Sie nickte. "Dann musst du ... du musst ..." Ihr Gesicht verzog sich als hätte sie Schmerzen. "Du musst Gras werfen. In die Luft."

"Grünes Gras? Das ist nur ein Ammenmärchen."

"Nein, nein, nein." Sie drückte die Handballen gegen ihre Schläfen. "Versprich es mir."

"Oh, na schön. Ich verspreche es."

Ihr Gesicht entspannte sich. "Wo war ich stehengeblieben?"

MR. DARCYS ZAUBER

DARCY HOFFTE, DASS niemand ihn sehen konnte. Er musste wie ein vollkommener Narr aussehen, wie er da Grashalme aus dem gepflegten Rasen rupfte wie ein liebeskranker Bauernjunge. Es war lächerlich, es überhaupt zu versuchen. Aber er hatte es versprochen, und selbst wenn er das nicht getan hätte, selbst wenn nur die kleinste Chance darauf bestand, dass es ihn zu Elizabeth führen könnte, würde er sich mit Freuden zum Narren machen.

Er starrte auf die Grashalme in seinen Händen hinab. Wie ging das nochmal? War der alte Kinderreim eine Art Zauberspruch? Er hob die Hände vor sein Gesicht. "Elizabeth", flüsterte er dem Gras zu. "Elizabeth." Elizabeth mit den schönen Augen, der leichten und angenehmen Gestalt, dem perlenden, melodischen Lachen. Elizabeth. "*Grünes Gras, grünes Gras, durch die Luft nun fliege, grünes Gras, grünes Gras, führ' mich zu meiner wahren Liebe.*" Er warf das Gras in die Luft, wartete, und während es heruntersegelte wusste er bereits, dass es sich zufällig um ihn herum verteilen würde.

Ihm blieb die Luft weg. Die Grashalme bildeten eine gerade Linie, die an der Spitze seiner Stiefel begann und ein paar Meter weit führte. In Richtung des Hains, den Schafsweiden und der Straße nach Tunbridge Wells.

Er rannte los.

Die gewundenen Wege durch den Hain machten es ihm unmöglich, genau geradeaus zu laufen, aber schlussendlich erreichte er die Schafweide. Er kletterte über einen hohen Zauntritt und eilte über die Weide. Verängstigte Schafe rannten davon, als er ihnen zu nahe kam.

Als er die andere Seite erreichte, blieb er stehen und blickte zurück auf die Dächer von Rosings. War er einer geraden Linie gefolgt? Wie sollte er das bestimmen? Er schnappte sich zwei Handvoll Gras, was hier leichter war als auf dem akkurat geschnittenen Rasen, flüsterte ihm zu, warf es in die Luft und wartete darauf, dass sich die Stängel vor ihm ausrichteten.

Nichts.

Sollte ihm die Hoffnung so schnell wieder genommen werden? Er drehte sich langsam im Kreis. Vielleicht konnte er es einfach nicht sehen zwischen all dem anderen Gras. Nein, da war sie - die Linie zeigte zurück in die Richtung, aus der er gekommen war.

Spielte die Magie mit ihm? Oder hatte sich Elizabeth im Hain versteckt, irgendwo, wo er nicht hingeschaut hatte, vielleicht sogar auf einem Baum? Er lief wieder zurück.

Bis er sich ungefähr in der Mitte des Hains befand folgte er dem Pfad, und hielt dann inne, um wieder Gras zu sammeln und es in die Luft zu werfen. Diesmal führte die Linie vom Weg ab. Er schlug sich zwischen den Bäumen hindurch, schob sich an Setzlingen vorbei und in einen Bereich mit dichtem Unterholz, das an seinen Stiefeln und den Schößen seines Mantels riss. Egal. Das einzige, was zählte, war einer geraden Linie zu folgen.

Der Wald öffnete sich zu einer kleinen Lichtung. Seltsam; er dachte, er hätte jeden Zentimeter des Hains erkundet, aber diese Lichtung hatte er noch nie zuvor gesehen. Könnte Elizabeth in der Nähe sein?

Gras sammeln, Name flüstern, werfen. Diesmal gab es keine Linie. Das Gras bildete einen ordentlichen Haufen in der Mitte der Lichtung. Aber wenn dies der richtige Ort war, wo war dann Elizabeth? Er stand neben dem Häufchen und drehte sich langsam um die eigenen Achse, sah sich um und versuchte, die seltsamen kleinen Reflexionen auszumachen, an denen man die Ränder einer Illusion eindeutig erkennen konnte. Nichts. Er versuchte es erneut, zwang sich, ganz genau hinzuschauen und versuchte, die Verzweiflung in Schach zu halten.

"Elizabeth!", rief er verzweifelt. "Elizabeth, kannst du mich hören? Ich bitte dich, zeig' dich. Wir sind ganz verzweifelt vor Sorge um dich."

Nichts. Das grüne Gras hatte ihm falsche Hoffnungen gemacht.

Er sank auf die Knie und bedeckte sein Gesicht mit den Händen. Das Gras musste ihn an einen Ort geführt haben, den Elizabeth liebte, und nicht zu Elizabeth selbst. Es war bestenfalls eine klitzekleine Hoffnung gewesen, aber jetzt war sogar diese dahin.

Nein, er würde nicht aufgeben. Anne hatte versucht, ihm etwas mitzuteilen; dessen war er sich sicher. Er würde jeden Zentimeter dieser

Lichtung untersuchen, ganz gleich, wie lang er dafür brauchte. Er würde Elizabeth nicht noch einmal im Stich lassen.

Darcy lehnte sich auf seine Fersen zurück und studierte die Hügel aus Gras, die Waldpflanzen, aus dem Boden ragende Zweige und eine Reihe von Pilzen.

Eine Reihe von Pilzen. Wie zu einer Linie aufgereiht. Ihm blieb die Luft weg. Ja, die Linie setzte sich fort, bis sie unter dem Herbstlaub vom letzten Jahr verschwand. Vorsichtig wischte er das Laub beiseite. Die Pilze setzten sich um ihn herum fort, ein Kreis, der den größten Teil der Lichtung umschloss.

Er war mitten in einem Feenring.

Er schnappte nach Luft. Wie hatte er diese Möglichkeit übersehen können? Elizabeth war weder in jemandes Haus geflüchtet, noch hatte sie sich selbst etwas angetan. Sie war nach Faerie gegangen, dem einzigen Ort, von dem sie wusste, dass Lord Matlock ihr nicht folgen konnte. Er hatte nicht die geringste Ahnung, wie sie das fertiggebracht hatte, aber es ergab vollkommen Sinn. Sie hatte ihre Fay-Katze mitgenommen und war nach Faerie gegangen, um ihre Feenfreundin zu besuchen.

Jetzt konnte er das subtile Pochen der Fay-Zauber spüren, die ihn umgaben. Es musste einen Weg geben, sie zu finden. Er würde jedes Buch über Magie durchforsten, das jemals geschrieben wurde, wenn es das war, was dazu nötig war. Und in der Zwischenzeit, wenn er Elizabeth nicht erreichen konnte, wüsste er zumindest, dass sie am Leben war.

Sie war am Leben.

MRS. COLLINS SCHLUG sich die Hände auf die Wangen. "Sie ist in Faerie?"

"Ich glaube schon", sagte er. "Meine Cousine Anne schlug einen Zauber vor, mit dem ich sie finden könnte, und er führte mich direkt zu einem Feenring."

"Das würde erklären, wie sie spurlos verschwinden konnte, aber wie hat sie es fertiggebracht? Feenringe funktionieren nicht für Sterbliche."

"Ich habe keine Ahnung. Vielleicht hat ihr ihre Fay-Freundin geholfen, aber das ist nur eine Vermutung."

"Meine arme Lizzy! Werden wir sie jemals wiedersehen? Wird sie zurückkehren können, oder sind die alten Geschichten über Leute wahr, die einen Tag in Faerie verbracht haben und zurückkehren, um festzustellen, dass hundert Jahre vergangen sind?"

Das hatte er vergessen. Die Begeisterung über seine Entdeckung verrauchte, als hätte es sie nie gegeben. "Niemand weiß genau, wie die Zeit in Faerie funktioniert, außer dass sie sich von unserer unterscheidet, manchmal läuft sie schneller, manchmal langsamer. Aber Elizabeth hat sicher von diesem Risiko gewusst und sie hatte kein Problem bei ihren vorherigen Besuchen in Faerie. Sie würde auf die Zeit Acht geben, nicht wahr?" Als ob Mrs. Collins seine Frage irgendwie beantworten und ihn beruhigen könnte.

"Das hoffe ich." Sie schaute auf ihre Hände hinab. "Ich habe mich immer gefragt, wie die alten Geschichten wahr sein können. Wenn die Feen tatsächlich an Beltane und der Nacht zu Allerheiligen tanzen und ein Tag in Faerie so lang wie hundert unserer Jahre ist, würde das nicht bedeuten, dass sie jeden Tag hundert Beltanes und hundert Allerheiligen tanzen würden?"

"Da ist was dran. Jeder Zeitunterschied zwischen unserer Welt und Faerie kann nicht groß sein. Das würde uns zumindest eine Sorge nehmen." Darcy weigerte sich, eine andere Option in Betracht zu ziehen.

Mrs. Collins sagte: "Soll ich die Bennets von Ihrer Theorie in Kenntnis setzen? Ich würde es meinem Mann gegenüber lieber nicht erwähnen. Lady Catherine setzt die Fay mit dem Teufel gleich, und er hat ihre Haltung dazu übernommen, wie in so vielen anderen Dingen."

Als hätte seine Tante nicht schon genug Ärger gemacht! "Ich bin mir der Vorurteile von Lady Catherine bewusst. Vielleicht wäre es das Beste, dies vorerst für uns zu behalten."

"Das werde ich. Aber ich danke Ihnen, dass Sie mich ins Vertrauen gezogen haben. Es hat mir meine schlimmsten Befürchtungen genommen." Mrs. Collins wischte sich eine Träne weg.

"IHRE CHATELAINE. IHRE Schlüssel. Wo sind Lady Catherines Schlüssel?" Darcy versuchte, seinen Ärger in Schach zu halten. Das unsinnige Geschrei seiner Tante aus dem Nebenzimmer half dabei allerdings nicht.

"Ja, Sir. Ich weiß, Sir", quietschte die Magd. "Sie sind in ihrem Nachttisch. In der Schublade, aber sie sagt, wir dürfen diese Schublade niemals berühren. Niemals."

"Ich verlange gar nicht von dir, dass du sie berührst." Darcy öffnete die Schlafzimmertür und marschierte hinein. Eine Teetasse flog an seinem Kopf vorbei, aber er duckte sich, ohne einen Schritt auszulassen.

"Gardenien!", schrie Lady Catherine, "Nesseln und Gardenien, das ist es, was sie alle sind!"

"Nesseln und Gardenien", stimmte Darcy zu, als er die Schublade öffnete. Die Chatelaine mit ihren baumelnden Schlüsseln lag auf einem Stapel alter Schriftstücke.

Eine knochige Hand ergriff sein Handgelenk. "Nein!", kreischte seine Tante. Natürlich - das allererste Wort, das Lady Catherine im richtigen Zusammenhang verwendete, war ein "Nein".

Darcy löste ihre Finger von seinem Handgelenk. "Doch. Elizabeth hat dein Leben gerettet, und jetzt versuche ich, ihr Leben zu retten." Er hielt die Schlüssel außerhalb ihrer Reichweite. "Du solltest dich ausruhen."

"Eiche und Asche und Dorn, daraus sind alle Diebe gebor'n", skandierte sie im Singsang eines Kinderreims.

Lieber Gott, jetzt klang sie schon wie eine Fay. Er würde Elizabeth fragen müssen, ob das nach einem Elfenpfeil üblich war.

Nein, zuerst musste er Elizabeth finden.

Das Dienstmädchen wirkte immer noch ganz entsetzt über seine Anmaßung. Darcy ging an ihr vorbei und direkt zur Treppe, die er, immer zwei Stufen nehmend, hinaufhastete.

Sir Lewis de Bourghs private Bibliothek, die ihm gleichzeitig auch als Arbeitszimmer gedient hatte, befand sich am anderen Ende des Flügels. Zweifellos hatte Lady Catherine es so für sicherer gehalten. Jetzt war sie verlassen. Die Haushälterin hatte ihm gesagt, niemand dürfe sich in der Nähe des Zimmers aufhalten, und Lady Catherine habe den einzigen

Schlüssel unter Verschluss. Die dicke Staubschicht vor der Tür schien ihre Geschichte zu bestätigen.

Er probierte die Schlüssel nacheinander durch. Als er endlich den richtigen fand, war das Schloss zu schwergängig, um sich zu drehen. Er hatte bereits den üblichen Zauber zum Öffnen von Türen versucht, allerdings ohne Erfolg, also lehnte er seine Stirn gegen die Schlossplatte und stellte sich Tropfen aus Öl vor, die durch den Mechanismus flossen. Schließlich drehte sich der Schlüssel mit einem durchdringenden Quietschen von Metall auf Metall und die Tür öffnete sich.

Eine Staubwolke ließ ihn husten, sobald er den Raum betrat. Er riss die geschlossenen Vorhänge auf, um genügend Licht hereinzulassen. An einer Wand stand eine lange Werkbank, deren Oberfläche mit Fläschchen und Flaschen aller Größen, Materialien und bis zur Unkenntlichkeit vertrockneten, zusammengeschnurrten Dingen übersät war. Darcy zog die Augenbrauen hoch. Sir Lewis musste mit einer Mischung aus Alchemie und Magie experimentiert haben. Er wäre aus dem Collegium der Magier ausgeschlossen worden, wenn jemand es jemals herausgefunden hätte.

Doch die Vergangenheit kümmerte Darcy nicht, sondern nur Sir Lewis' Bücher. Sie befanden sich in einem verschlossenen Bücherregal, aber dieses Schloss reagierte auf seinen Zauberspruch. Das oberste Regal enthielt muffige Bücher in Italienisch und Latein, also begann er im zweitobersten Regal, dessen Bücher in Englisch verfasst waren. Sie waren alle mit Standard-Collegium-Sprüchen verschlossen, um die Bücher für Nicht-Magier geschlossen zu halten, doch ihn hielt das nicht auf. Er wählte mehrere aus, um sie mit nach unten zu nehmen und in einer weniger unangenehmen Umgebung zu lesen.

MIT TRÜBEN AUGEN VOM langen Lesen des jahrhundertealten Buches blickte Darcy auf, als Richard, dessen Kleidung mit Straßenstaub bedeckt war, in der Tür erschien.

"Nichts", sagte Richard düster. "Ich habe jede Menge Zeug gefunden, hauptsächlich tote Kaninchen und die Überreste von gewilderten

Hirschen, aber keine Spur von ihr. Habt ihr hier eine Nachricht erhalten?"

"Keine", sagte Darcy. "Aber ich habe eine Theorie, eine, auf die ich weder das Collegium, noch deinen Vater aufmerksam machen möchte, zumindest nicht, bis Miss Bennet sicher zurück ist."

Richard verzog das Gesicht. "Ich werde es niemandem erzählen, und ich bete, dass du mit deiner Theorie richtig liegst da ich sonst wenig Hoffnung sehe, sie lebend zu finden."

"Das könnte nicht viel besser sein." Darcy schloss den Band vor sich. "Ich habe einen alten Suchzauber eingesetzt, von dem ich nicht erwartet hatte, dass er funktioniert, aber ich hatte bereits alles andere ausprobiert. Er führte mich direkt zu einem Feenring, an dem ich schon ein Dutzend Mal vorbeigegangen bin, ohne ihn je bemerkt zu haben. Die Spur endete in der Mitte des Feenrings."

Richard pfiff durch die Zähne. "Glaubst du, sie ist nach Faerie gegangen?"

Darcy nickte.

"Faerie", sagte Richard nachdenklich, "das ist vielleicht die absurdeste Theorie, die ich je gehört habe, aber sie ergibt mehr Sinn als jede andere."

"Genau das habe ich auch gedacht. Und sie ist zuvor schon in Faerie gewesen, was es etwas weniger absurd macht."

"Grundgütiger! Faerie. Ich brauche einen Drink, wenn ich das verdauen will." Richard ging zum Sideboard und schenkte sich ein großzügiges Glas Brandy ein. "Willst du auch was? Erinner' mich nächstes Jahr daran, meinen eigenen Brandy nach Rosings mitzubringen, oder noch besser, ein paar Flaschen von deinem. Sogar meiner wäre besser als dieses Gesöff."

"Das zu übertreffen ist keine Kunst."

Richard stellte ein Glas auf den Schreibtisch, an dem Darcy saß. Er spähte in das Zauberbuch. "Das sieht nicht nach angenehmer Lektüre aus."

"Ich habe Sir Lewis' Bibliothek durchsucht, in der Hoffnung, etwas über Faerie zu finden. Dem Thema habe ich in Cambridge nie viel Aufmerksamkeit geschenkt."

"Ich auch nicht." Er nahm einen Schluck von seinem Brandy und verzog das Gesicht. "Wenn sie tatsächlich dort ist, können wir dann noch etwas tun, außer zu warten?"

"Das ist die Frage. Ich habe vor, ihr einen Brief zu schreiben und ihn im Kreis zu hinterlegen, damit sie ihn bei ihrer Rückkehr lesen kann. Falls sie zurückkommt." Außerdem hatte er vor, so viel Zeit wie möglich an dem Feenring zu verbringen.

"Falls sie *dort* zurückkehrt, meinst du. Feenringe gibt es in ganz England. Wäre es nicht wahrscheinlicher, dass sie woanders auftaucht, vielleicht näher an ihrem Zuhause?"

"Das ist eine der Antworten, die ich finden möchte: ob die Geschichten von irgendjemandem erzählen, der an einem Ring verschwunden ist und an einem anderen wieder aufgetaucht ist. In der Zwischenzeit kann ich nur hoffen, dass sie durch *diesen* Ring zurückkehren wird, da wir nicht an jedem Feenring gleichzeitig sein können."

"Vermutlich nicht, nein." Richard schaute nachdenklich in seinen Brandy. "Welchen Zauberspruch hast du angewandt, um sie zu finden? Ich erinnere mich an keinen Zauber, um Dinge außer Sichtweite zu finden."

Jetzt war Darcy an der Reihe, in seinen Brandy zu starren. Er hatte gehofft, sein Cousin würde diese Frage nicht stellen. Alle möglichen Antworten, die ihm einfielen, waren schlecht. Er wollte nicht lügen, und wenn er sich weigerte zu antworten, würde das Richard nur umso neugieriger machen. Er sagte mit leiser Stimme: "Grünes Gras, grünes Gras."

"Grünes Gras, grünes Gras, durch die Luft nun fliege? *Dieses* grüne Gras?" Richards Stimme klang ungläubig.

"Ja, dieses grüne Gras."

"Das ist nur ein alter Kinderreim! Und es geht nur darum, deine wahre Liebe zu finden, nicht um ein vermisstes Mädchen."

"Dessen bin ich mir sehr wohl bewusst", sagte Darcy scharf. Sicherlich musste er das Richard nicht erklären.

"Aber sie ... Oh." Richard verstummte. "Das tut mir leid, Darcy."

"Ich würde es vorziehen, nicht darüber zu sprechen", sagte Darcy steif. "Aber ich möchte dir von einem sehr interessanten Gespräch erzählen, das ich mit Cousine Anne geführt habe."

DARCY DREHTE SICH LANGSAM im Kreis herum. Wo würde Elizabeth seinen Brief am wahrscheinlichsten bemerken, wenn sie durch den Feenring zurückkehrte? Ihn in den Dornbusch neben dem Ring zu stecken war ebenso gut wie alle anderen Möglichkeiten. Vielleicht sollte er mehr Briefe schreiben und sie an jeden Baum hängen wie Orlando in *Wie es Euch gefällt*. Er schnaubte bei dem Gedanken.

Er balancierte den Brief auf zwei Zweigen. Das musste genügen. Nun zum peinlichen Teil. Er hockte sich neben den Ring und fuhr sich mit der Hand über den Mund.

Zumindest würde niemals jemand davon erfahren. Was gut war, da jeder vernünftige Mensch glauben würde, dass er reif fürs Irrenhaus sei. Dennoch - der Graszauber war ebenso lächerlich gewesen und hatte aber funktioniert. Und seine wilden Träume der letzten Nacht waren voll von weißen Katzen und weißen Raben gewesen. Es könnte eine Art Feenbotschaft gewesen sein, oder - was wahrscheinlicher war - sein müdes Gehirn hatte versucht, ihm irgendetwas mitzuteilen. Jedenfalls war er hier.

"Pepper", rief er leise. "Pepper, kannst du mich hören? Ich brauche deine Hilfe, Pepper. Ich bin hier neben dem Feenring." Ja, er war neben dem Feenring und bat eine Feenkatze um Hilfe, die gar nicht da war. Wie tief der mächtige Magier doch gefallen war!

Er stellte sich die Katze in Gedanken vor und rief erneut. Nichts. "Pepper, wenn du mich hören kannst, bitte ich dich, zu mir zu kommen. Ich mache mir Sorgen um Elizabeth. Hilf mir, Pepper." Es war einfach lächerlich. Er lehnte sich zurück auf seine Fersen und bedeckte seine Augen mit einer Hand. Wie würde er Elizabeth jemals finden, wenn dieser Unsinn das beste war, was er zustande brachte?

"Miau."

Darcys Augen flogen auf. "Pepper! Du bist hier? Wo ist Elizabeth? Ich war außer mir vor Sorge. Ist sie in Faerie? Ist sie in Sicherheit?"

Pepper begann, sich ihr bereits makelloses weißes Fell zu putzen.

Darcy sagte reumütig: "Vielleicht ist die richtige Frage, warum ich einer Katze Fragen stelle, die sich vielleicht in einen Vogel verwandeln kann, aber nie Anzeichen gezeigt hat, dass sie sprechen kann."

Pepper hörte auf, sich zu putzen und sah ihn böse an.

"Ja, ich bin ein sehr dummer Sterblicher. Ich weiß nicht, was ich tun soll. Kannst du mir helfen?"

Die Katze streckte sich und schlenderte auf ihn zu. Er streckte die Hand aus, um sie zu streicheln, und sie stieß ihren Kopf gegen sein Knie.

"Was denn? Möchtest du, dass ich aufstehe?" Darcy fühlte sich vollkommen blöde, stand auf und ließ sich von der Katze in die Mitte des Rings treiben. "Pepper, ich glaube, du willst, dass ich nach Faerie gehe, aber ich kenne den Zauber dafür nicht. Ich habe keine Macht über Feenringe."

Pepper miaute und sah ihn prüfend an.

"Ja, ich bin wirklich so dumm. Ich weiß nicht, was ich tun soll." Und er gehörte wahrscheinlich ins Irrenhaus.

Die Katze ging in die Hocke, wackelte mit ihrem Hinterteil und sprang ihm auf die Brust. Scharfe Krallen bohrten sich in sein Revers.

"Was-?" Darcy griff nach der Katze, bevor sie den Stoff zerriss. Sie entspannte sich sofort in seinen Armen und begann zu schnurren. Der Boden löste sich unter seinen Füßen auf.

Teil II - Faerie

Kapitel 4

Hatte er im Feenring das Bewusstsein verloren? Was war geschehen, nachdem Pepper ihn angesprungen hatte?

Darcy befand sich nicht mehr auf der Lichtung im Hain, aber wo auch immer er sein mochte, es entsprach nicht seinen Erwartungen an Faerie. Keine der alten Geschichten hatte einen Wald erwähnt, der so neblig war, dass er kaum zwanzig Fuß weit sehen konnte. Es gab weder einen Weg noch Anzeichen von Habitation. Pepper war verschwunden.

Diese Wildnis musste der ungebändigte Teil von Faerie sein. Alles, was er tun musste, war seinen Weg aus dem Wald zu finden.

Was hatte sein Vater immer gesagt? Was sollte er tun, wenn er die Orientierung verlor? Finde das nächste Wasser und folge ihm bis du auf Zivilisation stößt. Darcy streckte die Sinne aus und fand ... nichts. Kein Wasser. Kein Feuer. Keine Elemente. Es war, als wäre er plötzlich taub geworden, abgeschnitten von der Welt um ihn herum. Fühlten sich gewöhnliche Menschen immer so?

Aber er musste immer noch den Weg aus dem Wald finden. Wie fanden Menschen ohne Elementarkräfte das nächste Wasser? Bergab gehen, das war es. Fließende Gewässer lagen im Tal, und ein fließendes Gewässer würde unweigerlich zur Zivilisation führen. Zumindest wäre es so, wenn es in dieser fremden, seltsamen Welt Wasser gäbe. Der Boden hier schien eben zu sein, soweit er das im Nebel beurteilen konnte, aber vielleicht konnte er einen Hang finden.

Er machte sich auf den Weg und orientierte sich daran, wo ihm die Luft am klarsten erschien. Gelegentlich blieb er stehen, um Peppers Namen zu rufen. Er stapfte stundenlang durch den Wald, bis seine Füße wund und seine Beine müde waren, aber als er auf die Uhr sah, stellte er fest, dass sie ungefähr zum Zeitpunkt seiner Ankunft in Faerie stehengeblieben war.

Sicherlich musste es irgendwo einen Hügel geben. Vielleicht war er die ganze Zeit im Kreis gelaufen. Wie sollte er Elizabeth retten, wenn er nicht einmal auf sich selbst aufpassen konnte? Würde er bis in alle Ewigkeit durch diesen Nebel wandern?

Hunger nagte an seinem Bauch. Er hatte ein wenig zu essen in der Tasche, aber das rührte er nicht an. Später, wenn seine Kräfte nachließen, brauchte er es möglicherweise mehr.

Vielleicht würde ihm eine kleine Pause guttun. Er setzte sich zwischen die Wurzeln eines Baumes, lehnte sich gegen seinen breiten Stamm zurück und streckte seine Beine aus. Was für eine Erleichterung, nicht länger auf den Beinen zu sein! Seine Stiefel waren nicht für einen Spaziergang dieses Ausmaßes gemacht. Er schloss die Augen.

Erschrocken wachte er auf, Baumrinde grub sich schmerzhaft in seinen Rücken. Wie lange hatte er geschlafen? Er hatte nicht einschlafen wollen. Um ihn herum war immer noch dichter Nebel und überall herrschte Stille.

Stille. Absolute Stille. Keine Tiere raschelten im Unterholz, nicht ein Vogel sang. Er nahm einen Zweig und zerbrach ihn in zwei Hälften. Immer noch kein Laut.

Das musste Glamour sein. Was für ein Idiot er gewesen war, das nicht zu durchschauen! Er schloss die Augen, fuhr sich mit den Daumen über die Augenlider und rezitierte den Zauber für klare Sicht.

Als er die Augen öffnete, schien die Sonne und er stand neben einer Landstraße. Das Gras war ein kleinwenig zu grün und die Luft schien zu funkeln. Eine Ansammlung von seltsam geformten Behausungen befand sich ein Stück entfernt neben der Landstraße. Mit dem Horizont stimmte irgendetwas nicht. Der Duft von Gardenien lag in der Luft. Dies ähnelte schon eher den Geschichten von Faerie.

Pepper kratzte an seinem Bein. Hier sah sie größer aus, sie glich eher einer kleinen Wildkatze denn einer Hauskatze, aber abgesehen davon war sie unverändert. Er fühlte eine absurde Dankbarkeit beim Anblick der vertrauten Katze an diesem seltsamen Ort.

Darcy löste ihre Krallen von seiner Hose. Er hatte schon viel zu viel Zeit verschwendet. "Pepper, kannst du mich zu Elizabeth bringen?"

Mit einem Schlag ihres flauschigen Schwanzes rieb sie sich an seinen Stiefeln und schlenderte hinter seinem Rücken davon. Als Darcy sich umdrehte, um zu sehen, wohin sie wollte, entdeckte er Elizabeth auf einem nahe gelegenen Hügel, die mit um die Knie geschlungenen Armen auf dem Boden saß.

Gott-sei-Dank! Die Erleichterung raubte ihm die Worte und die Fähigkeit zu denken. Sein Puls dröhnte, als wollte er sagen, *sie lebt, sie lebt.* Darcys Beine hatten bereits begonnen, ihn vorwärts zu tragen, bevor er die bewusste Entscheidung zum Laufen treffen konnte.

Er rannte zu ihr. "Elizabeth!"

Sie reagierte nicht und sah nicht einmal in seine Richtung. Mit einer Hand winkte er vor ihrem Gesicht. Sie schaute weiter in die Ferne.

Er kniete sich neben sie. Mit seinen Fingern an ihren Schläfen fuhr er mit seinen Daumen langsam und sacht über ihre Augen und wiederholte den Klare-Sicht-Zauberspruch.

Elizabeth schüttelte leicht den Kopf und ihr Blick traf plötzlich seinen. "Mr. Darcy! Was machen Sie hier ... und was tun Sie da?" Ihre letzten Worte waren spitz.

Er riss seine Hände von ihrem Gesicht weg. Für sie musste es so ausgesehen haben, als wollte er sie küssen, was dieses eine Mal nicht an vorderster Stelle in seinen Gedanken gestanden hatte. Wenn er jemals die Gelegenheit hätte, sie zu küssen, wollte er, dass sie ebenso daran teilhatte.

"Vergeben Sie mir meine Dreistigkeit. Sie waren im Glamour gefangen, deswegen habe ich einen Klare-Sicht-Zauber an Ihnen angewandt."

Ihre Lippen verzogen sich misstrauisch. "Einen Zauber?"

"Waren Sie in einem nebligen Wald gefangen? Es war Glamour, und mein Zauber ermöglicht es Ihnen, hindurchzusehen. Das ist alles. Ich habe keinen Bindebann oder einen anderen Zauber darin verwoben. Ich werde es beim Grab meiner Mutter schwören, wenn Sie wünschen." Die Worte strömten aus ihm heraus. Was, wenn sie vor ihm weglief, wie sie vor Lord Matlock geflohen war?

Ihre Mundwinkel kräuselten sich. "Das wird nicht nötig sein. Ich glaube Ihnen."

Jetzt wollte er sie küssen.

"Pepper!" Elizabeth streckte der Katze die Arme entgegen. "Ich bin so froh dich zu sehen!" Sie versuchte, Pepper zu umarmen, aber die Katze interessierte sich mehr dafür, ein unsichtbares Objekt zu jagen. Elizabeth sah zu Darcy auf und fügte hinzu: "Ich hatte Angst, Lord Matlock könnte sie erwischt haben."

"Oder dass ich ihm von ihr erzählt habe?", er konnte die Bitterkeit nicht ganz aus seiner Stimme fernhalten.

Sie wurde rot und sah weg. "Ich wusste nicht, was ich denken sollte, nachdem ich erfahren hatte, dass Sie Lord Matlock von mir erzählt hatten."

"Richard war derjenige, der ihn unterrichtet hat. Ich habe ihn gewarnt, dass Sie das aufbringen würde."

"Ich wünschte, Sie hätten es mir gesagt." Elizabeth sah sich um. "Also habe ich es tatsächlich nach Faerie geschafft. Ich dachte es wäre mir vielleicht nicht gelungen. Wie kamen Sie hierher?"

"Pepper hat mir geholfen." Irgendwie klang es nun nicht mehr so dumm.

"Dann muss ich nicht befürchten, dass Lord Matlock als nächstes auftaucht?"

"Zumindest nicht, solange Pepper ihm nicht hilft, und das scheint unwahrscheinlich, nachdem sie ihr Möglichstes getan hat, um ihm das Gesicht zu zerkratzen."

Sie lachte entzückt. "Was für eine kluge Katze sie ist! Obwohl ich denke, dass ich das Ihnen gegenüber nicht sagen sollte. Immerhin ist er Ihr Onkel." Ihr Lächeln erstarb.

"Er hatte es verdient. Aber Sie würde er nicht binden. Ich versuche nicht, seine Entscheidung, Anne mit einem Bindebann zu belegen, zu verteidigen, aber die Situation war bei meiner Cousine vollkommen anders als Ihre. Sie hatte einen Mann mit ihrer ungebändigten Magie getötet."

Elizabeths Augen weiteten sich. "Ich denke, Sie glauben aufrichtig, er würde mich nicht binden, aber ich habe meine Zweifel. Er war sehr frei mit seinen Versuchen, mich mit einem Zauber zu belegen. Ich fühlte es, sobald er meine Hand berührte."

"Ich weiß nicht, was er getan hat, aber seine Vorgehensweise war nicht richtig. Dennoch, wenn Sie sonst nichts überzeugt, dann vielleicht, dass er eigennützige Gründe hat, Sie nicht zu binden. Er möchte Sie studieren, und das kann er nicht, wenn Sie gebunden sind."

Elizabeth seufzte. "Ich denke, eigennützige Motive sind ein Argument, das ich nicht von der Hand weisen kann."

"Auf jeden Fall hat er Rosings gestern Morgen verlassen." Falls es gestern Morgen gewesen war. Er hatte keine Ahnung, wie lange er durch den Glamour geirrt war.

Ihre Stirn zog sich verwirrt zusammen. "Gestern Morgen?"

"Sie waren zwei Nächte und einen Tag weg. Mrs. Collins war außer sich vor Sorge."

"Arme Charlotte! Ich konnte im Glamour Tag und Nacht nicht unterscheiden. Dann muss ich wohl schnell zurückkehren. Mir kam es gar nicht so lang vor, obwohl es in der Tat eine Weile war, lang genug, um mich erschöpft und sehr hungrig zu fühlen."

Nach all der Zeit ohne Essen musste sie vollkommen ausgehungert sein, viel hungriger als er. Gott sei Dank hatte er das wenige, was er mithatte, nicht gegessen! Darcy kramte in seinen Taschen und zog einen Stoffbeutel aus Wachstuch heraus, in dem sich zwei Ingwerplätzchen, ein Stück Käse und ein verdrilltes Papierpäckchen mit getrockneten Früchten befanden. "Es ist wahrlich kein Festmahl, aber wenn Sie es möchten, gehört es Ihnen."

Sie schnappte es aus seinen Händen und begann zu essen. Zwischen zwei Bissen Ingwerplätzchen brachte sie heraus: "Bitte vergeben Sie mir meine Manieren. Ich hatte Angst, in diesem schrecklichen Nebel elend zu verhungern."

"Und das wärst du auch, ganz genau wie diejenigen, die vor dir kamen. Wir mögen hier keine ungebetenen Gäste", sprach ein gedrungener Kerl, der Darcy nur bis zur Schulter reichte. Sein breiter Mund, die schräge Lidachse und seine ledrige Haut kennzeichneten ihn als Fay. Seine Kleidung hatte eine unscheinbare Farbe und erinnerte vom Stil her an das Mittelalter.

Elizabeth schluckte einen Bissen Käse und zog einen Stein aus ihrem Retikül. Den hielt sie ihm auf ihrer geöffneten Hand unter die Nase. "Aber ich wurde eingeladen."

Der kleine Mann untersuchte den abgerundeten, grauen Stein. "Das wurdest du", gestand er widerwillig ein. Er packte Darcys Kinn und drehte sein Gesicht zur Seite. "Und du. Ich sehe, dass dich eine Phouka markiert hat, also wird man dich wohl zumindest vorerst am Leben lassen."

Darcy zwang sich, nicht zu reagieren. Er war hier ein Eindringling in einem fremden Land, nicht der Herr von Pemberley, und man ließ ihn nur leben, weil Elizabeths Katze ihn gekratzt hatte.

"Wir hatten nicht vor, Landfriedensbruch zu begehen", sagte Elizabeth entschuldigend. "Wir werden sofort wieder gehen."

"Das denke ich nicht", sagte der Gnom. "Zuvor müsst ihr vor den Laird treten, der über euch richten wird."

"Nun denn", sagte Darcy und versuchte, gleichermaßen selbstbewusst wie gefügig zu klingen. "Kannst du uns sagen, wie wir zum Laird kommen?"

"Es gibt viele Straßen, die ein Mann gehen kann, aber keine davon ist für euch."

Elizabeth sah genauso verwirrt aus, wie er sich fühlte. "Sollen wir hier auf euren Laird warten?"

Der Fay steckte zwei Finger in seinen Mund und pfiff. Eine elegante weiße Stute trabte daraufhin herbei. "Sie wird euch zu ihm bringen."

Darcy beäugte das Pferd. Kein Sattel, weder Trense noch Zaumzeug und ein viel zu kleines Tier, um zwei Personen zu tragen.

Elizabeth zeigte auf den Kopf des Pferdes. "Schauen Sie auf ihre Augen." Eines war blau und das andere golden. Elizabeth griff mit der Hand in die goldene Mähne des Schimmels. "Pepper, du Schöne, bist du das?" Das Pferd rieb sich an ihrem Ohr.

Der Gnom spuckte auf den Boden. "Eine weiße Phouka kann nur Pech bringen."

Konnten Pferde beleidigt aussehen? Dieses hier ganz sicher.

Elizabeth küsste die Stute auf die Wange. "Mir hat sie nur Glück gebracht. Und was für ein prächtiges Pferd du bist! Der König selbst wäre stolz darauf, dich in seinem Stall zu haben."

Hatte Elizabeth nicht einmal gesagt, die Katze sei eitel? Darcy fügte hinzu: "Die Damen in London würden sich zanken, wer dich reiten dürfte." Was auch stimmte. Dann wandte er sich an den Gnom: "Aber wie sollen wir sie reiten? Ich möchte sie nicht überlasten. Vielleicht sollte ich neben ihr hergehen."

"Du hast den Boden bereits mit genügend Fußabdrücken eines Sterblichen beschmutzt. Du wirst reiten."

Ohne Sattel, ohne Zügel und zu zweit. Darcy hoffte, dass Peppers Gang sehr gleichmäßig und ruhig war. Könnte Elizabeth ohne Sattel wie eine Dame seitwärts reiten?

Pepper drehte sich, um Darcy ihre Flanke darzubieten. Auch keine Steigbügel. Mit Besorgnis legte er seine Hände auf ihren Rücken und sprang auf. Unbeholfen, das würde sogar er selbst eingestehen, aber von Erfolg gekrönt.

Er streckte Elizabeth die Hand entgegen. "Wenn Sie Ihren Fuß auf meinen Stiefel stellen, sollte ich Sie vor mir nach oben ziehen können. Das hoffe ich zumindest."

Elizabeth nahm seine Hand. "Ich kann nicht glauben, dass ich das tue. Ich bin keine gute Reiterin, selbst dann nicht, wenn es einen Sattel und Zügel gibt."

Darcy lächelte sie an. "Wir werden es zusammen lernen." Vielleicht war die Luft im Reich der Feen berauschend. Dem hätte er sicherlich nicht zustimmen sollen.

Es gelang ihm, sie zu sich hochzuziehen, damit sie sich seitlich auf Peppers Rücken vor ihn setzen konnte. Sie saß sogar noch wackeliger auf dem Pferd als er. "Ich glaube, es wäre am besten, wenn Sie sich an mir festhalten würden", sagte er heiser.

Nach kurzem Zögern schloss sie ihre Arme um ihn. "Wenn ich herunterfalle, muss ich wohl einfach alle Würde in den Wind schießen und rittlings reiten."

"Das könnte sicherer sein." Darcy machte einen tapferen Versuch, sich den Anblick ihrer entblößten Beine nicht vorzustellen. Es bereitete ihm bereits genug Probleme, so zu tun, als berausche ihn der Genuss, ihre Arme um sich zu haben, nicht.

"Ich vertraue Pepper." Sie tätschelte den Hals des Pferds.

Darcy wandte sich wieder dem Gnom zu. "Wie finden wir den Laird?"

"Sie kennt den Weg." Er spuckte erneut auf den Boden und stapfte murmelnd davon: "Sterbliche und eine weiße Phouka am selben Tag. Pah."

Pepper drehte den Kopf nach hinten und sah sie mit ihrem blauen Auge an, als wolle sie fragen, ob sie bereit seien. Darcy nickte ihr resigniert zu.

Es hätte schlimmer kommen können. Keiner von ihnen fiel runter, als das Pferd seine ersten Schritte machte, obwohl nicht mehr viel gefehlt hätte. Darcy musste Elizabeth an der Taille packen, um sie an Ort und Stelle zu halten. Er hoffte, dass es nicht weit zum... Haus des Lairds war? Herrenhaus? Schloss? Nein, wenn er sich's recht überlegte, hoffte er, dass die Reise ewig dauern würde. Dann musste er Elizabeth nie wieder loslassen.

Faerie war in der Tat ein sehr seltsamer Ort. Darcy ritt ohne Sattel auf einem Pferd, das auch eine Katze war, auf dem auch Elizabeth an ihn gepresst saß, gleich zwei Gegebenheiten, die unmöglich schienen. Zumindest lief Pepper hervorragend geschmeidig, und sie schien das Gewicht beider spielend tragen zu können.

"Reiten die Fay immer ohne Sattel?", fragte er Elizabeth.

"Die Sidhe benutzen Sättel und Zaumzeug, glaube ich. Ich hatte vergessen, wie schwer es ist, klar zu denken, wenn man frisch in Faerie angekommen ist."

"Ich dachte, das liegt an mir." Zumindest war das beruhigend.

"Zum Glück vergeht es, wenn man eine Zeit lang hier ist."

WENN SIE EIN RATGEBERBUCH für junge Damen schreiben würde, entschied Elizabeth, würde sie ein ganzes Kapitel dem Thema widmen, was zu tun sei, nachdem man einen Heiratsantrag abgelehnt hatte. 'Bleiben Sie nicht unter demselben Dach wie Ihr abgelehnter Bewerber' würde ganz oben auf der Liste stehen, und 'Erlauben Sie ihm nicht, magische Zauber an Ihnen anzuwenden' und 'Verraten Sie ihm - oder seinem Cousin - keine Geheimnisse, die Sie Ihr ganzes Leben lang bewahrt haben'. Aber der oberste Punkt auf der Liste wäre auf jeden Fall folgender: 'Verbringen Sie nicht Stunden in engem physischen Kontakt mit ihm, indem Sie sich gemeinsam ein ungesatteltes Pferd teilen'.

Die Liste der Worte, die zu dieser Erfahrung passten, war umfangreich und ganz sicher nicht abschließend: beschämend, demütigend, peinlich,... Mit seinen Armen, die um ihre Taille geschlungen waren, und der Seite ihres Körpers gegen seinen gedrückt, wie konnte sie da so tun, als habe sie vergessen, dass Darcy ihr erst vor Kurzem seine leidenschaftliche Liebe gestanden hatte? Vor ein paar Tagen war sie schockiert gewesen, als er ihre bloßen Hände (ganz ohne Handschuhe!) berührt hatte, um ihre Verbrennungen zu heilen, und jetzt das!

Außerdem fühlt sie auch noch andere, ganz neue und aufregende Gefühle wie kleine Schmetterlinge in ihrem Bauch herumflattern, aber das wollte sie sich nicht eingestehen. Ihren Kopf auf seine Schulter zu legen würde ihre Haltung nicht stabiler machen. Warum musste sie also weiter gegen den Drang ankämpfen, genau das zu tun? Vielleicht lag es daran, dass sie das Gefühl hatte, eben erst aus dem Albtraum des Glamourwaldes erwacht zu sein.

Dieser tückische, beängstigende Wald. Hatte sie tatsächlich Tage dort zugebracht? Der qualvolle Schmerz von Darcys Verrat an ihr hatte den Wald zu einem Albtraum gemacht, lange bevor sie seine Gefahren erkennen konnte. Seit sie erfuhr, dass er ihr Geheimnis die ganze Zeit gekannt hatte, hatte sie eine Seite an ihm entdeckt, die sie immer ignoriert hatte, den Teil von ihm, der großzügig, klug, gebildet und allzu attraktiv sein konnte. Er war immer noch stolz und gelegentlich unangenehm, aber das überwog die Tatsache nicht, dass er bereit war, Magie bei seiner eigenen Ehefrau zuzulassen. Von einer solchen Zukunft hatte sie nie zu träumen gewagt. Aber kaum hatte sie begonnen, ihm zu vertrauen und es sogar ein wenig zu bedauern, ihn abgelehnt zu haben, als er sie auf die schlimmste Art und Weise verraten hatte. Wie konnte er behaupten, dass er ihre Angst vor Bindebannen verstand und sie dann Lord Matlock aussetzen? Hatte Colonel Fitzwilliam gelogen, als er sagte, sie wüssten bereits von ihrer Magie, um sie in Sicherheit zu wiegen, während sie nach seinem Vater schickten, um sie binden zu lassen? Diese wenigen Tage, als sie keine Angst davor haben musste, entdeckt zu werden, waren eine solche Erleichterung gewesen, und doch waren das alles Lügen gewesen. Lügen, die ihr Herz gebrochen hatten. Während ihrer Zeit im Glamourwald hatte sie oft Tränen in den Augen gehabt, sie hatte Darcy dafür gehasst, sie verraten zu haben, und sich selbst, weil ihr das etwas ausmachte.

Doch schon bald darauf kümmerte sie nur noch, wie sie aus diesem Wald entkommen könnte bevor sie verhungern würde, und auch das war Darcys Schuld. Ohne ihn wäre sie nicht durch den Feenring gegangen. Dann war Darcy plötzlich wie aus dem Nichts vor ihr aufgetaucht, hatte den tödlichen Wald verschwinden lassen und ihr Leben gerettet.

Jetzt befand sie sich in seinen Armen, erschöpft, den Tränen nahe und fühlte Dinge, die sie nicht für einen Mann fühlen wollte, dem sie nicht voll und ganz vertrauen konnte, gestrandet in diesem neuen, schrecklichen Faerie. Als Kind hatte sie die Welt der Feen als einen einladenden Ort empfunden. Jetzt war sie voller gefährlicher Glamourfallen, die sie töten konnten, und wenn es nach dem Feenvolk ging, befleckte sie mit jedem ihrer Schritte bereits den Boden. Sie hatte im Reich der Feen Zuflucht gesucht und letztlich hatte es sich als alles andere als sicher herausgestellt. Sie blinzelte verzweifelt die Tränen zurück, bevor Darcy sie bemerken konnte.

Und natürlich musste ihr einziger sterblicher Begleiter ein Magier sein. In all den Jahren hatte sie sich so viel Mühe gegeben, um sich von allen Magiern außer ihrem Vater fernzuhalten, und jetzt konnte sie ihnen nicht mehr entkommen. Ihre Meinung über Magier hatte sich durch diese Erfahrung nicht gebessert, selbst wenn Darcy sie aus der Glamourfalle gerettet hatte.

Darcy murmelte etwas vor sich hin, das wie ein Fluch klang.

"Stimmt etwas nicht?", fragte sie.

"Abgesehen von dem Offensichtlichen, nein, ich habe einfach nur etwas Dummes gemacht, bevor ich hierhergekommen bin. Ich hatte vor, mich neben den Feenring zu setzen und zu lesen, und mir wurde gerade klar, dass ich ein jahrhundertealtes Zauberbuch draußen liegen gelassen habe. Ausgerechnet an einem Tag, an dem es gerade begann, nach Regen auszusehen."

Warum musste er dieses Thema jetzt anschneiden, wenn sie so ängstlich und erschöpft war? "Für mich würde es keinen Unterschied machen, wenn jedes Zauberbuch auf Erden Dutzende Fuß unter dem Ozean begraben läge." Sie bereute ihre Worte, sobald sie ihren Mund verlassen hatten.

Es entstand eine Pause, als würde er sorgfältig nachdenken, bevor er antwortete. "Ich hatte den Eindruck, dass Ihnen Bücher wichtig sind."

"Bücher, die ich auch nur im Geringsten lesen darf, ja. Bücher, die mir verboten sind, obwohl das Wissen in ihnen für mich von großem Nutzen sein könnte, können mir nicht am Herzen liegen. Ich mag es nicht, wenn Wissen nur für wenige zugänglich ist. Manchmal denke ich, das Collegium kümmert sich mehr um seine eigene Existenz als um irgendetwas anderes."

"Ich wünschte, Sie dürften sie lesen." Seine Stimme war kaum hörbar. "Aber die Informationen in diesen Büchern könnten in den falschen Händen sehr gefährlich sein."

Wie es schien, konnte sie die Worte nicht davon abhalten, aus ihrem Mund zu strömen. "Ist Ihnen klar, wie arrogant das ist? Aber Magiern mangelt es nie an Arroganz, ganz gleich, wie liebenswürdig sie scheinen. Als ich nach der Heilung von Lady Catherine erschöpft war, nahm es Colonel Fitzwilliam auf sich, seine Magie in mich strömen zu lassen. Ich bin sicher, dass seine Motive gut waren, und ich hätte es vielleicht sogar geschätzt, wenn er mich zuerst gefragt hätte. Und er hat Sie gefragt, ob Sie meine Verbrennungen heilen wollen. Sie, nicht mich. Es war meine Hand. Wie würden Sie sich fühlen, wenn jemand, während Sie in einem geschwächten Zustand wären, unaufgefordert Magie an Ihnen wirken würde? Aber Sie und Ihr Cousin sind Magier, also denken Sie gar nicht darüber nach, mir Ihre Magie aufzuzwingen, und halten sich deswegen für besonders großzügig."

Diesmal schwieg er länger und sie konnte die Spannung in seinem Arm um ihre Taille spüren. "Ihnen ging es nicht gut und wir hatten zusammengearbeitet. Aber ich gebe zu, dass wir zuerst hätten fragen sollen. Es war eine ungewöhnliche Situation."

"Aber genau das tun Magier immer. Sobald Lord Matlock mir vorgestellt wurde, versuchte er, seine Magie an mir anzuwenden. Als ich wegzulaufen wollte, hat er einen weiteren Zauber angewandt, um mich gefangen zu halten. Wo blieb da meine Wahl?"

"Das hätte er nicht tun sollen, und das habe ich ihm auch gesagt. Aber Richard und ich hätten Sie beschützt. Es gab keinen Grund, Angst zu haben."

"Ich hatte allen Grund, Angst zu haben! Warum hätte ich Sie beide als meine Verbündeten sehen sollen? Sie hatten geplant, Lord Matlock hinzuzuziehen und es vor mir geheim gehalten. Sie sind seine Familie. Keiner der Diener hätte einen Finger gerührt, um mich vor Lady Catherines Bruder und Neffen zu schützen, und meine dürftige ungeschulte Kraft war drei ausgebildeten Magiern nicht gewachsen. Ich gestehe Ihnen zu, dass Sie, die Sie Ihren Onkel besser kennen, wahrscheinlich Recht haben: er hätte mir vermutlich nicht weiter geschadet. Wenn Sie drei erklärt hätten, worum es Ihnen geht, anstatt mich Ihnen hilflos auszuliefern, hätte ich vielleicht nicht das Gefühl gehabt, fliehen zu müssen. Ihr Magier wisst nicht einmal, wie überheblich ihr seid." Sie hatte zu viel gesagt; das wusste sie, aber sie hatte im Glamourwald viel zu viel Zeit zum Nachdenken gehabt. Oh, ihr verfluchtes Temperament.

Darcy holte tief Luft. "Ich könnte mich gegen einige kleine Aspekte Ihrer Anklage verteidigen, aber es hat keinen Sinn. Sie haben Ihre Gefühle deutlich zum Ausdruck gebracht. Darf ich vorschlagen, dass wir weitere Diskussionen verschieben, bis wir wieder sicher in Rosings sind?" Seine Stimme war kalt.

Sie senkte den Kopf. Wie konnte sie so mit ihm sprechen? Er war nach Faerie gekommen, um ihr zu helfen, und er hatte nichts getan, um ihren Zorn zu verdienen, außer ein Zauberbuch zu erwähnen. Sie sagte leise: "Mir ist bewusst, dass Sie keine andere Wahl hatten, als mich ohne meine Zustimmung mit dem Klare-Sicht-Zauber zu belegen, und dass sie damit wahrscheinlich mein Leben gerettet haben."

"Danke", sagte er steif, und dann herrschte nur noch eisige Stille.

Oh, warum hatte sie ihre Zunge nicht im Zaum gehalten, wie sie es zuvor schon so lange Zeit geschafft hatte? Er hatte mehr als einmal versucht, ihr zu helfen, und selbst wenn ihr seine Methoden nicht gefallen hatten, schienen seine Absichten gut. Aber sie war so hungrig und so erschöpft, und es war so schwer, ihm so nahe zu sein...

Nein. Sie würde nicht anfangen zu weinen. Sie würde nicht weinen.

Pepper kam unter den Ästen eines Apfelbaumes zum Stehen. "Sind wir da?", fragte Elizabeth hoffnungsvoll.

Das Pferd hob den Kopf und blickte betont in die Zweige, die sich unter dem Gewicht der reifen Äpfel bogen.

Darcy flüsterte: "Dieser Baum war zuvor noch nicht hier. Er ist einfach erschienen."

Elizabeth schluckte den Wunsch zu weinen hinunter. "Ich hatte gerade daran gedacht, wie müde und hungrig ich bin. Pepper muss meine Gedanken gehört haben." Sie streckte die Hand aus und griff nach dem erstbesten Apfel.

Darcy hielt sie am Handgelenk fest. "Warten Sie! Ist das sicher? Was, wenn jemand wütend ist, dass Sie ihn genommen haben?"

Elizabeth schüttelte den Kopf. Ihr lief das Wasser im Mund zusammen. "Pepper hätte hier nicht angehalten, wenn dem so wäre."

"Aber wir sollen nichts von den Fay essen, ansonsten werden alle Speisen von uns Sterblichen für immer wie Asche schmecken."

"Das ist nur ein Ammenmärchen. Ich habe zuvor bereits Fay-Essen gegessen."

Er hob eine Augenbraue. "Während jenes kurzen Besuchs in Faerie, von dem Sie Richard erzählt haben?"

Ihre Wangen wurden warm. "Könnte sein, dass ich ein paar Kleinigkeiten ausgelassen habe. Er schien mir ein wenig zu interessiert zu sein."

"Das war weise." Er ließ ihr Handgelenk los.

Sie pflückte zwei Äpfel. "Möchten Sie auch einen?"

"Mitgehangen, mitgefangen. Warum nicht?"

Sie reichte ihm einen und wählte einen dritten für sich. "Ich bin wirklich sehr hungrig", erklärte sie.

"Sollen wir mehr mitnehmen, falls Sie danach immer noch Hunger haben?"

"Es wird schwer genug sein, diese zu halten, ohne von Pepper herunterzufallen. Und ich denke, Pepper kann jederzeit einen weiteren Apfelbaum erschaffen, falls wir einen brauchen." Sie tätschelte dem Pferd den Hals. "Das war sehr schlau von dir, einen Apfelbaum zu erschaffen, der im April Äpfel trägt. Aber ich nehme an, dass nichts in Faerie den üblichen Gesetzen der Natur folgt."

Der Apfel war eine der köstlichsten Speisen, die sie je gegessen hatte. Elizabeth verschlang den ersten rasch und wandte sich dann an Darcy. "Eines ist allerdings kein Ammenmärchen. Sie müssen den Feen gegenüber stets die Wahrheit sagen. Haargenau und ausnahmslos. Die Fay wissen es, wenn Sie es nicht tun, und sie werden Sie mit einem Feentrick bestrafen. Sie werden Ihre Lüge wahr werden lassen, aber immer in einer Weise, die Ihnen schadet."

"Das werde ich im Hinterkopf behalten." Er sagte nichts mehr, bis sie ihren zweiten Apfel gegessen und Pepper sich wieder in Bewegung gesetzt hatte. Dann fügte er hinzu: "Wenn ich Sie fragen würde, wie viel Zeit Sie in der Vergangenheit hier verbracht haben, würden Sie mir dann die Wahrheit sagen?"

Elizabeth zögerte. "Das würde davon abhängen, warum Sie es wissen wollten, nehme ich an."

"Ich habe einfach Interesse an Ihrem Leben."

Sie wollte wieder besser mit ihm auskommen, und es gab keinen wirklichen Grund, es geheim zu halten. "Wie die meisten Menschen habe ich einen großen Teil meines frühen Lebens vergessen, aber ich würde vermuten, dass es viele Male war. Bluebird genoss die Welt der Sterblichen, in der sie den Menschen Streiche spielen konnte, aber in der Regel brachte sie mich hierher. Ich gehe jedoch davon aus, dass Ihr Onkel schrecklich enttäuscht wäre, wenn er erführe, wie wenig ich in diesem Alter von meiner Umgebung wahrgenommen habe. Ich erinnere mich an eine Art Laube im Wald, an eine schöne, schwarzhaarige Frau und daran, dass mir jemand die Haare kämmte, aber nicht viel mehr. Nach Faerie zu gehen, fühlte sich nicht viel anders an, als einen Nachbarn in Meryton zu besuchen. Wie ungewöhnlich das war, merkte ich erst Jahre später."

"Als Kinder halten wir die seltsamsten Dinge für normal."

"Ich habe auch eine Frage an Sie", sagte Elizabeth entschlossen. "Wann wurde Ihnen klar, dass ich Magie habe?"

Er sah nachdenklich aus. "Bei der Abendgesellschaft auf Lucas Lodge. Ich wusste, dass dort jemand Magie hatte, aber nicht, wer es war, bis Sir William Lucas mich aufforderte, mit Ihnen zu tanzen. Unsere Blicke trafen sich und ich konnte die Magie in Ihnen fühlen. Aber schauen Sie – ich sehe etwas." Er zeigte in die Ferne.

Elizabeth spähte mit zusammengekniffenen Augen über ihre Schulter, um es ausmachen zu können. Da waren drei Türme aus etwas, das eher wie Silberfiligran denn wie Stein aussah. "Das sieht auf jeden Fall aus wie der Hof eines Lairds."

DER PALAST, DENN DAS war der einzige Begriff, der Darcy dazu einfiel, bestand tatsächlich aus filigranem Silber. Wie war das statisch möglich? Die Wände sollten kein Dach halten können, und die Türme sollten unter ihrem eigenen Gewicht zusammenbrechen. Es beunruhigte ihn, zu sehen, wie die Gesetze der Natur so beiläufig verletzt wurden.

Niemand kam ihnen an der Tür entgegen. Elizabeth sah ihn an, zuckte mit den Achseln und trat ein. Darcy folgte dicht hinter ihr und hoffte, dass ungebetene Gäste nicht gleich beim ersten Anblick getötet wurden. Das würde zu den barbarischen Glamourfallen passen.

Ein hoher silberner Thron befand sich am anderen Ende eines unglaublich langen Saals, in dem ein ebenso großes, ebenso unglaubliches Wesen lümmelte. Er war von Feenvolk umgeben. Darcy erkannte Dryaden und Elfen in seinem Gefolge, zusammen mit einigen winzigen Kreaturen, die er nicht benennen konnte. Als er näherkam, konnte er sehen, dass alles am Laird länger war als erwartet - längere Beine, längere Arme und lange, spitz zulaufende Finger. Seine Wangenknochen standen hervor, das Kinn war schmal, und er trug einen Wappenrock aus goldenem Stoff, der mit meergrüner Seide besetzt war. Sein Haar glich gesponnenem Gold und hing ihm sauber fast bis zu den Schultern, was ein Bild von überirdischer Schönheit zeichnete. Noch dazu saß er in einem Sonnenstrahl, dessen Quelle aus dem Inneren des Raumes zu kommen schien. Ein weiteres Detail, das gar nicht möglich sein sollte. Manschetten aus Silberfiligran bedeckten seine Unterarme. Darcy hatte noch nie einen Sidhe gesehen, die mächtigsten unter den Fay, aber er hatte keinen Zweifel daran, dass das Wesen vor ihm einer war.

Elizabeth blieb ein kurzes Stück vom Thron entfernt stehen und sank in einen tiefen Knicks. Darcy entschied sich, Vorsicht walten zu lassen, und verneigte sich wie bei Hofe.

"Was bringt Sterbliche in meine Halle?" Die Stimme des Sidhe war glockenhell.

Darcys Kehle fühlte sich an wie zugeschnürt, aber er sagte: "Wir sind gekommen, um Eure Erlaubnis einzuholen, in unsere eigene Welt zurückzukehren."

Der Fay-Lord stieg von seinem Thron herunter und ging vor ihnen auf und ab. Darcy war es nicht gewohnt, aufschauen zu müssen, um jemandem ins Gesicht zu sehen, und es gefiel ihm gar nicht, besonders da dieses Feenwesen ein so grimmiges Gesicht machte. Etwas an seinen schrägstehenden, smaragdgrünen Augen war seltsam - ihre Pupillen waren große Ovale, ähnlich wie bei den Augen einer Katze, und die Augenbrauen glichen eher Flügeln denn Bögen. Seine Haut war blass und durchscheinend wie feines Porzellan. Der Anblick ließ Darcy erschaudern.

"Weshalb seid ihr hergekommen, wenn ihr schon so bald wieder gehen wollt?"

Elizabeth wirkte völlig gelassen angesichts des erstaunlichen Anblicks. "Ich bin hierher geflohen, um einem mächtigen Magier zu entkommen. Faerie war der einzige Ort, von dem ich wusste, dass er mir nicht folgen konnte. Mir wurde gesagt, dass er mich nicht länger verfolgt, weshalb ich sicher nach Hause zurückkehren kann."

"Die Pforten Faeries sind für Sterbliche blockiert."

Sie zeigte ihm ihren Stein. "Als ich ein Kind war, hatte ich eine Feenfreundin. Sie brachte mich manchmal nach Faerie. Sie schenkte mir schon vor Jahren diesen Stein, für den Fall, dass ich jemals hierher zurückkehren müsste. Ich wusste nicht, dass es Glamourfallen geben würde oder dass ich nicht länger willkommen bin, andernfalls wäre ich nicht hierhergekommen."

Der Faylord baute sich vor ihr auf. "Vor Jahren gab es keine Glamourfallen. Sie wurden geschaffen, nachdem der Krieg mit den Sterblichen begonnen hatte." Er wirbelte zu Darcy herum. "Und du. Wer bist du?"

Absolute, uneingeschränkte Ehrlichkeit. Das würde nicht angenehm werden. "Mein Name ist Fitzwilliam Darcy und ich bin ein Magier."

"Der, vor dem sie geflohen ist?"

"Nein." Für den Fall, dass das nicht ganz ehrlich erscheinen mochte, fügte er hinzu: "Das war mein Onkel."

Der Fay wandte sich an Elizabeth. "Bist du auch eine Magierin?"

"Nein. Sterblichen Frauen ist es nicht gestattet, Magie anzuwenden."

"Nicht gestattet? Wie barbarisch. Du, Magier - warum bist du ihr gefolgt?"

"Ich habe mir Sorgen um sie gemacht. Sie war seit Tagen vermisst."

Der Fay-Lord ging schweigend auf und ab, hin und her. "Du hast dich nach Faerie und damit in Gefahr begeben, weil du dir Sorgen gemacht hast?", fragte er verächtlich.

Er würde es sagen müssen. "Ich liebe sie." Er vermied es, in Elizabeths Richtung zu schauen.

"Ah, die Liebe und der Tod, diese menschlichen Mysterien." Mit einer weiteren seiner blitzschnellen Bewegungen wandte er sich erneut an Elizabeth. "Und du. Liebst du ihn?"

Darcy fuhr dazwischen: "Das tut sie nicht." Lieber sagte er es selbst, als es Elizabeth sagen zu hören.

"Gestatte der Dame, für sich selbst zu sprechen!"

Elizabeth leckte sich die Lippen, offensichtlich fühlte sie sich unbehaglich. "Meine Gefühle ihm gegenüber sind verwirrend. Ich kann nicht behaupten, ihn zu lieben, aber ich kann auch nicht sicher sein, dass ich ihn nicht liebe."

Darcy starrte sie an und wiederholte ihre Worte in seinem Kopf. Sie ergaben keinen Sinn. Aber es war immer noch besser, als es rundheraus zu bestreiten, oder?

Der Fay Lord schien mit dieser eigentümlichen Nichtantwort zufrieden zu sein. "Hast du jemals einen Baum ermordet?"

"Ermordet? Meint ihr, ob ich einen gefällt habe?", fragte Elizabeth verwirrt.

"Nenn es, wie du willst."

"Ich habe noch nie einen Baum gefällt oder getötet. Einmal habe ich meinen Vater gebeten, einen Ast abzusägen, der mein Fenster blockiert hat, aber der Baum ist immer noch da."

Hatte er jemals die Order gegeben, einen Baum zu fällen? Darcy zermarterte sich verzweifelt das Hirn. Sicherlich hatte sein Verwalter dies gelegentlich getan und das konnte als Handlung in seinem Namen angesehen werden -

"Von dieser Art von Bäumen spreche ich nicht, sondern von den Bäumen in einem Hain."

"Ich habe noch nie einen Baum in einem Feenhain verletzt." Diesmal klang Elizabeth sicherer.

"Und du?"

"Ich habe noch nie Bäume in einem Hain gefällt." Warum war das so wichtig? Waren die Bäume den Feen heilig?

Der Fay-Lord forderte wütend: "Warum haben eure sterblichen Landsleute dann unseren Vertrag gebrochen?"

Welchen Vertrag? Wie konnte er darauf reagieren? "Ich bitte um Verzeihung für meine Unwissenheit, Mylord, aber ich weiß nicht, auf welchen Vertrag Ihr Euch bezieht." War das demütig genug?

"Auf den einzigen Vertrag! Auf den Ewigen Vertrag zwischen den Fay und den Sterblichen. Wir haben euch eure Freiheit gegeben, dafür schützt ihr unsere Haine!" Er spie die Worte förmlich aus.

Wie konnte er zugeben, dass er noch nie von diesem Vertrag gehört hatte, der den Fay offensichtlich so wichtig war?

Elizabeth, mutiger als er, fragte: "Verehrter Lord, wann wurde der Ewige Vertrag geschlossen?"

Er winkte ab, als wolle er den Unsinn beiseiteschieben. "Vielleicht vor tausend Jahren oder ein bisschen mehr."

Sie nahm einen tiefen Atemzug. "Verehrter Lord, sterbliches Leben ist flüchtig und das sterbliche Gedächtnis sogar noch kürzer. Tausend

Jahre sind mehr sterbliche Generationen als ich zählen kann. Ich schäme mich, zuzugeben, dass die heutigen Sterblichen gar nicht wissen, dass der Ewige Vertrag jemals existiert hat. Wir wissen nicht, warum die Fay uns angreifen. Sterbliche wissen nicht einmal, dass Ihr mit uns Krieg führt."

"Wie kann das möglich sein?", rief er aus. Er stapfte zurück zu seinem Thron und warf sich hinein.

Elizabeth sagte leise: "Das muss mit den Einhegungsgesetzen zu tun haben. Landbesitzer haben ehemals öffentliche Waldflächen für sich beansprucht, sie abgeholzt und eingefriedet, um sie in Ackerland umzuwandeln. Aber wenn sie die Bäume in einem Feenhain fällen, wird der Feenring darin zerstört."

Nein. Das konnte nicht sein. Oder doch? Im vergangenen Frühjahr hatte einer der benachbarten Landbesitzer ein Waldgebiet gerodet, das an Rosings Park grenzte, und nun waren dort immer wieder Angriffe durch die Feen zu beobachten. Sicherlich diente der Ring, durch den sie gereist waren, demselben Zweck und er lag ganz in der Nähe. Aber er wusste nichts darüber, wie Feenringe funktionierten oder warum sie wichtig waren.

"Gibt es etwas, das wir tun sollten? Möchte er, dass wir gehen?", fragte Darcy leise.

"Ich denke nicht", sagte Elizabeth langsam. "Ich glaube, wir sollten warten, bis wir entlassen werden."

Eine dryadenartige Kreatur, die in durchsichtige grüne Seide gehüllt war, schwebte schweigend auf sie zu und blieb direkt vor Elizabeth stehen, sah sie aber nicht an. Ein Apfel auf einem silbernen Teller erschien in ihrer Hand.

Elizabeth erstarrte, nahm aber den Apfel. "Ich da ... das zu essen wird mir große Freude bereiten." Ihre Stimme zitterte.

Die Dryade ging nicht darauf ein, und setzte ihren Gang durch die Halle fort.

Elizabeth trat näher an ihn heran, ihr Gesicht war blass. "Ich hätte Sie bereits zuvor warnen sollen. Sie dürfen ihnen niemals danken. Das ist eine schwere Beleidigung. Und... und ich glaube nicht, dass unsere Gedanken hier völlig privat sind."

Wie konnten ihre Gedanken nicht privat sein? "Das verstehe ich nicht."

"Vor einer Minute wünschte ich mir, ich hätte noch einen Apfel gegessen. Ich habe es mir ziemlich laut gewünscht, falls so etwas überhaupt möglich ist."

Gütiger Gott, was sie wohl aus seinen Gedanken gehört hatten? Allerdings konnten sie wohl kaum alles hören, ansonsten bestünde keine Notwendigkeit mehr, noch ein Gespräch zu führen. Vielleicht konnten sie nur Gedanken hören, die ein starkes Verlangen ausdrückten. Wenn dies der Fall war, sollte der Sidhe-Lord alles über sein Verlangen nach Elizabeths Liebe wissen. Trotz seiner Angst sehnte er sich nach ihr.

Der Sidhe deutete einer anderen Dryade. Sie glitt mit einem mit Edelsteinen besetzten silbernen Becher in den Händen auf sie zu. Den bot sie Elizabeth an, die daraus trank und ihn ihr zurückgab. Dann hielt die Dryade ihn Darcy hin. Den Anstandsregeln zufolge war es unhöflich, wenn ein Mann aus demselben Glas wie eine Dame trank, aber hier schien es von ihm erwartet zu werden. Er nahm einen vorsichtigen Schluck. Es war ein süßer, blumiger Wein, perlend wie Champagner, und nach dem Trinken drehte sich ihm ein wenig der Kopf. Er gab der Dryade den Becher zurück, die ihn Elizabeth erneut anbot.

Elizabeth zögerte kurz, bevor sie ihn entgegennahm und wieder daraus trank. Sie drehte sich zu ihm um, bot ihm den Becher direkt an und beobachtete ihn genau. Wenn sie dachte, er sollte daraus trinken, sollte er es wahrscheinlich auch tun. Er nahm den Becher und trank wieder. Jetzt drehte sich definitiv alles in seinem Kopf für einen Moment. War diesem Wein irgendetwas beigemischt? War es sicher, ihn zu trinken? Elizabeth schien es nicht weiter zu beunruhigen.

Die Dryade nahm ihm den Kelch ab und ging davon.

Der Sidhe-Lord schien zu einer Art Entscheidung gekommen zu sein. Er ging noch einmal auf sie zu. "Geht ein paar Schritte mit mir", befahl er.

Darcy und Elizabeth folgten ihm durch die unglaublich lange Halle und rannten halb, um mit dem Tempo, das seine langen Beine vorlegten, schritthalten zu können. Am anderen Ende tauchte plötzlich eine Holztür in einer Wand auf, die zuvor noch ganz aus Silberfiligran bestanden hatte. Sie öffnete sich ganz von selbst und enthüllte einen riesigen Garten voller Kletterpflanzen und exotischer Blumen mit einem unheimlich köstlichen Duft.

In der Mitte des Gartens stand ein silberner, filigraner Pavillon. Der Lord blieb davor stehen und drehte sich zu ihnen um. "Unsere beiden Welten sind miteinander verbunden wie Zwillinge im selben Mutterleib, und alles, was diese Bindung stört, schadet unseren beiden Welten. Nicht alle von uns sind mit diesem Krieg gegen die Menschen glücklich. König Oberons Sohn ist es, der ihn wünscht. Oberon ist ihm vollkommen hörig."

"Wenn es einen Weg gibt, den Krieg zu beenden, würden wir alles in unserer Macht Stehende dafür tun", sagte Darcy vorsichtig.

"Es freut mich, das zu hören." Der Sidhe streckte die Hand aus, auf der nun zwei winzige Kuchen lagen. War das eine Art Ritual?

Elizabeth nahm einen der Kuchen und aß ihn. "Ich fühle mich geehrt."

Darcy folgte ihrem Beispiel. Ebenso wie der Wein schmeckte der Kuchen blumig, und wieder drehte sich alles in seinem Kopf.

"Wir werden weiter darüber sprechen, aber ihr müsst jetzt gehen", sagte der Sidhe. "Ein Repräsentant Oberons nähert sich diesem Ort. Es gibt einen Weißdornbusch in dem Hain, aus dem ihr gekommen seid. Dort treffen wir uns an Beltane bei Sonnenuntergang. Ihr beide und sonst niemand. Habt ihr mich verstanden?"

Darcy nickte. "Wir werden da sein."

"In den Pavillon", befahl er und zeigte mit seinem langen, spitzen Finger darauf.

Der Boden aus silbernem Filigran sah zu fragil aus, um Elizabeths Gewicht zu halten, geschweige denn sein eigenes, aber Darcy diskutierte nicht mit ihm. Er folgte Elizabeth, dankbar, dass der Boden ihn auszuhalten schien.

Allerdings nur für einen Moment. Dann löste sich der Boden unter ihm auf und er schlug so hart auf der Erde auf, dass alle seine Knochen durchgeschüttelt wurden. Sie waren im Feenring von Rosings und das Zauberbuch lag immer noch daneben. Scharfe Messer schienen sich in den Arm zu bohren, auf den er gefallen war.

Neben ihm stemmte sich Elizabeth zum Sitzen hoch und rieb sich die Hüfte.

"Sind Sie verletzt?", fragte Darcy.

"Ich werde ein oder zwei blaue Flecken davontragen, nichts weiter. Ich muss sagen, diese Übergänge schienen einfacher zu sein, als ich jünger war, aber vielleicht bin ich nun einfach weniger belastbar. Und Sie - haben Sie sich verletzt?"

Darcy bewegte vorsichtig seinen Arm. Es tat höllisch weh. "Es schmerzt ein wenig. Aber noch mehr bin ich verblüfft darüber, was alles geschehen ist."

"Ich hatte vergessen, wie abrupt die Sidhe sind. Man möchte meinen, die Unsterblichkeit würde einem mehr Zeit für Höflichkeit lassen, aber bei ihnen ist genau das Gegenteil der Fall, als ob jeder verschwendete Moment für immer verloren ist. Und sie sind es gewohnt, das Heft in die Hand zu nehmen, wie Sie vielleicht bemerkt haben."

"Das habe ich bemerkt", sagte er trocken. Sein Arm pochte, als er aufstand, aber er war erfreut, dass seine Beine ihn zu tragen schienen. Er streckte Elizabeth seine unverletzte Hand entgegen.

Sie sah kläglich zu ihm auf. "Ich danke Ihnen, aber ich glaube, ich sollte mich hier noch ein paar Minuten länger ausruhen, bevor ich mich an etwas Kompliziertes wie Aufstehen wage. Auch auf die Gefahr hin, wie meine Mutter zu klingen: meine Nerven haben ein wenig unter der Erfahrung gelitten."

"Ein paar Momente der Ruhe klingen nach einer hervorragenden Idee." Er holte die Brandyflasche, die er neben dem Zauberbuch zurückgelassen hatte, bevor er sich wieder zu ihr gesellte. "Normalerweise würde ich zögern, einer jungen Dame Brandy anzubieten, aber unter diesen Umständen könnte es vielleicht Ihre Nerven beruhigen." Er entkorkte den Flachmann und hielt ihn ihr entgegen.

Sie nahm die Flasche entgegen. "Ich bin bereit, alles zu versuchen."

"Ich empfehle kleine Schlucke", sagte er, als sie das Fläschchen an ihre Lippen hob.

Beim ersten Schluck hustete sie noch ein wenig, schien sich aber mit dem nächsten wohler zu fühlen. "Ich kann nicht verstehen, warum jemand dies um des Geschmacks willen trinken würde, aber das Gefühl dabei ist nicht unangenehm." Sie bot auch ihm etwas an. "Ich kann mir vorstellen, dass auch Sie etwas davon gebrauchen könnten."

Damit hatte sie nicht ganz unrecht, aber sie waren nicht mehr in Faerie und er würde es ihr nicht wieder zurück anbieten können, nachdem er davon getrunken hatte. "Nicht nötig."

Sie hob eine Augenbraue. "Sie machen sich doch sicherlich keine Sorgen um die Etikette, nachdem wir bereits in Faerie aus einem Becher getrunken haben, ganz zu schweigen von der Art und Weise, wie wir zusammen geritten sind auf meiner-", sie hielt inne und presste zitternde Lippen zusammen.

"Was ist los?", fragte Darcy. Die Wirkung des Brandys konnte sie unmöglich so schnell spüren.

Sie stieß einen Atemzug aus. "Ich wollte gerade sagen, wie wir zusammen auf meiner Katze geritten sind. Denn genau das haben wir gemacht. Wir sind ohne Sattel auf meiner Katze geritten." Ihre Stimme zitterte vor nervösem Lachen.

Er lachte und war erleichtert, dass es nichts weiter war. "Ja, das sind wir. Oder vielleicht sind wir auch auf Ihrem Raben geritten. Aber ich erwähne jetzt zum letzten Mal, dass wir zu zweit geritten sind. Das wäre hier nur sehr schwer zu erklären."

Jetzt sah sie ernster aus. "Vermutlich. Und vermutlich sollten wir auch die Sorgen meiner Freundin lindern, indem wir zu ihr zurückkehren."

Kapitel 5

Der Weg zum Pfarrhaus war qualvoll. Jeder Schritt ruckte an seinem verletzten Arm, und trotzdem bemerkte Darcy, dass Elizabeths Blässe zunahm. Angesichts dessen, dass sie seit ihrem Verschwinden nicht geschlafen hatte, war das kaum überraschend, aber er war dennoch besorgt.

Im Pfarrhaus wurde Elizabeth von Mrs. Collins und einem elegant gekleideten Mann mittleren Alters, den Elizabeth Onkel nannte, mit Umarmungen und Ausrufen der Erleichterung begrüßt. Sie begannen sofort, sie mit Fragen zu überhäufen, die sie nur zu verwirren schienen.

Darcy gelang es, Mrs. Collins' Blick auf sich zu ziehen. "Miss Elizabeth hat nicht mehr geschlafen seit sie hier aufgebrochen ist."

"Du liebe Güte!", rief Mrs. Collins aus, "komm, ich werde dich sofort hoch in dein Bett bringen, bevor du uns noch krank wirst." Sie drängte Elizabeth nach oben.

Der unbekannte Mann sagte: "Sie müssen Mr. Darcy sein. Bitte gestatten Sie mir, mich vorzustellen. Ich bin Edward Gardiner, Elizabeths Onkel."

Zum Glück hatte er seine Hand nicht zum Händedruck ausgestreckt. Die Schmerzen, die ihm das verursachen würde, wären unvorstellbar. Vielleicht konnte er Mrs. Collins, wenn sie zurückkehrte, beiseite nehmen, und sie um ein Stück Stoff bitten, um seinen Arm für den Weg bis nach Rosings in eine Schlinge zu binden. "Es ist mir ein Vergnügen, Sie kennenzulernen, Mr. Gardiner."

"Also waren Sie und Lizzy die ganze Zeit in Faerie", begann Mr. Gardiner.

"Mir ist klar, dass es wie eine lächerliche Geschichte klingen muss, aber es ist wahr." Darcy versuchte, sein Temperament in Schach zu halten. Es war nur natürlich, dass der Mann Zweifel hatte. Jeder, der über gesunden Menschenverstand verfügte, würde seine Geschichte anzweifeln.

"Das war keine Anschuldigung, junger Mann. Ich glaube Ihnen. Tatsächlich fiele es mir ausgesprochen schwer, eine andere Geschichte zu glauben."

"Sie glauben mir? Weshalb?"

"Mal sehen. Lizzy ist wie vom Erdboden verschluckt. Zwei Tage später verschwinden auch Sie. Am folgenden Tag kehren Sie hierher zurück, und Lizzy hat im April einen frischen Apfel bei sich. Faerie ist die einzige Erklärung dafür."

Am folgenden Tag? Er musste tatsächlich sehr lange durch den Glamourwald gelaufen sein. Richard war sicher schon außer sich. "Sie scheinen das bemerkenswert ruhig aufzunehmen."

"Der Gedanke an Faerie macht mir keine Angst. Obwohl meine Mutter wie ein ganz normaler Mensch aussah, war ihr Vater dennoch ein Fay, man kann also sagen, dass ich Faerie quasi mit der Muttermilch aufgesogen habe." Mr. Gardiner lächelte selbstironisch über seinen kleinen Witz.

"Sie haben Feenblut? Bedeutet das, dass Miss Elizabeth es ebenfalls hat?" Warum hatte sie ihm das nie gesagt? Es hätte ihm geholfen, eine ganze Menge zu verstehen.

"Ein wenig, ja. Es zeigt sich bei verschiedenen Menschen auf ganz unterschiedliche Weise. Der Feenanteil war Lizzys Mutter deutlich anzumerken, als sie jünger war, als sie Lizzy noch ziemlich ähnlich war. Meine andere Schwester, Mrs. Phillips, schien überhaupt nichts von den Feen in sich zu tragen. Ich bin irgendwo dazwischen - in praktisch jeder Hinsicht menschlich, bis auf ein unerklärliches Talent für magische Heilung."

Es tat weh, das von ihrem Onkel zu hören. "Miss Elizabeth hat das mir gegenüber nicht erwähnt."

"Nachdem Sie gemeinsam in Faerie waren? Das wundert mich." Er runzelte plötzlich die Stirn. "Oder vielleicht auch nicht. Möglicherweise weiß sie es gar nicht. Mr. Bennet duldet nicht, dass auf Longbourn über die Fay oder irgendetwas, das mit ihnen zu tun hat, gesprochen wird."

"Dennoch heiratete er eine Frau mit Feenblut."

"Er hat die Fay nicht immer gehasst. Das kam erst später. Seine Frau war fasziniert von Faerie und verbrachte einen Großteil ihrer Zeit dort, aber dann änderte sich etwas. Sie wurde eine andere Person. Dümmlich, oberflächlich und völlig uninteressiert an allem, was mit den Feen zu tun hatte. Bennet bestritt, irgendetwas damit zu tun zu haben, aber ich habe meine eigenen Theorien was das anbelangt."

Darcy sog scharf den Atem ein. "Denken Sie, er hat einen Zauber an ihr gewirkt?"

"Ich bin kein Magier und kenne mich mit diesen Dingen nicht aus, und aus Gründen der familiären Harmonie ist das möglicherweise auch besser so. Sie hatte gerade ihr erstgeborenes Kind verloren, einen Sohn, der eine Totgeburt war, und er führte die Veränderung in ihr darauf zurück."

Zumindest würde ein Zauber erklären, wie eine lächerliche Frau wie Mrs. Bennet zwei so kluge, wohlerzogene Töchter haben konnte. Aber Mr. Gardiner musste recht haben, dass Elizabeth sich ihrer Vorfahren nicht bewusst war. Wenn sie gewusst hätte, dass ihre Mutter unter einem Bindebann stand, hätte sie keine solche Zuneigung zu ihrem Vater. "Mr. Bennet wird sich nicht über die Nachricht freuen, dass Miss Elizabeth Faerie besucht hat. Deshalb erzählen Sie mir das, nicht wahr?"

Mr. Gardiners Augen funkelten. "Für gewöhnlich hege ich nicht die Angewohnheit, meine Familiengeschichte Fremden zu offenbaren."

Das war zu viel für Darcys erschöpftes Gehirn und seinen pochenden Arm. "Miss Elizabeths größte Angst ist, dass ein Magier sie mit einem Bindebann belegen könnte. Wenn sie herausfindet, dass ihr Vater ihre Mutter mit einem belegt hat, wird sie das in Rage bringen. Falls sie ihm von ihrer Reise nach Faerie erzählt..." Er atmete tief durch. "Er würde sie nicht binden, oder?"

Mr. Gardiner schürzte die Lippen. "Ich denke nicht. Lizzy ist nicht so wild wie ihre Mutter es war. Aber vollkommen sicher kann ich mir da nicht sein."

"Falls sich Miss Elizabeths Verhalten jemals ändern sollte, hoffe ich, dass Sie mich kontaktieren würden. Ich kann herausfinden, ob sie unter einem Bann steht, und bei Bedarf veranlassen, dass der Zauber entfernt wird."

"Es erleichtert mich, zu wissen, dass der Zauber umkehrbar ist. Das hatte ich mich schon oft gefragt."

"Haben Sie vor, ihr jetzt von ihren Vorfahren zu erzählen?" Ihr würde es gar nicht gefallen, wenn sie entdeckte, dass Darcy es zuerst gewusst hatte.

Mr. Gardiner verzog das Gesicht. "Ich denke, das muss ich, wenngleich vielleicht nicht den Teil, der mit ihrer Mutter zu tun hat."

"Gut. Miss Elizabeth und ich sollen uns an Beltane mit einem Sidhe-Lord treffen. Gütiger Gott, ich weiß nicht einmal, welcher Tag heute ist!"

"Keine Sorge, Ihnen bleiben noch fünf Tage. Aber ein Sidhe-Lord! Das ist eine Geschichte, die ich hören muss, aber vielleicht nachdem Sie sich ausgeruht haben. Ihre Augen sind glasig."

Darcy nickte, zu müde, um zu widersprechen.

"Wie ich bereits erwähnte, verfüge ich über ein geringfügiges Talent was das Heilen anbelangt", fügte Mr. Gardiner nebenbei hinzu, "wenn jemand, sagen wir, zum Beispiel einen gebrochenen Arm hätte, könnte ich den Heilungsprozess beschleunigen und die Schmerzen lindern. Ein vom Collegium ausgebildeter Heilmagier würde es zweifellos besser machen, aber hier in der Gegend gibt es keinen."

"Woher wussten Sie es?", fragte Darcy. "Schon gut. Es kümmert mich nicht, woher sie es wussten. Jede Unterstützung, die Sie leisten können, wüsste ich sehr zu schätzen." Er hatte keine Zeit für einen gebrochenen Arm, nicht jetzt, da Beltane nur noch fünf Tage entfernt war. Vorsichtig streckte er seinen Arm seitlich von sich.

Mr. Gardiner rutschte seinen Stuhl näher heran und fuhr mit seiner Hand über Darcys Unterarm. Erstaunlicherweise tat seine Berührung nicht weh. "Der Knochen ist nicht verschoben. Das ist gut." Er hielt Darcys Handgelenk in einer Hand und legte die andere über die pochende Stelle auf seinen Arm und schloss die Augen. Nach einem Moment begann er leise zu summen.

Darcy beobachtete ihn, aber seine Lippen bewegten sich nicht ein einziges Mal. Er sprach keinen Zauberspruch, genauso wie Elizabeth.

Aber Elizabeth hatte Recht. Er hätte es gehasst, wenn ihr Onkel versucht hätte, seinen Arm zu heilen, ohne ihn vorher zu fragen. Dass er die Hilfe brauchte, spielt dabei keine Rolle. Elizabeth würde sich freuen, zu wissen, dass er es jetzt verstanden hatte.

Das Pochen in seinem Arm nahm ab, als Mr. Gardiner seine Magie wirkte. Darcy ließ den Kopf nach hinten sinken und schloss die Augen.

"DARCY, WACH AUF! DU kannst schlafen, nachdem du mir gesagt hast, wo zum Teufel du warst." Es war Richards Stimme, und er klang ganz und gar nicht erfreut.

Darcy öffnete seine Augen. Wo war er? Er musste auf dem Stuhl eingeschlafen sein. "Ich...was?"

Mrs. Collins sagte: "Offensichtlich war der Schmerz das Einzige, was ihn wachhielt. Als Mr. Gardiner seinen Arm geheilt hatte, ist er von einem Moment auf den anderen eingeschlafen. Was nicht wirklich überraschend kommt - Lizzy hat sich voll bekleidet auf ihr Bett fallen lassen und ist mitten im Satz eingeschlafen."

Darcy versuchte, seine vom Schlaf umnebelten Gedanken zu ordnen. "Richard, ich war in Faerie, wie du sicher vermutet hast. Es ist insofern gut gelaufen, als dass wir beide noch am Leben sind, und dann auch wiederum schlecht, weil wir festgestellt haben, dass die Fay entschlossen sind, die Menschen leiden zu lassen, weil sie eine tausend Jahre alte Vereinbarung gebrochen haben, an die sich keiner von uns erinnern kann."

"Gütiger Gott! Aber wie bist du dorthin gekommen?"

Mit dieser Frage hatte Darcy bereits gerechnet. "Ich fand einen Stein im Feenring und erkannte, dass er Miss Elizabeth gehörte. Ich habe ihn aufgehoben, um ihn für sie sicher aufzubewahren, und er schickte mich nach Faerie. Vielleicht ist er eine Art Pforte." Jetzt hatte er sein Wort an Elizabeth gehalten und nicht preisgegeben, dass Pepper alles andere als eine gewöhnliche Katze war.

"Bist du auf demselben Weg zurückgekehrt?", forderte Richard.

"Nein. Wir haben einen Pavillon aus Silberfiligran betreten."

"Keinen Feenring? Woher wusstest ihr, dass ihr da hineingehen müsst?"

"Gar nicht. Ein Sidhe-Lord hat uns befohlen, ihn zu betreten, und er ist kein Mann - pardon, kein Fay - mit dem man einen Streit anzetteln möchte."

Richard warf seine Hände in die Luft. "Ein Sidhe? Jeder weiß, dass die Sidhe ein Mythos sind."

"Dem muss ich widersprechen." Darcy gähnte. "Ich verstehe deine Neugier, aber könnte das Verhör warten, bis ich geschlafen habe?"

"OH!", ELIZABETH BLIEB überrascht stehen. Was machte Mr. Darcy so bald nach Sonnenaufgang im Frühstückszimmer des Pfarrhauses? Ihr wurde plötzlich warm. An ihn hatte sie als erstes gedacht, als sie aufwachte und sich an das Gefühl seiner Arme um sie erinnerte, als sie auf Pepper geritten waren, und an ihre Entscheidung, den Becher mit ihm zu teilen. Wusste er, welche Bedeutung das hatte? Und warum lag sein Arm in einer Schlinge?

"Guten Morgen, Miss Elizabeth", sagte er ernst. "Ich hoffe, Sie haben gut geschlafen."

"Fürchterlich gut. Ich kann kaum glauben, dass ich den ganzen Tag und die ganze Nacht geschlafen habe!" Sie fühlte, wie die Hitze in ihren Wangen aufstieg.

"Wie ich. Mrs. Collins hat mir angeboten, in ihrem Gästezimmer zu nächtigen als deutlich wurde, dass ich nicht in der Verfassung war, nach Rosings zurückzukehren."

Sie zögerte. "Was ist mit Ihrem Arm geschehen?"

Er verzog sein Gesicht zu einer Grimasse. "Eine leichte Verletzung bei unserer Rückkehr aus Faerie."

"Eine leichte Verletzung." Sie legte ihre Fingerspitze an die Lippen. "Deuten Sie damit einen leicht verstauchten oder einen leicht gebrochenen Arm an?"

Seine Lippen zuckten. "Leicht gebrochen, aber kein Grund zur Sorge. Ihr Onkel hat mir geholfen, und ich fühle mich jetzt schon viel besser."

Wie hätte Mr. Gardiner ihm helfen können? Vielleicht hatte er die Schlinge gemacht. "Da bin ich froh." Sie war sich seiner viel zu bewusst, und anstatt ihm in die Augen zu schauen, studierte sie das Blatt Papier, das vor ihm lag. Es sah aus, als wären Hühner darüber gelaufen. "Was ist das?"

Darcy seufzte. "Ich dachte, es wäre gut, so viel wie möglich von unserem Gespräch mit dem Sidhe-Lord festzuhalten, während meine Erinnerungen noch frisch sind, aber meine Handschrift mit der linken Hand lässt sehr zu wünschen übrig. Leserlichkeit zum Beispiel."

Ein Lächeln breitete sich ganz von selbst auf ihrem Gesicht aus. "Vielleicht wäre es hilfreich, wenn wir unsere Erinnerungen zusammenfassen würden. Ich übernehme gerne das Schreiben."

"Dieses Angebot nehme ich dankbar an, da meine Bemühungen nun wirklich kein schöner Anblick sind." Er schob ihr das Papier und das Tintenfass zu.

Diese Aufgabe ermöglichte es ihnen, die Zeit in relativer Harmonie zu verbringen, wenngleich sie, jedes Mal, wenn sie einen Blick auf Darcy warf, feststellte, dass er sie mit eindringlichem Blick beobachtete. War es ihre Bestimmung, von nun an jeden Augenblick in seiner Gegenwart rot anzulaufen?

Mr. Gardiner schloss sich ihnen kurze Zeit später an. Er erkundigte sich nach ihrem Wohlbefinden und sagte dann: "Lizzy, eigentlich hatte ich vor, gestern schon abzureisen, sobald ich wusste, dass du in Sicherheit bist. Aber nachdem ich mich mit Mr. Darcy unterhalten hatte, beschloss ich, dass es wohl besser wäre, wenn ich noch abwarte bis sich die Gelegenheit zu einem Gespräch ergeben hatte. Es gibt eine Angelegenheit, von der dein Vater nicht möchte, dass ich sie mit dir bespreche. Aber ich denke, für dich ist es wichtig, das zu wissen, sofern es dir nicht schon längst mitgeteilt wurde. Ist dir bewusst, dass meine Mutter halb sterblich, halb Fay war?"

"Nicht Großmama?", fragte sie scharf. Sie hatte nur vage Erinnerungen an eine warmherzige, weißhaarige, ganz und gar sterbliche Frau.

"Doch."

Das ergab keinen Sinn. "Aber das würde bedeuten, dass meine Mutter Feenblut hat, und ich auch."

"Genauso ist es." Ihr Onkel schien auf etwas zu warten.

Elizabeth sah auf ihre Hände hinab. Hände mit Feenblut. "Nun, ich nehme an, das erklärt meine Feenfreundin. Warum hat man mir das nie erzählt?" Aber irgendetwas meldete sich in ihrem Hinterkopf. Hatte sie einmal gewusst, dass sie zum Teil von Feen abstammte?

"Wie du zweifellos weißt, hat dein Vater eine starke Abneigung gegen alles, was mit den Fay zu tun hat. Höchstwahrscheinlich wünschte er sich, du wärst voll und ganz menschlich. In Wahrheit ist es nicht wirklich wichtig, dass ein einziger Teil deiner acht Urgroßeltern Fay war, wenn die anderen sieben Sterbliche waren. Aber ich wollte, dass du dir dessen bewusst bist, damit du darauf achten kannst, wenn du deinem Vater von deinen Abenteuern in Faerie erzählst. Er wird nicht erfreut sein, davon zu erfahren."

Elizabeth biss sich auf die Lippe. "Ich habe vor langer Zeit gelernt, nicht mit ihm über das Feenvolk zu sprechen, obwohl ich nicht weiß, ob ich das verschleiern kann. Ich frage mich, warum meine Mutter nie etwas gesagt hat. Hat sie ihr Feenblut vor ihm geheim gehalten, bis sie verheiratet waren?" War das der Grund, warum ihr Vater ihre Mutter so verachtete?

"Nein, er war sich dessen bewusst und es schien ihn zu amüsieren, als er ihr den Hof machte. Seine Abneigung gegen die Fay entwickelte sich erst später."

So viel von dem, was sie über ihre Familie geglaubt hatte, sogar das Gefühl, dass ihre Magie von ihrem Vater kam - all das wurde auf den Kopf gestellt. Und ihr Vater hatte die Wahrheit vor ihr verborgen. Aber sie durfte nicht zulassen, dass offensichtlich wurde, wie sehr sie das verstörte, ganz besonders nicht vor Mr. Darcy. Sie hatte ihm bereits genug von ihren Schwächen gezeigt und sagte leichthin: "Diese letzte Woche folgte ein Schock auf den nächsten. Ich hatte so auf ein paar

Stunden ohne neue Überraschungen gehofft, aber wie es scheint, war ich damit zu optimistisch. Vielleicht sollte ich meine Erwartungen auf, sagen wir mal, nicht mehr als eine Viertelstunde ohne ein schockierendes Ereignis herabsetzen." Na also, sie hatte ganz ruhig geantwortet. Sie legte ihre Hände in ihren Schoß, damit ihr Onkel nicht sehen konnte, wie sehr sie zitterten.

Mr. Gardiner sah erleichtert aus, Mr. Darcy jedoch nicht. Seine Schultern waren angespannt und er starrte auf den Tisch, seine Unterlippe zwischen den Zähnen. War ihm diese Neuigkeit von ihren Fay-Vorfahren peinlich? War er entsetzt darüber, dass er einer Frau die Ehe angetragen hatte, die nicht einmal vollends menschlich war?

Das ergab keinen Sinn. Er hatte keine Verachtung für das Feenvolk gezeigt. Dann erkannte sie seinen Blick. Den gleichen hatte er in den Tagen nach der Verletzung seiner Tante gehabt, als er gewusst hatte, dass sein Onkel auf dem Weg war und er es ihr nicht gesagt hatte.

"Was ist los?", fragte sie scharf. "Was halten Sie vor mir geheim?"

Er sah auf und der Schmerz in seinen Augen verriet ihr, dass sie sich nicht täuschte. Trotzdem sagte er nichts.

Sie wandte sich wieder ihrem Onkel zu. "Mr. Darcy ist ein schlechter Lügner. Weißt du, was er vor mir zu verbergen versucht?"

Ihr Onkel nahm seine Brille ab. "Es ist nur eine Vermutung, nichts weiter", sagte er gedehnt.

Darcy hob eine Hand, um ihn aufzuhalten. "Gestatten Sie mir, es ihr zu erzählen. Falls sie den Überbringer dieser Nachricht hassen wird, dann ist es besser, wenn ich es bin und nicht Sie." Er nahm einen tiefen Atemzug. "Ihr Onkel sagt, dass Ihre Mutter früher einmal ganz anders war als jetzt. Sie sei schlagfertig und klug gewesen und stolz auf ihr Feenblut und häufig in Faerie zu Gast gewesen. Ihrem Vater war das zu viel. Eines Tages hat sie sich verändert, die Fay nie wieder erwähnt und ist zu der Person geworden, die sie heute ist." Er hielt inne und runzelte die Stirn. "Das tut mir so leid."

Für eine Minute war sie ratlos und konnte nicht verstehen, warum ihn das so mitnahm. Dann drehte sich ihr Magen um. "Er hat sie mit einem Bindebann belegt?" Es war kaum mehr als ein Flüstern.

Er warf Mr. Gardiner einen Blick zu. "Bisher ist nichts bewiesen. Ihr Vater behauptet, er habe nichts getan."

Mr. Gardiner sagte: "Das trug sich ungefähr zu der Zeit zu, als sie einen Sohn gebar, der kurz nach der Geburt verstarb, im Jahr bevor Jane geboren wurde. Dein Vater hat die Veränderung in ihr darauf zurückgeführt. Er war auch nicht mehr derselbe, aber bei ihm fiel die Veränderung nicht so drastisch aus. Er wurde nur bitterer und hämischer, besonders deiner Mutter gegenüber."

Sie schüttelte langsam den Kopf und wusste nicht einmal, was sie nicht wahrhaben konnte. Ihre Mutter, auf die sie immer als dumm und albern herabgesehen hatte, war gebunden. Ihr geliebter, vertrauenswürdiger Vater hatte es getan, und nichts würde jemals wieder sein wie zuvor. Niemals.

Darcys warme Hand legte sich auf ihr Handgelenk. "Wenn Sie wünschen, werde ich dafür sorgen, dass Richard Ihre Mutter trifft. Er wird Ihnen eine verbindliche Einschätzung geben können ob sie nun gebunden ist oder nicht."

Sie nickte ruckartig. "Aber warum ist es mir nicht aufgefallen? Ich konnte den Bann an Miss de Bourgh spüren."

"Würde sich ein solcher Bann nicht einfach wie ein Teil von ihr anfühlen? Immerhin wäre sie bereits bei Ihrer Geburt gebunden gewesen, und Kinder stellen nicht in Frage, warum ihre Eltern so sind, wie sie sind."

"Vermutlich, ja." Sie blinzelte die Tränen zurück und drückte den Handrücken ihrer freien Hand gegen ihren Mund. "Jetzt bitte ich Sie, von etwas Anderem zu sprechen." Ansonsten würde sie auf der Stelle zu schluchzen anfangen. Eine Viertelstunde ohne Schock war zu viel verlangt gewesen.

Nach einer kurzen Pause fragte Darcy: "Mr. Gardiner, was sind Ihre Pläne für den heutigen Tag?"

"Ich habe vor, zum Frühstück zu bleiben, anschließend werde ich nach London zurückkehren."

"Könnten Sie möglicherweise in Betracht ziehen ein bisschen länger zu bleiben? Ich muss mit meinem Cousin die Frage unserer weiteren Treffen mit dem Sidhe-Lord besprechen, und ich wüsste Ihre

Einschätzung zu schätzen, da Sie sowohl Nicht-Magier als auch als jemand sind, der Wissen über das Feenvolk hat. Ich hoffe, Miss Elizabeth wird auch teilnehmen, wenn sie dazu bereit ist."

"Nun, wenn Sie wünschen, dann hätte ich großes Interesse, an dieser Besprechung teilzunehmen", sagte Mr. Gardiner, "ich kann meine Rückkehr problemlos verschieben."

Es war einfach zu viel. Elizabeth legte den Kopf in die Hände. "Fünf Minuten", sagte sie klagend. "Sind fünf schockfreie Minuten wirklich zu viel verlangt?" Zumindest weckte dieser Schock nicht den Wunsch in ihr, sich in einer Ecke zusammenzurollen und zu schluchzen.

Mit einem verwirrten Blick fragte Darcy Mr. Gardiner leise: "Habe ich etwas Falsches gesagt?"

Elizabeth lachte humorlos. "Das ist mein Onkel, der Händler, der in der Gracechurch Street in Cheapside lebt, Herrschaft nochmal, und Sie haben ihn gerade um seine Meinung gebeten. Sie sind nicht der Mr. Darcy, den ich in Meryton kennengelernt habe." Und je besser sie ihn kennenlernte, desto mehr verwirrte er sie.

"Das mag sein", sagte Darcy, "aber dieser Darcy hat erst vor kurzem das Ausmaß seiner eigenen Unwissenheit über bestimmte Themen erkannt und ist bereit, Weisheit anzunehmen, wo immer sie zu finden ist."

Sie schluckte schwer. Das war der Darcy, den sie viel zu attraktiv fand. "Wie gesagt, schockierend. Wärt ihr so freundlich und bittet das Dienstmädchen, mir das Frühstück in mein Zimmer zu bringen? Ich habe das Bedürfnis, in Ruhe über all das nachzudenken."

"Selbstverständlich." Mr. Gardiner räusperte sich und fügte zögernd hinzu: "Bevor du gehst - Mr. Darcy hat mir erzählt, dass du Angst davor hast, gebunden zu werden. Ich halte es für ziemlich unwahrscheinlich, dass dein Vater das bei dir versuchen würde. Deine Situation ist anders als die deiner Mutter."

Darcy berührte wieder ihr Handgelenk und sandte ein klein wenig Wärme in sie hinein. "Außerdem habe ich Mr. Gardiner gebeten, mich zu informieren, falls er jemals eine Veränderung an Ihnen bemerken sollte. Ich werde dafür sorgen, dass Sie befreit werden, sei es morgen oder in zwanzig Jahren. Darauf gebe ich Ihnen mein Ehrenwort."

Aber selbst wenn sie befreit würde, die bloße Vorstellung, dass ihr Vater eine Frau binden würde, geschweige denn seine eigene Frau...machte sie krank. "Ich danke Ihnen." Ihre Stimme klang sogar in ihren eigenen Ohren zu hoch. "Es ist unwahrscheinlich, dass dies geschieht, da ich unter den derzeitigen Umständen höchstwahrscheinlich nicht nach Longbourn zurückkehren werde. Ich weiß nicht, wohin ich gehen werde, aber nicht mehr dorthin zurück."

Die Augen ihres Onkels waren voller Mitleid. "Du wirst immer ein Zuhause bei uns in der Gracechurch Street haben. Deine Tante und ich würden uns sehr freuen, dich bei uns zu wissen."

"Vielen Dank. Bitte entschuldigt mich." Sie floh aus dem Raum.

DARCY LEGTE DIE SEITEN nieder, die er der versammelten Gruppe gerade vorgelesen hatte. "Das war unser Gespräch mit dem Sidhe-Lord soweit Miss Elizabeth und ich uns daran erinnern. Die Frage ist, was wir als nächstes tun sollen." Er sah jeden von ihnen der Reihe nach an und achtete darauf, dass sein Blick nicht länger auf Elizabeth ruhte. Ihre Augen waren immer noch rot umrandet.

Richard kippelte gefährlich auf den hinteren beiden Stuhlbeinen. "Ihr werdet ihn an Beltane treffen, soviel ist sicher."

"Wir müssen ihm etwas anbieten können", sagte Darcy, "irgendeinen Plan vielleicht, wie die Haine geschützt werden könnten, aber ich kann keine Zusicherungen für die Ländereien anderer abgeben, nur für meine eigenen. Er hat ganz explizit erwähnt, dass nur wir beide kommen sollen. Selbst wenn ich jemanden von der Regierung überzeugen könnte, uns ernst zu nehmen, kann ich denjenigen nicht mitbringen."

Mr. Gardiner strich sich übers Kinn. "Vermutlich möchte er sich mit Ihnen treffen, weil er mehr Vertrauen in einen Mann hat, den er bereits kennengelernt hat, aber warum bestand er auch auf Lizzys Anwesenheit? Sie haben ihm gesagt, dass Sie ein Magier sind, es ergibt also Sinn, dass er denkt, Sie hätten die Möglichkeit, Veränderungen zu bewirken, aber warum dachte er das auch von Lizzy? Wenn wir seinen Gedankengang nachvollziehen könnten, können wir ihn vielleicht besser verstehen."

"Vielleicht spürte er, welchen Einfluss die Feen auf mein Leben genommen haben, und das machte mich zu einer Art Verbündeten." Elizabeths Stimme fehlte die übliche Lebendigkeit.

"Oder vielleicht werden Verhandlungen in Faerie so geführt, von Männern und Frauen gemeinsam", sagte Richard. "Teufel nochmal, wir wissen nichts über sie!"

Darcy räusperte sich. "Miss Elizabeth hat das Gespräch mit dem Sidhe-Lord besser geführt als ich. Sie sprach fließend und schien sich wohl zu fühlen, während meine Zunge sich wie Blei angefühlt hat und mein Unbehagen offensichtlich gewesen sein musste. Wenn sie Miss Elizabeths Hunger gespürt haben, mussten sie gewusst haben, dass ich Angst hatte."

Richard hob die Augenbrauen. "Angst, Cousin?"

Darcy sah ihm in die Augen. "Ja. Andernfalls wäre ich ein Narr gewesen. Ich war in einer fremden Welt gestrandet, in der sich der Horizont nach oben und nicht nach unten krümmt und Bäume auf magische Weise aus dem Nichts heraus auftauchen. Dann betrat ich eine unglaublich große Halle aus Silberfiligran, um mich einem wütenden Unsterblichen mit Katzenaugen in der Farbe von Smaragden zu stellen, der einen halben Fuß größer als ich und hundertmal mächtiger war."

Elizabeths Brauen zogen sich zusammen. "Hmm. Sie haben Recht mit dem Horizont. Zu der Zeit ist es mir nicht weiter aufgefallen, vielleicht, weil ich es zuvor schon gesehen hatte."

Mr. Gardiner fragte: "Lizzy, hattest du Angst vor dem Sidhe?"

"Ein bisschen, nehme ich an", sagte sie langsam. "Er war wütend und ich wusste nicht warum, aber ich habe nicht gedacht, dass er mir Schaden zufügen würde. Mir kam er nicht besonders seltsam vor."

Mr. Gardiner nickte. "Er besteht vielleicht auf Lizzys Anwesenheit, weil er wahrnimmt, dass sie ihn mehr akzeptiert."

Richard fuhr mit dem Finger über die Armlehne seines Stuhls. "Darcy", sagte er gedehnt, "das mag dir vielleicht nicht gefallen, bei Miss Bennet bin ich mir da sogar sicher, aber du solltest vielleicht mit meinem Vater sprechen. Wenn auch nur die Möglichkeit besteht, dass ihr mit dem Parlament oder dem Collegium zusammenarbeiten müsst, dann braucht ihr seine Hilfe."

Darcy wandte sich schnell an Elizabeth. "Ich könnte alleine gehen. Ich sehe keinen Grund, weshalb Sie nach London reisen sollten, um mit ihm zu sprechen, wenn Sie das nicht wollen."

So etwas wie ein Lächeln umspielte ihre Mundwinkel. "Sie werden nicht überrascht sein, zu erfahren, dass ich lieber hierbleiben würde."

ELIZABETH NAHM EIN Hemdchen aus dem Korb mit den zerrissenen Kleidungsstücken. Sie und Charlotte hatten den Kleiderstapel, der geflickt und den Armen gegeben werden sollte, schon deutlich abgearbeitet, dennoch schien es eine nicht enden wollende Aufgabe zu sein. Dennoch war es weitaus besser, als nach London zu reisen, um mit Lord Matlock zu sprechen. Sie fragte sich, wie Darcys Treffen wohl verlief.

Charlotte sah auf, als sie vernahmen wie die Haustür geöffnet wurde. "Mr. Collins muss bereits von Rosings zurückgekehrt sein." Heute war der erste Tag, an dem es ihm gestattet war, Lady Catherine zu besuchen, deshalb hatten sie erwartet, dass er stundenlang weg sein würde.

Sie erwartete, dass er irgendwann im Wohnzimmer vorbeischauen würde, um über jedes Detail seines Besuchs zu berichten, wie er es sonst zu tun pflegte. Diesmal erschien er sofort, das Gesicht feuerrot vor Zorn.

Charlotte sprang sofort auf. "Lieber Gatte, ist etwas los?"

"Ob etwas los ist?", spie er aus und zeigte mit einem zitternden Finger auf Elizabeth. "Diese ... diese Viper ist los!"

Elizabeths Magen verkrampfte sich. "Es tut mir leid, wenn ich etwas getan habe, um dich vor den Kopf zu stoßen." Aber sie wusste, was sie getan hatte, und diesmal kam sie nicht drum herum, dieses Mal würde sie den Preis dafür zahlen müssen.

"Hexe!", zischte er, "ich habe dir, gegen mein besseres Urteilsvermögen, gestattet zu bleiben, nachdem du tagelang verschwunden warst, und das ist der Dank dafür. Lady Catherine hat mir von deinen Sünden erzählt und wie du sie höchst selbst beschmutzt hast. Du hast mich hintergangen und entehrt, und du wirst dieses Haus augenblicklich verlassen!"

Charlottes Mund stand offen.

Elizabeth hatte sich so viele Sorgen gemacht, von Mr. Darcy entlarvt zu werden. Wie ironisch, dass stattdessen ihr dummer Cousin derjenige sein sollte! "Also schön. Ich werde meine Koffer packen."

"Augenblicklich! Lady Catherine hat es so angeordnet. Deine Kleidung wandert ins Feuer. Raus mit dir!"

Elizabeth starrte ihn schockiert an.

Charlotte sagte beruhigend: "Mein teurer Gatte, wenn das, was du sagst, wahr ist, und Lizzy abreisen muss, sollten wir dann nicht mit gutem Beispiel vorangehen und es in christlicher Nächstenliebe vollziehen? Sie kann jetzt gleich das Haus verlassen, und ich werde ihre Koffer packen und sie zur Poststation bringen."

"Sie kann von Glück sprechen, dass ich sie mit dem Leben davonkommen lasse!", schrie Mr. Collins. "Sie muss uns unverzüglich verlassen, mit nicht mehr als den Kleidern, die sie am Leibe trägt, andernfalls dürfen wir Lady Catherine nicht mehr unter die Augen treten!" Seinen Augen war die Angst anzusehen.

Das war also der Grund für dieses ungewöhnliche Verhalten. Sie konnte sich gut vorstellen, dass Lady Catherine sich für eine solche Grausamkeit nicht zu schade war. "Charlotte, mein Geld ist in einem Retikül in der Waschtischschublade. Würdest du es mir bringen?"

"Selbstverständlich." Charlotte machte einen Schritt in Richtung Tür.

"Halt!", befahl Mr. Collins. "Ihr Geld wird an ihren Vater geschickt."

"Aber wie soll sie ein Billet für die Postkutsche kaufen?", fragte Charlotte besorgt.

"Das hätte sie sich überlegen sollen bevor sie den Teufel in ihr Herz gelassen hat. Kein weiteres Wort von dir, Frau!"

Charlotte waren die Hände gebunden und das bedeutete sie ihr auch, indem sie sie emporhob, aber sie schaute bedeutsam zum Fenster hinüber.

Genug war genug. Elizabeth entgegnete eisig: "Lady Catherine hat Magie und das weiß sie auch. Ebenso wie Miss de Bourgh."

"Lügnerin! Lady Catherine würde niemals zulassen, von Magie befleckt zu werden!"

"Sie gibt es nicht zu, aber du kannst Mr. Darcy, Colonel Fitzwilliam oder sogar Lord Matlock fragen, und alle werden dir das bestätigen. Lady Catherine ist eine Heuchlerin und du bist ebenfalls einer, Vetter William!" Sie marschierte an ihm vorbei, schnappte sich ihren Hut unterwegs in der Diele bevor er ihr den auch noch verwehren konnte, verließ das Pfarrhaus und widerstand dem Drang, die Tür hinter sich zuzuschlagen.

Hatte er sie tatsächlich ohne adäquate Mittel, um nach Hause zu kommen, vor die Tür gesetzt?

Die Tür öffnete sich hinter ihr und Mr. Collins warf Pepper auf den Weg. Er schlug die Tür zu.

Elizabeth ging neben der Katze in die Hocke. "Pepper, bist du verletzt?"

Pepper setzte sich und begann, sich ihr Gesicht zu putzen. War das Blut an ihrem Mund? Sie schien nicht verletzt zu sein, also konnte es nicht ihr eigenes sein.

"Sehr gut, Pepper! Ich hoffe, du hast fest zugebissen", sagte Elizabeth rachsüchtig.

Die Katze sah äußerst zufrieden mit sich selbst aus.

Wie konnte Mr. Collins sie auf die Straße setzen, ohne ihr die Möglichkeit zu geben, für sich selbst zu sorgen? Wenn Colonel Fitzwilliam und Mr. Darcy nicht da wären, um ihr zu helfen, würde ihr keine andere Wahl bleiben, als sich auf Schusters Rappen auf den Weg nach London zu machen, was für eine junge Frau allein wohl kaum sicher war. Noch dazu in ihren zarten Slippern, die niemals dafür gedacht gewesen waren, außerhalb des Hauses getragen zu werden. Damit würden ihr die Füße schon lange vor ihrer Ankunft bluten. Und Faerie konnte kein Zufluchtsort mehr für sie sein, nicht, solange es dort Glamourfallen gab.

"Dann machen wir uns mal auf den Weg nach Rosings", sagte sie zu Pepper. Sie musste etwas unternehmen. Ein Spaziergang durch den Hain würden ihre Hausschuhe wohl leichter wegstecken können als den Schotter auf der Straße. Wenn sie nur ihre Stiefeletten hätte! Aber die würde sie nie wiedersehen, ein Jammer, weil sie so gut gepasst und ihre Füße trocken gehalten hatten. Ebenso wenig wie ihr geliebtes blaues

Kleid oder das Hemdchen aus feinstem Leinen, das ihr Mrs. Gardiner zu Weihnachten geschenkt hatte. All das würde bald nicht mehr als ein Häufchen Asche sein. Ihr Atem stockte, als ein Schluchzer nach oben drängte. Wie ungerecht - vollkommen ungerecht. Lady Catherine war verabscheuungswürdig. Verabscheuungswürdig! Sie hatte diese Intrige gesponnen, zweifellos, um sich an Elizabeth zu rächen, weil sie ihre Magie entlarvt hatte. Niederträchtige, abscheuliche Frau!

Was würde Mr. Darcy sagen, wenn er davon erfuhr? Sie konnte sich vorstellen, dass er Mr. Collins wie ein Racheengel heimsuchen würde. Der Gedanke brachte sie fast zum Lachen. Ja, das war besser, als darüber nachzugrübeln, was sie verloren hatte. Aber Mr. Darcy war heute Morgen nach London aufgebrochen. Was, wenn Colonel Fitzwilliam beschlossen hatte, ihn zu begleiten? Dann hätte sie keine Zuflucht bis sie zurückkehrten. Vielleicht würde Charlotte es irgendwie schaffen, ihr zu helfen, Geld oder Essen vor das Fenster zu stellen, aber so oder so würde es eine lange, kalte Nacht ohne ihren Mantel werden. Oh, verdammter Mr. Collins!

Sie blieb stehen, fühlte sich plötzlich schwach und lehnte sich gegen einen Baum. Alle ihre Besitztümer zu verlieren war ihre geringste Sorge. Mr. Collins würde darauf bestehen, Sir William Lucas zu schreiben und ihm die Nachricht brühwarm zu überbringen, dass sie als Hexe entlarvt worden war. Innerhalb weniger Tage würde jeder in Meryton es wissen. Sie kniff die Augen zusammen. Hier war sie nun und musste sich erneut dem Schicksal stellen, das sie ereilt hätte, wenn Mr. Darcy ihr Geheimnis enttarnt hätte. Und es war so schön gewesen, diese paar Tage auf Rosings, als sie ihre Magie nicht verstecken musste! Jetzt würde sie doch weggehen müssen, alles hinter sich lassen und an einem Zufluchtsort für Kräuterfrauen leben. Kein Zuhause, keine Familie, keine Freunde.

"Miau."

"Ja, zumindest werde ich dich noch haben, Pepper", sagte sie mit zittriger Stimme. "Das wird mir Trost sein."

Ihre Augen waren sicherlich rot, aber das war ihr egal. Es hinderte sie nicht daran, an die Tür von Rosings zu klopfen.

Als der hagere Butler die Tür öffnete, sagte sie: "Ich würde gerne Colonel Fitzwilliam sprechen." Wenn der Butler es für unangemessen hielt, dass eine alleinstehende Dame einen Gentleman besuchte, war das sein Problem. Elizabeth kümmerte das nicht mehr.

Er sah hochnäsig auf sie herab. "Lady Catherine hat Anweisungen gegeben, Ihnen unter keinen Umständen Einlass zu gewähren."

Elizabeth knirschte mit den Zähnen. "Dann möchte ich Sie bitten, Colonel Fitzwilliam die Nachricht zu überbringen, dass ich mit ihm sprechen möchte."

"Diesen Dienst kann ich Ihnen nicht erweisen. Guten Tag, Miss Bennet." Er machte ihr die Tür vor der Nase zu.

Verdattert starrte sie die Tür an und ihre Not wurde von heftiger Wut überwältigt. Lady Catherine legte es darauf an, sie hilflos und mittellos dastehen zu lassen.

Elizabeth weigerte sich, ihr diesen Gefallen zu tun. Sie würde tun, was nötig war, ganz gleich was. Irgendwie würde sie den Colonel finden. Sie könnte wahrscheinlich durch die Küchentür hineingelangen, da das Personal an ihre Anwesenheit in Rosings gewöhnt war, aber sie könnte gesehen werden, wenn sie von Zimmer zu Zimmer gehen musste, um nach ihm zu suchen. Wenn sie allerdings wüsste, wo er sich gerade aufhielt, wäre es machbar.

"Pepper? Wärst du bereit, in die Fenster zu schauen, um nachzusehen, wo Colonel Fitzwilliam gerade ist?"

Normalerweise hätte Pepper über eine solche Bitte nachgedacht und vielleicht darauf gewartet, mit einem Leckerbissen bestochen zu werden, aber diesmal ging sie einfach hinter einen Busch und kam als Rabe wieder heraus. Ihre Freundin musste erkannt haben, wie verzweifelt sie in dieser Situation war. Der Vogel flog zum Haus, blieb ein oder zwei Augenblicke auf jeder Fensterbank sitzen und jedes Mal wirkte seine Auswahl der Fenster mehr oder weniger zufällig.

Dann flog Pepper außer Sichtweite auf die andere Seite des Hauses. Elizabeth kaute auf der Seite ihres Daumens herum, eine Angewohnheit aus ihrer Kindheit, die sie eigentlich hinter sich gelassen hatte. Was würde sie tun, wenn sie den Colonel nicht finden konnte? Darcy hatte vorgehabt, morgen früh zurückzukehren, aber diese Pläne konnten sich auch noch leicht ändern. Für ihn bestand keine Notwendigkeit, vor Beltane zurückzukehren. Bis dahin waren es noch zwei Tage. Und zwei

Nächte, in denen sie keine Zuflucht und keine Möglichkeit hätte, sich zu schützen. Ihr Magen rebellierte.

Ihre Nerven waren schon ziemlich angespannt, als der weiße Rabe zurückkehrte und sich wieder auf denselben Busch setzte. "Wo ist er, Pepper? Zeigst du mir, wo er sich aufhält?"

Der Vogel legte seinen Kopf nur zur Seite.

Eine eiskalte Vorahnung erfasste sie. "Er ist nicht da, oder? Das ist der Grund, weshalb Lady Catherine dachte, sie könnte mir das antun." Er musste mit Mr. Darcy nach London gefahren sein, sodass sie nun hilflos und allein war. Beobachtete Lady Catherine sie durchs Fenster und lachte sich ins Fäustchen?

Zumindest konnte sie herausfinden, ob Colonel Fitzwilliam fortgefahren war oder nicht. Sie machte sich auf den Weg zu den Stallungen. Offensichtlich war dort niemand angewiesen worden, nicht mit ihr zu sprechen, da der Stallmeister sie höflich begrüßte und fragte, wie er ihr helfen könne.

"Mir wurde gesagt, dass Mr. Darcy heute Morgen nach London aufgebrochen ist", sagte sie.

"Aye, das ist er, Miss."

"Hat Colonel Fitzwilliam ihn begleitet?" Sie hielt den Atem an.

"Nein, Miss. Der Colonel ist ausgeritten."

Die Worte drangen kaum zu ihrem Verstand vor. "Bedeutet das, dass er heute zurückkehren wird?" Ihre Stimme zitterte.

"Ja, Miss, er wird vor dem Nachtmahl zurück sein, wenn nicht früher."

Bis zum Dinner wäre die letzte Postkutsche nach London bereits abgefahren. Aber er würde ihr helfen, nicht wahr? Sie hatte seit ihrer Rückkehr aus Faerie kaum mit ihm gesprochen, aber so drastisch konnte er sich nicht geändert haben.

"Ist etwas geschehen, Miss?"

Die Tränen ließen sich nun nicht mehr zurückhalten, seine freundlichen Worte waren mehr als sie ertragen konnte. Sie bedeckte ihr Gesicht mit den Händen und schalt sich, damit aufzuhören, doch das führte nur zu umso heftigeren Tränen.

"Nun, Miss, so schlimm wird es schon nicht sein." Der arme Mann hatte offensichtlich keine Ahnung, was er tun sollte.

"Ich...es tut mir leid. Ich muss nur ziemlich dringend mit dem Colonel sprechen."

Er wirkte erleichtert. "Kein Grund zur Sorge, Miss. Er wird bald zurück sein. Sie können im Haus auf ihn warten."

"Nein! Nicht im Haus. Ich werde hier auf ihn warten, wenn ich darf." Seine Stirn runzelte sich. "Hier? Im Stall?"

Sie schluckte schwer und versuchte, ein Schluchzen zurückzuhalten. "Gibt es eine Bank, auf die ich mich setzen kann, von der aus ich ihn sehen werde, wenn er kommt?"

Seine Miene entspannte sich. "Ja, gleich hier draußen im Hof. Dort sind Sie im Schatten und niemand wird Sie behelligen."

"Danke", sagte sie erschöpft. "Das wäre perfekt."

Sie ließ ihre Gefühle mit ihrem Körper taub werden. Obwohl es nicht mehr so kalt wie noch im Winter war, wäre das Aprilwetter mit ihrem Mantel leichter zu ertragen gewesen. Elizabeth war nach ungefähr einer halben Stunde gründlich durchgefroren.

Schließlich trottete Colonel Fitzwilliam auf einem schwarzen Pferd in den Stallhof, stieg in einer fließenden Bewegung ab und kam direkt auf sie zu, seine Reitgerte noch immer in der Hand. "Was ist geschehen, Miss Bennet?"

Sie versuchte sich an die Worte zu erinnern, die sie sich sorgfältig zurechtgelegt hatte. "Verzeihen Sie mir, Colonel. Ich muss heute Abend nach London zurückkehren und verfüge nicht über die nötigen Mittel, um ein Billet zu kaufen. Ich hoffe, Ihnen meine Bitte, mir den Fahrpreis auszulegen, aufbürden zu dürfen. Selbstverständlich erstatte ich Ihnen das Geld sobald ich bei meinem Onkel angelangt bin." Na also. Sie hatte es herausgebracht, ohne zu weinen, obwohl ihre Stimme ein klein wenig gezittert hatte.

Seine Brauen zogen sich zusammen. "Miss Bennet, wenn Sie heute Abend in London sein müssen, werde ich Sie höchstpersönlich dorthin bringen, aber ich muss fragen, was vorgefallen ist, um dieses dringende Bedürfnis zu verursachen? Hat Sie jemand schlecht behandelt?"

Sie versuchte, ein Lächeln hervorzubringen. "Es ist eine komplexe Geschichte, und ich möchte Sie nicht darin verwickeln."

Er runzelte die Stirn. "Mit anderen Worten, ja, jemand hat Sie schlecht behandelt. Begleiten Sie mich ins Haus, um sich mit einem Glas Wein zu stärken? Das beruhigt die Nerven."

Sie hätte wissen müssen, dass er weitere Fragen stellen würde. "Nicht ins Haus", sagte sie kläglich. Es hatte keinen Sinn, es zu verstecken. "Lady Catherine hat bestimmt, dass ich nicht eingelassen werden darf."

"Was?", rief er, "das ist irrwitzig."

"Vielleicht, aber dennoch wahr. Deshalb habe ich hier auf Sie gewartet. Der Butler weigerte sich sogar, Ihnen eine Nachricht zu überbringen."

"Das ist nicht hinnehmbar." Seinem Gesichtsausdruck nach zu schließen konnte er sich nur schwer zurückhalten. "Ich werde das in Ordnung bringen, das verspreche ich Ihnen."

"Da ich ohnehin nicht hierbleiben kann, spielt es keine Rolle." Sie hob das Kinn, damit ihre zitternden Lippen nicht so sehr auffielen. "Mr. Collins hat mich mit nichts als der Kleidung, die ich am Leib trage, aus seinem Haus geworfen. Er hat vor, meine anderen Besitztümer zu verbrennen. Er wollte mir nicht einmal erlauben, das Geld mitzunehmen, das ich hatte, daher meine Bitte, es mir zu borgen."

"Teufel nochmal!" Er sprang auf, seine Augen funkelten vor Zorn. "Warum sollte er so etwas tun?"

Elizabeth sah weg und blinzelte heftig. "Er sagte, es geschehe auf Anweisung von Lady Catherine, weil ich eine Hexe bin."

"Verdammt!" Er knallte seine Reitgerte hart genug gegen die Wand, dass der Griff brach. Mit finsterem Blick zerbrach er sie in zwei Hälften, warf diese auf den Boden und schritt über den Stallhof. Mit dem Rücken zu ihr lehnte er sich mit einer Hand gegen die Wand und schien den Boden unter sich zu studieren.

Elizabeth biss sich auf die Lippe. Sie hatte gewusst, dass er wütend sein würde, aber damit, dass der liebenswürdige Colonel eine solch starke Reaktion zeigen würde, hatte sie nicht gerechnet.

Nach ein paar Minuten kehrte er zurück. "Bitte vergeben Sie mir meinen Temperamentsausbruch. Ich versuche, mir vor Augen zu halten, dass ich das Vergnügen, Mr. Collins zu verprügeln, verschieben kann, bis ich für Ihre Sicherheit gesorgt habe, aber das verlangt mir einiges ab. Und sagen Sie mir nicht, ich sollte ihn nicht verprügeln. Wenn ich daran denke, was Ihnen hätte geschehen können, einer Frau, mittellos und allein, wenn ich nicht hier gewesen wäre!" Er klang, als könne er sich nur mit Mühe zusammenreißen.

Ihre Augen wurden wieder feucht. "Dieser Gedanke ist mir auch schon einige Male in den Sinn gekommen. Ich bin mehr als dankbar für jede Hilfe, die Sie mir geben können."

"Sie müssen mir für nichts danken, was jeder Gentleman mit einem Mindestmaß an Anstand tun würde!", brach es aus ihm heraus.

Sie war zu dankbar für seine Hilfe, um sich darüber Sorgen zu machen, ob es laut Anstandsregeln wohl unangemessen wäre. "Wenn ich nur nach London komme, wird mich mein Onkel dort aufnehmen."

"Das ist eine Option, aber Sie müssten übermorgen zurückkehren. Vielleicht können wir Ihnen ein Zimmer im Gasthaus besorgen, mit einem Dienstmädchen, das Ihnen Gesellschaft leistet."

Elizabeth biss sich auf die Lippe. "Wenn es sich bis dorthin herumgesprochen hat, dass ich eine Hexe bin, kann mich weder ein Dienstmädchen noch ein Diener beschützen", sagte sie mit leiser Stimme.

"Es muss eine Lösung geben. Lassen Sie mich kurz nachdenken." Er rieb sich mit der Hand über die Stirn. "Ich hab's. So machen wir es."

RICHARD BEGRÜSSTE DARCY und Frederica in Rosings imposanter Eingangshalle. "Willkommen zurück, Darcy. Freddie, dich hatte ich hier nicht erwartet."

Seine jüngere Schwester löste die Bänder ihres Hutes. "Ich bin zu Hause in Ungnade gefallen, und die Ereignisse hier klangen interessanter als alles, was mich in London erwarten würde. Ich möchte die berühmte Miss Bennet kennenlernen."

Richard hob einen Finger an die Lippen. "Ich rate euch dringend, erwähnt besser nicht-"

"Bist du das, Darcy?" Lady Catherines schrille Stimme tönte aus dem Salon zu ihnen herüber.

Darcy verzog das Gesicht und wechselte einen Blick mit Frederica. "Das hatte ich vermeiden wollen", sagte er betont leise, bevor er in den Salon trat. "Ja, Tante, ich bin eben erst aus London zurückgekehrt. Lady Frederica hat mich begleitet." Er verneigte sich vor Lady Catherine und ihrer Tochter.

"Frederica? Warum ist sie hier?", fragte Lady Catherine verdrossen.

Darcy hatte es besser gefallen, als seine Tante noch auf ihre Räumlichkeiten beschränkt gewesen war. "Sie wollte mitkommen, und ich sah keinen Grund, Einwände zu erheben. Es freut mich, zu sehen, dass sich deine Gesundheit weiter verbessert."

"Ich bin seit Tagen bei bester Gesundheit", schnauzte Lady Catherine.

Frederica sagte beruhigend: "Das sind hervorragende Neuigkeiten. Das muss ich gleich heute Abend meinem Vater schreiben. Er hat sich am meisten Sorgen um dich gemacht."

Lady Catherine ignorierte sie. "Darcy, ich verstehe nicht, warum du einfach so nach London fahren musstest. Ich habe dir nicht gestattet, abzureisen."

Als ob er ihre Erlaubnis bräuchte! "Ich hatte wichtige Informationen, die Lord Matlock persönlich übermittelt werden mussten. Jetzt muss ich dich bitten, mich zu entschuldigen, da ich Miss Bennet finden muss."

Lady Catherines Gesicht verzerrte sich vor Wut. Sie zeigte mit einem knochigen Finger auf ihn und zischte: "Eine Hexe sollst du nicht am Leben lassen!" Ihr Verstand musste noch immer nicht ganz klar sein.

Richard stürmte mit zusammengepressten Lippen und weißem Gesicht herein. Was war auf Rosings vor sich gegangen, während Darcy in London gewesen war? "Das reicht jetzt, Tante", sagte Richard fest.

Diesmal kreischte Lady Catherine die Worte: "Eine Hexe sollst du nicht am Leben lassen!"

Richards Hand schnellte hervor und ergriff ihr Handgelenk. "Setz dich", kommandierte er, "du musst damit aufhören. Miss Bennet ist in London."

Das verwirrte Darcy und er ging dazwischen: "Warum ist sie nach London gefahren?" Er zuckte zusammen, als Fredericas Fuß mit seinem Knöchel Bekanntschaft machte.

"Das ist eine lange Geschichte", sagte Richard mit zusammengebissenen Zähnen.

Lady Catherine skandierte: "Ihr hättet mich sterben lassen sollen, ehe ihr dieser Hexe gestattet, Hand an mich zu legen!"

Richard knurrte: "Ich wünschte, ich hätte ihren Rat befolgt und den Wundarzt deinen Arm abschneiden lassen!"

Darcy hob die Hände. "Miss Bennet wandte keine Hexerei an dir an, nur Magie, so wie Richard oder ich es tun würden." Aus den Augenwinkeln sah er, wie Anne ohnmächtig wurde und Mrs. Jenkinson sich um sie kümmerte.

"Eine Frau mit Magie ist eine abartige Abscheulichkeit!"

Frederica trat vor Darcy. "Du bist eine Frau mit Magie. Ebenso wie es deine Schwester, Darcys Mutter, war. Und auch deine Tochter Anne. Ebenso wie ich. Und wir sind weder abartig noch abscheulich."

"Wie kannst du es wagen? Ich bin noch nie von Magie befleckt worden, ebenso wenig Anne!"

"Das ist nicht wahr." Richard fuhr zu Darcy herum. "So ist sie, seit du gegangen bist. Die Diener haben sie gestern aus ihrem Zimmer gelassen und weigerten sich, sie wieder dahin zurück zu verfrachten. Gestern Abend musste ich sie mir über die Schulter werfen und sie höchstpersönlich hinauftragen, aber irgendwie ist sie wieder rausgekommen."

Lady Catherine rief: "Er hat mich abscheulich misshandelt. Er hat Hand an mich gelegt!"

"Richard", rief Frederica geschockt. "Wie konntest du das nur tun?"

Richard sah sie finster an. "Sobald ihr gehört habt, warum ich es gemacht habe, werdet ihr mich schelten, dass ich nicht noch mehr getan habe."

Frederica hockte sich neben Lady Catherines Stuhl und legte ihre Hand auf das Handgelenk ihrer Tante. Mit beruhigender, fast singender Stimme sagte sie: "Achte gar nicht auf Richard und Darcy. Du weißt doch, wie dumm Männer sein können, ständig in Rage wegen diesem und jenem. Sie verstehen nicht, was es bedeutet, eine Dame zu sein oder wie sehr wir uns Tag für Tag bemühen müssen. Vielleicht kann ich es ihnen später erklären, wenn sie sich beruhigt haben."

Lady Catherines Kopf fiel nach vorne und sie begann zu schnarchen.

Frederica stand auf und wischte sich die Hände ab. "Na also. Jetzt kannst du sie auf ihr Zimmer bringen. Sie wird erst in ungefähr einer halben Stunde aufwachen. Aber du hast nicht gesehen, dass ich das getan habe."

"Was gesehen?", fragte Richard mit gespielter Unschuld. "Freddie, du hast ihr wahrscheinlich das Leben gerettet. Um ein Haar hätte ich sie erwürgt."

"Um ein Haar?", fragte Frederica, "Für mich sah es eher wie eine Haaresbreite aus."

Richard lupfte Lady Catherine in seine Arme. "Ich werde sie nach oben bringen und sie wieder einsperren. Vielleicht hält es diesmal ein wenig länger vor."

Darcy wartete ungeduldig, bis sein Cousin einige Minuten später zurückkehrte. "Warum ist Miss Bennet nach London zurückgekehrt?", verlangte er zu wissen.

Richard legte seinen Finger an die Lippen, um ihm zu bedeuten, dass Geheimhaltung vonnöten sei. "Komm mit in die Bibliothek, dort werde ich es dir erzählen."

Wozu die ganze Geheimniskrämerei? Nach der nutzlosen Reise nach London hatte Darcy keine Lust mehr auf Spielchen.

"Darf ich mitkommen?", fragte Federica.

"Wenn es dir nichts ausmacht, mitzuerleben, wie Darcy die Beherrschung verliert", antwortete Richard freundlich.

"Meine Selbstbeherrschung hängt bereits am seidenen Faden", warnte Darcy, als Richard die Türen der Bibliothek hinter sich schloss.

"Meine ebenso, das kann ich dir versichern. Lass mich dir außerdem zunächst versichern, dass es Miss Bennet gut geht und sie sicher im Wittumshaus untergebracht ist." Richard öffnete eine Karaffe und schenkte ein großzügiges Glas Portwein ein. Er bot es Darcy an. "Trink das."

"Ich will nichts trinken. Es ist noch nicht mal Mittag."

"Du wirst es brauchen, wenn du die Geschichte hören willst." Richard benutzte seine befehlshabende Offiziersstimme, also würde er nicht nachgeben.

Verärgert nahm Darcy einen kleinen Schluck und stellte das Glas beiseite. "Also, was ist passiert?"

"Lady Catherine ist passiert. Sobald du aufgebrochen warst, überzeugte sie die Diener, sie aus ihren Gemächern zu lassen. Sie hörte nicht auf mich, also habe ich sie mit ihrem Schoßhündchen, dem Pfaffen, alleine gelassen, als der vorbeikam. Ich entschied, dass es ein guter Tag für einen sehr langen Ausritt wäre. Ich war ein paar Stunden unterwegs gewesen, als einer der Stallburschen auf der Suche nach mir angeritten kam. Der Stallmeister hatte ihn geschickt, um mir zu sagen, dass eine verzweifelte junge Dame im Stall nach mir gesucht hat und sich die Augen ausweint."

"Nicht Miss Elizabeth." Da war sich Darcy sicher. Sie würde man niemals schluchzend in einem Stall vorfinden.

"Es war in der Tat Miss Bennet, die mich bat, ihr Geld für die Postkutsche nach London zu leihen. Sie wollte mir nicht sagen warum, aber ich bestand darauf. Mr. Collins hatte sie auf Anweisung unserer Tante eine Hexe genannt und sie mit nichts als den Kleidern, die sie am Leib trug, und ohne einen Penny auf die Straße gesetzt."

Eisige Wut durchströmte Darcy. Er wusste nicht, wie, aber plötzlich stand er mit geballten Fäusten auf den Beinen. "Ich werde ihn umbringen."

"Da wirst du ein Weilchen warten müssen, bis er wieder in der Lage ist, sich auf den Beinen zu halten und sich von dem Verlust einiger Zähne erholt hat, abgesehen von ein paar anderen Verletzungen", sagte Richard zufrieden. "Aber er ist nicht der einzige Schuldige. Als Miss Bennet hierherkam und mich suchte, wurde ihr vom Butler gesagt, Lady Catherine habe befohlen, sie weder einzulassen, noch Nachrichten von ihr zu übermitteln. So kam es, dass sie im Stall gelandet ist."

Frederica hatte die Augen weit aufgerissen. "Bist du sicher, dass Lady Catherine ihm das tatsächlich aufgetragen hat?"

Richard nickte nachdrücklich. "Sie hat es mir gegenüber zugegeben, wobei es so scheint, als hätte der Pfaffe das Detail, all ihre Besitztümer zu verbrennen, in der Hoffnung hinzugefügt, Lady Catherines Vergebung zu erlangen, weil er Miss Bennet beherbergt hatte. Glücklicherweise gelang es Mrs. Collins, ein paar ihrer Sachen zu retten, indem sie sie versteckte, aber wenn du ein paar übrige Kleidungsstücke hättest, Freddie, wüsste Miss Bennet das sicherlich sehr zu schätzen. Ich habe ihr ein paar Sachen von Anne gebracht, aber die sind ihr zu kurz."

"Sie ist im Wittumshaus, sagtest du?", verlangte Darcy.

Richard nickte. "Sie wollte nach London fahren, aber ich habe sie davon überzeugt, dass es so besser wäre, zumindest bis Beltane. Übrigens, Darcy, ich habe einige der Nachwuchskräfte hier abgezogen und sie dem Wittumshaus zugewiesen. Ich habe ihnen gesagt, dass du sie ohne Zeugnis entlassen würdest, wenn sie Lady Catherine auch nur ein Sterbenswörtchen darüber sagen würden."

Darcy wünschte, er könnte Lady Catherine ohne Zeugnis entlassen. Er konnte jetzt nicht mit ihr sprechen, nicht, solange es ihn in den Fingern juckte, ebendiese um ihren Hals zu legen. Das würde er ihr nie verzeihen.

"Aber warum?", fragte Frederica, "warum sollte sie so etwas Schreckliches tun? Sie war schon immer schwierig, aber das ist noch viel schlimmer."

Richard verzog das Gesicht. "Unsere Tante ist immer noch nicht wieder ganz bei Verstand, was da vielleicht auch mit hineinspielt, aber ich glaube, der Hauptgrund war, um ihr Geheimnis zu schützen. Sie wusste um Miss Bennets Vermutungen bezüglich ihrer Magie, aber da keiner von uns etwas erwähnt hatte, dachte sie wohl, dass Miss Bennet es uns nicht gesagt hatte. Da Miss Bennet die einzige war, die es wusste, wollte sie sich ihrer entledigen und sie diskreditieren. Ihr scheint gar nicht in den Sinn gekommen zu sein, dass ich mich auf Miss Bennets Seite stellen könnte, und damit gegen unsere Tante."

Darcys Füße bewegten sich zur Tür. Er musste zu Elizabeth.

"Wohin gehst du?", fragte Richard scharf. "Tu nichts Unüberlegtes."

Frederica lachte. "Einer der fehdeführenden Fitzwilliams sagt Darcy, er solle nichts Unüberlegtes tun. Ich glaub' es nicht."

"Ich möchte dich wissen lassen, dass ich bemerkenswert zurückhaltend war, Freddie", sagte Richard. "Ich habe meine Reitgerte zerbrochen, als sie es mir erzählte, aber ich habe Mr. Collins erst verprügelt, nachdem ich sie an einem sicheren Ort untergebracht hatte."

"Ich gehe zum Wittumshaus", sagte Darcy eisig.

"Ich werde dich begleiten", sagte Richard. "Freddie, vielleicht möchtest du dort bei Miss Bennet bleiben."

"Ich habe sie noch nicht kennengelernt, aber ich bin mir ziemlich sicher, dass ich ihre Gesellschaft Lady Catherines vorziehen werde", erklärte Frederica.

Richard sagte: "Darcy, eines noch. Miss Bennet war sehr besorgt wie du auf diese Neuigkeiten reagieren würdest. Wenn du wenigstens äußerlich ruhig wirken könntest, wäre das sehr hilfreich für sie."

"WILLKOMMEN", SAGTE Elizabeth steif. "Lady Frederica, es ist mir eine Freude, Sie kennenzulernen."

Richard lachte. "Was Freddie anbelangt, müssen Sie sich keine Sorgen machen, Miss Bennet. Sie ist bei unserem Vater in Ungnade gefallen und ich kann Ihnen versichern, dass es niemanden gibt, der, was Bindebanne anbelangt, entschlossener Ihrer Meinung ist."

"Was auch der Grund dafür ist, weshalb ich in Ungnade bin", sagte Frederica geradeheraus. "Ich hatte nicht gewusst, dass Cousine Anne gebunden wurde, bis Darcy es erwähnte, und meine Reaktion war ein klein wenig unschicklich."

"Explosiv ist das Wort, das ich benutzt hätte", meldete sich Darcy zu Wort. Er musste um Elizabeths willen ruhig erscheinen.

"Nun...ja. Mama hielt es für klug, mich wegzuschicken, damit ich mich beruhige. Ich weiß jedoch nicht, wie sie sich das vorgestellt hat - wie soll das gehen, wenn ich jeden Tag mitansehen muss wie sehr die arme Anne leidet?"

"Mutter muss sich etwas dabei gedacht haben", sagte Richard resigniert. "Das ist immer so."

Elizabeth legte den Kopf schief und schaute Darcy fragend an. "Lassen Sie mich raten. Colonel Fitzwilliam hat Ihnen gesagt, Sie sollen ruhig wirken."

Darcy sog scharf die Luft ein. "Ich bitte Sie, mich in dieser Angelegenheit nicht zu necken. Es tut mir leid, dass ich nicht hier war, als Sie in Not waren."

"Ich bin ebenso froh, dass Sie nicht hier waren und miterleben konnten, welch traurigen Anblick ich gestern geboten habe." Aber sie sagte es freundlich.

Frederica trat neben Elizabeth und hielt eine Hand auf Höhe ihrer Köpfe. "Gut. Wir sind ungefähr gleich groß. Ich gehe davon aus, dass Ihnen meine Kleider ganz gut passen werden."

Elizabeths Wangen färbten sich rosa. "Ich bin es nicht gewohnt, Fremde um Hilfe zu bitten, und ich wünschte, ich könnte sagen, es sei unnötig, aber leider muss ich zugeben, dass es mir eine große Hilfe wäre. Ich brauche nicht viel, nur ein paar Dinge, bis ich mir neue besorgen kann."

"Ich habe ohnehin zu viele Kleider. Das können Ihnen alle bestätigen." Fredericas Blick wanderte zu Elizabeths Füßen hinunter. "Schuhe. Brauchen Sie Schuhe?"

Elizabeth schaute plötzlich weg und blinzelte schnell.

Richard sagte leise: "Unter den Dingen, die Mrs. Collins geschickt hat, waren keine dabei."

"Was? Sie mussten in diesen Dingern nach Rosings laufen?" Frederica klang empört. "Richard, ich hoffe, du hast diesem Mann eine ordentliche Tracht Prügel verpasst."

Elizabeth sagte schnell: "Mr. Darcy, haben Sie in Ihren Gesprächen mit Lord Matlock Erfolg gehabt?"

Er hasste es, ihr noch mehr schlechte Nachrichten zu überbringen. "Lord Matlock war sehr daran interessiert, die Feenhaine zu erhalten. Er brachte mich nach Whitehall, wo er sich mit Mr. Pitt treffen wollte, um zu besprechen, was die Regierung tun könnte, was allerdings nicht wirklich von Erfolg gekrönt war. Zunächst sagte Pitt, er könne nicht helfen, da es unmöglich sei, Gesetze zu erlassen, die Landbesitzern vorschrieben, wie sie ihr Land nutzen dürfen. Dann riet er uns davon ab, das Thema überhaupt anzusprechen, weil es nur zu einer größeren Zerstörung von Feenhainen führen würde."

"Aber warum?", rief Elizabeth.

"Weil die meisten Grundbesitzer die Feen als Ärgernis betrachten. Jetzt sind sie auch noch zu einer aktiven Gefahr geworden. Warum sollte man die Ringe schützen und hoffen, dass es gut ausgeht, wenn man ebenso gut die Ringe zerstören könnte und damit sowohl das Ärgernis als auch die Gefahr loswerden würde?" Darcy rieb sich die Stirn. "Es tut mir leid. Ich habe mein Bestes gegeben."

Richard runzelte die Stirn. "Es muss einen Grund geben, warum die Feen in unsere Welt kommen. Den müssen wir herausfinden."

Wenn er nur eine Antwort hätte! Aber Darcy hatte sich das Hirn zermartert, um ein Argument zu finden, weshalb der Kontakt zwischen den Menschen und den Feen nicht abreißen durfte und deshalb schützenswert war. Sein Onkel wollte es, damit er seiner Neugier und seinem Forschergeist frönen konnte. Soviel konnte Darcy nicht mal von sich selbst behaupten. Er wusste nur, dass die Fay einfach zu England dazugehörten. Aber allem voran stand für ihn Elizabeth. Faerie war ein Teil von ihr.

Elizabeth sagte: "Tausende von Menschen in ganz England stellen jeden Tag Brot und Milch für die Feen bereit, und alle erzählen Geschichten darüber, dass in den Gärten und auf den Feldern nichts wachsen würde, wenn jemand es vergäße. Möglicherweise ist das Aberglaube, es könnte aber auch sein, dass wir Ernteausfälle in ganz England riskieren, wenn die Haine zerstört werden."

Darcy sagte langsam: "Die letzten beiden Ernten waren nicht gut. Und die Angriffe der Fay begannen ebenfalls vor zwei Jahren."

Frederica rieb sich nachdenklich die Finger. "Ich frage mich, ob die Ernten dort schlechter waren, wo die Haine zerstört wurden."

"Wurde irgendetwas beschlossen?", fragte Elizabeth.

"Zumindest wird nichts getan werden, bis wir mehr wissen", sagte Darcy. "Sie schlugen vor, ich sollte den Sidhe erklären, dass dies ihre eigene Schuld sei und sie mit ihrem Krieg Gefahr laufen, alle Haine zu zerstören. Ich sagte ihnen, ich würde eher in die Gegenwart von König George Hochverrat begehen ehe ich einem Sidhe-Lord drohe."

"Da bin ich ganz bei Ihnen", sagte Elizabeth. "Wenn wir nichts Positives zu bieten haben, denke ich, dass wir besser dran sind, mehr über die Situation zu erfahren."

"Ich habe auch mit Lord Matlock über Cousine Annes Bindung gesprochen", sagte Darcy. "Er wird sie nicht entfernen. Er sagte auch, dass es keinen Sinn machen würde, jemand anderen dazu zu bringen, da er den Zauber so gewoben habe, dass kein anderer ihn brechen könne."

"Das war der Punkt, an dem ich explodiert bin", sagte Frederica.

"Ist sie tatsächlich." Darcy freute sich über die Gelegenheit, das Thema zu wechseln. "Richard, mir war nicht bewusst, dass deine Schwester auch Teil der fehdeführenden Fitzwilliams ist, obwohl sie Worte anstelle von Fäusten oder Degen benutzt. Ich würde mich hüten, sie zu verärgern!"

"Die fehdeführenden Fitzwilliams?", hakte Elizabeth nach.

Richard grinste. "Der Spitzname des *ton* für die drei Fitzwilliam-Brüder. Wir sind dafür bekannt, dass wir in Fragen unserer Ehre ein wenig, ähm, temperamentvoll sein können."

"Ein wenig temperamentvoll!", spottete Frederica. "Ihr drei habt mehr Duelle ausgefochten als der Rest des *ton* zusammen."

Richard deutete mit dem Finger auf sie. "Du brauchst dich gar nicht zu beschweren, Freddie. Aus diesem Grund musst du dich nie gegen aufdringliche junge Männer wehren. Sie wissen ganz genau, dass sie es bei unserer Schwester gar nicht erst versuchen brauchen."

Frederica stemmte die Hände in die Hüften. "Ich muss sie nicht abwehren, weil ich sie selbst aufhalte", flötete sie. "Es hat schon seine Gründe, warum ich Monate damit zugebracht habe, einen Zauber zu perfektionieren, mit dem man jemanden auf der Stelle einschlafen lässt."

Die Augen ihres Bruders verengten sich. "Namen, Freddie. Ich will Namen", sagte er aufgebracht.

Frederica wandte sich an Elizabeth. "Sehen Sie?"

"Das tue ich. Einen kleinen Vorgeschmack habe ich auch gestern schon davon zu sehen bekommen." Elizabeths Augen sprühten geradezu vor Vergnügen. "Wobei ich nicht behaupten kann, dass ich zu diesem Zeitpunkt Einwände dagegen erhoben hätte."

"Namen, Freddie. Jetzt." Richards Hände waren zu Fäusten geballt.

"Damit du sie zu einem Duell herausforderst und damit sicherstellst, dass jeder in London weiß, dass sie versucht haben, mich zu küssen? Wie genau soll das hilfreich sein, um meinen Ruf zu schützen?"

"Namen", grollte Richard, "Das ist deine letzte Chance."

"Namen?", sagte Freddie leichthin, "Mal sehen. Prinz Eisenherz, Hans im Glück und Jack der Killer-"

Darcy übertönte sie. "Miss Elizabeth, möchten Sie sich mir im Esszimmer anschließen, bis diese beiden es geschafft haben, ihre Differenzen beizulegen?"

Richard tötete ihn mit Blicken, packte Frederica am Ellenbogen, zog sie aus dem Salon und schlug die Tür hinter sich zu.

"Du meine Güte", brachte Elizabeth hervor, "Ich hatte keine Ahnung, dass der gute Colonel so, so-"

"...kriegerisch sein kann?", half Darcy ihr auf die Sprünge, "wie Sie sehen, liegt es in der Familie."

"Ich glaube, ich mag Lady Frederica, besonders, wenn sie mit Lord Matlock gestritten hat."

"Oh ja, das hat sie. Sie hat ihn einen Heuchler und einen Lügner genannt und sonst noch einige Worte benutzt, von denen ich gar nicht wusste, dass sie sie überhaupt kennt, und als er ihr sagte, sie solle sich benehmen, schüttete sie ihm ein Glas Wein ins Gesicht und sagte ihm, er sei ein schwarzer Magier, und sie hoffe jemand würde ihn eines Tages mit einem Bindebann belegen. An dieser Stelle schritt Lady Matlock ein und verkündete, dass Frederica heute mit mir hierherkommen würde."

Elizabeth drückte ihre Hand gegen ihre Brust. "Du lieber Himmel! Was hat er mit ihr gemacht?"

"Er brüllte und murrte eine Zeit lang und drohte dann, die Apanagen seiner Söhne zu streichen, weil sie ihr unanständige Worte beigebracht hatten. Aber bellende Hunde beißen nicht."

"Davon bin ich immer noch nicht überzeugt, aber Sie sollten stolz auf mich sein, weil ich meine Vorurteile überwunden habe. Wer war der erste, den ich um Hilfe bat, als Mr. Collins mich eine Hexe nannte? Ein Magier", neckte sie.

"Ich bin froh, dass Sie Richard soweit vertrauen konnten." Es war nicht fair, es ihm übelzunehmen, dass Richard derjenige gewesen war, dem sie vertraut hatte. Er war schließlich nicht da gewesen, aber es war schwer, nicht zu glauben, dass sie seinen Cousin bevorzugte. "Fühlen Sie sich wohl hier?"

"Es ist sehr komfortabel, vielen Dank."

"Wenn Sie möchten, können wir weitere Bedienstete aus dem Haupthaus entsenden." Es war alles, was er ihr anbieten konnte.

Elizabeth schüttelte den Kopf. "Das ist nicht nötig. Es fällt kaum auf, dass das Haus leer gestanden hat."

Irgendwie gelang es Darcy, eine Fassade der Ruhe zu bewahren, während sie ihr Gespräch fortsetzten, aber er wusste, dass ihm das nicht auf unbestimmte Zeit gelingen würde. Übermorgen war Beltane, und keiner von ihnen brauchte vorher zusätzlichen Druck. Aber danach würde er Elizabeth sagen, dass er das Recht haben wollte, sie zu beschützen.

Bis in den Schlaf verfolgten ihn die Bilder von Elizabeth, allein und hilflos.

Kapitel 6

Am folgenden Nachmittag hatte sich Richard in einem Sessel breitgemacht und sah sich von dort aus im Salon des Wittumshauses um. "Richtig angenehm hier. Ich sollte Sie öfter besuchen. Allein schon die herrliche Abwesenheit von Lady Catherine spricht dafür."

Ein Diener betrat den Raum und verbeugte sich. "Ein Gast für Mr. Darcy ist eingetroffen. Bedauerlicherweise konnten wir noch kein Silbertablett für Visitenkarten ausfindig machen. Ich hoffe, Sie sehen uns diese Unangemessenheit nach." Er reichte Mr. Darcy eine Karte.

"Natürlich. Man kann kaum erwarten, dass ein Haushalt innerhalb so kurzer Zeit bereits reibungslos abläuft." Darcys Augenbrauen hoben sich, als er die Karte las. "Führen Sie ihn herein."

Der Diener ging und tauchte eine Minute später wieder auf. "Viscount Eversleigh für Mr. Darcy."

"Eversleigh!", rief Darcy. "Ich hatte mir gewünscht, du wärst hier. Was bringt dich nach Rosings?"

"Lord Matlock hat mir von eurer jüngsten Begegnung in Faerie erzählt, und ich wollte mehr darüber erfahren. Du hattest London bereits verlassen, also musste ich dir folgen. Der Butler im Haupthaus wies mich hierher und sagte, Lady Catherine sei unpässlich. Ich hoffe, sie war nicht diejenige, die schrie: 'Eine Hexe sollst du nicht am Leben lassen.'"

"Nicht schon wieder", stöhnte Richard. "Die Pause war so erholsam."

"Miss Bennet", sagte Darcy, "darf ich Ihnen Viscount Eversleigh vorstellen? Er ist ein entfernter Cousin auf der Darcy-Seite und ein aufgehender Stern im Collegium. Miss Bennet ist diejenige, die mich nach Faerie gebracht hat."

Elizabeth knickste. "Außerdem bin ich die Hexe, die du nicht am Leben lassen sollst, weshalb Sie die Bekanntschaft mit mir möglicherweise verleugnen möchten, wenn Sie mit Lady Catherine sprechen sollten."

"Es ist mir ein Vergnügen, Miss Bennet. Lady Frederica, Colonel Fitzwilliam, ich freue mich, Sie wiederzusehen. Darcy, warum wolltest du mich sehen?"

"Ich würde gerne deine Einschätzung dazu hören, ob ein bestimmter Bann gebrochen werden kann. Du bist ein Meister im Weben von Zaubern und kennst dich zehnmal besser mit Zaubersprüchen aus als ich", sagte Darcy, "aber zuerst sollte ich dich fragen, welchen Standpunkt du vertrittst, wenn es darum geht, Frauen den Gebrauch ihrer Magie zu verbieten."

"Das ist eine barbarische Regel", entgegnete Eversleigh prompt.

"Wie seltsam", sagte Elizabeth langsam, "der Sidhe-Lord nannte es ebenfalls barbarisch."

Eversleigh verneigte sich vor Elizabeth. "Ich vermute, die meisten Sidhe würden genau dasselbe sagen. Miss Bennet, Sie haben nichts von mir zu befürchten."

"Freut mich, das zu hören", sagte Darcy. "Der zu entfernende Zauber ist ein Bindebann."

"Ich helfe gern, wenn ich kann", sagte Eversleigh, "aber zuerst würde ich gern mehr über die Situation in Faerie erfahren. Matlock schien zu glauben, dass du mit deinem Latein am Ende bist. Nicht, dass er etwas Besseres zu bieten hätte. Ich weiß ein wenig über Faerie und angesichts der Schwere der Situation dachte ich, ich sollte dir vielleicht meine Hilfe anbieten."

"Seltsam", sagte der Colonel gedehnt, "ich kann mich nicht entsinnen, zuvor von deinem Interesse an Faerie gehört zu haben."

Eversleigh sah amüsiert aus. "Selbstverständlich nicht. Es ist kein Geheimnis, dass ich politische Ambitionen hege. Ein Magier zu sein gereicht mir schon nicht zum Vorteil, aber eine Verbindung mit den Fay würde mir vollends das Genick brechen. Ein Krieg mit dem Feenvolk wäre jedoch noch schlimmer. Ich hätte es nicht erwähnt, wenn die Situation weniger ernst wäre."

"Welche Art von Wissen hast du?", fragte Darcy.

Eversleigh klappte seine emaillierte Schnupftabakdose auf und nahm eine Prise. "Vielleicht könnten wir das in einem etwas privateren Rahmen besprechen. Obwohl ich das größte Vertrauen in die Diskretion von Lady Frederica und Colonel Fitzwilliam habe, möchte ich ihnen nicht aufbürden, ein Geheimnis vor ihrem Vater bewahren zu müssen."

Frederica meldete sich zu Wort: "Wenn Sie bereit sind, mir zu vertrauen, würde ich mich freuen, an der Diskussion teilzuhaben. Es wäre nicht das erste, was ich meinem Vater vorenthalten habe."

"Da ich von Anfang an dabei war", sagte der Colonel, "würde ich es ziemlich seltsam finden, in diesem Stadium ausgeschlossen zu werden. Ich werde mich jedoch deinen Wünschen beugen, Eversleigh."

"Dann können wir das vielleicht alle gemeinsam besprechen." Eversleigh hielt inne, um seine bereits perfekt ausgerichteten Manschetten zurecht zu zupfen. "Ich hoffe, ihr könnt mir mein Zögern nachsehen. Ich habe diese Angelegenheit noch nie mit Sterblichen besprochen."

Darcy musterte ihn misstrauisch. "Das hört sich so an, als ob du mehr als nur ein wenig über Faerie weißt."

Eversleigh verneigte sich vor ihm. "Da hast du vollkommen recht. Um es ganz klar auszudrücken - etwas, das ich im Allgemeinen sehr zu vermeiden versuche - ich bin halb sterblich, halb Fay."

Die Augenbrauen des Colonels schossen in die Höhe. "Das hast du sehr geheim gehalten."

"Das war meine Absicht", sagte Eversleigh trocken. "Meine Mutter hat mich mehrmals nach Faerie gebracht, um einen Gentleman der Sidhe zu besuchen, der - wie soll ich das sagen? - mehr als nur eine leichte Ähnlichkeit mit mir aufwies. Diese Besuche endeten, als ich zur Schule ging, aber ich war immer noch neugierig auf Faerie. Zu gegebener Zeit machte ich mich auf den Weg zu meiner Kavalierstour auf den Kontinent und kehrte mit Geschichten über alle üblichen Attraktionen zurück. Diese Geschichten habe ich in Büchern gelesen. Tatsächlich habe ich diese beiden Jahre in Faerie verbracht."

Richard lachte und schüttelte den Kopf. "Und mein Vater, der so verzweifelt war, auch nur das geringste Wissen über Faerie zu erlangen, wusste nichts davon, obwohl er eng mit dir zusammengearbeitet hatte?"

Mit einem kühlen Lächeln sagte Eversleigh: "Ich hatte nie Interesse daran, Gegenstand akademischer Forschung zu werden. Abgesehen von der reinen Neugier war es mein Ziel, mich zu positionieren, falls jemals Bedarf für einen Botschafter zwischen Faerie und der Welt der Sterblichen bestehen sollte."

Frederica nickte. "Und jetzt ist die Zeit gekommen, in der die Sidhe so verzweifelt nach einem Botschafter suchen, dass sie bereit sind, jeden Sterblichen zu akzeptieren, der ihren Weg kreuzt."

"Sie bringen es auf den Punkt, Lady Frederica. Ich muss erwähnen, dass ich von jenen, die die Meinung des Königs nicht teilen, wohl nicht allzu gut aufgenommen werden würde, da meine Verbindung zu den Feen stark mit ihm zusammenhängt. Allerdings muss ich als Sterblicher, der damit auf der anderen Seite in diesem Krieg steht, selbstverständlich die Seite unterstützen, die sich dem Frieden verschrieben hat."

Darcy sagte: "Ein überzeugendes Argument, möchte ich meinen. Miss Bennet und ich werden uns morgen bei Sonnenuntergang mit dem Sidhe-Lord treffen, und obwohl er darauf bestand, dass niemand anders uns begleiten sollte, wären wir sehr dankbar um jeden Einblick, den du uns in die Politik der Feen geben kannst. Ich kenne mich nicht einmal mit den Grundgesetzen der Natur dort aus."

Elizabeth lächelte. "Mr. Darcy vermeidet es galanterweise, zu sagen, dass auch ich in dieser Hinsicht ein wenig nutzlos bin. Ich habe einige Kenntnisse über die Fay, allerdings nur unbewusst. Wenn er mich danach gefragt hätte, wie man einen Sidhe-Lord korrekt anspricht, hätte ich es ihm nicht sagen können, aber als ich vor einem stand, wusste ich, was ich sagen sollte."

Darcy sah sie nüchtern an. "Sie haben einen großen Vorteil mir gegenüber, weil Sie sich in Anwesenheit der Fay wohl fühlen. Auf Sie wirken sie nicht einschüchternd, fremd und unverständlich."

Elizabeth dachte darüber nach. "Vermutlich haben Sie recht. Sie beunruhigen mich nicht mehr als Kühe oder Hunde."

"Rrrrr" Pepper sprang auf Elizabeths Schoß und begann sich ihr Gesicht zu putzen.

"Oder Katzen", sagte Elizabeth mit einem Lachen und streichelte Pepper über den Rücken.

Eversleigh hob sein Lorgnon, um die Katze zu inspizieren. "Seltsam. Ich habe noch nie zuvor eine weiße Phouka gesehen."

Elizabeth warf Darcy einen überraschten Blick zu. "Woran erkennen Sie, dass sie keine normale Katze ist?"

Der Viscount runzelte die Stirn. "Ebenso wie ich erkenne, dass sie keine Kuh und kein Hund ist, nehme ich an."

Elizabeth lachte. "Nun, da kann ich vermutlich nicht wiedersprechen. Aber Sie haben gerade mein Geheimnis verraten. Der Colonel und Lady Frederica wussten nicht, dass Pepper ein Feenwesen ist."

Mit großen Augen fragte Frederica: "Ist sie wirklich eine Phouka? Kann sie ihre Gestalt verändern?"

Elizabeth nickte. "Sie kann sich in unserer Welt in einen weißen Raben verwandeln, aber in Faerie wurde sie zum Pferd."

Richard lachte. "Glaubst du, Vater wäre entsetzt oder erfreut, wenn er herausfände, dass es eine Fay-Katze war, die ihn angegriffen hat?"

"Erfreut", sagte Frederica ohne zu zögern. "So nah ist er einem Feenwesen noch nie zuvor gekommen."

"DU HAST NACH DEM ABENDESSEN eine ganze Weile mit Miss Bennet gesprochen." Darcy versuchte, nicht eifersüchtig zu klingen, aber zusehen zu müssen, wie Elizabeth und Eversleigh die Köpfe zusammengesteckt hatten, während sie sich unterhielten, hatte ausgereicht, um ihm die Verdauung zu verderben.

"Ein interessantes Mädchen." Eversleigh nahm das Glas Portwein entgegen.

Darcy konnte sich nicht helfen. "Sie ist nicht schutzlos."

Eversleigh warf ihm einen überraschten Blick zu. "Ich habe nicht vor, sie zu verführen, wenn du dir darüber Sorgen machst. Ich wollte einfach mehr über sie erfahren."

Richard warf Darcy einen warnenden Blick zu. "Wir fühlen uns für sie verantwortlich. Wenn sie nicht versucht hätte, Lady Catherine auf unsere Bitte hin zu heilen, würde sie niemand eine Hexe nennen, und ihr Cousin hätte sie nicht aus seinem Haus geworfen."

"Ich gebe zu, dass mir das noch ein Rätsel ist", sagte Eversleigh. "Ich verstehe, dass sie nicht ins Haus ihres Vaters zurückkehren möchte, aber sie hat einen Onkel, der sie aufnehmen würde. Stattdessen wohnt sie hier mit Lady Frederica, die sie gerade erst kennengelernt hat. Dich kennt sie erst seit ein paar Wochen und Darcy nur geringfügig länger. Das ist eine eigentümliche Situation für eine junge Dame von Stand."

"Da stimme ich zu. Die Situation ist nicht ideal, aber da der Sidhe-Lord auf ihrer Beteiligung bestand, schien es am einfachsten, sie hier zu behalten", sagte Richard, "ich gehe davon aus, dass sie nach Beltane zu ihrem Onkel ziehen wird."

"Es sei denn, er besteht weiterhin auf ihrer Beteiligung", sagte Darcy rundheraus. War es falsch von ihm, darauf zu hoffen?

"Ich könnte euch bessere Ratschläge geben, wenn ich wüsste, um welchen Sidhe es sich handelt", sagte Eversleigh. "Miss Bennet hat zehn Minuten damit zugebracht, mir jedes Detail an ihm zu beschreiben, an das sie sich erinnern konnte, aber ich kenne drei oder vier Sidhe, auf die diese Beschreibung zutreffen würde."

"Vielleicht nennt er uns seinen Namen, wenn wir ihn treffen." Darcy freute sich noch weniger auf dieses Treffen, nachdem er Eversleighs Ansichten über die verworrenen Beziehungen der Sidhe gehört hatte.

"Es wäre keine gute Idee, ihn nach seinem Namen zu fragen, wenn er ihn nicht preisgibt. Ich werde Miss Bennet einige Vorschläge machen worauf sie achten muss damit wir ihn identifizieren können."

Suchte Eversleigh nach Ausreden, um mit Elizabeth zu sprechen? "Vielleicht kann ich dir dabei helfen."

Eversleigh stellte sein Glas Portwein ab. "Darcy, ich versichere dir, ich hege keinerlei Absichten was Miss Bennet anbelangt. Vielmehr verspüre ich den Drang, sie zu beschützen. Befürchtest du, dass ich Erwartungen bei ihr wecken könnte?"

"Möglicherweise", sagte Richard.

Darcy sagte: "Nein. Das ist nicht ihre Art."

"Freut mich, das zu hören, dennoch werde ich besonders betonen, dass ich dem Heiratsmarkt derzeit nicht zur Verfügung stehe. Stellt dich das zufrieden?"

Das musste es wohl, aber Darcy würde ihn jedenfalls nicht aus den Augen lassen.

"DU HAST EINE ZIEMLICHE Eroberung gemacht", sagte Lady Frederica zu Elizabeth.

Wie hatte sie Darcys Interesse an ihr erraten? "Ich weiß nicht, was du meinst."

"Viscount Eversleigh. Für gewöhnlich hält er sich aus allem raus. Er achtet stets sorgsam darauf, bei keiner jungen Dame den Anschein von Interesse zu wecken, dennoch hat er mit dir fast eine halbe Stunde lang gesprochen", sagte Lady Frederica kühl.

Eversleigh? Elizabeth lachte ungläubig. "Nur um mir Fragen zu stellen, das kann ich dir versichern! Er hat mir in keiner Weise den Hof gemacht. Ich bezweifle, dass er überhaupt bemerkt hat, wie ich aussehe."

Lady Fredericas Fingerspitze zeichnete die vergoldete Schnitzerei auf der Armlehne ihres Stuhls nach. "Du weißt nicht, wie ungewöhnlich dieses Verhalten für ihn ist."

"Zweifellos bist du mit seinen Gewohnheiten im *ton* gut vertraut, aber das hier ist anders. Höchstwahrscheinlich hat er es einfach genossen, mit einer Sterblichen über Faerie sprechen zu können."

"Ja, das hat er." Fredericas Stimme war flach.

Das war lächerlich. Offensichtlich hatte Lady Frederica selbst Interesse an Eversleigh. Elizabeth sagte: "Selbst, wenn er ein Interesse an mir hätte, was ich bezweifle, ist mir klar, dass ein Viscount mir niemals eine ehrenvolle Verbindung anbieten könnte. Wenn er mit mir tändeln würde, würde ich annehmen, dass seine Absichten unehrenhaft sind und ihnen keine Aufmerksamkeit schenken."

"Vernünftig von dir." Aber Frederica klang nicht besänftigt.

DER NÄCHSTE TAG WAR Beltane. Elizabeth erwachte und war aufgeregt. Heute Nacht würde sie den Sidhe-Lord wiedersehen.

Lady Frederica hatte bereits das Frühstück beendet, als Elizabeth ankam. "Oh, gut, du bist wach. Ich dachte, wir könnten heute Morgen ins Dorf gehen, um beim Tanz in den Mai zuzusehen."

Elizabeths Freude an dem Tag verflüchtigte sich. Sie hatte die Feierlichkeiten zum ersten Mai immer geliebt. "Ich sollte besser hierbleiben, aber ich hoffe, du wirst mir später alles darüber erzählen."

Lady Fredericas Stirn runzelte sich. "Möchtest du dich vor eurem Treffen noch ausruhen?"

"Nein." Eine kleine Ablenkung wäre willkommen, aber nicht das. "Die Leute im Dorf kennen mich, ich habe einige von ihnen behandelt, als sie krank waren. Jetzt hat man mich als Hexe beschimpft, und ihr Geistlicher hat mich aus seinem Haus geworfen. Ich möchte die Dorfbewohner mit meiner Anwesenheit nicht in eine unangenehme Lage bringen." Sie musste lernen, sich davon nicht verletzen zu lassen. Es war ein Preis, den sie für den Rest ihres Lebens zahlen würde.

"Das ist schrecklich!", rief Lady Frederica aus. "Wie können sie deine Hilfe annehmen und dich dann genau dafür ablehnen?"

Elizabeth nahm sich ein Brötchen und Marmelade vom Sideboard. Damit verschaffte sie sich einen Moment, um ihren Gesichtsausdruck unter Kontrolle zu bringen. "So ist es immer. Viele der einfachen Leute vermuten, dass Kräuterfrauen ein wenig Magie anwenden, aber sie fühlen sich besser, wenn sie so tun können, als wäre das nicht wahr. Einige Kräuterfrauen setzen Rauch, Kaninchenfüße und dergleichen ein, um ihren Patienten ein gutes Gefühl zu geben, weil sie dann glauben, sie wären mithilfe von Talismanen geheilt worden und nicht durch Magie."

"Machst du das auch?"

Elizabeth brachte ein Lächeln zustande. "Bis vor kurzem war ich der schweigsame, unsichtbare Lehrling im Hintergrund und habe nichts getan. Manchmal bitte ich ein Familienmitglied, die Schläfen des Patienten mit Lavendelöl einzureiben, um die schlechten Säfte herauszuziehen. Lavendelöl bewirkt nichts dergleichen, hat allerdings eine beruhigende Wirkung und lenkt die Aufmerksamkeit von dem ab, was ich wirklich tue."

"Wie interessant. Ich wünschte, ich könnte dir eines Tages dabei zusehen."

"Es gibt wenig zu sehen, da ich keine Zaubersprüche verwenden kann, nur wilde Magie. Darf ich fragen, wie du es geschafft hast, so viele Zaubersprüche zu lernen? Ignorieren dein Vater und deine Brüder die Verbote, Frauen in Magie zu unterweisen?"

"Oh nein, sie verstoßen nicht gegen die Regeln des Collegiums, auch wenn sie sie lächerlich finden. Manchmal lässt mein jüngster Bruder Zauberbücher offen an Orten herumliegen, wo die Wahrscheinlichkeit groß ist, dass ich auf sie stoße. Er sagt immer, es sei keine Absicht, aber Jasper liebt solchen Unfug. Ich habe einen Kreis von Freundinnen, die es geschafft haben, ein oder zwei Zaubersprüche zu lernen, indem sie ihre Ehemänner und Väter beobachteten. Wir bündeln unser Wissen und bringen es uns gegenseitig bei. Natürlich alles äußerst diskret."

"Welch ein Glück du hast, Freundinnen mit Magie zu haben! Kräuterfrauen sind für gewöhnlich einsam." Elizabeth hätte gerne eine Vertraute mit Magie gehabt.

"Und keine deiner Schwestern hat Magie? Das ist ungewöhnlich."

Elizabeth zuckte mit den Achseln. "Möglicherweise schon, und sie sind sich dessen nur nicht bewusst, oder aber sie verheimlichen es ebenso wie ich. Meine älteste Schwester weiß genug über meine Aktivitäten, um Vermutungen anstellen zu können, wenngleich sie nie etwas gesagt hat, aber meine jüngeren Schwestern müssen überrascht gewesen sein, als sie gehört haben, dass ich eine Hexe bin."

"Ich wünschte du würdest dieses Wort nicht benutzen! Es ist so hässlich und unter diesem Begriff wurde Frauen so viel grässliches Leid zugefügt."

"Ich mag das Wort auch nicht. Ich habe es noch nie zuvor benutzt, doch ich kann nicht so tun, als würden mich andere Leute mich nicht so nennen. Aber jetzt genieße ich die Freiheit, meine Magie einzusetzen. Zuvor musste ich immer sorgfältig prüfen, bevor ich sie anwandte, und oft war es einfacher, etwas ohne Magie zu tun, als sie verstecken zu müssen. Bloßgestellt zu werden hat etwas Befreiendes. Ich zünde Kerzen mit meinen Fingern an und bitte eine sanfte Brise, Rauch vom Kamin wegzublasen. Ich habe sogar mit neuen Fähigkeiten experimentiert. Soll ich dir zeigen, was ich am tollsten finde?"

"Ja, bitte!"

"Ich brauche einen Fleck. Dort - siehst du diesen vergilbten Fleck auf dem Damastbezug des Stuhls?"

"Ja, sicher."

Elizabeth leckte über ihren Zeigefinger, wickelte ihn in ihr Taschentuch und rieb mit ihrer bedeckten Fingerspitze über den Fleck.

"Du lieber Himmel! Er ist weg!"

"Nicht weg. Er ist auf mein Taschentuch gewandert." Elizabeth hielt ihr das rechteckige Stück Stoff hin, auf dem ein gelber Fleck zu sehen war. "Wie du unschwer an den vielen Überresten darauf erkennen kannst, habe ich mich auf die Suche nach Flecken begeben, an denen ich üben konnte." Sie war ziemlich stolz auf ihre neue Fähigkeit. Wenn sie es nur schon vor dem unglückseligen Tanz in Meryton gekonnt hätte, dann hätte sie sich weniger Sorgen gemacht, dass Darcy ihre Magie entdeckt haben könnte.

"Das wäre ein äußerst nützlicher magischer Kniff. Wie hast du es herausgefunden?"

"So wie immer. Ich wollte einen Fleck von meinem Kleid entfernen und habe mir von der Magie zeigen lassen, wie es geht."

"Glaubst du, du könntest es mir beibringen?"

"Warum nicht? Es wird mich ablenken und der Tag geht schneller vorbei."

NACH DEM FRÜHSTÜCK in Rosings fragte Eversleigh Darcy und Richard: "Was ist das für ein Zauber, zu dem ihr meinen Rat wolltet?"

Darcy wurde rot. "Ich hätte nichts sagen sollen. Eigentlich brauche ich deine Hilfe, um einen Bann zu brechen, aber Matlock ist derjenige, der ihn gesetzt hat und er möchte nicht, dass er entfernt wird. Er ist dein Kollege und Freund, deshalb kann ich dich nicht bitten, seine Wünsche zu missachten."

"Einen von Matlocks Zaubern gegen seinen Willen entfernen? Nein, dazu bin ich nicht bereit, und es überrascht mich, dass du es auch nur in Betracht ziehen würdest, Darcy. Ich vertraue seinem Urteil."

"Ich hätte dasselbe gesagt, bis ich herausgefunden hatte, dass er seine Nichte mit einem Bindebann belegt hat."

"Mit einem Bindebann? Absurd! Matlock ist dagegen und er weiß ganz genau, dass man ein Familienmitglied nicht verzaubern darf. Da muss ein Missverständnis vorliegen."

"Kein Missverständnis", sagte Richard. "Er hat es vor uns beiden zugegeben. Er hat es getan."

Eversleigh starrte sie ungläubig an und begann, auf und ab zu gehen. Schließlich sagte er: "Wenn das, was ihr sagt, wahr ist, sollte der Bann entfernt werden. Ich bin fast schockierter, dass er die Regeln gegen die Verwendung von Magie an einer Verwandten brechen würde, als über den Bindebann selbst. Eine meiner Aufgaben im Rat der Magier ist es, mich mit falsch gesetzten Zaubern zu befassen, normalerweise mit solchen, die bei einem Familienmitglied angewendet werden. Matlock schickt mir diese Fälle oft. Er kennt die Regeln."

"Dennoch scheint er zu glauben, dass er in diesem Fall das Richtige getan hat. Er warnte mich sogar davor, den Bann selbst zu entfernen. Er sagte, der Bann sei unbrechbar."

"Unbrechbar also? Na, das werden wir doch sehen." Eversleigh schien der Gedanke eines Bannes, den er nicht brechen könnte, zu beleidigen. "Ich werde nicht versuchen, ihn hinter seinem Rücken zu entfernen, aber ich werde Folgendes tun: Ich werde den Zauber überprüfen, um zu bestätigen, dass er von ihm stammt, und um zu beurteilen, ob ich ihn brechen kann. Wenn er von ihm gewoben wurde, werde ich mit ihm darüber sprechen. Er wird Vernunft annehmen."

Dessen war sich Darcy nicht so sicher. Lord Matlock konnte ziemlich halsstarrig sein, wenn er sich etwas in den Kopf gesetzt hatte.

DARCY GELANG ES, ANNE zu überreden, sich ihnen im Salon anzuschließen. Ihre Begleiterin, Mrs. Jenkinson, konnte er allerdings nicht davon überzeugen, dass es unnötig war, ihr zu folgen. Mrs. Jenkinson erstattete Lady Catherine über die meisten Aktivitäten von Anne Bericht, sodass ihre Bemühungen nicht lange geheim bleiben würden.

Anne schien durchaus bereit zu sein, Eversleigh zuzuhören, den sie am Abend zuvor beim Dinner kennengelernt hatte.

"Darcy hat mir erzählt, wie häufig Sie Ohnmachtsanfällen ausgesetzt sind und dass die Ärzte keinen Grund dafür finden konnten", sagte Eversleigh. "Ich verfüge über Fachkenntnisse in dieser Angelegenheit. Würden Sie sich dazu bereit erklären und mir gestatten, nachzusehen, ob ich den Grund dafür finden kann? Dazu müsste ich lediglich Ihr Handgelenk und möglicherweise Ihren Hals zu berühren, wo ich Ihren Puls fühlen kann."

"Wenn Sie wünschen. Ich habe nichts dagegen", sagte Anne.

Mrs. Jenkinson mischte sich ein: "Miss de Bourgh, ich kann dies nicht ohne das Wissen von Lady Catherine zulassen. Wir müssen warten, bis sie wieder gesund ist."

"Ich will nicht warten. Ich hasse Ohnmachtsanfälle."

"Lady Catherine muss diese Entscheidung treffen", beharrte Mrs. Jenkinson.

Darcy ging dazwischen: "Ich bin Annes Vormund, nicht Lady Catherine, und ich erteile meine Erlaubnis. Mrs. Jenkinson, Sie können gehen."

"Ich kann die arme Miss de Bourgh nicht mit drei Herren allein lassen!"

"Die Türen stehen offen. Sie braucht keine Anstandsdame. Gehen Sie jetzt."

"Lady Catherine wird davon hören!" Mrs. Jenkinson nahm ihren Schal und schlurfte davon.

"Daran hege ich keinen Zweifel", murmelte Richard.

Anne lächelte sogar. "Danke, Darcy. Auf mich hört sie nie." Sie streckte Eversleigh die Hand entgegen.

Eversleigh schlang vorsichtig seine Finger um ihr Handgelenk. "Ich werde Magie anwenden."

Natürlich wurde Anne ohnmächtig. Darcy legte sie vorsichtig auf der Recamiere ab.

Eversleigh legte seine Hand an ihren Hals und begann die lateinischen Worte eines Zaubers zu murmeln. Nach ein paar Zeilen redete er immer langsamer. Mit einem verwirrten Blick streckte er Richard seine freie Hand entgegen.

Richard sprang auf und legte seine Hände um Eversleighs Handgelenk. Wenn ein so mächtiger Magier wie Eversleigh Hilfe benötigte, musste er eine enorme Menge an Magie einsetzen. Darcy trat aus dem Raum und bat einen Diener, ihnen umgehend etwas zu Essen zu bringen. Die beiden würden einen Bärenhunger haben, wenn dies vorbei war.

Dank Richard, der Kraft spendete, kamen Eversleigh die Worte des Zaubers wieder leicht über die Lippen. Als Eversleighs Singsang schließlich aufhörte, nahm er seine Hand von Annes Hals.

"Was ist passiert?", fragte Darcy. "Ich dachte du siehst dir den Bann nur an."

"Das habe ich auch gedacht", sagte Eversleigh grimmig. "Ich vermute, ich weiß, warum Matlock sich weigert, den Zauber zu entfernen. Ich denke, er ist nicht dazu in der Lage."

Richard pfiff durch die Zähne. "Bist du dir sicher? Arme Anne!"

"Ganz sicher kann ich nicht sein. Der Standard-Bindebann enthält eine Formel, um ihn wieder zu entfernen. Wie es scheint, hat er diesen Teil des Zaubers herausgeschnitten und den Rest mit einem starken Verteidigungszauber umschlossen. Ich musste den Verteidigungszauber durchdringen, um den eigentlichen Bindebann zu sehen, und ich hätte es ohne Fitzwilliams rechtzeitige Hilfe nicht durch die Verteidigung geschafft. Der eigentliche Bann wäre extrem schwer zu entfernen.

Matlock ist unübertroffen darin, Zauber zu erschaffen, aber ich rühme mich nicht selbst, wenn ich sage, dass ich Zauber besser entfernen kann als er."

"Dann ist er also wirklich unbrechbar?", fragte Darcy.

Der Diener brachte ein Tablett mit Essen herein, und Eversleigh nahm ein Stück Brot und Käse, bevor er das Tablett überhaupt abgestellt hatte. Er biss in das Brot und als er es geschluckt hatte, sagte er: "Ich könnte ihn möglicherweise brechen, wenn ich genügend Zeit habe und wir in mehreren Sitzungen vorgehen. Möglicherweise gelingt es mir aber auch nicht. Ich konnte einen Teil des Verteidigungszaubers entfernen, damit es beim nächsten Mal einfacher wird. Der Zauber selbst ist ein Meisterwerk. Niemand außer Matlock hätte einen zweischichtigen Zauber fertiggebracht, ohne ein hoffnungsloses Durcheinander zu veranstalten. Aber darüber werde ich noch ein Wörtchen mit ihm reden, wenn ich ihn das nächste Mal sehe."

"Ein grausames Meisterwerk", sagte Darcy. "Wenn du nach dem Gespräch mit ihm bereit bist, ihn zu entfernen, würde ich das unterstützen."

"Es wird warten müssen, bis wir wissen, was bei eurem heutigen Treffen herausgekommen ist", sagte Eversleigh. "Aber es ist möglich, dass Miss de Bourgh ein wenig Erleichterung durch die Schwächung des Verteidigungszaubers verspürt. Normalerweise verursacht ein Bindungszauber nicht so viele Beeinträchtigungen wie es bei ihr der Fall ist, was mich zu der Annahme veranlasst, dass der Verteidigungszauber ebenfalls Auswirkungen hat."

Darcy erinnerte sich an Annes Gesichtsausdruck, als er sie gefragt hatte, ob ihre Gedanken abdrifteten. "Hoffentlich."

"WAS MEINST DU?" DARCY deutete auf den Tisch, der mit einer großen Auswahl an kalten Braten, Gebäck, Brot, Käse und Obst beladen war. Die Diener hatten das Festmahl unter dem Weißdorn mit drei Stühlen hergerichtet und glaubten, es sei ein Picknick für die drei Damen.

"Ausgezeichnet", sagte Eversleigh. "Wenn man bedenkt, wie sehr die Sidhe Lebensmittel aus der Welt der Sterblichen wertschätzen, könntest du ihm Brotkrümel servieren, und er würde sie mit Freuden essen, aber das hier ehrt ihn." Er spähte in einen der Krüge. "Gut. Du hast an Milch gedacht. Das ist für sie besser als Wein."

"Elizabeths hat das vorgeschlagen", sagte Darcy, "aber wenn es die Sidhe so sehr nach sterblichem Essen verlangt, warum nehmen sie es sich dann nicht einfach?"

Eversleigh lächelte. "Es muss ihnen aus freien Stücken gegeben werden, andernfalls ist es nicht nahrhaft für sie. Früher wurde ihnen Tribut gezollt, indem die Leute Essen für sie bereitstellten. Aber diese Zeiten sind vorbei, heute ist menschliches Essen ein knappes Gut für sie geworden."

Elizabeth beschattete ihre Augen und blickte in den Hain. "Ich frage mich, ob er überhaupt kommen wird. Vielleicht hat er es sich anders überlegt."

Eversleigh sagte: "Er wird kommen. Wenn er euch Essen aus seiner Hand anbietet, solltet ihr wissen, dass es eine Verbindung zwischen euch schafft, wenn ihr es zu euch nehmt. Es abzulehnen wäre jedoch eine Beleidigung."

"Er hat bereits eine Verbindung mit uns hergestellt", sagte Elizabeth gelassen.

Darcy starrte sie entgeistert an. "Tatsächlich?"

"Als er uns die Feenkuchen gab, bevor wir seinen Hof verließen." Sie klang, als würde sie das überhaupt nicht stören.

Darcy schnellte zu Eversleigh herum. "Was ist das für eine Verbindung?"

"Nichts, worüber man sich Sorgen machen müsste. Sie schafft ein gewisses Maß an gemeinsamer Loyalität und Vertrauen, es ist allerdings keine starke Verbindung. Es ist ein gutes Zeichen, dass er es euch angeboten hat. Das bedeutet, dass er euch nicht verraten wird."

Er war eine Verbindung eingegangen, ohne es zu wissen? Ein übelerregendes Gefühl. "Wodurch werden noch Verbindungen geschaffen?" Diesen Fehler wollte er kein zweites Mal machen.

"Essen ist die schwächste Bindung. Einen Becher zu teilen ist etwas stärker", sagte Eversleigh. "Wenn du dein Blut in einem Zauber mit dem eines anderen mischst, wird eure Magie verstärkt und eine starke Verbindung auf der Loyalitätsebene gebildet. Darüber hinaus geht nur noch, wenn jemand Blutrecht beansprucht, aber darum brauchst du dir keine Sorgen machen."

Einen Becher teilen. Die Dryade hatte ihnen Wein aus demselben Becher gegeben. "Was ist, wenn zwei Sterbliche in Faerie einen Becher teilen?"

Eversleigh sah nachdenklich aus. "Ich weiß nicht, ob es für zwei Sterbliche funktionieren würde."

"Das tut es." Elizabeth klang sicher.

"Tatsächlich? Interessant", sagte Eversleigh, "ich frage mich, ob eine Verbindung durch Essen zwischen Sterblichen in Faerie funktionieren würde. Aber das ist heute Abend nicht wirklich von Bedeutung, und es wird Zeit, dass wir gehen und euch eurem Treffen überlassen."

Frederica umarmte Elizabeth kurz. "Viel Glück."

Nachdem die anderen gegangen waren, saß Darcy mit Elizabeth neben dem Weißdornbusch, Pepper auf seinem Schoß, und erinnerte sich daran, wie die Dryade den Becher zuerst Elizabeth und dann ihm angeboten hatte. Als die Dryade Elizabeth das Gefäß zurückgegeben hatte, hatte sie gezögert, bevor sie es annahm, daraus trank und es ihm direkt zurückgab. Sie musste verstanden haben, was sie tat, und hatte es trotzdem gemacht. Weshalb? Und was bedeutete diese Verbindung? Sie hatten sich seitdem nicht mehr gestritten, und er war sich bewusster gewesen, was sie wohl gerade fühlte. Er hatte gedacht, es liege nur daran, dass er sie nun besser kannte. Vor diesem Tag schien es unmöglich, dass er und Elizabeth so harmonisch zusammenarbeiten konnten, wie sie es jetzt taten. Irgendetwas hatte sich definitiv geändert, und Elizabeth war bereit gewesen, diese Veränderung vorzunehmen.

Die Sonne näherte sich dem Horizont. Darcy trommelte mit den Fingern auf dem Tisch, aber Elizabeth schien sich ziemlich wohl zu fühlen. War sie wirklich entspannt oder tat sie nur so?

"Ich frage mich, wie die Feen Beltane feiern", sagte Elizabeth müßig, "in den Geschichten ist von Musik und Tanz die Rede, aber da muss es noch mehr geben. Glauben Sie, sie haben Maibäume?"

Sie hatten so viel Zeit damit verbracht, dieses Treffen zu planen, und jetzt konnte er an nichts Anderes denken, als warum Elizabeth diese Verbindung zu ihm akzeptiert hatte. Wenn er sie nur fragen könnte! Stattdessen musste er höfliche, angemessene Konversation betreiben. "Ich habe keine Ahnung. Wenn das alles vorbei ist - und nein, ich weiß nicht, was ich damit meine - hoffe ich, nach Oxford reisen zu können und in der Bibliothek des Collegiums nach Hinweisen auf die Fay zu suchen. Es wird interessant sein, herauszufinden, wie viel Wahrheit in den alten Büchern steckt."

"Ich habe gerade über alle möglichen Definitionen für einen Sonnenuntergang nachgedacht. Spricht man davon, wenn die Sonne zum ersten Mal den Horizont berührt oder wenn sie vollständig verschwindet? Vielleicht liegt es irgendwo dazwischen."

"Ein interessanter philosoph-"

Aus dem Nichts erschien der Sidhe-Lord vor ihnen, begleitet von einer Sidhe-Lady, die in durchscheinende Seide gekleidet war, die um ihre Beine flatterte. Instinktiv wandte Darcy seinen Blick ab, als er sich erhob, um sich zu verbeugen. Ebenso wie der Lord trug sie Manschetten aus filigranem Silber um ihr Handgelenk.

"Freut mich, zu sehen, dass ihr meinen Anweisungen gefolgt seid." Die Stimme des Sidhe klang hell wie eine Glocke. "Wenn ihr eine Schusswaffe tragen solltet, seid euch dessen gewahr, dass sie in meiner Gegenwart nicht funktioniert."

Als ob ihn eine Pistole irgendwie vor den Sidhe schützen könnte! "Ich bin unbewaffnet." Darcy trat von seinem Stuhl zurück. "Verehrte Lady." Da es nur drei Stühle gab, würde er stehen. Ein bisschen seltsam, aber-

Die Dame machte eine Handbewegung und ein vierter Stuhl erschien, passend zu den drei anderen. Sie setzte sich anmutig darauf. "Ihr ehrt uns mit euren Vorbereitungen."

Darcy wollte gar nicht daran denken, dass er einst stolz auf seine Fähigkeiten als einer der mächtigsten Magier Englands gewesen war! Verglichen mit den Sidhe war er nur ein Kind, das mit Spielzeug spielte.

Elizabeth sagte: "Eure Anwesenheit ehrt uns. Wir hoffen, dass Ihr diese kleinen Zeichen unserer Wertschätzung genießen könnt. Darf ich Euch etwas anbieten?"

Die beiden Sidhe zögerten nicht, sich ihre Teller vollzuladen. Ihre Manieren waren elegant, als sie stetig aßen und keinerlei Unterhaltung führten. Darcy und Elizabeth blieben ebenfalls still, während sie aus Höflichkeit ein wenig Kuchen mitaßen. Darcy füllte die Milchgläser zweimal nach und fragte sich, ob er einen zweiten Krug hätte verlangen sollen.

Schließlich beendeten die Sidhe ihr Mahl.

"Werdet ihr in der Lage sein, die Zerstörung der Haine zu stoppen?" Der Sidhe-Lord verschwendete keine weitere Zeit mit Floskeln.

"Nicht allein, nein", sagte Darcy, "ich habe mit dem Großmeister des Collegiums der Magier gesprochen, unserem wichtigsten Magier, und auch er möchte der Zerstörung Einhalt gebieten. Leider könnte es laut einem Minister der Regierung unserer Sache schaden, wenn wir die Menschen anweisen, die Haine in Ruhe zu lassen."

Der Sidhe runzelte die Stirn. "Sie werden nicht auf dich hören?"

"Verehrter Lord", meldete sich Elizabeth zu Wort, "gestattet mir zunächst, zum Ausdruck zu bringen, dass Mr. Darcys und meine Meinung nicht der Botschaft entspricht, die wir Euch heute überbringen. Aufgrund der jüngsten Angriffe auf Menschen befürchtet die Regierung, dass die Feenringe eher als Gefahr denn als schützenswert angesehen werden, und einige glauben möglicherweise, dass sie die Angriffe verhindern können, indem sie alle Ringe zerstören."

Darcy bereitete sich auf eine donnernde Explosion vor, doch stattdessen tauschte der Sidhe-Lord einen verwirrten Blick mit der Lady aus.

Die Lady kicherte. "Wie bemerkenswert töricht von ihnen."

"Warum?", fragte Darcy dringlich, "wir haben die Erinnerung daran verloren, warum die Haine wichtig sind. Vergebt uns unsere Unwissenheit. Was würde passieren, wenn alle Haine zerstört würden?"

175

Der Sidhe-Lord sah ihn einfach nur angewidert an, aber die Dame hatte Mitleid mit ihm. "Na, wenn ein Hain zerstört wird, verkümmern und sterben die niederen Feen, die nur diesen bestimmten Ring benutzen können. Wir Sidhe können jeden Ring benutzen, für uns ist es daher weniger wichtig. Wenn nur hie und da ein Hain verloren geht, versuchen die niederen Feen an nahe gelegenen Ringen, zusätzliche Aufgaben rund um den verlorenen Ring zu übernehmen. Wenn sie das nicht täten...", sie zuckte anmutig die Achseln.

Darcy beugte sich vor. "Was würde geschehen? Was sind diese Pflichten, von denen Ihr gesprochen habt? Das müssen wir wissen, wenn wir unsere Regierung davon überzeugen wollen, dass die Ringe gerettet werden müssen."

"Na, es gäbe viele Missernten und es würden weniger Babys geboren, sowohl bei den Menschen als auch bei den Tieren. Eure Magier würden ihre Kräfte verlieren, da sie von den Feenringen ausgehen."

Elizabeth erblasste. "Nichts mehr würde wachsen?"

"Es wäre schwierig. Samen würden immer noch sprießen, aber schlecht wachsen. Das Land würde unfruchtbar werden."

Mit trockenem Mund sagte Darcy: "Das ändert einiges. Die Haine zu schützen sollte nicht schwer sein, wenn wir die Regierung davon überzeugen können."

Elizabeth sagte langsam: "Mir leuchtet ein, warum es in unserem besten Interesse liegt, die Haine zu schützen, aber wie profitieren die Sidhe davon?"

Die Lady lachte glockenhell und harmonisch. "Na, unsere Lebenskraft kommt von euch, indem wir Sterbliche mit menschlichem Blut unter uns haben und unser Blut mit Ihrem vermischen."

Darcys Gedanken rasten. "Verehrter Lord, ich werde den Magiern und dem Minister berichten, was ich heute erfahren habe. Lord Matlock, der Großmeister des Collegiums, wird sich mit Euch treffen wollen, um meine Berichte zu bestätigen, wenn dies möglich wäre."

"Nein. Nur ihr beide." Mit frostiger Miene fügte der Sidhe hinzu: "Ein Treffen mit Eurem Anführer würde den Anschein erwecken, als wollte ich meinen König verraten. Niemand wird allerdings meinen

Wunsch infrage stellen, Zeit mit einer schönen jungen Sterblichen zu verbringen, die zufällig in meinen Saal in Faerie gestolpert ist."

Elizabeth wurde rot.

Darcy ignorierte eine steigende Flut von Eifersucht und sagte vorsichtig: "Wir haben mit einem anderen Sterblichen gesprochen, der den Krieg beenden möchte. Er hat uns gebeten, Euch das zu geben." Darcy griff unter den Tisch und holte den Korb hervor, den Eversleigh zur Verfügung gestellt hatte, gefüllt mit feinen Süßigkeiten, die er zu diesem Zweck aus London mitgebracht hatte. Er war sich nicht sicher, welchem Sidhe er ihn überreichen sollte, und stellte den Korb zwischen den beiden auf den Tisch.

Der Lord zog das feine Leintuch, das den Korb bedeckte, herunter und ein Brief kam zum Vorschein. Er las ihn mit gerunzelter Stirn, bevor er das Schreiben der Dame reichte. Ihre Augenbrauen hoben sich, als sie ihn studierte.

"Wisst ihr, was darinsteht?", forderte der Lord.

"Viscount Eversleigh hat mir erzählt, er möchte Euch wissen lassen, dass er Euer Bestreben unterstützt und dass er im Falle eines offenen Krieges viel zu verlieren hat. Er wird dem König nicht offenbaren, was er weiß, und er hofft, dass er Euch dienen kann." Hatte er etwas vergessen?

Elizabeth fügte hinzu: "Er kann nicht verraten, wer Ihr seid, da wir Eure Namen nicht kennen."

Die Dame neigte den Kopf. "Ihr habt uns Ehre erwiesen. Ich heiße Aislinn."

Der Lord sagte nichts.

Darcy versuchte es auf anderem Weg. "Wenn wir die Haine schützen können, reicht das aus, um die Angriffe zu stoppen?"

"Nein. Wir müssen Oberon auch aus dem Einflussbereich seines Sohnes entfernen, der alle Sterblichen hasst. Das wird nicht einfach werden, er ist dem Jungen sehr verbunden. Aber das ist nicht eure Aufgabe."

Die Dame sagte etwas in einer melodisch klingenden Sprache, die Darcy nicht verstand, aber sie schien ihrem Begleiter eine Frage zu stellen.

Die Augen des Herrn verengten sich und er antwortete ihr ausführlich.

Elizabeth machte ein leises Geräusch als wäre sie am Ersticken, unterbrach die Antwort der Dame - und sprach in derselben Sprache. Darcy starrte sie mit stockendem Atem an. Warum überraschte es ihn so, dass sie noch ein Geheimnis vor ihm hatte, und warum tat es so weh?

Elizabeth drehte sich entschuldigend zu ihm um. "Ich habe nur gerade dem verehrten Lord und Lady Aislinn gesagt, es sei nur recht und billig, ihnen mitzuteilen, dass ich ihre Sprache verstehe."

Darcy sagte steif: "Ich hatte nicht gewusst, dass Sie die Sprache der Fay sprechen."

"Ich war mir dessen selbst nicht bewusst gewesen, und ich finde es überaus beunruhigend", sagte sie und es lag eine gewisse Schärfe in ihrer Stimme.

Der Lord legte zwei lange Finger unter Elizabeths Kinn und studierte ihr Gesicht. Wie viel konnte er im schwindenden Licht sehen?

In seiner wohlklingenden Stimme sagte er: "Jemand hat sich an deinen Erinnerungen zu schaffen gemacht."

Elizabeths Muskeln spannten sich an. "Wer war das?"

"Das kann ich dir nicht sagen, aber es scheint nur deine ältesten Erinnerungen zu beeinflussen."

"Mein Vater", flüsterte sie bitter.

"Unwahrscheinlich", sagte Darcy. "Ich kenne keinen menschlichen Magier, der die Macht besitzt, Erinnerungen zu verändern. Das wäre weitaus schwieriger als ein Bindebann. Könnte es ein Fay gewesen sein?"

Der Lord hob sein Kinn. "Unter uns gibt es jene, die diese Fähigkeit haben. Erinnerungen von Sterblichen sind eine heikle Angelegenheit."

Wenn Darcy nur Elizabeths Gesicht sehen könnte! Aber sie musste am Boden zerstört sein, er wusste ja, wie viel Angst sie davor hatte, gebunden zu werden. Das Mindeste, was er tun konnte, war, ihr die Last des Gesprächs abzunehmen. "Was ist dann also der nächste Schritt für uns?"

Die Lady sagte: "Ich möchte die junge Dame unserer Königin vorstellen. Sie hat weder etwas für diesen Krieg noch für Oberons Sohn übrig und hat sterbliche Besucher schwer vermisst. Sie könnte davon profitieren, eine sterbliche Perspektive auf den Krieg zu hören."

"Darf ich sie bei diesem Besuch begleiten, damit sie nicht die einzige Sterbliche in Faerie ist?" Ihm gefiel der Gedanke von Elizabeth allein in Faerie nicht, besonders, nachdem der Lord sie schön genannt hatte.

Das silberhelle Lachen der Dame ließ ihn erschauern. "Mein lieber Junge, wenn ich einen gutaussehenden Sterblichen in Titanias Gegenwart bringen würde, könnten wir jede Hoffnung auf eine ernsthafte Diskussion aufgeben. Unsere Königin liebt gutaussehende Sterbliche."

Elizabeth fragte zögernd: "Dürfte ich eine weibliche Begleitung mitbringen?"

"Sofern sie Feenblut oder, wie ihr Sterblichen es nennt, Magie hat und wenn sie in friedlicher Absicht nach Faerie kommt, hätte ich nichts dagegen. Hast du jemanden im Sinn?"

"Mr. Darcys Cousine. Sie ist auf Besuch hier."

"Bring sie morgen früh zum Feenring. Dort werde ich eure Anwesenheit spüren."

Der Lord sah Darcy prüfend an. "Sag deinem Freund, dass Cathael seine Zusicherungen zu schätzen weiß."

"Das werde ich, verehrter Lord."

Pepper stand auf, streckte sich, krümmte ihren Rücken und machte ein trillerndes Geräusch.

Lady Aislinn klang amüsiert und sagte: "Als ob ich dich aufhalten könnte, Phouka." Und damit verschwanden beide Sidhe zusammen mit dem Korb.

"CATHAEL? NICHT WEN ich erwartet hätte, aber ich nehme an, es ergibt Sinn. Er ist jung genug, nur ein oder zwei Jahrhunderte, um solche Risiken einzugehen wie Sterbliche in seine Bemühungen, den Krieg abzuwenden, miteinzubeziehen. Unter den Sidhe besitzt er nicht besonders viel Einfluss. Aislinn ist keine so große Überraschung. Sie versteht sich mit allen gut und mag Konflikte nicht", sagte Eversleigh. "Es ist ein gutes Zeichen, dass sie euch ihre Namen genannt haben."

"Ich wünschte, Sie würden uns auf die Etikette am Feenhof vorbereiten", klagte Frederica, die praktisch vor Aufregung geplatzt war, seit sie erfahren hatte, dass sie Elizabeth nach Faerie begleiten würde.

Eversleigh sagte: "Es ist besser, wenn ich Sie nicht darauf vorbereite, was Sie erwartet. Auf diese Weise wirken Sie wie harmlose Außenstehende."

"Was ist, wenn wir die Königin unbeabsichtigt beleidigen?", fragte Frederica.

"Sie gehört nicht zu jenen Ladies, die Anstoß an einem redlichen Fehler nehmen, das kann ich Ihnen versichern."

Am nächsten Morgen wurde klar, dass Frederica keine Schwierigkeiten haben würde, als harmlose Außenstehende durchzugehen. Von ihrem hörbaren Luftschnappen, als Lady Aislinn im Feenring erschien, bis hin zu den großen Augen, die sie machte, als sie ihre Umgebung in Faerie untersuchte, war offensichtlich, dass sie das alles zum ersten Mal sah.

Doch Elizabeth schien alles viel zu vertraut und sie fühlte sich viel zu wohl dort. Dieser Teil von Faerie war parkähnlicher als die Landschaft, durch die sie mit Darcy geritten war, und dieses Mal fühlte sie sich nicht angstvoll, erschöpft und halb verhungert, weil sie in keine Glamourfalle getappt war. Es fühlte sich ganz natürlich an, dass überall Elfen herumwuselten. Sogar der blumige Duft der Luft war ihr vertraut.

Sie folgten Lady Aislinn und durchquerten einen Tunnel aus jungen Bäumchen, an denen sich blühende Reben empor schlangen, bis sie in einer weitläufigen Laube angelangt waren. Die Zweige der lebenden Bäume wanden sich umeinander und bildeten ein Gitterdach, aus dem kugelartige Gebilde aus weißen Blüten hingen, die wie Schneebälle aussahen, und die Luft mit ihrem satten Duft erfüllten. Den Boden bedeckte weiches, frühlingshaftes Moos. Am anderen Ende saß eine dunkelhaarige Sidhe-Lady, umgeben von Dryaden und Elfen.

Ohne sich um den Bruch der Etikette zu kümmern, zupfte Elizabeth Lady Aislinn am Ärmel. "Ich war schon einmal hier", sagte sie leise. "Als ich noch jung war. Ich kenne sie." Noch mehr von diesen verdammten, manipulierten Erinnerungen stürmten auf sie ein, doch sie ließen sich nicht recht einfangen, wie ein Eichhörnchen, das immer davonrannte, sobald man ihm zu nahe kam.

"Die Königin? Das hatte ich nicht erwartet. Aber sie hat dich gesehen, also müssen wir weitergehen." Lady Aislinn schob sie vor sich her, bis sie sich Titania näherten. Die Feenkönigin war kleiner, als sie in Elizabeths vagen Erinnerungen gewirkt hatte, aber ebenso betörend schön.

Lady Aislinn fiel in einen tiefen Hofknicks. "Erhabene Lady, seid respektvoll gegrüßt, und möge der Segen des Mondes Euch ewig währen."

Titanias Augen wandten sich langsam ihren Besuchern zu. "Seid ebenfalls gegrüßt, Lady Aislinn. Wen hast du mir heute mitgebracht?"

"Das sind zwei junge Sterbliche, die unerwartet nach Faerie geraten sind. Ich dachte, Ihr könntet sie amüsant finden. Diese hier spricht unsere Sprache ein wenig, wenngleich sie nicht weiß, wo sie sie gelernt hat. Vielleicht gingen ihre Erinnerungen im Nebel von Faerie verloren."

"Sterbliche? Wie entzückend! Ich habe es so vermisst, Sterbliche unter uns zu haben." Die Königin winkte sie zu dem Blumenwall, in den sie sich zurücklehnte. "Tritt vor."

Ehrlichkeit. Sie musste ehrlich sein. Als ob sie es immer schon so gemacht hätte, sank Elizabeth auf die Knie, um sich dann auf ihren Fersen abzusetzen. "Erhabene Lady, vergebt mir. Ich glaube, ich habe Euch schon einmal gesehen, aber meine Erinnerungen sind nicht klar", sagte sie demütig.

Die Königin von Faerie lehnte sich vor. Forschende Blicke schienen durch Elizabeth zu kribbeln, während Titanias Fingerspitzen anmutig Elizabeths Wange hinabglitten. "Bist du nicht meine kleine Libbet, Kind?"

Libbet. Ihr Spitzname aus der Kindheit, in einer Stimme ausgesprochen, die sie an goldene Sonnenstrahlen erinnerte, fühlte sich an wie ein Widerhall tief in ihr. "Ich... ich bin Libbet, erhabene Lady, aber ich kann mich nicht erinnern", sagte sie zögerlich.

"Bluebird!", rief Titania, "Bluebird, mein Liebes, komm zu mir."

An den Bäumen tauchte eine Dryade auf, die jetzt groß und gertenschlank war, aber zweifellos Elizabeths Freundin aus Kindertagen. "Hier bin ich, Lady."

"Bluebird, ist das nicht unsere kleine Libbet, die zu uns zurückgekehrt ist?"

"Libbet!", rief Bluebird. "Eiche und Asche, da bist du ja endlich!" Endlich?

Titania tätschelte den Boden neben sich. "Ich bin so froh, dass du zurückgekehrt bist! Komm, setz dich zu mir und erzähl mir deine Geschichte."

Elizabeth gehorchte. Es fühlte sich natürlich an, sogar vertraut, als Titanias Elfen anfingen, mit ihren Haaren zu spielen und über ihr Kleid zu streichen. Ihre Berührungen waren wie zarte Schmetterlingsflügel, die über sie tanzten.

"Wer ist deine Freundin?", erkundigte sich die Königin.

Elizabeth warf Frederica einen Blick zu. "Sie heißt Lady Frederica Fitzwilliam und ist die Tochter eines mächtigen Magiers. Ich fürchte, sie spricht nur Englisch."

Titanias Blick wanderte über Frederica, ihr Kopf war zur Seite geneigt, während sie nachdenklich mit den Fingerspitzen gegen ihren Mundwinkel klopfte. Auf Englisch verkündete sie: "Dein Name passt nicht zu dir. Wir werden dich Mädesüß nennen, wegen deines weiß-goldenen Haars - nein, du sollst Marigold Mädesüß heißen, denn wie die Ringelblume bist du gleichermaßen stark wie zart und zerbrechlich."

Frederica neigte den Kopf. "Es ist mir eine Ehre, Marigold Mädesüß getauft zu werden. Ihr habt einen trefflichen Namen für mich gewählt. Es passt in der Tat viel besser zu mir", sagte sie und entledigte sich damit munter eines der stolzesten Nachnamen ganz Englands.

Titania klatschte in die Hände. "Bringt Wein und Feenkuchen für unsere Gäste. Libbet, was bringt dich zurück nach Faerie?"

"Bluebird hatte mir einen Talisman geschenkt, damit ich die Feenringe benutzen konnte. Ich hatte Angst vor einem Mann, also bin ich hierher geflohen, und Lady Aislinn hat mich zu Euch gebracht." Elizabeths Kopfhaut kribbelte, als die Elfen ihre Haarnadeln herauszogen und ihr Haar mit den Fingern auflockerten. Auch dieses Gefühl, wie eine lebendige Puppe behandelt zu werden, war ihr bekannt.

"Welcher Mann hat es gewagt, meiner Libbet Angst zu machen?"

"Er war ein mächtiger Magier, Lady. Er hatte entdeckt, dass ich Magie angewandt hatte. In der Welt der Sterblichen ist es Frauen verboten, Magie einzusetzen."

Titania wich ein Stück zurück. "Immer noch?", fragte sie fassungslos. "Wie barbarisch. Nur gut, dass du jetzt hier bist."

Dachte die Feenkönigin, sie würde für immer dortbleiben? Vielleicht war es besser, das nicht anzusprechen.

Eine Elfe drückte Elizabeth eine zarte Sektflöte mit prickelndem Wein in die Hand. Der blumige Duft war schmerzlich vertraut und er schmeckte nach Apfel- und Holunderblüten im Mondschein. Als der erste Schluck ihren Hals hinunterglitt, erinnerte sich Elizabeth.

Sie erinnerte sich daran, wie sie genauso neben Titania gesessen hatte, hübsch gemacht und verhätschelt worden war, bis etwas anderes die Aufmerksamkeit der Königin auf sich zog, und sie zu Bluebird geschickt wurde, um mit ihr zu spielen, bis es der Königin wieder beliebte, sich ihr zuzuwenden. Sie erinnerte sich daran, viel Zeit in Faerie verbracht zu haben und es mehr geliebt zu haben als Longbourn - und sie erinnerte sich an den Tag, an dem Oberon sie weggebracht hatte. Sie hatte ihm vertraut, und er war in ihre Gedanken eingedrungen, hatte ihre Erinnerungen in Nebel gehüllt und ihr gesagt, sie solle nicht mehr zurückkehren. Aber warum hatte er das getan? Warum war sie überhaupt in Faerie gewesen? Die Antworten blieben aus, während die Elfen ihr Haar über ihren Schultern ausbreiteten und Blumensträng hineinflochten.

"Marigold Mädesüß muss ebenfalls fertiggemacht werden", befahl die Königin. "Wir tanzen heute Abend mit Mylord, dem König."

Heute Abend? Sie wurden heute Abend wieder in Rosings erwartet. Und was auch immer Lady Aislinn sich von ihrem Gespräch mit Titania erhofft hatte, es war noch nicht geschehen.

ELIZABETH FLÜSTERTE Frederica zu: "Selbst deine Mutter würde dich nicht wiedererkennen. Ich hätte es ganz sicher nicht."

Frederica flatterte mit den bunten, durchscheinenden Seidenbahnen, die die Elfen irgendwie an ihrem Kleid befestigt hatten, passend zu den Blumen und Bändern, die sich durch ihr offenes Haar wanden. "Stimmt, aber sie würde es gutheißen und sagen, dass es nur recht ist, sich so zu kleiden, dass sich meine Gastgeber damit wohlfühlen, wenngleich sie das hier möglicherweise nicht im Sinn hatte, als sie das sagte! Und mein Vater - es wäre ihm einerlei, was ich trage, wenn sich ihm nur diese Gelegenheit böte. Er wird grün vor Neid sein, wenn er das hört."

Was würde Elizabeths eigene Mutter denken, wenn sie ihre Tochter in Faerie sehen könnte? Würde es ihre eigenen Erinnerungen zurückbringen oder würde sie einfach ohnmächtig werden, wie es Anne de Bourgh bei der Erwähnung von Magie ging?

Eine Fanfare von Jagdhörnern ließ die Feen verstummen. Titania schwebte hoheitsvoll in die Mitte der Lichtung. Elizabeth und Frederica schlossen sich den Elfen und Dryaden hinter der Königin an. Niemand schien die Anwesenheit von zwei sterblichen Frauen in ihrem Gefolge seltsam zu finden.

Auf der anderen Seite der Lichtung kam ein großer Sidhe - selbst für einen Sidhe war er groß - in Schwarz und Silber gekleidet herein. Oberon. Sogar jetzt lief Elizabeth in seiner Anwesenheit ein Schauer der Angst die Wirbelsäule herab. Warum hatte er ihr Vertrauen missbraucht?

Hinter ihm folgte eine Gruppe von Gefolgsleuten, hauptsächlich Elfen, aber auch ein paar Sidhe und ein sterblicher Mann in einem roten Rock. War das eine Uniform? Ja, sogar die eines Soldaten König Georges!

Lady Aislinn streifte sie. "Derjenige direkt hinter dem König links, der junge Mann, ganz in Schwarz gekleidet, ist Oberons Sohn, von dem wir gesprochen hatten."

Er sah jung aus, aber es war schwer zu sagen, da keiner der Sidhe über einen bestimmten Punkt hinaus zu altern schien. Seine Ähnlichkeit mit seinem Vater war eindrucksvoll und zudem erinnerte er sie noch an jemand anderen, aber sie konnte sich an keinen anderen Sidhe mit diesem Blick erinnern. Er verzog den Mund - bedeutete das, dass er diese Versammlung verachtete, oder sah er einfach immer so aus? Sie würde ihm nicht mehr vertrauen als seinem Vater.

Titania breitete die Arme aus. "Kommt, der Mond geht auf. Lasst uns tanzen!"

Alle nahmen sich bei den Händen und bildeten kleine Kreise. Elizabeth versuchte, zurückzutreten, aber Lady Aislinn ergriff ihre Hand. "Du musst tanzen, sonst beleidigst du unseren König und unsere Königin."

"Aber ich kenne den Tanz nicht." Aber sie hatte auch gedacht, die Feenkönigin nicht zu kennen.

"Das wirst du währenddessen schon lernen. Komm."

Elizabeth warf Frederica einen amüsiert-verzweifelten Blick zu, die ihre andere Hand ergriff. "Also schön. Wenn ich mich lächerlich mache, gibt es hier zumindest niemanden, der mich kennt."

Und das musste natürlich genau der Moment sein, in dem sie ein bekanntes Gesicht entdeckte.

Nein. Das konnte nicht sein. George Wickham stand ihr gegenüber im Kreis, samt seiner roten Uniform. Was hatte er in Faerie zu suchen? Rasch schaute sie weg. Vielleicht würde er sie nicht erkennen. Mit ihren offenen und von Blumen durchwirkten Haaren sah sie nicht aus wie Miss Elizabeth Bennet von Longbourn.

Die Musiker spielten eine Melodie mit Geigen, Flöten, Trommeln und einem Instrument, das sie nicht kannte. Elizabeth versuchte, auf Lady Aislinns Schritte zu achten, und die Choreografie des Tanzes wurde ihr schnell klar - ein Schritt zur Seite, hüpfen, den linken Fuß hinter den rechten setzen, zwei Schritte gehen, hüpfen. Das konnte sie schaffen, auch wenn ihr die Anmut der Elfen und Dryaden fehlte.

Aber würde das mit George Wickham ebenso leicht werden?

Wie war es möglich, dass er hier war? Wickham hatte ihr erzählt, dass er als Magier ausgebildet worden war, aber nichts über seine Verbindungen zu den Fay. Sie wusste jetzt die Wahrheit über Wickham und dass er gerne log und täuschte, aber er würde sich dessen nicht bewusst sein. Er würde sie immer noch für eine Freundin halten. Dies war nicht der richtige Zeitpunkt, um ihn mit seinen Lügen zu konfrontieren.

Die Musik wurde schneller und die Tänzer ebenfalls. Sie bewegten sich schneller und schneller, bis sie all ihre Konzentration aufbringen musste, um nicht über ihre eigenen Füße zu stolpern. Erleichterung durchflutete sie, als die Musik schließlich mit einem Paukenschlag endete.

Elizabeth schnappte nach Luft und beugte sich zu Lady Frederica. "Ich habe ein Problem."

"Was ist los?"

Aber es war schon zu spät. Wickhams aalglatte Stimme - wie hatte sie sie jemals für angenehm halten können? - sagte: "Miss Elizabeth, das ist ein höchst unerwartetes Vergnügen. Sie hatten Geheimnisse vor mir."

Langsam drehte sie sich zu ihm um. "Ich könnte dasselbe von Ihnen sagen, Sir." Sie lächelte, damit es wirkte, als tändele sie mit ihm.

"Wenn ich daran denke, wie oft ich vor Ihnen von den Feen gesprochen habe und Sie haben niemals besonderes Interesse gezeigt! Ich bin beeindruckt."

Typisch Wickham, von einer Lüge durch Unterlassen beeindruckt zu sein. "Wie kommt es, dass Sie in Faerie sind, Mr. Wickham?"

Sein Lächeln sollte bescheiden wirken. "Ich bin ein Halbblut, halb Fay, halb Sterblicher, wie Sie sicherlich bereits vermutet haben, und Prinz Aelfric ist mein Lehensherr. Aber das wissen Sie ja bereits. Mein Prinz hat sich ebenso wenig in die Karten schauen lassen."

Was um alles in der Welt meinte er damit? "Der Lehnsmann des Prinzen und Sie tragen die Uniform der Miliz von König George?"

Sein Lächeln zeigte seine perfekten, ebenmäßigen Zähne. "Der Prinz hat mir in bestimmten Angelegenheiten, die jemanden betreffen, den wir beide nicht mögen, sehr geholfen. Ich bin auf seinen Befehl hin der Miliz beigetreten. Die Damen von Faerie lieben einen roten Rock ebenso sehr wie alle sterblichen Engländerinnen."

"Ich dachte, Sie hatten nach einem zufälligen Treffen mit Mr. Denny entschieden, sich der Miliz anzuschließen."

"Nur für ihn war es Zufall, ich hatte es beabsichtigt. Das bot mir einen guten Vorwand, mich in Meryton aufzuhalten, um Ihre Familie kennenzulernen."

Überrascht sagte sie: "Meine Familie? Warum sollten Sie sich für uns interessieren?"

Eine seiner Augenbrauen hob sich. "Nicht ich, sondern mein Prinz. Und sein Interesse ist offensichtlich."

"Mir nicht." In ihrem Mund breitete sich ein saurer Geschmack aus. Was er ihr gerade alles offenbart hatte! Er hatte sie nicht nur angelogen, sondern sie auch benutzt, um ihre Familie kennenzulernen. Wie konnte sie überhaupt vorgeben, mit ihm zu flirten?

"Ist dem so? Das kann ich mir nur schwer vorstellen."

"Ich versichere Ihnen, es ist die Wahrheit."

Sein Gesichtsausdruck wirkte nun verwirrt. "Sie wissen es wirklich nicht, nicht wahr?"

Sie hatte sich so auf seine Worte konzentriert, dass sie überhaupt nicht mitbekommen hatte, wie der Prinz auf sie zukam, bis Lady Frederica ihren Arm berührte.

"Wickham, stell mich deiner Freundin vor." Die glockenartige Stimme des Prinzen war tief und rauchig.

Wickham zögerte. "Mylord, ich bin nicht ganz sicher, ob das unter diesen Umständen eine kluge Idee ist."

Die Augen des Prinzen verengten sich. "Ich habe dir gesagt, du sollst mich der Sterblichen vorstellen."

"Nun gut", sagte Wickham mit einem raschen, aber unbehaglichen Lachen. "Mylord, gestattet mir, Euch Miss Elizabeth Bennet von Longbourn vorzustellen. Miss Elizabeth, ich befinde mich in der höchst ungewöhnlichen Lage, Sie Ihrem eigenen Bruder, Prinz Aelfric, vorzustellen."

Das war zu viel. Elizabeth hatte genug von Wickhams Tricks und Spielchen. "Ich weiß nicht, was Sie damit bezwecken wollen", sagte sie frostig, "aber ich habe weder einen Bruder, noch habe ich irgendeine Verbindung zu einem Prinzen von Faerie."

Wickhams Miene wirkte seltsam unbehaglich. "Das erste Kind Ihrer Mutter war ein Junge."

"Ja, und er starb am Tag seiner Geburt. Sie und ich haben bereits darüber gesprochen. Ich habe Ihnen sogar sein Grab am unteren Ende des Obstgartens gezeigt."

Der Prinz sagte hochmütig: " wer dort begraben liegt weiß ich nicht. Ich wurde in einem Feenring ausgesetzt, und ich wäre gestorben, hätte mich nicht zufällig eine Dryade gefunden, die des Weges kam."

Diese Geschichte musste eine seltsame Form eines Feenstreichs sein. "Ich weiß nicht, was Sie sich davon versprechen, Mylord. Wenn ich auf den offenkundigen Fakt hinweisen dürfte, dass meine Eltern Sterbliche sind und Sie, Sir, sind es nicht."

"Deine Mutter, die auch die meine ist, ist größtenteils sterblich. Mein Vater ist König Oberon." Seine Stimme war eiskalt.

Elizabeth funkelte ihn an. "Meine Eltern waren verheiratet, als mein Bruder geboren wurde."

Das lange Gesicht des Prinzen nahm einen Ausdruck der Verwirrung an. "Wieso spielt das eine Rolle?"

Wickham mischte sich rasch ein: "Mylord, nach den Gesetzen und Gepflogenheiten Englands gilt der Ehemann einer Frau als Vater aller ihrer Kinder, auch wenn er ihr seit mehr als einem Jahr nicht mehr beigewohnt hat. Nach dem Verständnis der Feen ist der Vater derjenige..."

"Der Vater ist derjenige, der der Mutter das Kind gemacht hat", sagte der Prinz ohne einen Anflug von Verlegenheit. "Wie könnte es anders sein?"

"Also schön, ich verstehe, was Sie mir sagen möchten, aber ich bin immer noch der Meinung, dass Sie mich zum Narren halten möchten." Elizabeth schaffte es kaum, höflich zu bleiben.

Der Prinz sah hochmütig auf sie herab. "Ich sage dir, dass es die Wahrheit ist, und Sidhe lügen nicht."

Mit einem kriecherischen Lächeln sagte Wickham: "Miss Elizabeth, Sie und ich sind beide an Sterbliche gewöhnt, die sich die Wahrheit zurechtbiegen wie es ihnen gerade passt, manchmal aus keinem besseren Grund als zu ihrer eigenen Belustigung. Die Sidhe können boshaft und gerissen sein, aber niemals Lügner."

Es stimmte, zumindest bestätigten ihr das ihre wenig vertrauenswürdigen Erinnerungen. Die Sidhe sagten stets die Wahrheit. Elizabeth rieb sich die Arme. Sie musste sich beruhigen. "Ich kann nicht wissen, ob ihr seid, wer ihr zu sein vorgebt. Natürlich glaubt Ihr es, ebenso wie Mr. Wickham, aber ich erinnere mich, wie meine Mutter am Grab meines Bruders weinte. Sie schlich sich nachts aus dem Haus und wurde dort morgens zitternd in ihrem vom Tau feuchten Nachthemd aufgefunden. So verhält sich keine Frau, die ihr Kind verlassen hat."

Der Prinz starrte sie schweigend an.

Frederica sagte langsam: "Ist es möglich, dass deine Mutter wirklich glaubte, ihr Sohn sei gestorben und in diesem Grab beigesetzt worden?"

Prinz Aelfrics Miene wurde verschlossen. "Du glaubst, jemand anderes hat mich in den Ring gelegt und meine Mutter angelogen? Ihr Mann vielleicht?"

"Möglich wäre es, Mylord", sagte Frederica.

"Und wer bist du?"

Frederica senkte das Kinn und sah durch ihre Wimpern zu ihm auf. "Man gab mir den Namen Marigold Mädesüß."

"Marigold Mädesüß, Wickham, lasst uns allein", befahl der Prinz.

Frederica knickste, sowohl in Elizabeths Richtung als auch vor dem Prinzen. "Libbet, wenn du mich brauchst, brauchst du nur zu rufen." Dann ging sie, begleitet von Wickham, und ließ Elizabeth mit dem finster dreinschauenden Prinzen allein, der Menschen hasste und möglicherweise ihr Bruder war.

So hatten sie sich diesen Besuch nicht vorgestellt. Sie sollte wieder sicher zurück im Wittumshaus von Rosings sein, nachdem sie ein kurzes Gespräch mit Titania geführt hatte. Wie konnte alles so sehr außer Kontrolle geraten?

"Warum nennt sie dich Libbet?", verlangte er zu wissen.

"So hat mich Titania immer genannt." Es konnte nicht schaden, ihn daran zu erinnern, dass sie unter dem Schutz der Königin stand.

"Titania liebt ihre menschliche Gefolgschaft." Er sagte es mit der Verachtung eines Feenprinzen für einen bloßen Sterblichen. "Erzähl mir von deiner Mutter." Nicht von seiner Mutter, nicht von unserer Mutter, sondern von ihrer Mutter.

"Meine Mutter ist ...", sollte sie ihm sagen, dass ihre Mutter eine dumme, ungebildete Frau vom Land war, oder würde sie das überhaupt über die Lippen bringen? "Ich kann Euch nicht wahrheitsgemäß etwas über sie erzählen, außer über ihr Aussehen und dass sie Himbeeren mag, Johannisbeeren allerdings nicht, aber ich denke nicht, dass Ihr das wissen wolltet. Ich habe kürzlich erfahren, dass alles, was ich über sie zu wissen glaubte, falsch sein könnte, und sie jetzt nicht mehr die Frau ist, die sie vor Eurer Geburt war."

"Das klingt verdächtig nach einer Ausrede. Ich mag keine Ausreden, Libbet."

Ihre Muskeln spannten sich an, sowohl, weil sein Ton so bedrohlich klang, als auch, weil er ihren Namen benutzt hatte, ohne sich um Formalitäten wie Miss oder ihren Nachnamen zu scheren. Ihren Fay-Namen zu verwenden barg dieses Risiko, da die Feen sich keine Gedanken um Regeln dieser Art machten. "Ich werde Eure Fragen beantworten, aber bitte gebt mir einen Moment Zeit, um meine Gedanken zu sammeln. Das alles hat mich sehr erschüttert." Was noch untertrieben war. Wie konnte das wahr sein?

"Na schön, einen Moment", sagte er widerwillig.

Irgendetwas an seinem Tonfall erinnerte sie an Mr. Darcy. Nicht an den Mann, den sie kürzlich kennengelernt hatte, sondern an den stolzen Gentleman, den sie zum ersten Mal in Meryton getroffen hatte. Warum bereitete ihr dieser Vergleich so viel Vergnügen, wenn alles andere ihr wie ein Albtraum vorkam?

"Also schön", sagte sie langsam. "Ich habe kürzlich von meinem Onkel - dem Bruder meiner Mutter - erfahren, dass sie einmal klug und schlagfertig war und alles liebte, was mit den Fay zu tun hatte - ganz anders als die Frau, die sie jetzt ist. Sie hat sich nach dem Tod ihres Sohnes abrupt verändert, womit ich meine, was sie für seinen Tod hielt, wenn das überhaupt der Fall ist-"

"Ich verstehe, was du meinst", sagte der Prinz kalt.

"Als mein Onkel sie das nächste Mal sah, war sie anders - dümmlich, nervös und nicht im Geringsten interessiert an Magie und den Fay."

Seine Lippen verzogen sich. "Ist das bei sterblichen Frauen üblich, wenn sie ein Kind geboren haben?"

"Nein, natürlich nicht. Aber es ist charakteristisch für eine Frau, die von einem Magier mit einem Bann belegt wurde, um ihre Magie zu binden, damit sie sie nicht nutzen kann." Gab es bei den Fay überhaupt Bindebanne?

"Das denkst du ist passiert? Welcher Magier würde es wagen, einen solchen Bann anzuwenden?"

"Ich weiß es nicht genau, und ich stütze mich nur darauf, was meine Onkel mir gesagt-"

"Die Wahrheit, Libbet", schnauzte er.

Er hatte recht. Sie hatte nicht ihre eigene Wahrheit ausgesprochen. "Ich glaube, dass es so geschehen ist, und dass mein Vater sie verzaubert hat", sagte sie eilig. "Ich habe versucht zu verstehen, warum er sie mit einem Bann belegen würde, aber jetzt frage ich mich, ob es vielleicht etwas mit ... dir zu tun hat." Sie wollte nicht zugeben, dass dieser unangenehme, hochmütige Sidhe ihr Bruder sein könnte, aber die Puzzleteile fügten sich perfekt ineinander. Wenn ihre Mutter ein Fay-Kind zur Welt gebracht hätte, hätte ihr Vater Grund, die Fay zu hassen und ihre Mutter mit allen Mitteln von ihnen fernzuhalten.

Lady Aislinn stellte sich zwischen sie. "Libbet, Titania möchte, dass du tanzt."

Der Prinz packte Elizabeths Handgelenk mit eisernem Griff. "Ich bin noch nicht fertig mit ihr." Es war eine Warnung.

"Mylord, sie gehört der Königin, nicht Euch."

Gehört? Elizabeth gehörte niemandem, aber sie hielt es nicht für klug, jetzt darauf hinzuweisen. "Mylord, vielleicht könnten wir uns nach dem Tanzen weiter unterhalten-"

"Nein. Wir werden jetzt miteinander sprechen."

Lady Aislinn ergriff Elizabeths anderes Handgelenk, als wäre sie ein Seil beim Tauziehen. "Mylord, Ihr habt kein Recht-"

"Ich fordere Blutrecht ein."

Lady Aislinn erstarrte bestürzt, aber ihre Stimme blieb freundlich. "Mylord, das könnt ihr nicht. Sie ist eine Fremde unter uns und kennt unsere Gepflogenheiten nicht. Ihr habt sie eben erst kennengelernt."

Er warf ihr einen angewiderten Blick zu. "Nicht diese Art von Blutrecht. Sie ist verwandt mit mir. Wir haben dieselbe Mutter."

"Tatsächlich?" Diesmal konnte Lady Aislinn ihr Erstaunen nicht überspielen, als sie Elizabeth anstarrte.

Elizabeth leckte sich die trockenen Lippen. "Ich ... ich wusste es nicht, aber es scheint wahr zu sein, wenn das, was der Prinz mir gesagt hat, richtig ist ..." Sie sah Lady Aislinn flehend an.

Behutsam entfernte Lady Aislinn ihre Finger von Elizabeths Handgelenk. "Dann beuge ich mich Eurem Blutrecht, Mylord, aber ich rate euch dringlichst, euch die Königin nicht zu Feind zu machen. Dieses Mädchen bedeutet ihr viel - ebenso wie seine Mutter zuvor, wenn ich recht verstehe." Sie drehte sich um und ging weg.

"Deine Mutter gehörte zu Titanias menschlicher Gefolgschaft?", forderte der Prinz.

"Das höre ich zum ersten Mal, aber wie ich bereits zuvor sagte, kenne ich meine Mutter wohl nicht, obwohl ich zwanzig Jahre mit ihr zusammengelebt habe. Unsere Mutter." Mit etwas Glück würde der Prinz nicht wissen, wie kurz sie vor einem hysterischen Lachanfall stand - oder auch einem Tobsuchtsanfall.

"Aber warum sollte dein Vater deine Mutter dafür bestrafen, dass sie mich geboren hat? Die Geburt eines Sidhe sollte ein Grund zur Freude sein."

War das sein Ernst? Sie zwang sich, langsam und gleichmäßig zu sprechen und sagte: "Weil es bedeutete, dass seine frisch verheiratete, junge Frau ihm untreu gewesen ist."

Eine Linie erschien zwischen seinen Brauen. "Wie war sie ihm untreu?" Dann entspannte sich sein Gesicht wieder und er lachte. "Oh ja, ich hatte den törichten sterblichen Brauch vergessen, dass Männer und Frauen sich auf einen Liebhaber beschränken sollten."

Das war mehr als genug. "Ihr mögt es töricht nennen, aber dieser Brauch verhindert, dass junge Leute unerwarteterweise auf unbekannte Brüder und Schwestern stoßen und feststellen, dass sie nichts über ihre Eltern gewusst haben!"

"Doch führt derselbe Brauch offensichtlich dazu, dass Männer hilflose Neugeborene wie Unrat entsorgen."

Sie zitterte jetzt vor Wut und sagte: "Und was hätte er tun sollen? Euch großziehen als wärt ihr ein Sterblicher obwohl es für alle offensichtlich gewesen wäre, dass Ihr das nicht seid? Er hat zumindest versucht, Euch zu Euren eigenen Leuten zurückzubringen."

"Er hätte deiner Mutter die Wahrheit sagen und dafür sorgen können, dass sie mich sicher hierherbringt!"

"Ja, in dieser Hinsicht hat er Euch Unrecht getan. Aber gibt Euch das das Recht, allen Sterblichen den Krieg zu erklären, nur, weil ein einziger Mann Euch Unrecht getan hat?"

"Das ist nicht der Grund. Sterbliche sind nicht...", er hielt inne, zweifellos, weil er beschlossen hatte, dass er Sterbliche nicht vor seiner sterblichen Schwester beleidigen sollte.

"Nun, für *diese* Sterbliche ist dieses Gespräch beendet. Es ist mir einerlei, welches Recht Ihr meint durch unser gemeinsames Blut an mir zu haben. Kein sterblicher Gentleman würde sich jemals einer Dame gegenüber dermaßen unhöflich verhalten!" Sie eilte an ihm vorbei auf die Lichtung.

Wo war Frederica? Das Licht des Mondes schien hell, aber es warf viele Schatten, und die unterschiedlichen Silhouetten der verschiedenen Feengattungen machten es unmöglich, eine Sterbliche in der Masse der wirbelnden Tänzer auszumachen.

Es war Frederica, die sie fand. "Was ist passiert, Lizzy? Hat er etwas gesagt? Ich habe gesehen, wie du praktisch vor ihm davongelaufen bist."

Elizabeth sagte ausdruckslos: "Ich möchte nach Hause gehen." Es verlangte ihr alles ab, nicht in Tränen auszubrechen.

"Nach Hause ins Wittumshaus oder zum Haus deiner Eltern?", fragte die wie immer praktisch denkende Frederica.

"Ich weiß es nicht." Ein halbes Schluchzen entwischte ihr. "Ich möchte mich bei Mr. Darcy entschuldigen." Wo kam das jetzt her?

"Darcy? Was hat er damit zu tun?"

"Nichts. Gar nichts." Elizabeth schluckte einen Schluchzer herunter.

"Ich denke, wir sollten am besten nach Lady Aislinn suchen." Sie nahm Elizabeths Arm und lenkte sie an den Tänzern vorbei.

Aber Lady Aislinn schüttelte den Kopf, als sie sie fanden. "Hätte ich gewusst, dass du die Schwester von Prinz Aelfric bist, hätte ich dich niemals hierhergebracht, noch hätte Cathael dem zugestimmt. Der Prinz ist nicht unser Freund. Das, und dass Titania bereits zuvor Anspruch auf dich erhoben hatte, macht die Sache zu undurchsichtig für mich." Sie klang unzufrieden.

"Aber ich wusste nicht, dass er mein Bruder ist", sagte Elizabeth verzweifelt, "ich will gar nicht, dass er mein Bruder ist. Ich hoffe, ihn nie wiederzusehen. Ich bitte Euch, könnt Ihr mich nicht einfach nach Hause schicken?"

Lady Aislinns Gesichtsausdruck wurde weicher. "Es tut mir leid, Kind. Ich beneide dich nicht um deine Lage. Wir sind beide Schachfiguren in diesem Spiel. Ich kann nichts für dich tun, außer dir zu helfen, Titania von deinem Bruder zu erzählen, und dann ist es am besten, wenn du nicht weiter an mich denkst."

Ließ Lady Aislinn sie tatsächlich in Faerie allein?

Frederica runzelte die Stirn. "Wird die Königin uns zurückschicken, wenn wir sie darum bitten?"

"Selbstverständlich. Wir halten Sterbliche nicht gegen ihren Willen hier. Kommt, der Tanz endet."

Sie führte sie zu Titania. "Meine Königin, Prinz Aelfric behauptet, Eure Libbet sei seine Schwester."

Titania zeigte keine Anzeichen von Überraschung. "Wusstest du das nicht, Libbet? Hat deine Mutter dir nicht von ihm erzählt?"

"Meine Mutter...", Tränen brannten in Elizabeths Augenwinkeln, "meine Mutter steht unter einem Bann." Sie konnte sich nicht länger zurückhalten. Umgeben von Dutzenden von Feen brach sie in Tränen aus.

"Mein armes liebes Kind!", rief Titania und nahm Elizabeth in den Arm. "Wir werden zu meiner Laube zurückkehren. Dort kann dich niemand verletzen. Du musst mir alles erzählen."

Elizabeths Kopf mochte sich nicht gut an Titania erinnern, aber ihr Körper wusste noch, wie es sich anfühlte, von der Feenkönigin gehalten zu werden. Und so erzählte sie ihr alles, angefangen von der Entfernung des Elfenpfeils aus Lady Catherines Arm über Mr. Gardiners Enthüllungen bis zu ihrer Begegnung mit Prinz Aelfric, wobei sie nur die Teile über Lord Cathael wegließ.

Titania machte beruhigende Geräusche und wies eine Dryade an, süße Harfenmusik zu spielen. "Jetzt musst du dich schlafen legen, mein liebes Kind. Ich habe hier einen besonderen Platz für dich mit dem weichsten Moos, und du wirst nur süße Träume haben."

"Aber ich muss nach Rosings zurückkehren." Das war das Einzige, was sie noch sicher wusste.

"Es wird dir nicht schaden, eine Nacht in Faerie zu verbringen, Kind. Jetzt leg dich hier hin und meine Dryaden werden dir ein Schlaflied singen."

Als ob ein Schlaflied ihre Probleme lösen könnte! "Ich danke Euch, aber ich kann jetzt unmöglich einschlafen."

Ein amüsiertes Lächeln huschte über Titanias makellose Gesichtszüge. "Manches ist in Faerie einfacher." Eine anmutige Handbewegung von ihr genügte und Elizabeth schlief.

Kapitel 7

"Wo stecken sie?", platzte es aus Richard heraus. "Sie hätten schon vor Stunden zurückkehren sollen."

Eversleigh sah von seinem Buch auf. "Es gibt keinen Grund zu der Annahme, dass sie zu Schaden gekommen sind. Vermutlich hat sie etwas aufgehalten, und sie werden die Nacht in Faerie verbringen."

"Freddie beschließt nicht einfach so, über Nacht wegzubleiben. Sie muss wissen, dass wir uns Sorgen machen würden. Irgendetwas stimmt da nicht." Richard warf sich auf einen Stuhl, der bedrohlich knarzte.

"Das denke ich auch", sagte Darcy und bemühte sich, seine Stimme ruhig klingen zu lassen. "Ich mache mir Sorgen um sie. An wen könnten sie sich wenden, wenn ein Problem auftritt?" Sie wären vollkommen hilflos, und er konnte nichts dagegen tun.

Eversleigh schloss sein Buch und legte es beiseite. "Lady Aislinn ist zuverlässig und sie sind bei ihr. Sie würde sie beschützen, allein schon, weil sie weiß, dass ich auch involviert bin, und sie möchte, dass ich nicht offenbare, welche Rolle sie in dem Ganzen gespielt hat. Es gibt wirklich nichts, worüber man sich Sorgen machen müsste."

Darcy machte ein finsteres Gesicht. "Nachdem ich einen Tag und eine Nacht in einer Glamourfalle verbracht habe, die dazu geschaffen wurde, mich umzubringen, bezweifle ich, dass Faerie ein gastfreundlicher Ort ist." Das letzte Mal, als Elizabeth nicht aus Faerie zurückgekehrt war, wäre sie gestorben, wenn er ihr nicht nachgereist wäre.

Richard nickte. "Ich hätte niemals zustimmen sollen, Freddie ohne jemanden gehen zu lassen, der sie beschützt."

"Und wie genau denkst du, hättest du sie aufhalten können? Du hättest sie fesseln müssen." Darcy war nicht in der Stimmung, sich anzuhören, wie Richard sich selbst die Schuld gab.

"Ich glaube immer noch, dass sie vollkommen sicher sind, aber wenn sie morgen Früh nicht zurückkehren, werde ich selbst nach Faerie gehen, und mich nach ihnen umsehen. Nur, damit ihr ruhig schlafen könnt, möchte ich hinzufügen", sagte Eversleigh.

"Ich würde dich gerne begleiten, wenn ich darf." Darcy konnte es nicht ertragen, noch länger herumzusitzen und zu warten, selbst wenn es bedeutete, nach Faerie zurückzukehren. Der letzte Ausflug dorthin war Alptraum genug gewesen.

"Eine gute Idee", sagte Eversleigh. "Vielleicht lernst du Faerie bei dieser Gelegenheit von einer anderen Seite kennen als beim letzten Mal."

EINE HAND RÜTTELTE Elizabeth an der Schulter und weckte sie aus einem tiefen Schlaf. "Libbet, Liebes, wach auf!"

Elizabeth rieb sich die Augen. Was machte Bluebird hier? Die Erinnerung an den letzten Tag stürzte über sie herein. Titanias Laube, dort war sie. Elfen schlichen an dem Wall vorbei, auf dem Titania noch schlief. "Was ist los?"

"Prinz Aelfric möchte sofort mit dir sprechen", sagte Bluebird. "Er wartet außerhalb der Laube."

Elizabeth stemmte sich auf ihre Ellbogen. Wer hätte gedacht, dass Moos ein so bequemes Bett abgab? "Vielleicht möchte ich nicht mit ihm sprechen." Grässlicher Mann. Oder eher grässlicher Fay.

Bluebird zögerte. "Ich würde davon abraten, einen Konflikt wegen einer Kleinigkeit zu beginnen. Wenn er sein Blutrecht geltend machen würde, würde Titania in einen unglückseligen Konflikt mit Oberon geraten."

"Und ich nehme an, der Prinz ist Oberon wichtiger als ich für Titania." Elizabeth verzog das Gesicht. "Also gut, ich werde mit ihm sprechen." Sie stand auf und ging auf wackligen Füßen über das federnde Moos. Sie musste einen schrecklichen Anblick bieten, nachdem sie in ihrem Kleid geschlafen hatte, aber sie hatte nicht die Absicht, die spärlichen, durchsichtigen Roben der Fay zu tragen. Der Versuch, ihren faltigen Rock glattzustreichen, blieb erfolglos.

"Ich kann das für dich machen." Bluebird fuhr mit der Hand über den Rock, und wo immer sie ihn berührte, verschwanden die Falten.

Während die Dryade ihr magisches Bügeln des Kleides fortsetzte, sagte Elizabeth: "Ach, Bluebird, es ist so schön, dich wiederzusehen. Ich habe dich vermisst. Ich hoffe, wir müssen nie wieder so lange getrennt sein."

"Wahrhaftig!", sagte Bluebird mit einem warmen Lächeln. "Es ist schon viel zu lang her."

Ein Gedanke kam Elizabeth in den Sinn. "Warum hast du Pepper zu mir gebracht?"

Bluebird schien von diesem raschen Themenwechsel nicht überrascht zu sein, aber sie war ja die Sidhe gewöhnt, die ständig von einem Thema zum anderen sprangen. "Sie wollte Faerie verlassen und Titania hat sie gebeten, sich um dich zu kümmern."

Titania steckte dahinter? "Warum wollte sie Faerie verlassen?"

"Hier glaubt man, dass weiße Phoukas Unglück bringen. Weibliche Phoukas sind selten und sollen noch mehr Unglück bringen, weil sie keine menschliche Form annehmen können. Eine weibliche weiße Phouka hat hier kein leichtes Leben. Weit weg von den anderen Feen ist sie viel glücklicher." Bluebird begann, den Rücken von Elizabeths Kleid zu bearbeiten.

Arme Pepper. "Wenn weibliche Phoukas selten sind, wie werden dann neue Phoukas geboren?"

Bluebird lachte, als sie ihre Aufmerksamkeit auf Elizabeths Haare richtete. "Eiche und Asche, Kind! Phoukas pflanzen sich nicht fort. Wenn ein Brownie und ein Gnom Kinder haben, kommen manchmal Brownies, manchmal Gnome und zuweilen auch Phoukas dabei heraus. Erinnerst du dich nicht mehr?"

"Diese Dinge sind in der Welt der Sterblichen, in der alle Kreaturen wie ihre Eltern aussehen, wesentlich unkomplizierter. Als ich als Kind hier war, habe ich gar nicht daran gedacht, so etwas infrage zu stellen."

"Oberon hätte dich niemals wegschicken dürfen. Die arme Königin hat ihre Libbet so sehr vermisst, und sie konnte dich nicht besuchen kommen, so wie ich." Bluebird trat zurück und bewunderte ihr Werk. "Na also. Jetzt siehst du hübsch aus."

Elizabeth seufzte. Dieses eine Mal wäre sie froh gewesen, wenn ihre Vorbereitungen länger gedauert hätten. "Ich denke, ich sollte Prinz Aelfric nicht warten lassen. Wo ist er?"

Bluebird führte sie zum Prinzen, der ein Wams und eine Kniebundhose trug, die perfekt an den Hof von Königin Elizabeths I gepasst hätten. "Guten Morgen, Mylord", sagte sie.

Der Prinz machte sich nicht einmal die Mühe zu nicken. "Du musst mich zu deinem Vater bringen."

"Oh, muss ich das? Gestattet mir, Euch darauf hinzuweisen, wie dieses Gespräch ablaufen sollte, falls Ihr meine Kooperation wünscht. Ihr würdet sagen 'Guten Morgen, Schwester; ich hoffe du hast gut geschlafen.' Nachdem ich geantwortet habe, dass dem so sei, würdet ihr sagen 'Ich verspüre das Bedürfnis, mit deinem Vater zu sprechen, aber ich weiß nicht, wie ich ihn finden kann. Es wäre sehr freundlich von dir, wenn du in Betracht ziehen würdest, mich zu begleiten.'"

Aelfric starrte sie verständnislos an. "Das ist reine Zeitverschwendung. Wie schaffen es Sterbliche, irgendetwas zustande zu bringen, wenn sie all diese lächerlichen Worte benutzen müssen?"

"Dann werde ich Eure Zeit nicht weiter verschwenden. Ich bin mir sicher, Mr. Wickham ist durchaus in der Lage, Euch zu meinem Vater zu führen. Guten Tag, Mylord."

"Warte!" Er verzog das Gesicht und sprach langsam durch zusammengebissene Zähne, als würde ihn jedes Wort schmerzen: "Wärst du so freundlich, mich zu deinem Vater zu bringen?"

Seine Bitte ließ in Bezug auf eine höfliche Anrede noch viel zu wünschen übrig, aber es war ein großes Zugeständnis von seiner Seite gewesen, und irgendwie fühlte sie sich ihm verpflichtet. Natürlich tat sie das - sie erinnerte sich vage daran, dass Fay-Verwandtschaft ein magisches Band der Verpflichtung beinhaltete. Ihr Hals schnürte sich zu. Prinz Aelfric war die letzte Person auf Erden, dem sie gehorchen oder sich verpflichtet fühlen wollte.

Aber vielleicht tat sie es diesmal auch um ihrer selbst willen. Nach gestern Abend gab es auch von ihrer Seite aus ein paar Wörtchen, die sie mit ihrem Vater zu wechseln hatte. Sie hatte gedacht, mehr Zeit zu haben, bevor sie sich ihm stellen musste, aber vielleicht war es am Besten, es hinter sich zu bringen. "Das werde ich, aber ich würde es vorziehen, nicht vom Rest meiner Familie gesehen zu werden."

"Dann mach dich unsichtbar."

Sie seufzte. "Ich bin keine Fay. Meine Fähigkeiten reichen nicht aus, um mich auch während des Laufens unsichtbar zu machen."

Der Prinz rümpfte die Nase. "Dann mach ich dich unsichtbar."

"Ich dan-", sie fing sich gerade noch rechtzeitig, "das wüsste ich zu schätzen. Bluebird, würdest du Lady - Marigold Mädesüß sagen, wohin ich gegangen bin und dass ich bald zurückkehren werde?" Auf ein langes Gespräch mit ihrem Vater hatte sie ganz sicher keine Lust.

"Das werde ich, aber die Königin hat fast die ganze Nacht mit ihr geredet, es könnte also noch dauern, bis sie aufwacht."

Worüber hatte Titania stundenlang mit Frederica gesprochen? Was auch immer es war, Lord Matlock würde jetzt noch neidischer sein.

"Warum lächelst du?", fragte der Prinz misstrauisch.

"Marigolds Vater wird sich darüber ärgern, dass sich ihr diese Gelegenheit geboten hat. Ihn zu ärgern amüsiert mich." Sie wartete auf seine Reaktion, aber es kam keine. Natürlich, die Fay amüsierte es immer, wenn sie Sterblichen einen Streich spielen konnten.

"Wir können diesen Kreis nutzen", sagte er.

"Der führt nach Longbourn?"

"Er führt dorthin, wo ich es will." Er klang gekränkt, dass sie etwas Anderes annehmen konnte.

"Also führen Feenringe niedere Feen nur zu einem bestimmten Ort, aber die Sidhe können damit überall hinreisen?"

"Deine Bildung weist schwere Lücken auf, wenn du das nicht schon wusstest." Er trat in den Ring und wartete auf sie.

"Eure ebenso was Sterbliche anbelangt, wenn Ihr glaubt, sie wüssten, dass sie die Bäume in Feenhainen nicht fällen dürfen. Ihr könntet euch einen Krieg ersparen, wenn ihr es uns erklären würdet." Dem vertrauten Gefühl der Orientierungslosigkeit folgte der noch vertrautere, erdige Duft des Waldes in der Nähe von Longbourn.

"Sie wissen Bescheid. Sie versuchen, uns Schaden zuzufügen."

Sie spürte das Kribbeln der Magie, die sich auf sie legte. Er musste sie unsichtbar gemacht haben. "Das trifft nicht zu. Ihr wisst mehr über die Fay als ich, aber ich weiß mehr über Sterbliche als Ihr."

Er runzelte heftig die Stirn, was sie schon wieder an Mr. Darcy erinnerte, sagte aber nur: "In welche Richtung müssen wir gehen?"

"Hier entlang." Sie deutete vom Ring aus auf den Weg und machte sich auf. Als sich der Weg verbreitete, gelangten sie auf eine Weide, wo sie Seite an Seite gehen konnten und Elizabeth sagte: "Ihr habt gesagt, dass Ihr meinen Vater sehen wollt. Was ist mit meiner Mutter?"

Er schüttelte den Kopf. "Nicht, solange sie unter einem Bann steht. Ich werde warten, bis sie wieder sie selbst ist. Du wirst den Bann entfernen lassen."

Damit traf er einen Nerv und sie sagte: "Ich habe jede Absicht, dies zu tun, wenn auch nicht auf Euren Wunsch. Ich suchte bereits nach einem Weg, wie das bewerkstelligt werden könnte, als ich unterbrochen wurde, weil ich nach Faerie musste, um Titania die Wahrheit über euren dummen Krieg zu sagen. Und dann ist so viel passiert, dass ich nicht einmal die Gelegenheit dazu hatte."

Er vorzog den Mund. "Deine Wahrheit ist, dass Sterbliche nicht über die Haine Bescheid wissen."

"Mehr noch. Wir wissen, dass Menschen krank werden und sterben, und dass die Feen der Grund dafür sind, aber nicht, warum sie Menschen verletzen. Ihr, Mylord, kämpft gegen einen Feind, der kaum weiß, dass Eure Armee da ist, geschweige denn den Grund für Euren Krieg."

Er runzelte die Stirn. "Das zu glauben fällt mir schwer."

"Ihr solltet feststellen können, dass ich nicht lüge."

Er zeigte seine Zähne. "Diese spezielle Fähigkeit funktioniert nur in Faerie."

"Wenn ich es Euch in Faerie noch einmal sage, werdet Ihr mir dann glauben?"

"Ich werde glauben, dass *du* es glaubst. Bist du immer so diskussionsfreudig?"

Sie schenkte ihm ein offensichtlich falsches Lächeln. "Nur mit denjenigen, die es verdienen. Seht, da ist Longbourn, hinter dem Feld. Dort wurdet Ihr geboren."

Er studierte es mit verschlossener Miene.

Wie absurd diese Situation plötzlich schien! Sie war nicht nur magisch in Longbourn angekommen, ohne aus Rosings abgereist zu sein, sondern auch mit einem Mann hier, der eindeutig kein Mensch war, sondern einer von der Sorte, die in der Welt der Sterblichen so gut wie nie gesehen wurde. Ihre eigenen Gefühle, Longbourn zu sehen, waren entschieden gemischt. Das übliche Vergnügen, ihr Zuhause nach einiger Zeit wiederzusehen, vermischte sich mit dem Wissen, dass so viel von ihrem Leben dort auf Unwahrheiten beruhte.

Aber darüber dachte sie besser nicht so viel nach, wenn sie ihrem Vater gegenüberstand. Sie machte sich zügig auf den Weg über das letzte Feld und sah sich nicht um, ob der Prinz ihr folgte.

Am Gartentor blieb sie stehen. "Er wird höchstwahrscheinlich in seiner Bibliothek sein, aber wenn er nicht allein ist, wäre es mir lieber, mich ihm nicht zu zeigen."

"Wie du wünschst." Er klang jetzt weniger selbstsicher.

"Ihr seid euch sicher, dass niemand uns sehen kann?" Oh, sie wollte einfach nur weglaufen! Alles, nur sich nicht ihrem Vater stellen.

"Ja, aber sie können uns hören, also müssen wir still sein."

"Wenn wir den Hintereingang nehmen, ist es weniger wahrscheinlich, dass man uns hört." Sie straffte die Schultern. Das mussten sie jetzt hinter sich bringen.

Glücklicherweise waren keine Dienstboten anwesend, die hätten bemerken können, wie die Tür geöffnet und geschlossen wurde, und dann brauchten sie nur noch auf Zehenspitzen durch das leere Esszimmer zu schleichen, um die Bibliothek zu erreichen. Sie nickte Aelfric zu und deutete auf ihren Körper, und der Mantel der Illusion glitt von ihr herab. Sollte sie an die Tür der Bibliothek klopfen? Nein, das könnte jemand bemerken. Sie öffnete die Tür und trat ein.

Ihr Vater sah auf und sein Gesicht leuchtete vor Vergnügen. "Lizzy! Ich habe dich gar nicht ankommen gehört. Ich bin so froh, dass du zurück bist. Ist Jane auch mitgekommen?"

"Jane ist immer noch in London. Dies ist ein privater Besuch, weil ich mit dir sprechen muss." In der vertrauten Wärme der Bibliothek, der Szenerie so vieler glücklicher Erinnerungen, war es schwierig, ihren

Zorn auf ihren Vater aufrechtzuerhalten. "Oder besser gesagt, habe ich jemanden mitgebracht, der mit dir sprechen möchte."

"Wer ist es denn?" Mr. Bennets Augen weiteten sich, als der Prinz die Illusion fallen ließ, die ihn verborgen hatte.

"Vater, das ist Prinz Aelfric von den Sidhe." Keine besonders höfliche Vorstellung, aber dadurch mied sie das Dilemma, dass ihr Vater sich weigern könnte, ihn anzuerkennen.

Mr. Bennets Mund wurde schmal. "Das Feenvolk ist in meinem Haus nicht willkommen, ganz gleich, welchen Rang sie auch bekleiden mögen. Ich muss Sie bitten zu gehen."

Prinz Aelfric bewegte sich schneller als jeder Sterbliche es vermocht hätte auf ihn zu und klopfte mit seinem langen Zeigefinger auf Mr. Bennets Schreibtisch. "Als du mich das letzte Mal aus diesem Haus geworfen hast, war ich ein Neugeborenes und vollkommen hilf- und schutzlos. Dieses Mal werde ich nicht gehen, bis meine Fragen beantwortet wurden."

"Du!", zischte Mr. Bennet, "dann stell deine Fragen und scher dich fort!"

Der Prinz hob das Kinn. "Wer hat mich im Feenring zurückgelassen?"

Mr. Bennet verschränkte die Arme. "Ich."

"Wusste meine Mutter das?"

Mr. Bennets Augen wanderten zu Elizabeth. "Nein."

"Hast du ihr gesagt, dass ich tot bin?"

Diesmal zögerte er lange. "Ja."

Die Augen des Prinzen verengten sich. "Hast du sie verzaubert, um sie daran zu hindern, nach Faerie zu kommen?"

Elizabeth hielt den Atem an während sie auf seine Antwort wartete. Als er schließlich sprach, klang es, als gäbe sich Mr. Bennet geschlagen. "Ja."

Prinz Aelfrics Augen blitzten. "Das ist alles." Er machte auf dem Absatz kehrt.

"Warte! Ich habe auch eine Frage an dich", rief Mr. Bennet.

"Ich schulde dir keine Antworten."

"Dann brauchst du nicht zu antworten. Aber hier kommt die Frage: Schöne, junge, sterbliche Frauen suchen Faerie auf, wo sie bewundert und wie Schoßhündchen behandelt werden. Was passiert einige Jahre später mit ihnen, wenn die jugendliche Frische von ihren Wangen zu welken beginnt, sich Linien auf ihrer Stirn bilden und das Fleisch runzlig wird und zu hängen beginnt? Hast du jemals eine solche sterbliche Frau in Faerie gesehen? Oder entledigt man sich ihrer als wären sie Unrat?"

"Da es in Faerie keine sterblichen Frauen mehr gibt, kann ich das nicht beantworten." Er hüllte sich erneut in eine Illusion, verließ den Raum und ließ Elizabeth mit ihrem Vater allein.

Mr. Bennet nahm seine Brille ab und rieb sich den Nasenrücken. "Ich nehme an, du weißt, wer diese Kreatur ist."

Elizabeth brachte kaum ein Wort heraus, weil ihr so übel war. "Ich habe es herausgefunden, als ich ihn gestern Abend kennengelernt habe."

"Es tut mir leid, dass du das entdecken musstest. Ich hatte gehofft, keiner von euch würde jemals etwas über die Untreue eurer Mutter erfahren."

Er dachte, sie würde ihrer Mutter die Schuld geben? Jetzt war ihr zum Weinen zumute. "Weißt du, was immer meine größte Angst war?"

Er seufzte. "Nein, aber ich nehme an, du wirst es mir gleich sagen."

"Ich habe schreckliche Angst davor, mit einem Bindebann belegt zu werden und dass mein Verstand nicht länger mir gehört. Du hast meine Mutter mit einem solchen Bann belegt. Jetzt muss ich gehen, bevor jemand meine Anwesenheit hier entdeckt." Sie konnte es nicht länger ertragen, mit ihm im selben Raum zu sein.

Sein bitteres Lächeln verriet ihr, dass er genau wusste, dass sie gehen würde. "Also schön. Wenn du deinen sogenannten Prinzen wiedersiehst, richte ihm aus, er habe Glück gehabt, dass ich ihn in einen Feenring gelegt habe. Jeder andere Mann hätte ihn einfach in seiner Wiege erwürgt."

Elizabeth zuckte mit den Achseln. Sie würde es ihm sagen, wenn sie ihn wiedersah. Er war höchstwahrscheinlich inzwischen wieder zurück in Faerie, und sie musste sich zum Ring zurückschleichen, um nicht gesehen zu werden.

Am Ende des Gartens blieb Elizabeth stehen, um auf Longbourn zurückzublicken. Das vertraute, geliebte Longbourn, in dem sie und Jane sich als Prinzessinnen und Piraten verkleidet hatten, der verbotene Kastanienbaum, auf den sie geklettert war und ihr Schlafzimmerfenster, dessen Scheiben im Sonnenlicht glitzerten, hinter denen sie Jane so viel anvertraut hatte. Würde sie es jemals wiedersehen? Wenn überhaupt, wäre es nur für einen kurzen Besuch. Es könnte nie wieder ihr Zuhause sein.

Sie biss die Zähne zusammen und versuchte, die Tränen zurückzuhalten. Die Rolle ihres Vaters ließ sich nicht länger leugnen. Tief in ihrem Inneren hatte Elizabeth die Hoffnung gehegt, dass er irgendwie eine Erklärung für sein Verhalten gehabt haben könnte. Jetzt blieb ihr nicht einmal mehr dieser winzige Trost.

Sie stapfte zurück zum Feenring und machte sich nicht die Mühe, den Brombeersträuchern auf beiden Seiten des Pfades auszuweichen. Zuerst dachte sie, Aelfric wäre schon weg, weil sie seine große Gestalt auf der Lichtung nicht gesehen hatte, aber als sie sich an den letzten Büschen vorbeischob, sah sie ihn neben einer alten Eiche hocken und mit seinen langen Fingern eine getigerte Katze mit weißen Pfoten hinter den Ohren kraulen.

"Gus!", rief sie aus und eilte zu dem Kater, "ich bin so froh dich zu sehen!" Ihre Stimme versagte.

"Er hat dich gesucht", sagte Aelfric. "Er ist deinem Geruch gefolgt."

Sie nahm Gus hoch und schlang die Arme um ihn und ein oder zwei Tränen sickerten in sein dickes Fell. "Er ist eine Katze, keine Phouka."

"Das ist offensichtlich." Er klang beleidigt.

"Oh, Gus, ich wünschte, ich könnte dich mitnehmen. Pepper vermisst dich auch. Aber du würdest die lange Kutschfahrt so sehr hassen", flüsterte sie dem Kater zu.

"Er könnte mit dir durch Faerie kommen." Aelfric hatte offenbar ein feines Gehör.

Sie musste heftig blinzeln, um die Tränen zurückzuhalten. "Ich dachte, nur Sterbliche mit Magie könnten nach Faerie reisen."

"Er ist eine Katze", sagte Aelfric, als ob das alles erklären würde.

Hatten sie diese Diskussion nicht bereits geführt? "Ja, ich weiß."

"Alle Katzen haben Magie. Phoukas können nur die Gestalt von Tieren mit Magie annehmen - Pferde, Katzen, Hunde, Raben und Füchse."

"Dann möchte ich ihn mitnehmen." Niemand würde ihn auf Longbourn vermissen. "Es war nett von dir, auf mich zu warten. Das habe ich nicht erwartet."

Er streckte einen langen, schlanken Finger aus und rieb über das Fell unter Gus' Kinn. "Ich wusste nicht, ob du deinen Talismanstein dabeihast, damit du den Ring benutzen kannst."

Es war gerade schwer zu ertragen, dass Aelfric freundlich zu ihr war. "Den habe ich dabei, aber es war rücksichtsvoll von dir, dass du daran gedacht hast."

Seine Miene verfinsterte sich. "Ich lassen niemanden im Stich."

Das war wohl eine der kürzesten Friedensverhandlungen, die jemals stattgefunden hatte.

GERADE ALS EVERSLEIGH in Rosings in den Feenring treten wollte, fragte Darcy misstrauisch: "Wohin wird er uns führen?"

"Zu Oberons Hof. Dort werden wir mit unserer Suche beginnen."

"Weil dein Vater zu seinem Gefolge gehört?"

Eversleighs Mundwinkel wanderten schelmisch nach oben. "Nein. Weil Oberon mein Vater ist." Und der Boden unter ihren Füßen löste sich auf.

Diesmal landeten sie sanft. Sie standen am Eingang einer langen Kolonnade in der mittlerweile vertrauten, nach Blumen duftenden Luft.

"Dein Vater?", hakte Darcy nach, "meinst du das ernst?"

"Durchaus. Oberon ist einer der wenigen Sidhe, der immer noch regelmäßig sterbliche Geliebte aufsucht. Er hat vermutlich Dutzende Kinder, die über ganz England verstreut sind. Na ja, vielleicht nicht Dutzende, aber doch einige."

"Oberons Sohn." Darcy schüttelte den Kopf. "Das läuft bereits anders ab als bei meinem letzten Besuch. Als ich zuletzt hier war, sagte mir ein Gnom, ich solle Faeries Boden nicht mit meinen menschlichen Schritten beschmutzen, also musste ich zum Anwesen des Lairds reiten. Ist es in Ordnung, wenn ich hier laufe?"

Eversleigh grinste. "Mein Freund, der Gnom hat dich auf den Arm genommen. Er hätte dich mithilfe der Ringe überall in Faerie hinschicken können. Du kannst gehen, wohin du willst."

Dieser lange, gewagte, aufs Herrlichste quälende Ritt mit Elizabeth im Arm war ein Streich gewesen?

Seine Verblüffung musste offensichtlich sein, denn Eversleigh fügte hinzu: "Die niederen Feen lieben es, Sterblichen Streiche zu spielen, und sie sind sehr gut darin. Komm, es ist nicht mehr weit."

"Aber Pepper musste gewusst haben, dass es ein Streich war, und sie hat mitgemacht."

"Hast du gedacht, deine Phouka-Freundin genießt keinen guten Scherz?"

Sie machten sich auf den Weg den Säulengang hinunter. Nach kurzer Zeit kreuzte er einen breiten Weg, der zu einem lebenden Gewölbe aus Bäumen führte. Eversleigh schritt ohne zu zögern hindurch, deshalb tat Darcy es ihm gleich.

"Ich muss Oberon meinen Respekt erweisen, bevor ich mich auf den Weg mache. Ich würde ihn brüskieren, wenn ich es nicht täte", entschuldigte sich Eversleigh.

"Ich kann draußen warten, während du das tust." Das sagte er nicht nur aus reiner Höflichkeit. Lord Cathael kennenzulernen war schon erschreckend genug gewesen. Darcy verspürte keinerlei Verlangen, sich dem Sidhe-König zu stellen, der allen Sterblichen den Krieg erklärt hatte.

"Tut mir leid, mein Freund. So einfach kommst du da nicht raus. Es wäre nicht gut, wenn sich herumspräche, dass ich ohne Oberons Wissen einen Sterblichen hierhergebracht habe. Außerdem wird es ihm ganz guttun, daran erinnert zu werden, dass nicht alle Sterblichen Monster sind." Eversleigh klopfte ihm auf den Arm. "Mach dir keine Sorgen. Die Royals der Feen bestehen weit weniger auf's Zeremoniell als ihre sterblichen Cousins."

Darcy begann es zu bereuen, nicht in Rosings gewartet zu haben, während Eversleigh nach Elizabeth und Frederica suchte. "Also gut."

"Einen Moment." Eine Blume erschien auf Eversleighs ausgestreckter Hand und er bot sie Darcy an. "Trage die an deinem Revers. Sie wird dir ermöglichen, die Sprache der Sidhe zu verstehen. Du brauchst mich nicht so anzustarren - Fay-Zauber sind sehr einfach und schnörkellos. Ich habe mir eine Blume gewünscht, damit du die Sprache sprechen kannst, und sie erschien. Hätte ich mir gewünscht, dass dich eine Blume langsam tötet, indem sie dich vergiftet, wäre die aufgetaucht."

Darcy steckte vorsichtig die kleine weiße Blume an sein Revers. Elizabeth hatte sich einen Apfel gewünscht, und er war erschienen. "Ich werde vorsichtig sein, von wem ich Geschenke annehme."

"Eine gute Idee, obwohl es als schlechte Umgangsformen angesehen würde, dir ein Geschenk zu machen, das dir schadet."

Der Abstand zwischen den Bäumen wurde immer geringer, bis ihre Stämme nahe genug beieinanderstanden, um eine Art Mauer zu bilden. Als sie an einer Tür ankamen, die von zwei Elfen in schwerer, lederner Rüstung und mit gekreuzten Hellebarden bewacht wurde, nickte Eversleigh beiden ohne anzuhalten zu. Sie stellten die Hellebarden gerade auf, um ihm Einlass zu gewähren. Einer griff hinter sich, um die Tür zu öffnen.

Für einen Moment dachte Darcy, die Tür hätte sie wieder nach draußen geführt. Im Gegensatz zu Lord Cathaels Saal aus Silberfiligran lebten die Wände dieses Raumes. Dicht mit Blättern bewachsene Zweige wuchsen aus den Wänden aus Baumstämmen. Weinreben und Efeu schlangen sich nach oben und bedeckten einen Großteil der Rinde. Auf magische Weise wölbten sich die Zweige in gleichen Abständen und Winkeln nach oben und verbanden sich in der Mitte zu einem gewölbten Gitterdach wie bei einem Pavillon. Dahinter funkelte etwas.

Ein Sidhe-Schreiber saß an einer Seite und arbeitete an einem mit alten Pergamenten bedeckten Schreibtisch aus Wurzelholz. Vor ihm hing eine Karte an der Wand.

Eversleigh verbeugte sich ausladend vor dem Schreiber, also tat Darcy dasselbe.

Der Schreiber stellte seine Feder vorsichtig in einer Schreibtischgarnitur ab, bevor er sich erhob, um Eversleigh die Hände zu reichen. "Evlan, mein Junge. Du bist zurückgekehrt." Seine und Eversleighs Hände umschlossen die Handgelenke des jeweils anderen.

Mein Junge? Sicherlich konnte dieser einfache Sidhe in seiner unscheinbaren Tunika nicht Oberon sein!

"Es ist eine Freude, dich wiederzusehen", sagte Eversleigh.

"Dein Bruder vermisst dich", sagte der König.

"Ich habe ihn ebenfalls vermisst. Heute habe ich einen Freund mitgebracht, einen Magier, der unter Sterblichen Darcy genannt wird. Er hat sich mit unseren sterblichen Anführern getroffen, um sie davon zu überzeugen, die heiligen Haine zu schützen."

Silberne Augen wandten sich ihm zu, um ihn zu beurteilen. "Warum?"

Darcys Mund wurde trocken. Was hatte Cathael gesagt? "Unsere beiden Welten sind miteinander verbunden wie Zwillinge im selben Mutterleib, und alles, was diese Bindung stört, schadet unseren beiden Welten. Wir Sterblichen waren in unserem kurzen Leben zu beschäftigt und haben unsere Verantwortung aus längst vergangenen Zeiten vergessen. Es ist Zeit, uns wieder daran zu erinnern." Die magische Blume musste ihm zusammen mit der neuen Sprache auch Eloquenz bescheren.

"Deine Bemühungen ehren dich." Oberon trat mit dieser unnatürlich schnellen Bewegung vor und legte zwei sich verjüngende, unmenschliche Finger seitlich an Darcys Hals, direkt über seiner Krawatte. An seinen kalten Fingerspitzen prickelte Magie. "Ich gewähre dir die Freiheit von Faerie, Darcy." Er sagte den Namen mit einem merkwürdigen Akzent, als hätte er drei Silben.

"Ihr ehrt mich", sagte Darcy, den seine neu gewonnene Eloquenz bereits wieder im Stich ließ.

Oberon wandte sich wieder Eversleigh zu. "Du wirst deinen Bruder besuchen?"

"Das werde ich." Eversleigh verneigte sich erneut.

Oberon schlurfte zurück zu seinem Schreibtisch. Offensichtlich waren sie entlassen.

Darcy stieß einen langen Atemzug aus, als er Eversleigh an den Hellebarden tragenden Elfen vorbei und weiter die lange Kolonnade hinunter folgte.

"Gut gemacht", sagte Eversleigh. "Es ist eine große Ehre, seinen Namen vom König zu erhalten."

"Was meinst du?"

"Er hat dir einen Feennamen gegeben. Die meisten Sterblichen, die nach Faerie kommen, werden hier umbenannt, genauso wie ich hier Evlan und Eversleigh in unserer Welt bin. Für alle Feen bist du von nun an Diarcey. Es ist ein traditioneller Fayname, der 'dunkel' bedeutet. Zugegebenermaßen ist das in deinem Fall nicht besonders einfallsreich, aber leicht zu merken."

"Ich dachte, er würde meinen Namen einfach falsch aussprechen." Ein Fayname? Er war sich nicht sicher, ob er sich mit diesem Gedanken anfreunden wollte.

Sie erreichten eine Reihe offener Türen, die hoch genug waren, dass Riesen hindurchgepasst hätten. "Das ist der Königssaal, der über viele Jahrhunderte von den besten Fay-Architekten erschaffen wurde. Ein imposanter Anblick und nicht der schlechteste Ausgangspunkt für unsere Suche."

Sie betraten eine hoch aufragende Halle, die an eine Kathedrale erinnerte, doch sie war nicht aus Stein gebaut, sondern schien aus lebendigem Holz gewachsen zu sein. Zweige wanden sich zu dekorativen Spiralen und Statuen, und Weinreben bildeten Gitterfenster. Ein geformter Brunnen warf glitzernde Wassertropfen in die Luft, und ein leerer Thron, ebenfalls aus lebendigem Holz, dominierte die Halle. Daneben fochten zwei Sidhe mit glitzernden Schwertern. Darcy hätte es atemberaubend gefunden, wenn er sich nicht so viele Sorgen um Elizabeth machen würde.

Ein jung aussehender Sidhe kam mit einem einladenden Lächeln auf sie zu. "Evlan! Dachte ich's mir doch, dass ich deine Ankunft gespürt habe."

Eversleigh umfasste die Handgelenke des Neuankömmlings. "Aelfric. Freut mich."

"Monate sind vergangen! Es ist schön, dich zu sehen. Wie lange kannst du bleiben?"

Die beiden Fechter hatten sie jetzt bemerkt und stießen zu ihnen, um Eversleigh auf dieselbe Art mit beiden Händen zu begrüßen.

Eversleigh legte einen Arm um die Schultern desjenigen, den er Aelfric genannt hatte, was angesichts dessen Größe ein durchaus beeindruckendes Unterfangen war. Der junge Sidhe überragte ihn deutlich. "Dies ist nur ein kurzer Besuch weil wir etwas zu erledigen haben, aber ich plane, während der Tag-und-Nacht-Gleiche länger zu bleiben."

Die Freude verließ das Gesicht seines Begleiters. "Geht es um unseren Vater?"

"Nein, ich suche zwei junge sterbliche Frauen, die gestern nach Faerie gekommen sind. Sie sind letzte Nacht nicht wie geplant zurückgekehrt. Ihre Freunde machen sich große Sorgen. Vermutlich wurden sie einfach nur aufgehalten, aber ich habe angeboten, nachzusehen, ob es ihnen gutgeht."

Ein Fechter fragte: "Ist eine von ihnen die reizende Marigold Mädesüß? Ich hoffe, du bist nicht gekommen, um sie mitzunehmen. Meinetwegen darf sie viel länger bleiben. In letzter Zeit standen uns so wenig Sterbliche zur Auswahl."

Der andere Fechter fügte hinzu: "Mir hat ihre kleine Freundin Libbet ganz gut gefallen, auch wenn sie nicht lange genug blieb, um zu tanzen."

Aelfrics Gesicht verzog sich. "Libbet ist tabu."

Der Sidhe hob die Augenbrauen. "Ich entschuldige mich, Prinz. Ich wusste nicht, dass Ihr selbst Interesse an ihr habt." Er klang amüsiert.

Zwischen Eversleighs Brauen erschienen feine Linien. "Sind diese Damen erst vor Kurzem angekommen? Wenn nicht, müssen mein Freund und ich unsere Suche andernorts fortsetzen."

"Ich habe sie zuvor noch nie gesehen", sagte der erste Fechter.

Aelfric drehte sich um und sah Darcy mit zusammengekniffenen Augen an. "Ist er dein Freund?", fragte er bedrohlich.

Eversleigh verpasste ihm eine leichte Kopfnuss. "Offensichtlich war ich zu lange fort, da deine Manieren zu wünschen übriglassen. Vielleicht magst du ihn sogar, wenn du ihm eine Chance gibst. Manchmal kann er fast so stolz und distanziert sein wie du. Aelfric, das ist mein Freund Diarcey. Diarcey, mein Halbbruder Aelfric, besser bekannt als der Fluch meiner Existenz."

Darcy verneigte sich. "Prinz Aelfric." Eversleigh hätte ihm genauso gut kaltes Wasser ins Gesicht schütten können. Es mochte eine gut gemeinte Neckerei gewesen sein, aber sie kam viel zu nahe an Elizabeths Anschuldigungen heran.

"Nun, was diese Damen anbelang-", begann Eversleigh.

"Wie sind ihre sterblichen Namen?", unterbrach Prinz Aelfric ihn.

Eversleigh hob eine Augenbraue, anscheinend überrascht von dieser Frage. "Lady Frederica Fitzwilliam und Miss Elizabeth Bennet."

"Libbet heißt in eurer Welt Bennet. Dein Freund Diarcey - wie steht sie zu ihm?"

Elizabeth war in Sicherheit! Aber konnte sich dieser seltsame Prinz möglicherweise schon nach einem Tag in sie verliebt haben? Wenn er Darcy nicht schon zuvor unsympathisch gewesen wäre, würde das sicherlich ausreichen. "Sie ist eine Freundin und hat mir einen Dienst erwiesen. Lady Frederica ist meine Cousine."

"Ist Libbets Vater auch dein Freund?", forderte der Prinz.

Da er wahrheitsgemäß antworten musste, war es nur gut, dass es jemand war, der Mr. Bennet niemals begegnen würde. "Ich habe Mr. Bennet kennengelernt, aber er ist kein Freund."

"Warum nicht?"

Mussten sich alle dieser Art Befragung stellen? Vorsichtig sagte Darcy: "Ich habe den Eindruck, dass er sich mehr um seine eigene Bequemlichkeit kümmert als um das, was für seine Töchter und seine Frau am besten ist."

Der Prinz lächelte, also war dies anscheinend eine akzeptable Antwort gewesen. "In der Tat."

Eversleigh fragte: "Wäre es möglich, mit den Damen zu sprechen?"

"Sie sind beim Gefolge der Königin. Ich habe Libbet heute Morgen zu Titanias Laube zurückgebracht, also sind sie höchstwahrscheinlich noch dort."

Irgendetwas stimmte da nicht. Definitiv. Darcy fragte: "Darf ich mich erkundigen, welcher Art Euer Interesse an Miss... an Libbet ist, Prinz?"

"Sie ist meine Schwester. Evlan, ich werde euch zu Titanias Laube begleiten, wenn du nichts dagegen hast."

212

Eversleigh fiel die Kinnlade herunter. "Deine Schwester? Wie ist das möglich?"

"Wir haben dieselbe Mutter."

"Na sowas." Eversleigh schüttelte den Kopf und lachte. "Das erklärt einiges."

"Tatsächlich? Du kannst es mir auf dem Weg zur Laube erzählen."

Fassungslos folgte Darcy ihnen. Konnte es wahr sein? Nein, selbstverständlich nicht. Die bloße Idee war lächerlich. Er musste sich auf die wichtigen Dinge konzentrieren. Elizabeth war in Sicherheit, und das war alles, was zählte. Wenn jeder in Faerie so übergeschnappt war wie dieser junge Sidhe, dann ging ihn das nichts an.

ELIZABETH WÄRE NACH ihrem Besuch bei ihrem Vater gerne einige Zeit allein gewesen, doch das war in Titanias Laube unmöglich. Stattdessen saß sie wieder neben der Königin, während die Elfen mit ihren Haaren spielten. Es würde Stunden dauern, bis sie all die winzigen Zöpfe und Knoten herausbekommen hätte, wenn sie nach Hause kam.

"Lady, Prinz Evlan bittet demütig um die Ehre einiger Minuten Eurer Zeit", sagte eine Dryade zu Titania. "Einhergehend mit großem Lob für Eure zeitlose Schönheit und unendliche Großzügigkeit natürlich."

"Selbstverständlich!", rief Titania aus. "Er hat so gute Manieren. Sein Bruder täte gut daran, sich etwas bei ihm abzuschauen. Wegen dieses Prinzen brauchst du dir keine Sorgen zu machen, Libbet. Er ist sehr charmant."

Elizabeth konnte eine Gestalt erkennen, die sich ihnen auf dem Weg näherte. Ein seltsamer Prinz von Faerie, der nach der neuesten Londoner Mode gekleidet war, aber solange er sich besser benahm als Prinz Aelfric war es ihr egal, was er anhatte.

Er trat aus dem Schatten, fiel anmutig im Sonnenschein vor Titania auf beide Knie und setzte sich dann auf den Fersen ab. "Verehrte Königin, möge euch unendliche Gnade zuteilwerden für Eure Großzügigkeit, Eurem demütigsten Diener Eure Aufmerksamkeit zuteilwerden zu lassen."

Prinz Evlan? Der Mann vor Titania war unverkennbar Viscount Eversleigh.

Titania streckte ihm träge die Hand entgegen. "Prinz, es ist schon viel zu lang her, seit du die Hallen von Faerie mit deiner Anwesenheit geziert hast."

Er küsste ihre Hand und stand auf. "Ich habe es ebenfalls bedauert. Wann immer ich fort bin, sage ich mir, dass Ihr unmöglich so schön sein könnt, wie in meiner Erinnerung, doch wenn ich zurückkomme, seid Ihr immer noch schöner."

"Siehst du", sagte Titania zu Elizabeth, "er ist ganz anders als sein Bruder. Dein Bruder. Das macht euch *Shurinn*, dich und Prinz Evlan."

Shurinn? Irgendwoher kannte sie das Wort. Das waren Leute, die beide mit derselben Person verwandt waren, aber nicht miteinander. Ja, das war es und zwischen ihnen bestand eine besondere Verbindung, eine Art Feenverwandtschaft. Sie erinnerte sich an das Konzept, aber sie hatte nie erwartet, ein *Shurinn*, geschweige denn einen Sidhe-Bruder zu haben.

Eversleigh - nein; Prinz Evlan - sagte: "Das habe ich auch gerade erfahren. Libbet, meine Liebe, es ist mir eine Freude, dich wiederzusehen und dich als *Shurinn* anzuerkennen. Wie ich sehe, haben wir hier noch eine weitere gemeinsame Freundin aus der Welt der Sterblichen." Er wandte sich an Frederica, die sich entschieden hatte, die gleichen durchsichtigen Seidenkleider wie Titanias Dryaden anzuziehen, die nur wenig der Fantasie überließen. Seine Augen wanderten bis zu ihren Füßen hinab und dann wieder hoch. "Die exquisite Marigold Mädesüß. Faerie steht dir gut, mein Mädchen."

"Genau das habe ich ihr auch gesagt", sagte Titania mit einem Hauch eines Schmollmunds. "Ich würde sie gerne behalten, aber sie beharrt darauf, in eure sterbliche Welt zurückzukehren."

Er verbeugte sich. "Genau das wollte ich mit meiner Reise hierher klären. Die Freunde dieser jungen Damen hatten erwartet, dass sie letzte Nacht zurückkehren würden, und waren zutiefst besorgt, als sie nicht kamen. Ich habe angeboten, in ihrem Namen zu kommen, um mich vom Wohlergehen der jungen Damen zu überzeugen."

"Wie närrisch!", rief die Königin, "was sollte ihnen hier schon widerfahren?"

Offensichtlich hielt Titania Glamourfallen nicht für gefährlich.

"Sterbliche können sehr töricht sein, aber sie meinen es gut", sagte Eversleigh.

Elizabeth ergänzte schnell: "Wir hatten tatsächlich vorgehabt, letzte Nacht zurückzukehren, aber es kam etwas Überraschendes dazwischen, und dann hat mich Prinz Aelfric heute Morgen gebeten, ihn zu begleiten, weil er noch etwas zu erledigen hatte. Wir hatten geplant, uns heute im Laufe des Tages auf den Heimweg zu machen."

Frederica sagte langsam: "Ich hatte vor, zurückzukehren, weil ich nicht wollte, dass sich jemand Sorgen macht, aber wenn Sie sie von meinem Wohlergehen überzeugen können, würde es mir nichts ausmachen, ein paar Tage länger hier zu bleiben, sofern es der Königin recht ist."

"Natürlich musst du bleiben, meine kleine Marigold", sagte Titania. "Hier war es so langweilig ohne Sterbliche!"

Eversleigh verneigte sich vor Frederica. "Wie du wünschst. Es wäre eine schreckliche Schande, dich so schnell wieder in sterbliche Kleidung zu zwingen, meine liebe Marigold."

Fredericas Wangen liefen feuerrot an. "Nicht im Traum würde ich daran denken, dir deinen Spaß zu verwehren, Prinz Evlan."

Er seufzte dramatisch. "Ich nehme an, dass du mit dieser Aussage kein Risiko eingehst, da deinem Vater mindestens ein Dutzend Varianten einfallen, mein Leben zu beenden. Und du, Libbet? Möchtest du bleiben?"

Elizabeth öffnete den Mund um zu sagen, sie sei mehr als bereit zurückzukehren - aber stimmte das? Nun, da Beltane vorbei war, gab es keinen Grund für sie, in Rosings zu bleiben, noch dazu wo ihr Fredericas Gesellschaft und Aufsicht fehlen würde. Hätte sie Prinz Aelfric nie kennengelernt, wäre sie froh gewesen, eine Zeit lang in Faerie zu bleiben, wo niemand sie als Hexe bezeichnete, sie nicht auf die Großzügigkeit anderer angewiesen war und sie keinerlei Verantwortung zu tragen hatte. Aber sie hatte Aelfric kennengelernt, und er hatte ihr das Herz zerrissen.

"Ich nehme an, wenn du Mr. Darcy von unseren Plänen erzählst, brauche ich mich nicht zu beeilen."

"Das kannst du ihm selbst sagen, wenn du willst. Er wartet draußen, bei der Grotte."

Darcy war hier? Erleichterung durchflutete sie. Seit wann fürchtete sie seine Gegenwart nicht mehr? "Kannst du mich zu ihm bringen?"

"Gewiss. Aber darf ich vorschlagen, dass Marigold Mädesüß hierbleibt? Ich glaube nicht, dass Darcy deine derzeitige Aufmachung so sehr zu schätzen wüsste wie ich es tue."

"Geh nur zu ihm, Libbet", sagte Frederica, scheinbar unbeeindruckt von seiner unverhohlen anzüglichen Bemerkung. "Ich ziehe es vor, meine Bildung die Feen betreffend fortzuführen."

Eversleigh verbeugte sich extravagant. "Ich hoffe auf die Möglichkeit, ebenfalls an deiner Bildung mitwirken zu können."

"ICH MUSS EVLAN MEINE Fohlen zeigen, während er hier ist", sagte Prinz Aelfric zu Darcy. "Da es nur noch so wenige Zuchtrosse der Sidhe gibt, experimentiere ich damit, sie mit euren Vollblütern zu züchten, in der Hoffnung, dass ihre Sprösslinge die Sidhe-Eigenschaften behalten."

Da dieses Gespräch eine Verbesserung zu der offenen Feindseligkeit war, die der Prinz ihm gegenüber bisher gezeigt hatte, fragte Darcy höflich: "Habt Ihr gute Ergebnisse erzielt?"

"Noch nicht. Die Hengstfohlen sind schnell, aber ihre Beine sind zu dürr. Schau, da kommt Libbet."

Darcy stockte beim Anblick von Elizabeth der Atem. Sie war in einer Kombination aus sterblicher und Faymode gekleidet, ihre Haare hingen locker um ihre Schultern und waren mit Blumen verflochten. Seine Finger juckten. Am liebsten hätte er sie in ihren wuscheligen Locken vergraben und der Rest seines Körpers schien zu glauben, dass sie sogar noch besser aussehen würde, wenn diese Haare sich über ein Kissen ergössen. Sein Kissen, um genau zu sein, nachdem sie sich leidenschaftlich geliebt hatten.

Elizabeth knickste. "Prinz Aelfric, so sehen wir uns wieder. Mr. Darcy, ich wünsche Ihnen einen guten Tag." Eine getigerte Katze rieb sich um ihre Füße.

Darcy verneigte sich. "Miss Elizabeth, ich freue mich, zu sehen, dass Sie in Sicherheit sind."

Prinz Aelfric versteifte sich, aber Elizabeth legte ihre Hand auf seinen Arm. "Ich bitte dich, mich Libbet zu nennen. Die Fay bevorzugen es, dass wir die Namen verwenden, die sie uns gegeben haben, und auf unsere Art der Förmlichkeit verzichten, wenn wir in ihrem Land sind."

"Libbet also." Darcy konnte fast hören, wie der Stab seiner Gouvernante als Reaktion auf seine schlechten Manieren auf ihn herabsauste. Um zu zeigen, dass er seine Lektion in diesem Fall gelernt hatte, fügte er hinzu: "Ich bin hier Diarcey. Ich bin froh, dass Prinz Evlan dich gefunden hat."

"Es tut mir leid, dass ich euch Sorgen bereitet habe. Wir hatten vor, gestern Abend zurückzukehren, aber die Situation war komplexer als ich erwartet hatte. Wie ich sehe, hast du Prinz Aelfric bereits kennengelernt, den etwas besonders auszeichnet: Mit ihm streite ich mich sogar noch häufiger als mit dir." Die Wärme in ihrem verschmitzten Tonfall nahm ihren Worten die Schärfe.

Darcy konnte nicht umhin, er lächelte ganz von allein zurück. "Ich glaube, du hast den ein- oder anderen Streit zwischen uns durchaus genossen. Ich weiß, dass es dir manchmal große Freude macht, Standpunkte zu vertreten, die gar nicht deine eigenen sind."

Eversleigh klopfte Prinz Aelfric auf die Schulter. "Du musst nicht so finster dreinschauen. Brüder und Schwestern streiten sich nunmal, das ist ganz normal."

Die Falten in Prinz Aelfrics Gesicht glätteten sich. "Ach, wirklich? Ich hatte zuvor noch nie mit einer Schwester zu tun."

"Ganz sicher", sagte Eversleigh. "Ich bin mit drei sterblichen Schwestern ein Experte auf diesem Gebiet. Sie streiten unentwegt, mir bleibt kein Moment der Ruhe vor ihnen."

"Also ist es eine Form der Zuneigung?"

"Oft ist dem so", sagte Eversleigh. "Bevor ich es vergesse, Diarcey, deine Cousine Marigold Mädesüß hat den Wunsch geäußert, noch einige Tage hier zu bleiben. Libbet hat zugestimmt, bei ihr zu bleiben."

Darcy warf Elizabeth einen Blick zu, deren Gesichtsausdruck darauf hindeutete, dass sie gerade ein Nadelkissen samt Inhalt verschluckt hatte. War es, weil sie in Faerie bleiben sollte, oder hatte es damit zu tun, dass ihr Streit mit Prinz Aelfric auf Zuneigung hindeuten könnte? "Wenn sie das wünschen, sehe ich kein Problem." Kein Problem, außer dass er wollte, Elizabeth möge jeden Moment bei ihm sein, und nicht mit Frederica in Faerie.

Der Kater zu Elizabeths Füßen miaute. Sie bückte sich und hob ihn hoch. "Wie es scheint, möchte Augustus vorgestellt werden. Ich habe ihn heute aus Longbourn hierher mitgebracht. Ich habe vor, ihn mit nach Rosings zu nehmen."

"Er gehört auch dir? Ist er ein Phouka oder hat er andere Kräfte?"

Elizabeths Gesichtsausdruck hellte sich amüsiert auf. "Gus besondere Fähigkeiten beschränken sich auf das Fangen von Mäusen und gelegentlich auch Scheunensperlingen. Abgesehen davon, dass er ein sehr guter Freund von Pepper ist, ist er nur eine gewöhnliche Katze." Ein trauriger Ausdruck füllte ihre Augen. "Ich sollte besser zur Königin zurückkehren", sagte sie steif mit einer Stimme, die nicht wie üblich klang.

Darcy runzelte die Stirn. Irgendetwas stimmte nicht. "Darf ich zuerst für einen Moment unter vier Augen mit dir sprechen?"

Elizabeth zögerte und zuckte die Achseln. "Wenn du wünschst." Sie setzte die Katze ab und lief ein paar Meter weit.

Er folgt ihr. Mit leiser Stimme sagte er: "Ist etwas los?"

Elizabeth sah zu Boden. "Ich habe heute Morgen mit meinem Vater gesprochen", sagte sie mit leiser Stimme, "Es ist alles wahr."

"Das tut mir leid." Die Worte schienen so schwach zu sein, vielmehr sehnte er sich danach, sie in seine Arme zu nehmen und zu trösten. "Er hat es nicht geleugnet?"

Sie schüttelte den Kopf.

"Ich wünschte, es hätte anders sein können." Was konnte er noch sagen, um sie zu trösten? Ihr zu sagen, dass er sie liebte, würde sie nur noch mehr aufwühlen. "Möchtest du hierbleiben, oder würdest du lieber gehen?"

"Hier oder in Rosings, das macht nur wenig Unterschied."

"Gibt es einen anderen Ort, an dem du sein möchtest, oder etwas, das du gerne tun würdest?"

Dann begegnete sie seinem Blick und ihre Augen glänzten. "Ich möchte die Uhr eine Woche zurückdrehen, bevor ich wusste, dass mein Vater meine Mutter mit einem Bindebann belegt hat, dass ich Feenblut habe und dass meine Erinnerungen manipuliert wurden. Vor allem möchte ich keinen Bruder haben", sagte sie heftig, "Besonders nicht diesen Bruder. Und ich möchte keinen Vater haben, der meinen Bruder ausgesetzt und im Stich gelassen hat." Sie hielt inne und holte tief Luft.

Er hatte sich noch nie so elendiglich hilflos gefühlt. "Er ist wirklich dein Bruder? Es tut mir so leid. Gibt es irgendetwas, das ich tun kann, um dir zu helfen?"

Sie schloss die Augen und schüttelte den Kopf. "Nein, aber ich danke - ich meine, es ist nett von dir, dass du fragst." Bevor er antworten konnte, eilte sie davon und verschwand den Weg hinunter.

Elizabeth schmerzte etwas und er konnte nichts für sie tun. Schlimmer noch, er hatte sie begehrt, während sie litt. Er unterdrückte den völlig unangemessenen Drang, ihr nachzulaufen, und kehrte zu Eversleigh und Elizabeths neuem Bruder zurück. Wie konnte sie einen Sidhe-Bruder haben? Das ergab keinen Sinn. Er würde Eversleigh später fragen müssen.

Eversleigh warf ihm einen prüfenden Blick zu, also wechselte Darcy das Thema. "Ich bin erleichtert, dass du sie gefunden hast. Wie kehre ich in die Welt der Sterblichen zurück?"

"Es besteht kein Grund zur Eile, oder?", fragte Eversleigh, "Aelfric möchte, dass ich mir seine Hengstfohlen ansehe, und deine Meinung könnte von Nutzen sein. Ich kann mir vorstellen, dass du dich mit den nördlichen Rassen besser auskennst als ich." Eine sorgfältig ausgewählte Wahrheit von seiner Seite; Eversleigh wusste wahrscheinlich nichts über die nördlichen Rassen, also hätte Darcy notgedrungen mehr Wissen drüber. Aber er hielt es eindeutig für wichtig, dass Darcy mit ihnen kam, obwohl Prinz Aelfric die Idee nicht zu gefallen schien.

"Es würde mich freuen, wenn ich behilflich sein könnte", sagte Darcy.

"Ausgezeichnet." Eversleigh nahm Darcys Arm, trat vor und der Boden löste sich unter ihnen auf.

"ICH VERSTEHE, WAS DU meinst." Eversleigh fuhr mit der Hand über das Vorderbein des Fohlens. "Er ist so groß wie ein Sidhe-Pferd ohne die nötige Kraft. Sind sie alle so?"

"Alle drei, die bisher geboren wurden." Prinz Aelfric beugte sich über die Schulter seines Bruders.

"Vielleicht waren Vollblüter nicht die beste Wahl. Ich frage mich, was passieren würde, wenn du eines dieser Hengstfohlen mit einem Sidhe-Pferd züchten würdest."

"Sie können nicht fruchtbar sein", sagte der Prinz. "Sidhe-Pferde pflanzen sich erst nach Jahrhunderten fort. Wir brauchen die Fruchtbarkeit sterblicher Zuchthengste."

"Was denkst du, Diarcey?"

Eversleigh wusste vermutlich genau, dass Pferdezucht nicht zu seinen Stärken gehörte. "Wenn ich recht verstehe, sucht Ihr ein großes Pferd, eines mit starken Knochen und kräftigen Muskeln."

"Genau", sagte der Prinz eifrig.

"Ich bin kein Experte, aber ich frage mich, ob ein Bakewell Black hier eine gute Wahl wäre. Sie sind groß und haben einen kräftigen Körperbau. Mein Cousin schwört auf Bakewell Blacks. Er sagt, dass sie aufgrund ihrer Stärke und Ausdauer die besten Kavalleriepferde sind. Sie erreichen nicht die Geschwindigkeit eines Vollbluts, sind aber dennoch anmutig und attraktiv." Richard würde lachen, wenn er hören könnte, wie Darcy seine Worte wie ein Papagei nachplapperte. Sein Cousin konnte sich stundenlang über die Tugenden der Bakewell Blacks auslassen. "Er sagt, sie können einen Schwerthieb gegen das Bein aushalten und trotzdem weitermachen."

Der Prinz richtete sich auf. "Das klingt ideal."

Eversleigh wischte sich die Hände ab. "Ein ausgezeichneter Gedanke, Diarcey. Könntest du Aelfric ein paar Stuten besorgen?"

"Wenn ich es nicht kann, dann mein Cousin mit Sicherheit. Er kennt die Züchter."

"Evlan hat mich letztes Mal zu Tattersall's mitgenommen." Aelfric sprach den ihm fremden Namen sorgfältig aus. "Hätten sie dort welche?"

"Nein, Tattersall's ist nur auf Rennpferde ausgerichtet", sagte Eversleigh, "Diarcey, glaubst du, Aelfric könnte den Bakewell Blacks-Züchter treffen?"

Warum war Eversleigh so versessen darauf, dass Darcy dem Prinzen half? "Ich wüsste nicht, was dagegenspräche, wenngleich sie in Derbyshire sind, das mehrere Tagesreisen von London entfernt liegt."

Eversleigh und Aelfric tauschten einen Blick und lachten. "Solange es in Derbyshire Feenhaine gibt, ist es nur wenige Minuten entfernt. Es kann einige Zeit dauern, bis du dich daran gewöhnt hast, wie wir reisen, jetzt, wo du die Freiheit von Faerie genießt."

"Hat das eine spezielle Bedeutung? Ich dachte, das bedeutet, dass ich hier willkommen bin."

"Das bedeutet es, aber auch, dass du die Ringe verwenden kannst, um alleine damit zu reisen."

War das wirklich wahr? "Das ist ein sehr großzügiges Geschenk."

Eversleigh zuckte die Achseln. "Du erweist uns einen großen Dienst, indem du die Haine zu schützen versuchst, und der König hat dich dafür belohnt."

"Aber wie benutze ich die Ringe? Brauche ich einen Zauberspruch?"

Eversleigh schüttelte den Kopf. "Fay-Zauber sind viel einfacher als das, was wir gewöhnt sind. Tritt einfach in einen Ring, ruf dir dein Ziel vor Augen und dann bist du auch schon dort."

"Das ist alles?" Es klang unmöglich.

"Das ist alles." Eversleigh schnippte mit den Fingern. "Ich hab's! Fitzwilliam ist auch in Rosings. Wir sollten hingehen und mit deinem Cousin über die Bakewell Blacks sprechen." Er zögerte. "Das heißt, wenn du bereit bist, mit einem weiteren Sterblichen zu sprechen, Aelfric."

Der Sidhe wurde rot. "Wenn du sagst, dass er nicht verabscheuungswürdig ist, dann glaube ich dir."

Eversleigh zwinkerte Darcy zu. "Laut Aelfric sind alle Sterblichen verabscheuungswürdig, bis das Gegenteil bewiesen ist."

221

RICHARD FITZWILLIAM sprang auf, als Darcy, Eversleigh und ein getarnter Prinz Aelfric den Salon betraten. "Habt ihr sie gefunden? Geht es ihnen gut? Wo sind sie?"

"Wie ich erwartet hatte, geht es ihnen nicht nur hervorragend, sondern sie befinden sich auch noch in der Laube der Feenkönigin", sagte Eversleigh, "sie können jederzeit gehen, wenn ihnen beliebt."

"Aber warum sind sie nicht - gütiger Gott!" Richard wurde blass.

Aelfric hatte den Glamour fallengelassen, der ihn menschlich erscheinen ließ.

"Wir haben einen Gast, der extra hierhergekommen ist, um dich zu treffen. Aelfric, darf ich dir Colonel Fitzwilliam aus der Armee Seiner Majestät vorstellen? Er ist der Bruder von Marigold Mädesüß. Fitzwilliam, das ist mein Halbbruder Aelfric."

Richards Augen huschten zwischen ihnen hin und her. "Marigold Mäde- was?"

Eversleigh grinste. "Lady Frederica fühlt sich in Faerie so wohl wie ein Fisch im Wasser. Sie wird dort Marigold Mädesüß genannt, kleidet sich in Fay-Seide und sitzt der Königin zu Fuße. Sie und Miss Elizabeth planen, ein paar Tage dort zu bleiben."

"Mein Vater wird mich umbringen", hauchte Richard und sah Aelfric an. "Er würde für diese Gelegenheit töten."

"Er wird mich ebenfalls umbringen müssen, wenn er entdeckt, dass ich deine Schwester in Fay-Kleidung gesehen habe", sagte Eversleigh trocken, "aber das kann warten. Aelfric möchte alles über Bakewell Blacks erfahren, und Darcy sagte, du wärst Experte auf diesem Gebiet."

Richards Augen leuchteten auf. "Bakewell Blacks? Na, als Kavalleriepferde sind sie unerreicht. Hast du schon mal eines gesehen? Nein? Meins ist im Stall, wenn du es sehen möchtest."

"Dafür wäre ich sehr dankbar!", sagte Aelfric.

Nachdem Richard den begeisterten Aelfric zu den Ställen geführt hatte, ließ sich Eversleigh auf ein Sofa sinken und faltete die Hände hinter dem Kopf. "Irgendetwas stimmt nicht", sagte er zur Decke.

"Hat es etwas mit Elizabeth und Frederica zu tun?", hakte Darcy nach.

"Nein, mit Aelfric. Er vermeidet es, mir etwas zu erzählen. Ich muss vielleicht nach Faerie zurückkehren, um herauszufinden, was es ist. Immerhin konnte ich ihn davon überzeugen, dass es einige Sterbliche gibt, die keine Monster sind. Danke, dass du da am selben Strang gezogen hast."

"Ich habe mich schon gefragt, warum du wolltest, dass ich Zeit mit ihm verbringe."

"Er hat starke Vorurteile gegen Sterbliche. Seine Mutter hat ihn verlassen, deshalb misstraut er allen Sterblichen. Zuvor hat es mich nie besonders beschäftigt, aber nun sagt Lord Cathael, dass Aelfric den Krieg gegen die Sterblichen unterstützt, da muss also etwas getan werden."

Erschrocken sagte Darcy: "*Er* ist dieser Prinz? Ich hatte angenommen, dass es jemand ist, der, ähm, nun... älter ist."

"Du hast die einzigen zwei anerkannten Prinzen von Faerie kennengelernt. Es gab andere in der Vergangenheit, aber sie sind schon vor langer Zeit hochbetagt gestorben. Zweifellos hat Oberon andere sterbliche Söhne, aber keiner hat den Weg nach Faerie gefunden, und die Geburt eines Sidhe ist heutzutage eine große Seltenheit."

"Aelfric ist sein Erbe?" Das klang unheilvoll. "Wie lange wird Oberon noch leben?"

"Aelfric ist nicht der Thronerbe. Er wird anerkannt, aber der Thron geht nicht vom Vater auf den Sohn über. Titania wird den neuen König wählen, wenn Oberon stirbt, aber es wird ein erfahrener Sidhe sein, nicht Aelfric. Oberon war jung, als William der Eroberer England einnahm, aber er wird wahrscheinlich nur noch ein oder zwei Jahrhunderte leben. Sofern er nicht getötet wird. Eine eiserne Kugel kann sogar einen Sidhe töten. Deshalb reiten sie nicht mehr unter Sterblichen. Unsere Welten waren sich näher bevor es Schusswaffen gab."

"Also sind die alten Geschichten über die Sidhe wahr?"

"Viele davon, ja. Aber deshalb ist die Idee eines Krieges gegen die Menschen so seltsam. Die meisten Sidhe werden die Welt der Sterblichen wegen dieser Gefahr nicht betreten. Wie führt man einen Krieg ohne Soldaten?"

"Man möchte meinen, Unsichtbarkeit würde ihnen zum Vorteil gereichen." Der Gedanke, gegen einen unsichtbaren Feind zu kämpfen, war erschreckend. "Aber, wenn ein wahrer Krieg unmöglich ist, warum wollen sie dann einen?"

"Das ist in der Tat die Frage. Ich wünschte nur, ich hätte eine Antwort."

"HIER, JETZT KANN ICH es dir zeigen", sagte Richard zu Aelfric bei ihrer Rückkehr. Er nahm ein Schachspiel von der Kommode und begann, die Figuren in zufälligen Linien auf dem Teetisch aufzustellen. "Also, die weißen, das sind wir und die schwarzen, das sind die Franzosen und die Spanier. Wir standen hier auf dieser Anhöhe und wir hatten zwei Reihen von Pfählen am Fuße dieses Hügels errichtet."

Aelfric verschob zwei der schwarzen Figuren. "Aber wären sie so nicht um euch herumgekommen?"

Eversleigh murmelte in Darcys Ohr: "Spielzeugsoldaten."

"Das habe ich gehört", sagte Richard empört. "Aelfric hatte eine Frage zu Kavallerieangriffen."

"Was hältst du von dem Pferd?", erkundigte sich Eversleigh.

"Colonel Fitzwilliam wird mich dem Mann vorstellen, der sein Pferd gezüchtet hat", sagte Aelfric begeistert, "wenn ich zwei Stuten bekommen könnte, wäre ich sehr zufrieden."

Anne de Bourghs Stimme ertönte von der Tür her. "Verzeihung. Ich wusste nicht, dass ihr Gesellschaft habt."

"Nur einer meiner Freunde, der vorbeikam, um mit Fitzwilliam über Pferde zu sprechen", sagte Eversleigh sanft, "darf ich Ihnen... Mr. Alfred vorstellen? Alfred, das ist Miss de Bourgh von Rosings Park, Cousine von Darcy und Fitzwilliam."

Aelfrics Sidhe-Gesicht hatte sich in menschliche Züge verwandelt, als er aufstand und sich verbeugte.

Anne reichte ihm träge die Hand. "Willkommen auf Rosings, Mr. Alfred. Für einen Moment sahen Sie irgendwie..." Der vertraute, schmerzhafte Ausdruck huschte über ihr Gesicht. "Spielen Sie Schach?"

Aelfric, offensichtlich ratlos, wie er darauf reagieren sollte, verneigte sich über ihrer Hand, ließ sie aber danach nicht los. Stattdessen sah er unsicher in ihre Augen. "Geht es dir gut?"

Richard sagte mit falscher Herzlichkeit: "Der junge Alfred hat ein bisschen zu viel Portwein genossen. Hör gar nicht auf ihn."

Aelfric legte seine Hand an ihre Wange. "Was wurde dir angetan?", fragte er sanft, "soll ich es wieder in Ordnung bringen?"

Darcy rückte näher und bereitete sich darauf vor, Anne in ihrer unvermeidlichen Ohnmacht aufzufangen. "Miss de Bourghs Gesundheit ist labil", sagte er spitz.

Anne sah Aelfric nur fasziniert in die Augen und nickte.

Die junge Sidhe hielt ihren Blick vielleicht eine halbe Minute lang fest, bevor er seine Hand entfernte und etwas ins Feuer warf. Ein Seil oder könnte es eine Schlange gewesen sein? Wo kam die jetzt her?

"Na also, da haben wir's. Jetzt musst du lange schlafen, damit sich dein Körper erholen kann." Aelfric führte sie zur Chaiselongue und half ihr, sich zu setzen.

Ihre Augenlider wurden schon schwer. Sie wehrte sich nicht, als er sie in eine Liegeposition brachte. Richard schoss herbei und legte ein Kissen unter ihren Kopf.

Aelfric sagte sanft: "Schlaf jetzt. Schlaf und heile."

Annes Augen schlossen sich und ihre Brust begann sich gleichmäßig zu heben und zu senken.

Richard legte seine Hand auf Annes Hals und riss sie fast augenblicklich weg. "Sie brennt vor Magie. Er muss den Bindebann entfernt haben." Er lachte. "Vaters unbrechbarer Bann. Er wird außer sich sein vor Wut."

Aelfric, dessen plötzliche Sanftmut ebenso schnell verschwand, wie sie gekommen war, starrte Eversleigh an. "Warum hast du ihr nicht geholfen? Sie hatte Schmerzen!"

"Ich habe es versucht", sagte Eversleigh milde, "ich war nicht in der Lage, den Bann zu brechen. Warum sagst du, dass sie Schmerzen hatte?"

"Konntest du das nicht sehen?" Aelfrics Schock war offensichtlich.

"Offenbar nicht. Woran hast du es erkannt?"

Aber es musste wahr sein, denn der verhärmte Gesichtsausdruck, den Anne hatte, seit Darcy denken konnte, war verschwunden. Sie sah jetzt viel jünger aus.

"Kannst du den Schmerz nicht riechen?"

Eversleigh schüttelte den Kopf. "Das übersteigt meine Fähigkeiten."

"Elizabeth wusste es." Darcy war sich plötzlich sicher.

"Natürlich weiß Libbet es", sagte Aelfric verächtlich.

Darcy fragte: "Wie lange wird sie schlafen?"

Aelfric musterte sie. "Bei Sterblichen kann ich es nicht sagen. Ein Fay würde einen halben Tag schlafen."

Wenn sie aufwachte, würde sie all die Magie spüren, die in ihr schwelte. Was, wenn sie erneut versuchen würde, jemanden zu töten? Könnten Darcy und Richard sie im Zaum halten? Würde sie auf sie hören?

Mrs. Jenkinson, Annes Gesellschaftsdame, spähte in den Raum. "Oh! Miss de Bourgh! Sie hätten mich rufen sollen, als sie ohnmächtig wurde." Sie nahm das Riechsalzfläschchen, das an einer Kette um ihren Hals baumelte, und öffnete es unter Annes Nase.

Darcy schob ihre Hand beiseite. "Das ist keine Ohnmacht, sie schläft nur. Sie könnten helfen, indem Sie eine Decke holen, mit der wir sie zudecken können."

Mrs. Jenkinson sah aus, als wollte sie sich ihm widersetzen, aber Darcy hatte seit Lady Catherines Krankheit die Befehle auf Rosings erteilt. Mit einem verängstigten Blick auf Anne eilte sie davon.

"Das könnte zum Problem werden", sagte Richard, "wir können Anne nicht aufwachen lassen ohne jemanden, der sie in der Magie anleiten kann, aber Mrs. Jenkinson wird nicht erlauben, dass ein Mann die Nacht über bei ihr bleibt. Wir brauchen Frederica und Miss Elizabeth."

Eversleigh straffte seine Manschetten. "Unter diesen Umständen glaube ich, dass sie einer Rückkehr zustimmen würden. Aber - nein, es geht ja um heute Nacht, also bleibt uns keine Wahl. Ich werde sie holen." Er sah besorgt aus.

"Was wolltest du sagen?"

Eversleigh verzog das Gesicht. "Dass ich vor morgen nicht nach Faerie zurückkehren kann. Das Reisen durch die Ringe bleibt für

Sterbliche nicht ohne Folgen. Sie zu benutzen ist immer anstrengend und direkt danach fällt es einem schwer, klar zu denken, sie aber mehr als zweimal am Tag zu benutzen, um zwischen den Welten herumzureisen, umnebelt den Geist zunehmend. Ich werde die Ringe danach ein oder zwei Wochen lang nicht benutzen können, aber das kann nicht bis morgen warten."

Teil III - Dunkle Magie

Kapitel 8

"Anne rührt sich." Fredericas Stimme war leise, aber sie drang durch den stillen Raum.

Darcy schloss sein Buch, ohne ein Lesezeichen einzulegen. Er war ohnehin nicht in der Lage gewesen, sich darauf zu konzentrieren, nicht nach allem, was geschehen war.

Frederica rieb die Hand ihrer Cousine. "Anne, kannst du mich hören?"

"Selbstverständlich. Ich bin nicht taub", entgegnete Anne scharf. "Wo ist er?"

"Wen meinst du?"

"Na, diesen seltsamen Mann, der behauptet hat, er würde mich wieder in Ordnung bringen."

Elizabeth sagte: "Er ist ein Sidhe, kein Mann, und er ist nach Faerie zurückgekehrt."

Frederica fragte zögernd: "Wie fühlst du dich?"

Anne runzelte die Stirn. "Seltsam. Als wäre ich in Sirup gefangen gewesen und plötzlich freigekommen. Was ist geschehen?"

"Du standst unter einem Bann, einem Bindebann. Wir konnten dir das nicht erklären, weil ein Teil des Zaubers dich ohnmächtig machte, sobald jemand Magie erwähnte. Wir hatten seit einiger Zeit versucht, einen Weg zu finden, wie wir den Bann brechen können. Gestern konnte unser Sidhe-Freund ihn entfernen. Seitdem hast du geschlafen."

"Ein Bann." Annes Stimme wurde leise. "Ich nehme an, mein Vater hat mich damit belegt, bevor er starb."

Frederica warf Darcy einen besorgten Blick zu. "Nein", sagte sie langsam. "Wir glauben, er hatte nichts damit zu tun."

"Ihr glaubt, so tief würde er nicht sinken? Das würde er, das kann ich euch versichern."

Lady Frederica biss sich auf die Lippe. "Das mag sein, aber mein Vater war derjenige, der dich mit dem Bann belegt hat."

"Lord Matlock?" Anne lachte hart. "Und er ist derjenige, der uns vor schwarzen Magiern schützen soll."

"Du erinnerst dich nicht mehr daran, dass er einen Zauberspruch gesprochen hat?"

Anne schüttelte erneut den Kopf. "Ich erinnere mich, dass er zur Beerdigung gekommen ist. Ich war immer noch schwach. Als ich aufhörte, klar zu denken, nahm ich an, dass es Gottes Strafe war, weil ich meinen Vater getötet habe."

Eversleigh sagte schnell: "Miss de Bourgh, Kinder, die einen Elternteil verlieren, haben oft das Gefühl, verantwortlich zu sein - warum seht ihr mich alle so an?"

Elizabeth brach schließlich die Stille, die folgte. "Ich kann nicht behaupten, viel über jene Zeit zu wissen, aber soweit ich es verstanden habe, hat Miss de Bourgh den Tod ihres Vaters verursacht, wenngleich ich keine Beweise dafür gehört habe, dass es absichtlich geschah."

"Oh, es war Absicht, das kann ich Ihnen versichern", sagte Anne kalt. "Ich musste eine Woche lang eine Krankheit vortäuschen, um ihn lange genug davon abzuhalten, mir meine Magie auszusaugen, damit ich wieder genug Kraft sammeln konnte, um ihn zu töten."

Eversleigh sagte mit angespannter Stimme: "Miss de Bourgh, nur ein schwarzer Magier würde ein Kind seiner Magie berauben. Versuchen Sie, uns zu sagen, dass Ihr Vater ein schwarzer Magier war?"

"Wusstest ihr das nicht?" Anne starrte sie an. "Er hat mich solange ich denken kann meiner Magie beraubt. Er brauchte sie, um seine Zauber anzufachen, damit er andere dazu bringen konnte, sich seinem Willen zu beugen."

Darcy war fassungslos. Konnte es wahr sein? Aber sein eigener Vater hatte Sir Lewis gut gekannt. Was es möglich, dass er und Lord Matlock beide die Hinweise übersehen hatten? Schwarze Magier aus früheren Zeiten hatten es jahrelang geschafft, ihre Bemühungen zu verbergen. Alles, woran sich Darcy in Bezug auf Sir Lewis erinnern konnte, war, dass er immer mit einer Hand auf Annes Schulter dastand, immer auf ihrer Schulter, und Anne ständig erschöpft war und genug für drei Kinder gegessen hatte. Herr im Himmel, es war tatsächlich wahr.

Anne schauderte. "Ich muss etwas von meiner Magie loswerden. All diese Jahre hat sie sich in mir angestaut - und ich habe schon gedacht, ich würde verrückt werden."

Fredericas Gesicht mochte aschfahl sein, aber ihre Manieren hatte sie nicht vergessen. "Würde es helfen, einen Zauber zu wirken?"

Annes Augen wirkten traurig. "Ich kenne keine Zaubersprüche, ich weiß nur, wie man Dinge tilgt. Es wäre unhöflich, einen von euch zu tilgen, nachdem ihr mir geholfen habt und Mutter war sehr verärgert, nachdem ich damals einen Teil des Hauses aufgelöst habe. Und ja, das sollte ein Scherz sein."

"Ich könnte dir beibringen, wie man eine Kerze mit Magie anzündet. Du musst nichts weiter tun, als dich auf den Docht zu konzentrieren, dir vorzustellen, wie er heißer und heißer wird und *Ardescas* sagen, und das war's schon." Frederica holte einen kleinen Kandelaber von einer Kommode und stellte ihn vor Anne.

"Nichts weiter?", fragte Anne zweifelnd. "Ich dachte, an Zaubern wäre mehr dran."

"Das ist alles, was du für diesen brauchst. Deshalb ist er gut für Anfänger."

Anne kniff die Augen zusammen und starrte auf die Kerze. "*Ardescas*." Der Docht begann zu qualmen und fing Feuer.

Ebenso wie die Vorhänge und der Läufer.

Eversleigh und Frederica begannen hektisch, Zauber zu sprechen, um das Feuer zu löschen, aber kaum hatten sie einen Bereich von Flammen befreit, begann es an anderer Stelle zu brennen. Elizabeth versuchte hustend, Anne etwas zu sagen und deutete auf die Tür.

Darcy nahm verzweifelt Verbindung zum See auf, hielt das Wasser knapp unter der hohen Zimmerdecke und ließ es los. Eisiges Wasser stürzte auf sie herab.

Die Flammen zischten und erstarben. Darcy forderte das knietiefe Wasser auf, die letzten noch übersehenen schwelenden Bereiche zu löschen und dann zum See zurückzukehren.

Frederica hustete und prustete, während Eversleigh sich zu den Fenstern vorkämpfte, um noch weitere zu öffnen.

Richard schüttelte sich die Tropfen aus seinen Haaren wie ein nasser Hund. "Sehr beeindruckend, Darcy", sagte er gedehnt. "Ich bin sicher, alle Stubenmädchen wären höchst erfreut, diesen kleinen Trick zu lernen."

Erschöpft und seltsam verlegen rief Darcy den letzten Teil des Wassers, die Tröpfchen, die die Kleidung aller durchnässten, sammelte sie in einer kleinen Lache zu seinen Füßen und schickte sie weg.

Elizabeth berührte erstaunt ihren jetzt trockenen Rock. "Wie haben Sie das gemacht?"

"Meine Affinität zu Wasser", sagte er verlegen. "Es hört auf mich."

"Offensichtlich hört es sehr gut!"

"Nun", sagte Eversleigh in einem Tonfall, der perfekt für eine Veranstaltung bei Almack's geeignet wäre, "ich schlage vor, wir verschieben den Zauberunterricht und verlagern unsere Bemühungen in den Garten. Ich kann sehen, dass Miss de Bourgh immer noch voller Magie ist und aufgestaute Magie ist draußen sicherer."

Frederica nahm eine glatte Haarsträhne zwischen die Finger, die vor der Flut durch das Seewasser einmal ein Löckchen gewesen war. "Zuerst muss ich... Ach, was soll's. Das ist wichtiger."

Darcy griff auf dem Weg nach draußen mit beiden Händen nach Gebäck. Er war Eversleigh dankbar, dass er die Situation in die Hand genommen hatte. Eversleigh hatte weder den gleichen Schock erlebt wie er, als er realisierte, dass der Ehemann seiner Tante ein schwarzer Magier gewesen war, noch die beunruhigende Entdeckung gemacht, dass seine Cousine Anne überhaupt nicht die Frau war, für die er sie gehalten hatte.

Vor ihm sagte Anne zu Eversleigh: "Ich hatte nicht vor, etwas anderes als den Kerzendocht anzuzünden, aber ich habe die Dekoration in diesem Raum immer gehasst. Vielleicht wusste das Feuer das."

"Das würde mich überraschen, aber ich muss sagen, Miss de Bourgh, obwohl ich Sie erst seit sehr kurzer Zeit kenne, bin ich überzeugt, dass Sie uns noch so manche Überraschung bieten werden."

Darcy sagte: "Für einen Elementarmagier braucht es nicht viel, um ein Feuer zu entfachen, selbst wenn er einen Zauberspruch benutzt. Ich muss beim Anzünden einer Kerze sehr vorsichtig sein und mich sorgfältig fokussieren, damit das Feuer auch wirklich nur auf der Kerze bleibt. Höchstwahrscheinlich wird sie das auch tun müssen." Jemand würde mit ihr üben müssen wie sie ihre Elementarmagie in Schach halten konnte bevor sie echten Schaden anrichtete, und da er unglücklicherweise der einzige Elementarmagier in diesem Teil Englands war, fiel ihm die Aufgabe zu. Eine weitere unerwünschte Verantwortung.

"Aber sie hat einen Zauberspruch benutzt, keine elementare Magie", sagte Frederica.

"Das spielt keine Rolle", entgegnete Darcy. "Elementarmagie ist instinktiv. Sie hat daran gedacht, eine Flamme zu erzeugen, also erzeugte ihre elementare Magie Flammen. Elementarmagier entfachen Feuer, während sie noch in ihren Wiegen liegen. Zaubersprüche müssen einem beigebracht werden."

Elizabeth sah überrascht aus. "Ist es dann eine ganz andere Art von Magie?"

Richard antwortete, während Darcy immer noch versuchte, eine Antwort zu finden, die sie nicht erschrecken würde. "Das ist ein ganz anderes Kaliber. Einige Gelehrte denken, dass es ein Überbleibsel einer Sidhe-Macht sein muss, weil Elementarmagier einen Todesfluch haben, genau wie die Sidhe."

Elizabeth stutzte. "Er kann Menschen sterben lassen?" Sie klang entsetzt.

"Nur, wenn sie mich zuerst töten", mischte sich Darcy rasch ein, "es ist eher ein Fluch, der nach einem unnatürlichen Tod in Kraft tritt, denn ein Fluch um zu töten. Früher kam er häufiger zur Anwendung als heute."

"Oh." Elizabeths Gesicht hellte sich auf. "Heute lerne ich jede Menge! Meine Magie funktioniert ganz anders. Ich benutze weder Zaubersprüche noch die Elemente. Ich denke überhaupt nicht an Feuer, wenn ich es mache." Sie hielt ihre Hand hoch und rieb ihren Daumen gegen die Spitzen von Zeige- und Mittelfinger. Eine blaue Flamme erhob sich aus ihrem Daumen. "So zünde ich eine Kerze an. Keine Sorge; es brennt nicht." Sie fuhr mit ihrer freien Hand durch die Flamme, um es zu demonstrieren, und löschte sie dann, indem sie darauf blies.

"Gut gemacht. Das ist wilde Magie", sagte Eversleigh. "Wenn Sie Ihre Finger aneinander reiben, wird simuliert, wie ein Feuer entsteht. Sie müssen also nicht an Feuer denken."

"Wie hast du das gelernt?", fragte Frederica.

Elizabeth sagte: "Ich wünschte, ich könnte dir das sagen. Es kam einfach eines Tages, als ich eine Kerze anzünden wollte und zu müde war, um hinunter zum Feuer zu gehen."

Eversleigh lächelte sie warm an. "Definitiv wilde Magie. Es beginnt mit einer Absicht und dann leitet einen die Magie."

"Ich wünschte, für mich wäre es so einfach!", rief Lady Frederica aus. "Kannst du es mir noch einmal zeigen?"

Als Elizabeth der Bitte nachkam, versuchte Frederica, sie nachzuahmen, und ihr Gesicht verzog sich vor Konzentration. "Mist! Ich schaff' das nicht."

"Wilde Magie ist schwer, wenn man sein ganzes Leben lang Zauberformeln angewendet hat", sagte Eversleigh.

Sie hatten eine kleine Wildnis zwischen den formalen Gärten und dem Obstgarten erreicht und blieben am Ufer des Baches stehen. Frederica fragte Anne: "Möchtest du es nochmal versuchen? Der Zauberspruch hierfür ist 'Crescas.' Sprich ihn aus, während du die Pflanze berührst, schick deine Magie in ihre Wurzeln hinunter und zu ihren Blättern hinauf und ermutige sie, zu wachsen. Das sollte sicherer sein als Feuer zu erzeugen."

Anne kniete sich neben die jungen Pflänzchen, die sich in die Frühlingsluft drängten. Sie zeigte auf einen zusammengerollten Farn. "Eine Pflanze wie diese?"

"Genau."

"Crescas." Anne hielt den Stiel zwischen Daumen und Zeigefinger und runzelte konzentriert die Stirn. "Da passiert nichts."

"Gib nicht gleich auf. Fast jeder mit Magie kann Pflanzen wachsen lassen, wenn auch nur ein wenig. Du musst nur herausfinden, wie du es angehen musst. Dafür braucht es eine Menge Magie, du solltest also keine dramatischen Ergebnisse erwarten."

Darcy vermutete, dass Freddie genau deshalb diese spezielle Aufgabe gewählt hatte. Wenn Anne riesige Mengen magischer Energie verbrennen musste, sollte es ausreichen, ein oder zwei Pflanzen wachsen zu lassen, um sie zu erschöpfen. Danach konnte sie immer noch entscheiden, was als nächstes zu tun wäre.

Der Farn begann sich langsam zu entfalten und wurde Zoll um Zoll größer. An den Wedeln bildeten sich Blätter. Darcy ermutigte das Wasser im Strom, in das Ufer einzudringen, da das schnelle Wachstum dem Boden jegliche darin enthaltenen Feuchtigkeit entziehen musste. Bald schon war der Farn einen Fuß hoch und überragte seine Nachbarn in seiner vollen Pracht.

"Beeindruckend", bemerkte Eversleigh, "ich bezweifle, dass einer von uns es so weit hätte treiben können, außer vielleicht Darcy, und selbst der hätte enorme Anstrengungen unternehmen müssen."

Anne starrte den Farn an. "Ich brauche mehr." Sie rannte mit gerafften Röcken zum Obstgarten. Frederica heftete sich an ihre Fersen.

Eversleigh hob die Augenbrauen und sah Darcy bedeutungsvoll an. Sie folgten dem Weg zum Obstgarten in gemächlicherem Tempo.

Im Obstgarten versuchte Frederica, auf Anne einzuwirken, deren Hände um den Stamm eines kürzlich gepflanzten Schösslings gelegt waren. "Du wirst dich erschöpfen. Das ist nicht klug."

"Ich möchte mich erschöpfen!" Anne schloss die Augen und beugte sich über den Schössling, Zweige streiften ihre Stirn. Die Blattknospen schwollen an und aus ihnen brach frisches Grün hervor. Dann - unglaublich - wurde der Baum Zoll um Zoll größer. Der Stamm schwoll zwischen Annes Händen an, sogar noch als sie schon blass wurde und ihre Arme zitterten. Frederica rang sich die Hände.

Elizabeth erschien, gefolgt von zwei Lakaien, einer mit einem Tablett mit Essen und der andere mit einem Krug Limonade. Sie blieb mit offenem Mund stehen, als sie Anne erblickte.

Annes Kopf lehnte jetzt an einem Stamm, der so breit war, dass sie ihre Hände nicht mehr darum schlingen konnte. Das Wachstum schien aufgehört zu haben. Langsam rutschte Anne auf die Knie. Sie schien kaum zu atmen, aber sie flüsterte: "Das ist besser."

Darcy konnte es nicht glauben. Lord Matlock hatte gedacht, Darcy könnte Annes magische Ausbrüche unter Kontrolle bringen, wenn er sie heiratete. Wenn man von dieser Leistung ausging, dann wäre er dazu ebenso wenig in der Lage wie zum Mond zu fliegen.

Elizabeth bedeutete dem Diener, Anne das Essen anzubieten, die mit der einen Hand ein Brötchen und in der anderen ein Stück Wurst ergriff und ihr Bestes gab, um beides gleichzeitig zu verschlingen.

Eversleigh ging zu Darcy hinüber. "Ich bin ziemlich froh, dass ich nicht wusste, auf welchem Pulverfass wir saßen, als ich diesen Verteidigungszauber geschwächt habe", sagte er leise.

"Das hätte ich nicht für möglich gehalten."

"Eines kann ich dir sagen", meinte Eversleigh, "wenn ihr Vater tatsächlich schwarze Magie studierte und ihm durch sie magische Energie in dieser Menge zur Verfügung stand, dann können wir alle froh sein, dass er nicht mehr am Leben ist."

"Amen", sagte Richard.

Frederica hob den Kopf, den Arm um Annes Schultern. "Ich fürchte, sie ist ohnmächtig geworden. Sie wird Hilfe brauchen, um ins Haus zurückzukehren."

Richard trat vor. "Ich werde sie tragen."

"Nicht du, Fitzwilliam," ging Eversleigh dazwischen, "Du bist eine Quelle, und wenn du sie jetzt berührst -"

"Wird sie jede Unze Magie aus mir herausziehen, sogar bewusstlos. Du hast recht. Es wird einige Zeit dauern, bis ich mich an diese neue Anne gewöhnt habe", sagte Richard.

"Ich werde sie tragen", sagte Eversleigh. "Nein, auch du nicht, Darcy. Dein Arm ist verletzt. Es mag nicht schicklich sein, aber um ehrlich zu sein, ist es wahrscheinlich das am wenigsten Schockierende, was heute passiert ist, wenn ich eure Cousine zum Haus trage."

"Bring sie ins Wittumshaus", sagte Frederica. "Was wir jetzt gar nicht brauchen können, ist, dass Lady Catherine es mitbekommt."

"WAS MACHT IHR WEGEN Sir Lewis?", fragte Frederica von ihrem Platz neben Annes bewusstlosem Körper auf der Chaiselongue.

"Verdammt, ich weiß es nicht", grummelte Richard. "Ich freue mich nicht darauf, es Vater zu erzählen."

Darcy sagte: "Sicherlich sollten wir zumindest sein Arbeitszimmer unter die Lupe nehmen, bevor wir Lord Matlock beunruhigen."

"Eines nach dem anderen", sagte Eversleigh betont. "Keiner von euch wird irgendetwas tun, worum ich ihn nicht bitte. Ich möchte mich später nicht mit Fragen befassen müssen, warum Blutsverwandte diese Untersuchung leiten durften - und das gilt auch für Lord Matlock. Dies bedeutet im Umkehrschluss und mangels Alternative, dass das meine Untersuchung ist und ihr meinen Anweisungen folgt."

"Da wirst du keine Einwände von mir hören", sagte Richard. "Diese Verantwortung gebe ich nur zu gern ab."

"Ich wollte das gleiche vorschlagen", sagte Darcy, "zumal du im Rat der Magier bist."

"Obendrein", sagte Eversleigh trocken, "wäre diese Untersuchung ohnehin mir zugefallen, da die anderen drei Magier des Rates unabkömmlich sind - einer ist in Irland, einer ist 83 Jahre alt und kann sich kaum mehr an seinen eigenen Namen erinnern und der letzte ist von der Gicht verkrüppelt. Es ist pures Glück, dass ich schon hier bin."

Elizabeth fragte: "Verzeihung, aber nur für den Fall, dass es später Fragen gibt, wie sollen wir erklären, dass Ihr schon hier seid? Ich nehme an, Ihr würdet es vorziehen, Faerie nicht ins Spiel zu bringen."

"Ein gutes Argument." Eversleighs Blick wanderte nachdenklich über jeden von ihnen. "Gentlemen, wären Sie so freundlich, mit mir das Gerücht zu verbreiten, dass ich Lady Frederica nachlaufe? Selbstredend bin ich ihr hierher gefolgt." Er verneigte sich vor Frederica. "Es sei denn, Sie haben Einwände, Lady Frederica?"

Richard lachte. "Niemand wird Schwierigkeiten haben, das zu glauben. Freddie laufen ständig die Kerle hinterher."

"Ist dem so?" Eversleigh hob sein Lorgnon und untersuchte Frederica. "Ich nehme es doch an."

Fredericas Wangen waren rot, aber ob aus Verlegenheit oder Wut heraus, war unmöglich zu sagen. "Wenn es für Eure Lordschaft günstig ist, habe ich nichts dagegen. Aber ich würde gerne hören, was Ihr geplant habt, um die schwarze Magie hier in den Griff zu bekommen."

Eversleigh warf einen Blick in den Spiegel und nahm eine mikroskopische Korrektur an seiner Krawatte vor. "Darcy hat recht. Wir drei müssen Sir Lewis' Studierzimmer untersuchen. Ich neige dazu, Miss de Bourghs Behauptung zu glauben, er sei ein schwarzer Magier gewesen, da sie keinen Grund hätte zu lügen, aber wir sollten das besser beweisen können, ehe wir weitere Schritte einleiten."

Richard seufzte schwer. "Da hast du recht, nehme ich an. Zumindest haben wir es schneller hinter uns, wenn wir drei uns die Arbeit teilen."

Darcy schüttelte den Kopf. "Das könnte mehr als einen Tag in Anspruch nehmen. Der Raum ist seit Sir Lewis' Tod verschlossen, und ich bin wahrscheinlich die einzige Person, die ihn seitdem betreten hat."

"Das war unter den gegebenen Umständen eine unglückliche Entscheidung, aber ich nehme an, das hast du nicht wissen können." Eversleighs Stimme klang missbilligend.

"Nein, ich habe das nicht wissen können", erwiderte Darcy. "Ich habe nach Büchern gesucht, die Informationen über Faerie enthalten könnten. Der Raum war mit Staub bedeckt. Du wirst sehen können, wo ich war und was ich berührt habe."

"Und du hast keine Hinweise auf schwarze Magie gesehen?"

"Danach habe ich nicht gesucht. Es standen seltsame Gerätschaften und Zubehör herum, das alchemistisch aussah, und manche seiner Bücher waren auf Italienisch, aber darüber habe ich mir zu dieser Zeit keine Gedanken gemacht." Mehr brauchte man nicht zu sagen. Jeder Magier wusste, dass die meisten Bücher über schwarze Magie in dieser Sprache verfasst waren.

Richard streckte sich. "Glücklicherweise müssen wir keine vollständige Durchsuchung durchführen. Alles, was wir brauchen, ist die Bestätigung, dass er sich mit schwarzer Magie beschäftigt hat, und dann wird es meine unglückselige Aufgabe sein, nach London zu reiten und meinem Vater die Nachricht zu überbringen. Selbst wenn es deine Untersuchung ist, Eversleigh, kannst du ihn nicht davon ausschließen."

"Du könntest einen Brief per Expresskurier senden", sagte Darcy.

Richard schüttelte düster den Kopf. "Mein Vater ist kein junger Mann mehr, und das wird ihn schwer treffen. Es ist sicherer, es ihm persönlich zu sagen, wenn auch meine Mutter da ist, um ihn zu unterstützen."

Frederica sagte: "Da stimme ich dir vollkommen zu, Richard. Er wird sich selbst die Schuld geben, dass er es nicht gesehen hat."

Noch etwas, worauf sie sich freuen konnten.

DER KORRIDOR ZU SIR Lewis' Bibliothek war immer noch staubbedeckt, die Fußspuren von Darcys vorherigem Besuch noch sichtbar. Zumindest verstand er jetzt, warum die Diener Angst hatten, dort zu reinigen.

Er öffnete die Tür und hielt sie für Eversleigh und Richard offen, um sie voranzugehen zu lassen. Darcy stieß beinahe mit Richard zusammen, der ein paar Meter hinter der Tür wie eingefroren stehenblieb.

"Es ist wahr", sagte Richard.

"Was?", fragte Darcy.

"Spürst du es nicht?" Richards Gesicht war aschfahl.

"Was soll ich spüren?"

Richard bewegte seine Hände durch die Luft. "Das Böse. Tod. Korruption. Ich habe noch nie zuvor schwarze Magie gespürt, aber ich weiß, dass es das ist."

Eversleigh wandte sich an ihn. "Kannst du generell die Magie eines Magiers spüren, der nicht anwesend ist?"

"Nein, aber das ist... Es ist wie ein Gestank. Er ist einfach da."

"Dein Vater wird daran interessiert sein, zu wissen, dass Quellen lange vergangene schwarze Magie spüren können."

"Sofern es schwarze Magie ist. Das müssen wir noch beweisen", sagte Darcy. "Eversleigh, ich nehme nicht an, dass du Italienisch lesen kannst."

Der Viscount lächelte trocken. "Doch, in der Tat. Ich lebe gerne am Rande der Gefahr." Viele Magier würden jegliche Kenntnis der Sprache leugnen, selbst den Anschein davon. "Ich werde durch seine Bücher schauen. Einer von euch sollte seinen Schreibtisch durchgehen, während der andere seine Experimente überprüft."

Richard schauderte. "Du nimmst den Schreibtisch, Darcy. Ich möchte nichts anfassen, was er berührt hat. Das ist schlimmer als nach einer Schlacht. Wenigstens stirbt man im Kampf einen sauberen Tod." Er näherte sich vorsichtig dem Labortisch, die Hände fest hinter seinem Rücken aneinandergeklammert.

Darcy öffnete die obere Schublade des Schreibtisches. Federkiele, ein Messer zum Spitzen von Stiften, Papier, eine Flasche Tinte – nichts Überraschendes. Um sicherzugehen, fühlte er auf der Rückseite der Schublade nach Anzeichen eines versteckten Fachs, doch sie wirkte solide.

Die nächste Schublade enthielt ledergebundene Notizbücher. Darcy nahm das oberste heraus und öffnete es. Die Tinte war verblasst, aber die energische Handschrift war noch lesbar. Die erste Seite schien eine Liste von Zutaten für ein Experiment zu enthalten, gefolgt von der Anmerkung "Nutzlos. Zeitverschwendung." Die nächste Seite zeigte ein Rezept, das erfolgreicher zu sein schien, da darauf eine Liste von Namen und Mengen folgte – eineinhalb Gramm, drei Gramm. Die Namen klangen alle nach gewöhnlichen Leuten. Hatte Sir Lewis seine Experimente an den Dienern und den Pächtern durchgeführt? Darcy kam die Galle hoch.

Ein Buch wurde mit einem Knall zugeschlagen. Richard presste hervor: "Eversleigh, was auch immer du tust, hör damit auf."

"Ich habe das Buch nur gelesen", sagte Eversleigh milde.

"Nun, dann les' es nicht!" Richard klang, als wäre er kurz vorm Explodieren.

Darcy fragte: "Was hast du gelesen?"

Eversleigh sah ihn entschuldigend an. "Einen Zauberspruch. Es ist tatsächlich ein Buch über schwarze Magie, aber ich habe den Zauberspruch nur gelesen, und ihn nicht ausgeführt, als ob ich so etwas jemals tun würde."

Richard stand mit geballten Händen auf den Zehenspitzen. "Dann überspring die Zauber!"

"Gewiss", sagte Eversleigh ruhig, "Fitzwilliam, es scheint mir, dass wir bereits genug Beweise haben, um zu wissen, dass dein Vater das sehen muss. Vielleicht solltest du jetzt am Besten nach London reiten.

Du bist einer der stärksten Männer, den ich kenne, aber du fühlst dich offensichtlich wohler, wenn du diesen Ort verlassen kannst."

Richard sah Darcy an, der nickte. "Also schön. Ich bin hier sowieso nicht zu viel nütze."

"Aber, wenn wir jemals einen Spürhund für schwarze Magie brauchen sollten, wirst du sehr nützlich sein."

Richard verzog das Gesicht. "Ich bin nicht böse drum, wenn ich diesen Gestank nie wieder riechen muss. Vermutlich werde ich morgen Früh zurückkehren. Irgendwelche Nachrichten, Darcy?"

Darcy schüttelte den Kopf. "Gute Reise."

Nachdem Richard gegangen war, sagte Eversleigh: "Manchmal habe ich Quellen um ihre friedlichen Fähigkeiten beneidet, aber heute bin ich dankbar, dass ich keine bin. Ich kann mir nicht vorstellen, wie schlimm es sein muss, um ihn so sehr zu quälen."

"Du hast das ganz richtig gemacht, als du ihn zum Gehen ermutigt hast. So eine Reaktion habe ich noch nie bei ihm gesehen." Aber je mehr Darcy in den Notizbüchern zu sehen bekam, desto mehr fühlte er mit Richard. "Wie belastend sind die Bücher?"

"Überaus belastend. Abgesehen von einigen über Alchemie sind alle, die ich mir angesehen habe, Texte über schwarze Magie." Eversleigh hievte einen weiteren dicken Folianten vom Regal.

Darcy wandte sich widerwillig wieder den Notizbüchern zu.

ELIZABETH SPRANG AUF die Füße. "Mr. Darcy möchte mich sehen? Zu dieser Stunde? Hast du ihm gesagt, dass Lady Frederica und Miss de Bourgh sich bereits zurückgezogen haben?" Sie wäre selbst bereits im Bett, doch ihr Körper wollte nach diesem anstrengenden Tag nicht zur Ruhe kommen, oder zumindest versuchte sie, sich das einzureden. Möglicherweise war das Heulen des Windes draußen für ihre Erregung verantwortlich. Aber das waren nur Ausreden. Es waren Gedanken an Darcy, die sie wachgehalten hatten. Jetzt war er hier und ihr Körper fühlte sich plötzlich lebendig an, ihre Haut prickelte vor Vorfreude.

"Das habe ich ihm erklärt, Miss, aber er bestand darauf, dass Sie diejenige seien, mit der er sprechen wolle. Soll ich bei Ihnen bleiben, während er hier ist?" Die schweren Augenlider des Dienstmädchens standen im Widerspruch zu ihrem Angebot.

"Ich werde nach dir läuten, wenn ich dich brauche." Elizabeth sprach mit mehr Bestimmtheit, als sie fühlte. Sie war sowohl vor, als auch nach seinem Antrag mehrmals mit Darcy allein gewesen, und er hatte nie versucht, die Situation auszunutzen, aber jetzt fragte sie sich, wie sehr sie sich selbst vertrauen konnte. Sie hatte seit ihrem kurzen Gespräch vor Titanias Laube, als sie diesen unerklärlichen Drang verspürt hatte, sich in seine Arme zu werfen, nicht aufhören können, an ihn zu denken. Er musste es wissen, oder warum wollte er sie sonst mitten in einem Sturm alleine sehen? Oder vielleicht war auf Rosings etwas schiefgegangen?

Sie zupfte an ihrer Frisur herum, obwohl es jetzt keinen Sinn mehr hatte, nichts würde ihr Haar um diese Zeit noch wie frisch frisiert aussehen lassen, und machte sich auf den Weg nach unten ins Wohnzimmer. Das Dienstmädchen hatte sich noch nicht die Zeit genommen, es vollständig zu reinigen, da sie vor dem Morgen keinen Grund gehabt hätte, Gäste zu erwarten.

Darcy stand am Kamin, den Ellbogen auf dem Kaminsims aufgestützt und die Hand vor den Augen. Sein Haar sah aus, als hätten die Gärtner es mit einem Rechen bearbeitet, und seine normalerweise ordentliche Halsbinde war zerknittert, die sonst so komplexen Falten durch einen einfachen Knoten ersetzt, wie ihn ein Schuljunge gebunden hätte.

Ihr wurde schwer ums Herz. Irgendetwas schien nicht zu stimmen. "Mr. Darcy, was ist nicht in Ordnung?"

Ihre Worte ließen ihn aufschrecken und er sammelte sich genug, um sich zu verbeugen. "Entschuldigen Sie, dass ich zu dieser Stunde noch störe. Ich bin durch den Park gelaufen und sah das Licht in Ihrem Fenster. Ich habe gehofft, mit Ihnen zu reden, könnte mir den Kopf freimachen."

Woher wusste er, welches Fenster ihr gehörte? Er war nicht im Obergeschoss des Wittumshauses gewesen, seit sie dorthin gezogen war. Und warum musste er den Kopf frei bekommen? Er wirkte nicht angetrunken, aber er könnte dennoch alles andere als nüchtern sein. "Reichlich spät, um durch den Park zu laufen."

Sein Mund verzog sich. "Schlafen gehen war nicht wirklich eine ansprechende Option."

Er würde es ihr nicht leicht machen. "Wie ist Ihre Untersuchung von Sir Lewis' Bibliothek verlaufen? Haben Sie Beweise für schwarze Magie gefunden?"

Seine Schultern sackten herab. "Wir haben eine Fülle von Beweisen gefunden. Ich habe Stunden damit zugebracht, seine Tagebücher zu lesen. Schwarze Magie ist eine üble Sache, viel schlimmer, als mir jemals bewusst war. Ich fühle mich schmutzig, als könnte nichts jemals wegwaschen, was ich gesehen habe. Dass ein Mann jemals so etwas tun könnte, geschweige denn ein Mann, den ich kannte...", er sah sie mit gequälten Augen an.

Der arme Mann! Er litt eindeutig. Aber welchen Trost konnte sie ihm bieten? "Es erfordert großen Mut, sich etwas so albtraumhaftem zu stellen. Die alten Geschichten von schwarzen Magiern sind erschreckend."

"Das ist kein Mut. Richard ist der tapferste Mann, den ich kenne, und er konnte es nicht einmal ertragen, im selben Raum zu sein. Er sagte, der Gestank von schwarzer Magie mache ihn krank."

"Wie lange sind Sie dortgeblieben?"

Er zuckte mit den Schultern. "Vor etwa einer halben Stunde bin ich gegangen. Eversleigh ist immer noch dort. Ich habe nicht einmal zum Abendessen eine Pause gemacht, weil sich mir beim bloßen Gedanken, etwas zu mir zu nehmen, der Magen umgedreht hat." Er wischte sich mit dem Handrücken über den Mund.

"Das tut mir so leid." Wenn sie nur seinen Schmerz lindern könnte!

"Mir sollte es leidtun, dass ich Ihnen meine Leidensgeschichte aufgedrängt habe."

"Bitte, das muss Ihnen nicht leidtun. Wenn es Ihnen Trost spendet, darüber zu sprechen..."

"Mit Ihnen zu reden war nicht mein einziger Grund, hierherzukommen." Er machte ein paar schnelle Schritte durch den Raum, bis er aus dem Fenster schauen konnte. "Wenn Elementarmagier eine starke Empfindung haben, reagieren die Elemente. Wenn ich meine Gefühle nicht unter Kontrolle halte, kann es zu Überschwemmungen, Bränden und Wirbelstürmen kommen. Ich habe gelernt, meine Stimmungen zu kontrollieren, um solche Ereignisse zu verhindern. Heute Nacht ist mir das nicht gelungen. Sie hören ja den Wind." Er ballte die Hände zu Fäusten. "Aus Gründen, die ich mir nicht erklären kann, reagieren die Elemente nicht so stark auf mich, wenn ich bei Ihnen bin, also bin ich hierhergekommen, bevor ich das Dorf überflute oder Rosings niederbrenne."

Elizabeth starrte ihn an. "Denken Sie, dass ich Ihre Magie irgendwie beeinträchtige?"

"Ich weiß nicht, woran es liegt. Ich weiß nur, dass bestimmte Leute meine Wirkung auf die Elemente zu verringern scheinen. Oder vielleicht sollte ich bestimmte Geschöpfe sagen, da Ihre Katze den gleichen Effekt hat. Wenn Pepper auf meinem Schoß sitzt, ist es, als existierten die Elemente gar nicht." Seine Erregung schien eher zu- denn abzunehmen.

"Kein Wunder, dass Sie sie gernhaben." Könnte dies der Grund sein, warum er Elizabeths Nähe so oft gesucht hatte? "Dann gehe ich davon aus, dass Nähe hilfreich ist." Sie durchquerte den Raum, um sich in seine Nähe zu setzen und versuchte so zu tun, als wäre sie nicht lieber noch näher bei ihm.

Sein Mund verzog sich. "Nähe hilft, die Elemente zu unterdrücken, aber in Ihrem Fall ist es auch gefährlich."

"Gefährlich? Das verstehe ich nicht."

Er trat ruckartig vor, bis er mit angespanntem Gesicht direkt vor ihr stand. "Elizabeth", sagte er heiser. "Ich weiß, dass du mich nicht willst. Ich weiß, dass du Magier verachtest und niemals auch nur in Betracht ziehen würdest... Aber ich bitte dich, schick mich nicht fort." Er ergriff ihre Hände. "Bei Gott, lass mich dich halten, damit ich mich daran erinnere, dass es auch Gutes in der Welt gibt und dass ich nicht allein gegen die Dunkelheit kämpfen muss." Seine Stimme war rau, so sehr brauchte er sie, aber es war weder ein Bedürfnis nach Trost, noch das Verlangen eines Mannes nach einer Frau.

Wie konnte sie ihm verwehren, was er so dringend brauchte, besonders, wenn sie es selbst so sehr wollte?

Er zog sie an sich, bevor sie Zeit hatte, sich weiter darüber Gedanken zu machen. Ihre Wange ruhte an seiner Brust, die feine Wolle seines Mantels war weich über dem angespannten Muskel darunter. Ihre Hände umklammerten seine Schultern, an denen nichts weich war. Aber es waren seine gespreizten Hände auf ihrem Rücken, die sie am stärksten spürte und die sie in Versuchung führten, während er sie an sich gedrückt hielt.

Das Gewicht seines Kopfes ruhte auf eine Weise auf ihrem eigenen, die sich allzu natürlich anfühlte. Sie konnte das stetige Klopfen seines Herzens hören. Sein sauberer Duft nach Rasierseife und etwas Würzigem wurde von Staub und Tinte überlagert. Empfindungen umgaben sie - die Wärme seiner Arme, die sie umschlossen, seine zarte Berührung an ihrem Rücken und die erstaunliche Intimität, sich so fest gegen ihn zu drücken, dass sie spüren konnte, wie sich seine Brust mit jedem Atemzug hob und senkte, löste tief in ihr ein Ziehen aus. Wenn sie nur ihren Schal nicht umgelegt hätte, hätte sie vielleicht die Wärme seiner langen Finger durch den dünnen Stoff ihres Kleides gespürt. Der bloße Gedanke steigerte ihre Sehnsucht noch.

Wie beschämend! Er wollte Trost, und alles, was sie fühlen konnte, war Lüsternheit. Was für ein Triumph für ihn, wüsste er, dass der Antrag, den sie vor weniger als zwei Wochen stolz abgelehnt hatte, jetzt gerne und dankbar angenommen worden wäre! Er war so großherzig, das bezweifelte sie nicht, wie der großherzigste seines Geschlechts. Aber weil er auch nur ein Mensch war, musste er Triumph verspüren, selbst nun, da eine Verbindung zwischen ihnen unmöglich war. So viel hatte sich seit jenem Abend zugetragen, als sie seinen Antrag so bitter und töricht abgelehnt hatte.

Nun beschleunigte sich sein Herzschlag, sie war ihm also vielleicht nicht ganz gleichgültig. Nicht, dass das jetzt noch eine Rolle spielte.

Dann ließ er sie los und sie blieb noch elender zurück. "Ich entschuldige mich, Miss Elizabeth. Sie sind großzügig, aber ich sollte Ihren Ruf für meine eigenen egoistischen Bedürfnisse nicht gefährden."

"Meinen Ruf?" Sie ließ sich auf das Sofa sinken. Hoffentlich merkte er nicht, dass ihre Beine sie nicht mehr trugen. "Mein Ruf ist ohnehin dahin."

Er erstarrte. "Wegen unserer Reise nach Faerie?"

Sie lächelte schief bei dem Gedanken, ohne Sattel in seinen Armen zu reiten. "Verglichen mit allem anderen, was ich getan habe, war das nichts. Jeder weiß jetzt, dass ich eine Frau mit Magie bin. Die Gesellschaft mag widerwillig eine Frau mit Magie akzeptieren, die einem Bindebann zustimmt, aber eine Frau, die einen ablehnt? Niemals. Gegenwärtig befinde ich mich in einer fragilen künstlichen Welt, in der die Menschen um mich herum bereit sind, zumindest bis zu einem gewissen Grad Magie bei einer Frau zu akzeptieren, aber das ist nicht die Realität. Sobald ich das Gelände von Rosings verlasse, werden Kinder mit Steinen auf mich werfen."

Aus seinem Gesicht wich die Farbe. "Aber das ist dir zuvor noch nie passiert."

"Nein, weil ich meine Fähigkeiten immer geheim gehalten habe. Jetzt schreit Lady Catherine es in die Welt hinaus, dass ich eine Hexe bin. Mr. Collins hat zweifellos bereits mit den schockierenden Neuigkeiten an Sir William Lucas geschrieben, und alle in Meryton werden es binnen eines Tages wissen. Und wenn dem noch nicht genug ist, war ich auch noch mehrere Nächte verschwunden, bin mit dir zusammen wieder zurückgekehrt und habe dann Colonel Fitzwilliams Angebot, mich zu schützen, angenommen."

"Was?", er klang, als würde er gerade gewürgt, "wenn er es gewagt hat-"

Sie hob eine Hand. "Der Colonel hat nichts Unangemessenes getan, aber das spielt keine Rolle. Wenn eine junge Frau Unterkunft und Unterstützung von einem Gentleman annimmt, spielt es keine Rolle, wie rein seine Absichten auch sein mögen. Ich versichere dir, der Rest der Welt wird es als unangemessen ansehen. Bevor all dies geschah, hätte ich nicht einmal im Traum in Erwägung gezogen, seine Einladung, in diesem Haus zu wohnen, anzunehmen aber das spielt nun keine Rolle mehr."

"Selbstverständlich spielt es eine Rolle!" Er fuhr sich mit der Hand durch die Haare. "Es ist noch nicht zu spät. Wir können verlauten lassen, dass Anne diejenige war, die dich eingeladen hat, und dann ist es vollkommen angemessen. Frederica war die ganze Zeit hier, du warst also nie ohne Anstandsdame."

"Das möchtet ihr vielleicht gar nicht an die große Glocke hängen. Ich habe den größten Teil des Nachmittags damit zugebracht, Lady Frederica davon zu überzeugen, sofort nach London zurückzukehren. Noch hat sie einen guten Ruf, der aber leiden wird. Nicht nur, weil sie mit mir zu tun hatte, sondern auch durch den Makel der schwarzen Magie, der uns allen anhaften wird, ganz gleich, wie viele Jahre es auch schon zurückliegen mag. Es wäre klüger für sie, sofort abzureisen und so zu tun, als wäre sie nie hier gewesen. Ich wünschte, du würdest mit ihr darüber sprechen, weil sie nicht auf mich hören will."

"Sie war bei Anne, und das wird ihren Ruf schützen."

"Mein lieber Mr. Darcy, Miss de Bourghs Ruf wird noch erbärmlicher sein als meiner. Selbst wenn sie es irgendwie schafft, ihre Magie geheim zu halten, ist sie immer noch die Tochter eines schwarzen Magiers. Sie wird niemals in der guten Gesellschaft willkommen sein."

Jetzt war es an Darcy, sich auf den Stuhl sinken zu lassen. Er bedeckte sein Gesicht mit seinen Händen. "Sir Lewis schadet den Menschen auch heute noch." Seine gedämpfte Stimme klang verzweifelt.

Soviel dazu, ihm Trost gespendet zu haben. Sie ging zur Kommode, schenkte zwei Gläser Wein ein und brachte ihm eines. "Es sieht so aus, als ob du das gebrauchen könntest."

Er sah ihr nicht in die Augen. "Ich danke dir. Ich wünschte nur, ich könnte helfen, deinen Schmerz zu lindern."

"Mr. Darcy, höre ich mich an, als hätte ich Schmerzen?", fragte sie scharf. Natürlich schmerzte es, aber dabei ging es nicht um ihren Ruf.

"Nein. Du klingst bemerkenswert ruhig, angesichts dessen, dass dein Leben auseinanderfällt."

"Das liegt daran, dass ich ruhig bin. Ein bisschen Trauer um die Zukunft, auf die ich einmal gehofft hatte, schwingt möglicherweise mit, aber ich habe nie richtig an diese Zukunft geglaubt. Der Preis, in der guten Gesellschaft zu verbleiben, eines Tages zu heiraten und eine Familie zu haben, wäre es gewesen, eine Lüge leben zu müssen. Ich bin erleichtert, dass das nun vorbei ist und ich nicht länger vorgeben muss, jemand zu sein, der ich gar nicht bin. Zum ersten Mal in meinem Leben fühle ich mich frei von Angst. Ich kann kleine alltägliche Zauber ausführen, ohne mir Sorgen machen zu müssen, gesehen zu werden. Und

Miss de Bourgh ist ebenfalls frei. Ich sehe sie nicht als Dame der guten Gesellschaft, und sie überlegt bereits, was sie aus ihrem Leben machen möchte." Sie nahm einen Schluck Wein, dessen herber Geschmack sie in die Gegenwart zurückholte.

"Es ist bewundernswert von dir, zu versuchen, das Beste aus deiner Situation zu machen, aber ich bin nicht bereit, anzuerkennen, dass die Lage hoffnungslos ist. Wir könnten dir eine neue Identität verschaffen, vielleicht die einer kürzlich aus Indien zurückgekehrten Dame. Wir können Referenzen arrangieren. Mein Onkel kann behaupten, deinen Vater als Kind gekannt zu haben und dass er nach dem Tod deiner Eltern zu deinem Vormund ernannt wurde. Du wärst vollkommen respektabel."

Elizabeth seufzte. "Du glaubst mir nicht. Ich brauche keine neue Identität. Es gibt Orte, an die ich gehen kann, Enklaven für Kräuterfrauen, an denen es sicher ist, eine Frau mit Magie zu sein. Oder vielleicht bleibe ich bei Miss de Bourgh. Sie hat ihre Gesellschafterin heute Nachmittag entlassen, deshalb wird sie eine neue brauchen, und ich interessiere mich für die Pläne, die sie macht. Sie möchte Rosings zu einem sicheren Hafen für Frauen machen, wo sie Magie erlernen können."

"Was ist mit Eversleigh?", fragte er harsch.

Elizabeth war überrascht von seiner Wut und sagte: "Ich kann mir vorstellen, dass er mir behilflich wäre, wenn ich ihn fragen würde, aber ich habe nicht vor, dies zu tun. Ich verstehe nicht, warum es dich so aufbringt, dass ich nicht gegen das Unvermeidliche ankämpfe."

"Weil es nicht unvermeidlich ist und es meine Schuld ist, dass du dich überhaupt erst in dieser Lage befindest. Wenn ich dich nie gebeten hätte, Lady Catherine zu behandeln, wäre nichts davon geschehen. Du wärst immer noch bei Mrs. Collins auf Besuch und würdest dich darauf freuen, nach Longbourn zurückzukehren."

"Deine Schuld? Ich hätte mich weigern können, sie zu behandeln, oder einfach keine Magie anwenden können, und das Ergebnis wäre das gleiche gewesen als hättest du mich niemals gefragt. Aber Miss de Bourgh würde immer noch ohnmächtig werden und könnte keinen Satz zu Ende führen, Lady Catherine wäre tot, und wir hätten keinerlei

Hoffnung, die Fay-Angriffe zu stoppen. Alles in allem denke ich, dass das kein schlechter Handel ist."

"Schön gesagt, aber ich erinnere mich auch, dass du mir in Faerie erzählt hast, du möchtest weder einen Bruder noch eine Mutter haben, die unter einem Bindebann steht, und schon gar keinen Vater, der deine Mutter mit einem Bann belegen würde."

Sie seufzte und versuchte, ihre Gefühle in Schach zu halten. "Ich will all das nicht, aber mir ist es lieber, ich kenne die Wahrheit als mit einer hübschen Lüge zu leben. Nun, abgesehen von meinem Sidhe-Bruder. Ihn kann ich nicht so leicht hinnehmen. Ich könnte ohne das Wissen auskommen, dass mein Vater ein hilfloses Neugeborenes ausgesetzt und noch dazu meine Mutter gebunden hat. Trotzdem sagt Eversleigh immer wieder, es sei gut für Aelfric, mich kennengelernt zu haben, also profitiert zumindest einer davon." Irgendwie brachte sie es fertig, den letzten Satz unbeschwert klingen zu lassen.

"Ich wäre froh drum, nicht zu wissen, dass Sir Lewis ein schwarzer Magier war." Darcys Stimme entbehrte jeglicher Kraft.

Darauf konnte sie nichts erwidern. Es war erschreckend, zu erkennen, dass sich in ihrer Mitte ein schwarzer Magier befunden hatte und niemand ihm auf die Schliche gekommen war. Wenn Anne de Bourgh ihn nicht getötet hätte ... Sie schauderte, als sie darüber nachdachte, was hätte passieren können.

Der Wind rüttelte an den Fenstern.

Darcy setzte sich rasch neben Elizabeth auf das Sofa und ließ die Schultern hängen. "Verzeihung. Der Wind nimmt wieder zu."

Wie konnte sie es ertragen, zuzusehen, wie dieser stolze Mann so gedemütigt wurde? Sie legte ihre Hand sanft auf seine. "Hilft das?"

Er nickte nur stumm. Nach einem Moment platzte es aus ihm heraus: "Ich kann nicht glauben, dass dies geschieht. So sehr verliere ich niemals die Kontrolle."

"Niemals? Da hast du aber sehr hohe Ansprüche an dich selbst."

"Notwendige Ansprüche", schnauzte er.

Sie hasste es, mitanzusehen, wie er sich so harsch kritisierte. "Auch du hast eine schwierige Zeit hinter dir. Du hast erfahren, dass Miss de Bourgh unter einem Bindebann steht, den noch dazu dein Onkel gesetzt hat, ganz zu schweigen davon, dass sie ihren Vater umgebracht hatte, von dem niemand wusste, dass er ein schwarzer Magier war. Deine Familie wurde ebenso sehr auf den Kopf gestellt wie meine und dabei habe ich noch gar nicht mitgezählt, dass du zweimal nach Faerie gehen musstest, beinahe in einer Glamourfalle gestorben bist und zusehen musstest, wie Miss de Bourgh unmögliche magische Taten vollbringt. Und das alles ist geschehen, bevor du dich heute Abend Sir Lewis' schwarzer Magie stellen musstest." Ganz zu schweigen davon, dass sein von Herzen kommender - wenn auch unglücklich formulierter - Heiratsantrag schroff abgewiesen worden war. "Es wäre erstaunlicher, wenn du nicht die Kontrolle verlieren würdest."

Irgendwie musste sie ihm helfen. Ohne bewusst nachzudenken, legte sie die Finger einer Hand an seine Wange. Sie war rauer als erwartet, aber er hatte sich vor dem Abendessen, das er nicht gegessen hatte, vermutlich auch nicht rasiert. Der arme Mann hatte so viel Besseres verdient, und es schmerzte sie, weil sie es ihm nicht geben konnte.

Er versteifte sich und drehte seinen Kopf zu ihr, die Augen dunkel vor Schmerz. Sie hätte nicht wegsehen können, selbst wenn ihr Leben davon abgegangen wäre. Spannung lag zwischen ihnen in der Luft.

Dann suchten seine Lippen ihre. Der sanfte Druck führte dazu, dass sich ihre Lippen instinktiv öffneten. Das war es, was sie gebraucht hatte, diese allzu menschliche Berührung von diesem bestimmten Mann. Ihrem Hals entwich ein Geräusch, das sich anhörte, als würde sie ersticken, als tief in ihr eine Sehnsucht erwachte. Als wäre es eine Einladung gewesen, wurde sein Kuss hungriger, einem verzweifelten Bedürfnis folgend.

Sie drückte sich an ihn, instinktiv brauchte sie mehr von ihm. Mehr von seinen Lippen, von dem verlockenden, würzigen Geschmack von ihm und mehr von den sachten Flügelschlägen der Wonne, die sich aus ihrem tiefsten Inneren heraus ausbreitete. Sie lehnte sich in die Hand zurück, die ihren Nacken umfing, als er an ihrer Lippe knabberte. Der sinnliche Ansturm verstärkte sich nur, und er vertiefte den Kuss, ganz, als würde er auf das Bedürfnis reagieren, das sich in ihr aufbaute. Ihr letztes bisschen Verstand verabschiedete sich als er ihren Mund erkundete und sie wurde zu einer Kreatur, die nur aus Empfindungen und Verlangen bestand. Sie brauchte seine Berührung und seine Nähe mehr als Luft zum Atmen.

Ihre Hände schienen ein Eigenleben zu entwickeln, schlangen sich um seinen Hals und suchten immer noch mehr Kontakt. Er seufzte und zog sie näher an sich heran, doch es war nicht genug, selbst als sie die Wärme seines Körpers durch seine Kleidung spürte. Sie wimmerte protestierend, als er seinen Mund von ihrem löste, nur um sie erneut zu erstürmen als seine Lippen über ihre Wange wanderten, an ihrem Ohrläppchen knabberten und die empfindliche Stelle fanden, wo ihr Hals auf ihren Kiefer traf.

Oh, wer hätte gedacht, dass ihr Hals solch ein überwältigendes, brennendes Vergnügen bereiten könnte? Sie neigte ihren Kopf zur Seite, um ihm mehr Raum für seine Streifzüge zu geben.

Ihre Kleidung schien sie plötzlich einzuengen, rieb fürchterlich auf der zarten Haut während seine Zunge über ihr Schlüsselbein flatterte. Als er die Kuhle an ihrem Hals entdeckte, schien das etwas in ihr zum Schmelzen zu bringen. Weiter und weiter steigerte sich die Intensität ihres Verlangens, das sie zu überwältigen begann. Sicherlich würde er tiefer rutschen, bis zu der Haut, die aus ihrem Ausschnitt herausschaute, die sich so nach seiner Berührung sehnte! Aber er tat es nicht und sie dachte, sie würde daran zugrunde gehen, bis er ihre Lippen zurückeroberte, diesmal mit allesverschlingender Gewissheit. Sie begegnete ihm mit ihren eigenen Forderungen, während sie seinen Besitzanspruch anerkannte. Als seine Hand schließlich begann, die Kurven ihres Körpers zu erforschen, fegte ein Ansturm von Verlangen durch sie hindurch und ließ sie erzittern und sich gegen ihn drücken.

Ein lautes Krachen durchbrach den sinnlichen Zauber, der Elizabeth gefangen hielt. Sie ließ von ihm ab, als auf einen zweiten Schlag das Geräusch von zersplitterndem Glas folgte. Etwas schlug mit einem lauten Knall auf. Es schien von oben zu kommen.

Herr im Himmel, wie war sie auf Darcys Schoß gelandet?

Beim dritten Schlag bebten die Wände. Elizabeth krabbelte von Darcys Schoß und rannte die Treppe hinauf, Darcy dicht auf ihren Fersen.

Der unglaubliche Lärm kam aus Miss de Bourghs Gemach. Elizabeth riss die Tür auf. Drinnen hatte ein Wirbelwind Möbel umgestoßen, Gemälde von den Wänden gerissen und überall lagen Trümmer verstreut. Ein Fenster stand offen und baumelte an einem einzigen Scharnier.

Darcys Hand auf ihrer Schulter hielt sie zurück. "Geh da nicht rein. Das ist nicht sicher für dich." Er schritt an ihr vorbei in den Raum, ignorierte den Wirbelwind, der an seinen Kleidern riss, und zog die Bettvorhänge zurück, hinter denen eine schlafende Gestalt zum Vorschein kam.

Wie konnte Miss de Bourgh in diesem Getöse nur schlafen?

"Du lieber Himmel!" Frederica stand in einem Nachthemd hinter ihr und starrte auf die Trümmer.

Rumpelnde Schritte auf der Treppe signalisierten die Ankunft eines Lakaien und der Magd, die jetzt hellwach waren und ebenfalls auf den Anblick vor ihnen starrten. Etwas, das sie nur unscharf als weißes Fell erkennen konnte, raste an ihnen vorbei in den Raum. Pepper sprang auf das Bett und breitete sich auf Miss de Bourghs schlafendem Körper aus.

Plötzlich herrschte Stille, als der Wirbelwind sich auflöste. Das Pfeifen des Windes draußen verschwand ebenfalls.

Darcy legte den Kopf zurück, als wolle er den Himmel anrufen. "Ich war es nicht", sagte er ungläubig, "sie war's."

"Sie hat den Sturm hervorgerufen, während sie geschlafen hat?", fragte Elizabeth verblüfft.

Er nickte. "Ihre Katze ist ihr Gewicht in Gold wert. Sie hat ihm Einhalt geboten."

"Pepper war das? Dann hat sie allen Fisch verdient, den sie morgen fressen kann."

Pepper schnurrte laut genug, um von der Tür gehört zu werden.

Darcy kam zum Treppenabsatz zurück und rieb sich die Stirn. "Seit mein Vater gestorben ist, war ich der einzige starke Elementarmagier in England. Mir ist nie in den Sinn gekommen, dass der Sturm von jemand anderem verursacht werden könnte. Ich hätte das kommen sehen müssen. Mein Onkel sagte, dass Anne elementare Magie habe."

"Was sollten wir jetzt tun, Sir?" Die Stimme des Lakaien zitterte.

Darcy warf einen Blick zurück ins Schlafzimmer. "Solange Pepper bei ihr bleibt, sollte es sicher sein, aber wir sollten vorbereitet sein, falls sie geht. Wir brauchen fünf Wasserbecken, eines unter dem Bett und die anderen drum herum. Die schwelende Glut sollte aus dem Kamin entfernt und durch Papier ersetzt werden, außerdem brauchen wir Metallgefäße mit Papier um das Bett herum."

"Wasser unter dem Bett und Papier im Kamin?" Das Stubenmädchen dachte eindeutig, er hätte den Verstand verloren.

"Sie weckt die Elemente im Traum und alle Gegenstände, die ihr am nächsten stehen, werden davon betroffen sein. Wenn sie im Schlaf Wasser herbeiruft, wird das Wasser unter dem Bett verschüttet, aber der See wird nicht über die Ufer treten. Wenn sie Feuer herbeiruft, brennt das Papier im Kamin und nicht das Haus. Dinge mit wenig Wert um das Bett zu verteilen, hilft, wenn sie im Schlaf etwas tilgt - besser sie lässt wertlosen Tand verschwinden als die Wände. Ich habe keine Ahnung, was wegen des Windes zu tun ist. Damit hatte ich selten Schwierigkeiten." Er schüttelte ungläubig den Kopf. "Jemand muss wach bleiben, um über sie zu wachen, falls die Vorsichtsmaßnahmen nicht ausreichen."

Frederica sagte mit großen Augen: "Ich will gar nicht daran denken, was sie hätte anstellen können, wenn sie zuvor ihre Magie nicht erschöpft hätte."

"Ich werde morgen anfangen, ihr die Kontrolle über die Elemente beizubringen." Darcy fuhr sich mit den Händen über das Gesicht. "Das ist, als ob ich meine Kindheit nochmal erleben würde."

"Du hast so etwas gemacht?", sagte Frederica und klang entsetzt.

"Jede Nacht. Normalerweise habe ich im Schlaf jedoch eher Überschwemmungen als Stürme verursacht."

Das Mädchen fragte: "Sollen wir sie wecken, wenn es wieder anfängt?"

"Nein. Das könnte gefährlich sein. Es ist nicht abzusehen, was sie tun könnte, wenn sie aus dem Schlaf hochschreckt. Zum Glück scheint es, als wäre ihr Schlaf tief genug, dass sie nichts davon mitbekommt." Er sah Elizabeth an. "Ich habe das nicht verursacht. Zumindest einen Großteil davon nicht. Höchstwahrscheinlich habe ich den Tumult noch verstärkt. Ich kann es nicht glauben."

Frederica unterdrückte ein Gähnen. "Was machst du überhaupt hier, Darcy?"

Elizabeth sagte schnell: "Er kam vorbei, um mir zu erzählen, was sie in Sir Lewis' Arbeitszimmer gefunden hatten, und ich bin jetzt sehr froh drum. Er hätte keinen besseren Zeitpunkt wählen können." Zumindest würden die Schatten des dunklen Treppenabsatzes ihre Röte verbergen.

"Darcy, ich denke, du solltest heute Nacht hierbleiben oder was auch immer von der Nacht noch übrig ist", sagte Frederica, "du bist der einzige, der das versteht."

Darcy wandte sich an das Dienstmädchen. "Gibt es ein Bett, das für mich hergerichtet werden kann? Ein Sofa oder eine Pritsche in den Dienstbotenkammern würde es auch tun."

"Ja, Sir." Das Dienstmädchen eilte davon.

Hitze prickelte durch Elizabeth. Sie wusste, dass Darcy ihr nicht zu nahe kommen würde, aber allein schon zu wissen, dass er im selben Haus sein würde, während sie schlief, genügte, um ihre Gefühle wieder zu wecken. Er mochte nichts unternehmen, aber sie vermutete, dass er darüber nachdenken würde. Sie würde es sicherlich tun.

Wie konnte sie überhaupt daran denken, was zwischen ihnen geschehen war, wenn der Raum vor ihr aussah, als hätten die Butzemänner darin gehaust? Ihr Körper hörte nicht auf ihren Geist; alles, was er wollte, war Darcys Hände wieder auf sich zu spüren, ihn berühren und das sinnliche Erwachen seines Kusses erleben. Wo war die Scham, die sie fühlen sollte? Sie musste einen Weg finden, dieses Verlangen unter Kontrolle zu bekommen. Himmel, sie klang wie Darcy, als er erklärt hatte, wie seine Stimmungen die Elemente beeinflussten, aber Stimmungen hatte man nun mal, da konnte man nichts machen. Vielleicht konnte man auch nichts gegen dieses schmerzliche Bedürfnis unternehmen.

Sie rieb sich die Arme und versuchte, neue Empfindungen zu schaffen, die ihre Erinnerung an Darcys Berührung ersetzen sollten, aber es funktionierte nicht.

"Elizabeth, geht es dir nicht gut?", fragte Frederica. "Du siehst aus, als ob du in einer ganz anderen Welt bist."

"Mir geht es sehr gut", sagte Elizabeth fest. Aber sie fühlte sich wie in einer neuen Welt, in einer, die nicht mit dem Gefühl der Vertrautheit einherging, das sie in Faerie verspürte. "Ich habe an die arme Miss de Bourgh gedacht. Sie muss sich so verloren fühlen."

Verloren. Sie war diejenige, die verloren war und auf einem unbekannten Meer trieb. Anker hatten sie immer an Ort und Stelle gehalten, aber jetzt waren sie verschwunden, einer nach dem anderen. Ihr Vater, ihre Mutter und sogar ihr Onkel waren ihr alle nicht mehr vertraut. Ihr Zuhause war nicht mehr sicher. Charlotte war unerreichbar für sie. Sie hatte Briefe von Jane erhalten, aber wo sollte sie überhaupt beginnen, ihrer Schwester zu erzählen, was aus ihrem Leben geworden war? Sogar ihre Erinnerungen waren nicht vertrauenswürdig. Sie hatte einen Bruder, der kein Bruder war. Das einzige Mal, dass sie sich verbunden und sicher gefühlt hatte, war, als Darcy sie in seinen Armen hielt, und das war der einzige Ort, an dem sie nicht sein sollte.

"Es geht dir nicht gut", sagte Frederica entschlossen. "Komm in dein Zimmer. Dort kannst du dich setzen und wir können darüber reden."

Elizabeth bemerkte, dass sie weinte. "Nicht mein Zimmer!" Irgendwie war das sehr wichtig.

"Dann mein Zimmer", sagte Frederica, "Darcy kann hier alles regeln."

Sie ließ zu, dass Frederica einen Arm um sie legte um sie in ihr Schlafgemach zu führen.

Frederica zog einen Stuhl vom Waschtisch herbei. "Hier, setz dich. Ich werde dir ein Taschentuch bringen."

Elizabeth holte tief Luft, konnte sich aber nicht beruhigen. Heiße Tränen liefen ihr über die Wangen, während sie das Schluchzen unterdrückte. Sie nahm ein Taschentuch entgegen, das Frederica ihr in die Hand gedrückt hatte, und presste es sich auf die Augen.

Frederica sagte beruhigend: "Es muss ein Schock gewesen sein, zu sehen, dass Cousine Anne im Schlaf so viel Schaden anrichten konnte, aber Darcy wird einen Weg finden, es für sie sicher zu machen. Er bringt immer alles in Ordnung. Morgen früh wird die Welt schon wieder ganz anders aussehen."

Sie weinte noch heftiger. Die Katastrophe in Miss de Bourghs Zimmer war ihre geringste Sorge. Sie konnte Frederica nicht sagen, was sie und Darcy zuvor getan hatten. Ein Schluchzen durchfuhr sie. Als ob das ihre einzige Sorge wäre! Irgendwie gelang es ihr, sich wieder genug zu fassen, um sprechen zu können. "Ich habe dich vor fünf Tagen kennengelernt. Vor fünf Tagen! Es kommt mir vor wie ein Jahr. Vor weniger als zwei Wochen war alles in meinem Leben normal, bis dein Vater kam und ich nach Faerie floh. Jetzt scheint es nie aufzuhören. Welche Katastrophe wird morgen passieren?" Und jetzt wusste sie endlich, was sie wollte, und sie konnte es nicht haben. Sie löste sich wieder in Schluchzen auf.

"Es ist schockierend, nicht wahr? Ich erinnere mich, dass ich so aufgeregt war, als ihr mir erzählt habt, wie es in Faerie war und wie begeistert ich die Gelegenheit genutzt habe, dorthin zu gehen. Und dann wollte Titania mit mir sprechen und bat mich zu bleiben! Damit hätte ich wunschlos glücklich sein sollen. Aber jetzt das alles mit Cousine Anne und Sir Lewis - plötzlich wird die Welt zu einem beängstigenden Ort. Aber irgendwie werden wir das schon hinbekommen." Frederica hielt inne. "Es ist nicht so schlimm. Oliver Cromwell war der letzte schwarze Magier in England und der hätte das Land fast zerstört. Er war ein Niemand, und dennoch übernahm er England mit seiner Macht. Hunderttausend Tote, einschließlich des Königs, und so viele Menschen, die von ihm versklavt wurden. Bloody Mary, die schwarze Magierin, hatte Hunderte hinrichten lassen und uns dabei fast unter spanische Herrschaft gebracht. Wie es scheint, hat Sir Lewis nicht einmal genug Schaden angerichtet, dass es aufgefallen wäre. Mehr konnte er nicht tun, ohne im Collegium Ärger zu bekommen. Das ist doch immerhin ein Fortschritt, oder?"

"Das mag den Menschen, die unter Sir Lewis gelitten haben, wenig Trost sein, aber du hast recht. Es ist nicht dasselbe wie bei Cromwell oder Bloody Mary oder sogar Henry VII, der den Thron mit schwarzer Magie stahl. Wir sollten dankbar sein, dass Sir Lewis weiter nichts getan hat."

"Ich denke, du hast dich sehr gut geschlagen, mit einem Schock nach dem anderen", sagte Frederica.

"Ich habe mein Bestes gegeben." Elizabeth wischte sich über die Augen. Von Geschichte zu sprechen war beruhigend, aber ein Blick in den Spiegel über dem Waschtisch zeigte, dass ihre Augen rot und geschwollen waren. Sie wollte nicht, dass Darcy sie so sah. Vielleicht konnte sie mit Frederica sprechen, bis sie wieder wie sie selbst aussah.

DER TREPPENABSATZ WAR leer, als Elizabeth Fredericas Zimmer verließ. Jetzt brauchte sie eine Ausrede, um nach unten zu gehen. Auch wenn nichts anderes möglich war, wollte sie in seiner Gegenwart sein, wenn auch nur für ein paar Minuten. Deshalb hatte sie vorhin nicht in ihr Schlafzimmer gehen wollen. Man hätte erwartet, dass sie sich schlafen legte und sie hätte ihn nicht mehr sehen können.

Sie tastete sich durch die Dunkelheit nach unten und ergriff mit einer Hand das Geländer. Aus dem Salon fiel noch immer Licht. Ob er wohl dort war?

Er saß auf einem gepolsterten Stuhl und starrte nachdenklich auf die Überreste des Feuers. Als Elizabeth eintrat sprang er auf.

"Verzeih, dass ich dich gestört habe", sagte sie mit beinahe ruhiger Stimme. "Ich habe vorhin meine Kerze hier vergessen." Sie nahm den Kerzenhalter mit der brennenden Kerze von einem Beistelltisch.

"Deine Anwesenheit könnte mich nie stören." Seine Stimme wurde tief und intim.

Die Hitze des Verlangens packte sie erneut. "Dann wünsche ich dir eine gute Nacht."

Er trat näher an sie heran und strich mit seinen Knöcheln über ihre Wange. "Zu dem, was vorhin passiert ist-"

Sie musste stark sein. "Nichts hat sich verändert. Trotz eines Momentes der Schwäche gibt es für uns keine Zukunft."

Er schwieg einen Moment. "Was ist, wenn ich nicht bereit bin, das zu akzeptieren?"

Es lag ein winziger Trost darin, zu wissen, dass er sie immer noch wollte. "Bist du bereit, deiner Schwester zu erklären, warum du dich, noch während du unter Verdacht stehst, deine Kräfte missbraucht zu haben, dazu entschließt, nicht nur eine Frau zu nehmen, deren gesellschaftliche Stellung der deinen deutlich unterlegen ist, sondern die jetzt auch noch in einen Skandal verwickelt ist? Und das, obwohl du weißt, dass es die Aussichten deiner Schwester, in der Gesellschaft akzeptiert zu werden und eine gute Partie zu machen, zunichtemachen würde? Der Verdacht des Collegiums würde nicht entkräftet, wenn sie herausfänden, dass du eine Hexe geheiratet hast, außerdem würde es dich in noch größere Gefahr bringen. Was wir beide wollen, spielt keine Rolle."

"Ich bleibe dabei, dass es Möglichkeiten gibt, mit dem Skandal umzugehen." In seiner Stimme lag eine Bitte.

"Möglicherweise, aber es würde bedeuten, für den Rest meines Lebens eine Lüge leben zu müssen. Das ist ein viel zu hoher Preis."

Seine Finger hoben ihr Kinn an, und dann schmeckte sie wieder die sehnsüchtige, köstliche Hitze seiner Lippen. Seine Zunge neckte ihren Mund, bis er sich öffnete, aber nicht auf die hungrige, drängende Weise von vorhin. Das war langsamer, intimer und weckte in ihr die Sehnsucht nach mehr.

Viel zu früh zog er seine Lippen weg und legte seine Stirn gegen ihre. "Wenn du das leugnest, lebst du eine andere Art von Lüge."

Sie wollte nachgeben. So sehr. Stattdessen versteckte sie sich hinter der einfachsten Ausrede. "Es ist spät."

Mit einem schiefen Lächeln setzte er sich aufrechter. "Ja, das ist es. Wir können uns morgen weiter darüber unterhalten."

Elizabeth vermisste bereits, ihn zu berühren. "Dann gute Nacht."

"Schlaf gut." Er senkte die Stimme. "Und Elizabeth? Schließ deine Tür ab."

Seltsamerweise half ihr das, sich wieder zu fangen. "Soll ich etwa glauben, dass du einer dieser sehr seltenen Magier bist, die keinen Entriegelungszauber zustande bringen?", fragte sie kokett.

Seine Augen loderten. "Geh zu Bett, Elizabeth – solange du noch kannst."

Kapitel 9

Darcy verbrachte eine unruhige Nacht in einem unbequemen Bett im Wittumshaus. Oder vielleicht fühlte sich das Bett nur deswegen unbequem an, weil Elizabeth sich geweigert hatte, über eine Zukunft mit ihm nachzudenken. Wie konnte sie ihn so leidenschaftlich küssen und sich dann von ihm abwenden? Am Morgen war er von einer schwelenden Wut erfüllt und hielt es für das Beste, zum Haupthaus zurückzukehren, bevor er Elizabeth sah und etwas sagte, was er bereuen würde.

Als er sich frische Kleidung angezogen und rasiert hatte, war es deutlich später als er normalerweise frühstückte. Er fand Eversleigh im Frühstücksraum, mit Schatten unter den Augen.

"Wie spät ist es bei dir letzte Nacht geworden?", fragte Darcy ihn.

"Viel zu spät und meine Träume waren alles andere als angenehm. Lehrbücher der schwarzen Magie sind keine Gute-Nacht-Lektüre."

"Das kann ich mir vorstellen. Ich hatte ein nächtliches Abenteuer einer anderen Art." Darcy schenkte sich noch eine Tasse Kaffee ein, als er Eversleigh von Annes Aufruhr der Elemente erzählte. "Ich werde einige Zeit damit verbringen müssen, sie zu schulen, wie man Elementarmagie kontrolliert. Oder zumindest werde ich es versuchen. Ich habe noch nie Elementarmagie unterrichtet und ich weiß nicht, wie gut Anne darauf reagiert, wenn man ihr etwas beibringen möchte."

Eversleigh schürzte die Lippen. "In der Tat. Sie scheint mir nicht zu jenen zu gehören, die sich gerne nach anderen richten."

Sie sprachen nicht viel mehr, während Darcy in seinem Essen herumstocherte, sein Magen war zu verkrampft, um Hunger zu verspüren. Dann schob er seinen Teller beiseite. "Ich denke, wir sollten unsere Funde der letzten Nacht besprechen." Es war das Letzte, was er tun wollte.

Eversleigh verzog das Gesicht. "Lass uns das zumindest im Salon tun, dort ist es komfortabler."

Kaum waren sie dort angekommen, als das Geräusch von Hufschlägen Eversleigh dazu brachte, den Vorhang beiseite zu ziehen und aus dem Fenster zu spähen. "Wie es scheint, haben wir Besuch. Colonel Fitzwilliam und Lord Matlock, wenn ich mich nicht irre."

Darcy runzelte die Stirn. "Sie müssen im Morgengrauen aufgebrochen sein, um so früh anzukommen."

"Es überrascht mich nicht, dass Lord Matlock dem sofort nachgehen möchte. Wir müssen ihn unter allen Umständen davon abzuhalten, sich zu überarbeiten."

Als Lord Matlock den Salon betrat, sah sein aschfahles Gesicht um ein Jahrzehnt gealtert aus. Richard folgte ihm mit einer Holzkiste.

Eversleigh führte Lord Matlock zu einem Sofa. "Ruhen Sie sich aus, Sir. In Kürze werden Tee und Erfrischungen gebracht."

"Ich muss zuerst sein Arbeitszimmer sehen", sagte Lord Matlock müde.

"Nein, Sir, Sie müssen sich ein paar Minuten setzen und ausruhen. Darcy und ich können Ihnen von unseren Entdeckungen von letzter Nacht erzählen, dann ist die Zeit nicht vergeudet."

Lord Matlock schüttelte den Kopf. "Ich werde es mir zuerst ansehen."

Plötzlich tauchte Richard über seinem Vater auf. "Du wirst dich setzen", befahl er. "Mutter hat mich beauftragt, dich vor Überarbeitung zu bewahren."

Der ältere Mann lächelte fast, als er sich wieder niederließ. "Und du fürchtest ihren Zorn mehr als meinen."

"Selbstverständlich. Jeder mit gesundem Menschenverstand würde das tun."

Lord Matlock seufzte. "Eversleigh, ich habe ohnehin etwas mit Ihnen zu klären."

"Ich stehe wie immer zu Ihren Diensten. Zufällig habe ich auch etwas mit Ihnen zu klären", sagte Eversleigh.

Lord Matlock winkte Richard zu sich, der ihm die polierte Holzkiste von der Größe eines Schachspiels reichte. Er legte sie auf seinen Schoß ab und legte seine Handflächen kurz darauf, ehe er sie Eversleigh reichte. "Die ist nun Ihre."

Eversleigh nahm mit zusammengezogenen Brauen die Schachtel und öffnete sie. Sein Adamsapfel bewegte sich, als er schwer schluckte. "Mylord, das ist Ihre Amtskette." Seine Stimme war kaum hörbar.

"Nein, jetzt ist sie Ihre Amtskette", sagte Lord Matlock gereizt. "Ich habe gestern Abend mein Rücktrittsschreiben verfasst und Sie zum amtierenden Großmeister des Collegiums ernannt, bis zu unserem nächsten Wintertreffen."

"Aber —"

"Schluss damit. Ich habe nicht erkannt, dass mein eigener Schwager ein schwarzer Magier war. Ich kann das Collegium nicht weiterhin leiten, nicht mit den unvermeidlichen Fragen, die nun folgen werden. Es müssen entweder Debenham oder Sie sein, und Debenham ist in Irland. Verschwenden Sie meine Energie nicht mit Diskussionen."

Richard sagte sanft: "Er hat recht, weißt du."

Langsam schloss Eversleigh den Deckel der Box. "Ich werde mein Bestes geben, um Ihrem Vertrauen gerecht zu werden. Ich wünschte nur, die Umstände wären andere."

Lord Matlock sagte barsch: "Sie sagten, Sie hätten etwas mit mir zu besprechen? Worum geht es denn?"

Eversleighs Wangen färbten sich. "Es ist eher ein Geständnis, das ich machen muss. Lady Frederica und Colonel Fitzwilliam wissen bereits von dieser Angelegenheit und ich möchte sie nicht in eine Lage bringen, in der sie sich entscheiden müssen, ob sie ein Geheimnis vor Ihnen haben oder mich verraten." Er nahm einen tiefen Atemzug. "Ich bin halb Fay."

Dem älteren Mann fiel die Kinnlade herunter. "Gütiger Gott. Das haben Sie mir nie gesagt."

"Ich habe es vorgezogen, diesen bestimmten Fleck auf meinem Wappenschild nicht offenzulegen. Doch da wir nun mehr Kontakt mit Faerie haben, wird es schwierig, das zu verbergen. Darcy, darf ich dich bitten, meine Situation zu erklären? Es ist schwierig, es selbst zu sagen, ohne unglaublich eingebildet zu klingen."

Darcy nickte. "Er ist ein Prinz von Faerie. Oberon zeugte ihn mit seiner Mutter nach deren Heirat. Eversleigh ist am Feenhof wohlbekannt."

"Ich glaube...", Lord Matlock schien in der Ferne zu sehen, "ich glaube, ich hätte gerne etwas Portwein, auch wenn es noch Zeit bis zum Frühstück ist."

"Kommt sofort, Sir." Richard ging zur Kommode.

"Es gibt nichts Besseres als ein gutes Glas Portwein, wenn das Leben zu interessant wird." Lord Matlocks Schultern sackten in einem uncharakteristischen Ausdruck der Niederlage zusammen.

Er hatte gerade begonnen, an seinem Portwein zu nippen, als der Butler eintrat und sich verbeugte. "Colonel Fitzwilliam, da ist ein Gentleman, der Sie sprechen möchte, aber er hat keine Visitenkarten. Er sagt, er sei Lord Eversleighs Bruder."

Richard lachte. "Keine Visitenkarten, in der Tat! Führen Sie ihn herein."

Lord Matlocks Augen verengten sich. "Du hast keinen Bruder, Eversleigh."

"Keinen sterblicher Bruder. Das ist mein Sidhe-Bruder."

Lord Matlocks Gesicht leuchtete auf. "Ein Sidhe? Hier?"

Aelfric schritt herein, die Illusion der Menschlichkeit löste sich bereits auf, um seine wahren Züge zu offenbaren. Mit der Abruptheit eines Sidhe fragte er Richard eifrig: "Bist du fertig, damit wir den Züchter besuchen können?"

Richard schlug sich mit der flachen Hand gegen die Stirn. "Das hatte ich ganz vergessen! Seitdem ist so viel geschehen."

Aelfric sah geknickt drein. "Vielleicht ein anderes Mal", murmelte er.

"Aelfric, einen Moment", ging Eversleigh ruhig dazwischen, "wir mussten hier mit einer Krise umgehen, die uns von anderen Plänen abgelenkt hat, aber ich glaube, heute wäre ein guter Tag für den Colonel, um dich zu dem Züchter zu bringen."

Richard schüttelte den Kopf. "Ich muss hierbleiben, während mein Vater seine Untersuchungen durchführt."

"Dein Vater wird nichts untersuchen." Eversleigh legte eine Hand auf die Kiste mit seiner neuen Amtskette. "Die Untersuchung obliegt mir. Ich werde deinen Vater bitten, die Bücher über schwarze Magie zu versiegeln, da niemand das besser kann als er. Ich kann mir jedoch nicht vorstellen, dass du noch Zeit in Sir Lewis' Studierzimmer verbringen möchtest."

"Nein, aber-"

"Deine Anwesenheit hier wird nur noch mehr Sorgen verursachen", sagte Eversleigh spitz. "Bring Aelfric zu deinem Züchter. Aber zuerst, Bruder, darf ich dich bitten, ein paar Minuten mit meinem Freund, Lord Matlock, zu verbringen? Er hat ein großes Interesse an Faerie. Lord Matlock, darf ich Ihnen Prinz Aelfric vorstellen? Er ist der jüngste Sohn des Königs von Faerie, und ich möchte Sie warnen, das Thema Pferde nicht anzusprechen, sonst wird er nie wieder von etwas anderem sprechen."

Eversleigh und Aelfric schienen sich wortlos auszutauschen, da der Sidhe sich plötzlich entspannte und seine guten Manieren ausgrub. "Selbstverständlich."

Lord Matlock kämpfte sich auf die Füße und verbeugte sich. "Eure Hoheit, es ist mir ein Vergnügen."

Eversleigh bedeutete Aelfric, sich auf einen Stuhl zu setzen. "Du und Lord Matlock habt einige gemeinsame Bekannte. Er ist Vater von Colonel Fitzwilliam und Lady Frederica, die du auch als Marigold Mädesüß kennst, und er ist auch mit Miss Bennet bekannt. Sie ist Aelfrics Halbschwester. Es ist zu schade, dass das Englische keinen Begriff für eine Person hat, die die Halbschwester meines Halbbruders ist, nicht wahr?"

"Ich wusste gar nicht, dass Miss Bennet Verwandte unter den Feen hat", sagte Lord Matlock unzufrieden.

"Bis vor ein paar Tagen wusste sie das selbst nicht. Sie war durchaus erstaunt", antwortete Eversleigh leichthin. "Haben Sie Fragen an Aelfric? Die Sidhe sind direkter und abrupter als wir, also wird er die gleiche Direktheit zu schätzen wissen."

Lord Matlock rutschte auf seinem Sitz herum. "Ähm... Gibt es viele Sidhe?"

Aelfric antwortete: "Ich glaube, es sind fast zweihundert. Und sechzig Sidhe Pferde."

"So wenige! In den Geschichten wirkte es immer, als gäbe es tausende."

"Tausende hat es nie gegeben, aber wir waren vor langer Zeit mehr, als mein Vater noch ein junger Mann war. Bis zu meiner Geburt vergingen fünfzig Jahre seit der letzte Sidhe geboren wurde."

"Der Grund für die Abnahme", warf Eversleigh mit trockenem Humor ein, "nach dem Lord Matlock höflicherweise nicht fragt, den er aber sicherlich verzweifelt erfahren möchte, ist der verminderte Kontakt zwischen unseren beiden Welten. Sidhe entspringen Verbindungen zwischen Sidhe und Sterblichen. Die meisten dieser Paarungen führen zu einem sterblichen Magier, aber gelegentlich wird auch ein Sidhe geboren."

"Zu einem sterblichen Magier? Aber es kommt kein Sterblicher ohne Magie dabei heraus?"

"Selbstverständlich nicht", sagte Aelfric und klang überrascht von diesem Mangel an Wissen. "Eure Magie ist ein Zeichen von Feenblut. Diejenigen, die kein Feenblut besitzen, werden nie Magie haben. Ein halber Sidhe dagegen stets."

Eversleigh unterdrückte ein Grinsen. "Ja, ich fürchte, alle reinen normannischen Blutlinien unserer Magier sind nicht ganz so rein wie erhofft."

"Das wäre ein großer Schock für viele im Collegium", murmelte Lord Matlock vor sich hin.

"Trotzdem unterscheidet sich die Sidhe-Magie doch recht von unserer", sagte Eversleigh. "Aelfric, wärest du so freundlich, Lord Matlock etwas Sidhe-Magie vorzuführen? Er war überrascht zu erfahren, dass Äpfel auch erschaffen und nicht nur angebaut werden können."

Aelfric sah seinen Bruder zweifelnd an, aber er streckte gehorsam seine Hand aus. Ein leuchtend roter Apfel erschien darauf. Er legte ihn auf dem Teetischchen ab und erschuf nacheinander eine Birne, einen Pfirsich, drei Erdbeeren und zur Zierde eine Rebe Trauben.

Lord Matlock streckte einen Finger aus und berührte eine der Erdbeeren. "Und die kann man essen?"

Eversleigh beugte sich vor und schob sich eine der Trauben in den Mund. "Sie sind durch und durch essbar. Sie schmecken köstlich und

264

werden Ihren Hunger stillen, allerdings sind sie nicht nahrhaft. Wenn man nichts Anderes äße, würde man irgendwann verhungern. Nahrhaftes Essen muss in der Erde angebaut werden."

"Diese Möglichkeiten... Kannst du das auch, Eversleigh?"

"Obst erschaffen? Leider nein, das ist eine Fähigkeit der Sidhe."

"Könnt Ihr alles erschaffen, was Ihr wollt, Prinz Aelfric?", fragte Lord Matlock

"Nein. Nichts, was aus dem Inneren der Erde kommt, wie Metall oder Juwelen. Nur Dinge, die wachsen oder aus Dingen bestehen, die wachsen. Abgesehen von Silberfiligran. Das können wir machen, solange wir Silber bei uns tragen." Er berührte seine Handgelenksmanschetten aus Silberfiligran. "Darf ich jetzt zum Züchter gehen?"

Eversleigh lachte. "Ja, du darfst zu deinen kostbaren Pferden gehen, Plagegeist! Sofern Colonel Fitzwilliam einverstanden ist, natürlich."

Richard riss seine Augen von den Früchten los, die es eigentlich gar nicht geben sollte, und schüttelte ungläubig den Kopf. "Sicherlich."

"Dann lass uns gehen!"

"Ihr könnt mir die Rechnungen schicken lassen", sagte Eversleigh trocken, "kein Feengold, das sich über Nacht in Blätter verwandelt. Fitzwilliam, wenn du so freundlich wärst, Aelfric davon abzuhalten, mich zu ruinieren."

Aelfrics Augen leuchteten auf. "Zwei Stuten. Bekomme ich zwei Stuten? Oder vielleicht drei?"

"Drei Stuten, mehr nicht. Außerdem musst du sie durch die Ringe führen, du willst also keine ganze Herde."

Aelfrics Gesichtsausdruck deutete darauf hin, dass er tatsächlich eine ganze Herde haben wollte, aber er sagte nichts weiter, als er und Richard sich auf den Weg machten.

"Ich entschuldige mich für Aelfrics abruptes Verhalten", sagte Eversleigh, "man merkt ihm an, dass er noch jung ist."

"Wie alt ist er?", fragte Lord Matlock und starrte immer noch auf die Früchte, die der Sidhe erschaffen hatte.

"In Faerie feiert man keine Geburtstage, aber ich würde vermuten, dass er Anfang zwanzig ist. Die Sidhe sind schnell erwachsen, das dauert vielleicht zehn Jahre, und dann verändern sie sich nicht mehr bis ihr

Niedergang beginnt, der ebenso rapide vonstattengeht. Ihr Verhalten ändert sich, sie beginnen zu altern und sind innerhalb weniger Jahre tot. Normalerweise ziehen sie sich aus der Gesellschaft zurück, wenn die Veränderungen beginnen."

"Es gibt so wenige von ihnen! Und die anderen Feenarten?"

"Die gibt es reichlich - Gnome, Dryaden, Brownies, Rotkappen, Phoukas, Kobolde und Elfen."

"Bekommen die auch Kinder mit Sterblichen?"

"Für gewöhnlich nicht."

Lord Matlock musterte ihn berechnend. "Ich nehme an, Sie kennen ebenfalls den Zauberspruch zum Gestaltwandeln."

Eversleigh lachte. "Ich habe mir nie die Mühe gemacht, ihn zu lernen, und wenn, dann hätten Sie auch nichts davon. Er funktioniert nicht bei Sterblichen, auch nicht bei denen, die halb Fay sind wie ich."

Lord Matlock machte ein finsteres Gesicht. "Ich könnte es versuchen." Er nahm eine Erdbeere und untersuchte sie sorgfältig, roch daran und biss ein winziges Stück ab. "Verblüffend."

Darcy sagte: "Vielleicht ist jetzt klarer, warum ich nicht bereit war, dem Sidhe zu drohen. Ihre Kräfte stellen unsere vollkommen in den Schatten."

Lord Matlock steckte den Rest der Erdbeere in seinen Mund. "Es sieht ganz danach aus. Ich würde gerne mehr darüber erfahren." Seine Miene wirkte ernüchtert. "Aber obwohl ich die Ablenkung schätze, haben wir einiges an unangenehmer Arbeit vor uns."

"Weniger als Sie vielleicht denken", sagte Eversleigh, "Darcy und ich haben den größten Teil seines Studierzimmers bereits durchkämmt. Ich würde gerne Ihre Meinung zu Sir Lewis' Experimenten erfahren, aber ansonsten müssen Sie nur noch magische Siegel auf alles legen und es in die Katakomben des Collegiums bringen."

"Sie arbeiten schnell." Lord Matlock nippte mit gerunzelter Stirn an seinem Portwein. "Wo ist Frederica? Ich dachte sie wäre hier."

"Sie wohnt mit Miss Bennet und Miss de Bourgh im Wittumshaus."

Lord Matlock machte ein finsteres Gesicht. "Wie praktisch. Auf diese Weise können sie Stunden damit zubringen, sich gegenseitig zu bemitleiden, wie böse ich bin. Und sehen Sie mich nicht so an,

Eversleigh. Ich weiß genau, dass ich nicht derjenige hätte sein sollen, der meine Nichte bindet. Stattdessen hätte ich jemand anderen suchen sollen, jemanden, der nicht mit ihr verwandt ist. Ich hatte kein Vertrauen in das Collegium, da ich nicht wusste, wie sie über ein Mädchen richten würden, das mit einem bloßen Gedanken töten kann. Wie haben Sie es geschafft, den Zauber zu brechen?"

"Ich gar nicht. Aelfric war derjenige, der sie befreit hat."

"Für ihn war es vermutlich ein Kinderspiel." Lord Matlock wirkte unzufrieden mit dem Gedanken. "Aber was soll's. Ich mache mir mehr Sorgen um den Konflikt im Collegium. Ich habe keinen Zweifel, dass Sie gut damit umgehen werden, Eversleigh, aber ich mache mir Sorgen um Darcy."

"Um mich?", fragte Darcy erschrocken. "Warum?"

"Jetzt, wo ich meinen Posten aufgegeben habe, kann ich dich nicht länger schützen." Lord Matlock klang niedergeschlagen.

"Mich wovor schützen?" Darcy beschlich eine dunkle Vorahnung.

Eversleigh war derjenige, der antwortete. "Die Untersuchung, ob du deine Macht missbraucht hast, war eine sehr knappe Geschichte. Lord Matlocks Unterstützung für dich hat den Ausschlag zu deinen Gunsten gegeben."

Darcys Hände ballten sich zu Fäusten. "Das schon wieder? Ich dachte, der Fall wäre zu den Akten gelegt."

"Das sollte er sein, und ich wünschte, es wäre so", sagte Eversleigh, "hinter vorgehaltener Hand wird allerdings noch darüber geredet und dass du etwas mit der Entdeckung der schwarzen Magie hier zu tun hast, ist dabei nicht hilfreich. Ich werde für dich tun, was ich kann."

Darcy presste die Worte hervor. "Ich war das nicht."

"Ich weiß", sagte Eversleigh sachlich, "ich habe immer angenommen, dass du es nicht getan hast, und jetzt weiß ich es ohne jeglichen Zweifel."

Darcys Mund verzog sich. "Vielleicht habe ich dich angelogen."

"Ich mache dir keinen Vorwurf daraus, dass du wütend bist. Ich kann mir ganz sicher sein, weil ich dich danach gefragt habe, als wir in Faerie waren, und dort hätte ich es gewusst, wenn du gelogen hättest. Das kann ich dem Collegium nicht zu deiner Verteidigung vorlegen, aber *ich* weiß es mit Bestimmtheit."

Es war eine Erleichterung, dass ihm geglaubt wurde. "Was muss ich machen?"

"Zur Zeit nichts. Wenn jemand die Frage erneut aufwirft, musst du möglicherweise Stellung beziehen. Ansonsten ist mein einziger Vorschlag, den mysteriösen Wassermagier zu finden, der entschlossen ist, deinem Ruf zu schaden."

"Glaub mir, das habe ich schon versucht!" Es musste eine Antwort auf dieses Rätsel geben, aber er kam verdammt nochmal einfach nicht dahinter. Ebenso war er verdammt, wenn er es nicht lösen konnte.

MISS DE BOURGH UND Frederica frühstückten bereits, als Elizabeth die Treppe herunterkam. Sie hatte etwas mehr Zeit in ihr Aussehen investiert, aber es machte keinen Unterschied. Darcy war nicht hier, um es zu sehen. Sie weigerte sich, enttäuscht darüber zu sein. "Verlief der Rest der Nacht reibungslos?", fragte sie.

"Wir haben gerade darüber gesprochen", sagte Anne, "das mit meinen nächtlichen Problemen hatte ich schon wieder ganz vergessen, aber es gibt keinen Grund zur Sorge. Bevor ich unter dem Bindebann stand, wurden die Dienstmädchen angewiesen, zerbrechliche Gegenstände aus meinem Zimmer fernzuhalten, Feuer oder Überschwemmungen habe ich allerdings niemals verursacht. Ich habe ein paar Bettlaken getilgt, aber das war alles. Darcy macht sich zu viele Sorgen."

"Es war ein ziemlich beängstigender Anblick, und der Sturm erstreckte sich weit über das Haus hinaus", sagte Frederica spitz.

"Nun, ich werde darüber nachdenken. Vielleicht würde es helfen, kurz vor dem Schlafengehen etwas Magie zu erschöpfen. Aber in der Zwischenzeit muss ich mit meiner Mutter sprechen. Obwohl das Wittumshaus ganz nett ist, gehört Rosings Park mir. Ich werde nicht mit ihr im selben Haus wohnen, aber ich sollte diejenige sein, die das Haupthaus besitzt, und ihr sollte das Wittumshaus zufallen."

Lady Frederica tupfte sich mit ihrer Serviette die Mundwinkel. "Sie ist wahrscheinlich nicht besonders glücklich damit, wenn du ihr das sagst."

"Ich war über Jahre hinweg ihretwegen unglücklich. Jetzt ist sie an der Reihe, und ich habe vor, es ihr heute zu sagen."

Elizabeth sah auf das unangetastete Essen auf ihrem Teller hinunter. "Vielleicht wäre es ratsam, zuerst mit Mr. Darcy und Colonel Fitzwilliam zu sprechen. Sie könnten Unterstützung leisten, wenn Lady Catherine außer sich gerät." Sie machte sich mehr Sorgen darum, dass Lady Catherine zur Gewalt greifen könnte, aber es schien unklug, dies zu erwähnen.

"Ich brauche sie nicht, um mein Erbe zu beanspruchen. Ich bin stark genug, um mich meiner Mutter zu stellen. Ich würde es allerdings begrüßen, wenn ihr beide als Zeugen mitkommen würdet."

"Das tue ich gern, solange du nichts Anderes vorhast, als mit ihr zu sprechen", wagte sich Lady Frederica vorsichtig vor.

"Du brauchst dir keine Sorgen zu machen, dass ich vorhabe, sie anzugreifen, so wie ich es bei meinem Vater getan habe. Selbst wenn sie es verdient, werde ich Tage brauchen, um wieder all die Kraft zu schöpfen, die ich gestern verbraucht habe." Miss de Bourgh sprach völlig unbekümmert übers Töten ihrer Eltern.

Frederica schob ihren Teller weg. "Bist du sicher, dass es Lady Catherine gut genug geht? Sie ist vielleicht immer noch nicht ganz bei Verstand."

"Ihrem Verstand fehlt gar nichts", wischte Miss de Bourgh den Einwand beiseite. "Sie hat immer darauf bestanden, dass ich mit ihr zu Abend esse, selbst als sie in ihren Gemächern eingesperrt war, hat sie einen Diener geschickt, um mich zu holen, wenn ich nicht erschien. Gestern Abend hat sie nichts dergleichen getan. Jemand musste ihr gesagt haben, dass der Bindebann entfernt wurde. Die Diener sind ihre Spione, wisst ihr. Ich werde ihr gestatten, einige von ihnen mitzunehmen, aber für Rosings werde ich neue Dienerschaft einstellen, deren Loyalität mir gebührt und nicht ihr."

"Möglicherweise wäre es klüger, wenn ich hierbleibe", sagte Elizabeth vorsichtig. "Mein Name allein scheint Lady Catherine in Rage zu versetzen, und nach ihrem Versuch, mich zu ruinieren, kann es sein, dass ich Schwierigkeiten habe, mein Temperament nicht mit mir durchgehen zu lassen, wenn sie mich provoziert."

"Umso besser", sagte Miss de Bourgh, "Sie wäre nicht so wütend, wenn sie nicht auch Angst vor dir hätte."

Wie es schien, verlor Miss de Bourgh keine Zeit.

Der Weg zum Haupthaus dauerte nicht länger als zehn Minuten, aber die kamen ihr viel länger vor. Elizabeth wusste nicht, wovor sie sich am meisten fürchtete: Lady Catherine zum ersten Mal zu sehen, seit sie aus dem Pfarrhaus vertrieben worden war, Lady Catherines unvermeidliche Wut über deren eigene Vertreibung oder Mr. Darcys Reaktion, wenn er ihre Anwesenheit entdeckte. Würde er denken, dass sie ihm nachlief? War er wütend auf sie wegen der vergangenen Nacht oder schockiert von ihrem schamlosen Verhalten? Sie wusste bereits, dass Lady Catherine sie verachtete, aber das war ihr egal. Was sie nun kümmerte, war Mr. Darcys gute Meinung.

In Rosings konnte sie Lord Eversleighs Stimme im Salon hören. War Mr. Darcy bei ihm? Es war ihr bestimmt, das nicht herauszufinden, da Miss de Bourgh sie entschlossen direkt daran vorbeiführte. Der Weg zu Lady Catherines Gemächern war Elizabeth nur allzu vertraut, nachdem sie sich so lange um ihre Ladyschaft gekümmert hatte, ein Dienst, für den Lady Catherine sie so unerbittlich bestraft hatte. Vielleicht hatte Lady Catherine verdient, was auch immer Miss de Bourgh ihr vorwerfen wollte.

Sie war überrascht, Mr. Darcys Kammerdiener vor Lady Catherines Suite sitzen zu sehen. Anscheinend vertraute Mr. Darcy der Dienerschaft auf Rosings ebenfalls nicht und zog es vor, jemanden vor der Tür zu postieren, bei dem er sich darauf verlassen konnte, dass sie auch wirklich verschlossen bleiben würde. Der Kammerdiener zögerte nicht, sie einzulassen, warnte sie allerdings, sich vor umherfliegendem Geschirr in Acht zu nehmen.

Lady Catherine begrüßte sie mit einem strahlenden Lächeln. Bei dieser Gelegenheit war sie offenbar bereit, über die Anwesenheit der Hexe hinwegzusehen, die man nicht leben lassen sollte. Miss de Bourgh musste recht haben, was Lady Catherines Fähigkeit, zu verstehen, was geschah, anbelangte.

"Meine liebste Anne!", rief Lady Catherine, "wie habe ich dich vermisst!"

"Schluss damit", entgegnete Miss de Bourgh kalt, "du bist dir zweifellos bewusst, dass der Bindebann entfernt wurde und ich wieder ganz die Alte bin. Ich nehme meine Position als Herrin von Rosings in Anspruch. Ich erwarte, dass du unverzüglich ins Wittumshaus ziehst."

Lady Catherine drückte ihre Hände gegen die Brust. "Das kannst du nicht so meinen! Ich habe dir mein Leben gewidmet. Niemand hätte sich so hingebungsvoll um deine Bedürfnisse kümmern können wie ich es getan habe."

Miss de Bourgh runzelte die Nase, als habe sie etwas Unangenehmes gerochen. "Du hast dafür gesorgt, dass ich weiterhin unter einem Bann stehe, der mir meinen freien Willen und meine Fähigkeit zu denken genommen hat. Du bist eine widernatürliche Mutter, und ich möchte nichts mehr mit dir zu tun haben."

"Ich hatte keine Wahl! Sollte ich das Risiko eingehen, dass du mich ebenso angreifst, wie du es mit deinem Vater getan hattest?"

Miss de Bourghs Oberlippe verzog sich. "Ich habe Sir Lewis angegriffen, weil er schwarze Magie angewandt und mich schändlich behandelt hat. Guten Tag, Mutter." Sie machte auf dem Absatz kehrt.

"Warte!", kreischte Lady Catherine, "wenn ich Rosings nicht haben kann, dann du ebenso wenig. Du hast kein Recht darauf. Du bist nichts anderes als einer von Sir Lewis' Bastarden von irgendeinem leichten Mädchen. Sieh dich doch an - klein und dürr. Du siehst mir nicht im Geringsten ähnlich."

Miss de Bourgh blieb mitten im Schritt stehen und blickte mit einem merkwürdigen Lächeln zurück auf Lady Catherine. "Freut mich über die Maßen, das zu hören. Nichts könnte mich glücklicher machen, als zu wissen, dass du nicht mit mir verwandt bist."

"Ich werde das nicht zulassen!" Lady Catherine riss an der Schublade in ihrer Nachtkonsole und durchwühlte den Inhalt. Sie zog ein Papier heraus, hielt es sich dicht vors Gesicht und begann zu murmeln.

Miss de Bourgh machte eine Geste, und das Papier zerfiel in Lady Catherines Händen zu Staub.

"Nein!", rief Lady Catherine verzweifelt.

"Sicherlich hast du nicht gedacht, ich würde zulassen, dass du den anwendest", sagte Anne kalt. "Ich erwarte, dass du noch heute Abend im Wittumshaus bist." Sie verließ den Raum, dicht gefolgt von Elizabeth und Frederica.

Elizabeth schloss die Tür hinter sich, just als ein unglücksseliges Geschirrteil daran zerschellte. Es war seltsam befriedigend, zu wissen, dass Lady Catherine diesmal diejenige sein würde, die aus ihrem Zuhause vertrieben wurde. Sie tauschte Blicke mit Frederica, als sie Anne nacheilten. Für eine so kleine Person bewegte sie sich durchaus schnell.

ANNE STÜRMTE IN DEN Salon, offensichtlich war ihr egal, dass sie die Diskussion der Männer unterbrach. Ohne Umschweife kam sie gleich zum Thema: "Darcy, du bist mein Vormund. Ich habe Lady Catherine gesagt, sie solle ins Wittumshaus ziehen. Jetzt behauptet sie, ich sei nicht ihre Tochter, sondern ein Bastard von Sir Lewis. Kann sie das gegen mich einsetzen, um mich um mein Erbe zu bringen?"

Darcy starrte sie geschockt an, so verblüfft war er von ihren Worten, dass er Elizabeth und Frederica, die hinter Anne standen, kaum wahrnahm. "Ich glaube nicht. Sir Lewis hat dich als seine Tochter von Lady Catherine anerkannt, und vor dem Gesetz ist das alles, was zählt. Jedenfalls habe ich keinen Grund zu der Annahme, dass das, was sie gesagt hat, wahr ist. Vielleicht wollte sie dich nur verletzen."

"Das hat sie sich ausgedacht", sagte Lord Matlock verärgert, "ich erinnere mich, als sie mit dir in anderen Umständen war."

Anne warf sich auf einen Stuhl. "Oder so getan hat, als ob. Es ist mir egal, ob es wahr ist oder nicht, solange ich Rosings behalte."

Viscount Eversleigh räusperte sich. "Wenn Sie wünschen, könnte ich Ihnen möglicherweise sagen, ob sie Ihre Mutter ist."

"Was meinen Sie damit?"

"Ich könnte Ihre Magie überprüfen. Wenn Sie Fitzwilliam Magie wie Ihr Onkel haben, dann muss sie logischerweise Ihre Mutter sein. Wenn Sie sie nicht haben...", er zuckte mit den Achseln, "dann wissen wir nicht mehr als bisher auch. Die Art der Magie wird nicht immer auf direktem Weg vererbt. Colonel Fitzwilliam hat keine Fitzwilliam-Magie, aber sein Erbe steht ihm ins Gesicht geschrieben."

Anne überlegte. "Würden Sie mir dafür meine Magie nehmen müssen, wie mein Vater es tat?"

"Nein. Dies wäre eher so, als würde ich meine Hand in einen Fluss tauchen, um die Temperatur zu fühlen. Ich nehme nichts und lasse nichts zurück."

Sie nickte ruckartig. "Ich würde es gerne wissen."

Eversleigh streckte die Hand aus, um ihr Handgelenk nicht länger als ein paar Sekunden zu berühren. "Sie haben keine Fitzwilliam-Kräfte. Ihre Magie ist elementar und wild. Ich weiß nicht, welche Art von Magie Sir Lewis hatte."

"Ich würde mich sehr freuen, wenn ich von keinem der beiden abstammen würde." Anne fuhr sich dort übers Handgelenk, wo Eversleigh sie berührt hatte.

"Ich halte es für sehr wahrscheinlich, dass dies der Fall ist", sagte Eversleigh ruhig, als wäre ihre eheliche Geburt in Frage zu stellen ein ganz normales Gespräch in einem Salon.

Lord Matlock versteifte sich. "Machen Sie sich nicht lächerlich."

Anne ignorierte ihn und richtete ihren Blick auf Eversleigh. "Worauf stützen Sie das?"

"Das habe ich mir gedacht, seit ich gesehen habe, wie Sie Ihre Magie eingesetzt haben. Kein Sterblicher hat so starke Magie, selbst wenn einer seiner Elternteile Fay ist. Ihre wilde Magie ähnelt eher der Sidhe-Kraft als der sterblichen Magie."

"Aber ich bin kein Sidhe."

"Nein, aber in den seltenen Fällen, in denen ein Sidhe-Mann mit einer Sidhe-Frau ein Kind zeugt, ist das Kind ausnahmslos sterblich. Ich glaube, Sie könnten eines dieser Kinder sein. Wenn Sir Lewis nach einem hilflosen Kind mit starker Magie gesucht hat, hätte er es nicht besser treffen können."

Anne beäugte ihn zweifelnd. "Sie denken das nur, weil meine Magie stark ist?"

Eversleighs Zähne blitzten, als er lächelte. "Nicht nur das. Ihr Temperament ähnelt sehr dem der Sidhe."

Darcy starrte ihn an. Er hatte recht. Diese neue Anne hatte die gleichen urplötzlichen Stimmungsschwankungen wie die Sidhe, und ihre Aufmerksamkeit wanderte ebenso schnell von einem Thema zum nächsten. Er hatte gedacht, es rühre daher, dass sie so viele Jahre unter einem Bindebann gestanden hatte, aber ihr Temperament war auch der Direktheit der Sidhe sehr ähnlich.

"Gab es vor siebenundzwanzig Jahren so ein Kind?" Annes Stimme war leise.

"Ich weiß es nicht und kann auch nicht fragen. Es ist eines der wenigen Themen, über die die Sidhe nicht sprechen."

Anne tippte mit dem Fuß, als sie darüber nachdachte. "Ich würde gerne einen Sidhe länger treffen als den kurzen Moment, in dem ich Ihren Bruder gesehen habe, als er meinen Bann entfernt hat."

"Zweifellos wäre Aelfric gerne bereit, nochmals mit Ihnen zu sprechen, oder ich könnte Sie nach Faerie bringen, wenn Sie das wünschen."

Anne schüttelte entschlossen den Kopf. "Wenn das, was Sie sagen, wahr ist, hat Faerie mich schon einmal verstoßen. Ich brauche es jetzt nicht mehr. Aber ich würde mich freuen, Ihren Bruder zu treffen."

Lady Frederica fragte: "Cousine Anne, vergib mir, aber was war das für ein Stück Papier, das du getilgt hast, das Lady Catherine in der Hand hielt?"

"Das? Es war ihr liebster Gehorsamszauber. Ich hatte erwartet, dass sie versuchen würde, ihn an mir zu wirken, nun, da der Bindebann gebrochen wurde. Deshalb habe ich euch gebeten, mit mir zu kommen, da ich dachte, sie würde es nicht wagen, ihn vor euch anzuwenden. Wie es scheint, habe ich mich geirrt. Warum starrt ihr mich alle so an?"

Eversleigh war der erste, der die Stille durchbrach: "Behaupten Sie also, dass Lady Catherine einen Gehorsamszauber angewandt hat?"

"Ja, habe ich das nicht gerade gesagt?"

"Wen hat sie damit belegt?" Eversleigh klang seltsam distanziert.

"Meistens waren es Diener, die sie für nicht ehrerbietig genug hielt. Außerdem wirkte sie ihn an dem neuen Pfarrer, Mr. Collins, um ihn davon abzuhalten, ihr zu widersprechen. Sie hat es schon viele Male bei Darcy versucht, das hat aber nicht geklappt. Das hat sie rasend gemacht."

Lord Matlock sagte heiser: "Hast du das gesehen?"

"Wie denn? Dank deines doppelschichtigen Banns bin ich jedes Mal in Ohnmacht gefallen, wenn sie begann auf Latein zu sprechen. Die Ergebnisse waren jedoch unverkennbar. Habt ihr euch noch nie gefragt, warum ihr die Diener so sklavisch ergeben sind?"

Eversleigh sagte: "Der Zauber stand auf einem Blatt Papier?"

Anne nickte. "Ja, in ihrem Nachttisch. Niemand sonst darf diese Kommode berühren. Unter keinen Umständen. Als sie es heute herausgezogen hat, habe ich das Papier getilgt. Warum seid ihr so besorgt darüber? Glaubt ihr, ich hätte den Wisch nicht zerstören und sie einfach den Zauberspruch aufsagen lassen sollen?"

Eversleigh schüttelte langsam den Kopf, aber es war Frederica, die antwortete. "Gehorsamszauber sind schwarze Magie der schlimmsten Art. Wir sind erschüttert, weil wir erfahren haben, dass Lady Catherine sie angewandt hat."

Annes Augenbrauen hoben sich. "Ich nahm an, dass alle Hausherrinnen sie benutzen, aber ich hatte keinen Kontakt zu anderen Haushalten. Wie es scheint, weiß ich vieles nicht."

Eversleigh runzelte die Stirn. "Wie es scheint, muss ich Ihnen auch noch weitere Fragen stellen. Welche anderen Zauber hat Lady Catherine angewandt?"

"Ich weiß es nicht. Vielleicht war es nur der eine Zauber, möglicherweise gab es noch mehr. Ich kann Ihnen nur sagen, welche Resultate ich gesehen habe."

"Das wäre hilfreich."

"Es bringt die Diener dazu, ihr augenblicklich zu gehorchen, selbst wenn sie krank oder erschöpft sind, und sie verlieren kein Sterbenswörtchen gegen sie, ganz gleich, wie unvernünftig sie ist. Mr. Collins hörte auf, mit ihr zu streiten und lobte sie stattdessen unablässig. Einmal kam ein benachbarter Landbesitzer mit einer Beschwerde über ihre Landbewirtschaftung zu ihr, und plötzlich kümmerte ihn das

Problem nicht mehr und er entschuldigte sich dafür, dass er sie beunruhigt hatte. Soweit ich weiß, hat sie nie Menschen gesucht, um an ihnen Zauber zu wirken, wie mein Vater es tat, sondern die Magie nur eingesetzt, um die Leute um sie herum nach ihrem Willen handeln zu lassen."

"Haben Sie gesehen, wie sie Magie für andere Dinge eingesetzt hat? Zündet sie Kerzen mit Magie an oder wirkt sie Illusionen oder erzeugt sie Wind?"

Anne legte nachdenklich den Kopf zur Seite. "Ich glaube nicht, aber ich wäre bei jedem Anzeichen von Magie ohnmächtig geworden, also bin ich nicht die beste Zeugin."

"Liest sie Bücher über Magie?"

Anne lachte verächtlich. "Sie liest nie Bücher."

Elizabeth schnappte nach Luft. Sie legte ihre Hand auf Eversleighs Arm und zeigte mit der anderen auf Lord Matlock. Das Gesicht des Earls war aschfahl, die Augen geschlossen und er presste eine Hand auf seine Brust.

Eversleigh und Frederica waren sofort an seiner Seite, dicht gefolgt von Darcy. Eversleigh sagte: "Legen Sie sich aufs Sofa und atmen Sie langsam, Sir, wie der Arzt es Ihnen gesagt hat. Langsam. Ich weiß, dass es weh tut."

"Nicht wichtig", murmelte Lord Matlock röchelnd, "kümmert euch um Catherine. Sagt es meiner Frau. Sagt ihr. Es tut mir leid."

"Das werden Sie ihr selbst sagen können", sagte Eversleigh, "Sie haben das zuvor schon überlebt."

"Nicht...so heftig."

Frederica sank neben ihrem Vater auf die Knie. "Du darfst nicht sterben", sagte sie mit zittriger Stimme, "Mama wird sehr böse mit mir sein, wenn ich zulasse, dass du stirbst und du weißt, wie Mama ist, wenn sie böse ist." Bei den letzten Worten versagte ihre Stimme.

"Ich werde versuchen ... dich dem nicht auszusetzen, Kind."

Frederica bedeckte seine Hand mit ihrer eigenen und drückte ihre Stirn dagegen.

Das war ein schlechtes Zeichen. Darcy war bis jetzt nicht allzu besorgt gewesen, da sein Onkel diese Anfälle zuvor bereits erlitten hatte, aber er hatte nicht mehr gehört, dass Lord Matlock Frederica 'Kind' nannte, seit sie tatsächlich ein Kind gewesen war. Er wandte sich an Elizabeth. "Kannst du etwas tun, um zu helfen?", fragte er verzweifelt.

Elizabeth öffnete und schloss den Mund, bevor sie sagte: "Ich weiß es nicht. Möglicherweise. Aber kann Lord Eversleigh ihn nicht heilen?"

"Eversleigh besitzt keine Heilmagie. Ich bitte dich, zu tun, was du kannst."

Sie zögerte. "Nur, wenn Lord Matlock möchte, dass ich es versuche, und ich kann mir nicht vorstellen, dass er das tut."

"Sie haben...Catherine geheilt...nicht wahr?" Lord Matlock hustete. "Ich wünschte...Sie hätten...es nicht getan."

Elizabeth trat einen kleinen Schritt zurück, ihre Wangen waren gerötet. "Dann werde ich Sie in Frieden lassen."

Lord Matlock hob seine Hand ein paar Zentimeter. "Nein, ich werde...Ihre Hilfe annehmen. Es ist nur...', er hielt inne und rang nach Atem.

"Versuchen Sie nicht zu sprechen, Sir." Eversleigh stellte einen Stuhl neben das Sofa und bedeutete Elizabeth, darauf Platz zu nehmen.

"Ich kann es für ihn sagen", half Darcy, "Es wäre ihm lieber, wenn Lady Catherine gestorben wäre, als dass sie als schwarze Magierin am Leben ist." Er hatte dasselbe gedacht.

Lord Matlock nickte zustimmend mit dem Kopf.

"Mr. Darcy, könnten Sie versuchen, Pepper zu rufen, während ich hier anfange? Vielleicht brauche ich ihre Hilfe." Elizabeth setzte sich und nahm Lord Matlocks Hand zwischen ihre. "Eure Lordschaft, Eure Tochter hat mir gesagt, dass Ihr manchmal großen Druck in Eurer Brust verspürt. Ist das jetzt gerade auch so?"

Er nickte erneut.

"Ihr werdet spüren, wie Magie sich Euren Arm hinaufbewegt und das könnte Euch ein wenig schläfrig machen. Das ist ganz normal." Dann wechselte sie absichtlich in einen heitereren Tonfall. "Dies geht in die Annalen grandioser Selbstüberschätzung ein, nicht wahr? Die Heckenhexe, die sich anschickt, den Großmeister des Collegiums zu heilen?"

Darcy zuckte bei ihren Worten zusammen, während er sich bemühte, den Riegel am Fenster zu öffnen. Wurden die verfluchten Dinger niemals geölt? Endlich gab es nach und er stieß das Fenster auf. Er streckte den Kopf so weit er konnte hinaus. "Pepper! Elizabeth braucht dich!" Nichts. Nur Stille. Er zählte, bis eine Minute vergangen war und versuchte es erneut. "Pepper, ich bitte dich zu kommen."

Hinter ihm sagte Elizabeth: "Mylord, ich bitte Euch, versucht nicht, meiner Magie mit Eurer zu folgen. Ihr macht es mir damit schwerer."

Lord Matlocks Lippen zuckten. "Einfach ... neugierig." Er schloss die Augen.

"Vielen Dank. Ich beantworte Eure Fragen später gerne." Ihr Gesichtsausdruck deutete darauf hin, dass sie nicht sicher war, ob es ein später geben würde.

Wenn er nur etwas tun könnte! Aus Mangel an Alternativen streckte er den Kopf erneut aus dem Fenster. "Pepper, ich werde dir jeden Fisch im See schenken, wenn du uns hilfst!" Immer noch nichts.

Zumindest atmete Lord Matlock noch. Elizabeths Kopf war konzentriert gesenkt. Eversleigh stand hinter ihr, seine Augen geschlossen und seine Hände auf ihren Schultern. Trotz seiner Angst und Trauer um seinen Onkel brannte Eifersucht in Darcys Magen. War Eversleigh der wahre Grund, warum sie ihn weggestoßen hatte?

"Rrraw?" Pepper saß in Rabenform auf der Fensterbank.

Nicht einmal Peppers Aussehen konnte die Schwere von Darcys Brust nehmen. Wie von selbst sagte er kraftlos: "Elizabeth - das heißt Miss Elizabeth - versucht Lord Matlock zu helfen. Er leidet an einem Herzanfall. Sie hat mich gebeten, dich zu rufen." Zumindest könnte er ihr auf diese kleine Weise noch behilflich sein.

Lord Matlock drehte den Kopf in ihre Richtung. "Was ist das?"

Darcy sagte schnell: "Es besteht kein Grund zur Sorge. Pepper ist eine Phouka. Normalerweise nimmt sie die Gestalt einer Katze an."

Wie aufs Stichwort sprang Pepper zu Boden und verwandelte sich.

"Ist das die Katze, die mich angegriffen hat?" Lord Matlock klang schläfrig.

"Ja, aber nur, weil sie dachte, du wolltest Miss Elizabeth Schaden zufügen. Jetzt wird sie dich nicht verletzen."

Pepper lief zum Sofa, sprang auf Lord Matlocks Brust und begann sie zu kneten, und ihre Pfoten rhythmisch und schnurrend auf seine Brust zu drücken.

"Tut sie das aus einem bestimmten Grund?", fragte Lord Matlock

"Ich weiß es nicht, aber Pepper hat für gewöhnlich einen Grund für das, was sie tut."

"Ihre Augen passen nicht zusammen." Lord Matlock war nicht so aufgeregt, eine Phouka zu treffen, wie Darcy es erwartet hätte. Ein weiteres schlechtes Zeichen.

"Nein, das tun sie nicht."

"Aber ich fühle mich ein bisschen besser. Ich kann atmen. Vielleicht macht sie etwas."

"Ich habe großes Vertrauen in Pepper", sagte Darcy.

Elizabeth fing an zu summen, aber sie öffnete ihre Augen nicht. Ihm bot sich eine Szene wie aus einem Gemälde: Lord Matlock auf dem Sofa mit Pepper auf der Brust, Frederica kniete an seiner Schulter, Elizabeth saß neben ihm und hielt seine Hand, und Eversleigh stand hinter Elizabeth.

Lord Matlock blinzelte. "Der Druck ist weg." Er klang überrascht. Dann holte er tief Luft und stieß sie wieder aus. "Auf jeden Fall besser." Er wollte sich aufsetzen.

Ohne die Augen zu öffnen, streckte Eversleigh die Hand aus, legte Lord Matlock eine Hand auf die Schulter und drückte ihn wieder nach unten. "Bleiben Sie liegen", befahl er.

"Papa, du darfst dich nicht anstrengen. Wir sind alle hier, um dir zu helfen, und du musst nichts Anderes tun, als dich auszuruhen."

Elizabeth ließ seine Hand los. Ihre Stimme schien von weit herzukommen, als sie fragte: "Wie fühlt Ihr euch? Tut es noch weh?"

Pepper sprang von Lord Matlocks Brust.

"Nicht im Geringsten. Der Schmerz und der Druck sind verschwunden." Lord Matlock setzte sich auf und schwang die Beine vom Sofa. "Auf jeden Fall besser. Ich danke Ihnen, Miss Bennet." Er klang schläfrig.

Elizabeth runzelte die Stirn. "Ich konnte nicht alles wieder heil machen. Den verletzten Bereich Eures Herzens habe ich geflickt, aber ich konnte ihn nicht heilen. Es ist eine vorübergehende Maßnahme."

"Mir geht es dank Ihnen wieder gut genug, dass ich mich mit Catherine befassen kann und das ist es, was zählt." Er hievte sich auf die Füße.

"Papa, du musst dich ausruhen!", rief Frederica. "Elizabeth, sollte er sich nicht ausruhen?"

Elizabeth drehte ihre Handflächen nach oben. "Ich habe keine Ahnung. Wilde Magie unterscheidet sich von normaler Heilung. Lord Eversleigh weiß vielleicht mehr."

"Ich benutze selten wilde Magie", sagte Eversleigh. "Ich war fest entschlossen zu beweisen, dass ich als Magier nur mit sterblicher Magie erfolgreich sein kann, aber in diesem Fall spielt es keine Rolle. Lord Matlock, Sie könnten sich ebenso gut ausruhen, weil ich Ihnen nicht gestatten kann, an dieser Angelegenheit mit Lady Catherine teilzuhaben. Nicht im Geringsten, haben Sie mich verstanden? Lady Frederica, ich wäre Ihnen dankbar, wenn Sie Lady Matlock eine Eildepesche senden würden, die sie darüber informiert, was geschehen ist, und dass ich Lord Matlock mit der Kutsche nach London zurückschicken werde, sobald ich sicher sein kann, dass es ihm gut genug geht."

"Nicht nötig", grummelte Lord Matlock, "sie ist bereits unterwegs. Sie wollte mit mir gemeinsam kommen, aber Richard und ich sind vorausgeritten."

"Umso besser", sagte Eversleigh, "dann können Sie gemeinsam nach London zurückkehren."

"Ich sollte bleiben. Auch wenn ich Catherine nicht sehen darf, kann ich Ihnen hier trotzdem von Nutzen sein", sagte Lord Matlock.

Eversleigh hielt inne. "Bis wir eine klarere Vorstellung davon haben, welche Zaubersprüche Lady Catherine anwenden kann, ist es sicherer, alle aus ihrer Reichweite zu bringen. Alle außer Darcy. Obwohl ich es vorziehen würde, keine Verwandten von Lady Catherine hier zu haben, möchte ich dich bitten, zu bleiben, einfach, weil du anscheinend immun gegen ihre Zauber bist, und ich keinen Grund zu der Annahme habe, dass ich es bin. Miss Bennet, ich werde Ihre Unterstützung brauchen, um heute Nachmittag Wächter zu errichten, aber danach sollten auch Sie gehen."

Darcy gefiel es gar nicht, wie Eversleighs über Elizabeth bestimmte. "Ich werde hierbleiben, wenn du es wünschst, aber ich muss dich daran erinnern, dass Miss Bennet nicht verpflichtet ist, deinen Anordnungen Folge zu leisten."

Elizabeth warf Eversleigh einen verschwörerischen Blick zu, bevor sie sich an Darcy wandte und leichthin sagte: "In der Tat muss ich laut Fay-Protokoll seinen Bitten nachkommen, aber mir ist es immer noch lieber, gefragt zu werden. In diesem Fall bin ich bereit, zu tun, was ich kann, aber ich weiß nichts darüber, wie Wächter und Abwehrzauber errichtet werden. Sicherlich wären Mr. Darcy oder Lord Matlock oder sogar Lady Frederica für Sie von größerem Nutzen."

"Kann es nicht tun", grummelte Lord Matlock verärgert, "Wächter sind Blutmagie. Wenn man dafür das Blut eines Verwandten von Catherine nutzt, schwächt sie das und schafft ein Schlupfloch, das Catherine ausnutzen könnte. Eversleigh, zählt Ihr Blut als Fayblut?"

"Leider nein. Ich bin nur ein Sterblicher", sagte Eversleigh.

"Zu schade. Auf diese Weise wäre es interessanter", sagte Lord Matlock. "Stimmt es, dass Zauber mächtiger sind, wenn dabei das Blut von Feen und Sterblichen vermischt wird?"

"Es erhöht die Wirkung und Kraft erheblich, wenn beide gemischt werden. Ich war einst die sterbliche Komponente eines solchen Zaubers, und es ist ziemlich bemerkenswert, selbst nach den Maßstäben der Sidhe-Magie. Eines der großen Wunder der Feen ist die riesige Eiche - und sie ist wirklich gigantisch - am Ende des Nichts, wo Caerdic, dessen Andenken gesegnet sei, und sein sterblicher Bruder Alber das Blut ihrer Herzen zusammen vergossen, um Faerie in zwei Teile zu zerbrechen."

"Herzblut?", hakte Elizabeth nach. "Das ist etwas Anderes?"

Eversleigh zog sich sein Revers gerade. "Durchaus", sagte er. "Es geschah vor ewigen Zeiten und es ist nichts, was wir jemals zu sehen bekommen werden. Dieser Zauber wird unser Blut nicht vermischen, aber es wird erforderlich sein, vier Tropfen Ihres Blutes auf die Schutzzauber zu geben, und Sie müssen es freiwillig geben. Blutmagie ist eine heikle Angelegenheit, und die Verwendung von unter Zwang verabreichtem Blut kann zu unvorhersehbaren Ergebnissen führen."

"Sie sind vollkommen sicher", fügte Lord Matlock hinzu, "das Schlimmste, was passieren kann, ist, dass der Zauber nicht funktioniert."

"Aber ich kenne nur wilde Magie", sagte Elizabeth.

"Das spielt keine Rolle." Eversleigh lächelte plötzlich. "Ich kann Ihnen beibringen, was Sie wissen müssen, wenn es soweit ist. Schwarze Magie entdeckt zu haben ist ein Notfall, der mich dazu berechtigt, jeden zu unterrichten, auch Frauen. Und obwohl ich stolz darauf bin, wann immer möglich formelle Zaubersprüche anzuwenden, habe ich doch wilde Magie im Blut, wie Sie gerade gesehen haben, als Sie Lord Matlock geheilt haben."

Lord Matlocks runzelte die Stirn. "Sie waren ebenfalls daran beteiligt?"

Eversleigh nickte. "Ich habe mit Miss Bennet zusammengearbeitet, habe mich von ihr führen lassen und einen Teil der Anstrengung auf mich genommen. Ich wollte ihre Kraft erhalten, damit sie die Wächter setzen kann. Da wir *Shurinn* sind, kann ich mit ihr zusammenarbeiten."

"Wovon sprichst du?" Darcy konnte seinen Zorn nur mit Mühe zurückhalten.

"Das ist kompliziert", sagte Elizabeth schnell, "das ist so eine Feensache. Weil wir beide mit Aelfric verwandt sind, können Viscount Eversleigh und ich unsere Magie miteinander verbinden. Ich kann es später erklären, wenn Sie möchten."

Darcy nickte kurz, weil er seiner Stimme nicht traute. Er war kein Narr. Magie war nicht das einzige, was Eversleigh mit Elizabeth verbinden wollte. Wie konnte er es wagen, ihre Verbindung zu dem Feenprinzen zu nutzen, um sein Ziel zu erreichen? Und er hatte auch noch die Frechheit besessen, Darcy zu sagen, dass er sie beschützen wollte!

Frederica platzte heraus: "Darf ich zusehen, wie ihr die Wächter und Abwehrzauber setzt?"

Eversleigh verneigte sich vor ihr. "Es wäre höchst unanständig von mir, einer Dame zu verbieten, in einem bestimmten Raum zu sein." Er machte eine Pause, als würde er überlegen. "Ich bin notorisch nachlässig mit Zauberbüchern. Ich lasse sie oft offen in meinem Zimmer herumliegen, anstatt sie mit Zaubersprüchen zu verschließen. Das ist eine meiner Schwächen."

Lord Matlock ging in bedrohlichem Ton dazwischen: "Eversleigh, wenn Sie versuchen, meine Tochter in Ihr Schlafzimmer zu locken-"

"Mach dich nicht lächerlich", sagte Frederica. "Er erwähnt lediglich seinen Hang zur Unordentlichkeit."

Eversleigh war vielleicht der ordentlichste und am besten organisierte Mensch, den Darcy jemals getroffen hatte.

"Darcy, während Miss Elizabeth und ich die Wächter und Abwehrzauber vorbereiten, dürfte ich dich bitten, Briefe an Collingswood, Winston und Elliott zu schreiben und ihnen mitzuteilen, dass ich hier ihre sofortige Unterstützung bei der Bekämpfung schwarzer Magie benötige?"

"Sicherlich." Aber er war froh, dass Frederica bei ihnen sein würde. Er traute Eversleigh nicht über den Weg, wenn er allein mit Elizabeth war.

Kapitel 10

"Es hat funktioniert!", rief Eversleigh. "Gut gemacht, Miss Elizabeth."

Elizabeth verlagerte ihr Gewicht auf ihre Fersen und bewunderte das überirdische Leuchten der vier Schachfiguren, die sie als Wächter verwendet hatten. "So werden also Schutzzauber gemacht. Das hat mich schon immer interessiert."

"Normale Schutzzauber sind einfacher als Abwehrzauber. Es ist einfacher, böswillige Feen fernzuhalten, als Magie fernzuhalten - oder sie einzusperren, wie wir es hier getan haben."

Elizabeth berührte mit ihrem Zeigefinger den leuchtenden Kopf eines Bauern. Die beiden Wände, eine innere und eine äußere, flammten auf und wurden sichtbar. Eversleighs Wand setzte sich aus sich bewegenden Worten zusammen, während ihre aus einem Fischernetz bestand, das mit Ranken und fliegenden Glühwürmchen bedeckt war. "Unsere Wände sehen so unterschiedlich aus. Könnte das ein Problem sein?"

"Es sollte keines sein." Er legte den Kopf schief, um ihr Werk zu bewundern. "Meine ist eine traditionelle Barriere wie sie ein Magier weben würde. Ihre ist pure wilde Magie. Das Netz verstehe ich, aber was sind das für Rankpflanzen?"

"Schwarze Tollkirsche. Sie saugt Magie aus Rotkappenbissen, also denke ich, dass sie Magie abwehrt."

"Und die Glühwürmchen?"

Elizabeth lächelte kleinlaut, als sie nach einem der Gebäckstücke griff, die Eversleigh zuvor geordert hatte. "Ich weiß es nicht. Die Magie hat sie dort platziert."

"Wie konnte die Magie sie dorthin bringen?", wollte Lady Frederica wissen.

Eversleigh drehte sich zu ihr um. "Wilde Magie steckt voller Überraschungen, im Gegensatz zu traditionellen Zaubersprüchen, die kanalisiert und gezähmt wurden. Ich wusste genau, wie meine Wand aussehen würde, und wenn ich den gleichen Zauber nochmals anwende, wird sie auch immer gleich aussehen. Wenn Miss Bennet morgen eine weitere Mauer errichten würde, könnte diese stattdessen ein undurchdringlicher Dschungel aus Weinreben sein."

Frederica runzelte die Stirn. "Warum sich mit Zaubersprüchen rumschlagen, wenn wilde Magie dasselbe bewirken kann?"

Eversleigh lächelte sie an. "Gut konstruierte Zauber stärken die Magie und machen sie vorhersehbarer. Die Magie der meisten Magier ist nicht stark genug, um wilde Magie anzuwenden, deshalb brauchen sie Zaubersprüche. Miss Bennets Magie ist stark, trotz dessen, was Colonel Fitzwilliam gesagt hatte, was mich vermuten lässt, dass sie sie vor diesen letzten Wochen nicht in vollem Umfang genutzt hat. Magie muss benutzt werden, um stark zu sein, fast so wie Muskeln."

"Natürlich habe ich meine Magie nicht ausgebildet!", rief Elizabeth, "ich habe versucht, sie so wenig wie möglich zu benutzen. So hungrig wie jetzt war ich noch nie zuvor, nachdem ich meine Magie benutzt habe."

"Je mehr Ihrer Magie Sie anwenden, desto hungriger werden Sie", sagte Eversleigh. "Lady Frederica, Sie haben das Potenzial, wilde Magie einzusetzen. Darcys elementare Magie ist wild, aber er kann auch Zaubersprüche benutzen."

Etwas an Fredericas Lächeln erinnerte Elizabeth an einen zufriedenen Tiger und sie sagte: "Frederica, ich hoffe, du kannst bis morgen warten, bevor du mich um weitere Lektionen im Umgang mit wilder Magie bittest. Ich bezweifle, dass in mir, nachdem ich deinen Vater behandelt und diese Abwehrzauber errichtet habe, noch Magie übriggeblieben ist."

Eversleigh lachte über Fredericas niedergeschlagene Miene.

LADY MATLOCK SAGTE hoheitsvoll: "Lord Eversleigh, wie ich verstehe, ist es unter den gegebenen Umständen Ihr Wunsch, mein Gatte möge Rosings verlassen. Dem kann ich nur zustimmen. Wir werden morgen früh abreisen, nachdem er eine Nacht lang ruhen konnte." Eversleighs ursprünglichen Plan, dass sie sofort aufbrechen sollten, erwähnte sie mit keinem Wort. Nur Lady Matlock brachte es fertig, mit einem Plan nicht einverstanden zu sein und es dennoch wie Zustimmung aussehen zu lassen.

Eversleigh verneigte sich vor ihr. "Eure Ladyschaft zeigen große Weisheit. Nun, da die Abwehrzauber gesetzt sind, sollte nichts mehr gegen eine kleine Verzögerung sprechen."

Natürlich war Lady Matlock nicht fertig. "Miss Bennet, ich freue mich, Sie endlich kennenzulernen, und wie ich gehört habe, stehen wir nun gleich zweifach in Ihrer Schuld, weil Sie meinen Mann und Lady Catherine gerettet haben. Ich hoffe, Sie sind so großzügig, mit uns nach London zurückzukehren und in Matlock House zu weilen. Meine Nerven könnten die Sorge um das Herz meines Mannes unmöglich erdulden, wenn ich nicht wüsste, dass Sie in der Nähe sind, um ihm zu helfen, falls seine Symptome erneut auftreten sollten." Sie klang nicht im Geringsten nervös.

Elizabeth wirkte überrascht. "Ich hatte geplant, nach Faerie zurückzukehren, obwohl ich stattdessen meinen Onkel in London besuchen könnte. Meine Mutter wird ihn ebenfalls bald besuchen. Angesichts des jüngsten Schadens an meinem Ruf könnte es für mich klüger sein, dort zu wohnen. Ich würde mir nicht wünschen, dass Lady Fredericas Name derzeit mit meinem in Verbindung gebracht wird."

"Unsinn", fegte Lady Matlock ihre Bedenken beiseite, "wenn Sie bei uns bleiben, wird das Ihren Ruf wiederherstellen. Angesichts der Tatsache, dass er diesen Schaden genommen hat, weil Sie unserer Familie geholfen haben, ist es das Mindeste, was wir tun können. Sie können Ihren Onkel und Ihre Mutter ganz einfach von Matlock House aus besuchen."

Elizabeth schüttelte den Kopf, als Eversleigh leise sagte: "Ich denke, es ist eine gute Idee, *Shurinn*."

Sie sah aus, als wollte sie widersprechen, sagte aber: "Nun gut, Eure Ladyschaft, ich werde Eure freundliche Einladung annehmen. Ich muss Titania allerdings zuerst über diese Planänderung informieren, da sie meine baldige Rückkehr nach Faerie erwartet."

Warum stimmte sie allem zu, was Eversleigh vorschlug? Sie hatte ihn erst vor ein paar Tagen getroffen und beugte sich bereits seinen Wünschen. Etwas stimmte nicht und Darcy gefiel das überhaupt nicht. Und sie hatte es den ganzen Tag vermieden, in seine Richtung zu schauen. Das gefiel ihm ebenso wenig.

Lord Matlock sagte scharf: "Titania, die Königin der Feen?"

Elizabeth zögerte und warf Eversleigh einen Blick zu, bevor sie antwortete. "Ja. Meine letzte Reise nach Faerie führte zu einigen interessanten Entdeckungen, aber als wir von Sir Lewis' schwarzer Magie erfuhren, stand alles andere hinten an."

Richard erschien im Türrahmen. "Ah, hier seid ihr. Unsere Mission war erfolgreich. Drei Bakewell Black-Stuten sind jetzt im Stall in Faerie, Aelfric ist glücklich und der Züchter freut sich so darüber, mit dir Geschäfte gemacht zu haben, Eversleigh, dass er mir ein Hengstfohlen aus seiner nächsten Zucht versprochen hat. Ich könnte mich daran gewöhnen, dein Geld auszugeben. Oh, hallo, Mutter. Ich hatte dich gar nicht gesehen. Hoffentlich hattest du eine gute Reise?" Er ging direkt zum Sideboard und schenkte sich ein Glas Portwein ein.

"Das hatte ich, danke, Richard", sagte Lady Matlock, "Unglücklicherweise ist nichts Anderes nach Plan verlaufen. Dein Vater wäre fast an einem Herzanfall gestorben, aber Miss Bennet konnte ihn heilen. Und deine Tante hat schwarze Magie praktiziert."

"Lady Catherine?", rief er ungläubig aus, "Lady Catherine, die lieber sterben würde, als zuzugeben, dass sie auch nur einen Tropfen Magie in ihren Adern hat?"

"Ja, genau diese Lady Catherine", sagte Anne, die seit Lady Matlocks Ankunft geschwiegen hatte. "Ich möchte eine Frage stellen, die noch nicht geklärt ist."

"Und die wäre?", fragte Lord Matlock mit gerunzelter Stirn.

"Die übliche Strafe für schwarze Magie ist die sofortige Hinrichtung. Ausnahmslos. Dennoch zögerst du, das zu tun. Liegt es an mir? Hast du

Angst vor dem, was ich angesichts meiner Vorgeschichte tun könnte?" Jetzt sah sie Lord Matlock direkt an.

Seine Augen weiteten sich. "Nein. Dieser Gedanke war mir nicht in den Sinn gekommen. Sollte ich das?"

Anne beäugte ihn nachdenklich. "Nein."

"Was meinst du sollte mit ihr gemacht werden?", fragte Lord Matlock mit ungewöhnlicher Sanftmut.

Anne drückte die geballten Fäuste an ihren Körper. "Die Strafe für schwarze Magie ist der Tod. Das ist es, was sie verdient."

"Das ist hart!", rief Lord Matlock aus. "Sie hat dich großgezogen."

"Nein, das ist nicht hart. Hart ist es, ein hilfloses Kind mit einem Bindebann zu belegen und es ein halbes Leben lang darunter leiden zu lassen." Anne hob ihr Kinn. "Lady Catherine hat ein Verbrechen begangen. Sie wusste, welche Strafe darauf steht."

Lord Matlock sah sie nur verwirrt an.

Warum antwortete er nicht? Könnte es sein, dass er einen weiteren Herzanfall erlitt? Schnell sagte Darcy: "Es kann schwierig sein, in Betracht zu ziehen, eine Frau zu töten, die wir unser ganzes Leben lang gekannt haben. Deshalb muss die Entscheidung von Magiern getroffen werden, die keine Verbindung zu Lady Catherine haben."

Anne verzog die Lippen. "Das ist akzeptabel, nehme ich an", lenkte sie widerwillig ein.

"Gentlemen, ich muss alleine mit Ihnen sprechen." Lord Matlocks Gesichtsausdruck war grimmig. "In der Bibliothek, wenn Sie so freundlich wären."

"Sicherlich." Darcy verneigte sich vor den Damen, bevor er seinem Onkel folgte.

Eversleigh setzte sich in einen Ledersessel neben dem Studiertisch der Bibliothek. "Was ist geschehen?", fragte er Lord Matlock

"Es gibt ein neues Problem", sagte Lord Matlock mit Unheil verkündender Miene. "Wie es scheint, hat eure Miss Bennet mehr getan, als nur mein Herz geflickt. Ich kann mir meine Entscheidung, Anne zu binden, plötzlich nicht mehr erklären, und das war etwas, woran ich bisher nie gezweifelt habe. Ich habe Miss Bennet erlaubt, ihre Magie an mir anzuwenden, und plötzlich übernehme ich ihre Meinung."

Darcy war so schockiert, dass er kaum sprechen konnte. "Möchtest du damit andeuten, dass Miss Bennet schwarze Magie praktiziert?" Das würde er niemals glauben. Nicht Elizabeth, die so hart gegen Bindebanne kämpfte.

"Ja. Ich nehme an, das möchte ich", sagte Lord Matlock langsam.

"Nein", widersprach Eversleigh, "ich bin die ganze Zeit bei ihr gewesen, während sie Sie heilte. Sie hat nichts mit Ihrem Verstand gemacht."

"Wie können Sie sich da so sicher sein? Warum sonst sollte ich jetzt so fühlen? Sonst hat sich nichts Anderes verändert."

"Ich glaube-" Eversleigh brach plötzlich ab, ein Ausdruck des Grauens verzog sein Gesicht. "Eine andere Sache hat sich geändert", sagte er hart, "wir haben Lady Catherines Magie daran gehindert, ihr Zimmer zu verlassen. Das könnte die Zauber blockieren, die sie bereits gewirkt hat."

"Was?", brüllte Lord Matlock, "Sie glauben, sie hat mich verzaubert? Absurd!" Er blieb abrupt stehen und ließ sich schwer auf den Stuhl hinter dem Schreibtisch sacken. Sein ganzer angestauter Ärger verrauchte plötzlich. "Gütiger Gott. Sie wollte Anne binden lassen und ich habe abgelehnt. Dass sie es gewagt hat, mich mit einem Zauber zu belegen!"

Ausnahmsweise wusste Darcy die Antwort. "Lady Catherine hat es nie an Kühnheit gefehlt, irgendjemandem von uns zu sagen, was zu tun ist. Wenn jemand es wagen würde, dich mit einem Zauber zu belegen, dann sie."

"Aber wie ist es möglich, dass ich das nicht bemerken konnte? Ausgerechnet ich hätte wissen müssen, dass ich mit einem Zauber belegt wurde." Lord Matlock stützte seine Ellbogen auf dem Schreibtisch ab und bedeckte sein Gesicht mit den Händen. "Lasst mich allein. Alle."

Richard machte eine scheuchende Handbewegung und bedeutete, dass er bei seinem Vater bleiben würde. Darcy wünschte ihm schweigend Glück.

"MISS BENNET MÖCHTE mit dir sprechen", sagte Colonel Fitzwilliam kurze Zeit später zu seinem Vater.

Lord Matlock erhob sich langsam. "Miss Bennet, ich fürchte, ich bin derzeit keine gute Gesellschaft."

"Das verstehe ich. Ich wollte nur nach Eurer Gesundheit sehen, ehe ich zum Wittumshaus zurückkehre."

Er breitete die Arme aus. "Mir geht es ganz gut, wie Sie sehen. Dank Ihnen." Er klang bedrückt.

"Das freut mich. Außerdem wollte ich noch loswerden, dass ich mich zwar nicht für die Schlussfolgerung entschuldigen kann, die ich aus unserem ersten Aufeinandertreffen gezogen habe, aber ich bin erleichtert und froh zu wissen, dass sie auf falschen Annahmen beruhte."

"Sehr hübsch gesagt, Miss Bennet. Ich wünschte, ich könnte mir selbst so leicht vergeben."

Elizabeth neigte den Kopf zur Seite. "Mr. Darcy besitzt ebenfalls die seltsame Tendenz, sich für Dinge verantwortlich zu fühlen, die völlig außerhalb seiner Kontrolle liegen. Ich würde vermuten, dass es sich um einen Wesenszug der Fitzwilliams handelt, aber der gute Colonel scheint frei von dem Fluch zu sein."

Colonel Fitzwilliam lachte. "Sehr gut beobachtet, Miss Bennet. Vater, wolltest du Miss Bennet nicht nach ihren Heilmethoden fragen?"

"Nicht jetzt, Richard", wehrte der Earl abgespannt ab.

Der Colonel stützte seine Hände auf dem Schreibtisch auf und beugte sich darüber, bis sein Gesicht nur wenige Zentimeter von dem seines Vaters entfernt war. "Doch, jetzt", sagte er fest.

"Ich kann ein ander Mal wiederkommen", sagte Elizabeth hastig.

Colonel Fitzwilliam wandte sich mit einem gewinnenden Lächeln zu ihr um. "Miss Bennet, ich baue auf Ihre Gnade. Sie sind meine letzte Hoffnung, meinen Vater von seinen dunklen Gedanken abzulenken. Sobald Sie anfangen, von wilder Magie zu erzählen, wird er nicht in der Lage sein, seine Neugier zu zügeln."

Elizabeth tippte sich mit der Fingerspitze gegen ihr Kinn. "Nun, da befinden wir uns in einem Dilemma. Selbstverständlich komme ich Ihren Wünschen gerne nach, Colonel, doch Ihr Vater ist von höherem Rang."

"Da bin ich aber froh, dass das doch noch jemandem auffällt", murmelte der Earl.

"Miss Bennet, muss ich damit drohen, es meiner Mutter zu sagen? Ich versichere Ihnen, dass sie sich auf meine Seite stellen wird."

"Colonel, Ihre Mutter war die Freundlichkeit in Person mit mir, doch wenn man sie so reden hört, möchte man meinen, sie sei wahrlich ein Drache!"

Ein Lächeln zuckte auf den Lippen des Colonels. "Genauso ist es."

Elizabeth schaute theatralisch gen Himmel, aber aus den Augenwinkeln konnte sie sehen, dass Lord Matlock schon besser aussah. Ihm hatte ihr Geplänkel wohl gutgetan. "Also schön. Aus Respekt vor Ihrer Mutter, dem sanften Geschöpf, werde ich seine Lordschaft mit meiner völlig unzureichenden Beschreibung des Unbeschreiblichen quälen. Das wird Sie hoffentlich zufriedenstellen."

"Sehr sogar." Er bot ihr einen Stuhl an.

Sie setzte sich, faltete ihre Hände in ihrem Schoß und versuchte, ihre plötzliche Angst nicht zu zeigen. Wollte sie dem Großmeister des Collegiums wirklich ihre Magie erklären? "Ich weiß kaum, wo ich anfangen soll. Ich werde Euch erklären, was ich vermag, aber ich bitte Euch, zu verstehen, dass es für jemand anderen ganz anders sein könnte. Es gibt einen Grund, warum es sich wilde Magie nennt. Was möchtet Ihr wissen?"

"Wie machen Sie das? Wie gelangt man in den Körper einer Person?"

Sie hatte noch nie versucht, es in Worte zu fassen. "Ich beginne damit, dass ich nach der Lebenskraft fühle. Es ist wie ein Kribbeln unter der Haut. Wenn ich es spüre, zerrt die Kraft an meinen Händen, und ich lasse mich von ihr hineinziehen. Wilde Magie neigt zum Metaphorischen, sodass sie die Komplexität des Körpers in etwas umwandelt, das ich verstehen kann. In Eurem Fall fand ich mich in einem flachen Ruderboot wieder, das über die Oberfläche eines felsigen Flusses entlangglitt."

"Woher wussten Sie, dass ich versucht habe, zu spüren, was Sie da tun?"

Sie lachte. "Das war ganz einfach. Plötzlich standen Sie hinter mir, schauten über meine Schulter und brachten das Boot ins Kippen. Wilde Magie kann auch sehr prosaisch sein."

"Hmm. Was haben Sie als Nächstes gemacht?"

"Nach einer Weile erreichte ich einen Steg und band das Boot daran fest. Ich ging durch ein enges Tal, bis ich zu einer kleinen Lichtung kam, auf der ich einen Kohlkopf und einen Stickkorb fand."

"Einen Kohlkopf! Wie ... einzigartig. Fahren Sie fort."

"Es ist nicht so seltsam, wie es sich anhört", sagte Elizabeth. "Ich habe einmal ein Schweineherz gesehen, das über und über mit großen Adern bedeckt war, genauso wie Kohlblätter von Adern und Verästelungen durchzogen sind. Es sah wie ein brauner, unförmiger Kohl aus. Dieser Kohl war natürlich grün, aber auf einem der Blätter war eine kleine Fläche, die vertrocknet und grau aussah. Da mir die wilde Magie einen Stickkorb als Arbeitsmaterial bereitgestellt hatte, begann ich damit, diese Fläche mit neuen Adern zu besticken."

Der Colonel wirkte belustigt. "Sie haben einen Kohl bestickt?"

Mit gespielter Würde antwortete Elizabeth: "Nein, Sir, ich habe ein Kohlblatt bestickt. Ein kleiner, aber feiner Unterschied. Nachdem ich den grauen Fleck repariert hatte, kehrte ich zum Fluss zurück. Er floss in die entgegengesetzte Richtung und ich nahm das Boot zurück."

Lord Matlock tippte nachdenklich seine Finger gegeneinander. "Das klingt wie einer dieser seltsamen, unsinnigen Träume, die dich mitten in der Nacht wecken."

"Seltsam und unsinnig vielleicht, aber kein Traum. Wilde Magie ist real." Elizabeth hielt ihren Zeigefinger hoch und zeigte ihm mehrere Nadelstiche in ihrer Fingerspitze. "Ich sticke nicht besonders gern, deshalb mache ich mir nur selten die Mühe, es zu üben. Ich habe mir in den Finger gestochen als ich das Kohlblatt bestickt habe."

Lord Matlock beugte sich vor, um ihren Finger zu untersuchen. "Verblüffend. War es eine gewöhnliche Nadel?"

"Nein, sie war aus Silber. Wilde Magie mag kein Eisen, daher ist alles Metallene für gewöhnlich aus Silber."

"Gewöhnlicher Faden? Welche Farbe hatte er?"

Elizabeths Augenbrauen schossen in die Höhe. "Grün natürlich. Grüne Seide. Nur das Beste für den Kohl Eurer Lordschaft."

Ein wenig damenhaftes Schnauben kam von Frederica, die im Türrahmen lehnte. Darcy, der neben seiner Cousine stand, sah nicht besonders glücklich aus, überhaupt nicht wie der Mann, der sie in der vergangenen Nacht so leidenschaftlich geküsst hatte.

Elizabeth wurde schwer ums Herz. "Jetzt überlasse ich Euch der liebenden Fürsorge Eurer Familie. Wenn Ihr später weitere Fragen habt, beantworte ich diese gerne."

"Was sind die Worte für den Gestaltwandlungszauber?", fragte Lord Matlock rasch.

Sie zog die Nase kraus. "Oh, nein. Außerdem würde Euch der Zauber nichts nützen. Sterbliche können nicht gestaltwandeln."

"Bah", grummelte er. "Einen Versuch war es wert."

NACHDEM ELIZABETH LORD Matlock verlassen hatte, fand sie Viscount Eversleigh, der im Salon durch ein Buch blätterte.

"Wie geht es Lord Matlock?", fragte Eversleigh sie.

"Er ist nun ruhiger, denke ich. Wir haben über wilde Magie gesprochen, und das schien ihn abzulenken." Elizabeth zögerte einen Moment. "Warum hast du mir gesagt, ich solle im Matlock House bleiben, anstatt im Haus meines Onkels? War es, um Lady Matlock zu gefallen?"

"Nicht im Geringsten, *Shurinn*. Es war zu deiner eigenen Sicherheit. Wenn sich Lady Catherine als mächtigere schwarze Magierin herausstellt, als wir derzeit glauben, können wir sie möglicherweise nicht sofort in Schach halten. Sie macht dich für ihre Probleme verantwortlich, deshalb möchte ich, dass du von einem unserer stärksten Magier beschützt wirst."

"Wäre ich in Faerie nicht noch sicherer vor ihr?" Und seltsamerweise fühlte sie sich in Titanias Laube zu Hause.

"Du wärst sicherer vor Lady Catherine, aber es besteht immer noch Gefahr für deinen Ruf. Angenommen, Lady Catherines Praktiken der schwarzen Magie beschränkten sich darauf, ein paar Zaubersprüche anzuwenden, die sie sich aufgeschrieben hat, dann vermute ich, dass die Magier, die an ihrer Untersuchung teilhaben, kaum ihre Hinrichtung empfehlen werden. Die andere Möglichkeit wäre, sie für verrückt erklären zu lassen und sie für den Rest ihres Lebens einzusperren. Wenn es eindeutig ist, dass du unter dem Schutz von Lord Matlock stehst, wird es so aussehen, als hättest du nichts weiter falsch gemacht, als zufällig einer Verrückten über den Weg zu laufen."

"Wenn ein Ruf erstmal dahin ist, lässt er sich nicht so einfach wiederherstellen." Ganz gleich, wie sehr sie es sich auch wünsche mochte. Der Verlust ihres guten Namens hatte sie jede Hoffnung auf eine Zukunft mit Mr. Darcy gekostet.

"Ihn unbefleckt wiederherzustellen ist vermutlich unwahrscheinlich, das gebe ich zu. Skandale neigen dazu, einem anzuhaften, selbst wenn sie sich als unwahr herausstellen. Dennoch ist es möglich, dass du wieder von der Gesellschaft akzeptiert wirst, und wenn ein paar alte Wichtigtuer immer noch hinter vorgehaltener Hand über dich tratschen, nun, dann sei es eben so."

Sie biss sich auf die Lippe. "Es ist aber nicht nur das. Um respektabel zu bleiben, müsste ich wieder so tun, als hätte ich keine Magie und würde in ständiger Angst leben, entlarvt zu werden. Ich habe diese Tage der Freiheit genossen, als ich nicht verstecken musste, wer ich bin. Das will ich nicht aufgeben."

"Das kann ich dir nicht verübeln." Seine Stimme war ausdruckslos. "Mir geht es genauso, wenn ich meine Fay-Verbindungen verstecken muss. Es bleibt immer eine Distanz, selbst mit meinen engsten Freunden, weil ich nicht ehrlich sagen kann, wer ich bin. Diese paar Tage hier waren ein Vorgeschmack auf die Freiheit. Ich weiß, dass es nicht von Dauer sein kann, und es wird viel schwieriger werden, wenn ich wieder mein Geheimnis bewahren muss, aber ich kann es nicht bereuen."

"Warum tust du es dann? Nur deiner Ambitionen wegen?"

Er lachte bitter. "Nein, ich habe Ambitionen, weil ich sonst nichts habe. Ich bewahre mein Geheimnis, weil ich drei Schwestern habe, die es nicht verdienen, dass ihr Ruf ruiniert ist, nur, weil meine Mutter Oberons Werben nicht widerstehen konnte."

Ihre Schwestern. Ein Kloß bildete sich in ihrem Hals. Sie waren der Grund, warum sie ihrem Traum, eine Frau mit Magie zu sein, nicht ausleben konnte. Sie konnte sich entscheiden, auf ihren eigenen guten Namen in der Gesellschaft zu pfeifen, selbst wenn es sie Darcy kostete, aber sie würde Jane, Mary, Kitty und Lydia mit sich in den Abgrund ziehen. Lady Matlock zu erlauben, sie der Gesellschaft zu präsentieren, würde ihre Schwestern schützen. Sie sagte langsam: "Ich habe keine Wahl, nicht wahr?"

"Nein. Aber zumindest werden wir jetzt beide den Trost haben, mit unseren Geheimnissen nicht ganz allein zu sein. Wenn ich durch einen überfüllten Ballsaal schaue und einen von euch sehe, werde ich mich daran erinnern, dass es einige ausgewählte Leute gibt, die mich so kennen, wie ich bin."

Wenn ihr Ruf auf wundersame Weise wiederhergestellt würde, könnte sie möglicherweise Darcy heiraten, und sie müsste ihn nicht anlügen. Sie glaubte immer noch nicht, dass es möglich war. Alle in Meryton hatten die Nachricht dank Mr. Collins bereits gehört, aber sie würde Darcy nicht aufgeben, ohne es zumindest zu versuchen. "Ich glaube immer noch nicht, dass mein Ruf vollständig wiederhergestellt werden kann, aber ich werde mein Bestes geben."

Er nickte. "Ich danke dir. Sowohl für mich als auch für deine Schwestern. Es wäre schade, meine *Shurinn* zu verlieren, jetzt wo ich euch gefunden habe."

"Du sorgst dich um deine anderen *Shurinn*-Bennetschwestern", neckte sie.

"Selbstredend", sagte er mit einem Lächeln. "Früher dachte ich, der Teufel habe mich mit drei Schwestern gestraft. Wie soll ich nur mit acht überleben?"

FREDERICA ÖFFNETE WIDERSTREBEND ihre Schlafzimmertür. Sie hatte erwartet, dass ihre Mutter sie früher oder später abpassen würde. Lady Matlock besaß die unnatürliche Gabe, zu wissen, wann sie etwas bedrückte.

Lady Matlock versuchte erst gar nicht, den Grund ihres Kommens zu verschleiern. "So beunruhigend es ist, zu erfahren, dass Lady Catherine und Sir Lewis schwarze Magie praktizierten - ich konnte diesen Mann noch nie leiden - ich nehme an, dass dich noch etwas Anderes beschäftigt."

Tatsächlich gab es da nicht nur ein "Etwas" und nur manche davon waren für die Ohren ihre Mutter geeignet. Sie seufzte. "Das alles ist so ein großes Durcheinander, Mama, und ich sehe kein Entrinnen, weder für die Fay noch für meine Freunde - oder für mich selbst. Du sagst, es gibt immer eine Lösung, aber ich wette, dass du dieses Mal keine finden kannst."

Lady Matlock wirkte vollkommen gelassen. "Vielleicht solltest du mir von diesen Problemen erzählen, meine Liebe."

"Na schön, aber sag nicht, dass ich dich nicht gewarnt habe. Cousine Annes Ruf ist dahin, sobald bekannt wird, dass sie die Tochter eines schwarzen Magiers ist und sich auch noch weigert, ihre Magie zu verstecken, nachdem sie so lange unterdrückt wurde. Wir können versuchen, Elizabeth vor dem Ruin zu retten, aber es gibt keine Garantie dafür, dass uns das auch gelingt. Wenn ich meinen eigenen Ruf schützen will, muss ich Cousine Anne und vielleicht auch Elizabeth hinter mir lassen, und ohne sie, die mich nach Faerie mitnehmen kann, werde ich von dort ausgeschlossen sein und kann den Feen nicht mehr mit ihren Problemen helfen. Außerdem habe ich dadurch gemerkt, dass ich bei der Suche nach einem Ehemann in einer unhaltbaren Position bin. Soll ich meinen Ehemann mein ganzes Leben lang wegen meiner Magie belügen? Es gibt nur sehr wenige Männer wie Papa, die eine Frau mit Magie akzeptieren, und selbst sie würden keine Frau heiraten, von der man sich sagt, dass sie eine Hexe ist."

"Achte auf deine Worte, meine Liebe", tadelte Lady Matlock sanft. "Das sind in der Tat ernsthafte Probleme. Aber was ist das mit den Feen? Geht es um die Schwierigkeiten mit den Hainen?"

Lady Frederica schüttelte den Kopf. "Das ist nur ein Teil davon. Ich habe ein langes Gespräch mit ihrer Königin geführt. Selbst wenn die Haine geschützt werden können, werden die Sidhe immer weniger werden, bis nur noch ein paar übrig sind. Ihre Anzahl ist bereits weit geringer als in der Vergangenheit, und es werden fast keine Sidhe mehr geboren."

Lady Matlock hob die Augenbrauen. "Was hat diesen Wandel herbeigeführt?"

"Wir. Die Sidhe waren einst in der Lage, sich frei durch unsere Welt zu bewegen. Sie fühlten sich sicher, weil sie wussten, dass jede Wunde, die ihnen von einem Sterblichen zugefügt wurde, rasch wieder heilt. Das war, bevor wir Schusswaffen hatten. Als Gewehre und Pistolen zu gängigen Waffen wurden, begannen Sidhe zu sterben. Jetzt verlassen sie Faerie kaum noch und wenn, dann nur getarnt."

"Ah. Sie müssen in unsere Welt reisen, um Kinder zu bekommen?"

"Nicht direkt", Frederica zögerte, "bitte vergib mir, dass ich ein solch unschickliches Thema anspreche, aber sie brauchen sterbliche Männer und Frauen, um Kinder zu bekommen. Zwei Sidhe können kein Sidhe-Kind zeugen. Das können nur Sidhe und Sterbliche zusammen. Einst war es eine Ehre, von einem Sidhe umworben zu werden, und Dichter und Künstler suchten Sidhe-Damen in Faerie auf, aber nur sehr wenige Sidhe gehen nun noch das Risiko ein, sich einen Liebhaber oder eine Geliebte unter den Sterblichen zu suchen."

Lady Matlock hob eine zarte Augenbraue. "Du sprichst also nicht von einer Ehe?"

Lady Frederica schüttelte den Kopf. "Sie sind keine Christen. Sie haben so etwas wie eine Ehe untereinander, aber Treue wird dabei nicht erwartet."

"Warum verspürst du einen solchen Drang, sie zu retten, selbst, wenn das bedeutet, dass sie sterbliche Männer und Frauen in die Sünde führen?"

Frederica kaute auf ihrer Lippe. "Ich mag ihre Königin. Sie ist schön, aber das allein ist es nicht. Sie ist nicht selbstlos. Trotzdem hat sie etwas an sich. Es ist, als würde man einen exquisiten Schmetterling von Blume zu Blume fliegen sehen, und plötzlich möchte man ein Gedicht darüber schreiben. Wie der Schmetterling ist sie etwas, das ich nicht verstehen kann, aber durch ihre Anwesenheit fühle ich mich irgendwie lebendiger. Sie erzählte mir, dass die Sidhe Künstlern, Musikern und sogar

Wissenschaftlern Inspiration bringen, und ich glaube es. Ohne sie wäre unsere Kultur wesentlich ärmer."

Lady Matlocks Lippen wurden schmal. "Ich hoffe, du fällst den Schmeicheleien von Sidhe-Männern nicht anheim."

"Oh nein, Mama. Ich will keinen Sidhe-Liebhaber. Aber ich wünschte, ich könnte mehr Zeit mit den Fay verbringen."

"Ich frage mich, ob jemals jemand versucht hat, ihnen das Christentum näherzubringen."

"Keine Ahnung." Frederica bezweifelte, dass die Sidhe Geduld für Missionare aufbringen würden, aber wenn die bloße Möglichkeit ihre Mutter für die Idee erwärmte ... Aber nein. "Wir werden es nie mit Sicherheit wissen, da sich nichts ändern wird. Ihre und unsere Welten werden weiterhin auseinanderdriften. Menschen, die Angst vor Dingen haben, die sie nicht verstehen können, werden weiterhin die Haine abholzen. Die Sidhe werden langsam aussterben, und wir mit ihnen, wenn uns Missernten bevorstehen, unsere Magie nicht mehr funktioniert und wir nicht mehr genug Kinder zeugen können, weil es nicht mehr genug niedere Feen gibt, die Fruchtbarkeit in unsere Welt bringen."

"Sicherlich muss es eine andere Möglichkeit geben als diese melancholische Sicht auf die Zukunft." Lady Matlock tippte ihre Finger gegeneinander, als würde sie über die Sache nachdenken.

Frederica starrte auf ihre Hände. "Ich konnte keine finden." Würden die Missernten bereits zu ihren Lebzeiten beginnen, oder würde es erst ihre Kinder treffen?

"Unsinn. Man kann immer etwas tun." Ihre Mutter wirkte nachdenklich. "Ich glaube, ich sollte eine große Soirée geben."

Kapitel 11

"Mama, du kannst unmöglich glauben, dass mich eine Soirée von all dem ablenken wird!", klagte Frederica.

"Freut mich, dass du erkennst, dass ich das unmöglich denken kann", sagte Lady Matlock ein wenig schroff. "Das ist eine Frage der Mode."

"Einen Schrank voller neuer Kleider zu ordern, wird mich auch nicht glücklicher machen." Frederica sprang auf die Füße. "Vergiss einfach, dass ich etwas gesagt habe."

"Achte auf dein Temperament, meine Liebe. Mode geht weit über Kleidung hinaus. Die Fay sind aus der Mode gekommen. Frauen, die Magie ausüben, sind aus der Mode gekommen. Wenn dir etwas nicht gefällt, musst du bereit sein, die Mode zu verändern."

Frederica fragte vorsichtig: "Was meinst du damit?"

"Wir müssen dafür sorgen, dass alle von den Sidhe begeistert sind, damit keine Dame der Gesellschaft auch nur davon träumen würde, eine Veranstaltung abzuhalten, ohne dass ein oder zwei Sidhe anwesend wären. Obendrein müssen wir in den Köpfen verankern, dass keine junge Lady als wirklich vollkommen angesehen werden kann, solange sie nicht die ein- oder andere kleine Zauberei zur Unterhaltung ihrer Gäste wirken kann. Ich sehe noch nicht, wie wir beides miteinander verbinden können, aber eine Lösung dafür wird mir zweifellos noch kommen."

Wenn irgendjemand das fertigbringen konnte, dann war es ihre Mutter. "Die Sidhe halten es für barbarisch, dass unsere Frauen keine Magie praktizieren dürfen."

Lady Matlock strahlte. "Da haben wir es! Gut gemacht. Und nun, glaube ich, muss ich mit deiner Feenkönigin sprechen."

ZUVOR MUSSTEN SIE JEDOCH mit Viscount Eversleigh sprechen. Ihm schien die Idee mit der Soirée durchaus zu gefallen, Elizabeth hatte jedoch noch ihre Zweifel. Als Lady Matlock ihn fragte, ob er Vorschläge habe, hob er sein Lorgnon, um sie zu betrachten, und sagte: "Lady Matlock, sollte jemals der Tag kommen, an dem ich es wagen sollte, Ihnen einen Vorschlag zu machen, wie man eine erfolgreiche Kurzweil planen kann, dann bitte ich Sie, so freundlich zu sein, mich ins Irrenhaus zu schicken, da es ein Zeichen dafür wäre, dass ich vollkommen den Verstand verloren habe."

Kein Wunder, dass er bei den Damen so beliebt war. Elizabeth verkniff sich ein Lächeln trotz ihrer Besorgnis, was diese Idee anbelangte. Die Sterblichen hatten zu lange Angst vor den Fay gehabt, sie davon zu überzeugen, die Feenwesen zu akzeptieren, würde nicht leicht werden.

"Lord Eversleigh, können Sie mich nach Faerie führen, damit ich mit Königin Titania sprechen kann?", fragte Lady Matlock.

"Leider kann ich Ihnen nicht dienen, wenn Sie heute gehen möchten. Ich habe die Ringe überbeansprucht und es wird einige Tage dauern, bis ich sie wieder benutzen kann. Miss Bennet ist jedoch durchaus in der Lage, Sie dorthin zu bringen."

"Bin ich das?", fragte Elizabeth.

"Gewiss. Lass Lady Matlock vor dir in den Ring eintreten, und wenn du dann hineingehst, musst du dir nur noch den Eingang zu Titanias Laube vorstellen. Dein Talisman wird den Rest erledigen."

"DU BIST MARIGOLD MÄDESÜSS' Mutter?", fragte Titania.

"Ja, das bin ich."

"Dann kannst du dich glücklich schätzen. Ich habe keine Kinder, also muss ich mir die Töchter anderer Frauen ausleihen. Es könnte anders sein, wenn mehr sterbliche Männer Faerie besuchen würden."

Lady Matlock reagierte nicht auf diese gewagte Aussage. "Das hoffe ich ändern zu können. Ich habe darum gebeten, Euch treffen zu können, weil ich eine Idee mit Euch besprechen möchte, wie wir den Kontakt zwischen den Feen und den Sterblichen verbessern können. Vor langer

Zeit haben die Sterblichen die Sidhe geehrt, und es ist an der Zeit, diese natürliche Ordnung wiederherzustellen."

Titania beugte sich vor. "Du hast mein Interesse geweckt."

NACHDEM RICHARD DEN größten Teil des Morgens verschwunden gewesen war, betrat er die Bibliothek, in der Darcy, Eversleigh und Lord Matlock Pläne für den Abbau von Sir Lewis' Arbeitszimmer diskutierten. Er warf einen Bogen Papier vor Eversleigh auf den Tisch.

Eversleigh nahm ihn auf, um ihn zu untersuchen. "Was soll das sein?"

Richard runzelte die Stirn. "Es gibt bestimmte Leute, in deren Nähe ich mich unwohl fühle. In ihrer Gegenwart fühle ich mich mulmig - ein besseres Wort fällt mir dafür nicht ein. So wie ich mich fühle, wenn ich Aal in Aspik essen muss. Ich habe immer angenommen, dass ich sie einfach nicht mag. Manchmal war es jemand, der mich wütend gemacht hatte, aber die meisten von denen haben mir nichts getan. Darcy weiß davon."

"Richard hat schon oft mit mir darüber gesprochen", sagte Darcy. Aber warum brachte Richard das jetzt zur Sprache?

"Als ich fünfzehn war, hatte ich einen Streit mit meinem Vater. Als ich das nächste Mal aus der Schule zurück nach Hause kam, hatte ich dieses Gefühl auch bei ihm und ich nahm an, dass das an diesem Streit lag. Es ging jedoch nie wieder weg - bis gestern. Früher hatte ich dieses Gefühl auch bei Cousine Anne, aber jetzt nicht mehr. Dasselbe gilt für die Dienerschaft auf Rosings. Bei ihnen allen ist das jetzt weg." Richard zeigte auf das Papier. "Das ist eine Liste aller Personen, an die ich mich erinnern kann, die mir dieses Gefühl von Aal in Aspik gegeben haben."

Eversleigh fuhr mit dem Finger über die Liste. "Hier sind mehrere Magier aufgelistet."

"Früher habe ich es für einen Witz gehalten", sagte Richard mit etwas Bitterkeit in der Stimme. "Ich bin der Armee beigetreten, weil mir bei Collegium-Treffen immer übel wurde. Darum ging es in dem Streit mit meinem Vater. Er wollte, dass ich Magie studiere und der nächste Großmeister des Collegiums werde."

Lord Matlock wischte sich mit grimmigem Gesichtsausdruck über die Stirn. "Diese Meinungsverschiedenheit war nicht lange vor Sir Lewis' Tod."

"Und zu dieser Zeit hat Lady Catherine dich mit dem Zauber belegt. Ich sage nicht, dass jeder auf dieser Liste mit einem Zauber belegt wurde. Vielleicht ist es keiner von ihnen. Wie gesagt, manchmal passiert es, wenn ich wütend bin. Vor kurzem begann es bei einem jungen Mädchen, das mich enttäuscht hatte, aber sie steht sicherlich nicht unter einem Bann. Aber ich dachte, das solltest du wissen." Richard ließ sich auf einen Stuhl fallen.

Lord Matlock nahm Eversleigh das Papier ab. "Gütiger Gott. Du kannst doch unmöglich wütend auf all diese Leute sein. Magier. Ladies des *Ton*. Sogar Handelstreibende." Er sah zu Richard auf. "Kein einziger Offizier."

Richard hob abwehrend die Hände. "Ich kann es nicht erklären. Es ist einfach das, was ich fühle. Und es gefällt mir gar nicht."

Eversleigh spähte über Lord Matlocks Schulter auf den Bogen Papier. "Wie viele von ihnen hatten Kontakt mit Lady Catherine?"

"Soweit ich weiß niemand, abgesehen von den Dienern und Mr. Collins", sagte Richard. "Sie hat sich nicht in der Gesellschaft bewegt."

"Einige von ihnen kannten Sir Lewis", sagte Lord Matlock. "Vielleicht reagierst du auf die Überreste eines Zaubers, den er einmal gewirkt hatte."

"Warum hat es dann jetzt bei dir aufgehört?" Richards Frustration war offensichtlich.

Darcy kam, um sich die Liste anzusehen. "Einige davon hat er mir gegenüber erwähnt. Insbesondere die Dienerschaft hier."

"Wie viele dieser Leute machen dich wütend?"

Richard verzog das Gesicht. "Nur sehr wenige. Sofern ich keinen guten Grund habe, neige ich dazu, mich von Menschen fernzuhalten, die ein solches Gefühl in mir auslösen."

Eversleigh tippte mit den Fingern auf den Tisch. "Wenn diese Leute - falls *irgendjemand* dieser Leute unter einem Bann steht, dann wisst ihr, was das bedeuten würde."

"Ein weiterer schwarzer Magier", grunzte Lord Matlock. "Einer, von dem wir noch nicht wissen."

"Oder mehr als nur einer", sagte Eversleigh. "Aber nichts davon ist ein Beweis."

"Ich weiß!", sagte Richard mit erhobener Stimme. "Das gefällt mir gar nicht. Ich mag es, wenn die Dinge klar sind, Dinge, die ich mit eigenen Augen sehen kann. Ich mag keine Gefühle. Ich mag es nicht, Anschuldigungen zu erheben, die darauf beruhen, ob es mir in Anwesenheit von jemandem den Magen umdreht. Aber was ich noch weniger mag, ist schwarze Magie."

"Es war richtig, mir das vorzulegen", sagte Eversleigh. "Es ist kein Beweis, aber seit Miss de Bourgh uns erzählt hat, dass ihr Vater schwarze Magie anwandte, habe ich mich gefragt, ob er der einzige war. Wenn wir es bei ihm nicht bemerkt haben, ist es durchaus möglich, dass wir es bei anderen auch nicht bemerkt haben. Ich neige jetzt zu der Annahme, dass es wahrscheinlich ist."

"Wie gehen wir jetzt vor?", fragte Darcy.

"Fitzwilliam, bist du bereit, als Spürhund für schwarze Magie eingesetzt zu werden?", erkundigte sich Eversleigh.

"Nein. Aber ich werde es dennoch tun", grummelte Richard.

"Deine erste Aufgabe ist es, hier zu bleiben, bis die drei Magier eintreffen, die mit der Untersuchung von Lady Catherine beauftragt wurden. Wenn einer von ihnen dieses Unwohlsein in dir auslöst, dann muss ich das wissen", sagte Eversleigh.

"Collingswood, Winston und Elliott? Sie können unmöglich einen von ihnen unter Verdacht haben", sagte Lord Matlock.

"Hätte ich jene Magier auflisten sollen, von denen ich am wenigsten glaubte, dass sie mit einem schwarzen Zauber belegt worden sein könnten, wären Sie ganz oben auf der Liste gestanden, Mylord", sagte Eversleigh mit einem gewissen Hauch Schärfe in der Stimme. "Ich gedenke, alle unter Generalverdacht zu stellen."

FREDERICA LIESS SICH gegenüber von Eversleigh auf das Sofa des Salons plumpsen. Elizabeth folgte ihr ein wenig ruhiger.

"Was ist bei eurem Treffen mit Titania passiert?", erkundigte sich Eversleigh, "Ihr seht erschöpft aus."

"Es lief ganz gut, als wir erst einmal den katastrophalen Anfang hinter uns hatten", sagte Frederica. "Titania sagte zu Mama, sie habe nicht gewusst, dass Frauen in ihrem fortgeschrittenen Alter immer noch elegant sein könnten, obwohl ihre Gesichter mit Furchen durchzogen seien."

"Oh weh", sagte Eversleigh. "Das sollte wahrscheinlich ein Kompliment sein."

"Lady Matlock hätte nicht wohlwollender reagieren können, obwohl ich bezweifle, dass sie das auch fühlte", fügte Elizabeth hinzu. "Sie sagte, Frederica habe ihr bereits erzählt, dass es in Faerie keine älteren sterblichen Frauen gebe. 'Es ist eine Schande', sagte sie, 'denn so sehr unsere Schönheit auch welkt, werden wir im gleichen Maße interessanter. Junge Leute können sehr langweilig sein.' Titania schien sich Gedanken darüber zu machen."

Frederica nickte. "Dann haben sie stundenlang darüber beratschlagt, wie man die Fay wieder in Mode bringen kann. Titania war ziemlich angetan von der Idee, an einer Soirée teilzunehmen, obwohl das vielleicht nur daran lag, dass Mama erwähnte, es gäbe dort hübsche junge Männer, die ihr aufwarten würden. Aber Titania sagte, wir könnten sie nicht in London veranstalten, da die Fay sich mit so viel Eisen um sich herum nicht wohlfühlen würden. Also wird es stattdessen ein Fest im Mondenschein irgendwo in der Nähe von London, vielleicht sogar hier, wenn Anne damit einverstanden ist. Mama plant, Seile mit Laternen daran wie in Vauxhall Gardens aufzuspannen. Es wird als gewöhnliche Abendgesellschaft beginnen und dann zunehmend in ein Feenfest übergehen."

"Die Anwesenheit der Fay muss strikt geheim gehalten werden. Wir sollen den Gästen nur sagen, dass die Kurzweil über alles hinausgeht, was sie sich bisher vorstellen konnten, und dass jeder, der die Feier verpasst, es für immer bereuen wird. Falls sie nachbohren, sollen wir die mögliche Anwesenheit der russischen Zarenfamilie andeuten", ergänzte Elizabeth verschmitzt.

"Ich soll mich mit meinen Schneiderinnen in Verbindung setzen und sie davon überzeugen, uns ihre Talente zur Verfügung zu stellen, um uns eine Abwandlung der Kleider der Dryaden herzustellen - natürlich so anständig, dass junge Damen sie auch tragen können", sagte Frederica und warf Eversleigh einen verschwörerischen Blick zu.

Elizabeth lachte. "Ich würde sagen, das ist unmöglich."

Eversleigh neckte: "Soll ich Ihrer Mutter sagen, dass mir die Originalversion an Ihnen ganz gut gefallen hat?"

Fredericas Wangen wurden rot. "Wenn Sie es wagen, ihr das zu sagen, werde ich - Oh, Mama, ich hatte dich gar nicht kommen sehen."

"Wenn er es wagt, mir was zu sagen?" Lady Matlock schaute zu Eversleigh hinüber.

Eversleigh verneigte sich vor ihr. "Nur, dass ich Titania vor einigen Tagen einen Besuch abgestattet habe, bei dem ich das Vergnügen hatte, Lady Frederica als Dryade verkleidet zu sehen."

"Eversleigh!", schrie Frederica.

"Sie haben mich herausgefordert", konterte er.

Lady Matlock musterte ihn und sagte: "St. George's Kirche, Hanover Square?"

"Selbstredend", sagte Eversleigh.

"In etwa zwei Monaten, damit uns genügend Zeit bleibt, das Mondscheinfest vorzubereiten", fügte Lady Matlock hinzu.

Eversleigh zupfte seine Manschetten straff. "Vielleicht würde Lady Frederica es vorziehen, das Datum selbst festzusetzen."

"Niemals – das ist es, was ich vorziehe!" Frederica sprang auf und rannte aus dem Raum.

Eversleigh streckte seine Hand nach ihr aus, aber sie war bereits weg.

ELIZABETH KLOPFTE AN Fredericas geschlossene Tür. "Ich bin es, Elizabeth. Darf ich reinkommen?"

"Bist du hier, um ein gutes Wort für ihn einzulegen?"

"Nein. Ich bin gekommen, um zu sehen, ob du etwas brauchst. Ich dachte, ich wäre dir jetzt lieber als deine Mutter oder Viscount Eversleigh."

"Komm rein." Frederica klang resigniert.

Elizabeth öffnete die Tür und schlüpfte hinein.

Frederica lag quer auf ihrem Bett, ihre Beine baumelten von der Kante und sie starrte auf den Baldachin über sich. "Ich nehme an, du denkst, ich sei dumm, weil ich eine so exzellente Partie ablehne."

"Ich kenne Viscount Eversleigh erst seit ein paar Tagen und dich kenne ich nur ein wenig länger. Mir leuchtet nicht ein, wie meine Meinung über eine Verbindung zwischen euch irgendwie von Nutzen sein könnte."

"Ich dachte, ich kenne ihn. Aber das war, bevor ich entdeckte, dass er sein halbes Leben geheim hielt, und jetzt das hier. Wie kann er es wagen, meine Zustimmung vorauszusetzen?"

"Nun, darin sind wir uns einig, und deine Mutter übrigens auch. Als sie herausfand, dass er dir noch gar keinen Antrag gemacht hatte, hat sie ihn einen Hohlkopf genannt."

Frederica stützte sich auf ihre Ellbogen. "Das hat sie tatsächlich gemacht? Das hätte ich gern gesehen!"

"Nun, ich fand sie selbst ein wenig voreilig, als sie direkt von einer kompromittierenden Situation zur Planung der Hochzeit übergegangen ist. Nur wenige von uns wissen, was vorgefallen ist, und wenn wir alle unsere Zungen im Zaum halten, wärst du gar nicht kompromittiert."

"Närrische Männer mit ihrem närrischen Ehrgefühl! Es war reiner Zufall, dass er mich an diesem Tag gesehen hat. Es gibt keinen Grund, warum er sich verpflichtet fühlen sollte, mich zu heiraten." Fredericas Stimme bebte.

"Ist es möglich, dass dies nicht sein einziger Grund ist? Er turtelt mit dir und scheint deine Gesellschaft zu genießen."

"Vor diesem Tag in Faerie hat er mich kaum bemerkt. Wenn er mir jetzt Aufmerksamkeit schenkt, liegt es an seinem Ehrgefühl."

"Nun, ihm hat definitiv gefallen, was er an diesem Tag zu sehen bekommen hat. Um das feststellen zu können, brauchte ich jedenfalls nicht die Fähigkeiten der Feen." Und auch hinterher hatte er ihr gegenüber keinen gleichgültigen Eindruck gemacht, aber offensichtlich wollte Lady Frederica das nicht wirklich hören. "Heute hat er sich allerdings nicht gut geschlagen."

"Nein, das hat er nicht! Er weiß immer, was er sagen muss, warum hat er sich also heute so dumm angestellt? Jeder Gentleman weiß, wie man einen Antrag macht. Er musste nichts weiter tun, als mich zu fragen, ob ich seine Frau werde und ihn damit zum glücklichsten Menschen unter der Sonne mache. Aber nein, dies ist ausgerechnet das einzige Mal, dass er sich dazu entscheidet, sich nicht ans Protokoll zu halten!"

Elizabeth war halb versucht, ihr zu sagen, dass Darcy eine noch schlimmere Katastrophe aus seinem Antrag gemacht hatte, aber es war besser, wenn Frederica nicht von diesem Ereignis wusste. Dennoch war es eine Überlegung wert. Mr. Collins hatte keinerlei Gefühle für sie gehabt, doch sein Antrag hätte aus einem Lehrbuch für Etikette stammen können. Sie hatte immer Mr. Darcys Missbilligung gespürt, aber nach dem ersten Dämpfer, den er ihr beim Tanz in Meryton verpasst hatte, hatte er weder sie noch ihre Familie weiter offen kritisiert. Er wusste genau, dass sich das nicht gehörte, aber dennoch hätte er ihr seinen Antrag kaum schlimmer vorbringen können. Sie konnte es nicht auf mangelnde Zuneigung zurückführen, Darcy hätte sich niemals dazu herabgelassen, sich ihr anzutragen, wenn er nicht halb verrückt vor Verlangen gewesen wäre. "Ich frage mich, ob Herren, die unter dem Einfluss einer leidenschaftlichen Anziehungskraft stehen, möglicherweise größere Schwierigkeiten haben, einen vernünftigen Antrag vorzubringen. Diejenigen, die weniger empfinden, können bei ihren zurechtgelegten Worten bleiben, aber wäre es möglich, dass starke Gefühle die Entscheidungen eines Mannes beeinträchtigen?"

"Du versuchst mich zu überzeugen, ihn doch zu nehmen! Ich bitte dich, das augenblicklich zu lassen."

"Nein, ich versuche nur zu verstehen, warum er sich so uncharakteristisch verhalten hat. Ich denke, du tätest gut daran, mehr über seine Verbindungen zu den Fay herauszufinden, ehe du eine Ehe mit ihm in Betracht ziehst. Oder vielleicht liegt ihm dieses Verhalten auch im

Blut, er ist immerhin halb Fay. Vielleicht funktionieren Heiratsanträge bei den Feen so."

Frederica sagte: "Das weiß ich nicht, aber ich habe keine Lust, einen Mann zu heiraten, der eine andere Frau bevorzugt."

"Glaubst du, Eversleigh zieht dir eine andere Frau vor?", fragte Elizabeth überrascht.

"Ich weiß es."

Elizabeth wusste, wann es keinen Sinn hatte, sich zu streiten.

EVERSLEIGH SPRANG AUF, als Elizabeth das Wohnzimmer wieder betrat. "Was hat sie gesagt? Darf ich mit ihr sprechen?"

Elizabeth knickste trotz seiner mangelnden Formalität. "Lady Frederica ruht und wünscht derzeit keine Gesellschaft."

"Ist sie wütend?"

Lady Matlock sagte: "Selbstverständlich ist sie wütend. Andernfalls wäre sie selbst hier."

Elizabeth hielt es für das Beste, darauf nicht zu antworten. "Lady Frederica hat mich gebeten, Euch mitzuteilen, dass Ihr nicht verpflichtet seid, ihr die Ehe anzutragen, weil es keine kompromittierende Situation gab. Sie hat sich passend für einen Aufenthalt an Titanias Hof gekleidet, wie es den guten Sitten entspricht. Ihr erhieltet die Erlaubnis, Euch ebenfalls dort aufzuhalten. In diesem Umfeld hat sich keiner von Euch unangemessen verhalten, und es gibt keinen Grund, als Abhilfe eine Ehe einzugehen."

"Sicherlich glaubt sie nicht, dass das der einzige Grund ist, warum ich sie heiraten will!"

Elizabeth sah ihn lange ernst an. "Dessen wäre ich mir nicht so sicher. Leider ist sie derzeit nicht bereit, über die Angelegenheit zu sprechen."

"Vielleicht könnte ich ihr einen Brief schreiben." Er richtete seine Augen auf Lady Matlock. "Sofern ihre Mutter die Erlaubnis dazu erteilt."

"Keine Briefe, leider", sagte Elizabeth. "Das hat sie bereits ausgeschlossen."

Eversleigh lächelte schwach. "Bin ich so leicht zu durchschauen?"

MR. DARCYS ZAUBER

"Nicht einmal im Traum würde ich es wagen, das zu beantworten", sagte Elizabeth züchtig.

Lady Matlock wischte sich imaginären Staub von den Händen, obwohl sie nichts mit ihnen gemacht hatte. "Nun, früher oder später muss sie mit mir sprechen, und vielleicht lässt sich das dann klären. Immerhin braucht sie es nur zu sagen, wenn sie nicht heiraten möchte. Wir werden nicht gegen ihren Willen auf eine Eheschließung bestehen."

"Selbstverständlich nicht." Eversleigh schien zu versuchen, ein tapferes Gesicht aufzusetzen.

"In der Zwischenzeit haben wir eine Feier zu planen. Lord Eversleigh, darf ich Ihnen auferlegen, drei gutaussehende junge Männer ausfindig zu machen, entweder Magier oder Poeten, die bei dem Fest als Titanias Hofstaat fungieren werden?"

"Das lässt sich einrichten."

"Frederica und Elizabeth werden sich dort ebenfalls einreihen. Titania hofft, Oberon davon überzeugen zu können, sich ihr anzuschließen."

"Höchstwahrscheinlich wird Aelfric auch daran teilnehmen, wenn ich ihn darum bitte", sagte Eversleigh.

Elizabeths Schultern spannten sich an. "Könnte er nicht einige Gäste vor den Kopf stoßen?" Zumindest bei ihr hatte er das oft genug fertiggebracht.

"Ich werde mit ihm darüber sprechen, wie wichtig Zurückhaltung bei dieser Gelegenheit ist. Es mag schwer zu glauben sein, aber er ist im Allgemeinen ein angenehmer Kerl, und er hat den Vorteil, dass wir ihn als Mitglied der königlichen Familie präsentieren können."

"Das wirft die heikle Frage nach Ihrem eigenen Status auf, Lord Eversleigh", sagte Lady Matlock. "Haben Sie vor, Ihre eigenen Verbindungen mit Faerie preiszugeben?"

Eversleigh wirkte nachdenklich. "Ich würde es vorziehen, nicht über meinen wahren Vater zu sprechen, aber wenn ich dort bin, werden weder Oberon, noch Titania oder Aelfric vorgeben, mich nicht zu kennen und auch nicht um meinetwillen lügen."

"Dennoch wäre es gut, wenn Sie zugegen wären, für den Fall, dass es zu Missverständnissen kommen sollte. Wären Ihre Sidhe-Freunde bereit, nur Teile der Wahrheit zu sagen - dass Sie von Oberon abstammen und Aelfric immer einen Bruder in Ihnen gesehen hat?"

"Gewitzt", gestand ihr Eversleigh zu. "Das könnte funktionieren."

"Gut. Nun müssen wir unverzüglich nach London zurückkehren, aber wir werden in Kontakt bleiben."

DARCY VERNEIGTE SICH über Elizabeths Hand, als sie sich darauf vorbereitete, mit den Matlocks von Rosings abzureisen. Er wagte es nicht, Aufmerksamkeit auf sie zu ziehen, indem er ihre Hand küsste, aber er versuchte, ihr mit seinem Blick zu vermitteln, wie viel sie ihm bedeutete.

Sie sah ihn länger an, als es schicklich gewesen wäre und in ihrem Blick las er sowohl Wärme als auch Traurigkeit. Sie sagte: "Leben Sie wohl, Mr. Darcy. Ich hoffe, wir sehen uns bald wieder."

"Sie können sich darauf verlassen, Miss Bennet." Jetzt war er sich sicher, dass sie das brennende Verlangen in seinen Augen sehen konnte, als er ihre Finger freigab.

Es war alles, worauf er hoffen konnte.

Als Eversleigh ihre Hand nahm, beugte er sich vor und sagte etwas zu Leises, als dass Darcy es hätte vernehmen können, aber es brachte Elizabeth zum Lachen und sie antwortete: "Daran hege ich keinen Zweifel! Aber sei vorsichtig, *Shurinn*."

Eversleigh verneigte sich vor ihr. "*Shurinn*, ich hoffe, du wirst dasselbe tun, wie wir es besprochen haben."

Blut rauschte durch seine Ohren und Darcy hörte nicht, was Richard zu ihr sagte, falls er überhaupt etwas sagte. Wie konnte es Eversleigh wagen, so vertraut mit seiner Elizabeth zu sprechen? Sie waren sich erst vor einer Woche zum ersten Mal vorgestellt worden. Jeder, der sie so zu sehen bekam, würde denken, dass es eine Übereinkunft zwischen den beiden gäbe. Das konnte kein Zufall sein. Eversleigh war normalerweise so vorsichtig, um genau so etwas zu vermeiden.

Dann sah er zu, wie die Kutsche abfuhr, Elizabeth mit sich nahm und ihn zurückließ. Er fühlte sich beraubt. Warum blieb er hier, um dem

Mann zu helfen, der sie ihm wegnehmen wollte? Er sollte an ihrer Seite sein, aber stattdessen stapfte er zurück in den Frühstücksraum.

Eversleigh schenkte sich die dritte Tasse Kaffee ein. "Ohne die jungen Damen wird es hier ganz schön langweilig. Collingswood, Winston und Elliott sind nette Kerle, aber nicht halb so angenehm anzusehen."

"Auf keinen Fall", sagte Richard.

Darcy fragte abrupt: "Dieses Wort, dass du und Elizabeth füreinander habt - *Sharin* - was bedeutet das?"

"*Shurinn*", korrigierte Eversleigh. "Es bedeutet, dass wir durch Aelfric verwandt sind."

"Aber nicht richtig verwandt. Wenn überhaupt, eher wie ein Stiefbruder." Darcy hatte nicht die Absicht, Eversleigh zu gestatten, sich über eine solch triviale Verbindung an Elizabeth heranzumachen.

"Aus Sicht eines Sterblichen, ja. Bei den Sidhe sind Halbbrüder und Halbschwestern eher die Regel als die Ausnahme, und *Shurinn* wird als Blutsband angesehen."

"Irrwitzig", sagte Richard. "Du kannst es nennen, wie du willst, aber Miss Elizabeth und du, ihr seid nicht verwandt."

"Es mag unlogisch erscheinen, aber die Natur der Dinge läuft in Faerie anders ab. Es ist eine wahre Bindung, mit der wir geboren wurden. Himmel, ist es schwer, das einem Sterblichen zu erklären!" Eversleigh rieb sich mit der Hand übers Gesicht. "Wenn zwei Sidhe oder ein Sidhe und ein Sterblicher nahe verwandt sind, teilen sie eine magische Verbindung, die mit Verpflichtungen und Bindungen verbunden ist. Wenn ich mich konzentriere, kann ich bestimmte Dinge an Aelfric spüren - wo er ist, ob er sich gerade wohl fühlt, ob er Schmerzen hat - selbst wenn er gerade nicht anwesend ist. Die Bindung zwingt mich auch, ihn zu beschützen. Wenn ich zulassen würde, dass er verletzt wird, obwohl ich es verhindern könnte, würde ich körperliche Schmerzen verspüren."

"Du hast also eine magische Bindung zu deinem Bruder. In Ordnung. Aber Miss Elizabeth ist nicht mit dir verwandt." Richard verschränkte die Arme.

Eversleigh nahm einen Schluck von seinem Kaffee, schaute leidenschaftslos auf die Tasse und schob sie beiseite. "Es gibt drei Arten von Fay-Blutsverwandtschaft. Was deiner Vorstellung eines Verwandten entspricht, also nahe Verwandte, die dasselbe Blut teilen, wie Aelfric und ich, werden *Tiarinn* genannt. *Shurinn* sind durch einen Blutsverwandten miteinander verwandt. Elizabeth wurde im selben Mutterleib getragen, der meinen Bruder trug, und das macht uns zu Verwandten. Titania ist *Shurinn* für mich durch ihr Blutsband mit Oberon. *Shurinn* ist keine so intensive Bindung wie *Tiarinn*, aber dennoch stark. Ich hatte es noch nie zuvor mit einem Sterblichen erlebt, bevor ich Elizabeth kennengelernt hatte. Es ist ein seltsames Gefühl."

"Wie ist das möglich?", fragte Darcy. "Wären nicht alle Sidhe *Shurinn*, da ihre Blutlinien miteinander verflochten sind?"

"Nein. Dafür sind nur enge Blutsverwandtschaften von Bedeutung. Weiter als zwei Schritte geht diese Verbindung nicht. Vater, Mutter, Bruder, Schwester, Kind – alle sind nur einen Schritt voneinander entfernt. Aelfric ist nur einen Schritt von Elizabeth und mir entfernt. Wenn Elizabeth ein Kind hätte, wäre Aelfric für das Kind *tiarinn*, das Kind wäre zu mir aber kein *Shurinn* mehr, weil die Verwandtschaft zu mir über drei Ecken ginge. Die Fay erkennen das Konzept von Tante und Onkel an, da dies nur zwei Schritte sind, Cousins und Cousinen allerdings nicht, da das schon wieder drei Ecken bedeutet."

"Du und Elizabeth seid verwandt, obwohl ihr kein gemeinsames Blut habt, während Aelfric und sein eigener Cousin es nicht wären?", fragte Richard ungläubig.

"Im Grunde genommen schon, ja. Immer noch verwandt, aber ohne die magischen Bindungen, die mit Verpflichtung einhergehen. Wenn ein Sidhe und ein Sterblicher eine Verbindung über geteiltes Essen eingingen, wäre diese stärker."

"Das ergibt doch keinen Sinn!", rief Richard aus.

"Es spielt keine Rolle, ob es Sinn ergibt", sagte Eversleigh gereizt, "wir treffen dabei keine Wahl, sondern das ist etwas, womit wir geboren werden. Vielleicht ist es der gleiche unerklärliche Instinkt, der sterbliche Mütter dazu bringt, ihre Neugeborenen mit ihrem Leben zu schützen."

Darcy schüttelte den Kopf. "Elizabeth scheint diese Verbindung zu Aelfric nicht zu verspüren. Sie scheint ihn heftig abzulehnen und hat ganz bestimmt nicht das Gefühl, ihn beschützen zu wollen."

Eversleigh seufzte. "Ah, das ist die andere Seite der Medaille bei einer Sidhe-Verwandtschaft. Manchmal mögen sich Blutsverwandte nicht, aber weil es eine erzwungene geistige Nähe gibt, kann die Bindung bedrückend wirken und zu noch größeren Konflikten führen. Aelfric und Elizabeth hatten einen schlechten Start miteinander. Ich hoffe, dass sie nicht immer eine problematische Beziehung haben werden, aber es ist möglich, dass es so bleibt. Doch selbst wenn es so wäre, würde Elizabeth jemanden um jeden Preis aufhalten, sollte sie jemals sehen, dass derjenige Aelfric verletzten möchte. Und wenn Aelfric sie bittet, etwas zu tun, wird sie es auch tun, es sei denn, sie hält es für unmoralisch." Er lächelte schief. "Außerdem wird sie es hassen, keine Wahl zu haben."

In diesem Punkt fiel es Darcy nicht schwer, ihm zu glauben. "Dann bist du also auch *Shurinn* mit Elizabeths Schwestern? Diese Verbindung könntest du nicht ganz so angenehm finden. Ihre jüngeren Schwestern würden sich sehr freuen, einem Viscount Befehle erteilen zu können."

Eversleigh stöhnte. "Ich werde versuchen, sie zu meiden. Die Nähe zwischen zwei *Shurinn* ist häufig nicht so angenehm wie zwischen Miss Elizabeth und mir. Wir beide behandeln die Bindung mit Umsicht."

Darcy konnte sich nicht helfen. "Ist Inzest bei den Sidhe verboten?"

"Zwischen *Tiarinn*, ja, aber nicht zwischen *Shurinn*." Eversleigh nahm seine verlassene Kaffeetasse wieder auf und trank die Hälfte davon in einem Zug.

Darcy stand auf und ging zum Fenster. Er konnte es nicht ertragen, Eversleigh auch nur anzusehen. Deshalb hatte Elizabeth also gesagt, zwischen ihnen sei nichts möglich. Sie mochte sich zu ihm hingezogen fühlen, aber was hatte er schon zu bieten, verglichen mit einem Viscount, mit dem sie ein magisches Band verband?

"Warte", hakte Richard nach, "hast du nicht gesagt, dass es drei Arten von Sidhe-Verwandtschaft gibt?"

Eversleigh nickte, als hätte er nicht gerade Darcys Welt zerstört. "Die dritte Art, *Eliarinn*, ist selten. Das könnt ihr getrost wieder vergessen."

Darcy wünschte, er könnte das gesamte Gespräch vergessen, aber er ging davon aus, dass es ihn für den Rest seines Lebens verfolgen würde.

Teil IV - London

Kapitel 12

"Hast du gut geschlafen?" fragte Frederica Elizabeth am nächsten Morgen im Frühstücksraum von Matlock House.

"Ganz gut, danke." Aber sie hatte davon geträumt, in Darcys Armen zu sein. Nach Lord Matlocks Herzanfall hatte sie ihn kaum noch auf Rosings gesehen. Er war immer mit Anne de Bourgh unterwegs gewesen oder hatte sich mit den anderen Magiern getroffen. Und er war nicht mehr ins Wittumshaus gekommen. Sie hatte ihn nur eine Minute lang gesehen, als er kam, um sich von seiner Tante und seinem Onkel zu verabschieden, und da hatte sie nur ein paar Sätze mit ihm sprechen können. Der Schmerz in ihrer Brust hatte bis nach London angehalten.

"Gut. Du solltest ausgeruht sein. Mama plant, uns heute zur Schneiderin mitzunehmen, um dort unsere Kostüme für die Feier zu besprechen. Die Entwürfe werden wahrscheinlich Stunden dauern, und Mama möchte auch ein Kleid für dich in Auftrag geben."

Elizabeths Schultern spannten sich an. "Das ist nett von ihr, aber ich brauche kein neues Kleid." In Wahrheit brauchte sie dringend neue Kleidungsstücke, nachdem sie in Kent alles verloren hatte, aber Lady Matlocks Schneiderin wäre weitaus teurer als die Näherin in Meryton.

"Ich würde dir nicht empfehlen, dich mit ihr darüber zu streiten. Andernfalls wird sie behaupten, du hättest ihr das Herz gebrochen, weil du ihr nicht gestattest, dir ein neues Kleid zu kaufen, nachdem du ihrem Gatten das Leben gerettet hast. Wenn es um meine Mutter geht, ist es besser, deine Kräfte für wichtige Schlachten zu schonen. Außerdem beabsichtigt sie, dass wir ein paar Soiréen besuchen, während du hier bist, da ist ein neues Kleid ganz nützlich."

"Ich nehme an, es hat keinen Sinn, zu sagen, dass ich keinen besonderen Wunsch hege, an einer Soirée teilzunehmen."

"Überhaupt keinen Sinn. Sie ist fest entschlossen, sicherzustellen, dass der *Ton* weiß, dass du hier unter unserem Schutz stehst. Sie hat bereits den Boden bereitet, indem sie an eine Freundin mit einer Neigung zum Klatschen schrieb und ihr streng vertraulich mitteilte, dass Lady Catherine wahnsinnig geworden ist und wilde Anschuldigungen gegen ein armes Mädchen erhebt, das versucht hat, ihr mit einigen Heilkräutern zu helfen."

"Ergibt das wirklich Sinn? Ihr könnt mich gegen Lady Catherines Anschuldigungen verteidigen, aber bald wird jeder wissen, dass ich in Faerie gewesen bin."

"Daher die Heilkräuter. Mama will behaupten, es habe sich um Feenträke gehandelt."

"Fühlt sich ein Schaf so, wenn es mit einem besonders hartnäckigen Schäferhund konfrontiert wird?", fragte Elizabeth. "Nun, ich habe keine festen Pläne für die nächsten Tage, bis meine Mutter in London eintrifft. Dann muss ich sie besuchen und Andeutungen über Bindebanne fallen lassen."

"Erzählst du ihr von Aelfric?"

"Nicht gleich. Ich denke, es wäre besser, das nach und nach zu machen."

Frederica spielte mit ihrer Gabel. "Wenn ich eine Mutter wäre, und glauben würde, mein Kind sei tot, würde ich sofort wissen wollen, dass es lebt."

"Ich wünschte, es wäre so einfach, aber in diesem Fall bedeutet es auch, ihr mitzuteilen, dass ihr Ehemann sie all die Jahre belogen hat, wenn man ihr erzählt, dass Aelfric lebt. *Oh, was für ein Wirrwarr wir weben, wenn nach Täuschung wir streben!*"

"Vielleicht sollte man eher sagen 'Herr im Himmel, was für Narren diese Sterblichen doch sein können!' Möchtest du alleine zu deiner Mutter gehen oder soll ich mit dir kommen?"

Elizabeth überlegte. Sie war nicht besonders versessen darauf, Lady Frederica ihrer Mutter auszusetzen, aber Fredericas Anwesenheit könnte zu einem besseren Benehmen ihrer Mutter beitragen. "Sofern du nichts anderes zu tun hast, würde ich mich über deine Begleitung sehr freuen."

Ein großer junger Mann mit zerzaustem Haar unterdrückte ein Gähnen, als er den Frühstücksraum betrat. "Morgen, Freddie. Entschuldigung, ich wusste nicht, dass du Gesellschaft hast."

Frederica verdrehte die Augen. "Miss Bennet, darf ich Ihnen meinen jüngsten Bruder, Jasper Fitzwilliam, vorstellen? Jasper, das ist Miss Bennet aus Hertfordshire. Sie war mit mir in Rosings."

"Es ist mir ein Vergnügen, Miss ..."

"Bennet", ergänzte Frederica matt.

"Entschuldigen Sie, Miss Bennet. Mir bleiben Namen nicht gut im Gedächtnis - wie so vieles andere auch nicht." Sein Lächeln war einnehmend.

"Ich freue mich, Sie kennenzulernen, Mr. Jasper. Sie kennen meinen Namen vielleicht nicht, aber Sie haben zweifellos gehört, wie sich Ihr Vater über mich beschwert hat", sagte sie trocken.

"Oh, ich höre nie zu, wenn er brummelt. Das tut er viel zu oft mit mir." Jasper warf zwei Scheiben Toast auf seinen Teller und angelte sich mehrere Scheiben Aufschnitt. "Ich bin der Versager unter den Fitzwilliams." Er klang nicht im Geringsten beunruhigt darüber.

"Jasper", warnte Frederica.

"Oh, Freddie, du weißt, dass ich recht habe, und ich gebe es lieber offen zu als zu versuchen, es geheim zu halten. Und sag mir nicht, dass es anders wäre, wenn ich nur eine Minute nachdenken würde, bevor ich meinen Mund öffnete, weil ich das nicht kann." Er schnitt sein Fleisch in große Stücke und stopfte sich eines in den Mund.

"Ich werde nicht mit Steinen werfen", sagte Elizabeth beruhigend. "Sie sollten hören, was mein Vater dieser Tage über mich zu sagen hat."

Frederica erklärte: "Mutter hat Miss Bennet eingeladen, zumindest bis in den Sommer hinein hierzubleiben."

Jasper schluckte sein Essen hinunter. "Ich hoffe, Sie genießen es. Von mir werden Sie nicht viel zu sehen bekommen. Im Allgemeinen esse ich nicht mit der Familie. Ich kann es nicht ertragen, zwei Stunden lang stillzusitzen. Außerdem wird das Essen kalt. Und ich mag keinen kalten Fisch. Mögen Sie Fisch?"

Elizabeth legte den Kopf schief und wandte sich an Frederica. "Dein Bruder ist ein Sidhe im Körper eines Sterblichen!"

Frederica schüttelte den Kopf. "Er kann seine Magie nicht benutzen."

"Das habe ich nicht gemeint. Er benimmt sich wie einer. Mr. Jasper, eines Tages muss ich Sie meinem Sidhe-Halbbruder vorstellen. Sie beide würden großartig miteinander auskommen."

"Sie haben einen Sidhe-Bruder? Oh, Sie müssen diejenige sein, die nach Faerie gegangen ist! Sie können sich so glücklich schätzen. Ich wünschte, ich könnte nach Faerie gehen. Ich liebe die Feen. Auf unserem Landgut wohnt ein Gnom im Garten, und ich habe ihm immer Kekse und Milch rausgestellt. Er murrte immer, wenn ich mit ihm sprach, aber ich glaube, er mochte mich. Es ist schade, dass es in London keine Feen gibt."

Frederica verschluckte sich an ihrem Kaffee. "Du kannst die Fay sehen?"

"Selbstverständlich. Kannst du das nicht?"

Sie stellte behutsam ihre Kaffeetasse ab. "Nicht, bevor ich mit Elizabeth nach Faerie ging. Jetzt schon wieder. Warum hast du es unserem Vater nie erzählt?"

"Ihm was erzählt?"

"Dass du die Fay sehen kannst!"

Jasper sah verwirrt drein. "Er hat mich nie gefragt. Du bist auch in Faerie gewesen? Immer hast du so ein Glück!"

Elizabeth lächelte. "Mr. Jasper, wenn Sie möchten, nehme ich Sie gerne einmal auf einen Besuch nach Faerie mit."

Seine Augen begannen zu leuchten. "Das würden Sie tun? Oh, das wäre fabelhaft!" Dann machte er ein langes Gesicht. "Es könnte jedoch keine gute Idee sein. Ich sage immer das Falsche und dann ist jemand beleidigt."

Elizabeth lachte. "Genau wie die Sidhe! Dort wären Sie willkommen. Die Sidhe-Männer halten es für eine große Tugend, mit allem herauszuplatzen, was ihnen gerade durch den Kopf geht. Mögen Sie Pferde?"

Er strahlte. "Ich liebe Pferde."

"Dann muss ich Sie definitiv meinem Sidhe-Bruder vorstellen."

ES WAR EIGENTLICH SCHON zu spät für Besuche, als Phipps Viscount Eversleigh ankündigte.

Endlich! Elizabeth hatte sich die letzten drei Tage über gesorgt, was wohl auf Rosings Park vor sich gehen mochte. Vielleicht würden sie jetzt Antworten erhalten.

"Lord Eversleigh, es ist wie immer ein Vergnügen", begrüßte ihn Lady Matlock. "Setzen Sie sich. Ich hoffe, Sie hatten eine angenehme Rückreise aus Rosings."

"Danke, sie verlief ereignislos, was eine große Erleichterung nach meinem übermäßig ereignisreichen Aufenthalt dort war. Ich hoffe, Sie sind alle bei guter Gesundheit?"

Wie ärgerlich. Sie würden eine Viertelstunde belangloses Geplauder überstehen müssen, ehe sie nach Lady Catherines Schicksal fragen konnte.

"Vortrefflich, vielen Dank. Das Wetter war ein wenig trostlos, aber wir haben uns mit den Plänen für das Fest unterhalten. Ich freue mich, Ihnen mitteilen zu können, dass Lady Jersey zugestimmt hat, es gemeinsam mit mir auszurichten", sagte Lady Matlock.

"Das sind hervorragende Neuigkeiten. Dann gehe ich davon aus, dass sie die Einladung der Mitglieder des Königshauses übernehmen wird?"

"Ja, wenngleich ich dem Prinzregenten natürlich eine Einladung schicken werde."

"Du lädst Prinny ein?", platzte Frederica heraus.

"Keine Sorge. Es ist unwahrscheinlich, dass er sich aufraffen wird, eine Veranstaltung zu besuchen, die nicht in London stattfindet", sagte Lady Matlock. "Er muss jedoch eingeladen werden. Es wäre höchst unangemessen, ein Königshaus zu Gast zu haben und unser eigenes nicht einzuladen."

Als ob es nicht schon schwierig genug wäre, mit den ständigen Erwähnungen dieses und jenes Aristokraten umzugehen, unterhielten sie sich jetzt auch noch über Könige! Zumindest war das besser als übers Wetter zu sprechen.

Eversleigh sagte: "Ich habe Neuigkeiten von Titania. Sie sagt, Oberon möchte nicht an der Feier teilnehmen, aber als Geste des Vertrauens wird er die Angriffe auf Sterbliche bis dahin aussetzen."

"Das sind hervorragende Neuigkeiten", sagte Elizabeth. Aber dadurch wusste sie immer noch nicht, was mit Lady Catherine geschehen war. Sollte sie hingerichtet werden? War es bereits geschehen?

Eversleigh legte demonstrativ eine Hand über sein Ohr und warf Elizabeth einen vorwurfsvollen Blick zu. "Lady Matlock, könnte ich jemals auf Ihre Vergebung hoffen, wenn ich unhöflicherweise zu einer geschäftlichen Angelegenheit überginge? Ich fürchte, Miss Bennets unausgesprochene Fragen klingeln mir sonst unablässig in den Ohren."

Elizabeths Wangen wurden heiß unter Lady Matlocks fragendem Blick. "Bitte vergeben Sie mir, Viscount Eversleigh. Ich fürchte, ich habe zu laut nachgedacht."

Lady Matlock wandte sich wieder Eversleigh zu. "Zweifellos gibt es eine Erklärung für diesen merkwürdigen Austausch."

"Verzeiht mir, Eure Ladyschaft", sagte Eversleigh. "Unter den Fay ist es möglich, einen Gedanken einfach zu kommunizieren, indem man ihn auf eine bestimmte Person richtet und ihm ein gewisses Maß an Nachdruck verleiht oder, wie Miss Bennet es so treffend ausdrückt, sehr laut denkt. Sie zeigt eine besondere Begabung dafür. Aufgrund unserer Verbindung durch Prinz Aelfric bin ich empfänglich für ihre Gedanken, mit dem Ergebnis, dass ich mir bewusst bin, dass mein Leben in Gefahr sein kann, wenn ich Miss Bennet nicht umgehend versichere, dass Lady Catherine am Leben ist und es ihr so gut geht, wie es einer willensstarken Lady gehen kann, die gezwungen ist, sich einer Augenbinde und gefesselten Händen zu ergeben." Er nickte Elizabeth zu.

Lady Matlock schien nicht besonders amüsiert. "Sie können Gespräche führen, die den Rest von uns völlig ausschließen?"

"Keine Gespräche als solche", sagte Elizabeth hastig, "eher sehr allgemeine Gedanken. Wenn ich das Gefühl hätte, hungrig zu sein, wäre Viscount Eversleigh sich dessen bewusst, allerdings nicht, was ich als nächste Mahlzeit zu mir nehmen möchte."

Eversleigh nickte. "In diesem Fall hat es sich so angefühlt, als würde Miss Bennet mit beiden Händen gegen die Tür meines Geistes hämmern, weil sie unbedingt etwas wissen wollte. Nun konnte ich erraten, worum es sich handelte, aber sie hätte es mir nicht ohne Worte mitteilen können. Es ist vergleichbar mit der Fähigkeit von uns

321

Sterblichen, zu spüren, wenn jemand wütend ist, aber eben nicht unbedingt, weshalb derjenige uns zürnt oder was man für denjenigen tun kann." Er nickte Frederica zu, obwohl sie nichts gesagt hatte.

Frederica schaute ihm direkt in die Augen. "Es ist durchaus möglich, dass ich wütend werde, wenn Sie uns nicht erzählen, was in Rosings Park passiert ist. Ich nehme an, Sie haben meinen Vater bereits informiert."

"Das habe ich, aber ich dachte, Sie möchte es vielleicht lieber direkt von mir hören. Deshalb bin ich nun hier."

"Das reicht jetzt, ihr beiden", sagte Lady Matlock missbilligend. "Lord Eversleigh, ich hoffe, Sie vergeben uns unsere ungezogene Neugier, was die jüngsten Ereignisse anbelangt?"

Eversleigh rutschte unbehaglich auf seinem Stuhl herum. Frederica sah aus, als wäre sie aus dem Raum gerannt, wenn es ihr stattdessen nicht noch wichtiger gewesen wäre, die Neuigkeiten zu hören.

"Es wäre mir eine Ehre, dies zu tun." Eversleighs Worte waren höflich, aber seine Stimme blieb ausdruckslos. "Die drei Magier, die Lady Catherine untersuchen sollten, kamen kurz nach Ihrer Abreise in Rosings Park an. Wir durchsuchten Lady Catherines Gemächer gründlich, aber der einzige belastende Gegenstand, der gefunden wurde, war ein Zettel mit einem weiteren Zauberspruch, der in Sir Lewis' Handschrift verfasst war und den sie in ihrem Kissenbezug versteckt hatte. Sie hatte anscheinend die Vorsichtsmaßnahme getroffen, ihn aus ihrem Nachttisch zu entfernen, wollte ihn jedoch nicht zerstören. Es scheint ein Zauber zu sein, der einen bestimmten Gedanken oder Glauben in den Geist eines Menschen einschleust."

Frederica atmete hörbar ein und sogar Lady Matlock erblasste.

"Sie wurde befragt und wir glauben, sie verfügt nicht über das Wissen, um selbst schwarzmagische Zaubersprüche zu entwickeln. Die Magier haben beschlossen, dass die schwarze Magie von Sir Lewis und Lady Catherine nicht veröffentlicht werden sollte, um eine allgemeine Panik über die unter uns lebenden schwarzen Magier zu verhindern. Bestimmte einflussreiche Mitglieder des Collegiums und der Regierung werden allerdings darüber informiert. Zweifellos werden sich Gerüchte verbreiten, aber sie hoffen, das eingrenzen zu können." Es klang, als ob Eversleigh dem nicht zustimmte.

"Was wird mit Lady Catherine geschehen?", fragte Elizabeth.

"Da sie die schwarze Magie nicht aktiv betrieben hat, halten sie eine Hinrichtung für unangemessen, ganz zu schweigen davon, dass es nur schwer zu erklären wäre. Sie können nicht beweisen, dass sie keine anderen schwarzen Zaubersprüche kennt, daher muss sie von anderen Menschen ferngehalten werden. Zunächst wird sie in ein abgelegenes Jagdschloss gebracht, wo sie jederzeit bewacht und durch Wächter und Abwehrzauber abgeschirmt wird, aber auf lange Sicht möchten sie eine abgelegene Insel finden, auf der sie weniger Gelegenheit hat, mit unschuldigen Menschen in Kontakt zu treten."

Lady Matlocks zarte Augenbrauen hoben sich. "Sie wird darüber sehr unglücklich sein."

"Sie zeigt keinerlei Reue über das, was sie getan hat, sondern bedauert lediglich, dass sie erwischt wurde. Dieses Urteil ist äußerst nachsichtig. Sie erlauben ihr nicht nur zu leben, sondern auch, ihr Augenlicht zu behalten. Sie zu blenden wäre die beste Vorsichtsmaßnahme, da sie keine Zauber wirken kann, wenn sie nicht sehen kann."

"Hat Miss de Bourgh eine Meinung dazu geäußert?", fragte Elizabeth.

"Miss de Bourgh glaubt weiterhin, dass die Hinrichtung eine angemessene Strafe wäre, aber sie hat zugestimmt, das Urteil anzuerkennen. Die Blutwächter, die wir eingerichtet haben, funktionieren immer noch, daher sind die Menschen, die Lady Catherine mit Zaubern belegt hat, frei von ihrem Einfluss. Die Dienerschaft - nun, sie scheinen es ruhig aufzunehmen. Der einzig schwierige Fall war Miss Bennets Vetter, Mr. Collins."

Elizabeths Mund wurde trocken. "Was ist mit ihm geschehen?"

Eversleigh zupfte seine Manschetten zurecht. "Als die Magie unterbrochen wurde, und ihn nicht mehr beeinflusste, wurde er fuchsteufelswild - auf sich selbst, weil er sich Lady Catherines Forderungen unterworfen hatte und auf seine Frau, weil sie dasselbe getan hatte. Da ich wusste, dass du dich um Mrs. Collins sorgst, habe ich mit beiden gesprochen und ihnen die Wahrheit gesagt." Er hielt inne. "Ich kann nicht sagen, dass es gut gelaufen ist. Mr. Darcy hat Mrs. Collins mit nach London gebracht, aber ich denke, sie würde es vorziehen, dir den Rest der Geschichte selbst zu erzählen."

Elizabeths Hände schnellten vor ihren Mund. "Wo ist sie?"

"Im Darcy House. Wenn du möchtest, kann ich dich auf dem Heimweg dort hinbringen. Zu Fuß ist es nicht weit."

"Da wäre ich sehr dankbar."

EVERSLEIGH FÜHRTE ELIZABETH auf den Grosvenor Square. "Setz dich auf die Bank, *Shurinn*, und sag mir, was dich beunruhigt."

"Komm mir nicht mit *Shurinn*! Du musst mir nicht sagen, was ich tun soll. Ich möchte nur Mrs. Collins sehen."

"Vielleicht brauchst du niemanden, der dir sagt, was du tun sollst, aber ich vermute, du würdest deiner Freundin mehr helfen, wenn du ruhiger bei ihr eintreffen würdest."

Elizabeth war ein wenig beleidigt, setzte sich aber ohne ihre übliche Anmut. "Wird es nicht irgendwann langweilig, immer weiser als alle anderen zu sein?"

Er lachte laut auf. "Sollen wir Lady Frederica fragen, ob ich immer weise bin? Ich wette mit dir, dass ich in dem Fall besser darin bin, genau das Falsche zu sagen."

Elizabeths Lippen zuckten. "Du warst in der Tat beeindruckend unklug."

"Sie scheint mir nicht vergeben zu haben."

"Sie glaubt immer noch, dass du ihr nur aus Ehrgefühl heraus einen Antrag gemacht hast."

Eversleighs Lippen pressten sich zu einer geraden Linie aufeinander. "Nun, dann muss ich einfach so lange beharrlich bleiben, bis ihr klar wird, dass sie falsch liegt."

"Sie ein wenig zu umwerben könnte auch nicht schaden."

Eversleigh stöhnte. "Das einzige, was ich nie gelernt habe. Aber du lenkst mich von der Frage ab, was dich bedrückt."

Sie konnte ihm nicht sagen, dass es die Aussicht war, Mr. Darcy zu sehen, die ihr den Magen umdrehte, aber den Rest konnte sie erklären.

"Mrs. Collins Leid ist meine Schuld. Hätte ich es unterlassen, meine Magie zu zeigen, als ich Lady Catherine geheilt habe, wäre all das nicht geschehen. Charlotte wäre immer noch zufrieden verheiratet. Ich würde meinem Vater immer noch vertrauen und ich hätte immer noch meine Familie und meinen guten Ruf. Ich wüsste nichts von der Untreue meiner Mutter oder davon, dass mein Vater sie mit einem Bindebann belegt hat. Ich verdiene meine Strafe, aber Charlotte hat es nicht verdient, für meinen Fehler leiden zu müssen."

Eversleigh faltete die Hände über dem Knie. "Du hast deswegen einiges erleiden müssen, aber Miss de Bourgh hat deshalb auch ihr Leben zurück und die Bediensteten auf Rosings sind nicht länger Sklaven. Mrs. Collins Ehe hat darunter gelitten, aber das wäre früher oder später ohnehin geschehen, wenn Lady Catherine gestorben wäre und ihr Zauber mit ihr. Du hast nur den Zeitpunkt dessen nach vorne verschoben. Du stehst nun zwischen deinen Eltern, ja, das ist wahr, aber uns bietet sich die Chance, den Krieg zu beenden bevor noch mehr Menschen sterben. Außerdem gibt es noch einen viel wichtigeren Vorteil, der aus deiner Entscheidung hervorgeht."

"Und der wäre?", fragte sie vorsichtig.

Seine Zähne funkelten, als er lächelte. "Aelfric hat jetzt drei Bakewell Black-Stuten, mit denen er Sidhe-Pferde züchten kann. Das allein sollte den Rest wert sein."

Ein gurgelndes Lachen entwich ihr. "Eines Tages musst du mir Aelfrics Besessenheit mit Pferden erklären. Er erzählt allen anderen davon, aber mich sieht er nur finster an."

"Er hat ein sehr schönes Lächeln, wenn er sich daran erinnert, es auch einzusetzen."

"Ich werde ihn nie verstehen. An dem Tag, als Aelfric den Bann von Miss de Bourgh aufgehoben hatte, kehrte er zu Titanias Laube zurück und hat mich gesucht. Er wollte, dass ich ihm mehr über meine Mutter erzähle, die über seinem angeblichen Grab weint. Weißt du, wie wenig man der Beschreibung von jemandem, der über einem Grab weint, hinzufügen kann? Sie kniete nieder. Gelegentlich lag sie darauf. Und sie weinte. Ihre Augen wurden rot und ihr Gesicht war fleckig. Aber er bat mich, es immer genauer zu erzählen. Ich hätte mir ja ein paar Details ausgedacht, aber er hätte gewusst, dass ich lüge. Am Ende habe ich die Geschichte so oft wiederholt, bis er zufrieden war."

Eversleigh schüttelte lächelnd den Kopf. "Aelfric hat noch einiges zu lernen was Weisheit anbelangt. Ich hoffe, du hasst ihn nicht für das, wofür er steht. Die Sünden deiner Eltern sind nicht seine Schuld. Aber was sage ich da? Dies ist nicht die rechte Zeit, sich um Aelfric zu sorgen."

"Dennoch fühle ich mich ein wenig besser. Wo ist Darcy House?"

"Weniger als zwei Straßen entfernt. Komm."

"MISS BENNET, UM MRS. Collins zu sehen", sagte Eversleigh dem Butler im Darcy House. Er verneigte sich vor Elizabeth. "Bis zum nächsten Mal."

Elizabeth brachte kaum einen abgelenkten Knicks zustande, weil sich ihnen eine vertraute Gestalt näherte, die ihr Herz höher schlagen ließ.

Als der Butler die Tür schloss, sagte Mr. Darcys tiefe Stimme: "Hobbes, ich werde Miss Bennet nach oben begleiten." Er sah nicht glücklich aus.

"Danke", sagte Elizabeth. "Lord Eversleigh hat mir erzählt, dass Mrs. Collins hier ist." Warum sprach sie das Offensichtliche aus?

"Ich habe ihr eine Unterkunft angeboten, da wir schon länger miteinander bekannt sind, wohingegen sie Eversleigh gerade erst kennengelernt hat." Er deutete auf die Treppe.

"Das war großzügig von Ihnen." Sie stieg die Treppe hinauf und war sich seiner Anwesenheit hinter sich nur allzu bewusst.

"Mrs. Collins ist auch in den öffentlichen Räumen hier willkommen, aber sie meinte, sie brauche ein wenig Zeit für sich allein." Er klang defensiv.

"Ich hege keinen Zweifel an Ihrer Gastfreundschaft." Früher vielleicht einmal, aber jetzt nicht mehr.

Er klopfte an eine geschnitzte Holztür. Auf Charlottes Einladung hin hielt er sie für Elizabeth offen.

Elizabeth flog ihrer Freundin förmlich entgegen, um sie zu umarmen. "Oh, Charlotte! Es tut mir ja so leid!"

Charlotte klammerte sich für einen Moment wortlos an sie, als sich die Tür in ihrem Rücken schloss und er die beiden allein ließ. Elizabeth trat zurück, um Charlotte anzusehen, einen Arm noch immer um sie gelegt.

Ihre Freundin sah müde und betrübt aus. "Danke, dass du gekommen bist, Lizzy, besonders nachdem Mr. Collins dich schlecht behandelt hat. Ich war mir nicht sicher, ob du mir jemals vergeben könntest."

"Sei nicht albern! Ich habe dich nie für das verantwortlich gemacht, was er getan hat. Ich weiß, dass du mir geholfen hättest, wenn es dir möglich gewesen wäre. Und jetzt kann ich Mr. Collins nicht einmal dafür verantwortlich machen, da er keine andere Wahl hatte, als Lady Catherine zu gehorchen." Zumindest wollte sie das glauben. In Wahrheit glaubte sie nicht, es ihm jemals verzeihen zu können, dass er sie auf einen solche Weise des Hauses verwiesen hatte.

"Da bin ich aber froh. Ich habe mir solche Sorgen um dich gemacht, aber ich hatte Angst, was Mr. Collins tun würde, falls ich versuchen würde, dich zu kontaktieren", sagte Charlotte, "aber das ist jetzt nicht mehr wichtig." Ihre Augen begannen zu glänzen.

"Was ist geschehen? Viscount Eversleigh sagte nur, dass sich Mr. Collins verändert habe, nachdem er nicht mehr unter dem Zauber stand."

Charlotte hob hilflos die Hände. "Er kam von der Arbeit in seinem Garten zurück, warf seine Gartenhandschuhe auf den Boden und verkündete, dass er Gartenarbeit hasse und mir das zufallen sollte. Zuvor war er immer glücklich gewesen, wenn er Zeit in seinem Garten verbringen konnte, aber ich habe ihm gesagt, dass ich es übernehmen würde, wenn das sein Wunsch wäre. Beim Abendessen schwieg er, bis ich anmerkte, dass ich hoffe, Lady Catherines Gesundheitszustand habe sich gebessert. Er schrie, Lady Catherine sei eine Närrin, und dass er es leid sei, ihren Schoßhund zu spielen. Ich weiß, dass du ihn nie gemocht hast, Lizzy, aber er hatte bisher kein aufbrausendes Temperament. Dieser Mann war ein Fremder. Als er zwei Tage später immer noch nicht wieder bei sich war, bat ich Mr. Darcy um Hilfe." Sie vergrub ihr Gesicht in ihren Händen und ließ sich auf einen Holzstuhl sinken.

"Oh Charlotte, wie schrecklich für dich! Es tut mir so leid."

"Viscount Eversleigh kam zum Pfarrhaus und sprach mit Mr. Collins, aber was auch immer er sagte, schien keinen Unterschied zu machen."

"Was hat Mr. Collins getan?"

"Am nächsten Tag ritt er nach Canterbury, ohne mir zu sagen, wohin er wollte, und kehrte auch in der Nacht noch nicht zurück. Als er am nächsten Tag nach Hause kam, sagte er, er wolle unsere Ehe annullieren lassen."

Elizabeth schnappte nach Luft. "Kann er das so einfach tun?"

"Die Kirche erlaubt die Aufhebung von Ehen, die durch schwarze Magie erzwungen werden." Charlottes Stimme brach.

"Aber dann stündest du vollkommen mittellos da!"

Charlotte wischte sich die Tränen weg. "Das ist nicht so schlimm wie die Dinge, die er gesagt hat - dass er niemals jemanden wie mich geheiratet hätte, wenn er bei Verstand gewesen wäre - oh Lizzy, es war so schrecklich. Als er mir den Antrag machte, wusste ich, dass es zu schön war, um wahr zu sein. Welcher Mann würde die arme, schlichte Charlotte Lucas wollen? Aber ich wollte so sehr ein eigenes Zuhause, dass ich es glauben wollte."

"Er hat dich nicht verdient. Oh, Charlotte!"

Charlotte schluckte schwer. "Er war immer enervierend und dumm, und ich bin viel besser dran ohne den Mann, der aus ihm geworden ist."

"Was hast du vor? Wirst du nach Meryton zurückkehren?"

"Das kann ich nicht. Meryton war schlimm genug, als ich nur eine mittellose alte Jungfer war. Als verlassene Ehefrau wäre es noch schlimmer. Ich weiß nicht einmal, ob mein Vater mich zurücknehmen würde."

"Was wirst du dann tun?"

Charlotte hob das Kinn. "Ich werde meinen Stolz herunterschlucken und mir helfen lassen. Mr. Darcy hat mir ein Cottage auf seinem Anwesen mit einem Dienstmädchen und einem kleinen Einkommen angeboten. Er behauptet, sich verpflichtet zu fühlen, für mich zu sorgen, da mein Leben durch das Handeln seiner Tante ruiniert wurde." Charlottes Hände wanderten zu ihrem Bauch. "Ich werde ein eigenes Zuhause haben, ohne mich um einen törichten Ehemann kümmern zu müssen und bald werde ich auch nicht mehr allein sein. Ich brauche Mr. Collins nicht."

"Ein Kind? Ich bin so froh, dass du jemanden haben wirst, dem du deine Liebe schenken kannst. Du wirst eine wundervolle Mutter sein. Mr. Darcy tut das Richtige, wenn er dir hilft."

"Er ist ein viel besserer Mann als Mr. Collins, aber dafür braucht es auch nicht viel. Du und er, seid ihr...?" Charlotte ließ die Frage in der Luft hängen.

"Nicht, nachdem Lady Catherine meinen guten Namen ruiniert hat. Die Matlocks versuchen, meinen Ruf wiederherzustellen, und es kann sich im Laufe der Zeit ändern, aber im Moment nicht, nein." Sie zuckte die Achseln und hoffte, nicht beunruhigt zu wirken.

"Diese schreckliche, selbstsüchtige alte Frau hat so viel Schmerz verursacht. Das ist nicht recht."

Und es war nur schwer vorstellbar, dass Lady Catherines schwarze Magie geheim gehalten werden konnte, wenn Mr. Collins sie als Argument nutzte, um damit eine Annullierung seiner Ehe zu erwirken.

DARCY GAB VOR, EIN Buch zu lesen, während er darauf wartete, dass Elizabeth aus Mrs. Collins Zimmer kam. Er befürchtete, sie könnte versuchen, wieder zu gehen, ohne ihn zuvor zu sehen und er hatte nicht die Absicht, das geschehen zu lassen. Es war drei Tage her, seit er sich auf Rosings von ihr verabschiedet hatte. Nach all den Wochen, in denen er sie täglich gesehen hatte, oft sogar mehrmals am Tag, hatten sich diese drei Tage wie eine Ewigkeit angefühlt.

Eine Ewigkeit des Vermissens und der Zweifel. Einerseits erinnerte er sich an ihre leidenschaftlichen Küsse und daran, wie sanft sie seine Wange berührt hatte, und er konnte nicht verstehen, wie sie ihn abweisen konnte. Und im nächsten Augenblick hörte er Eversleighs Stimme, wie er seine magische Verbindung mit Elizabeth beschrieb und er wollte sich sein eigenes Fleisch mit den Fingernägeln vom Leib reißen. Bis er wusste, was - und wen - Elizabeth wollte, würden ihn all die unbeantworteten Fragen in den Wahnsinn treiben.

Er hörte ihre Schritte auf der Treppe und eilte ihr entgegen. "Miss Elizabeth, gewähren Sie mir die Ehre, sie nach Matlock House zurückzubegleiten?"

"Sehr gerne", sagte sie leise, doch daraus konnte er ihre Stimmung nicht ablesen. Sie nahm ihre Haube vom Butler entgegen und band sich die Bänder unter dem Kinn fest.

Darcy hielt die Tür auf und folgte ihr die Stufen hinunter. Unten wartete sie, und er fasste das als Einladung auf, ihr seinen Arm anzubieten. Sie steckte ihre Hand ohne zu zögern in seinen Ellbogen. Immerhin hatte sie keine Angst, ihn zu berühren.

Als sie losliefen, sagte sie: "Ich muss Ihnen dafür danken, dass Sie sich so für Mrs. Collins eingesetzt haben und für Ihre Großzügigkeit ihr gegenüber."

Darcy fühlte sich mit ihrer Dankbarkeit nicht wohl. "Es war das Mindeste, was ich tun konnte. Lady Catherines Verhalten hat vielen Menschen geschadet, wobei wahrscheinlich keinem mehr als ihr selbst, und niemand trägt weniger Schuld daran als Mrs. Collins." Das war es nicht, worüber er mit ihr sprechen wollte, aber er war dankbar, dass sie überhaupt in ein Gespräch gefunden hatten.

"Sie hätten auch nichts unternehmen können und es wäre niemandem aufgefallen. Deshalb danke ich Ihnen."

"Ich wusste, dass Ihnen ihr Schutz wichtig ist."

Sie zögerte. "Sie sind sehr freundlich."

Er musste etwas sagen. "Ich hoffe, Matlock House ist komfortabel und sie fühlen sich wohl."

Ihre Mundwinkel verzogen sich zu diesem herrlichen Ausdruck nach oben, der ihm verriet, dass er gleich geneckt werden würde, "Mich in Matlock House wohlfühlen? Sind Sie sicher, dass Sie sich daran erinnern, wer ich bin? Lizzy Bennet, die drei Meilen durch den Matsch gelaufen ist, furchtbare Angst vor Magiern des Collegiums hat und bis vor ein paar Wochen noch niemals einem Aristokraten über den Weg gelaufen ist? Die Stühle im Matlock House sind komfortabel. Ebenso die Zimmer und die Betten. Ich fühle mich nicht wohl, sondern fehl am Platz."

"Ich war überrascht, dass Sie zugestimmt haben, dorthin zu gehen."

"Zurecht! Ich habe mich entschlossen, Ihren Rat zu befolgen und zumindest zu versuchen, meinen Ruf zu retten. Ich habe noch nicht einmal meine ... Dinge benutzt, die ich sonst benutze." Sie wackelte mit den Fingern.

Natürlich. Sie wollte auf einer öffentlichen Straße nicht von Magie sprechen. "Ich dachte, Sie wären entschlossen, diese Dinge weiterhin zu benutzen."

"Das war ich auch." Sie bedachte ihn mit einem ihrer schelmischen Blicke. "Aber ich bin durchaus in der Lage, meine Meinung zu ändern oder auf Ratschläge zu hören."

"Befolgen Sie Eversleighs Rat oder meinen?"

Sie reagierte empfindlich. "Vielleicht, nur vielleicht, bin ich klug genug, zu glauben, dass es sich lohnen könnte, zuzuhören, wenn zwei Herren, die ich respektiere, die gleiche Meinung vertreten."

"Ich verstehe." Aber seine Meinung allein reichte nicht aus.

Einige Zeit antwortete sie ihm nicht. "Wie geht es Miss de Bourgh?", fragte sie bemüht fröhlich.

Er hatte sie verärgert. "Ihr geht es gut. Ich freue mich, berichten zu können, dass eine erwachsene Frau die Kontrolle über die Elemente viel schneller erlernen kann als ein kleiner Junge. Sie hat gute Fortschritte gemacht, obwohl es nachts immer noch windig wird, seitdem Pepper nicht mehr dort ist. Eversleigh hat Aelfric gebeten, sie alle paar Tage zu besuchen, um ihr bei eventuell auftretenden Problemen zu helfen."

"Aelfric?" Ihre Stimme klang zweifelnd.

"Wie es scheint, verfügen die Sidhe über Elementarmagie, wenngleich sie nicht die gleichen Schwierigkeiten haben, sie unter Kontrolle zu halten, wie ich." Ein Passant sah ihn seltsam an. "An dem Ort...an dem Aelfric lebt, ist es einfacher. Dort habe ich den Druck der Elemente nicht gespürt."

"Hat Miss de Bourgh ihn dann wieder getroffen? Kann ich es wagen, zu hoffen, dass es nicht in einer Katastrophe geendet ist?"

"Sie scheint ihn zu mögen, und auf seinen Rat hört sie besser als auf meinen."

"Ich bin froh, dass ich nicht da war, um das zu sehen! Sie hätten es ihr vielleicht nicht übelgenommen, ich aber an Ihrer Stelle schon."

"Oh, ich ärgerte mich durchaus darüber." Das brachte sie zum Lächeln. "Es machte mir allerdings nichts aus, meine Lehrpflichten an ihn abzugeben."

"Das kann ich mir vorstellen!"

Da sie in diesem Thema mehr übereinstimmten, fuhr er fort: "Er kann ihr möglicherweise helfen, wo ich es nicht vermochte. Ihre stärksten Fähigkeiten, Tilgen und Luft, sind meine schwächsten. Ich habe nie zufällig etwas getilgt, wofür ich zutiefst dankbar bin."

"Das wäre eine ziemlich unangenehme Fähigkeit."

"In der Tat. Aelfric hat versprochen, ihr Feenbettzeug zu bringen, von dem er behauptet, dass es sich nicht auflösen kann. Das wird den Dienstmädchen das Leben leichter machen."

Elizabeth kicherte. "Ich nehme an, es ist unmöglich für sie, ihre Fähigkeiten vor ihrer Dienerschaft geheimzuhalten."

"Ziemlich unmöglich."

Sie fragte in ernsterem Ton: "Wird das ein Problem für sie sein?"

"Ich denke nicht. Ich habe einen Pfarrer aus einer benachbarten Gemeinde hinzugezogen, um mit der Dienerschaft zu sprechen, da sie nicht mit mir reden wollten, und anscheinend waren sie sich der Fähigkeiten von Lady Catherine und der Experimente von Sir Lewis bewusst. Als sie erfuhren, dass Anne für Sir Lewis' Tod verantwortlich war, wurde sie zu einer Art Heldin. Elementare Fähigkeiten sind eine wesentliche Verbesserung gegenüber...", er blickte sich um, bevor er leise fortfuhr, "schwarzer Magie."

"Na, das möchte ich doch meinen!", rief sie. "Aber wenn sie wussten, was vor sich ging, warum haben sie dann nichts gesagt?"

"Sie dachten, wir würden ihnen nicht glauben. Obwohl ich es nicht gerne zugebe, könnten sie damit recht haben. Wir waren so überzeugt, dass wir England von schwarzen Magiern gesäubert hatten, und Sir Lewis' Verhalten glich ganz und gar nicht dem von Oliver Cromwell. Das ist uns eine Lehre."

"Eine erschreckende."

Zumindest redeten sie miteinander, aber seine wichtigste Frage beantwortete das nicht. "Ich habe Eversleigh gebeten, mir das Konzept der Feenverwandtschaft zu erklären."

Sie blickte durch ihre Wimpern zu ihm hoch. "Sind Sie nun gründlich verwirrt?"

"Mich verwirrt eure Verbindung."

"Mich ebenso! Als ich als Kind in Faerie war, wusste ich über Verwandtschaftsbindungen der Feen Bescheid, aber ich glaubte nicht, dass ich außer meiner Bindung an Titania, weil ich eine ihrer Sterblichen war, sonst noch welche hatte. Ich wusste nicht, dass Oberon mein *Shurinn* war, aber ich habe ihm ganz selbstverständlich vertraut, als ich es hätte nicht tun sollen. Ich habe vage Erinnerungen daran, wie ich mit einem Sidhe-Kind gespielt habe, das Aelfric gewesen sein muss. Ich erinnere mich, dass ich mich ihm ungewöhnlich nahe fühlte, aber ich wusste nicht, dass es sich um eine verwandtschaftliche Beziehung handelte. Das ist jetzt eine neue Erfahrung für mich. Ich habe noch nie einen Bruder gehabt, und plötzlich habe ich zwei davon, noch dazu mit magischen verwandtschaftlichen Verbindungen. Das fühlt sich sehr seltsam an. Aber es hat mir geholfen, mich mit Eversleigh wohlzufühlen."

Er konnte sich nicht helfen. "Hast du vor, ihn zu heiraten?"

Elizabeth blieb abrupt stehen. Sie befreite vorsichtig ihre Hand aus seiner Armbeuge und sagte kalt: "Mr. Darcy, wenn Sie denken, ich könnte mich so verhalten wie in jener Nacht, während ich gleichzeitig vorhabe, Eversleigh oder einen anderen Mann zu heiraten, habe ich Ihnen nichts weiter zu sagen." Ihre Stimme bebte bei den letzten Worten. Sie eilte von ihm weg, ohne sich umzusehen.

Er starrte ihr bestürzt nach. Was hatte er getan? Sollte er ihr nachgehen und versuchen, es zu erklären?

Sie zögerte, als sie die Straßenecke erreichte und schaute zwischen der Straße vor sich und der zu ihrer Rechten hin und her.

Mit wenigen Schritten hatte er sie eingeholt. Er blieb hinter ihr stehen und sagte leise: "Matlock House befindet sich rechts."

Sie ging nicht auf ihn ein, sondern wandte sich ab und stürzte sich blindlings auf die Straße, genau vor einen hohen Zweispänner, der in schnellem Trott von zwei prächtigen Pferden gezogen wurde.

Das Herz schlug ihm bis zum Hals, als Darcy ihre Arme packte und sie zurückzog. Die Aufhängung des Rades stieß gegen seinen Oberschenkel. Gütiger Gott, um ein Haar wäre das ins Auge gegangen! Aber sie war in Sicherheit, ihr Rücken gegen ihn gedrückt.

Als sein Herz wieder etwas langsamer klopfte, fragte er: "Bist du verletzt?"

Es dauerte eine Weile, bevor sie antwortete. "Bitte lass mich los."

Er ließ seine Hände sinken und sie hingen schlaff an seinen Seiten herunter. Zumindest diesmal schaute sie, bevor sie die Straße überquerte.

Seine Brust schmerzte, als er ihr folgte. Selbst wenn sie nicht mit ihm sprechen wollte, würde er sie nicht schutzlos und allein durch London laufen lassen. Er blieb ein oder zwei Schritte hinter ihr, bis sie gezwungen war, vor einem Lieferwagen anzuhalten, der ihr den Weg versperrte. Er musste es erneut versuchen. "Elizabeth." Nein, das war zu vertraut. "Miss Elizabeth. Miss Bennet."

Sie drehte sich nicht zu ihm um und sah ihn nicht an. "Wenn Sie eine Liste von all meinen Namen zusammenstellen, haben Sie Lizzy, Eliza und Libbet vergessen."

Zumindest antwortete sie! "Ich habe Ihrer Katze einmal gesagt, dass ich ein sehr dummer Sterblicher bin, und das trifft immer noch zu"

Sie schien sich ein wenig zu entspannen. "Darüber möchte ich mich mit Ihnen nicht streiten, Sir."

"Mich verwirrt das. Ich weiß, dass Sie vieles an mir nicht mögen, dennoch gehen Sie so ungezwungen mit Eversleigh um. Mit ihm verbindet Sie ein magisches Band. Er versteht Ihr Leben in Faerie auf eine Weise, wie ich es nicht kann. Er ist ein Viscount. Und ich wäre sehr überrascht, wenn er nicht darüber nachgedacht hätte, Sie zu heiraten."

Sie lachte leise und sah ihn schließlich an. "Oh ja, er denkt darüber nach, ob er mich heiraten soll. Immer wenn er mit Lady Frederica besonders frustriert ist, denkt er: ‚Es wäre viel einfacher, wenn ich einfach Libbet heiraten würde.', Sie ahmte Eversleighs Murren perfekt nach. "Das heißt allerdings nicht, dass er mich heiraten *will*. Und es gibt zwei sehr gute Gründe, warum ich ihn niemals heiraten würde."

Er nahm einen tiefen Atemzug. "Und die wären?"

"Erstens ist er Großmeister des Collegiums, und zweitens könnte ich seine ungezwungene Eleganz niemals erreichen. Ich fühle mich in seiner Nähe ständig zerknittert und zerzaust. Er braucht eine Frau, die ebenso mühelos elegant und stilvoll aussieht wie er."

Erleichterung durchflutete ihn. Natürlich würde Elizabeth niemals den Großmeister des Collegiums heiraten. Das hätte er selbst erkennen sollen. "Für mich siehst du nie zerknittert aus."

Sie warf einen Blick auf die Spritzer von Straßenmist, die von den Hufen der Pferde auf ihrem Rock gelandet waren. "Wenn das wahr ist, bist du in der Tat ein sehr dummer Sterblicher." Aber sie sagte es mit einem Lachen in ihrer Stimme.

Er verbeugte sich leicht. "Zu Ihren Diensten."

"Es ist nicht wahr, dass ich Vieles an dir nicht mag. Das war einmal so, aber jetzt kenne ich dich besser. Ich bin immer noch nicht glücklich damit, dass du Teil des Collegiums bist, aber ich war in letzter Zeit so sehr von Magiern umgeben, dass ich mich daran gewöhnt habe."

Es musste doch sicher etwas geben, das er ihr zurückgeben konnte? "Ich habe vor, mit Bingley über deine Schwester zu sprechen."

"Das ist lieb von dir. Weißt du, dass ich Angst habe, Jane zu schreiben?"

"Weil du mit mir über Bingley gesprochen hast?"

Sie schüttelte den Kopf. "Weil ich ihr nichts erzählen kann. Sie weiß, dass ich das erste Mal nach Faerie gegangen bin, aber wie erkläre ich ihr, was ich seither gemacht habe, ohne die zweite Reise, schwarze Magie, Aelfric, Eversleigh, meine beiden Eltern oder Mr. und Mrs. Collins zu erwähnen? Mr. Bingley ist auf dieser Liste nur eine Randerscheinung. In meinem letzten Brief an Jane ging es ums Wetter und Peppers Abenteuer beim Mäusefangen, da ich ihr kaum schreiben konnte, dass ich auf Nachrichten über Lady Catherine warte, die möglicherweise exekutiert werden könnte. Und dass ich von einem Hochadeligen gelernt habe, wie man Blutwächter setzt, der nebenbei auch noch ein Prinz von Faerie ist und Lord Matlock geheilt habe, der unter einem schwarzen Zauberbann stand. Und ich kann ganz bestimmt nicht erklären, warum Lady Matlock darauf bestand, dass ich in Matlock House wohne, obwohl sie mich eben erst kennengelernt hatte."

"Das ist ein Dilemma. Soll ich mich bestärkt fühlen, weil mein Name auf der Liste der verbotenen Themen nicht auftaucht?"

Sie errötete. "Es erschien mir unhöflich, dir das ins Gesicht zu sagen."

Er nahm einen tiefen Atemzug. "Wenn du deiner Schwester von mir erzählen würdest, was würdest du sagen?"

Sie schwieg eine Weile, es war aber kein wütendes Schweigen. Als sie schließlich sprach, war ihre Stimme so zaghaft, dass er sich zu ihr hinüberlehnen musste, um sie über den Straßenlärm hinweg zu hören. "Ich würde ihr sagen, dass ich eine sehr hohe Meinung von dir habe und mir wünschte, du könntest eine andere Rolle in meinem Leben spielen, dass ich aber nicht weiß, ob das möglich ist. Ich tue, was ich kann, um mich wieder heiratsfähig zu machen, aber eine Menge hängt davon ab, was bei dem Fest geschieht. Wenn die Gesellschaft beschließt, Sidhe und Frauen mit Magie zu verurteilen, dann wären Lady Frederica und ich praktisch Ausgestoßene. Aber wenn es gut geht...na, das werden wir dann schon sehen." Fragend schaute sie zu ihm auf.

Sie nicht in die Arme zu nehmen kostete ihn all seine Willensstärke. "Ich danke dir. Mehr kann ich nicht verlangen. Aber ich verspreche nicht, das Urteil der Gesellschaft zu akzeptieren, wenn ich damit nicht einverstanden bin."

Sie lächelte traurig. "Es ist mir nie in den Sinn gekommen, dass du das tun würdest."

Sie hatten Matlock House erreicht. "Danke, dass du meine Fragen beantwortet hast."

"Möchtest du noch mit hineinkommen?"

Er schüttelte den Kopf. "Sie werden sich bald schon fürs Dinner umziehen und ich möchte Mrs. Collins nicht zu lange allein lassen. Aber ich werde meine Tante wissen lassen, dass ich mich über eine baldige Einladung zum Dinner freuen würde."

"Das wäre schön." Sie reichte ihm ihre Hand. Er hob sie an seine Lippen und verweilte so lange, wie er sich traute. Wenn er nur das Recht hätte, mehr zu tun!

"VISCOUNT EVERSLEIGH für Sie, Sir." Darcys Butler hielt ihm ein Silbertablett entgegen.

"Eversleigh? Führen Sie ihn herein." Es war eine willkommene Ablenkung, da er ohnehin nur die Stunden zählte, bis er Elizabeth heute Abend beim Dinner in Matlock House sehen konnte. Es konnte ihm gar nicht schnell genug gehen.

Eversleigh marschierte mit sorgenvollen Augen herein. "Danke, dass du Zeit für mich gefunden hast, Darcy."

"Es ist mir eine Freude. Möchtest du einen Portwein?"

"Das wäre höchst willkommen."

Darcy goss zwei Gläser ein und reichte eines Eversleigh. "Hast du etwas über die Pläne bezüglich Lady Catherine gehört?" Der schien ihm der wahrscheinlichste Grund für seinen Besuch zu sein.

"Noch nicht. Morgen trifft sich der Ältestenrat, um darüber zu beraten. Dann beschäftige ich mich zur Abwechslung mal mit einem anderen Thema als für Lady Matlocks Mittsommernachtsfeier gutaussehende junge Magier und Poeten zu suchen."

"War deine Suche denn erfolgreich?"

"Ja, das war sie, was mich ein wenig überrascht hat, da ich ihnen bisher nichts über die Rolle, die sie dort einnehmen werden, sagen konnte. Sogar FitzClarence hat zugestimmt. Titania wird sich freuen, einen Verehrer mit königlichem Blut zu haben." Eversleigh lockerte seine Krawatte.

Irgendetwas meldete sich in dem Zusammenhang in Darcys Hinterkopf. Eversleigh achtete stets auf ein makelloses Aussehen. So etwas wie seine Halsbinde zu lockern tat er nicht.

"Stimmt irgendetwas nicht?", fragte Darcy abrupt.

Eversleigh stellte sein Glas ab. "Ja, leider. Die drei Herren aus deiner Untersuchungskommission haben mich vorhin besucht, um mich drüber zu informieren, dass sie deinen Fall wieder neu aufrollen und um mich dezent zu warnen, dass sie ihren eigenen Kandidaten als Großmeister vorschlagen würden, falls ich vorhätte, mich einzumischen."

Nicht schon wieder! Darcy kam die Galle hoch. "Aber sie haben mich für unschuldig erklärt."

"Nachdem Lord Matlock einen gewissen Druck aufgebaut hatte. Jetzt sehen sie ihre Stunde gekommen."

"Was hast du zu ihnen gesagt?"

Eversleighs Lippen verzogen sich. "Ich habe ihnen gesagt, dass du es nicht getan hast, ich sie allerdings nicht davon abhalten kann, ihre Zeit zu verschwenden, wenn das ihr Wunsch ist. Und falls sie einen besseren Kandidaten für das Amt des Großmeisters hätten, dann sollten sie ihn ohnehin vorschlagen. Das war lediglich eine leere Drohung - keiner von denen ist im Collegium besonders einflussreich. Das sind alles nur Unruhestifter."

Darcy hatte seit dem Frühstück nichts mehr gegessen, aber sein Magen fühlte sich bleischwer an. "Welchen Rat würdest du mir geben? Was soll ich tun?"

"Zurzeit gar nichts. Ihr Plan ist es, dich zu bitten, erneut zu einer Anhörung zu kommen, und ich schlage vor, dass du diese Einladung ausschlägst. Sie werden ohnehin alles verdrehen, was du sagst. Schreib alles, was sie wissen sollen, in einen Brief und lass mir für die Archive eine Kopie davon zukommen. Ich weiß nicht, warum sie dir so sehr grollen, Darcy. Du bist vielleicht nicht gesellig, aber du hast nichts getan, um diese Art von Hass zu verdienen."

Wenn nur der Portwein den bitteren Geschmack in seinem Mund wegwaschen könnte. "Erinnerst du dich an den Fall von George Wickham? Er wurde aus dem Collegium ausgeschlossen, weil er mithilfe seiner Magie beim Kartenspiel betrogen hatte."

"Vage. Soweit ich mich erinnere, war es eine leichte Entscheidung."

"Er hat nicht einmal versucht, sich zu verteidigen. Er wusste, dass er erwischt worden war. Ich war derjenige, der die Anklage gegen ihn erhoben hat. Er war in einem bestimmten Kreis von Unzufriedenen im Collegium sehr beliebt. Seltsamerweise haben sich drei von ihnen angeboten, in der Untersuchungskommission gegen mich zu sitzen."

"Rache also? Hat Wickham elementare Magie? Könnte er hinter all dem stecken?"

"Seine Fähigkeiten schließen Wasser nicht ein. Ich habe oft darüber nachgedacht. Die einzige Fähigkeit, bei der er sich jemals die Mühe gemacht hat, sie zu erlernen, ist die Illusion. Aber ich habe das überprüft - bei den Dürren, von denen man mir vorwirft, sie verursacht zu haben, waren keine Illusionen im Spiel." Er hatte sich so sehr gewünscht, beweisen zu können, dass Wickham hinter den Problemen steckte, aber es gab nicht den geringsten Beweis dafür.

"Deine Bitterkeit kann ich dir nicht verübeln. Ich wünschte, ich könnte noch mehr tun. Ich hatte bereits drüber nachgedacht, noch weitere Mitglieder des Collegiums in das Gremium mitaufzunehmen, aber das gestattet die Charta des Collegiums nicht. Wenn sie sich gegen dich stellen, besteht deine beste Chance darin, die Sache vor dem gesamten Collegium zur Abstimmung zu bringen."

"Wo ich sehr wenige Freunde habe."

"Lord Matlock hat jedoch viele Freunde unter den Mitgliedern, und seine Überzeugungskraft wird dir zugutekommen."

"Wenn es nur darum ginge, dass ich wie Wickham aus dem Collegium ausgeschlossen werden könnte, würde es mich nicht weiter berühren. Da ich allerdings über Elementarmagie verfüge, müsste ich mich auch binden lassen", sagte Darcy bitter.

"Ich weiß. Das habe ich keinen Augenblick vergessen. Ich hoffe, dass es nicht dazu kommt. Aber bitte denk daran, dass du die Freiheit von Faerie genießt und das Collegium dich dort nicht verfolgen kann."

"Du schon."

"Hab ein wenig Vertrauen in mich, Darcy. Ich würde mich eher selbst aus dem Collegium ausschließen lassen, bevor ich einen unschuldigen Mann mit einem Bindebann belegen würde. Oder schuldig gesprochenen in dem Fall. Das Setzen von Bindebannen sollte wie jede andere schwarze Magie ein Verbrechen sein."

"Trotzdem hast du meinen Onkel unterstützt, selbst als du dachtest, er hätte sich bewusst entschieden, einen zu setzen."

Eversleigh verzog das Gesicht. "Es ist schwer, eine jahrelange Freundschaft aufzugeben, wenn man entdeckt, dass jemand viele Jahre zuvor eine einzige schlechte Entscheidung getroffen hat. Gott-sei-Dank wissen wir mittlerweile, dass er diesen Bann nicht aus eigenem freien

Willen gesetzt hat. Wenn er allerdings nicht Jahre damit zugebracht hätte, sich gegen Bindebanne einzusetzen, hätte ich ihm wohl zu der Zeit nicht vergeben können."

"Ich hatte nicht vor, ein schmerzhaftes Thema anzusprechen." Darcy hatte genug, was ihn selbst schmerzte. "Ich werde mir deinen Rat zu Herzen nehmen. Faerie könnte eine vorübergehende Zuflucht sein, aber ich kann mir nicht vorstellen, den Rest meines Lebens dort zu verbringen."

"Dazu wird es hoffentlich nicht kommen."

Das hoffte Darcy auch. "Wieviel Zeit bleibt mir noch?"

"Bis sie dich um deine Aussage bitten, besteht kein Grund zur Sorge. Danach hoffe ich, dass sie das übliche Protokoll befolgen und zuerst das Collegium informieren bevor sie etwas unternehmen, aber ich kann dir nicht garantieren, dass sie nicht eigenmächtig handeln werden. Ich schlage vor, du triffst Vorsichtsmaßnahmen, um nicht unerwartet erwischt zu werden. Entweder Lord Matlock oder ich werden regelmäßig nach dir sehen und dich befreien, solltest du unter einem Bann stehen."

Dennoch hätte Darcy dann die Kontrolle über sich und seinen Körper verloren. Nichts würde jemals wieder sein wie zuvor. Er verstand nur zu gut, warum Elizabeth sich davor gefürchtet hatte, mit einem Bann belegt zu werden, obwohl sie wusste, dass er entfernt werden würde. "Du warst nicht in der Lage, Anne de Bourghs Bann zu entfernen."

Eversleigh hob die Hände. "Dieser Zauber wurde von Lord Matlock gewebt, und er ist Meister seines Fachs, der Beste, den wir haben. Diese Männer sind weit weniger geschickt." Er lächelte plötzlich, ein angespanntes Lächeln. "Außerdem scheue ich mich nicht, Aelfric um Hilfe zu bitten. Du hast gesehen, wie rasch und mühelos er Miss de Bourgh befreit hat."

Darcy starrte in seinen unberührten Portwein. "Weißt du, wie lange ich gebraucht habe, um zu lernen, meine Elementarkräfte unter Kontrolle zu haben? Als ich ein Junge war, verwandelte sich alles, was ich zu trinken versuchte, in einen Strudel in meinem Glas. Wenn ich an ihnen vorüberging, sprang mich das Wasser aus Eimern an und es standen überall Wassereimer herum, weil ich ständig versehentlich etwas in Brand setzte. Meine Mutter schenkte keinen Tee ein, wenn ich im Zimmer war. Wenn ich Albträume hatte, trat der See vor meinem Fenster über die Ufer. Ich betete jede Nacht, dass Gott diesen Fluch von mir nehmen möge. Mein Vater hat täglich mit mir daran gearbeitet, um mir Kontrolle beizubringen, aber ich wollte nicht jeden Gedanken, den ich hatte, oder jeden Schritt, den ich machte, überwachen müssen. Ich wollte rennen und spielen wie andere Kinder, aber sie durften nicht mit mir spielen, denn wenn ich wütend wurde, konnte es passieren, dass sich unter ihnen die Erde auftat. Als ich endlich gelernt hatte, es unter Kontrolle zu bringen, wurde ich zur Schule geschickt, wo jeder sagte, ich sei zu ernst. Andere Jungen waren mir gegenüber grausam und ich hätte ihnen den Inhalt ihrer Nachttöpfe ins Gesicht springen lassen oder dafür sorgen können, dass ihre Tinte auslief, aber ich habe es nicht getan, weil das ein Missbrauch meiner Kräfte gewesen wäre. Ich weiß, dass ich die Brunnen von Männern, die ich nicht mag, nicht habe austrocknen lassen, weil ich sehr darauf achte, dass so etwas nicht geschieht. Ich überprüfe stetig, dass ich den Wasserfluss unter der Erde nicht beeinträchtige. Ich habe Männer wie dich immer beneidet, die den Einsatz ihrer Kräfte erlernen mussten, wohingegen ich lernen musste, meine nicht zu nutzen, was sich genauso anfühlt, als müsste man lernen nicht zu atmen."

"Das wusste ich nicht."

Aber die Worte wollten nicht versiegen, nun, da er sie einmal losgelassen hatte. "Weißt du, warum Elementarmagier so selten sind? Die meisten von ihnen sterben als Kinder. Sie ertrinken im Schlaf in ihren eigenen Betten oder verbrennen bei lebendigem Leib, weil sie die Feuer, die sie selbst verursacht haben, nicht löschen können. Ich hatte Diener, die mich jede Minute, Tag und Nacht, beobachteten. Ich war nie allein. Ich habe gelernt, Illusionen einzusetzen, um mich vor diesen neugierigen Augen zu verstecken. Und jetzt sitzen diese Sonntagsmagier, die nie mehr getan haben, als Bücher zu verschließen oder Schutzzauber zu bauen, als Richter über mich, und ich kann nichts dagegen tun. Manchmal denke ich, dass Miss Bennet Recht hat und das Collegium bis ins Mark verdorben ist. Ich frage mich, wie viele andere biedermännische schwarze Magier wie Sir Lewis de Bourgh ihre Sünden vertuschen konnten, indem sie sich im Collegium einbringen."

"Das habe ich mich auch schon gefragt." Eversleigh runzelte die Stirn. "Darcy, ich hasse es, dich das fragen zu müssen, aber besteht auch nur die geringste Möglichkeit, dass du im Schlaf auf das Wasser eingewirkt hast?"

Darcy wollte ihm eine verpassen. "Nein", sagte er heftig. "Meine Kraft wirkt auf das Wasser in meiner Nähe. Ein kluger Diener hatte eine Lösung gefunden. In meinem Schlafzimmer stehen immer fünf Wasserbecken, eines auf jeder Seite des Bettes und eines darunter. Das Schlimmste, was ich im Schlaf jetzt verursachen kann, ist, den Teppich zu fluten."

Eversleigh schien sich etwas zu entspannen. "Es tut mir leid. Das klingt wie ein Fluch."

Unbehaglich sagte Darcy: "Manchmal ist es leichter und nicht ganz so erdrückend. Es belastet mich nicht so sehr, wenn ich mit anderen Magiern zusammen bin. Es kommt darauf an, um wen es sich handelt - sowohl du als auch George Wickham entlasten irgendwie den Druck."

"Sonst noch jemand? Vielleicht gibt es ein Muster. Deine Cousins und dein Onkel?"

"Nicht mehr als andere Magier. Miss Elizabeths Anwesenheit macht es einfacher und der Druck verschwindet vollkommen, wenn ihre Katze auf meinem Schoß liegt."

"Die Phouka?" Eversleigh beugte sich vor.

"Ganz genau."

Eversleighs Augen verengten sich. "Ich habe eine Idee. Darf ich etwas ausprobieren?"

"Wenn du willst, aber ich habe schon alles versucht."

Er zog seine Handschuhe aus. "Gib mir deine Hand." Als Darcy gehorchte, legte Eversleigh seine Finger auf die Innenseite seines Handgelenks. "Macht das einen Unterschied?"

Das Bewusstsein für Wasser um ihn herum ließ nach. Er konnte seine Anwesenheit immer noch spüren, aber es erforderte eine gewisse Anstrengung. "Ja", sagte er zögernd. "Welchen Zauberspruch wendest du an?"

"Gar keinen. Ich mache nichts anderes als ich selbst zu sein, also halb Fay." Er ließ Darcys Handgelenk los und holte eine Schnupftabakdose aus seiner Tasche und zog einen Ring von seinem Finger. Beides legte er auf den kleinen Tisch neben Darcy. "Versuche, jedes für sich eine Weile in der Hand zu halten."

Darcy nahm die emaillierte Schnupftabakdose und streckte seine Sinne nach Wasser aus. War es ein bisschen besser als sonst? Nein, das war nur Wunschdenken. "Kein Unterschied."

"Probier' es mit dem Ring."

Der fein ziselierte, goldene Ring war noch warm von Eversleighs Hand. Überrascht sagte Darcy: "Ja. Das hilft." Könnte es wirklich eine Quelle der Erleichterung geben?

"Er wurde von Feen hergestellt, ein Geschenk meines Vaters. Die Schnupftabakdose ist lediglich eine gewöhnliche Schnupftabakdose. Vielleicht liegt der Grund, warum du dich in der Nähe von Magiern wohler fühlst, darin, dass sie alle Spuren von Feenblut haben. Ich habe mehr als nur das und ich frage mich, ob es bei Wickham dasselbe ist. Die Phouka ist eine reine Fay, genauso wie der Ring vollständig aus Feenhand stammt."

Darcy sagte langsam: "Elizabeth hatte einen inaktiven Elfenpfeil. Ihn zu berühren hat ebenfalls geholfen."

"Vielleicht neutralisiert der Fay-Einfluss einen Teil deiner Sensibilität für die Elemente." Eversleigh steckte die Schnupftabakdose wieder ein. "Behalte den Ring, bis ich dir etwas Anderes aus Faerie mitbringen kann. Ich habe einige Dinge zu Hause, die dir behilflich sein könnten."

Darcy starrte auf den Ring in seiner Hand. So ein kleines Ding, das so einen enormen Unterschied machen konnte. Vielleicht könnte er jetzt sogar ohne all die Wasserbecken um sich herum schlafen. Wenn er es nur schon vor Jahren gewusst hätte! Aber selbst das konnte ihn nicht vor den Machenschaften seiner Mitmagier schützen. "Danke", sagte er abrupt, "daran hatte ich bisher noch nie gedacht. Als Elizabeth mir sagte, ihre Katze sei ein Feenwesen, dachte ich, sie hätte mich vielleicht verzaubert, aber mir ist nie in den Sinn gekommen, dass es die Katze an sich sein könnte."

"Ich bin froh, dass ich dir helfen kann. Es tut mir leid, schlechte Nachrichten mitgebracht zu haben. Ich werde mein Bestes tun, um dich zu beschützen, ich wünschte nur, ich könnte mehr tun."

"Ich weiß."

Eversleigh schnippte mit den Fingern. "Beinahe hätte ich es vergessen. Ich wollte dich noch etwas fragen: Ich habe etwas widerstrebend zugestimmt, Lord Matlock morgen nach Faerie mitzunehmen. Wärst du bereit, dich uns anzuschließen? Ich würde mich besser fühlen, wenn wir zu zweit wären, um seine übermäßige Begeisterung einzudämmen, und auf dich hört er viel besser als auf mich."

"Gewiss. Das sollte interessant werden."

Nachdem Eversleigh gegangen war, drehte Darcy den Ring in seiner Hand. Er musste nachdenken. Falls die Magier ihn für schuldig befinden sollten, war eines sicher: Er würde die Bestrafung für etwas, das er nicht getan hatte, nicht akzeptieren, selbst wenn dies bedeutete, das Leben, das er führte, aufzugeben und sich zu verstecken.

Vielleicht stand ihm jetzt auch noch eine andere Option offen. England zu verlassen war noch nie eine Möglichkeit gewesen. Das Meer war zu gefährlich für ihn, und das Risiko, dass er versehentlich ein Boot voller unschuldiger Menschen flutete, hatte ihn auf stets auf *terra firma* gehalten. Aber wenn er so etwas wie den Ring einsetzen könnte, um seine Kräfte in Schach zu halten, wäre es vielleicht möglich. Das Collegium hatte außerhalb Englands keine Macht. Er konnte ins Exil gehen, bis er seinen Namen reinwaschen konnte. Er wusste nicht, wie er das anstellen sollte, aber er würde es tun.

Aber wenn er England verlassen würde, dann musste er allein gehen. Er konnte Elizabeth nicht bitten, seine Schande zu teilen. Die Untersuchungskommission bedrohte mehr als seinen guten Namen und seine Sicherheit. Es war das Ende seiner Hoffnungen auf eine Zukunft mit Elizabeth.

Seit er sie zurück zum Matlock House begleitet hatte, war er begeisterten Träumen von einer gemeinsamen Zukunft nachgehangen. Die waren nun zerplatzt. Er musste sich von ihr fernhalten, gerade als er daran gedacht hatte, sie ernsthaft zu umwerben. Es war zu spät.

ELIZABETH HATTE SICH besondere Mühe mit ihrem Aussehen gegeben und sich sogar Fredericas Dienstmädchen ausgeborgt, um sich von ihr die Haare richten zu lassen. Heute Abend würde Darcy mit ihnen speisen und sie wollte so gut wie möglich aussehen. Ihr mochte sich vielleicht nicht viel Gelegenheit bieten, mit ihm zu sprechen, aber sie würde ihn sehen und im selben Raum wie er sein.

Der Butler brachte Lady Matlock einen Umschlag.

Sie nahm ihn entgegen, brach das Siegel und runzelte die Stirn, während sie ihn las. "Er ist von Darcy. Er wird heute Abend doch nicht zum Dinner zu uns kommen. Er hat die Nachricht erhalten, dass die Ermittlungen des Collegiums gegen ihn wiederaufgenommen wurden und die Untersuchungskommission ihm gegenüber sehr feindselig eingestellt ist. Er hält es für klüger, in dieser Zeit etwas Abstand zu Lord Matlock zu halten."

Elizabeths Vergnügen verwandelte sich in Asche. Ein Kloß in ihrer Kehle hielt sie vom Sprechen ab, selbst als Frederica die Dummheit und Niederträchtigkeit der Untersuchungskommission anprangerte.

Sie wollte weder Lady Matlock noch Frederica zeigen, dass ihre Zukunft gerade zerstört worden war. Darcy hielt sich von ihr fern, nicht von Lord Matlock. Es spielte keine Rolle mehr, ob sie wieder respektabel wurde, nicht wenn irgendein Schatten aus ihrer Vergangenheit Darcy ins Verderben stürzen konnte. Selbst wenn er erneut freigesprochen würde, stünde er diesmal noch länger unter Verdacht. Er konnte es sich nicht leisten, eine Hexe mit Verbindungen zu den Fay zu heiraten. Der Traum war geplatzt.

Sie konnte es nicht ertragen. "Ich bekomme Kopfschmerzen. Ich denke, ich werde mich ein paar Minuten hinlegen."

Lady Matlock sagte: "Eine gute Idee. Vor dem Dinner ist noch Zeit, sich auszuruhen."

Jede Menge Zeit. Vor Elizabeth lagen nichts als leere Monate und Jahre. Jede Menge Zeit.

Sie schaffte es halb die Treppe hinauf bevor das erste Schluchzen sie erschütterte.

DARCY BLICKTE DEN KORRIDOR zu Oberons Gemächern hinunter. Hier hatten sie Lord Matlock vor einer halben Stunde verlassen. Waren die Gespräche mit den Sidhe üblicherweise nicht viel kürzer? "Ich hoffe, es läuft gut."

"Es gibt keinen Grund, warum es das nicht sollte", sagte Eversleigh. "Lord Matlock war schon immer halb verliebt in den bloßen Gedanken von Faerie. Oberon wird wissen, dass er in guter Absicht kommt."

"Und doch scheinst du besorgt zu sein."

Eversleigh zupfte seine Manschetten zurecht. "Nicht darüber. Aber irgendetwas ist seltsam. Als ich dich hierherbrachte, um Oberon kennenzulernen, sprach er nur wenig mit mir und hat uns schnell wieder entlassen, obwohl seit meinem letzten Besuch Monate vergangen waren. Heute hat er uns weggeschickt, damit er allein mit Lord Matlock sprechen kann. Ich hätte erwartet, dass er mich dortbehält. Vielleicht hat er aber auch seine Gründe."

"Oder es könnte nur Zufall sein."

"Vermutlich, ja." Aber Eversleighs Gesichtsausdruck blieb beunruhigt. "Ah, da kommt Lord Matlock endlich. Er sieht mit sich zufrieden aus."

"Geradezu selbstgefällig", murmelte Darcy.

Eversleigh lachte. "Das auch, ja."

Als Lord Matlock sie erreichte, verkündete er: "Das ist sehr gut verlaufen. Wirklich sehr gut."

Darcy fügte leise hinzu: "Und so bescheiden."

Das Zittern von Eversleighs Lippen verriet ihm, dass es gehört worden war.

Eversleigh verneigte sich. "Was ist passiert, wenn ich fragen darf?"

"Er hat seinen Beinamen verdient. Gerissener Oberon, in der Tat! Er stellte mir sehr viele Fragen, um Vorurteile gegen Faerie aufzudecken. Schließlich sagte ich ihm, dass das einzige, was ich gegen Faerie hätte, wäre, dass ich nicht schon vor Jahren zu Besuch kommen durfte."

"Ich kann mir vorstellen, dass ihm das gefallen hat", sagte Eversleigh.

"Dann habe ich ihm einige Fragen zur obskuren Feenkunde gestellt. Für einige der Bücher in seiner Bibliothek würde ich töten, aber er sagt, sie sind nichts für Sterbliche." Lord Matlock streckte die Hand aus, als wollte er sie bewundern. "Er hat mir einen Ring geschenkt."

Eversleigh berührte das silberne Band. "Ich sollte Sie warnen, dass der Ring mit einem Zauber versehen ist."

"Das weiß ich", sagte Lord Matlock stolz, "er hat einen Blutzauber daraufgelegt, damit ich mit ihm kommunizieren kann, falls es Schwierigkeiten geben sollte. Er hat auch einen, um mich zu kontaktieren. Er sagte, meine Fähigkeit mit Zaubersprüchen sei äußerst zufriedenstellend für einen Sterblichen."

Eindeutig selbstgefällig. Zumindest tanzte er nicht vor Freude, weil er einen Blutzauber des Feenkönigs an seiner Hand hatte. "Ich nehme an, er muss einen Grund haben, mit Ihnen kommunizieren zu wollen."

Lord Matlock winkte ab. "Nichts von Belang. Ein kleiner Plan, den wir uns ausgedacht haben, um das Problem mit den Feenringen zu lösen. Die Details kann ich nicht preisgeben." Er genoss eindeutig die Geheimniskrämerei.

"Dann wünsche ich Ihnen viel Glück", sagte Eversleigh milde, aber in seinen Augen lag etwas Trostloses. "Möchten Sie immer noch den Ewigen Bann besuchen, bevor wir zurückkehren?"

"Nicht im Traum möchte ich das verpassen! Unser Baum des Ewigen Bannes fiel vor Jahrhunderten dem Meer anheim."

"Zu Fuß ist es nicht weit. Der Königssaal wurde hier errichtet, um die Eiche zu ehren." Eversleigh führte sie einen Steinweg hinunter in den Wald.

Nach einigen Minuten öffnete sich das dichte Gehölz zu einer Lichtung. Eine gigantische Eiche ragte aus der Mitte empor. Ihre Größe war unnatürlich, mindestens doppelt so hoch wie die anderen Bäume im Wald. Unter ihren Zweigen zu stehen war wie eine große Kathedrale zu betreten.

"Fast zweitausend Jahre alt", hauchte Lord Matlock, "prachtvoll."

"Hier haben der Sidhe Caerdic und sein sterblicher Bruder Alber, mögen ihre Namen in gesegneter Erinnerung leben, das Blut ihres Herzens vergossen, um Faerie zu spalten", sagte Eversleigh.

"Kann ihre Anwesenheit noch gespürt werden?", fragte Lord Matlock

"Ja. Sie werden dort sein, solange der Baum steht. Sie sind vage und haben vergessen, wer sie nach all den Jahrhunderten waren, aber Sie können sich trotzdem mit ihnen austauschen, wenn Sie möchten."

"Was müsste ich tun?" Lord Matlocks Aufregung war spürbar.

"Gehen Sie zum Baum und legen Sie Ihre Handflächen gegen die Rinde. Von da ab werden Sie verstehen, was zu tun ist", sagte Eversleigh.

"Haben Sie es schon gemacht?", fragte Lord Matlock

"Oh, ja. Es ist Tradition, dass ein Kind beim Erreichen der Volljährigkeit um ihren Segen bittet. Ich habe es getan, als ich nach dem Studium hierher zurückkam. Gehen Sie ruhig, wenn Sie möchten."

Lord Matlock zögerte. "Der Ewige Bann", murmelte er. Er ging hinüber und legte seine Hände auf den Baum.

Darcy fragte leise: "Geben sie Ratschläge?"

"Jetzt nicht mehr", sagte Eversleigh. "Oberon sagt, sein Großvater konnte sich in den ersten ein oder zwei Jahrhunderten mit ihnen unterhalten. Jetzt bleibt nur noch ein Gefühl ihres Geistes zurück."

Darcy blickte in die Zweige hinauf. Angesichts des riesigen Baumes fühlte er sich sehr klein. "Warum wollten sie Faerie spalten?"

"Aus demselben Grund wie der verlorengegangene Baum des Ewige Bannes in der Welt der Sterblichen, der England von Europa abgespalten hat und eine anstürmende Armee aus schwarzen Magiern hat im Meer versinken lassen. In der Römerzeit praktizierten viele Fay dunkle Magie. Die Sidhe hier sind die Nachkommen derer, die ihr Leben damit verbracht hatten, gegen die bösen Fay zu kämpfen. Dieser Bann wurde geschaffen, um Faerie zu teilen. Die dunklen Mächte sind auf der anderen Seite. Außerdem verlieh er den Sidhe auch die Fähigkeit, festzustellen, ob jemand lügt, was schwarze Magie in den meisten Fällen entlarvt."

"Gab es noch andere Ewige Banne?"

"Laut Legenden gab es noch einen vor tausenden von Jahren, aber davon ist nichts mehr übrig. Während der schwarze Tod grassierte, versuchten zwei sterbliche Magier einen Ewigen Bann, um die Krankheit zu stoppen, der schlug aber fehl. Höchstwahrscheinlich lag es daran, dass sie beide sterblich waren, und kein Sterblicher mit einem Sidhe zusammengearbeitet hat, aber ich denke, sie waren verzweifelt genug, um alles zu versuchen."

"Dann ist es dem Ewigen Bannen zu verdanken, dass England und der englische Teil von Faerie weitestgehend von schwarzer Magie befreit sind. Was ist mit der anderen Hälfte von Faerie geschehen?"

"Das weiß keiner. Der Große Zauber hinderte auch jeden aus unserem Teil von Faerie daran, auf die andere Seite zu gelangen. Angesichts der Tatsache, dass Teile Europas immer noch Hochburgen der schwarzen Magie sind, vermute ich, dass die dunklen Magier in der anderen Hälfte von Faerie immer noch ihre alten Tricks auf Lager haben."

Lord Matlock ließ seine Hände fallen und ging zurück zu Eversleigh und Darcy. "Erstaunlich", sagte er ehrfürchtig.

"Konnten Sie sie verstehen?", erkundigte sich Eversleigh,

"Ja. Ich habe versucht, sie zu fragen, wie sie den Ewigen Bann gewirkt haben, aber sie konnten sich nicht daran erinnern. Dann erklärte ich, dass wir in der Welt der Sterblichen gegen schwarze Magie kämpfen und bat sie um ihren Segen."

"Offensichtlich haben sie ihn den erhalten." Eversleigh zeigte hinter Lord Matlock, wo kleine weiße Blumen in seinen Fußspuren erblüht waren.

Lord Matlocks Augen weiteten sich. "Wie..."

Eversleigh klopfte ihm auf den Arm. "Man kann nicht erwarten, dass Magie so nahe an einem Ewigen Bann ihren normalen Gesetzen folgt. Nehmen Sie ihren Segen an und seien Sie froh darüber. Wir brauchen jede Hilfe, die wir bekommen können."

"DAS IST ES." ELIZABETH deutete auf das Haus ihres Onkels.

Fredericas Blick wanderte an der Fassade des Stadthauses auf und ab. "Es sieht sehr einladend aus."

"Wie nett von dir", sagte Elizabeth ironisch und fragte sich, ob Frederica jemals im Haus eines Handelstreibenden gewesen war.

"Du wirkst besorgt", sagte Frederica.

"Ein wenig." Sie wusste nicht, wie ihre Mutter auf sie reagieren würde, ahnte aber, dass es nicht angenehm werden würde. Dennoch konnte Elizabeth London nicht verlassen, ohne das erledigt zu haben und sie konnte es nicht ertragen, länger in Matlock House zu bleiben, als nötig.

Der Diener kündigte sie an, und Elizabeth stellte Frederica Mr. Gardiner im Vestibül des Hauses in der Gracechurch Street vor.

"Es ist mir eine Ehre, Lady Frederica. Willkommen, Lizzy, obwohl mein Gewissen in dieser Angelegenheit nicht ganz rein ist", sagte ihr Onkel leise. "Ich habe das Gefühl, deinen Vater zu hintergehen."

"Aber nur im besten Interesse deiner eigenen Schwester", sagte Elizabeth.

"Wohl wahr", seufzte Mr. Gardiner. "Ich habe mit ihr über die Zeit vor ihrer Ehe gesprochen und versucht, ihr zu helfen, sich daran zu erinnern, wie anders sie damals gewesen war. Sie scheint die Erinnerungen zu genießen, aber wie immer kann sie nicht lange bei einem Thema bleiben."

"Hast du ihr gesagt, dass ich kommen werde?"

"Nur, dass du geschrieben hattest, um uns mitzuteilen, dass du in London weilst und vorbeikämst, wenn sich die Gelegenheit böte."

"Gut. Ist sie im Wohnzimmer?"

"Ja. Komm, lasst uns anfangen." Er führte sie durch den Flur zum Salon. "Schaut mal, wer hier ist! Unsere Lizzy ist zu Besuch gekommen, und sie hat eine Freundin mitgebracht."

"Oh, meine armen Nerven", rief Mrs. Bennet schrill. "Ich weiß nicht, wie du es wagen kannst, dein Gesicht hier zu zeigen, nachdem du uns vor der gesamten Nachbarschaft mit deiner schrecklichen Magie beschämt hast. Ich musste sogar hierherkommen, weil ich es in Meryton nicht mehr ausgehalten habe. Oh, du weißt nicht, wie sehr ich leide!"

Kein vielversprechender Anfang. "Es tut mir leid, dass es schwierig für dich war. Lady Frederica, darf ich Ihnen Mrs. Bennet, Mrs. Gardiner und meine Schwestern, Miss Bennet und Miss Mary Bennet vorstellen? Mama, Tante, gestattet mir, euch Lady Frederica Fitzwilliam vorzustellen. Lady Fredericas Vater ist der Earl of Matlock."

Mrs. Bennets Mund öffnete sich, aber es kamen keine Worte heraus. Ihre Ehrfurcht, sich in Gegenwart der Tochter eines Earls wiederzufinden, war offenbar mächtiger als ihre Nerven.

Frederica tauschte all die üblichen Höflichkeiten mit Mrs. Gardiner und Elizabeths Schwestern aus. Als sie ihre Aufmerksamkeit auf Elizabeths Mutter richtete, sagte sie: "Ich hoffe, Sie werden sich von diesem Unsinn über Elizabeths Magie nicht aus der Ruhe bringen lassen. Frauen ihre Magie zu verbieten ist nichts als alter Aberglaube. Sogar mein Vater, der Earl, hat gesagt, dass Elizabeth hervorragende Arbeit geleistet hat, als sie Lady Catherine heilte, und er war viele Jahre Großmeister des Collegiums der Magier. Wenn er keine Einwände erhoben hat, warum sollten es dann andere tun?"

Da Mrs. Bennet immer noch nicht in der Lage war, sich zu äußern, antwortete Mrs. Gardiner: "Ich freue mich zu hören, dass Lord Matlock eine solch aufklärerische Meinung vertritt. Es ist bedauerlich, dass die meisten Menschen es immer noch für eine Sünde halten, wenn eine Frau Magie hat."

Frederica schüttelte betrübt den Kopf. "Wie töricht ist das, wenn es ebenso viele Frauen mit Magie gibt wie Männer? Sollen wir die Tochter eines jeden Magiers in England zur Ausgestoßenen machen? Da Mrs. Bennet Feenblut hat und Mr. Bennet ein Magier ist, kann ich mir gut vorstellen, dass all ihre Kinder über ein gewisses Maß an Magie verfügen, wie Mrs. Bennet selbst auch."

Mary, deren Gesicht rote Flecken angenommen hatte, sagte fest: "Ich fürchte, Ihr könntet falsch informiert sein, Lady Frederica. Wir haben kein Feenblut."

Fredericas erstauntes Gesicht wirkte durchaus überzeugend. "Aber ich dachte...Mr. Gardiner, haben Sie das nicht zu Elizabeth gesagt?"

"Ja", entgegnete Mr. Gardiner trocken, der sich offenbar von Fredericas Strategie nicht täuschen ließ. "Wir haben Feenblut, aber Mr. Bennet zieht es vor, das nicht zu erwähnen."

In die darauf folgende Stille hinein sagte Mary tonlos: "Papa sagt, Faerie gibt es in Wirklichkeit gar nicht."

Elizabeth atmete einmal tief durch. "Ihm wäre es am liebsten, wenn es gar nicht existierte, aber er weiß es besser. Erinnerst du dich überhaupt noch an Faerie, Mama? Wie du an Titanias Seite auf dem weichen Moos gesessen bist, die Elfen dein Haar gekämmt und es mit Blumen geschmückt haben? Und wie der Feenwein geschmeckt hat? Nach Apfel- und Holunderblüten im Mondschein?"

Mrs. Bennet sah verwirrt aus. "Ich hatte einmal einen solchen Traum, aber Mr. Bennet sagte mir, dass es nicht echt war."

Lady Frederica antwortete ruhig: "Ich versichere Ihnen, dass Faerie durchaus real ist. Ich reiste mit Elizabeth dorthin, und ich habe mit eigenen Ohren gehört, wie Titania von Ihnen sprach."

"Warum kann ich mich dann nicht daran erinnern?" Mrs. Bennet begann, an ihrem Taschentuch zu zerren.

Vorsichtig sagte Elizabeth: "Lass dich davon nicht beunruhigen, Mama. Du kannst dich nicht an Faerie oder deine Magie erinnern, weil du mit einem Bindebann belegt wurdest."

"Einem Bann?", fragte Mrs. Bennet gereizt. "Wie kann ich unter einem Bann stehen? Das hätte dein Vater bemerkt."

Der Augenblick der Wahrheit war gekommen. "Es tut mir leid, dir sagen zu müssen, dass mein Vater derjenige ist, der dich mit diesem Bann belegt hat. Er hat es mir gegenüber zugegeben."

"Wie kannst du so lügen, Lizzy?", platzte es aus Mary heraus. "Oder wird Lady Frederica uns wieder sagen, dass sie es auch gehört hat?"

Es brauchte mehr als Marys Trotz, um Frederica aus der Ruhe zu bringen. "Nein, ich war nicht zugegen, aber Prinz Aelfric, Oberons Sohn, war dabei und ich kann ihn danach fragen, wenn Sie wünschen. Die Sidhe lügen niemals."

Jane legte sanft eine Hand auf Elizabeths Arm. "Vielleicht hast du missverstanden was er gesagt hat. Ich kann mir nicht vorstellen, dass unser Vater irgendjemanden mit einem Bann belegen würde, am allerwenigsten unsere Mutter."

Elizabeth hasste es, ihrer weichherzigen Schwester ihre Illusionen nehmen zu müssen. "Ich wollte es auch nicht glauben, ebenso wenig, dass unsere Mutter schon seit vor unserer Geburt unter einem Bann steht."

"Gütiger Himmel, warum musst du so etwas sagen, Lizzy?", jammerte Mrs. Bennet.

Frederica legte ihre Hand auf Mrs. Bennets Arm. "Ich bitte Sie, lassen Sie sich davon nicht so aufwühlen. Es ist keine Sünde, unter einem Bann zu stehen, und Sie sind bei weitem nicht die Einzige. Es erfordert großen Mut und Kraft, diese Dinge zu akzeptieren, aber ich weiß, dass Sie das haben."

"Ich habe keinen Mut! Oh, meine Nerven!" Mrs. Bennet tupfte sich mit ihrem Taschentuch die Augen.

"Verzeihen Sie mir, dass ich Sie so beunruhigt habe", sagte Frederica. "Ich hätte das nicht voraussetzen sollen. Ich habe das Gefühl, Sie bereits zu kennen, weil Elizabeth so viel über Sie gesprochen hat. Natürlich nicht nur mit mir. Das Meiste hat sie Prinz Aelfric erzählt, aber ich habe es auch gehört, da ich dabei war. Ich hatte vergessen, dass Sie mich überhaupt nicht kennen."

Mrs. Bennet fächelte sich hektisch Luft zu. "Ihr seid, oh, Ihr seid zu liebenswürdig, Eure Ladyschaft."

"Lizzy", sagte Mrs. Gardiner mit einer Stimme, die ein kleinwenig zu gelassen klang. "Wer ist Prinz Aelfric und warum hast du mit ihm so viel über deine Mutter gesprochen?"

Frederica schlug sich die Hand vor den Mund.

Elizabeth funkelte sie an. Wie hatte Frederica ihr das antun können? Das musste Absicht gewesen sein. "Prinz Aelfric der Sidhe ist König Oberons Sohn. Er hatte ein besonderes Interesse an mir", sagte sie langsam. Aber hatte es jetzt noch einen Sinn, die Sache hinauszuzögern? "Er wurde als Neugeborener vor 23 Jahren im Feenring bei Longbourn gefunden." Sie hielt den Atem an.

"Unsinn", ging Mrs. Bennet dazwischen. "Niemand auf Longbourn würde ein Neugeborenes aussetzen. Wir kümmern uns um unsere Leute."

"Er war ein Sidhe-Baby, geboren von einer sterblichen Mutter, das erste Sidhe-Baby seit fünfzig Jahren." Elizabeths Mund war trocken. "Deshalb ist er so neugierig was meine Mutter anbelangt."

Die ganze Farbe war aus Mrs. Bennets Gesicht gewichen. "Aber er ist gestorben", flüsterte sie.

Ein Stuhl scharrte über den Boden, als Mr. Gardiner abrupt aufstand und an Mrs. Bennets Seite eilte.

"Man hat dir gesagt, er sei gestorben", korrigierte Elizabeth. "Er ist durchaus am Leben." Sie schaute durch den Raum. Jane wirkte ratlos, während Marys Gesicht immer noch rot war.

Mrs. Bennet brach in lautes Schluchzen aus. Mr. Gardiner legte seinen Arm um sie und starrte Elizabeth an.

Elizabeth erwog, Frederica eigenhändig umzubringen.

Jane lehnte sich zu Elizabeth. "Was soll das alles, Lizzy?", fragte sie vorwurfsvoll.

Es war schwer, sie über Mrs. Bennets Klagen hinweg zu verstehen. Elizabeth sagte: "Ich werde es dir auf dem Flur erklären. Mary, möchtest du dich uns anschließen?"

Mary stapfte hinter ihnen drein. Vielleicht war das keine gute Idee gewesen.

Im Flur atmete Elizabeth tief durch. "Es tut mir wirklich leid. Ich hätte mich nicht dafür entschieden, es euch so zu sagen. Wie ihr vielleicht schon vermutet, ist Mamas erstes Kind, der Junge, von dem man uns gesagt hatte, dass er tot sei, noch am Leben und ein Fay. Unser Vater hat ihn in einem Feenring ausgesetzt und Mama erzählt, er sei gestorben. Er benutzte einen Bindebann, um sie davon abzuhalten, seine Handlungen zu hinterfragen. Onkel Gardiner sagt, dass unsere Mutter vor dem Bindebann ganz anders war, nicht so einfältig und nervös."

"Wir haben einen Bruder? Kann das wirklich wahr sein?", flüsterte Jane.

Mary mischte sich ein: "Kann er den Erbschaftsvertrag brechen?"

Hysterisches Lachen versuchte, aus Elizabeths Kehle zu sprudeln. "Er ist unser Bruder, aber er ist kein Mensch. Ich kann mir nicht vorstellen, dass die Gerichte überhaupt bereit wären, es in Erwägung zu ziehen." Und was wollte ein Prinz von Faerie schon mit Longbourn?

"Wie kann er ein Fay sein, wenn unsere Eltern beide Menschen sind?", forderte Mary.

"Weil sein Vater Sidhe ist."

Verblüfftes Schweigen folgte auf ihre Worte.

Jane schlug die Hände vor den Mund. "Oh, arme Mama. Armer, armer Papa. Er hat sicher nicht gewusst, was er tun sollte."

"Er hat seine eigene Frau mit einem Bann belegt, damit wir die Frau, die sie wirklich ist, nie kennenlernen konnten. Ich habe vor Kurzem mitbekommen, wie ein Bindebann entfernt wurde und die Dame hat sich vollkommen verändert." Elizabeths Stimme zitterte bei den letzten Worten.

"Er hat sicher nicht gewollt, dass Mama sich verändert." Jane konnte es nie ertragen, schlecht von irgendjemandem zu denken. "Unser Bruder – du liebe Güte, wie seltsam das klingt! Wie ist er denn so?"

"Er ist –" Elizabeth brach ab. Es wäre nicht gerecht, die Meinung ihrer Schwestern über Aelfric bereits im Voraus zu beeinflussen. "Ein Freund, der ihn sein ganzes Leben lang kennt, sagt, Aelfric habe ein gutes Herz. Aelfric und ich hatten keinen guten Start miteinander, was vor allem an einem Missverständnis lag, aber seit ich ihn besser kennengelernt habe, gefällt er mir besser." Nicht viel besser, aber es war dennoch die Wahrheit.

"Ich will keinen Feenbruder", sagte Mary mit leiser Stimme. "Ich will kein Feenblut oder Magie oder eine andere Mutter."

Wenn man bedachte, wie schwer es für Elizabeth gewesen war, diese Tatsachen zu akzeptieren, musste es für die gottesfürchtige Mary überwältigend sein. "Ich war am Boden zerstört, als ich vor wenigen Tagen zum ersten Mal von ihm erfuhr. Eigentlich bin ich es immer noch."

"Warum hast du deine Magie vor uns versteckt?", fragte Mary abrupt.

"Warum?", fragte Elizabeth mit einem Hauch von Ungläubigkeit in der Stimme. "Weil ich keine Ausgestoßene sein wollte."

Jane sagte beruhigend: "Mary, ich bin sicher, Elizabeth hat es gut gemeint und wollte uns beschützen."

Mary machte eine Geste mit ihrer Hand, als wolle sie das Gesagte wegwischen. "Das habe ich nicht gemeint. Warum hast du es deinen eigenen Schwestern nicht erzählt?"

"Ich ...", Elizabeth hielt abrupt inne. Warum stellte Mary Fragen, deren Antwort offensichtlich war, anstatt zu predigen? "Genau aus diesem Grund. Lydia oder Kitty wären niemals in der Lage, solch guten Klatsch nicht zu verbreiten. Ich bin davon ausgegangen, dass es dir missfallen würde und du es bei der Beichte erwähnen würdest. Es euch zu sagen, wäre gefährlich gewesen und hätte nichts daran geändert."

Mary sah weg und blinzelte hinter ihrer Brille. "Das ist nicht wahr. Wenn du es mir gesagt hättest, dann hätte ich gewusst, dass ich nicht allein bin, dass ich nicht als Mensch versagt habe. Ich habe mich so sehr bemüht, gehorsam zu sein, zu beten und jedes Predigtbuch zu lesen, das ich finden konnte, in der Hoffnung, dass mich der Schandfleck der Magie verlässt, wenn ich nur tugendhaft genug bin."

Sprachlos konnte Elizabeth ihre Schwester nur anstarren. Schlussendlich sagte sie: "Ich hatte keine Ahnung. Magie hat nichts mit Tugend zu tun. Es ist etwas, mit dem du geboren wirst, wie die Farbe deiner Augen. Ich habe sie versteckt, aber nicht, weil ich mich dafür geschämt habe. Ich wünschte, ich hätte gewusst, was du denkst."

"Warum ist Magie dann Frauen verboten?"

"Magiern wäre es lieber, wenn Frauen keine Magie hätten, aber das ist ein Vorurteil von ihnen. Die Fay halten es für barbarisch, dass sterblichen Frauen die Anwendung ihrer Magie untersagt wird. Ich dachte immer, es gäbe keine Frauen, die ihre Magie praktizieren, aber das ist nicht wahr. Sie lernen so viel wie möglich über Magie, allerdings sehr diskret."

"Lydia weiß, wie sie ihre Magie einzusetzen hat.", Mary klang wütend.

Jane schnappte nach Luft.

"Lydia hat Magie? Ich hatte nicht die leiseste Ahnung.", entgegnete Elizabeth.

"Warum, glaubst du, folgt Kitty ihr wohl überall hin wie ein Schoßhündchen und warum schenken ihr all die Offiziere so viel Aufmerksamkeit? Sie setzt ihre Magie ein, um Menschen zu blenden." Ihre Worte trieften vor Verachtung. "Sicher ist das nichts, wonach man streben sollte."

"Nein." Ein Schock nach dem anderen. Auf Longbourn hatte Elizabeth ein Ventil für ihre Magie gehabt, als sie der Kräuterfrau assistiert hatte. Was wäre wohl aus ihr geworden, wenn sie das nicht gehabt hätte? "Lady Frederica hat mir einmal gesagt, es sei überraschend, dass keine meiner Schwestern Magie habe, aber ich habe nicht darauf geachtet. Ich hätte auf sie hören sollen."

"Du hast also angenommen, dass du die Einzige von uns bist, die diese Gabe erhalten hat?"

"Gabe? Es klingt eher so, als würdest du es als Fluch ansehen. Unser Vater wusste, dass ich Magie hatte, und ich glaube, ich dachte, er hätte mir etwas gesagt, wenn eine von euch es auch hätte."

Mary runzelte die Stirn. "Er hat es wahrscheinlich nicht bemerkt. Er sieht nie etwas, was er nicht sehen möchte."

"Nein, das tut er nicht", sagte Elizabeth scharf. "Es ist vermutlich besser, wenn ich jetzt nicht von ihm spreche. Ich bin immer noch sehr wütend darüber, dass er unsere Mutter mit einem Bann belegt hat. Hast du darüber nachgedacht, wofür du deine Magie einsetzen möchtest? Es kann eine sehr hilfreiche Gabe sein."

"Ich weiß nicht einmal, wofür ich sie alles einsetzen kann! Nicht um andere Leute zu beeindrucken, so viel ist sicher."

"Ich kenne auch noch nicht alle Möglichkeiten. Ich habe durch Ausprobieren gelernt, meine Magie einzusetzen, und ich habe erst kürzlich entdeckt, wie wenig ich eigentlich darüber weiß. Würde es dir etwas ausmachen, wenn ich Lady Frederica bitten würde, sich uns anzuschließen? Sie kann deine Fragen zur Magie weit besser beantworten als ich, und sie würde sich sehr freuen, dies zu tun. Ihr Ziel ist es, dass mehr Frauen ihre Magie nutzen."

Mary zögerte. "Würde sie mich nicht für töricht halten?"

Elizabeth hatte noch nie zuvor den Wunsch verspürt, Mary zu beschützen. "Überhaupt nicht töricht, nur nicht ausreichend unterrichtet, und das ist nicht deine Schuld."

"Dann würde ich gerne mit ihr sprechen."

Es schien, als wäre Mary eine weitere Person, die Elizabeth falsch eingeschätzt hatte. Daran hätte sie sich inzwischen gewöhnen sollen.

"LIZZY!", MR. GARDINERS Stimme drang aus dem Salon zu ihnen. "Komm herein. Deine Mutter möchte dir eine Frage stellen."

"Oje", sagte Elizabeth leise, gehorchte aber dennoch. Sie stand vor ihrer Mutter und fragte: "Was möchtest du wissen?"

Mrs. Bennet putzte sich die Nase. "Wenn er lebt, warum ist er nie zu mir gekommen?", fragte sie klagend.

Elizabeth studierte ihre Zehenspitzen in ihren Slippern. "Er wusste, dass er im Feenring ausgesetzt worden war, aber nicht, wer es getan hatte. Bis er mich kennenlernte, nahm er an, dass du dem zugestimmt haben musstest, deshalb dachte er, du wolltest nichts mit ihm zu tun haben. Als ich ihm sagte, dass du glaubst, er sei gestorben, wollte er dich sehr gern sehen."

"Aber er ist dennoch nicht gekommen!"

Elizabeth verzog das Gesicht. "Er ist wütend, dass du mit einem Bindebann belegt wurdest. Fuchsteufelswild um genau zu sein. Er möchte die Mutter treffen, die ihn geboren hat, nicht das Ergebnis eines Zaubers."

"Dann musst du diesen Bann entfernen! Jetzt, sofort! Oh, meine Nerven!"

Elizabeth trat angesichts der heftigen Reaktion ihrer Mutter einen Schritt zurück. "Ich besitze nicht die Fähigkeit, Zauber dieser Art zu entfernen, ebenso wenig Lady Frederica."

Hinter ihr brachte sich Frederica ein: "Eversleigh könnte es schaffen, und er ist hier in London."

"Dann bringt mich zu ihm!", rief Mrs. Bennet. "Ich halte das nicht aus."

Elizabeth hob die Hände. "Mama, ich kann nicht ungebeten zu Viscount Eversleighs Haus gehen und verlangen, dass er einen Bann entfernt!"

"Ich schon", sagte Frederica leise. "Ich werde Sie dorthin bringen, wenn Sie es wünschen, Mrs. Bennet."

"Oh, Ihr seid die Freundlichkeit selbst! Vielen, vielen Dank. Aber ein Viscount? Wird er mir gram sein?"

"Nicht im Geringsten", beruhigte Frederica sie. "Er hilft Ihnen gerne. Ihr Sohn ist sein Freund."

"Er kennt meinen ... meinen Sohn?" Mrs. Bennets Stimme brach.

"In der Tat", sagte Elizabeth.

"Ich möchte zu ihm. Augenblicklich!"

Elizabeth seufzte.

Kapitel 13

"Ich werde gerne mein Bestes geben, um Ihnen zu helfen", sagte Eversleigh zu Mrs. Bennet. Er hatte seine unerwarteten Gäste mit dem ihm üblichen Großmut empfangen. "Bitte fühlen Sie sich ganz wie zu Hause. Zuerst muss ich Miss Elizabeth allerdings noch eine Frage stellen."

Elizabeth hoffte, er wollte sie nicht nach den Zaubersprüchen ihres Vaters fragen. "Natürlich, Mylord."

Er ging mit ihr in ein Nebenzimmer. "Eigentlich habe ich zwei Fragen. Weiß deine Mutter, dass Aelfric mein Halbbruder ist?"

"Ich habe ihr nur gesagt, dass du sein Freund bist. Ich hoffe, das war richtig."

"Sehr klug. Sie weiß also nicht, dass sie und ich *Shurinn* sind?"

"Oje. Das war mir noch gar nicht in den Sinn gekommen", sagte Elizabeth. "Ist das ein Problem für das Entfernen des Bannes?"

"Nein. *Shurinn* können aneinander Magie wirken, da wir nicht dasselbe Blut teilen. Dadurch kann es sich für sie sogar natürlicher anfühlen. Durch Aelfric wird sie wahrscheinlich erfahren, wie ich zu ihr stehe, was meine zweite Frage aufwirft. Ist Pepper in der Nähe?"

Damit hatte sie nicht gerechnet. "Ich habe sie heute noch nicht gesehen, aber für gewöhnlich ist sie nicht weit."

"Glaubst du, sie wäre bereit, eine Botschaft von mir an Aelfric zu überbringen?"

Elizabeth musste unwillkürlich lächeln. "Mylord, sie ist eine Katze, bei denen weiß man nie, wozu sie bereit sind. Aber ich werde sie gerne fragen. Gibt es ein Fenster, das ich öffnen kann, am besten eines, das nicht auf die Straße hinausgeht?"

"Sicherlich." Er öffnete ein Fenster in den Garten. "Ist dieses genehm?"

"Hervorragend." Elizabeth lehnte sich aus dem Fenster und rief: "Pepper! Pepper, meine Liebe, kannst du mich hören? Ich habe eine Frage an dich." Sie wandte sich wieder Eversleigh zu. "Jetzt warten wir ab."

Eversleigh nickte. "Vielen Dank. Ich kann mir vorstellen, dass es dir lieber wäre, wenn ich Aelfric zu diesem Zeitpunkt nicht einladen würde, aber ich muss es tun. Es wäre eine Verletzung unserer Blutbindung, wenn ich es nicht täte."

"Schon wieder Blutrecht? Ich wünschte, ich könnte sagen, ich verstehe das vollkommen, aber ich glaube dir. Solange du den Bann entfernen kannst, bin ich vollauf zufrieden."

"Das sollte kein Problem sein. Ich kann es allerdings nicht geheim halten. Ich werde deinem Vater schreiben müssen, um ihm mitzuteilen, dass ich den Bindebann entfernt habe. Da er ihn gar nicht hätte setzen dürfen, kann ich das als Grund anführen und ihm sagen, dass er sich an das vorgeschriebene Verfahren halten muss, falls er ihn wieder in Kraft setzen möchte. Das würde bedeuten, dass ein anderer Magier den Bann sprechen müsste. Falls er sich dafür entscheiden sollte, kann ich nicht mehr viel tun."

"Ich hoffe, dass er nicht so weit geht, aber mit Bestimmtheit kann ich es nicht sagen. Sieh, da ist Pepper!"

Der weiße Rabe brachte es fertig, durch das Fenster zu fliegen, obwohl es nicht breiter als die Hälfte seiner Spannweite war. Pepper setzte sich auf dem Rücken eines Stuhls ab und warf Elizabeth einen fragenden Blick zu.

Elizabeth streichelte sanft über den Kopf des Raben. "Pepper, du bist sehr zügig gekommen. Viscount Eversleigh würde gerne wissen, ob Du so freundlich wärst, eine Botschaft für ihn zu überbringen. Er wird meine Mutter gleich aus dem Bindebann befreien."

Pepper krächzte.

"Ja, es ist an der Zeit, dass jemand das tut", bestätigte Eversleigh amüsiert. "Du würdest mir sehr helfen, wenn du Prinz Aelfric die Botschaft übermitteln würdest, dass ich es tue und ihn anschließend hierherführen würdest. Aelfric wäre nicht in der Lage, sich allein in London zurechtzufinden. Das ist ein sehr großer Gefallen, um den ich dich da bitte."

Pepper neigte ihren Kopf zur Seite, als ob sie die Sache in Betracht ziehen würde.

Elizabeth erkannte, was ihre Freundin dachte und sagte schnell: "Lord Eversleigh, kann Eure Köchin Ingwerkekse backen?"

"Sie macht ausgezeichnete Ingwerkekse, und ich werde sie bitten, ein ganzes Blech für Pepper zu backen – und außerdem werde ich Miss Elizabeth nicht einen davon abgeben."

Pepper breitete ihre Flügel aus, zupfte an Eversleighs perfekt arrangiertem Haar und flog aus dem Fenster.

Eversleigh schüttelte den Kopf. "Phouka Humor."

EVERSLEIGHS FINGER lagen auf Mrs. Bennets Handgelenk. "Tss, tss. Wie ich sehe müssen wir unsere Ausbildung für Magier überdenken. Hier wurden drei Zauber übereinandergeschichtet. Der erste ist ein Bindebann, der zweite schränkt die Sprache über bestimmte Themen ein, und der dritte ist ein Versuch, den ersten Zauber wieder zu entfernen. Das hat natürlich nur die ersten beiden Zauber durcheinandergebracht und zu einem heillosen Durcheinander geführt. Der erste Zauber hätte entfernt werden müssen, bevor der zweite platziert wurde."

"Könnt Ihr ihn dennoch entfernen?", fragte Mr. Gardiner, da Mrs. Bennet zu große Ehrfurcht vor einem echten Viscount hatte, um auch nur ein Wort herauszubringen.

"Ich schon. Es wird einfach länger dauern, und ich muss einen Zauber nach dem anderen entfernen. Miss Elizabeth und Lady Frederica, darf ich Sie bitten, die Augen zu schließen? Es wird einfacher sein, wenn sonst keine Magie im Raum vorhanden ist."

"Bestimmt habe ich wieder zu laut gedacht", flüsterte Elizabeth Frederica zu.

"Das tust du, in der Tat. Mrs. Bennet, soll ich beginnen?" Nachdem sie genickt hatte, sprach er in sonorem Latein, das fast wie Poesie klang.

"Na also, der zweite und dritte Zauber sind entfernt. Mrs. Bennet, wie fühlen Sie sich?"

"Seltsam", sagte sie ruhig. "Ich weiß nicht, warum ich zuvor so nervös war."

"Das lag höchstwahrscheinlich an den ineinander verschlungenen Zaubern. Nun, dann wenden wir uns mal dem ursprünglichen Zauber zu." Wieder begann er, auf Latein zu sprechen.

Als er fertig war fragte Mrs. Bennet: "Das war alles?"

"Das war alles", stimmte Eversleigh zu. "Sie könnten zunächst das Gefühl haben, als purzelten Ihre Gedanken durcheinander, weil es nichts mehr gibt, das sie zurückhält. Nachdem ein Bindebann entfernt wurde, folgt für gewöhnlich zunächst eine Phase der Euphorie, gefolgt von intensiver Wut. Das ist ganz normal."

Anstatt seine Worte, wie Elizabeth erwartet hatte, einfach beiseitezuschieben, nickte Mrs. Bennet. "Ich danke Euch für die Warnung, ebenso für das Entfernen der Zauber. Ich fühle mich, als wäre mein Verstand über Jahre hinweg benebelt gewesen. Lizzy, komm, lass mich dich anschauen. Wie seltsam es ist, eine erwachsene Tochter zu haben und sich zu fühlen, als kenne man sie gar nicht."

Die Stimme ihrer Mutter hatte noch nie so ruhig geklungen, und selbst die Linien auf ihrem Gesicht wirkten weicher. Tränen sammelten sich in Elizabeths Augen. "Ich freue mich darauf, dich besser kennenzulernen."

Die gekränkte Stimme des Butlers drang von der Eingangshalle zu ihnen herein. "Sir, Sie können sich nicht einfach hindurchdrängen! Sie müssen mir gestatten, Sie anzukündigen."

"Das wird Aelfric sein", sagte Elizabeth trocken.

Mrs. Bennet – die neue, scheinbar jüngere Mrs. Bennet – sprang auf die Füße. "Er ist hier? Jetzt?"

Aelfric platzte durch die Flügeltür des Salons herein. Seine Hosen und Stiefel waren ganz passabel, wenn auch altmodisch, aber sein Mantel wies silberne Kordelverzierungen und große, zurückgeschlagene Manschetten auf, wie sie vor etwa zwanzig Jahren in Mode gewesen waren.

"Oje", seufzte Eversleigh. "Falsches Jahrzehnt, Bruder." Er winkte mit der Hand und Aelfrics Kleidung verschmolz zu einem Stil, der der seinen ähnlich war. Nicht, dass er dadurch weniger aufgefallen wäre - seine zuvor menschlichen Gesichtszüge waren bereits wieder dem Fay-Gesicht gewichen, mit den schrägstehenden Katzenaugen und den geschwungenen Augenbrauen.

Aelfrics Blick wanderte durch den Raum, an Elizabeth und Frederica vorbei, hielt kurz bei Mr. Gardiner inne, bevor er auf seiner Mutter zum Ruhen kam.

Mrs. Bennet trat vor und legte eine zitternde Hand an seine Wange. "Bist du mein Junge? Du musst es sein, so ähnlich wie du deinem Vater siehst." Sie schüttelte den Kopf. "Wenn ich nur gewusst hätte, dass du lebst!"

"Du ... du hast mich nicht gehasst, weil ich ein Sidhe bin?", fragte Aelfric.

"Du lieber Himmel, nein! Solch eine Ehre hatte ich mir nicht einmal träumen lassen. Ich war traurig, dass du in Faerie würdest leben müssen, wo ich dich nur besuchen könnte, aber ich war so stolz auf dich! Ich konnte es kaum erwarten, dich Oberon vorzustellen. Und dann, als mir gesagt wurde, dass du tot bist..." Sie wandte ihr Gesicht ab und bedeckte es mit ihrer Hand.

Eversleigh stand hinter Mrs. Bennet und bedeutete seinem Bruder, sie zu umarmen. Aelfric verstand den Hinweis und streckte seiner Mutter zögernd die Arme entgegen. Einen Augenblick später schluchzte sie an seiner Brust. Eine Träne glitt Aelfrics Wange hinunter.

Elizabeth biss sich fest auf die Lippe. Hatte ihre Mutter sie jemals so gehalten?

Eversleigh erschien wie aus dem Nichts neben Frederica. "Ziehen wir uns in die Bibliothek zurück? Ich glaube, wir sind hier etwas *de trop*."

Ja, das war es. Ihre Mutter und ihr Bruder weinten zusammen, und sie war *de trop*. Lydia war immer das Lieblingskind ihrer Mutter gewesen und Elizabeth dasjenige, das sie am wenigsten mochte. Aelfric mochte Lydias Stelle eingenommen haben, aber für Elizabeth hatte sich nichts geändert.

Sie wandte sich um, um Eversleigh, Frederica und Mr. Gardiner aus dem Raum zu folgen, aber bevor sie zur Tür hinausgehen konnte, schnellte Aelfrics Arm hervor, zog sie zu sich heran und schloss sie mit in die Umarmung ein. Sie ließ es zu, das Gefühl der Arme ihrer Mutter um sich ebenso fremdartig wie die Umarmung Aelfrics. Sie waren ihr beide fremd.

Sanft entzog sie sich. "Ich habe sie mein ganzes Leben lang gehabt", sagte sie zu Aelfric. "Du nicht." Und weil es ausnahmsweise nicht Aelfrics Schuld war - er hatte sogar versucht, freundlich zu sein - stellte sie sich auf ihre Zehenspitzen und küsste ihn auf die Wange.

"Ich werde nie vergessen, was du getan hast", sagte er, die Sidhe-Art, ihr zu danken, ohne diese gefürchteten Worte auszuprechen.

Sie schlüpfte aus dem Raum. Ein Diener führte sie zur Bibliothek, wo die anderen warteten.

"Gab es ein Problem, Lizzy?", erkundigte sich Mr. Gardiner. "Lord Eversleigh hat mir versichert, dass deine Mutter mit Prinz Aelfric allein in Sicherheit ist."

Das war das Einzige, was sie nicht beunruhigt hatte. "Aelfric wird ihr nichts tun." Sie ging an dem Stuhl neben Frederica vorüber, der offensichtlich für sie frei geblieben war, und setzte sich stattdessen auf einen Fensterplatz zwischen zwei hohen Bücherschränken. Auf diese Weise würden die anderen nichts als ihr Profil sehen.

Sie hörte nur mit halbem Ohr zu, als Eversleigh Mr. Gardiners Fragen zu Aelfric beantwortete, aber nichts davon schien real zu sein.

Eversleigh näherte sich ihr und reichte ihr ein Glas Wein, das sie mit leisem Dank entgegennahm.

Er sagte leise: "Du hast wieder laut gedacht, oder vielleicht wäre lautes Fühlen die bessere Beschreibung dafür."

Sie nahm einen Schluck Wein, um ihr Unbehagen zu überspielen. "Verzeihung. Ich werde versuchen, leiser zu sein."

"Vielleicht könntest du mir stattdessen erzählen, was dich bedrückt. Bist du traurig, weil deine Mutter so viele Jahre unter einem Bann stand?"

Elizabeth lachte bitter. "Vermutlich sollte ich das sein, aber ich bin es nicht. Nein, ich bin eine egoistische Seele und trauere um die Mutter, die ich kannte und nie wiederhaben werde."

Eversleigh sah nachdenklich aus und nickte dann. "Weil sie jetzt so anders ist?"

"Du hast sie von ihrer besten Seite gesehen. Meine Mutter war einfältig und nervös. Sie hat mich regelmäßig vor unseren Nachbarn in Verlegenheit gebracht. Sie wusste nicht, wie man sich richtig benimmt und ermutigte meine jüngeren Schwestern, Männern schöne Augen zu machen und sich damit lächerlich zu machen. Wir hatten wenig, was uns verband, und sie mochte mich nie besonders, aber sie war die einzige Mutter, die ich jemals hatte. Jetzt ist sie weg und ich bin diejenige, die sie getötet hat." Ihre Stimme brach.

Er zog einen kleinen Stuhl heran und setzte sich neben sie. "Es muss sich so anfühlen, als wäre sie gestorben. Mir tut dein Verlust leid und noch mehr schmerzt es mich, dass du nicht die Mutter haben konntest, die du hättest haben sollen. Die Frau, an die du dich erinnerst - sie war nicht real, nur ein verzerrtes Spiegelbild in einem zerbrochenen Spiegel, aber das ist derzeit vermutlich wenig Trost."

"Nein", sagte Elizabeth düster. "Aber wie gesagt, wir standen uns nie nahe. Für meine Schwestern wird es schwieriger."

Mr. Gardiner hatte sich schweigend genähert. "Das wird für uns alle schwierig sein. Es ist selbst für mich ein Schock und ich wusste die ganze Zeit, dass sie nicht sie selbst war."

Elizabeth tupfte sich die Augen. "Ich habe nie so weit gedacht, was wohl nach dem Entfernen des Bannes geschehen würde. Um ihretwillen bin ich froh, dass es nun geschehen ist, und ich hoffe, sie wird mir ein wenig wohlgesonnener sein, und sei es nur, weil ich ihr Aelfric gebracht habe."

"Das klingt verdächtig nach Bitterkeit, Lizzy", sagte Mr. Gardiner. "Ich habe mich immer wieder gefragt, warum deine Mutter ständig wiederholte, dass du das Kind seist, das ihr am wenigsten lieb wäre, da du diejenige bist, die ihrem Selbst vor dem Bindebann am meisten ähnelte. Ich dachte, es liegt möglicherweise daran, dass sie durch dich an all das erinnert wird, was sie verloren hat."

"Zweifelsohne." Elizabeth versuchte, unbeteiligter zu klingen als sie sich fühlte.

Der Butler trat ein und reichte Eversleigh ein Silbertablett, was die allgemeine, unangenehme Aufmerksamkeit von Elizabeth ablenkte.

Eversleigh schaute auf die Visitenkarte. "Führen Sie ihn herein."

Der Butler verschwand. Bei seiner Rückkehr verkündete er: "Mr. Darcy."

Elizabeths Kopf schnellte herum. Ja, er war es, mit Pepper in Rabenform auf seiner Schulter. Aber das spielte keine Rolle. Nach den schlaflosen Nächten und langen Stunden ohne ihn, ohne zu wissen, ob sie ihn jemals wiedersehen würde, war er hier.

"Darcy, welch unerwartetes Vergnügen", sagte Eversleigh. "Wir befinden uns mitten in einem gewissen nervenaufreibenden Umbruch, aber das weißt du ja sicher schon."

Darcy runzelte die Stirn. "Ich weiß nicht, was geschehen ist, aber Pepper schien das Gefühl zu haben, ich müsste hier sein. Sie erschien auf meiner Fensterbank und pickte und kratzte am Glas, bis ich sie hereinließ. Sie bestand darauf, dass ich ihr folge, wenn ich verhindern wollte, dass mir das Ohr abgerissen wird. Und sie hat mich hierher geführt."

Pepper krächzte.

"Wirklich?", fragte Eversleigh den Raben überrascht.

Pepper antwortete mit mehr Krächzen.

"Wenn du das sagst, werde ich es dir glauben", sagte Eversleigh zweifelnd.

Darcy fragte: "Du sprichst nicht nur die Sprache der Katzen, sondern auch noch der Raben, Eversleigh?"

"Nein, es ist nur die Sprache der Phoukas", sagte Eversleigh abwesend. "Kennst du Mr. Gardiner bereits? Er ist Miss Elizabeths Onkel."

"Ich hatte bereits die Ehre." Darcy schüttelte Mr. Gardiners Hand. "Er hat geholfen, meinen verletzten Arm zu heilen."

"Heilkräfte?" Eversleigh musterte Mr. Gardiner abschätzend. "Interessant. Er kam mit Miss Elizabeths Mutter hierher. Ich habe ihre Banne entfernt und sie ist nun im Salon, um Aelfric wieder kennenzulernen. Den Rest von uns siehst du ja."

Elizabeth drehte ihr Gesicht zum Fenster. Würde er sehen können, dass sie geweint hatte?

Darcy begrüßte Frederica, dann kam er auf sie zu. Sicherlich konnte sie ein paar Minuten lang die Fassung behalten.

Selbst ohne ihn anzusehen, konnte sie erkennen, wann er die Spuren von Tränen bemerkte.

"Was ist los, Elizabeth?"

Angesichts seiner Sorge konnte sie nicht mehr ansichhalten. Die Tränen begannen unkontrolliert zu fließen. Ihre Schultern zitterten, als sie leises Schluchzen unterdrückte.

Das Polster auf dem Fensterplatz bewegte sich, als er sich neben sie setzte, und warme Hände ihre umfingen. "Was ist los? Ist es deine Mutter? Hat Aelfric dich verärgert?"

Sie brachte die Worte nicht heraus, aber Mr. Gardiner sprach für sie. "Ihre Mutter hat sich sehr verändert, und die Mutter, die sie bisher kannte, gibt es nicht mehr."

Darcys Arm legte sich um sie. "Das tut mir so leid. Kann ich irgendetwas tun, damit es dir bessergeht?"

Alles, was sie wollte, war in seinen Armen zu liegen, aber wie wäre das möglich, wenn sie jetzt schon zu viel zuließ? Seine Liebe konnte nie ein sicherer Hafen für sie sein. Eines nach dem anderen war alles verschwunden, auf das sie sich bisher verlassen hatte – ihr Vater, ihre Vorstellung von ihrer Familie, ihre eigene Vergangenheit und jetzt sogar ihre Mutter – und sie konnte Darcy nicht haben, ohne sie beide zu ruinieren. Es war hoffnungslos, und sie war ganz allein. Sie stahl sich die Gelegenheit, ihre Stirn auf seiner Schulter ruhen zu lassen und sein Arm hielt sie noch fester.

"Verzeih mir", brachte sie gerade so noch heraus. Gedämpfte Worte, die durch das Taschentuch hindurch gesprochen wurden, das sie sich vors Gesicht drückte.

"Ssssch. Es gibt nichts zu vergeben." Mit einer Stimme, die nur sie hören konnte, fügte er hinzu: "Ich möchte für dich da sein, wenn du Trost brauchst."

Wenn sie sich nur erlauben könnte, sich darauf zu verlassen! Aber seine Worte erinnerten sie daran, wo sie waren, und dass Frederica,

Eversleigh und Mr. Gardiner alle Zeuge ihres unschicklichen Verhaltens wurden. Sie musste die Kraft finden, sich zusammenzunehmen.

Langsam richtete sie sich auf und nahm ihre Hand aus Darcys. Sie vermisste seine Wärme bereits, als sie sich die Tränen aus dem Gesicht wischte. "Lord Eversleigh, gibt es in der Nähe möglicherweise ein Zimmer, in das ich mich kurz zurückziehen könnte?" Ihre Stimme zitterte kaum.

"Selbstverständlich", sagte Eversleigh sanft. "Nur die Treppe hinauf dann gleich links. Vielleicht kann Lady Frederica dich begleiten."

Elizabeth eilte wortlos aus dem Zimmer, ohne zurückzuschauen. Wie demütigend, so sehr die Fassung verloren zu haben und Mr. Darcy auch noch Freiheiten vor den anderen gewährt zu haben!

Fredericas Stimme sagte: "Ich denke, das ist der Raum, den er meinte."

Es war ein kleines Schlafzimmer, prachtvoll eingerichtet, aber das einzige, was Elizabeth interessierte, waren der Wasserkrug und die Waschschüssel. "Vielen Dank. Du musst nicht bleiben. Ich möchte mir nur das Gesicht waschen."

Frederica bewegte sich nicht von der Stelle. "Glaubst du etwa, dass ich zurückkehren dürfte? Es gibt einen Grund, warum Eversleigh mich mit dir geschickt hat. Männer wollen nie, dass Frauen Zeugen dieser Szenen werden."

Elizabeth spritzte sich Wasser ins Gesicht. "Welche Szenen?"

"Wie sie Darcy zur Rechenschaft ziehen. Kein Grund zur Sorge: Eversleigh würde das Gesetz nicht brechen indem er ihn zu einem Duell herausfordert. Höchstwahrscheinlich werden sie es bei Gentleman Jackson's mit den Fäusten austragen."

Elizabeth schwante Böses. "Was austragen?"

"Oh, komm schon. Darcys Vertrautheit mit dir. Sogar deine Phouka scheint darüber Bescheid zu wissen"

"Nein!" Elizabeth griff nach dem kleinen Handtuch und rubbelte sich das Gesicht trocken bevor sie die Treppe wieder hinunter und in die Bibliothek stürmte.

EVERSLEIGHS STIMME war eisig. "Nur, weil ich halb Fay bin, heißt das nicht, dass ich über so etwas hinwegsehe, Darcy. Nenn mir einen Grund, warum ich dich nicht verprügeln sollte."

Darcy starrte seinen Freund schockiert an. "Was?"

"Das ist eine gute Frage", sagte Mr. Gardiner grimmig, "obwohl ich glaube, dass ich derjenige sein sollte, der sie stellt."

Gütiger Gott, sie sprachen über sein Verhalten mit Elizabeth. "Ich habe ihr einfach nur Trost gespendet, nichts weiter."

"Und nur ein Narr würde glauben, dass du sie heute zum ersten Mal berührt hast." Eversleighs Ton ließ keinen Zweifel an seiner Verachtung.

Elizabeth platzte in den Raum. "Hört auf damit. Er trägt keine Schuld!"

"Bei diesen Angelegenheiten haben Frauen nichts verloren", sagte Eversleigh. "Sei bitte so freundlich und lass uns allein, *Shurinn*."

"Nein! Du hörst mir zu, *Shurinn*." Elizabeth klang aufgebracht. "Darcy trifft keine Schuld. Er hat mir einen ehrenhaften Antrag gemacht und es ist nicht seine Schuld, dass ich ihn nicht angenommen habe oder es zugelassen habe, mich von ihm trösten zu lassen."

Zumindest richtete sich ihre Wut nicht gegen ihn. "Elizabeth, ich werde damit schon fertig." Schlimm genug, dass die Situation überhaupt aufgekommen war. Er brauchte keine Frau, die ihn verteidigte.

Elizabeth ignorierte ihn und funkelte weiter Eversleigh an.

Das Schweigen lag einen Augenblick schwer in der Luft, ehe Eversleigh fest sagte: "In diesem Fall musst du seinen Antrag annehmen."

Darcy hielt den Atem an. Könnte das ausreichen, um sie zu überzeugen? Auf den verdammten Eversleigh hörte sie immer.

Elizabeth sah zum Himmel, als suche sie dort nach Unterstützung. "Glaubst du wirklich, dass es eine gute Idee ist, wenn er eine Frau heiratet, der man nachsagt, sie sei eine Hexe und die sich nicht binden lassen will? Was wird das Collegium davon halten, nun, da sie ohnehin schon Bedenken seinetwegen haben und seine Tante und sein Onkel eben erst als schwarze Magier entlarvt wurden? Und das, nachdem das Leben eben dieser Tante, die schwarze Magie praktiziert hat, auf Darcys Wunsch hin von derselben Hexe gerettet wurde? Wenn wir in einer anderen Welt lebten, einer Welt, in der es keine Schande wäre, wenn eine

Frau ihre Magie anwendet, dann könnte ich ihn vielleicht heiraten. Aber die Welt wird sich nicht ändern, ganz gleich was Lady Matlock auch hoffen mag, und wir zahlen den Preis dafür."

Eversleigh wandte sein Gesicht ab. Ihm war anzusehen, dass er über das Gesagte nachdachte. Schließlich sagte er: "Es stimmt, dass Darcy nicht in der Lage ist, dich zu schützen, indem er dich heiratet, was dich wiederum einem noch größeren Risiko aussetzen könnte. Aber deinem Ruf kann er immer noch schaden. Ihr müsst vorsichtiger sein. Meidet die Gesellschaft des anderen."

Darcy starrte ihn vor Wut schäumend an. Wenn Eversleigh mit Elizabeths Meinung übereinstimmte, dass eine Ehe zwischen ihnen unmöglich war, dann hatten sie wahrscheinlich recht.

"Ich muss noch eine Frage stellen", meldete sich Mr. Gardiner kühl zu Wort. "Viscount Eversleigh, in welcher Beziehung steht Ihr zu meiner Nichte, dass Ihr sie so informell ansprecht und Eure eigene Sicherheit riskieren würdet, um ihren Ruf zu verteidigen?"

Eversleigh wirkte kein bisschen beunruhigt. "Aelfric ist mein Halbbruder, und er würde erwarten, dass ich die Ehre seiner Schwester verteidige."

"Auch Euer Halbbruder? Interessant." Mr. Gardiner sah nachdenklich aus.

Für sie war es einfach, nicht weiter besorgt zu sein. Ihnen wurde nicht gerade jede Hoffnung genommen. Darcy stand ungelenk auf und verneigte sich vor Elizabeth. "Miss Elizabeth." Er traute sich selbst nicht genug, um mehr zu sagen, also ging er aus dem Zimmer, aus Eversleighs Haus und aus Elizabeths Leben.

ALS MRS. BENNET MATLOCK House einen unerwarteten Besuch abstattete, besaß Elizabeth die Geistesgegenwart, einen Spaziergang über den Platz vorzuschlagen, um das gute Wetter auszunutzen. Frederica hatte Mrs. Bennet bereits kennengelernt, aber Elizabeth würde es vorziehen, sie von Lady Matlock fernzuhalten, bis sie besser einschätzen konnte, was sie nun von ihrer Mutter, die nicht mehr unter dem Bindebann stand, zu erwarten hatte.

Der besorgte Blick, der all die Jahre zu Mrs. Bennet dazugehört hatte, war verschwunden, ersetzt durch eine gewisse Selbstsicherheit. Sie kleidete sich jetzt sogar anders. Die übermäßige Spitze und die vielen Bänder waren zugunsten einfacher Linien mit einem eleganten Schnitt gewichen, wenngleich sie offensichtlich immer noch kräftige Farben bevorzugte. Mrs. Gardiner musste mit ihr bei einer Putzmacherin gewesen sein. Arme Mrs. Gardiner, die sich nun an eine neue Schwägerin gewöhnen musste!

"Ich hoffe, ich dränge mich dir mit diesem Besuch nicht auf", sagte ihre Mutter, als sie die Straße, die zum Platz führte, überquerten.

"Nicht im Geringsten. Ich hoffe, Jane und Mary sind bei guter Gesundheit."

"Ja, und deine Tante, dein Onkel, ihre Kinder und höchstwahrscheinlich alle ihre Diener ebenfalls. Das Wetter ist für diese Jahreszeit herrlich, wenngleich die Wolken am Horizont bedrohlich aussehen. Nun, da wir das Wetter und die allgemeine Gesundheit abgehandelt haben, können wir zum Wichtigen übergehen?"

Dies war definitiv nicht die Mutter, die Elizabeth kannte. "Auf Longbourn wirst du alle überraschen, von Meryton ganz zu schweigen."

"Einige von ihnen werden zweifellos denken, ich sollte wieder gebunden werden."

"Das hoffe ich nicht." Aber Elizabeth könnte den Gedanken dahinter verstehen. Sie selbst würde sich freuen, wenn ihre neue Mutter wieder zu ihrem alten Selbst zurückkehren würde. "Was wolltest du außer dem Wetter und der Gesundheit aller besprechen?"

"Zunächst einmal wollte ich dir sagen, wie sehr ich es zu schätzen weiß, dass du geholfen hast, die Zauber zu entfernen. Wenn du nichts getan hättest, hätte ich möglicherweise mein ganzes Leben lang damit leben müssen."

"Ich bin froh, dass ich das für dich tun konnte. Ich wünschte, ich hätte schon früher bemerkt, dass du unter einem Bann standst. Aber es wurde mir erst bewusst, als Onkel Gardiner sagte, wie anders du früher gewesen warst bevor du Kinder hattest."

"Es ist mir jedoch nicht entgangen, dass du große Anstrengungen unternommen hast, um die Banne entfernen zu lassen, dann aber geflohen bist, sobald das erreicht war. Dein Onkel sagte mir, dass du nicht einmal vorhast, nach Longbourn zurückzukehren."

"Ich hatte immer vor, nach dem Besuch bei den Gardiners nach Matlock House zurückzukehren, man kann es also kaum als Flucht bezeichnen. Du hast mich nicht gebraucht. Du hattest Jane, Mary und meinen Onkel. Mich beunruhigt deine neue Art zu sprechen jedoch ziemlich, als wärst du eine Marionette, der ein anderer die Worte in den Mund legt."

"Lizzy, du vergisst, wie viel Zeit ich bei den Fay verbracht habe. Ich erkenne deine Strategie – du hast drei wahre Dinge gesagt, ohne dabei darauf auf das einzugehen, was ich gesagt habe."

Elizabeth würde sich daran erinnern müssen, dass sich diese Frau nicht so leicht täuschen ließ wie früher. "Sobald du befreit warst, hatte Aelfric natürlich erst einmal oberste Priorität. Ich war froh, euch zusammenzubringen, aber normalerweise gibt es immer etwas, weshalb er wütend auf mich ist. Mary war schon wütend auf mich und ist es zweifellos noch mehr, seit sie gesehen hat, wie sehr du dich verändert hast. Ich finde es nicht ansprechender als jeder andere, mit Menschen zusammen zu sein, die mir zürnen, und ich hatte erreicht, wozu ich gekommen war. Und was meine Rückkehr nach Longbourn anbelangt - das hat nichts mit dir zu tun."

Ihre Mutter musterte sie. "Ich wollte nach Aelfric keine Kinder mehr. Jede Schwangerschaft, jede Geburt erinnerte mich erneut daran, dass ich, wie ich damals dachte, den Tod meines Sohnes durch meine eigene Verantwortungslosigkeit verursacht hatte. Ich wollte zu keiner von euch eine Bindung aufbauen. Jane war ein pflegeleichtes Baby und hat sehr wenig Ärger gemacht, aber du warst schwieriger."

"Diesen Teil kenne ich bereits", unterbrach sie Elizabeth scharf. "Ich habe die ganze Zeit geschrien, habe Unfug angestellt und dein Lieblingstaschentuch ruiniert. Wenn dies eine weitere Litanei werden soll, warum ich deine am wenigsten bevorzugte Tochter bin, habe ich kein Interesse, sie zu hören."

Ihre Mutter zuckte zusammen. "Ich hätte diese Dinge nicht gesagt, wenn ich vollends bei Verstand gewesen wäre, obwohl der Vorfall mit dem Taschentuch mich sehr getroffen hat. Es war ein Geschenk von Oberon gewesen. Der Rest deines Verhaltens war das Problem deines Kindermädchens, nicht meines. Deine Besuche in Faerie waren das, was ich dir nicht vergeben konnte. Ich konnte mich nicht richtig an Faerie erinnern, aber ich wusste, dass es ein Ort war, an dem ich sein wollte, und fast jeden Tag kam Bluebird, um dich dorthin mitzunehmen. Als du einige Jahre später aufhörtest, dorthin zu gehen, war ich noch wütender auf dich, weil du das Privileg, das dir zuteilwurde, nicht zu schätzen wusstest."

"Ich habe aufgehört, weil Oberon beschlossen hat, dass ich es muss."

Mrs. Bennet runzelte die Stirn. "Das hat Aelfric mir gegenüber gar nicht erwähnt."

Elizabeth zuckte mit den Achseln. "Vielleicht weiß er es gar nicht. Ich kann mich nicht besonders gut an diese Zeit erinnern."

"Titania muss sehr wütend gewesen sein."

"Das war sie. Eigentlich ist sie es immer noch." Elizabeth hielt inne. "Hast du vor, nach Faerie zurückzukehren?"

Die Wangen ihrer Mutter nahmen eine zarte Röte an. "Nein. Die Sidhe lieben Jugend und Schönheit. Ich möchte, dass Oberon und Titania sich an mich erinnern, wie ich war, nicht wie ich jetzt bin. Eines Tages könnte ich nur für ein paar Minuten dorthin zurückkehren, um die Luft wieder zu atmen, aber nur, wenn ich sicher wäre, dass mich niemand zu Gesicht bekäme."

"Du hast immer noch Aelfric", sagte Elizabeth unbehaglich.

"Allein zu wissen, dass er lebt, ist eine große Erleichterung. Du hast mir mit dieser Nachricht eine enorme Last von den Schultern genommen. Ich kann dir nicht sagen, wie viel mir das bedeutet."

"Aber warum hast du gedacht, du hättest seinen Tod verursacht?"

Das Gesicht ihrer Mutter wurde traurig, wodurch sie wieder ein wenig wie ihr früheres, reizbares Ich aussah. "Als ich sah, dass er ein Sidhe war, wusste ich, dass er nicht von meiner Seite weichen durfte bis ich ihn nach Faerie bringen konnte. Für die meisten Menschen wäre er eine Missgeburt, und für deinen Vater war er der Beweis dafür, dass ich ihm

Hörner aufgesetzt hatte. Die meisten Männer würden ein solches Baby in der Wiege ersticken. Aber ich war nach der Geburt so müde und so schwach, dass ich ihn der Amme nur für ein kleines Weilchen gegeben habe. Danach habe ich ihn nie wiedergesehen. Ich hätte es besser wissen müssen. Bis heute kann ich nicht verstehen, warum ich es zugelassen habe."

"Vielleicht war das der Zeitpunkt, als mein Vater dich unter den Bann gestellt hat."

"Oder es war nur meine Schwäche." Sie sah gequält aus. "Selbst jetzt, da ich weiß, dass er lebt, verachte ich mich dafür."

"Hast du gedacht, mein Vater hätte ihn getötet?"

"Ja", sagte sie düster. "Es war das, was jeder andere Mann getan hätte. Ich bin immer noch überrascht, dass er ihn am Leben gelassen hat."

Elizabeth war entsetzt darüber, wie ruhig ihre Mutter akzeptierte, dass ihr Vater Aelfric hätte töten können, und fragte: "Warum bist du auf Longbourn geblieben, wenn du dachtest, dein Ehemann habe dein Kind ermordet? Mein Onkel hätte dich aufgenommen."

"Ich hatte deinen Vater sehr schlecht behandelt. Ich wusste, dass ich schwanger war und mein Bauch sich rundete, und ich wollte Oberons Kind, von dem ich annahm, dass es sterblich sein würde, als seines ausgeben. Wie könnte ich es ihm verübeln, dass er den Beweis für meine Untreue loswerden wollte? Er hätte mich für das bestrafen können, was ich getan hatte, oder mich sogar in eine Anstalt schicken können, um den Rest meines Lebens dort zu verbringen, aber er hat kein Wort darüber verloren. Wie hätte ich ihn da verlassen können?"

"Du betrachtest den Bindebann nicht als Bestrafung?"

Ihre Mutter seufzte. "Lizzy, du verstehst das nicht. Das ist es, was Männer tun, wenn ihre Frauen Magie haben. Sie lassen sie binden. Mir gefällt nicht, was er mit mir gemacht hat, aber ich habe nichts Anderes erwartet. Für das, was ich getan habe, habe ich es verdient und es hinderte mich daran, es erneut zu tun."

Ihre Mutter hatte sich verändert, aber Elizabeth hatte auch mit dieser Frau nichts gemeinsam. "Wenn du meinem Vater vergeben willst, kann ich dich nicht aufhalten, aber bitte erwarte nicht dasselbe von mir. Dann wirst du also nach Longbourn zurückkehren?"

"Ja. Ich möchte Aelfric noch ein- oder zweimal sehen, bevor ich gehe, da es für uns schwieriger sein wird, uns in Longbourn zu treffen, wo dein Vater mich beobachten wird. Ich will ihn nicht noch einmal verletzen."

Elizabeth kümmerte der Schmerz ihres Vaters herzlich wenig. "Weiß er, dass du nicht mehr gebunden bist?"

"Ich habe es ihm geschrieben, aber wie du weißt, antwortet er selten auf Briefe. Wir werden es zweifellos besprechen, sobald ich zurück bin. Aber ich mache mir auch Sorgen um dich. Du siehst blass aus und hast Gewicht verloren."

Das war eine neue Erfahrung, sowohl dass ihre Mutter ihre Stimmung bemerkte, als auch, dass es ihr Sorgen bereitete. "Ich bin nur müde. Lady Matlock besteht darauf, dass ich an Veranstaltungen teilnehme, die die halbe Nacht dauern, und ich konnte noch nie bis spät in den Vormittag hinein schlafen, wie es alle im *Ton* zu tun scheinen." Es ging niemanden etwas an, außer sie selbst, dass der Verlust jeglicher Zukunft mit Darcy sie wachhielt und die Tränen nicht versiegen wollten, lange nachdem der Haushalt sich zur Ruhe gelegt hatte.

Ihre Mutter sah sie scharf an. "Vielleicht solltest du Lady Matlock sagen, dass ihr Zeitplan zu viel für dich ist."

"Vielleicht werde ich das tun." Es war mehr als beunruhigend, dieser Frau zuzuhören, die wie ihre Mutter aussah, aber so wenig wie sie klang. "In der Gracechurch Street muss es jetzt ganz anders für dich sein. Ich hoffe, die Veränderungen sind nicht zu anstrengend für Jane oder Mrs. Gardiner."

"Jane ist sich wie immer sicher, dass alles gut wird. Mrs. Gardiner erstarrt manchmal, wenn ich etwas sage, und dann lacht sie und fährt fort. Aber was ist mit dir? Wenn du nicht nach Longbourn zurückkehrst, wohin willst du dann gehen?" Man musste Mrs. Bennet zugutehalten, dass sie wirklich besorgt um sie klang.

"Ich habe mich noch nicht entschieden. Vielleicht kehre ich nach Rosings zurück. Miss de Bourgh hat gesagt, ich sei dort willkommen, solange ich als Gast bleiben oder als ihre Gesellschafterin arbeiten möchte. Mein Onkel Gardiner hat mir auch ein Zuhause angeboten, aber ich mache mir Sorgen, dass ich dem Ruf der Familie schade oder eine Kluft zwischen den Gardiners und meinem Vater verursache."

"Du klingst sehr unbesorgt über deine Zukunft."

"Das liegt daran, dass ich nicht besorgt bin. Ich warte ab, wie sich die Dinge in den nächsten Monaten entwickeln werden, aber ich weiß, dass ich nicht ohne Zuhause oder Essen zurückbleiben werde. Und wenn alle Stricke reißen, kann ich mir vorstellen, dass Viscount Eversleigh mir helfen würde."

"Elizabeth Bennet, sag mir nicht, dass du eine unangemessene Beziehung mit Viscount Eversleigh eingegangen bist! Hat er dir *Carte Blanche* angeboten?" Ihre Mutter klang entsetzt.

Elizabeth konnte nicht anders, sie musste lachen. "Was für eine Fantasie du hast! Viscount Eversleigh würde mir helfen, weil er seine Pflichten als mein *Shurinn* ernst nimmt und mich nicht verhungern lassen würde."

"Ihr seid *Shurinn*? Aber wie?"

Aelfric musste es ihr nicht gesagt haben. Vielleicht könnte ihre Mutter jetzt ein Geheimnis für sich behalten, aber Elizabeth würde nicht darauf wetten. "Es steht mir nicht zu, dir das zu sagen, aber ich versichere dir, dass er mir gegenüber keinerlei unangemessene Absichten hegt." Ihre Mutter würde es mit ein wenig Nachdenken herausfinden können, aber es wäre besser, es nicht direkt auszusprechen.

"Das ist gut. Noch mehr Skandale wären jetzt nicht vorteilhaft. Gestern hat Mr. Bingley seine Visitenkarte für Jane hinterlassen, während wir unterwegs waren. Ich bin heute hierhergekommen, falls er noch einmal vorbeikommen sollte. Für Jane ist es einfacher, wenn sie die Veränderungen in mir nicht erklären muss."

"Mr. Bingley? Das sind wirklich gute Neuigkeiten." Und es konnte kein Zufall sein, dass Bingley nur kurze Zeit, nachdem Darcy gesagt hatte, er würde mit ihm sprechen, seine Aufwartung gemacht hatte. Zumindest wusste sie, dass er an sie dachte. Der Gedanke erwärmte die Eiswüste ihres Herzens ein wenig, aber ändern konnte er nichts daran. Abgesehen vom Mondscheinfest bezweifelte sie, dass sie Darcy jemals wiedersehen würde.

"GEORGIANA, ICH WÜRDE gerne ein paar Minuten mit dir sprechen", sagte Darcy.

Das Mädchen erstarrte. "Habe ich etwas falsch gemacht?"

"Nicht im Geringsten. Hier geht es mehr um mich."

Georgiana setzte sich vorsichtig auf die Stuhlkante. "Um dich?" Ihre Stimme klang zweifelnd.

"Ja. Es ist eine Situation entstanden, die mich zwingen könnte, England für einige Zeit zu verlassen. Ich-"

"Darf ich mitkommen?"

"Ich fürchte nicht. Ich werde bei der Armee in Portugal sein. Ich hoffe, dass es nicht so weit kommt, aber ich möchte alles geplant haben, für den Fall, dass dem doch so ist. Ich habe mich gerade mit meinem Advokaten getroffen, und er setzt Papiere auf, in denen Richard als dein Vormund deklariert wird, während ich weg bin. Er wird auch für Pemberley verantwortlich sein. Wenn ich aus irgendeinem Grund nicht innerhalb von fünf Jahren zurückgekehrt sein sollte-"

"Fünf Jahre?" Georgiana zitterte. "Oh, nein!"

Er zwang sich, weiterzusprechen. "Ich halte das für unwahrscheinlich, aber wir müssen vorbereitet sein. Nach fünf Jahren werden die Einnahmen von Pemberley auf dein Konto eingezahlt, das Richard bis zu deiner Heirat treuhänderisch verwalten wird."

Tränen liefen über ihre Wangen. "Was habe ich getan?", flüsterte sie.

Warum musste sie sich permanent selbst die Schuld geben? Er setzte sich neben sie und legte seinen Arm um ihre Schulter. "Georgie, du hast nichts getan. Überhaupt nichts. Ich habe Ärger im Collegium. Das ist der Grund dafür. Es gibt einige Männer, die entschlossen sind, zu beweisen, dass ich meine Kräfte missbraucht habe, und jemand hat versucht, es so aussehen zu lassen, als ob ich es getan hätte. Viscount Eversleigh, der jetzt Großmeister des Collegiums ist, weiß, dass ich es nicht getan habe, aber bis ich es beweisen kann, muss ich fortgehen."

"Warum sollten sie so etwas tun?"

Er zuckte mit den Schultern. Es wäre besser, George Wickham nicht zu erwähnen. "Sie mögen mich nicht." Es klang nach einem sehr schwachen Grund, um einen Rachefeldzug gegen ihn zu starten. Er konnte es selbst nicht verstehen. Die meisten Männer, die sich mit

Wickham anfreundeten, brachten selten den Willen auf, etwas zu tun, was Mühe kostete.

"Hat es etwas mit George Wickham zu tun?"

Verdammt, wie hat sie das erraten? "Diese Männer sind seine Freunde, und deshalb mögen sie mich nicht. Irgendwie werde ich das aufklären, aber das kann einige Zeit dauern, und deshalb muss ich gehen."

Georgianas Schultern zitterten, aber sie sagte nichts. Ihre Reglosigkeit erinnerte Darcy daran, wie er sich oft fühlte, wenn er seine Kräfte kontrollierte.

Abrupt fragte er: "Georgie, hast du Magie?"

Ihre Augen huschten hin und her, als ob die Antwort auf den Wänden zu finden wäre. "Frauen haben keine Magie", flüsterte sie.

"Doch, durchaus. Unser Vater war ein Magier und unsere Mutter war die Tochter eines Magiers. Es würde mich mehr überraschen, wenn du keine Magie hättest als wenn dem so ist." Warum hatte er das bisher noch nie in Betracht gezogen?

Sie leckte sich über die Lippen. "Ich nutze sie nie. Niemals."

"Würdest du gerne lernen, wie du sie nutzen kannst?"

Ihre Augen weiteten sich. "Das wäre nicht recht."

"Einige Leute denken so, aber ich nicht. Cousine Frederica hat gelernt, mit ihrer Magie umzugehen, und Cousine Anne lernt es auch gerade. Sogar Lady Catherine hat Magie, wenngleich sie sie missbraucht hat."

Georgiana schaute nach unten. "Ich weiß es nicht."

"Vielleicht solltest du dir etwas Zeit nehmen, um darüber nachzudenken. Ich bin sicher, Cousine Frederica würde es dir sehr gerne beibringen."

"Könnte ... könntest du es mir beibringen?"

Darcy seufzte. "Die Statuten des Collegiums verbieten es mir, eine Frau zu unterweisen. Es ist eine dumme Regel, aber ich habe zugestimmt, mich an die Regeln zu halten, als ich dem Collegium beigetreten bin."

"Oh. Das macht nichts." Offensichtlich schon.

Wie konnte er es ihr erklären, wenn er es selbst nicht verstand? Gott, er hasste es, wenn Georgiana sich so in ihr Schneckenhaus zurückzog. Wenn nur Elizabeth hier wäre. Sie würde wissen, was zu sagen wäre.

So deutlich, als hätte Elizabeth es ihm ins Ohr geflüstert, wusste er es. Sie würde ihn fragen, warum er immer noch Mitglied des Collegiums sei, wenn er anderer Meinung war. Und sie würde es nicht für einen guten Grund halten, wenn er sagte, sei es, weil sein Vater und Lord Matlock es erwartet hatten.

Ohne das Collegium müsste er das Land nicht verlassen. Warum war er noch ein Teil davon?

"Aber ich habe vor, aus dem Collegium auszutreten, und nachdem das erledigt ist, werde ich dich unterrichten können." Er konnte nicht glauben, dass er das gesagt hatte.

"Das würdest du tun?" Georgianas Augen glänzten. "Vielen Dank!"

Teil V – Wilde Magie

Kapitel 14

Als sich die Damen im Matlock House nach dem Abendessen in den Salon zurückzogen, holte Lady Matlock einen Bogen feines Notizpapier hervor. "Ich habe dies kurz vor dem Essen erhalten, und es betrifft euch beide. Möchtet ihr es hören?"

Elizabeth sandte ein Stoßgebet zum Himmel, dass es keine weitere Einladung sein würde. Sie hatte bereits mehr Soiréen, venezianische Frühstücke und Hauskonzerte besucht, als ihr lieb gewesen wäre. Bei jedem war sie so vielen Menschen vorgestellt worden, dass sie sich kaum an deren Namen erinnern konnte, aber die meisten von ihnen bevorzugten ohnehin entweder ihre langjährigen Freunde oder sprachen ausschließlich mit Lady Frederica über Bälle, an denen Elizabeth nie teilgenommen hatte. Lady Matlock hatte sie nach und nach einer Reihe von heiratsfähigen Herren vorgestellt, aber keiner von ihnen konnte mit Darcy mithalten, und der war keine Option.

"Ja, Mama", sagte Frederica.

Lady Matlock faltete das Papier auseinander. "Die Nachricht ist von Viscount Eversleigh. Nach den üblichen Höflichkeitsfloskeln schreibt er: 'Ich bitte Sie, so freundlich zu sein, Lady Frederica und Miss Bennet zu informieren, dass ich vorhabe, morgen Vormittag durch den Hyde Park zu spazieren um ein paar gemeinsame Bekannte mit einer Vorliebe für die Natur zu treffen. Für den Fall, dass die jungen Damen geneigt sind, einen Ausflug zu unternehmen, werde ich nach dem Frühstück in Matlock House vorbeischauen, um zu sehen, ob sie mich mit ihrer Anwesenheit beehren möchten. Unsere Freundin, die eine Vorliebe für Marigold hegt, hat bereits nach ihnen gefragt, und ich verspreche, sie nicht mit Gesprächen über Pferde zu langweilen.' Mir leuchtet ein, was er mit Marigold aussagen wollte, aber die Pferde sind mir ein Rätsel."

"Er deutet an, dass er von mir nicht erwartet, Zeit mit meinem pferdeverrückten Bruder zu verbringen", sagte Elizabeth. "Ich denke, ich muss mit ihm gehen. Ich habe Titania versprochen, dass ich zurückkehren und eine Zeit lang bei ihr bleiben werde, und das ist eine gute Gelegenheit." Und es war die Ausrede, nach der sie gesucht hatte, um Matlock House zu verlassen. Es war schwer genug, zu wissen, dass sie Darcy niemals haben konnte, doch nun lebte sie inmitten seiner Familie, wo sie gezwungen war, häufig seinen Namen zu hören und vorgeben musste, ihr mache das nichts aus. In Faerie würde es ihr niemand übelnehmen, wenn sie traurig wäre. Vielleicht konnte sie Bluebird ihr Leid klagen.

"Es würde uns leidtun, wenn Sie uns verlassen", sagte Lady Matlock. "Sie sind hier herzlich willkommen. Frederica hat es genossen, zur Abwechslung mal eine andere junge Dame hier zu haben, anstatt der üblichen männlichen Gesellschaft aus Magiern und ihren Brüdern."

"Ihr wart überaus freundlich und einladend, Eure Ladyschaft und ich bin sehr froh um Eure Gastfreundschaft. Mein Versprechen an Titania hat mich in letzter Zeit jedoch nicht losgelassen. Ich möchte nicht, dass sie glaubt, ich hätte sie vergessen, insbesondere da wir in ein paar Wochen das Mondscheinfest feiern möchten."

Frederica nickte. "Möglicherweise sollte ich auch für ein paar Tage dortbleiben."

Elizabeth hielt den Atem an. Sie mochte Frederica sehr, aber sie brauchte eine Pause von Darcys Familie. Zeit zum Heilen.

"Unfug", sagte Lady Matlock. "Du kannst Titania einen Besuch abstatten, aber ich erwarte, dass du danach wieder zurückkehrst. Ich brauche deine Hilfe bei der Planung der Feier."

"Ja, Mama", sagte Frederica mit deutlichem Mangel an Enthusiasmus.

"IM HYDE PARK GIBT ES einen Feenring?", rief Lady Frederica aus. "Wie kann er an einem solch überfüllten Ort nur verborgen bleiben?"

Eversleigh sagte: "Er liegt zwischen zwei Wegen. Wahrscheinlich sind Sie schon ein Dutzend Mal daran vorbeigegangen und haben ihn nie bemerkt. Miss Bennet, können Sie spüren, wo er sich befindet?"

Elizabeth schloss die Augen und ließ sich die Luft übers Gesicht streichen. Sie zeigte nach Südwesten. "Dort drüben. Ich kann ihn spüren, ich weiß allerdings selbst nicht wie. Mr. Darcy sagte einmal, dass er geglaubt habe, jeden Zentimeter des Geländes in Rosings zu kennen, aber er hatte die Lichtung mit dem Ring nie gesehen, bis er dorthin geführt wurde. Jetzt erkennt er sie spielend."

"Lord Eversleigh, haben Sie in letzter Zeit etwas von Darcy gehört?", fragte Frederica. "Wir haben ihn seit jenem Tag nicht mehr gesehen, an dem Sie Mrs. Bennet von dem Bann befreit haben. Er hat uns eine Nachricht geschickt, dass es erneut Probleme mit dem Collegium gibt."

Elizabeth dankte ihrer Freundin stillschweigend dafür, dass sie die Frage gestellt hatte, die ihr nicht gestattet war.

"Die Untersuchungskommission hat seinen Fall erneut eröffnet, aber bisher ist nichts geschehen", sagte Eversleigh und gab sich alle Mühe, nicht in Elizabeths Richtung zu schauen.

"Warum können Sie die Untersuchungskommission nicht einfach stoppen? Sie sind Großmeister des Collegiums", sagte Elizabeth entschlossen.

"Kommissarischer Großmeister und nein, das kann ich nicht. Weder der Großmeister noch der Rat der Magier können in Untersuchungskommissionen eingreifen. Sie müssen unabhängig sein, falls die Führer des Collegiums der schwarzen Magie verdächtigt werden. Andernfalls gäbe es keine Möglichkeit, einen Großmeister abzusetzen, der schwarze Magie betreibt." Eversleigh seufzte. "Niemand hat jemals erwartet, dass Untersuchungen auf diese Weise missbraucht werden."

Frederica faltete ihren Sonnenschirm zusammen. "Mein Vater hat andauernd über Darcys Untersuchungskommission gemurrt. Sie haben ihn rasend gemacht."

"Ich weiß. Aber Darcy schien es gut genug zu gehen, als er Lord Matlock und mich vor zwei Tagen nach Faerie begleitete. Ich nehme an, Sie haben von diesem Besuch gehört?"

Frederica seufzte dramatisch. "Wieder und wieder und bis ins kleinste Detail, aber dass Darcy auch dabei war, hat mein Vater nicht erwähnt. Er berührt die ganze Zeit den Ring, den Oberon ihm gegeben hat, als könne er nicht glauben, dass er ihn tatsächlich am Finger trägt."

Eversleigh lachte. "Das überrascht mich nicht. Ich glaube nicht, dass es ihn noch kümmerte, ob Darcy und ich auch dort waren, nachdem er mit Oberon gesprochen hatte. Darcy schien relativ guter Stimmung zu sein, das könnte allerdings teilweise auch daran gelegen haben, dass er in Faerie den Druck der Elemente nicht spürt."

Elizabeth sah weg. Gedanken an Darcy hatten sie nachts wachgehalten und sie auch tagsüber verfolgt, und er war guter Stimmung gewesen? Fühlte er den Schmerz ihrer Trennung nicht? Ihr schnürte sich die Kehle zusammen, weil sie Tränen gerade nicht zulassen konnte.

"Miss Bennet, wenn Sie nicht mein *Shurinn* wären, hätte ich gesagt, dass Sie ebenfalls recht guter Stimmung sind", sagte Eversleigh mit einem gewissen Grad an Verzweiflung. "Ich bin nicht mit dem gleichen Einblick in Darcys Gefühlsleben gesegnet."

Sie funkelte ihn an. "Ihr werdet viel zu gut darin."

"Wovon sprecht ihr?", fragte Frederica.

"Nichts", sagte Elizabeth fest. "Ich freue mich darauf, Zeit in Faerie zu verbringen, wo sich nie etwas ändert und es keine Überraschungen gibt. Nun ja, weniger Überraschungen", korrigierte sie sich. Aelfric war eine Überraschung gewesen, aber es war die Welt der Sterblichen, die sich immer wieder auf den Kopf stellte, bis sie ihr Leben selbst nicht mehr erkannte. Was war mit Elizabeth Bennet aus Longbourn geschehen, der Tochter eines Gentlemans vom Lande, die ihren Vater liebte und auf ihre Mutter herabblickte, die in einem Land ohne schwarze Magier lebte und Mr. Darcy verachtete und jeden Magier fürchtete, der Teil des Collegiums sein könnte? Sie sollte auf keinen Fall mit der Tochter eines Earls und einem Viscount, der zudem Großmeister des Collegiums war, durch den vornehmen Teil Londons schlendern, um sich und ihr gebrochenes Herz in Faerie zu verstecken. Es war so viel einfacher gewesen, dieses Mädchen vom Lande zu sein.

"Das ist einer der Vorteile Faeries", stimmte Eversleigh zu.

"Ich wünschte, ich könnte auch dort bleiben", grummelte Frederica.

Elizabeth sagte freundlich: "Das Mondscheinfest ist schon in vierzehn Tagen und danach kannst du Faerie nach Herzenslust besuchen." Und sie würde in der Zwischenzeit vierzehn Tage Ruhe und Frieden genießen.

ZWEI STUNDEN NACHDEM Eversleigh Elizabeth und Frederica zu Titanias Laube gebracht hatte, fand er Aelfric im Stall vor, der eines der Sidhe-Pferde sattelte. "Reitest du aus?"

"Sie brauchen Bewegung. Abgesehen von der Jagd werden sie kaum noch geritten, nun, da wir nicht mehr durch die Welt der Sterblichen reiten. Es ist viel einfacher, mithilfe der Ringe zu reisen."

"Ich habe mit unserem Vater gesprochen."

Aelfric entwickelte ein starkes Interesse an den silbernen Nieten des Zaumzeugs. "Was habt ihr besprochen?"

"Einiges, einschließlich des bevorstehenden Mondscheinfests, aber hauptsächlich wollte ich die Wahrheit über die Gerüchte herausfinden, die besagen, du hättest ihn zu einem Krieg gegen die Sterblichen angestachelt. Diese Gerüchte ergaben für mich keinen Sinn. Du magst dir vielleicht Krieg wünschen, aber ich sehe keinen Grund, weshalb unser Vater deinem Rat folgen sollte. Ich nehme an, er hat in letzter Zeit nur wenig Zeit mit jemand anderem als dir verbracht."

"Das war seine Entscheidung", sagte Aelfric dem Zaumzeug.

"Sein Niedergang hat begonnen, weißt du", sagte Eversleigh sanft. "Er sollte zurücktreten anstatt einen Krieg zu beginnen. Warum hast du es so weit kommen lassen?"

Aelfric lehnte seine Stirn gegen den Kopf des Pferdes. "Sein Niedergang ist noch nicht weit fortgeschritten. Es gibt keinen Grund, warum er nicht regieren kann."

"Er zieht Faerie in einen sinnlosen Krieg, weil er sprunghaft und reizbar wird. Das muss dir auch aufgefallen sein, bei all der Zeit, die du mit ihm verbringst. Ich frage mich, ob du seinen Verfall verschleiern wolltest, indem du die Verantwortung für diesen Krieg auf dich genommen hast."

"Ich möchte ihn nicht so schnell verlieren", sagte Aelfric leise. "Er wird mich nicht mehr sehen wollen, wenn er sich aus der Gesellschaft zurückzieht. Dass du nicht lange leben würdest wusste ich immer. Jetzt werde ich euch beide verlieren und alleine zurückbleiben. Die anderen Sidhe sehen in mir ein Kind. Wenn Sidhe zu sein bedeutet, mitansehen zu müssen, wie alle, die dir wichtig sind, sterben, während du noch Jahrhunderte zu leben hast, wünschte ich, ich wäre sterblich geboren worden."

Eversleigh legte seine Hand auf Aelfrics Arm. "Bis heute habe ich immer angenommen, dass unser Vater mich überleben würde, dass er noch gesund und munter wäre, wenn ich schon alt und gebrechlich werde. Zu entdecken, dass diese Annahme nicht stimmt, gefällt mir auch nicht. Damit bist du nicht allein."

"Du weißt nicht, wie es hier ist, wenn du weg bist. Außer ihm habe ich niemanden."

Eversleigh lehnte sich gegen die Stallwand. "Bruder, hast du dich jemals gefragt, warum die anderen Sidhe Sterbliche so lieben? Warum sie Kontakt zu sterblichen Dichtern und Liebhabern suchen und warum Titania sterblichen Kindern ihre Zuneigung schenkt?"

"Narretei, das ist der Grund", sagte Aelfric bitter.

"Sterbliche, deren Leben nur kurz ist, sind freigiebig mit ihrer Zuneigung, insbesondere sterbliche Kinder. Sie warten nicht ein oder zwei Jahrhunderte, um zu beurteilen, ob man ihres Respekts würdig ist. Die Sidhe sind vorsichtig. Wie viele von ihnen scheinen sich wirklich umeinander zu kümmern? Eltern und Kinder, ja, aber auch Paare, die Blutrecht beanspruchen, leben getrennte Leben. Wann hast du zuletzt gesehen, wie unser Vater Titania besondere Wärme entgegenbrachte? Er respektiert sie und ist ihr gegenüber nicht unfreundlich, aber sie liegen seit zehn Jahren miteinander im Streit. Oder sind es fünfzehn Jahre? Wenn man jahrhundertelang lebt, besteht kein Grund zur Eile, gewisse Angelegenheiten zu klären. Und worum ging es in dem Streit? Titania hat eines der sterblichen Kinder, die ihr am Herzen lagen, verloren."

"Aber ich mag keine Sterblichen."

Eversleigh lachte. "Abgesehen von mir und Colonel Fitzwilliam und Darcy und Libbet. Du hast fast jeden Sterblichen gemocht, den du in letzter Zeit getroffen hast. Welcher Sidhe außer unserem Vater hat dich jemals so zwanglos akzeptiert wie Colonel Fitzwilliam es getan hat?"

"Aber Sterbliche sterben", sagte Aelfric düster.

"Ja. Ich werde lange vor dir sterben. Aber du wirst meine Kinder, Enkelkinder und deren Kindeskinder haben. Darin liegt eine Art Unsterblichkeit."

"Aber du hast keine Kinder."

"Woran mich meine Mutter bei jeder Gelegenheit erinnert! Aber eines Tages werde ich welche haben." Eines Tages, wenn er es geschafft hatte, Frederica Fitzwilliam zu vergessen. "Und du wirst auch Libbet haben. Ich hoffe, sie wird dir etwas Trost und Gesellschaft spenden, wenn unser Vater sich aus der Gesellschaft zurückzieht."

"Wirst du ihm sagen, dass er es sollte?"

"Ja, wenn auch schweren Herzens. Er würde sagen, dass es meine Pflicht ist. Ich werde auch mit Titania sprechen."

Aelfric nahm den Striegel und begann das Pferd zu bürsten. "Vielleicht sollte ich mich dir anschließen, wenn du mit unserem Vater sprichst." Er sah Eversleigh nicht in die Augen.

"Gut. Das wird ihm Ehre machen."

"DU HAST DICH GANZ WUNDERBAR um Augustus gekümmert", sagte Elizabeth zu Bluebird. "Sein Fell ist jetzt so seidig und glänzend. Ich bin froh, dass ich ihn nicht auf Rosings zurücklassen musste, während ich in London war."

Bluebird kraulte die getigerte Katze unterhalb ihrer Ohren. "Wir haben uns gefreut, ihn hier zu haben, und Titania ist er besonders ans Herz gewachsen. Jetzt können wir alle zusammen sein."

Elizabeth sagte: "Er scheint hier glücklich zu sein, obwohl es mir ein Rätsel ist, wie ich zu einer Fay-Katze gekommen bin, die in der Welt der Sterblichen lebt, und zu einer sterblichen Katze, die in Faerie lebt. Ich denke, sie sind genauso verwirrt, wo ich hingehöre wie ich selbst es bin!"

"Du gehörst hierher", sagte Bluebird fest und schlang ihren Arm um Elizabeths Schultern.

"Ich scheine nirgendwo anders hinzugehören, jetzt, wo Longbourn für mich verloren ist", sagte Elizabeth reumütig.

Bluebird sah zum Eingang der Laube auf. "Prinz Evlan ist bereits zurück! Titania wird nicht erfreut sein, Marigold Mädesüß so bald schon wieder zu verlieren. Es ist gut, dass du bleibst."

Elizabeth runzelte die Stirn. "Irgendetwas stimmt nicht." Ein Blick auf Eversleighs Gesicht genügte, um sich dessen sicher zu sein, noch bevor er direkt an ihnen vorbeiging, um vor Titania auf die Knie zu sinken. Er sagte leise etwas zu ihr.

Titania sah verwirrt aus, zuckte aber die Achseln. "Hinfort mit euch allen! Ich möchte mit Prinz Evlan allein sprechen. Libbet und Marigold Mädesüß können bleiben, wenn sie es wünschen."

Elizabeth warf Bluebird einen Blick zu, bevor sie sich in die Nähe von Eversleigh stellte. Irgendwie fühlte es sich richtig an, in einer schwierigen Zeit an der Seite ihres *Shurinn* zu stehen.

Als alle Elfen und Dryaden in anderen Teilen der Laube verschwunden waren, sagte Titania: "Ich freue mich immer, dich zu sehen, Prinz Evlan, aber was ist so wichtig, dass wir es privat besprechen müssen?"

"Wann wart Ihr das letzte Mal allein mit Oberon?" Eversleighs übliche blumige Komplimente schienen sich in Luft aufgelöst zu haben.

Titania schürzte die Lippen. "Das ist schon einige Zeit her. Wie du weißt, liegen wir im Zwist, wir sehen uns also nur in der Öffentlichkeit."

"Habt Ihr eine Veränderung an ihm bemerkt?"

Die Königin der Feen bedeckte ihre Augen mit einer Hand. "Eine Veränderung? Oh nein. Bitte sag nicht, dass er sich verändert hat."

"Ich habe mich heute Vormittag mit ihm getroffen. Er ist gereizt und misstraut allen. Dieser Krieg gegen die Sterblichen scheint Teil dessen zu sein."

"Nicht der Niedergang, ich bitte dich! Vielleicht war er heute einfach schlechter Stimmung."

"Ich fürchte, es ist mehr als das. Prinz Aelfric ist es seit einiger Zeit bekannt und er hat versucht, die Veränderungen zu verbergen, wie es sehr junge Sidhe zu tun geneigt sind. Ich habe vor, heute Abend mit meinem Vater zu sprechen, aber ich hielt es für richtig, Euch zuvor zu informieren."

Titania zupfte unruhig an der Stickerei auf einem Seidenkissen. "Ich werde jetzt zu ihm gehen und versuchen, unseren Streit beizulegen. Ich möchte nicht, dass er uns im Streit verlässt." Ihre Stimme zitterte.

"Wenn Ihr ihn beilegen könntet, wäre das eine Freundlichkeit."

"Das sollte nicht schwer sein. Ich werde ihm sagen, dass ihm jetzt vergeben ist, nun, da Libbet zu mir zurückgekehrt ist."

Elizabeth Augenbrauen schossen in die Höhe. Wie war sie Gegenstand dieses mysteriösen Gesprächs geworden?

"War Libbet das Kind, das er Euch genommen hat?" Eversleigh klang überrascht.

"Selbstverständlich. Er fand Aelfric und Libbet wie sie zusammen spielten. Er wollte nicht, dass Aelfric sich einem Mitglied seiner menschlichen Familie nahe fühlte, also schickte er Libbet weg und hat ihre Erinnerungen getrübt. Ich war besonders verärgert, denn als er mir ihre Mutter nahm, sagte er, ich würde ihr erstes Kind bekommen, aber das stellte sich als Aelfric heraus. Dann brachte er mir ihr zweites Kind, aber das hatte Angst vor Faerie, also musste ich auf Libbet warten, und die nahm er mir auch noch."

Elizabeth erstarrte. Der Grund, weshalb Oberon in ihre Erinnerungen eingegriffen hatte, war, sie von Aelfric fernzuhalten? Und die Königin hatte sich deshalb jahrelang mit ihm gestritten? Es war unvorstellbar. Elizabeth beschloss sofort, dass sie, wenn der König sie von Aelfric fernhalten wollte, es irgendwie fertigbringen würde, eine Freundin ihres verabscheuungswürdigen Bruders zu werden. Wie konnte er es wagen?

"Aber jetzt ist meine Libbet zurück. Ich hoffe, du bringst mir deine eigenen Kinder, meine süße Libbet. Ich hatte immer eine besondere Vorliebe für deine Familie. Der Bruder meiner Mutter hat deine Großmutter gezeugt, für mich ist es also, als wärst du mein eigenes Kind."

"Ich ...", meine Güte, was sollte sie darauf nur antworten? "Verehrte Lady, ich erwarte nicht, selbst Kinder zu bekommen, aber sollte sich das ändern, würde ich mich freuen, wenn Ihr mein Kind kennenlernen würdet."

"Keine Kinder? Warum nicht?" Titania klang so schockiert, als hätte Elizabeth gedroht, jemanden zu ermorden.

Elizabeth würde sich wohl niemals an die Offenheit der Sidhe gewöhnen. "Ich erwarte, nicht zu heiraten, also werde ich keine Kinder haben."

Titanias zart geschwungene Augenbrauen zogen sich zusammen. "Aber was ist mit dem Mann, an den du immerzu denkst? Ich habe dein Verlangen nach ihm gespürt."

Wie beschämend! Hatte Titania ihre unangemessenen Gefühle für Darcy tatsächlich wahrgenommen? Wie konnte sie vor Eversleigh und Frederica darüber sprechen? Wenn sie nur im weichen Moos versinken könnte, bis es sich über ihrem Kopf schloss!

Frederica sagte amüsiert: "In der Regel betrachten Sterbliche ihr Verlangen als eine sehr persönliche Angelegenheit, und wir sprechen nicht darüber."

"Wie seltsam Sterbliche doch sind! Bedeutet das, dass du und Evlan auch noch nie darüber gesprochen habt? Und er war so erfreut, dich als eine von uns gekleidet zu sehen!"

"Ich muss darauf bestehen, dass wir das Thema wechseln", sagte Eversleigh mit angespannter Stimme. "Ich bin hergekommen, um über den König zu sprechen."

Ein Schatten legte sich wieder über Titanias Miene. "Das hatte ich für einen Moment vergessen. Ich wünschte, ich könnte es wieder vergessen."

Elizabeth wünschte, sie könnte das gesamte Gespräch vergessen. Wie konnte sie den beiden anderen jemals wieder ins Gesicht sehen?

"Es tut mir leid, solch traurige Kunde zu überbringen", sagte Eversleigh.

"Ich muss zu ihm gehen." Titanias seidene Kleidung wirbelte um sie herum, als sie aus der Laube eilte.

Fredericas Gesicht war gerötet. "Ich frage mich, ob ich mich jemals an das schnelle Kommen und Gehen bei den Fay gewöhnen werde."

"Man gewöhnt sich an ihre sprunghafte Natur und ihre beunruhigende Offenheit", sagte Eversleigh, aber er sah keiner der beiden Frauen ins Gesicht. "In Faerie gibt es nur wenige Geheimnisse. Ich bin überrascht, dass es Aelfric gelungen ist, eines so lange für sich zu behalten, aber ich nehme an, das liegt daran, dass die anderen Sidhe ihm wenig Beachtung schenken."

"Ich dachte, Titania hat im Laufe der Jahre viele sterbliche Anhänger gehabt. Wie kann sie sich nicht darüber bewusst sein, welche Themen uns in Verlegenheit bringen?", fragte Elizabeth.

Eversleigh sagte reumütig: "Sterbliche, die nach Faerie kommen, versuchen oft, den Regeln der Gesellschaft zu entfliehen. Genau wegen dieser Offenheit fühlen sie sich angezogen."

"Sie ebenfalls?", fragte Frederica abrupt.

"Ich kam das erste Mal als Kind hierher und habe einfach akzeptiert, dass die Regeln hier anders waren. Es kam mir nie seltsam vor. Manchmal vermisse ich die Offenheit der Feen in unserer sterblichen Welt, in der so viele Menschen sich hinter einer Maske verstecken und ihre wahren Motive hinter Schilden der Geheimhaltung verbergen."

"Diese Art von Offenheit würde es schwarzen Magiern unmöglich machen, ihre Taten zu verbergen", sagte Elizabeth. Da Frederica immer noch verzweifelt wirkte, wechselte Elizabeth das Thema. "Was hat es damit auf sich, dass Oberon in den Niedergang gerät? Woher weißt du das?"

Eversleigh zögerte. "Verzeih bitte. Ich fühle mich nicht wohl, wenn ich darauf antworte, bevor ich mit Oberon selbst darüber gesprochen habe. Aber..."

"Aber was?"

Zwischen Eversleighs Brauen erschienen feine Linien. "Ich habe nicht gewusst, dass er derjenige ist, der in deine Erinnerungen eingegriffen hat. Das ist sehr seltsam. Es deutet darauf hin, dass die Störung seines Geistes schon viel länger andauert, als ich geglaubt habe, und er war einfach raffiniert genug, um sie zu verbergen."

"Aber er ist der König", sagte Frederica. "Gab ihm das nicht das Recht, das zu tun?"

Er sah sie gequält an. "Das Recht vielleicht schon, aber Libbet ist sein *Shurinn*. Er hätte es nicht über sich bringen sollen, ihr Schaden zuzufügen."

"Er hat mehr getan, als meine Erinnerungen zu verwischen", sagte Elizabeth abrupt. "Er hat etwas getan, um in mir den Wunsch zu wecken, mich von Faerie fernzuhalten."

Eversleigh runzelte die Stirn. "Was meinst du damit?"

Elizabeth rieb ihre Hände aneinander, da es ihr plötzlich kalt war, trotz der Wärme der Laube. "Ich habe es immer geliebt, alles zu erkunden. Ich kann keinen Fußweg sehen, ohne herausfinden zu müssen, wohin er führt. Ich habe jeden Weg in der Nähe von Rosings erkundet, selbst in der kurzen Zeit, in der ich dort war. Bluebird gab mir meinen Talisman und hat mir gesagt, ich könne jederzeit nach Faerie gehen, wann immer ich wolle, aber ich tat es nie. Das sieht mir überhaupt nicht ähnlich. Bis ich Titanias Feenwein trank, hatte ich überhaupt keine Lust, zurückzukommen. Ich bin beim ersten Mal einzig aus dem Grund zurückgekehrt, weil ich verzweifelt nach einer Zuflucht suchte."

Eversleigh holte tief Luft. "Du hast das die ganze Zeit gewusst, *Shurinn*, und mir gegenüber niemals etwas davon erwähnt?"

Sie zuckte hilflos mit den Achseln. "Er ist dein Vater. Ich wollte dich nicht dazu bringen, schlecht über ihn zu denken."

Er schien in die Ferne zu schauen, die gab es aber in der Laube nicht. "Ich hätte mehr Zeit hier verbringen sollen. Dann hätte ich es vielleicht früher gesehen und uns vor diesem Krieg bewahrt."

"Er hat Ihnen bewusst Wissen über den Krieg vorenthalten, daher hätte es auch nichts gebracht, wenn Sie hier gewesen wären", sagte Frederica. "Ich verstehe nicht, wie es Ihnen zukam, ihn auf seinen Niedergang hinzuweisen, obwohl Sie doch die meiste Zeit abwesend waren."

"Ich bin nicht die ideale Person, um diese Pflicht auszuführen, aber es fällt der Verwandtschaft oder engen Freunden zu, die Wahrheit auszusprechen. Aelfric und ich sind seine engsten Verwandten. Aelfric ist jung für diese Pflicht, und es ist ein großer Verlust für ihn, mehr als für mich. Ich wage zu sagen, wenn ich so frei sein darf, dass dies eine Zeit ist, in der er sehr von einer Schwester profitieren könnte."

"Von einer, die er kaum kennt und die er nicht mag?", fragte Elizabeth zweifelnd.

Eversleighs Stirn runzelte sich. "Er hat nichts gegen dich. Überhaupt nicht. Er mag dich."

"Warum ist er dann immerzu wütend auf mich?", rief Elizabeth,

"Vielleicht weiß er nicht, wie er sich einer Schwester gegenüber verhalten soll. Bei den Sidhe beträgt der Altersunterschied zwischen Geschwister oft Hunderte von Jahren."

Ihr leuchtete nicht ein, was für einen Unterschied das machte, aber es hatte keinen Sinn, darüber zu streiten. "Stimmt es, dass Titania und Oberon meinetwegen seit Jahren im Zwist miteinander lagen? Was ist an mir besonders?"

"Nichts." Eversleigh hielt inne. "Das kam nicht so heraus, wie ich es gemeint habe. Du bist in vielerlei Hinsicht etwas Besonderes, aber in diesem Fall warst du wahrscheinlich nur der Vorwand. Sie streiten sich oft, und so wie ich es verstehe, war Titania unzufrieden, dass Oberon endlich ein Sidhe-Kind hatte und sie nicht."

"Sie scheint diese Nachricht über Oberon sehr ruhig aufgenommen zu haben. Wird es nicht ein großer Verlust für sie sein?"

"Die Sidhe trauern nicht lange über die Verstorbenen, vielleicht, weil sie sich daran gewöhnt haben, Sterbliche zu verlieren, die ihnen wichtig sind. Ihre Gedanken bewegen sich hauptsächlich in der Gegenwart, und zumindest für die Sidhe besteht selten eine starke emotionale Bindung zueinander. Das sparen sie sich für ihre menschlichen Anhänger auf."

"Wie traurig!", rief Elizabeth.

"Vielleicht ist es schwierig, sich über Hunderte von Jahren hinweg nahe zu bleiben", sagte Frederica.

Eversleigh nickte. "Titania wird wahrscheinlich eine Zeit lang betrübt sein. Vom Standpunkt unserer Beziehung zu den Fay aus bin ich froh, dass du hierbleiben wirst, Libbet. Wenn Marigold Mädesüß bereit wäre, dies ebenfalls in Betracht zu ziehen, könnte dies von Vorteil sein. Ich hätte gerne, dass Titania über die Auswirkungen auf die Sterblichen nachdenkt, wenn sie den nächsten König auswählt."

"Sie wählt den König?" Frederica klang schockiert.

Mit einem trockenen Lächeln sagte Eversleigh: "Hier laufen die Dinge ein wenig anders ab. Der König wird von der Königin gewählt, und oft haben sie keine besondere emotionale Bindung zueinander. Oberon und Titania sind mit ihrem Blutrecht die Ausnahme, und die meisten Fay würden sich freuen, ein ähnliches Arrangement in Zukunft zu vermeiden. Die Meinung, dass die häufigen Streitigkeiten zwischen Oberon und Titania auf ihr Blutrecht zurückzuführen sind, ist weit verbreitet. Das könnte wirklich auch der Grund sein."

"Wenn Titania einen neuen König wählt, wird er dann die neue Königin wählen, wenn sie in ihren Niedergang geht?"

"Nein, aber ich kann auch nicht sagen, wem diese Aufgabe zufällt. Wenn man die Fay danach fragte, werden sie einfach antworten, dass der Mond die neue Königin auswählt, aber wenn man sie dann fragt, was das bedeutet, sind sie einfach ratlos angesichts einer solch seltsamen Frage. Das ist äußerst frustrierend."

"Aber wie könnten wir Titanias Wahl des neuen Königs beeinflussen? Sicher hat sie sich dazu schon vor langer Zeit Gedanken gemacht", sagte Frederica.

Elizabeth schüttelte den Kopf. "So denken sie nicht. Sie treffen Entscheidungen, wenn sie getroffen werden müssen, ohne vorher groß darüber nachzudenken, und im Nachhinein ziehen sie sie selten in Zweifel."

Eversleigh nickte. "Ich war selten so frustriert wie damals, als ich versuchte, meinem Vater und einigen anderen Sidhe zu erklären, was eine Verlobung ist. Für sie ist es unvorstellbar, dass ein Mann beschließt, eine Frau zu heiraten und dann so töricht ist, wochen- oder monatelang herumzutrödeln, bevor er es tatsächlich tut. Sie würden wahrscheinlich den nächsten Geistlichen aufsuchen und innerhalb von Minuten nach dem Antrag heiraten. Und ein Aufgebot ergibt für sie erst recht keinen Sinn."

Elizabeth kicherte. "Du erklärst ihren Standpunkt zu gut. Jetzt werde ich Verlobungen immer als törichte Trödelei ansehen!"

Frederica sagte plötzlich: "Ich werde hierbleiben, Lord Eversleigh, wenn Sie bereit sind, meiner Mutter zu erklären, warum ich das gegen ihren ausdrücklichen Wunsch tue. Es könnte hilfreich sein, wenn Sie anbieten würden, erforderliche Nachrichten zu übermitteln. Da es bis zum Fest nicht mehr lange hin ist, wird sie die Planung mit mir besprechen wollen."

"Für einen solch guten Zweck werde ich mich sogar Lady Matlocks Missfallen aussetzen. Wie viel schwieriger kann es sein, als dem König von Faerie zu sagen, dass seine Zeit gekommen ist?", sagte Eversleigh leichthin.

Selbst wenn sie nicht seine *Shurinn* gewesen wäre, hätte Elizabeth den Schmerz wahrgenommen, der sich hinter Eversleighs Worten verbarg. Sie konnte nichts sagen, was nicht wie eine dumme Plattitüde klingen würde. Aber er war ihr *Shurinn* und sie waren in Faerie, wo die Benimmregeln nicht galten. Sie nahm ihn in den Arm. Es fühlte sich seltsam an und ganz anders als Darcy zu umarmen, gleichzeitig fühlte es sich aber auch richtig an.

Er erwiderte die Umarmung und hielt sie für einen langen Augenblick lang fest. "Ich muss gehen und mich darauf vorbereiten, mit Oberon zu sprechen. Auch in diesen Dingen sollte man nicht wochenlang herumtrödeln."

"Viel Erfolg", sagte Elizabeth, und Frederica ebenfalls. Sie sahen ihm beide nach, als er wegging.

"Ich kann nicht glauben, dass es wahr ist", sagte Frederica mit leiser Stimme. "Ich kann mir keine Welt vorstellen, in der Oberon nicht König der Feen ist."

"Ich auch nicht", sagte Elizabeth. "Aber hier ist alles so verwirrend. Manchmal habe ich das Gefühl, doppelt zu sehen. Mit einem Auge sehe ich den schockierenden Anblick eines Mädchens vom Lande, das ein Mitglied des Hochadels kühn umarmt, und mit dem anderen sehe ich, wie sie ihrem trauernden *Shurinn* ganz natürlich Trost spendet. Ich habe das Gefühl, als würde sich mein Kopf wie ein Kreisel drehen."

"Das spielt keine Rolle. Ich gehe davon aus, dass du ihn heiraten wirst."

Elizabeth wandte sich um und starrte sie an. "Wie kommst du auf diese überraschend unzutreffende Idee?"

Frederica hob das Kinn. "Vielleicht, weil ihr euch duzt, du ihn umarmst, und ihr so oft zusammen seid. Er beschützt dich, und dann gibt es da noch diese *Shurinn*-Sache."

"Ich habe kein romantisches Interesse an ihm, überhaupt keines", erklärte Elizabeth verärgert. "*Shurinn* stehen sich nahe, aber eher wie Bruder und Schwester, nur intensiver. Ich konnte ihn umarmen, gerade *weil* ich wusste, dass er es nicht falsch verstehen würde. Hast du nicht gehört, was Titania über euch beide gesagt hat? Er würde fast alles tun, um Schaden von mir abzuwenden, aber ich bin nicht diejenige, die sein Verlangen entfacht."

"Oh." Frederica schaute weg. "Aber was ist mit dem Mann, an den du immerzu denkst? Ist es Darcy?"

"Das spielt keine Rolle, außer dass es offensichtlich nicht Eversleigh ist! Und darüber hinaus wäre es für Eversleigh wesentlich tröstlicher gewesen, wenn du diejenige gewesen wärest, die ihn umarmt hätte."

Die Dryaden begannen zurückzukehren, was die Diskussion zum Erliegen brachte, aber Frederica sah danach einige Zeit nachdenklich aus.

TITANIA KEHRTE NACH kurzer Zeit zurück, sah düster drein und schien nichts Anderes zu wollen, als Elizabeths übers Haar zu streichen. Als eine Elfe Eversleigh und Aelfric ankündigte, erhob sich Titania zu ihrer vollen Größe. Stille legte sich über die Laube.

Aelfric und Eversleigh blieben in der Mitte der Laube stehen und verharrten dort, als wären sie Schauspieler, die auf ihren Auftritt warteten. Die Feen um sie herum begannen zu flüstern, als sie erkannten, dass etwas nicht stimmte.

Titania sagte mit klarer Stimme: "Prinzen, habt ihr Neuigkeiten für uns?"

Eversleigh verneigte sich mit dem Kopf. "Prinz Aelfric und ich haben mit Oberon gesprochen. Er ist fortgegangen, und heute Nacht gibt es keinen König in Faerie."

Japsen und Schluchzen breitete sich in der Laube aus, aber Titania wirkte vollkommen ruhig. "Hatte er irgendwelche letzten Worte?"

"Große Lady, Oberon in seiner grenzenlosen Weisheit wusste, warum wir dort waren, noch ehe wir auch nur ein Wort sagten. Er sagte uns, seine Zeit sei gekommen, und er gab jedem von uns seinen Segen. Dann verließ er die Halle des Königs und ging weg, ohne zurückzublicken. Sein Name wird noch über Jahrhunderte hinweg als einer der größten der Sidhe gepriesen werden."

"Ihr habt eure Pflicht mit Ehre erfüllt, Prinz Evlan und Prinz Aelfric. Ihr habt Glück, einen solchen Vater gehabt zu haben. Jetzt muss ich mit dem Mond allein sein." Mit stolz erhobenem Kopf glitt Titania aus der Laube.

Elizabeth flüsterte Frederica zu: "Ich sollte zu Aelfric gehen. Ich werde zurückkehren, wenn ich kann."

"DU SIEHST ERSCHÖPFT aus", sagte Elizabeth Eversleigh am nächsten Tag, als er in der Laube eintraf.

"Ich habe die Ringe innerhalb kurzer Zeit zu häufig benutzt, noch dazu habe ich zu viele Sorgen", sagte er. "Ich hoffe, du wirst nicht krank. Du klingst heiser."

"Siehst du Marigold Mädesüß bei der Königin sitzen und ihr vorlesen, umringt von einem begeisterten Publikum von Dryaden? Ich habe gestern *Die Geheimnisse des Udolpho* mitgebracht, um sie zu lesen, während ich hier weile. Titania sah das Buch und bat mich, eine Passage vorzulesen. Sie hatten noch nie von einem Schauerroman gehört. Jedes Mal, wenn ich zu lesen aufhörte, bat sie um mehr. Wir haben versucht, eine der Dryaden lesen zu lassen, aber Titania behauptet, dass nur ein Sterblicher das richtige Gefühl in seine Stimme legen kann. Wir lesen seit Stunden."

"Gibt es irgendwo einen Bruch in der Geschichte, den ich nutzen könnte, um mit Titania zu sprechen?"

"Ich werde sie fragen."

Wenige Minuten später winkte Titania ihre Elfen fort und bedeutete Eversleigh, vorzutreten.

Eversleigh sank vor Titania auf ein Knie, ließ sich allerdings nicht auf seine Fersen sinken. "Große Lady, darf ich um einen Moment Eurer Zeit bitten?"

Elizabeth beobachtete ihn argwöhnisch. Warum kniete er auf diese Art und Weise? Wie vor einer sterblichen Königin. Es könnte ein Fehler gewesen sein, aber Eversleigh machte solche Fehler eigentlich nicht.

"Selbstverständlich, Prinz Evlan. Wie kann ich dir zu Diensten sein?" Titanias Gesicht wirkte gezeichnet.

"Große Lady, ich spreche nun nicht als Sohn meines Vaters zu Euch, sondern als Sterblicher, der einen gewissen Einfluss in der sterblichen Welt genießt. Ihr werdet bald schon eine Entscheidung von großer Tragweite treffen, und ich habe Informationen, die Euch möglicherweise ein wenig von Nutzen sein könnten, wenn Ihr mir meinen Vorstoß gestattet, sie mit Euch zu teilen."

"Gewährt." Mit nur dem geringsten Ausdruck der Belustigung fügte sie hinzu: "Lord Eversleigh."

Er senkte den Kopf. "Große Lady, aus Loyalität hat Libbet Euch bestimmte Details ihrer Rückkehr nach Faerie vorenthalten. Es war ein weiterer Sidhe beteiligt, einer von vielen Sidhe, die unglücklich über den Krieg mit den Sterblichen sind. Er erfuhr von ihr, dass sich die Sterblichen nicht mehr an den Ewigen Vertrag erinnern. Er hoffte, Libbet und ihren Freund Diarcey als Mittelsmänner einsetzen zu können, um die Sterblichen über die Wichtigkeit der Haine aufzuklären. Da er nichts von Eurer früheren Verbindung mit Libbet wusste, wünschte er, dass sie Euch übermittelt, wie wenig die Sterblichen wissen. Dies ist eines der Dinge, die ich Euch sagen möchte: dass es Sidhe gibt, die gegen diesen Krieg sind." Er hielt inne. "Mein zweites Anliegen ist etwas heikler."

"Fahr fort", sagte Titania.

"Es wird allgemein angenommen, dass Prinz Aelfric meinen Vater ermutigte, Krieg zu führen. Ich bin der Meinung, dass Aelfric diesen Glauben bewusst gefördert hat, um die zunehmende Reizbarkeit und das impulsive Verhalten unseres Vaters zu verbergen. Aelfric wäre nicht glücklich darüber, dass ich Euch das mitgeteilt habe. Ich ehre meinen Vater und meinen Bruder, und ich würde mein Leben für beide geben, aber ich halte diesen Krieg für fehlgeleitet und gefährlich. Die Sterblichen müssen unterrichtet werden, nicht bekämpft in einem Krieg, bei dem beide Seiten nur verlieren können." Er senkte den Kopf.

"Ich verstehe. Wer ist der Sidhe, der sich mit Libbet getroffen hat?"

"Große Lady, wenn Ihr es befehlt, werde ich es Euch offenbaren, aber mir wäre es lieber, mein Versprechen nicht zu brechen."

Titania hielt Elizabeth die Hand hin. "Komm, setz dich zu mir, meine Libbet."

Elizabeth gehorchte. Zumindest schien Titania nicht verärgert zu sein, dass sie Cathael ihr gegenüber nie erwähnt hatte.

Titania streichelte Elizabeths Arm. "Es war Aislinn, die Libbet zu mir brachte. Mit welchem Sidhe würde sich Aislinn verbünden? Es könnte Celynon sein, oder Fionn, oder Cathael, oder ... Ah, es ist Cathael, ich sehe es schon."

Wie hatte sie es erraten? Eversleigh hatte nicht mit der Wimper gezuckt.

"Meine arme Libbet, du kannst deine Reaktion vor mir nicht verbergen. Keine Sorge; ich habe nicht die Absicht, Cathael zu schaden."

Es war so einfach, in Titania ein Wesen zu sehen, das nur das Vergnügen des Augenblicks kümmerte. Elizabeth hätte beinahe vergessen, dass sie auch die Frau war, die Faerie seit Jahrhunderten regierte. Ihre Macht war subtil, aber dennoch vorhanden.

"Eine letzte Sache noch, Prinz Evlan", sagte Titania. "Diese Bücher, die Libbet mitgebracht hat - gibt es mehr davon in eurer sterblichen Welt?"

Eversleighs Lippen verzogen sich zu einem Lächeln. "Ich denke doch."

"Du musst sie uns alle bringen", verfügte die Königin.

Er verbeugte sich. "Ich werde Euch alle bringen, die ich tragen kann."

Frederica sagte mit süßer, wenn auch leicht kratziger Stimme: "Prinz Evlan, möchtet Ihr uns nicht beim Vorlesen ablösen? Ihr würdet so viel Gefühl in die Rolle des Valancourt legen."

TITANIA TRAF IHRE ENTSCHEIDUNG schneller als erwartet und rief alle Sidhe auf der großen Lichtung zusammen. Sie gab keinen Grund dafür an, allerdings war der auch nicht schwer zu erraten.

Lady Frederica Fitzwilliam reckte den Hals, um zu sehen, was vor sich ging. Sie war es nicht gewohnt, dass ihr Rang keine Bedeutung hatte, und es gefiel ihr nicht sonderlich, sich unter Titanias Gefolge mischen zu müssen, während Elizabeth neben der Königin stand. Sie erhob sich auf Zehenspitzen, um die Reihen der Sidhe-Männer besser sehen zu können, die jeweils in schwarz-silberner Rüstung gekleidet waren, Oberons Farben. Die Sidhe-Damen, alle in Silber gekleidet, saßen in einer Gruppe an der Seite. Hinter den Sidhe war die Lichtung mit niederen Fay überfüllt. Nur die großen Dryaden und Elfen waren sichtbar, alle anderen blieben hinter den hochgewachsenen Sidhe verborgen.

Sie wollte in der Lage sein, jedes Detail der Veranstaltung wiedergeben zu können. Es würde weder zu ihren Lebzeiten noch zu Lebzeiten ihrer Kinder oder Enkelkinder wieder vorkommen. Abgesehen von Elizabeth und vielleicht Eversleigh, sofern er hier war, wäre sie die einzige Sterbliche, die diese Geschichte erzählen könnte. Das war eine schwerwiegende Verantwortung. Ganz gleich, wie lange die Zeremonie auch dauern mochte, Frederica wollte sich an jedes Detail erinnern.

Sie spürte einen Druck hinter sich. Es war Eversleigh. Natürlich. Irgendwie wusste sie immer, wann er in der Nähe war.

"Guten Morgen, Marigold Mädesüß." Er verbeugte sich schwungvoll. Irgendetwas lag in der Art, wie er ihren Feennamen sagte, als würde er ihn auf seiner Zunge genießen.

"Guten Morgen, Prinz Evlan. Ich habe mich schon gefragt, ob du hier sein würdest." Das Spielchen mit den Feennamen konnte sie ebenfalls spielen.

Er nickte zum Podium, wo zwei Throne aus Silberfiligran nebeneinander standen. "Es ist also die Ernennung?"

"Das muss es sein. Sie hat nichts weiter gesagt, aber Titania gab Libbet eine Krone, die sie auf einem seidenen Kissen tragen sollte."

"Es sind nur zwei Tage vergangen. Sie hat keine Zeit verschwendet." Eversleigh klang so ruhig wie immer, aber seinen Augen sah man die Sorge an. "Hat sie irgendwelche Hinweise gegeben, wen sie erwählt hat? So viel hängt davon ab."

"Kein Sterbenswörtchen. Sie hat privat mit vier Sidhe-Männern gesprochen, einschließlich deines Lord Cathaels."

"Wahrscheinlich wollte sie mit ihm nur über den Krieg sprechen. Er ist ein eher unwahrscheinlicher Kandidat für das Amt des Königs, da er nicht über genug Einfluss unter den Sidhe verfügt."

"Titania hat auch Libbet und mich getrennt voneinander befragt, was sonst gar nicht ihre Art ist, und uns jede Menge Fragen über das Wissen der Sterblichen zu den Fay gestellt. Ich wurde auch über die Magie der Magier und die Geschichte der Magie befragt. Kannst du dir vorstellen, wie das Collegium die Nachricht aufnehmen würde, dass Titania von einer bloßen Frau alles erfahren hat, was sie über Magie weiß?"

Er lächelte leicht. "Dein Vater wäre stolz auf dich."

Frederica war sich dessen weniger sicher. "Das hoffe ich. Letzte Nacht ging Titania alleine zur Lichtung, um sich mit dem Mond zu beraten. Sie hat uns nicht erzählt, was der Mond ihr mitgeteilt hat." Als ob der Mond überhaupt etwas sagen könnte.

"Es ist ein gutes Zeichen, dass sie Libbet gebeten hat, die Krone zu tragen. Es ist unwahrscheinlich, dass sie einer Sterblichen so viel öffentliche Gunst entgegenbringt, wenn sie beabsichtigen würde, den Krieg fortzusetzen."

"Ist Aelfric hier?"

"In den Reihen der anderen Sidhe. Ich denke, er wäre lieber bei uns gewesen."

Frederica fragte sich, wen er mit "uns" meinte. Sie blickte zum wolkenverhangenen Himmel auf. "Woher weiß Titania, wann es Mittag ist? Die Sidhe haben doch keine Zeitmesser, oder?"

"Nein. Sie meiden Gerätschaften aus Metall, abgesehen von denen, die aus Silber und Gold gefertigt wurden. Vielleicht weiß sie es einfach."

Stille legte sich über die Lichtung, als Titania das Podest bestieg, gefolgt von Elizabeth, die ein seidenes Kissen mit einem mit Edelsteinen besetzten Reif trug. Die zarte Krone der Königin funkelte mit Diamanten, als sie vor den Thronen stand. Als ob sie sich der Menge vor sich nicht bewusst wäre, nahm sie den Reif von dem Kissen und hielt ihn hoch in die Luft, ihr Gesicht zum Himmel gewandt.

Die erwartungsvolle Stille hielt an. Titania stand vollkommen still und ihr rabenschwarzes Haar wiegte sanft im Wind. Ein schmaler Sonnenstrahl brach durch die Wolken, setzte den Reif in Titanias Hände in Flammen und durchschnitt die Lichtung mit seiner Reflexion.

Titania blickte über die Reihen der Sidhe. "Lord Cathael, tretet vor."

Frederica konnte Lord Cathaels Gestalt kaum erkennen, da das Sonnenlicht von seiner Rüstung reflektiert wurde. Er trat aus der Reihe, ging zum Podium und stieg die Stufen hinauf, um vor Titania zu stehen. Sein Gesicht war blass, selbst für einen Sidhe, und ein Muskel neben seinem Mund zuckte. Trotz seines Gesprächs mit Titania hatte er dies offensichtlich nicht erwartet.

Ohne ein Wort erhoben sich Titanias Arme mit dem goldenen Reif, den sie ihm auf den Kopf setzte. Dann wandten sich beide der Menge zu. Titania nahm seine Hand und erhob sie mit ihrer eigenen. "Erblickt euren König!", sagte sie mit einer Stimme, die auch noch im letzten Winkel der Lichtung zu hören war.

Jubelschreie und stampfende Füße waren die Antwort auf ihre Ankündigung. Die Rüstung eines jeden Sidhe wechselte von Schwarz und Silber zu Cathaels Farben von Gold und Meergrün.

Ein Schauder lief Frederica über den Rücken. Das war das Ende der Ära Oberon und der Beginn von etwas Neuem.

Titania und der neue König saßen auf den Thronen und unterhielten sich leise, und ihre Untertanen begannen, die Lichtung zu verlassen.

"Das ist alles?", forderte Frederica von Eversleigh. "Sie wählt einen König für die nächsten Jahrhunderte aus, und das ist alles? Unsere Krönungen dauern einen halben Tag."

"Die Sidhe verschwenden nicht gerne Zeit", sagte Eversleigh. Er lächelte breit und sah Jahre jünger aus.

"Bist du mit ihrer Wahl zufrieden?"

"Ich kenne Cathael kaum, aber die Aussichten für die Beziehungen zwischen Sterblichen und Fay haben sich erheblich verbessert. Titania hätte kaum deutlicher machen können, dass sie ein Ende des Krieges beabsichtigt. Ich bin hocherfreut." Er schüttelte den Kopf, als könne er es nicht glauben. "Nicht nur das, ich habe endlich eine Antwort darauf, wie der Mond eine neue Königin auswählt."

"Was meinst du damit?"

"Hast du nicht gesehen, wie sie Cathael ernannte, kurz nachdem der Sonnenstrahl auf ihn fiel?"

"Sicher glaubst du nicht, dass sie jeden Sidhe ernannt hätte, auf den zufällig der Sonnenstrahl fällt?"

"Ich glaube nicht, dass es Zufall war. Letzte Nacht hat sich Titania mit dem Mond beraten, und heute Mittag traf der Sonnenstrahl einen der vier Sidhe, die sie in Betracht gezogen hatte. Ich habe nicht die geringste Ahnung, wie das möglich ist oder was es bedeutet, aber es ist real. Und ich dachte, nichts an Faerie könnte mich jetzt noch in Erstaunen versetzen!"

Sein Lächeln machte ihn noch ansprechender als sonst und sie stand viel zu nahe bei ihm. Elizabeth hatte gesagt, dass er sie begehrte, aber konnte sie es tatsächlich glauben? Abrupt fragte sie: "Warum hast du um meine Hand angehalten? Du hast mir zuvor nie auch nur die geringste Aufmerksamkeit geschenkt."

Er riss seine Augen von dem Schauspiel auf dem Podium weg, sah sie suchend an und sagte langsam: "Der Gedanke einer Heirat war mir immer ein Graus, weil ich dachte, ich müsste meine Verbindungen zu den Fay vor jeder Frau geheim halten, die hochwohlgeboren genug ist, um als gute Partie für mich zu gelten. Ich dachte, jede Dame der guten Gesellschaft wäre entsetzt über das Verhalten der Fay, wenn ich sie jemals hierherbringen würde. Dann betrat ich Titanias Laube und fand eine bezaubernde Kreatur darin vor, die sich ebenso natürlich in Faerie einfügte wie in einen Londoner Salon. Ich wollte dich." Er hielt inne. "Darf ich nun zu hoffen wagen, dass du es dir noch einmal überlegt hast?"

Frederica erstarrte. Er wollte sie. War das genug?

"Vergiss es", wiegelte er ab. "Wenn du mich entschuldigst, ich muss mit Aelfric sprechen, bevor er geht."

"Selbstverständlich", sagte sie tonlos. War sie froh oder enttäuscht, dass er ihre Antwort nicht abgewartet hatte?

"SIE HABEN BESUCH, SIR. Eine Miss Darcy", sagte Eversleighs Butler.

Eversleigh hob den Kopf. "Sind Sie sicher, dass es Miss Darcy ist und nicht Mr. Darcy?" Er hatte Darcy erwartet, seit er dieses seltsame Rücktrittsschreiben vom Collegium erhalten hatte. Das kam nicht völlig unerwartet, aber er hätte erwartet, dass Darcy ihm persönlich davon erzählte. Aber was konnte seine Schwester hier wollen? Das Mädchen war noch nicht einmal in die Gesellschaft eingeführt, wenn er sich recht erinnerte. Sie sollte keine Besuche machen, und bei alleinstehenden jungen Herren schon gleich zweimal nicht.

"Sir, es ist eine junge Dame", sagte der Butler missbilligend. "Sie möchte privat mit Ihnen sprechen."

Äußerst seltsam. Welchen Grund könnte sie nur haben? Vielleicht machte sie sich Sorgen um ihren Bruder. "Führen Sie sie herein. Und sorgen Sie dafür, dass ein Dienstmädchen am anderen Ende des Wohnzimmers platziert wird, wo es mich sehen kann." Er konnte sich ohnehin nicht lange mit ihr unterhalten. Er sollte bereits auf dem Weg nach Rosings sein, für die Feier.

"Sehr wohl, Sir."

Eversleigh zupfte an seinen Manschetten. Bei jeder anderen jungen Dame, die mit einem solchen Anliegen auf ihn zukäme, würde er annehmen, dass sie ihm eine Falle stellen wollte, um ihm eine Ehe aufzuzwingen. Von Darcys Schwester konnte er das jedoch nicht glauben. Darcy hatte gesagt, sie sei schüchtern.

"Miss Darcy", verkündete der Butler.

Sie sah nicht so jung aus, wie er erwartet hatte, ihre Figur war bereits voll ausgeformt. Vielleicht hätte er den Gedanken an eine Falle nicht gar so rasch beiseiteschieben sollen. Sie knickste steif, ihr Gesicht aschfahl.

"Miss Darcy, wie kann ich Ihnen dienen?" Er versuchte, väterlich zu klingen.

"Ich ... ich weiß, ich sollte nicht hier sein, aber ... ich habe eine Frage." Sie starrte auf den Boden.

"Geht es um Ihren Bruder?", half er ihr auf die Sprünge.

"Nein. Ja. Eher nein."

Wenn es nicht um Darcy ging, worum könnte es sich dann handeln? "Was möchten Sie mich fragen?"

"Haben Sie die Möglichkeit, herauszufinden, ob jemand unter dem Bann eines schwarzen Magiers steht?" Die Worte purzelten aus ihrem Mund, als habe sie sich diese Frage sorgfältig zurechtgelegt.

Hatte Darcy ihr von ihrem Verdacht erzählt, dass sich noch immer schwarze Magier unter ihnen befinden könnten? "Machen Sie sich Sorgen darüber, dass Ihr Bruder verzaubert sein könnte?"

"Nein, nicht um ihn. Können Sie es?" Ihre Augen waren weit aufgerissen.

"Es ist möglich, aber ich habe es noch nie getan. Wir haben keine schwarzen Magier in England." Abgesehen von Lady Catherine de Bourgh natürlich, aber sie war sicher weggesperrt und von Bannzaubern umschlossen. "Wenn Sie sich Sorgen machen, dass Sir Lewis de Bourgh Sie verzaubert haben könnte, dann kann ich Sie beruhigen. Selbst wenn er es getan hätte, wäre sein Zauber mit ihm gestorben."

"Sie *kennen* keine anderen schwarzen Magier in England", sagte sie leise.

Warum mussten junge Mädchen so viel um den heißen Brei herumreden? "Vielleicht könnten Sie mir sagen, was Ihnen solche Sorgen bereitet."

Sie kaute auf ihrer Lippe und öffnete den Mund, als wollte sie sprechen, aber es kamen keine Worte heraus. Ihre Hände ballten sich zu Fäusten. "Oh!", es war ein Schrei der Frustration.

Er hatte das Offensichtliche nicht gesehen. Junge Mädchen hatten eine lebhafte Fantasie. Sie musste zu viele Schauerromane über schwarze Magier gelesen haben. "Ich glaube wirklich, dass Sie sich keine Sorgen machen müssen. Mädchen haben oft diese Fantasien. Ich denke, es wäre am besten, nach Ihrem Bruder zu schicken-"

"Nein! Können Sie es nicht einfach tun?", bettelte sie.

"Es ist kein Zauber, der beiläufig angewandt werden kann, und Sie möchten mir nicht einmal sagen, weshalb Sie denken, dass Sie ihn brauchen."

Sie zog ein Taschentuch aus ihrem Retikül.

Oh nein. Keine Tränen. Alles, nur keine Tränen.

Aber sie weinte nicht. Sie faltete ihr Taschentuch mit zitternden Fingern, um es dann abermals der Länge nach zu falten. Dann packte sie den entstandenen Stoffstreifen an den Enden und legte ihn sich übers Gesicht.

Über ihren Mund, um genau zu sein. Wie einen Knebel.

"Wollen Sie damit sagen, dass der Zauber es Ihnen unmöglich macht, darüber zu sprechen?" Aber sie hatte ihm gerade davon erzählt! Nein, hatte sie nicht - sie hatte gefragt, ob er feststellen könne, ob jemand unter einem Bann stand, nicht, ob sie es war. Kluges Mädchen. Schließlich war sie ja Fredericas Cousine, da hätte er nicht weniger erwarten sollen.

Sie nickte heftig.

Was sollte er nun tun? Er hatte immer noch keinen Beweis für schwarze Magie und er zögerte, den Zauberspruch anzuwenden, der ihm ihre privatesten Gedanken entblößen würde. "Können Sie die Antworten niederschreiben?"

"Nein. Das habe ich bereits versucht."

Blutwächter hatten im Rosings Park die schwarze Magie blockiert. Er hatte keine Blutwächter hier, aber vielleicht... "Ich habe eine Idee. Ich habe ein Set von Wächtern, das ich nutze, wenn ich einen neuen Zauberspruch ausprobiere. Sie verhindern, dass Magie entweicht, falls der Zauber außer Kontrolle geraten sollte. Vielleicht können sie auch das Eindringen von Magie verhindern. Das könnte Sie vorübergehend von dem Zauberbann befreien."

Er nahm vier schwarze Schachfiguren aus der Schreibtischschublade und winkte Miss Darcy zu einem Stuhl hinüber. Eine Figur stellte er nördlich von ihr auf, eine im Süden und dann noch im Osten und Westen eine. Er duckte sich, berührte mit seinem Zeigefinger die nördliche Spielfigur, sprach die Worte des Abwehrzaubers, und fühlte, wie er flackernd zum Leben erwachte. "Miss Darcy, spüren Sie eine Veränderung?"

Das Mädchen legte sich die Hände ans Gesicht und die Worte strömten nur so aus ihr heraus. "Oh, Gott möge mir vergeben! Ein Mann wollte mit mir durchbrennen. Er legte seine Hände auf meinen Hals und begann Latein zu sprechen. Er sagte, es sei ein lateinisches Liebesgedicht, aber es klang nicht nach Poesie. Danach stimmte ich der Flucht zu, obwohl ich das gar nicht wollte. Ich konnte nicht nein sagen. Mein Bruder entdeckte uns, bevor wir aufbrachen, und er hat den Mann verjagt, aber später begann er mir immer dann Nachrichten zu schicken, wenn mein Bruder nicht in der Stadt war. Er hat mich gefragt, wo mein Bruder hingegangen sei und was er dort tat und ich musste ihm antworten. Ich habe mich so sehr bemüht, es nicht zu tun, aber meine Hände wollten mir nicht gehorchen." Tränen liefen über ihre Wangen.

Diesmal hatte er nichts gegen die Tränen. Sie waren nichts verglichen mit dem Wissen, dass tatsächlich ein aktiver schwarzer Magier in ihrer Mitte lebte. "Wer ist der Mann?"

Sie tupfte sich mit ihrem Taschentuch die Augen. "Sein Name ist Wickham."

"George Wickham?", fragte er scharf.

Sie nickte. "Kennen Sie ihn?", fragte sie ängstlich.

Eversleigh ließ sich auf einen Stuhl fallen. Die Puzzleteile passen nur allzu gut zusammen. Wickham wollte Darcys Aufenthaltsort wissen, damit er wusste, welche Quellen er versiegen lassen musste. Wickham, der in der Lage war, schwarze Magie anzuwenden, um seine Freunde zu zwingen, Darcy jenseits jeglicher Vernunft zu verfolgen. Blieb nur noch die Frage, wer der Elementarmagier war, der Wasser kontrollieren konnte, aber das konnte warten.

Ein lebendiger schwarzer Magier. Warum hatte er jemals den Wunsch gehegt, Großmeister des Collegiums zu sein?

Er musste das richtig angehen. "Er war einmal Mitglied des Collegiums. Vielen Dank, dass Sie es mir gesagt haben. Sie sind sehr mutig. Ich glaube Ihnen, aber jetzt muss ich Sie auf das Vorhandensein von schwarzer Magie überprüfen. Dazu berühre ich Ihren...", beinahe hätte er 'Nacken' gesagt, aber das war es, was Wickham getan hatte. "Ihr Handgelenk." Auf diese Weise würde er wilde Magie anwenden müssen, aber nach all den anderen Regeln, die er in den letzten Wochen gebrochen hatte, was machte da noch eine mehr aus?

Ohne ein Wort zog sie ihren Handschuh aus und streckte ihm ihr Handgelenk entgegen.

Mit seinen Fingern an ihrem Puls schloss Eversleigh die Augen und sah sich in einer antiken Galeere durch einen Ozean segeln, einem leuchtend roten Ozean. Die Strömung zog sein Boot vorwärts, den Wind hatte er im Rücken. Vor ihm ragte eine grüne Insel auf. Er landete das Boot an einem felsigen Strand und stieg aus, um einen Garten zu betreten. Ein Teil davon war ordentlich bepflanzt, ein Teil wucherte heftig und einige Teile waren in Nebel gehüllt.

Da war sie, eine Schlange, die zwischen zwei Rosensträuchern hindurchglitt. Mit einer Geschwindigkeit, schneller als das Licht, über die er im normalen Leben nicht verfügte, packte Eversleigh sie hinter ihrem Kopf und zog ihr die Giftzähne heraus. Die Schlange schrie und glitt davon. Eversleigh starrte ihr einen Moment nach, bevor er zu seinem Schiff zurückkehrte. Er stieß sich ins Meer ab...und saß wieder mit den Fingern an Miss Darcys Handgelenk in seinem Arbeitszimmer.

...und hielt triefende Schlangenzähne in der anderen Hand. Zauberschlangenzähne. Mit einem Fluch sprang er auf, rannte zu seinem Schreibtisch, ließ die Giftzähne in die oberste Schublade fallen, schlug sie zu und drehte den Schlüssel. Er wischte sich mit seinem Taschentuch das restliche Gift von der Hand und goss großzügig eine halbe Flasche Brandy über seine Handfläche, ohne Rücksicht darauf, welche Schweinerei er damit veranstaltete. Seine Haushälterin würde ihn umbringen.

Mit dergleichen hatte er nicht gerechnet. Es hatte schon einen Grund, warum es wilde Magie genannt wurde.

"Und was ist das?", Miss Darcys Stimme zitterte.

"Das wäre ziemlich kompliziert zu erklären, aber ich habe etwas getan, das den Zauber schwächen könnte."

"Können Sie ihn nicht entfernen?"

Er wählte seine Worte mit Bedacht. "Das könnte ich, wir würden allerdings Gefahr laufen, Ihren Geist zu schädigen. Es gibt andere, bessere Möglichkeiten, damit umzugehen." Wie zum Beispiel Aelfric um

Hilfe zu bitten oder George Wickham zu töten. Er war normalerweise kein blutrünstiger Mann, aber letzteres klang im Moment ziemlich ansprechend.

"Das Risiko macht mir nichts aus. Ich kann es nicht ertragen, ihn in mir zu haben."

"Mir macht das Risiko durchaus etwas aus. Wir werden Sie schützen, bis er entfernt werden kann. Zuerst werde ich Sie nach Hause bringen, und wir werden es Ihrem Bruder erklären. Er kann solche Abwehrzauber für Sie einrichten."

"Er ist nicht da", sagte sie kleinlaut. "Er ist heute Morgen nach Portugal aufgebrochen, um unter Wellington zu dienen."

"Er hat was gemacht? Vergessen Sie's. Ich habe Sie gehört." Er konnte ein junges Mädchen kaum schutzlos unter dem Bann eines schwarzen Magiers belassen, insbesondere wenn dieser Magier noch frei herumlief. Lord Matlock war ihr Onkel und konnte sie besser schützen als jeder andere, aber er war in Rosings und bereitete sich auf das Mondscheinfest vor. "In wessen Obhut hat Darcy Sie zurückgelassen?"

"Er hat meinen Cousin, Richard Fitzwilliam, zu meinem Vormund bestimmt, aber der ist in Rosings."

Wie Frederica und fast jeder andere, dem er in dieser Situation vertrauen konnte. Abgesehen von Aelfric, der in Faerie bleiben würde, bis die Feier tatsächlich begann.

"Miss Darcy, ich glaube, ich sollte Sie am besten auf eine Reise mitnehmen. Hat Ihr Bruder mit Ihnen über seine Reisen nach Faerie gesprochen?"

Kapitel 15

Es war dieselbe Lichtung, auf der Elizabeth in ihrer ersten Nacht in Faerie getanzt hatte, wo sie auch Aelfric getroffen und ihr Leben sich verändert hatte. Jetzt versammelten sich die Fay dort, vor ihrem großen Auftritt bei der Mondscheinfeier.

"Denkst du, wir sollten Mr. FitzClarence retten?", fragte Elizabeth Frederica. Nicht, dass der junge Magier sich nach Rettung sehnte, so wie er die schöne Titania anstarrte, die ihrerseits die Spitzen ihrer langen Finger seine Kinnpartie hinuntergleiten ließ. Mr. Harbury, der Poet, schmachtete zu ihren Füßen und seine Lippen formten Verse. Der dritte von Titanias jungen Herren unternahm einen tapferen Versuch, gelangweilt zu wirken, wie es in der guten Gesellschaft üblich war, aber er beugte sich immer näher an die Königin der Feen heran, ehe er sich dessen bewusstwurde und sich wieder zurückzog. Titania schien von ihren neuen Begleitern begeistert zu sein.

Frederica schlug einen der durchsichtigen Seidenstreifen nach hinten, der um ihr enganliegendes Oberteil aus cremefarbener Seide drapiert war. Zumindest waren die Mieder ihrer Kleider anständig genug; die transparenten Röcke allerdings verdeckten nur ein Minimum. Bluebird hatte sich rundweg geweigert, das Unterkleid zu tragen, wodurch ihre Beine vollends entblößt waren. Es hatte ein wenig Überredungskunst gebraucht, Titania dazu zu bringen, zusätzliche Lagen Seide zu tragen, um das Risiko zu minimieren, dass ihre Haut zu sehen war.

"Ich denke, ich sollte sicherstellen, dass sie nicht weitergeht, zumindest nicht vor der Feier", sagte Frederica widerwillig.

"Macht es dir etwas aus, wenn ich hierbleibe?" Elizabeth hatte gerade eine vertraute Gestalt entdeckt, die auf sie zukam.

"Wenn du wünschst." Fredericas seidene Kleidung raschelte, als sie wegging.

Elizabeth stockte beim Anblick von Darcy der Atem. Sie hatte sich schon darauf gefasst gemacht, ihn beim Fest zu sehen, aber da war er nun und es war, als würden all die Wochen des Schmerzes und der Sehnsucht sich in einem einzigen Moment in Luft auflösen. Aber irgendetwas stimmte nicht. Er sollte Abendkleidung tragen, keinen Mantel und Reisestiefel.

Er blieb mit düsterer Miene neben ihr stehen. "Keine Sorge. Ich werde dich nicht in Verlegenheit bringen."

"Mr. Dar-", sie brach ab und korrigierte sich. "Diarcey, deine Anwesenheit stört mich überhaupt nicht. Ist etwas geschehen? Ich hatte nicht erwartet, dich vor der Feier zu sehen."

"Ich werde nicht an dem Fest teilnehmen. Ich reise ab", sagte er mit bleischwerer Endgültigkeit.

Ihr Herz begann zu pochen. "Das verstehe ich nicht. Wohin denn?"

"Weg aus England. Ich bin auf dem Weg nach Dover. Mit der Morgenflut segle ich nach Portugal und ich weiß nicht wann, oder ob ich wieder nach England zurückkehre. Ich bin hergekommen, weil ich nicht gehen konnte, ohne mich zu verabschieden."

Nein! Er durfte nicht gehen. "Du gehst weg?" Ihre Stimme zitterte.

"Ja. Ich muss."

"Aber warum?" Dann erkannte sie die Wahrheit. Es war ihretwegen, wegen der unmöglichen Situation, in der sie sich befanden. Sie zwang sich, ruhig zu bleiben. "Entschuldige bitte. Das geht mich nichts an. Sicherlich möchtest du mit Marigold Mädesüß sprechen."

"Nein. Es ist besser, wenn ihre Familie nichts davon weiß, bis ich weg bin. Es hängt mit dem Collegium zusammen und ich möchte, dass mein Onkel wahrheitsgetreu sagen kann, dass er nichts davon wusste."

"Das Collegium schickt dich weg? Das verstehe ich nicht." Aber zumindest lag es nicht an ihr.

Er sah sie nicht an. "Die Anklage, der ich mich im Collegium stellen musste, wurde erneut erhoben. Diesmal haben sie entschieden, ich sei schuldig, und das Urteil der Untersuchungskommission besagt, dass ich gebunden werden soll. Anstatt mich dem zu unterwerfen, bin ich aus dem Collegium ausgetreten und werde eine Position bei General Wellington in Portugal annehmen."

"Nein!" Könnte sie seine Worte doch nur ungeschehen machen. Sie konnte es nicht ertragen, wenn er in den Krieg zog und sie zurückließ. "Wie konnten sie entscheiden, dass du schuldig bist, wenn du es nicht getan hast?"

"Das ist kein gerechtes Urteil. Kein Mann mit gesundem Menschenverstand kann sich die sogenannten Beweise anschauen und es nicht als Gerüchte und Zufälle bezeichnen. Leider wollen diese drei Magier, dass ich bestraft werde, und ich bezweifle, dass es sie kümmert, ob ich es getan habe oder nicht. Sie sind mir bereits auf der Spur. Ich musste mich aus der Küchentür meines Hauses schleichen, um ihnen zu entkommen. Wenn ich die Feenringe nicht benutzen könnte, hätten sie mich schon längst gefangen und gebunden."

Ihr lief ein Schauder über den Rücken. "Könntest du nicht einfach mithilfe der Ringe außerhalb ihrer Reichweite bleiben? Du könntest zwischen verschiedenen Teilen Englands hin und her reisen und sie könnten dich nicht verfolgen." Zumindest wäre er dadurch nicht den Gefahren des Krieges ausgesetzt.

Er schüttelte den Kopf. "Ich mache mich nicht zum Flüchtling in meinem eigenen Land und sicher wäre ich deshalb trotzdem nicht. Irgendwo gibt es einen mächtigen Magier, der für das Versiegen der Quellen verantwortlich ist und er arbeitet mit meinen Feinden zusammen. Es ist sicherer, wenn ich einfach gehe."

"Kann nichts getan werden, um sie aufzuhalten?" Verzweiflung stieg in ihrem Hals auf.

"Das habe ich bereits versucht. Eversleigh plant, es bei der nächsten Vollversammlung des Collegiums zur Überprüfung vorzulegen, aber die ist erst im nächsten Winter."

Nächsten Winter. Bis dahin könnte weiß-Gott-was geschehen sein. Tränen brannten in ihren Augen. "Warum hassen dich diese Männer so sehr?"

Er zuckte mit den Schultern. "Alte Geschichten. George Wickham ist ihr Freund, und ich habe dafür gesorgt, dass er aus dem Collegium ausgeschlossen wird. Wickham ist äußerst kunstfertig im Rache üben. Und die hat es in sich."

"Wickham?" Eine Erinnerung an Wickham beim Tanz während ihrer ersten Nacht in Faerie, genau in diesem Hain, flackerte plötzlich in ihrem Gedächtnis auf. Was hatte er gesagt? Etwas darüber, dass der Prinz ihm in Angelegenheiten behilflich war, die jemanden betrafen, den sie beide nicht leiden konnten. Zu der Zeit hatte sie gedacht, er spreche von sich und dem Prinzen und deren gemeinsamem Feind. Aber Wickham hatte sicher immer noch geglaubt, dass sie Darcy nicht mochte. Sie schlug sich bestürzt die Hände gegen die Wangen. "Oh, wie konnte mir das nur entgehen? Sag mir schnell noch einmal: was genau werfen sie dir vor?"

Darcy wirkte überrascht über ihre Frage. "Es gab eine Reihe von Fällen, in denen Brunnen auf mysteriöse Weise ausgetrocknet sind, immer auf dem Land von jemandem, mit dem ich einen Disput hatte oder den ich nicht leiden konnte, und immer dann, wenn ich mich in der entsprechenden Umgebung aufhielt. Nur ein Wassermagier könnte das bewirken, und ich bin der einzige bekannte Wassermagier, der mächtig genug ist, dies zu tun."

"Ich weiß, wer noch dazu in der Lage wäre", sagte sie finster und ihr Atem beschleunigte sich. "Komm mit. Wir müssen sofort mit Aelfric sprechen."

Er zögerte. "Ich wurde bereits von zu vielen Leuten gesehen, und ich muss sofort aufbrechen. Die Untersuchungskommission wird mittlerweile erkannt haben, dass ich auf den Weg nach Dover bin und ich kann es mir nicht leisten, ihnen einen Vorsprung zu lassen."

Elizabeth griff nach seiner Hand. "Mit Aelfric zu sprechen ist wichtiger, als du dir vorstellen kannst. Wenn du auch nur einen Funken Vertrauen in meine Urteilsfähigkeit hast, dann bitte ich dich, mir jetzt zu vertrauen."

Er zögerte. "Na schön, wenn du wünschst."

Wie hatte sie das bis jetzt nicht erkennen können? Elizabeth verfluchte sich schweigend, weil sie blind für das Offensichtliche gewesen war. An diesem ersten Abend war sie so schockiert darüber gewesen, zu entdecken, dass Aelfric ihr Bruder war, dass sie dem, was zuvor vorgefallen war, wenig Aufmerksamkeit geschenkt hatte. Oh, so ein dummer, dummer Fehler!

Aelfric stand auf der gegenüberliegenden Seite der Lichtung. Er sprach mit einem Gnom, aber Elizabeth konnte es nicht ertragen, zu warten, bis er fertig war. Immerhin waren die Sidhe selbst immer so abrupt, dass es schon beinahe an Unhöflichkeit grenzte, nicht wahr? Sie würde nun ebenso brüsk und unhöflich sein.

"Aelfric", unterbrach sie die beiden. "Verzeihung, aber ich muss unverzüglich mit dir sprechen."

Er sah leicht genervt aus, schien aber ihr Verhalten nicht weiter überraschend zu finden. "Was ist los?"

"George Wickham hat mir gesagt, du seist sein Lehnsherr." Hinter sich hörte sie, wie Darcy scharf die Luft einsog.

"Das ist wahr."

"Hat er dich gebeten, bestimmte Brunnen in der Welt der Sterblichen austrocken zu lassen?" Elizabeth hielt den Atem an, während sie auf seine Antwort wartete.

"Ja, aber das ist keine Angelegenheit, die ich in der Öffentlichkeit besprechen möchte. Ihm war es wichtig, dass das geheim gehalten wird."

"Ich fürchte, es muss öffentlich diskutiert werden. Hat er dir gesagt, warum er dich um einen solch seltsamen Gefallen gebeten hat?"

"Es ging um Rache an einem Magier, der ihn schlecht behandelt hatte. Ich habe nicht so genau aufgepasst."

Elizabeths Hände ballten sich zu Fäusten. "George Wickham ist ein Lügner. Dieser Magier hat ihn überhaupt nicht ungerecht behandelt, aber Wickhams Rache war sehr erfolgreich. Der Magier, von dem wir sprechen, ist Diarcey, der seinen Namen von deinem eigenen Vater erhielt. Weil die Leute glauben, er habe diese Quellen versiegen lassen, wurde er zu einem Bindebann verurteilt."

Aelfric warf Darcy einen unbehaglichen Blick zu. "Das tut mir leid, aber als mein Lehnsmann war Wickham berechtigt, mich um einen Dienst zu bitten. Die Geschichte hat zweifellos zwei Seiten, und ich hätte gewusst, wenn Wickham gelogen hätte."

"Oh, ich bin sicher, er hat einen Weg gefunden, die Wahrheit auf irreführende Weise auszusprechen! Aelfric, du kannst nicht zulassen, dass Diarcey für etwas, das du getan hast, so hart bestraft wird", flehte sie.

"Schwester, du hast die Art der Verbindung zwischen Lehnsherr und Lehnsmann offensichtlich nicht verstanden. Ich schulde ihm meine Loyalität."

Elizabeth stampfte mit dem Fuß auf. "Das kannst du nicht machen! Was ist mit deiner Loyalität zu mir? Ich fordere Blutrecht ein." Es war ein Schuss ins Blaue, aber mehr konnte sie nicht tun.

"Libbet, natürlich hast du Blutrecht, und wenn Wickhams Handlungen dir schaden würden, dann gälte meine Verantwortung dir- aber du behauptest, dass sie deinem Freund schaden. Er hat keine Beziehung zu mir, daher hat meine Verantwortung gegenüber Wickham Vorrang." Er sprach mit künstlicher Geduld, als würde er einem kleinen Kind etwas erklären, das eigentlich offensichtlich war.

"Was ihm schadet, schadet auch mir. Wenn du dich nicht bereiterklärst, auszusagen, was du getan hast, dann werde ich ... werde ich England noch heute Abend mit ihm verlassen und du wirst mich niemals wiedersehen." Sie wagte nicht, Darcy anzusehen.

Aelfric zögerte. "Es tut mir leid, aber ich bin an den Kodex der Sidhe gebunden. Du solltest nicht mit ihm gehen, *Tiarinn*."

Es hätte sie dazu bringen sollen, ihm zu gehorchen, aber stattdessen brachte es ihre draufgängerische Seite zum Vorschein. "Du hast kein Recht, mich davon abzuhalten, mit ihm zu gehen, *Tiarinn*." Ihr letztes Wort triefte nur so vor Sarkasmus. "Du bist derjenige, der ihn zur Flucht zwingt. Du hast beschlossen, den Mann zu ruinieren, den ich liebe."

"Libbet, du und ich, wir sind Familie. Er ist es nicht. Du solltest auf mich hören."

"Du magst mit mir blutsverwandt sein, aber das werde ich dir niemals vergeben, niemals!" Warum konnte Aelfric nicht sehen, dass Darcy mehr als ein Verwandter war, dass er ein Teil von ihr war?

Das war die Lösung. Sie lag direkt vor ihr. Mit jeder Unze Kraft, die sie besaß, sagte sie die Worte: "Ich beanspruche Blutrecht."

"Libbet, ich habe bereits erklärt, dass dein Blutrecht hier nicht gilt -"

"Nicht dir gegenüber. Ich beanspruche Blutrecht auf Diarcey." Damit würde sie Darcy zu Aelfrics *Shurinn* machen.

Aelfric holte tief Luft. "Du verstehst gar nicht, was du da sagst."

"Doch, das tue ich und ich meine es ernst." Aber eigentlich verstand sie es nicht wirklich, außer dass es Aelfric zwingen würde, Darcy zu beschützen. Sie würde alle Hebel in Bewegung setzen, die dafür notwendig waren.

Aelfric hatte die Grenzen seiner Geduld erreicht. "Du kannst nicht einfach aus einer Laune heraus Blutrecht beanspruchen. Das ist vollkommen töricht."

"Es ist keine Laune. Ich fordere Blutrecht ein. Diarcey, verwehrst du es?"

Darcys Gesicht war die Verwirrung selbst. "Ähm...nein." Es klang eher nach einer Frage als nach einer Antwort.

"Na siehst du." Elizabeth hob das Kinn. "Ich habe Blutrecht beansprucht, und er bestreitet es nicht."

Aelfrics Schultern sackten nach unten. "Du willst das wirklich tun?"

"Ja." Wenn Aelfric dagegen wäre, könnte dies bedeuten, dass es eine gute Idee war.

Aelfrics finsterer Blick ließ seine Sidhe-Gesichtszüge bösartig aussehen. "Also schön. Wenn du darauf bestehst, werde ich Wickham nicht mehr unterstützen und jedem, der es möchte, von meinem Anteil daran erzählen. Stellt dich das zufrieden?"

Ein enormes Gewicht wurde ihr von den Schultern genommen. "Dank- ich freue mich, das zu hören."

Er sah immer noch unzufrieden aus. "Titania muss den Ritus noch durchführen."

"Selbstverständlich." Hoffentlich wäre der Ritus unkompliziert und schmerzlos. Sie hatte noch einen langen Abend vor sich, von dem vieles abhing.

"Und er muss jetzt gleich vorgenommen werden, wenn ich mein Wort an meinen Lehensmann darüber brechen soll."

Elizabeth hob das Kinn. "Ich bin bereit. Lass uns unverzüglich zu Titania gehen."

Sie wagte es nicht, mit Darcy zu sprechen, solange Aelfric es mitbekam. Was er wohl von ihr dachte? Wäre er wütend, wenn er entdeckte, was sie getan hatte?

Aelfric marschierte schnurstracks auf Titania zu. "Libbet hat von diesem Mann Blutrecht eingefordert." Er zeigte auf Darcy.

Titania nahm Darcy in Augenschein, ihr Blick bewegte sich langsam von seinem Kopf zu seinen Füßen und wieder zurück. "Eine gute Wahl, meine Libbet. Ich hoffe, er ist deiner würdig."

"Das ist er." Elizabeths Kehle fühlte sich eng an. Titania zu beobachten war die richtige Ausrede, um Darcy nicht anschauen zu müssen.

"Kommt, stellt euch vor mich, alle beide, und reicht mir eure rechten Hände - nein, nicht so, die Handfläche muss nach oben zeigen." Sie zog einen kleinen silbernen Dolch hervor.

Gütiger Himmel, was gehörte alles zu diesem Ritus? War das ein schrecklicher Fehler?

Mit einer blitzschnellen Bewegung zog Titania die Spitze des Dolches über ihre eigene Handfläche. Blut quoll aus dem Schnitt hervor. Titania hielt ihre Hand über Elizabeths ausgestreckte Handfläche und ließ mehrere Tropfen ihres Blutes hineinfallen. Das Feenblut zischte, warf Blasen und funkelte in Elizabeths Hand, aber sie spürte keine Hitze, nur das Kribbeln der Magie.

Titania wiederholte die Prozedur bei Darcy. "Legt eure Handflächen aneinander, wendet euch einander zu und lauft zweimal gegen den Uhrzeigersinn im Kreis."

Es war eine seltsame Imitation eines formellen Tanzes. Elizabeths Augen hielten dem Blick aus Darcys dunklen Augen stand, während sie sich im Kreis drehten. Die Hitze seiner Hand an ihrer und das Feenblut, das sich zwischen ihnen vermischte, waren schockierend intim. Was er wohl dachte? Und warum war ihr plötzlich so schwindelig? Die Funken, die um ihre Hände tanzten, glitten ihre Arme hinauf. Irgendetwas floss in sie hinein, etwas Fremdes und Starkes.

Warum war ihr nicht klar gewesen, dass der Ritus einen Zauber beinhalten würde? Danach hätte sie sich womöglich verändert. War der

Zauber für Sterbliche überhaupt sicher? Alles drehte sich um sie, und Darcy war der einzige Anker in ihrer Welt.

Zweimal gegen den Uhrzeigersinn, und Elizabeth blieb stolpernd stehen.

"Das Blutrecht ist besiegelt." Titania klatschte in die Hände. "Mehr Wein für meine Libbet!"

Von einem Augenblick auf den anderen hatten alle Weingläser in den Händen. Elizabeth, der immer noch schwindelig war, hielt Darcys Hand, während sie auf sich anstießen.

Aber irgendetwas stimmte nicht. Sie spürte es tief in sich. Eversleigh brauchte Hilfe. Dann hörte sie seine Stimme!

"Aelfric!" Eversleigh schwankte auf sie zu, begleitet von einem sterblichen Mädchen.

"Georgiana! Was tust du hier?", rief Darcy.

Eversleigh ignorierte ihn und griff nach Aelfrics Ärmel. "Aelfric, das ist Miss Darcy. Sie hat eine Schlange im Kopf. Kannst du sie entfernen?" Seine Worte klangen verwaschen.

Aelfric wandte sich mit durchdringenden Augen Miss Darcy zu. "Wenn sie das wünscht, aber was ist mit dir geschehen?"

Miss Darcy rang sich die Hände. "Es ging ihm gut, als wir sein Haus verließen, dann wurde er zunehmend kränker, dennoch weigerte er sich, anzuhalten."

"Ich habe der Schlange die Giftzähne gezogen." Eversleigh brachte die Worte kaum heraus. "In dieser Hand hielt ich sie." Er hob die Hand. Sie war leuchtend rot, mit schwarzen Streifen.

"Evlan, du hättest das mir überlassen sollen", schalt ihn Aelfric. "Libbet, bringst du ihn zu Titania, damit sie ihn heilen kann?"

Elizabeth packte Eversleigh am Ellenbogen und stützte ihn, so gut sie konnte, trotz ihres eigenen Schwindels. "Was für eine Schlange war das?", fragte sie ihn, als sie sich Titania näherten.

"Ein Bann. Schwarze Magie."

Sie schnappte nach Luft. "Lady Catherine hat auch Miss Darcy verzaubert?"

Eversleigh schwankte. "Nicht Lady Catherine. Ein weiterer schwarzer Magier. Ein Kerl namens Wickham."

"Wickham, ein schwarzer Magier?", rief sie. Dann standen sie vor Titania und Elizabeth sagte: "Große Lady, Prinz Evlan wurde durch dunkle Magie verletzt. Er braucht dringend Hilfe."

Titania verschwendete keine Zeit. Sie nahm seine Hand und untersuchte sie. "Mein armer Junge. An solch starker Magie solltest du dich nicht versuchen." Sie hielt seine Hand vor ihr Gesicht und blies sanft auf seine Handfläche.

Eversleigh blinzelte. "Oh. Das ist besser." Er sah auf seine Hand, als frage er sich, wem sie gehörte. "Besser, aber ich bin so müde." Er brach auf dem grasbewachsenen Ufer zusammen und seine Augenlider wurden schwer.

DARCY FORDERTE: "GEORGIANA, was hat das alles zu bedeuten?"

Das Mädchen öffnete den Mund, aber es kamen keine Worte heraus. Sie verzog konzentriert das Gesicht und sagte schließlich: "Ich ... kann ... es ... nicht ... sagen."

Aelfric, den das nicht zu überraschen schien, fragte Miss Darcy: "Möchtest du, dass ich die Schlange jetzt entferne?"

"Oh, ja. Oh, ja!"

Er umfasste sacht ihre Wange und sah ihr in die Augen. Sie schwankte leicht. Aelfric trat einen Schritt zurück, eine schmächtige schwarze Schlange in der Hand und einen Ausdruck der Abneigung im Gesicht. Er ließ die Schlange fallen und zertrat sie mit dem Absatz seines Stiefels im Gras. Das Gras ging in Flammen auf, die rasch hoch aufloderten, flackerten und schließlich erstarben. "Besser so?", wollte er wissen.

"Viel, viel besser", flüsterte das Mädchen. "Lord Eversleigh sagte, ich darf Ihnen nicht danken, aber ich werde nie vergessen, was Sie für mich getan haben." Sie gähnte.

Hinter ihr beobachtete Elizabeth schockiert, was vor sich ging.

Darcy fing Georgiana auf, als sie zusammensackte. "Was habt Ihr mit ihr gemacht?", forderte er.

"Ich habe die Schlange entfernt. Sie ist nicht zu Schaden gekommen. Jetzt schläft sie nur", sagte Aelfric.

"Was ist das für eine Schlange? Das verstehe ich nicht."

Aelfrics Mund verzog sich. "Es war dunkle Magie. Ich möchte nicht darüber sprechen. Ich muss mich jetzt reinigen." Er marschierte davon.

Darcy wollte ihm nachlaufen, aber er konnte Georgiana nicht allein lassen. Er trug seine schlafende Schwester zum Rand der Lichtung und legte sie sanft auf dem Boden ab.

"Das ...", sagte Elizabeth ehrfurchtsvoll, "das war sehr wilde Magie."

"Aber was hat er denn getan?"

"Dunkle Magie ist der Ausdruck der Feen für das, was wir schwarze Magie nennen." Sie zögerte. "Kurz bevor Titania ihn geheilt hat, hat Eversleigh mir erzählt, dass Wickham deine Schwester mit einem Bann belegt hatte."

"Schon wieder Wickham? Das kann doch nicht wahr sein! Er ist ein Lügner und ein Betrüger, aber kein schwarzer Magier." Aber ein Gefühl der Unsicherheit legte sich über ihn.

"Eversleigh klang sicher, aber er schläft jetzt ebenfalls."

Darcy machte ein finsteres Gesicht. "Ich wünschte, dein Bruder wäre geneigt, Fragen zu stellen, bevor er handelt."

Titania rief: "Kommt, es ist Zeit!"

Elizabeths Augen wurden groß. "Die Feier! Ich muss gehen. Aber du..."

Es gefiel ihm nicht. Nichts davon gefiel ihm, aber er wusste, dass sie Recht hatte. "Ich werde hierbleiben, um über meine Schwester zu wachen."

Sie biss sich auf die Lippe. "Wirst du noch hier sein, wenn ich zurückkomme? Du wirst nicht gehen, nicht wahr?"

Seine Schwester schlief so fest, dass sie nichts wecken konnte, Wickham war ein schwarzer Magier und er hatte sich gerade einem Feenzauber unterzogen, bei dem niemand sich die Mühe gemacht hatte, ihn darüber aufzuklären, und er spürte immer noch, wie es in ihm prickelte. Sogar Elizabeths Verzweiflung darüber, dass sie ihn verlassen musste, spürte er.

Er konnte sich nicht helfen. Er zog sie zu sich heran und küsste sie.

420

"Libbet!", rief Titania. "Wir müssen gehen!"

Widerwillig ließ er sie los. "Ich werde hier sein."

Elizabeth berührte ihre Lippen mit den Fingerspitzen und sah benommen aus.

"Geh jetzt", sagte Darcy. Ansonsten wäre er außerstande, sie überhaupt ziehen zu lassen.

ELIZABETH WAR FROH, sich im hinteren Teil von Titanias Gefolge verstecken zu können, als sie ihre Reise nach Rosings Park begannen und jeweils zu dritt in den Feenring stiegen. Ihre Lippen brannten immer noch von Darcys Kuss und alles um sie herum drehte sich noch immer, angesichts all dessen, was eben erst geschehen war. Und er hatte sie vor allen geküsst. Nicht, dass es irgendjemanden in Faerie interessieren würde, besonders nachdem sie Blutrecht beansprucht hatten, aber sie selbst schockierte es dennoch.

"Nun, das war interessant", sagte Frederica spitz, als sie auf der Lichtung von Rosings ankamen. Mehrere Elfen trugen Fackeln, um ihren Weg zu auszuleuchten.

"Welcher Teil davon? Ich weiß nicht einmal, was du mitbekommen hast." Elizabeth wusste, dass sie vermutlich tiefrot anlief.

"Den Teil, als du Blutrecht verlangt hast, hätte kaum jemandem entgehen können. Titania schien das nicht zu überraschen."

Elizabeth errötete. "Titania wusste es. Nicht wer er war, nur, dass er existierte. Erinnerst du dich an jenen Tag, als sie mit uns über unser Verlangen gesprochen hat?"

"Wie könnte ich das vergessen?", grummelte Frederica. "Noch nie in meinem ganzen Leben war ich so verlegen."

Titania hob die Hand und die Gruppe blieb am Rand des Hains in einer Wolke aus tintenschwarzen, dunklen Schatten stehen. Aufgespannte Seile mit farbigen Laternen daran erhellten die Menge der nachtschwärmenden Gäste in den formellen Gärten vor ihnen. "Wir sollen auf unser Stichwort warten", sagte die Königin.

Elizabeth schüttelte in einem vergeblichen Versuch, wieder klar denken zu können, den Kopf. Dies war der Moment, auf den sie hingearbeitet hatten und von dem so viel abhing. Würden die Gäste schreiend in die Nacht fliehen, wie sie befürchtete, oder würden sie die Fay gut aufnehmen, wie Lady Matlock und Frederica es sich erhofften?

Lord Matlock bestieg ein gut beleuchtetes Podium im Garten und klatschte in die Hände, um für Ruhe zu sorgen. "Ladys und Gentlemen, ich danke Ihnen, dass Sie an unserem Mondscheinfest teilnehmen. Der heutige Abend ist ein ganz besonderer Anlass, einer, den keiner von uns jemals vergessen wird. Sie haben gesehen, wie unsere Schauspieler aus der Drury Lane eine Szene in Königin Titanias Laube aus *Ein Sommernachtstraum* präsentierten, eine Darstellung jener Zeit vor Jahrhunderten, als das Feenvolk noch unter uns wandelte und wir sie zu unseren Freunden zählten. Dann begann unser dunkles Zeitalter, wir bekämpften uns gegenseitig und begannen, das Unbekannte zu fürchten, und die Fay zogen sich still in die Unsichtbarkeit zurück. Alles, was uns blieb, waren die alten Geschichten und Darstellungen der vergangenen, glorreichen Zeit im Theater und Romanen.

Heute sind wir zivilisierter als unsere Vorfahren. Wir sprechen miteinander, anstatt zu kämpfen. Wir haben gelernt, Poesie, Kunst und alles Schöne zu schätzen. Dies ist unter den Fay nicht unbemerkt geblieben. Heute Abend ist es mir eine große Ehre, die Bewohner von Faerie wieder in unserem Land willkommen zu heißen."

Eine Handvoll Dryaden und Elfen, die sich unter die Menge gemischt und sich als Gäste ausgegeben hatten, ließen ihren Glamour fallen, um ihr wahres Selbst zu enthüllen. Keuchen und Schreie umgaben sie. Überall flüsterten verstohlene Stimmen, und mindestens eine Dame schien ohnmächtig zu werden. Andere Gäste wichen vor den Feen zurück.

Lord Matlock erhob die Hände, um erneut für Ruhe zu sorgen. "Ein Teil des Feenvolks weilt bereits unter uns, aber ich bitte Sie, nun unsere Ehrengäste willkommen zu heißen. Titania, die Königin der Feen, und ihre Begleiter, Prinz Aelfric von den Sidhe und Lady Aislinn von den Sidhe."

MR. DARCYS ZAUBER

Die Sidhe traten aus den Schatten, als ihre Namen genannt wurden. Titania trat an Aelfrics Arm vor, während Elizabeth, Frederica und die anderen hinter ihnen ausschwärmten. Lady Matlock, die vor ihren Gästen an der Spitze stand, versank in einen tiefen Hofknicks.

Die Gäste redeten nervös aufeinander ein. Einige folgten Lady Matlocks Beispiel, aber die meisten zögerten oder wichen zurück. Titania glitt schweigend auf die vorbereitete Laube zu und nickte hoheitsvoll zuerst zur einen Seite und dann zur anderen.

Den Theaterdarstellern in der Laube, die noch immer in ihren Shakespeare'schen Kostümen steckten, bedeutete sie mit einer Handbewegung und sagte "Entfernt euch" mit ihrer warmen, glockenhellen Stimme. Die Schauspieler liefen panisch in alle Richtungen davon. Lady Matlock hatte sie offenbar auf diesen Teil ihrer Pflichten nicht vorbereitet.

Titania machte erneut eine Handbewegung und in der Mitte der Laube erschien ein kunstvoll gestalteter Thron aus Silberfiligran. Ihre drei sterblichen Bewunderer versammelten sich auf dem Hügel um sie herum, als hätten sie ihr ganzes Leben in einer rustikalen Laube verbracht. Zumindest dieser Teil kam Elizabeth natürlich vor, weit mehr als sich mit offenen und mit Blumen verzierten Haaren in der Öffentlichkeit sehen zu lassen. Frederica nahm ihren Platz zu Titanias Füßen ein, die Beine unter sich angewinkelt, ihr Kopf ruhte an Titanias Knie. Zweifellos sah es für all jene sehr malerisch aus, die nicht wussten, dass sie angewiesen worden war, diesen Platz einzunehmen, um zu verhindern, dass die Gäste Titania zu nahe kamen.

"Ich würde gerne einige dieser Sterblichen treffen, besonders, wenn es zwei oder drei gleichzeitig sind. An Menschenmassen bin ich nicht gewöhnt." Titania schien mit ihren Begleitern zu sprechen, aber ihre Stimme war wesentlich weiter zu hören als die eines Sterblichen.

Ein paar mutige Seelen traten vor, aber der größte Teil der Menge hielt sich zurück und einige huschten sogar davon. Lord Matlock schloss sich seiner Frau und Lady Jersey in einem informellen Empfangskomitee direkt vor der Laube an.

Lord Matlock lachte über etwas, das ein Mann mit rotem Gesicht zu ihm sagte. "Mein Freund, wenn du glaubst, dass meine Magie ein Zehntel dieses Spektakels zustande bringen könnte, überschätzt du meine Fähigkeiten erheblich. Im Vergleich zu ihnen kann ich praktisch nichts. Du hättest Prinz Aelfric sehen sollen, als ich ihn das erste Mal traf und er mühelos eine ganze Ladung echter Früchte aus dem Nichts heraus erscheinen ließ." Seine Stimme wirkte angesichts der Stille unnatürlich laut.

Der Mann mit dem roten Gesicht sagte zu Aelfric: "Ist das wahr? Ihr habt die Macht, Dinge zu erschaffen?"

Aelfric lächelte höflich und ließ einen Apfel auf seiner ausgestreckten Handfläche erscheinen. "Für Euch."

Elizabeth eilte zu ihm und warnte den fassungslosen Mann: "Die Fay mögen es nicht, wenn man ihnen dankt."

"Ich ..." Der Mann, der eben noch erstaunt den Apfel untersucht hatte, sah hoch. "Was soll ich stattdessen sagen?"

"Es macht ihnen nichts aus, wenn wir ihnen sagen, was wir von ihren Handlungen halten." Sie konnte kaum glauben, dass sie so aufdringlich war und einen völlig Fremden ansprach, der noch dazu vermutlich von höherem Stand war als sie, aber sie konnte nicht zulassen, dass er Aelfric verärgerte, wo ihr Bruder sich alle Mühe gab, sein bestes Betragen zu zeigen.

"Ich bin voll des Staunens. So etwas habe ich noch nie gesehen." Der Mann hielt den Apfel vorsichtig fest.

"Warum die Feen auf mich zugekommen sind?", sagte Lord Matlock mit weit lauterer Stimme als nötig zu einem anderen Gast. "Das sind sie gar nicht. Das war reiner Zufall. Mein Sohn und meine Tochter haben zufällig die dunkelhaarige junge Dame dort drüben kennengelernt, Miss Bennet. Sie ist Prinz Aelfrics Schwester und eine der wenigen Sterblichen mit der Fähigkeit, Faerie zu besuchen. Sie nahm meine Tochter mit, um Königin Titania kennenzulernen, die sie freundlich einlud, sich ihrem Gefolge anzuschließen. Meine Frederica ist diejenige, die der Königin zu Füßen sitzt."

Lady Matlock erschien neben dem Mann mit dem roten Gesicht. "Euer Gnaden, Ihr seht ebenso erstaunt aus, wie ich mich fühlte, als ich zum ersten Mal einen der Sidhe traf. Sie sind bemerkenswert, nicht wahr?"

"Bemerkenswert, ja, in der Tat." Er machte immer noch einen benommenen Eindruck, als Lady Matlock ein älteres Paar und eine junge Dame zu Aelfric führte.

"Prinz Aelfric, darf ich Euch Mr. Watts, einen unserer Magier, nebst Gattin und Tochter, Mrs. Watts und Miss Watts vorstellen?", sagte Lady Matlock.

Mr. Watts beäugte Aelfric skeptisch. "Ihr behauptet, ein Sidhe zu sein?"

"Vater, bitte", murmelte Miss Watts, der die Röte ins Gesicht stieg.

Vollkommen gelassen antwortete Aelfric: "Nein, ich behaupte nicht, ein Sidhe zu sein. Ich bin ein Sidhe."

Elizabeth flüsterte Aelfric zu: "Blumen für die Damen."

Aelfric erschuf gehorsam zwei weiße Rosen. Eine reichte er Mrs. Watts und strich dann die Blütenblätter der zweiten über die Wange ihrer Tochter, bevor er sie ihr aushändigte. "Etwas Schönes für die Schönheit", sagte er.

Miss Watts schien ganz gebannt zu sein.

Als nächstes kamen der Earl und die Countess von Wisley, die einen Apfel und eine Rose erhielten, gefolgt von einer eleganten älteren Dame. Elizabeth hielt den Atem an. Ältere Sterbliche waren für Aelfric immer noch eine Neuheit, was ihn unberechenbar machte.

Lady Matlock sagte: "Gestattet mir, Euch Mrs. Clapp vorzustellen, sie ist eine liebe Freundin von Lady Jersey."

Aelfric musterte sie einen Moment und sagte: "Die Auffälligkeit der Rose ist nichts für Euch. Ihr habt die Kraft und Stärke unserer kleineren, aber nicht minder geschätzten Freuden." Er wirkte einen Strauß aus Butterblumen und Kornblumen. "Diese werden nicht verwelken."

"Ihr seid ein Schmeichler", sagte Mrs. Clapp mit einem Hauch von Widerspenstigkeit. "Aber Ihr habt meine Lieblingsblumen ausgewählt. Die jungen Ladys müssen auf der Hut sein, um einen klaren Kopf in Eurer Gegenwart zu behalten."

Aelfrics Geduld überraschte Elizabeth, als er Gast für Gast kennenlernte. So hatte sie ihn noch nie gesehen. Befolgte er die Anweisungen von Eversleigh? Sie hoffte, dass er es aufrechterhalten konnte, zumal die meisten Gäste sie immer noch misstrauisch aus der Ferne betrachteten.

Sie hatte gewusst, dass es nicht so einfach sein konnte, die Feen in die Gesellschaft der Sterblichen einzuführen. Sie betete, dass es nicht in einer Katastrophe enden würde.

"Oh, Liebes", murmelte Lady Matlock während einer kurzen Pause. "Vielleicht sollten Sie zur Königin zurückkehren. Sir Walter Holmes' Tochter sitzt neben ihr und lässt ihr Haar herunter. Das wird Sir Walter gar nicht gefallen."

Titanias Gefolge hatte sich tatsächlich um zwei junge Damen vergrößert. Ein gutaussehender Mann in Abendkleidung malte die Szene. Hatte Lady Matlock einen Maler engagiert? Elizabeth hatte noch nie gehört, dass so etwas während einer gesellschaftlichen Veranstaltung stattgefunden hatte. Sie lächelte, als sie bemerkte, dass die Staffelei des Malers aus filigranem Silber bestand.

Titania streckte Elizabeth die Hand entgegen, als sie sich der Königin näherte. "Hier ist meine Libbet. Sie muss auch auf dem Bild sein."

Frederica sah sie von ihrer Position zu Titanias Knien an. "Mr. McKee sagte der Königin, er wünschte, er hätte Farben, damit er diese historische Szene festhalten könne."

"Es wird mein Meisterwerk sein", sagte der unverkennbar geblendete Maler.

Titania nickte huldvoll. "Ich habe ihn noch nicht umbenannt. Dafür möchte ich zuerst sein Gemälde sehen." Sie wandte sich wieder um, um einen weiteren Gast kennenzulernen, den Lady Jersey zu ihr gebracht hatte.

Es war eine Erleichterung, sich neben Frederica auf den Boden setzen zu können. Elizabeth war erschöpft und der schwierigste Teil der Nacht stand ihr noch bevor.

Ein Mädchen mit leuchtenden Augen und einer Krone aus Gänseblümchen sagte: "Ich kann das nicht glauben. In Cornwall, wo ich aufgewachsen bin, habe ich die ganze Zeit die Fay gesehen, aber dass die Königin selbst mich einlädt, mich ihr anzuschließen! Glauben Sie, sie wird mir erlauben, mit ihr nach Faerie zurückzukehren?"

Frederica stupste sie mit dem Ellbogen an. "Titania hat Rowan und Honeysuckle eingeladen, sich uns anzuschließen." Sie fügte flüsternd hinzu: "Miss Butler und Miss Holmes."

"Sie würde sich freuen, da bin ich mir sicher", sagte Elizabeth. "Sie sind Rowan?"

"So nennt mich die Königin. Jeder in London sagt, mein wahrer Name, Jennifer, sei seltsam, nur, weil er aus Cornwall stammt. Ich bin froh, dass sie mir einen neuen gegeben hat. Aber wie könnt ihr so mutig sein, euer Haar offen zu tragen?"

Die elegant gekleidete Miss Holmes, die nun Honeysuckle genannt wurde, schüttelte ihre frei schwingenden Locken. "Betrachten Sie es einfach als einen Kostümball. Mir gefällt die Freiheit, dir mir das gibt."

"Aber die Leute starren uns an!"

"Beachten Sie sie gar nicht. Lassen Sie sie starren und sehen, dass wir keine Angst haben", sagte Miss Holmes.

Frederica packte mit großen Augen Elizabeths Arm. "Steht auf, ihr alle, augenblicklich", zischte sie verzweifelt. "Er ist hier, obwohl Lady Jersey ihn nicht erwartet hat. Und Eversleigh ist nicht da! Er sollte sich um ihn kümmern, falls er kommt."

"Sich um wen kümmern?" Elizabeth bemühte sich, nicht auf ihre schwingenden Seidenröcke zu treten, als sie sich aufrappelte.

Frederica beugte sich über Titania und sagte eindringlich: "Der Prinzregent ist hier. Er handelt im Namen des Königs." Sie schluckte schwer und flüsterte: "Er ist sehr fett. Sprecht das nicht an." Sie ließ sich anmutig in einen vollendeten Hofknicks fallen und neigte den Kopf.

Der Prinzregent? Du lieber Himmel! Elizabeth tat ihr Bestes, um Frederica nachzuahmen, die den Vorteil hatte, nach ihrem Debut bei Hofe vorgestellt worden zu sein, aber ihr enger Unterrock und der unebene Boden erschwerten ihr Vorhaben. Mit gesenktem Kopf spähte sie durch ihre Wimpern und sah eine große Anzahl von Stiefeln auf sich zukommen.

"Prinz Aelfric, Ihr solltet bei Titania stehen." Das war Lady Matlocks Stimme. "Wo ist Viscount Eversleigh?"

427

Aelfric sagte: "Er ist in Faerie und heilt von einer Verletzung, die durch einen dunklen Magier verursacht wurde - oder was ihr einen schwarzen Magier nennen würdet."

"Noch einer?" Lady Matlock klang aufgebracht. "Nun, dann muss ich es wohl selbst machen. Königin Titania, der Prinzregent, hat um die Ehre gebeten, Euch vorgestellt zu werden."

Titanias Seidengewand wallte, als sie sich erhob. "Ihr müsst euch alle erheben. Er hat sein Gefolge, und ihr gehört zu mir."

Erschrocken hob Elizabeth den Kopf. Lady Matlock nickte subtil, und so erhob sie sich aus ihrem Knicks und versuchte, so wenig wie möglich dabei aus dem Gleichgewicht zu geraten.

Lady Matlock sagte rasch: "Positionieren wir Eure Dryaden direkt hinter Euch, mit den Sterblichen und Elfen dahinter."

"Libbet und Marigold Mädesüß werden sich meinen Dryaden anschließen." Titanias Stimme ließ keinen Raum zur Diskussion.

Mit schwachen Beinen gehorchte Elizabeth und widersprach nicht einmal, als Bluebird sie bei der Hand nahm.

Sie standen weit genug in Hintergrund, dass sie die Worte, die zwischen Titania und dem Prinzregenten gewechselt wurden, nicht ausmachen konnte, aber ihren Stimmen nach zu urteilen schienen sie sich zugetan zu sein. Elizabeth konnte kaum glauben, dass sie sich in der Gegenwart von Königen befand. Er sah genauso aus wie die Karikaturen, die sie gesehen hatte.

Ihre Beine fühlten sich stärker an, als Lord Matlock sich dem königlichen Grüppchen näherte. Seine herzliche Stimme war weithin zu hören. "Eure Königliche Hoheit, wir haben eine besondere Unterhaltung geplant, um den Besuch von Königin Titania zu feiern, und wir würden uns sehr geehrt fühlen, wenn Ihr uns gestatten würdet, sie Euch zu präsentieren."

"Was für eine Art von Unterhaltung ist das?" Der Prinzregent beäugte hoffnungsvoll die Dryaden.

"Drei junge Damen sind daran beteiligt. Unter den Fay üben alle Frauen Magie aus, und sie finden unser Verbot, das Frauen den Einsatz ihrer Magie verbietet, barbarisch. Ich neige dazu, ihnen zuzustimmen, insbesondere nun, da ich gesehen habe, was talentierte junge Damen mit ihrer Magie erreichen können. Meine Tochter, Lady Frederica, meine Nichte, Miss de Bourgh, und unsere liebe Freundin Miss Bennet werden uns gemeinsam mit einer Illusion des Königssaals in Faerie begeistern. Es wird ganz anders sein als die flachen Illusionen, die Ihr in der Vergangenheit gesehen habt. Durch diese Illusion werdet Ihr hindurchgehen und sie aus verschiedenen Perspektiven erleben können, ebenso, als wärt Ihr selbst nach Faerie gereist."

Prinnys Antwort war eindeutig positiv.

Elizabeth wünschte, sie könnte sich irgendwo verstecken, aber sie trat widerwillig mit Frederica vor, bis sie die Stelle erreicht hatte, an der Anne de Bourgh zwischen Lord Matlock und Titania sie bereits erwartete. Der Gedanke, diese komplizierte Illusion vor der Hälfte des *Tons* durchzuführen, war bereits einschüchternd genug gewesen. Nun kam zu diesem Publikum auch noch der Prinzregent hinzu und ihr schlotterten die Knie.

Titania sagte leise: "Libbet, Kind, deine Gabe ist immer noch geschwächt von der Blutbindung."

Was sollte das denn nun heißen? "Mag sein, aber ich kann mich jetzt nicht davor drücken."

Anne nahm Frederica auf der einen Seite und Elizabeth auf der anderen Seite an die Hand. "Lasst es beginnen."

Elizabeth gab ihr Bestes, das Publikum auszublenden und konzentrierte sich darauf, die Illusion aufzubauen. Zuerst erzeugten sie einen Nebel, den sie dann in die Gewölbedecke aus lebendem Holz des Königssaals verfestigten. Sie spürte, wie Frederica die gegenüberliegende Seite aufbaute, während Anne ihnen beiden Kraft spendete. Sie passte ihre Konstruktion an, um die feinen Details der Wasserspeier hervorzuheben und das fallende Wasser aus dem Brunnen zum Glitzern zu bringen.

Aber ein Teil ihrer Decke verwandelte sich wieder in Nebel. Sie zwang ihre Aufmerksamkeit, dorthin zurückzukehren, um sie zu reparieren, doch dann sprudelte das Wasser im Brunnen nicht mehr so stark und der Grasboden begann zu verblassen. Die Geräusche um sie herum begannen zu verschwinden und etwas stimmte nicht mit ihren Füßen. Dies war nicht geschehen, als sie es geübt hatten. Sicherlich konnte sie jetzt vor diesem erlesenen Publikum und dem Prinzregenten selbst nicht scheitern!

Dann spürte sie, wie Aelfrics Kraft ihre eigene verstärkte, ihre Decke und Wände stützte und hier und da ein Detail optimierte. Der blumige Duft der Luft aus Faerie wehte ihr um die Nase. Die gesamte Illusion verstärkte sich und wurde fester, als Prinny und sein Gefolge sie durchschritten. Irgendwie brachte Elizabeth es mit Aelfrics Hilfe fertig, ihren Teil der Illusion für die endlosen Minuten aufrechtzuerhalten, bis Anne "geschafft" sagte.

Dankbar ließ Elizabeth zu, dass sich die Illusion in Nebel auflöste. Was stimmte nicht mit ihr? Als sie geübt hatten, die Illusion aufzubauen, war es herausfordernd und anstrengend gewesen, aber sie hatte sie aufrechterhalten können.

"Libbet", sagte Frederica mit seltsamer Stimme, "warum stehst du in einer Wasserpfütze?"

Elizabeth sah auf das Wasser hinunter, das ihr bis zu den Knöcheln reichte. Es breitete sich nicht über den ebenen Boden hinweg zu Anne und Frederica aus. Das war unnatürlich. Ohne Zweifel. Ihre Füße waren klatschnass. "Vielleicht ist es etwas, was Mr. Darcy getan hat."

"Aber er ist immer noch mit seiner Schwester in Faerie."

Und sie war bei der Feier und stand vor dem Prinzregenten mit klatschnassen Füßen und Knöcheln. So konnte sie doch nicht herumlaufen! Was hatte Mr. Darcy über den Umgang mit Wasser gesagt? Dass er ihm sagte, was es tun solle? Einen Versuch war es wert. Sie fühlte sich vollkommen närrisch, als sie auf ihre persönliche Pfütze hinunterschaute und "verlasse mich und versinke im Boden" sagte.

Das Wasser gehorchte.

"Ich fühle mich sehr seltsam", sagte sie.

Bluebird materialisierte sich neben ihr. "Du hättest auf Titania hören sollen, Libbet. Das war zu viel für dich."

"Aber ich habe es schon mal gemacht. Ich bin mir sicher, dass alles gut sein wird, wenn ich mich ein paar Minuten hinsetze."

Frederica sah sie besorgt an. "Leider ist das das Einzige, was du nicht tun kannst." Sie neigte den Kopf in Richtung des Prinzregenten.

Bluebirds Arm legte sich fest um sie. "Ich werde dich stützen."

Elizabeth erlaubte sich, sich gegen Bluebird zu lehnen. Zumindest hatte sie ihren Teil zum Abend beigetragen und das war erledigt.

NUR NOCH WENIGE GÄSTE verweilten, als die Bediensteten speziell für die Fay-Gäste einen neuen Tisch mit Essen herausbrachten. Die Dryaden, Elfen und anderen Feen stürzten sich mit erschreckender Schnelligkeit darauf, während Titanias Bewunderer um das Privileg kämpften, ihr einen Teller bringen zu dürfen.

Frederica sagte zu Elizabeth: "Schau dir nur meine Mutter und Lady Jersey an. Sie werden vollkommen unerträglich sein, weil dieser Abend ein solcher Erfolg war."

"Sie haben es verdient. Ich dachte zuerst, das würde ein grandioser Misserfolg werden, aber als der Prinzregent uns seine Gunst zeigte, änderte sich alles. Ich hatte es nicht für möglich gehalten, dass es so gut ausgehen würde."

Frederica unterdrückte ein Gähnen und sah so müde aus, wie Elizabeth sich fühlte. "Ich bin froh, dass es beinahe vorüber ist. Es macht mehr Spaß, an einer Veranstaltung wie dieser teilzunehmen, wenn man nicht Teil der Unterhaltung ist."

"Da werde ich dich beim Wort nehmen müssen, da ich an so etwas noch nie teilgenommen habe. Aber ich muss mit deinem Vater sprechen, ehe wir gehen. Er wird wissen wollen, was zuvor vorgefallen ist, und es ist unwahrscheinlich, dass Darcy oder Eversleigh in der Lage sein werden, ihn auf den neuesten Stand zu bringen."

"Vermutlich. Er sollte im italienischen Garten sein. Mama hat ihn dorthin geschickt, als sie feststellte, dass die vielen Leute ihn überforderten."

"Er sah aus, als würde er sich ungemein amüsieren", sagte Elizabeth. Aber Lady Matlock hatte Grund, sich Sorgen um die Gesundheit ihres Mannes zu machen, also war es vielleicht klug gewesen.

Aelfric stellte seinen Teller mit Essen ab, ein wahres Opfer für einen Fay. "Ich werde dich begleiten. Ich mag es nicht, wenn du alleine herumläufst, wenn dunkle Magie im Gange ist."

Elizabeth überlegte, ihm zu sagen, dass es unnötig sei, aber sie war zu müde, um sich zu streiten. "Also schön."

Ohne die bunten Laternen war der italienische Garten dunkler als der Park, in dem die Feier stattfand, aber der Vollmond erhellte ihn genug, um sich zurechtzufinden. Lord Matlock saß auf einer Bank mit Blick auf das Parterre, eine einzelne Laterne zu seinen Füßen.

"Hat meine Frau Sie geschickt, um nach mir zu sehen?", wollte er wissen. "Ich versichere Ihnen, mein Herz schlägt genauso, wie es soll, und es gibt keinen Grund zur Sorge."

"Das freut mich, wenngleich ich nicht auf Lady Matlocks Geheiß hierhergekommen bin, sondern um Euch mitzuteilen, was wir kurz vor der Feier herausgefunden haben." Elizabeth holte tief Luft. "Wie es scheint, hat George Wickham, ehemals Mitglied des Collegiums, die schwarze Magie aufgenommen und Aelfric davon überzeugt, die Quellen austrocknen zu lassen. Aelfric ist bereit, allen zu sagen, dass er für die ausgetrockneten Brunnen verantwortlich war und nicht Darcy. Wickham hat auch Darcys Schwester mit einem Bann belegt, aber Aelfric hat ihn entfernt. Lord Eversleigh wurde durch den Zauber verletzt und erholt sich, nachdem er von Titania geheilt wurde." Mein Gott, sie klang, als brabbelte sie zusammenhangslosen Unfug.

Aelfric runzelte die Stirn. "Wickham war für die Schlange im Kopf des Mädchens verantwortlich?"

"So hat es mir Eversleigh - Evlan - gesagt." Sie hatte vergessen, dass Aelfric nicht anwesend gewesen war, um diesen Teil zu hören.

Lord Matlock rührte sich nicht mehr. "Ich denke, Ihr solltet mir diese Geschichte besser von Anfang an erzählen."

Nachdem sie alles, was geschehen war, wiedergegeben hatte, wischte Lord Matlock seine Stirn mit seinem Taschentuch ab. "Ich hatte gehofft, wir hätten unsere Probleme mit schwarzen Magiern überwunden, als meine Schwester weggeschickt wurde", sagte er ungewöhnlich kleinlaut. "Richard hatte recht."

"Ich wünschte ebenfalls, damit wäre dieses Kapitel abgeschlossen gewesen." Was konnte sie sonst noch sagen?

Aelfric sagte ruhig: "Ihr braucht euch keine Sorgen um Wickham zu machen. Ich werde ihn töten."

Falls er Widerworte von Elizabeth erwartete, würde er enttäuscht werden.

Bevor Lord Matlock etwas erwidern konnte, näherten sich ihnen vier Männer aus Richtung des Hauses. Der Vorderste trug eine Laterne und die Uniform eines Lakaien von Rosings.

Lord Matlock seufzte. "Warum denke ich, dass dies mehr schlechte Nachrichten mit sich bringt?"

Aelfric hüllte sich wieder in Schatten.

Der Diener blieb vor ihnen stehen. "Lord Matlock, Mr. Biggins ist hier, um Euch seine Aufwartung zu machen."

Der Blick des Earls senkte sich und er murmelte Elizabeth zu: "Aus Darcys Untersuchungskommission."

Elizabeths Muskeln spannten sich an. Das mussten die Männer sein, die Jagd auf Darcy machten.

Lord Matlock stand auf und sagte leutselig: "Mr. Biggins, es ist mir wie immer eine Freude, Sie zu sehen, aber wie der Barde so schön sagte: 'Unser Fest ist jetzt beendet' und ich glaube, Sie standen nicht auf der Gästeliste."

"Ich bin im Auftrag des Collegiums hier, Matlock. Die Untersuchungskommission hat eine Entscheidung getroffen. Nach den Statuten des Collegiums muss sich Darcy binden lassen. Er ist vor uns geflohen, und wir haben Grund zu der Annahme, dass er sich hier aufhalten könnte."

"Ich habe mich immer gefragt, warum unsere Gründer beschlossen haben, Untersuchungsausschüssen so viel Macht zu verleihen", bemerkte Lord Matlock. "Vielleicht haben sie angenommen, dass die Mitglieder solcher Gremien nach Gerechtigkeit streben würden, und ihr Handeln nicht von persönlichen Rachegelüsten leiten lassen. Trotzdem müssen wir mit dem Blatt spielen, das uns zugeteilt wurde. Unter diesen Umständen muss Ihr Urteil allerdings ausgesetzt werden. In dem Fall gibt es neue Beweise, die Darcy entlasten."

Biggins runzelte die Stirn. "Neue Beweise müssen ordnungsgemäß vorgelegt werden. Wir werden Darcy jetzt binden, und sollte dieser vermeintliche Beweis unser Urteil ändern, wird der Bann wieder von ihm genommen."

Matlock schüttelte ernst den Kopf. "Ich fürchte, damit würden Sie eine schlechte Entscheidung treffen. Darcy ist aus dem Collegium ausgetreten und muss sich seinen Beschlüssen nicht länger beugen und heute Nacht steht er unter dem Schutz von weit mächtigeren Magiern als Euch - und damit meine ich nicht mich."

"Wir haben Euch lange genug zugehört, Matlock. Er muss sich jetzt fügen."

"Und ich sage, Sie müssen jetzt die neuen Beweise anhören. Prinz Aelfric, darf ich es wagen, Euch darum zu bitten, diesen Gentlemen, die Darcy binden möchten, gewisse Tatsachen zu erklären? Gentlemen, das ist Prinz Aelfric von den Sidhe." Lord Matlock lehnte sich zurück und bereitete sich offensichtlich darauf vor, das Schauspiel zu genießen, als Aelfric aus den Schatten trat.

Biggins' Gesicht verzog sich vor Angst beim Anblick des Sidhe. "Ich weiß nicht, welches Spiel ihr da spielt, aber kommt uns nicht in die Quere."

Aelfric legte seine Hand auf das Schwert an seinem Gürtel, das fünf Minuten zuvor nicht dort gewesen war. "Ihr werdet Darcy nicht binden oder ihm in irgendeiner Weise Schaden zufügen."

Die Männer erstarrten. Aelfrics Auftritt könnte eine Illusion sein, aber seine Stimme war eindeutig nicht die eines Menschen. "Ihr könnt uns nicht aufhalten!"

"Das kann ich zweifellos. Euer Urteil ist falsch. Darcy mag vielleicht der einzige Sterbliche sein, der Wasser kontrollieren kann, aber für jeden Sidhe ist das ein Kinderspiel."

Die drei Männer sprangen rückwärts, als eine Wasserfontäne vor ihnen aus dem Boden sprudelte. "In diesem Fall war ich - oh, nicht ihr auch noch!" Aelfrics Stimme wurde ärgerlich.

"Was ist los?", fragte Elizabeth besorgt.

"Sie haben auch Schlangen im Kopf. Alle drei." Aelfric klang angewidert von dieser Wendung.

"Schlangen?", fragte Lord Matlock verblüfft.

Elizabeth beugte sich zu ihm und sagte leise: "Er meint, sie wurden von einem schwarzen Magier mit einem Bann belegt."

Lord Matlocks Kopf schnellte zu ihr herum. "Sind Sie sich da sicher?", hauchte er.

"Aelfric scheint sich sicher zu sein."

"Das würde erklären, warum sie so unvernünftig waren." Er studierte die drei Männer, bevor er sich wieder Elizabeth zuwandte und murmelte: "Mir gefällt gar nicht, wie sich das entwickelt, selbst wenn Ihr Freund Aelfric hier ist."

Elizabeth ebenso wenig. Wenn einer der Männer der schwarzen Magie mächtig wäre, könnte dies katastrophal enden. Gerade eben beobachteten sie Lord Matlock genau. Wussten sie, dass ihr Geheimnis aufgedeckt worden war? Würden sie versuchen, sie aufzuhalten, wenn sie Hilfe holen würde? Aber vielleicht war die Hilfe ja schon da. Sie sah Aelfric scharf an und dachte so laut sie konnte: Gefahr! Sie stellte sich den Anblick der Männer mit verbundenen Augen vor. Wieder und wieder. Gefahr! Augenbinden. Gefahr. Augenbinden.

Aelfric warf ihr einen verwirrten Blick zu, zuckte mit den Achseln und deutete auf die Männer - deren Augen nun verbunden und die an Händen und Füßen gefesselt und geknebelt dalagen.

Lord Matlocks Augen weiteten sich bei dem Anblick. "Was-?"

Aelfric sagte entschuldigend: "Libbet schien zu glauben, dass du sie so haben wolltest. Ich werde sie befreien, wenn du willst."

"Nein, so gefallen sie mir ziemlich gut", keuchte Lord Matlock. "Ich dank-"

Elizabeth trat gegen seinen Stiefel.

"... ich wollte sagen, dass Ihr ein sehr nützlicher Geselle seid."

"Der Knebel war meine Idee. Der unhöfliche Kerl ganz vorne hat gerade einen Schlangenzauber für dich vorbereitet und ich war es leid, ihn sprechen zu hören."

"Ich ebenfalls", sagte Lord Matlock. "Libbet, meine Liebe - verzeiht; ich wollte Miss Bennet sagen. Wären Sie so freundlich, den Magier bei Königin Titania zu informieren, dass ich es sehr zu schätzen wüsste, wenn er mir hier unverzüglich zur Hand ginge? Darcy auch, da ich annehme, dass er hier irgendwo in der Nähe lauert. Ich würde es selbst tun, wenn ich dächte, ich könnte aufstehen, ohne einen weiteren

Herzanfall auszulösen." Er sah blasser aus als zu der Zeit, als Elizabeth ihn geheilt hatte, und diesmal war ihre Magie zu erschöpft, um zu helfen.

"Sehr gern." Elizabeth knickste hastig und machte sich auf den Weg zu dem Teil des Gartens, in dem Titanias Gefolge verblieben war. Nach ein paar Schritten griff sie nach ihren Röcken, denn es war ihr gerade vollkommen gleich, ob man ihre Knöchel sehen könnte, und begann zu rennen.

DARCY ZOG SEINEN MANTEL aus und legte ihn über Georgianas schlafenden Körper. Er hatte es erneut nicht geschafft, sie vor Wickham zu schützen. Selbst im Schlaf noch wirkte ihr Gesichtsausdruck gequält. Und er konnte nichts weiter tun, als zu versuchen, sie warm zu halten. Er hatte sie auf so viele Arten im Stich gelassen.

Wickham, ein schwarzer Zauberer. Es fiel ihm immer noch schwer, das zu glauben, aber im Nachhinein erkannte er das Muster. Er hatte die Zeichen nicht gesehen.

Eine Dryade glitt mit seidenen Decken und einem Kissen zu Georgianas anderer Seite. Ohne Darcy anzusehen, breitete sie die Decken aus und legte das Kissen sanft unter ihren Kopf. Die Dryade strich mit den Fingerspitzen über Georgianas geschlossene Augenlider.

Darcy spürte das Prickeln der Magie. "Was machst du mit ihr?"

Schließlich sah die Dryade zu ihm auf. "Es ist, um ihre süßen Träume zu schenken", sagte sie mit leiser, melodiöser Stimme.

Darcy warf einen Blick auf Georgianas Gesicht. Sie lächelte jetzt ein wenig und der gequälte Ausdruck war verschwunden. Er verspürte eine Welle der Dankbarkeit gegenüber der Dryade, die ihn jedoch sprachlos machte. Was konnte er sagen, wenn er ihr nicht danken durfte? "Dein Geschenk ist großzügig."

Die Dryade nickte und glitt davon. Wie brachten sie es fertig, sich so gleichmäßig zu bewegen?

Alles war heute so chaotisch gewesen. Es war ein gewöhnlicher Tag gewesen, bis Hobbes ihm Biggins Visitenkarte gebracht hatte. Es gab nur einen Grund, warum Biggins Darcy einen Besuch abstatten würde, und das war, wenn sich die Untersuchungskommission gegen ihn entschieden hatte. Die Nachricht, dass er zwei andere Magier mitgebracht hatte, bestätigte dies nur. Darcy hatte sich das Geld geschnappt, das er zur Hand hatte, war unter dem Deckmantel der Illusion zur Küchentür heraus entkommen und nach Faerie geflohen.

Ein Windstoß traf sein Gesicht, als ein Vogel ein paar Meter von ihm entfernt vorbeiflog. Natürlich ein weißer Rabe, der zu ihm zurückkreiste und verzweifelt krächzte.

Er war zu müde und besorgt dafür. "Was ist los, Pepper?"

Darcy hob die Arme, um sich zu verteidigen, als der Rabe ihm direkt ins Gesicht flog.

Pepper krächzte verärgert und verwandelte sich in eine Katze. Sie biss in seine Hose und riss daran.

"Pepper, diesmal kann ich nicht mit dir gehen. Ich muss bei meiner Schwester bleiben."

Diesmal drangen Peppers Zähne bis zu seiner Haut durch.

"Au! Teufel nochmal, Pepper!"

Pepper zog wieder an seiner Hose.

Darcy hob eine Hand. "Warte kurz." Er stand auf und winkte der Dryade zu, die ihm geholfen hatte. Als sie näher kam, fragte er: "Kannst du die Sprache der Phoukas verstehen? Sie will, dass ich mit ihr komme, aber ich kann meine Schwester nicht alleine lassen."

Pepper ließ seine Hose los und miaute.

Die Dryade nickte. "Sie sagt, Libbet ist in Gefahr und braucht dich. Der Bruder deiner Mutter ist dem Tode nahe." Sie machte eine Pause, um noch einmal zuzuhören. "Dort sind dunkle Magier und nur noch Narren, die gegen sie kämpfen können. Libbet hat Angst." Sie sah zu Darcy auf. "Wenn du willst, werde ich über das Mädchen wachen. Sie ist hier in Sicherheit."

"Ich ... das ist sehr freundlich von dir." Und plötzlich wusste er, dass es wahr war. Er konnte Elizabeths Angst spüren, während sie sich über seinen Onkel beugte und ihm etwas zuflüsterte. Wie in Gottes Namen war dieses Wissen zu ihm gelangt? "Kannst du mich dorthin führen, Pepper?"

ELIZABETH WAR AUSSER Atem, als sie die Laube erreichte. "Lord Matlock benötigt... Hilfe. Schwarze Magie. Er ist krank." Der junge Magier FitzClarence zögerte nicht und raste in die Richtung, in die sie zeigte.

Titania packte Elizabeth fest am Arm.

"Nein, ich muss zu ihm zurückkehren", keuchte Elizabeth. Einen Augenblick später standen sie und Titania irgendwie an Lord Matlocks Seite, und Elizabeths Arm fühlte sich an, als wäre er aus dem Schultergelenk gezogen worden.

Lord Matlock hatte eine Hand an seine Brust gedrückt, während er schwach mit Aelfric sprach. "Wenn ich das nicht überlebe ... sag meinem Sohn ... sag ihm, dass du dir Pferde aus meinem Stall aussuchen darfst. Sie sind die besten in England."

Titania beugte sich über Lord Matlock. "Bist du krank?"

"Mein Herz", keuchte er.

"Ich kann dir helfen", sagte Titania.

"Wenn Ihr wünscht. Ich vermute, es ist zu spät." Sein sonst gerötetes Gesicht war kalkweiß.

Titania legte ihre Hand auf Lord Matlocks Wange und sah ihm in die Augen. Nach einem Moment winkte sie Elizabeth zu sich und legte ihre andere Hand auf Elizabeths Wange. "Sterbliche Herzen unterscheiden sich von unseren. Ich muss deines sehen, um zu wissen, wie seines funktionieren soll."

Eine kribbelnde Hitze baute sich in Elizabeths Brust auf und Schweiß brach auf ihrer Stirn aus. Was machte es schon, wenn noch ein weiteres bisschen Magie sie durchströmte?

Titania begann zu singen, eine wortlose Melodie, die sich durch die Luft zu winden schien. FitzClarence kam keuchend an, Darcy direkt hinter ihm. Woher hatte er gewusst, dass er kommen sollte?

Aelfric hob die Hand, um sie aufzuhalten. "Die Königin heilt Lord Matlock."

"Und diese Männer?" Darcy deutete auf die gefesselten Magier, die auf der Erde lagen.

"Die haben Schlangen im Kopf", sagte Aelfric nüchtern.

Mr. FitzClarence schielte zu den Männern mit den verbundenen Augen hinüber. "Ist das nicht Biggins?"

"Es scheint so", sagte Darcy grimmig. "Was ist geschehen?"

"Schlangen", sagte Aelfric, als überraschte es ihn, dass er sich wiederholen musste. "Der ganz vorne hat einen Schlangenzauber für Lord Matlock vorbereitet."

"Schlangen?", Mr. FitzClarence klang verblüfft.

"Schwarze Magie", erklärte Darcy.

Elizabeths Augenlider wurden schwer. Wäre es unhöflich, sich auf den Boden zu setzen? Sie war so müde und der Boden sah so ansprechend aus. Sie setzte sich, legte den Kopf auf die Knie und schlief ein.

TITANIA HÖRTE SCHLIESSLICH auf zu singen. "Er wird leben. Sein Herz ist jetzt anders, weder völlig sterblich noch vollkommen fay, aber es wird tun, was nötig ist."

"Wir stehen in Eurer Schuld, große Lady", sagte Darcy. Vielleicht könnte die Königin der Feen auch bei diesem neuen Problem helfen. Aber wie konnte er sie fragen, ohne eine Forderung zu stellen? "Ich werde seinen Rat brauchen, um mit diesen Männern umzugehen, die dunkle Magie praktiziert haben. Ich weiß nicht, was ich mit ihnen machen soll."

Sie sah ihn mitfühlend an. "Ich wünschte, ich könnte dir helfen, aber ich darf mich nicht in Konflikte der Sterblichen einmischen. Ich werde Libbet bei dir lassen. Sie braucht dich jetzt." Und sie war verschwunden.

Was zum Teufel sollte er jetzt tun? Die drei Magier, entweder schwarze Magier oder in den Fängen eines solchen, kämpften gegen ihre Fesseln an und versuchten, durch ihre Knebel zu schreien. Elizabeth, Lord Matlock und vermutlich Eversleigh schliefen noch immer tief und fest, um zu heilen. Warum hatte Elizabeth geheilt werden müssen? War sie verletzt worden? Er konnte es sich nicht leisten, darüber nachzugrübeln.

Wenn er nur wüsste, was zu dieser Situation geführt hatte! Aber alle, die wussten, was vorsichgegangen war, waren bewusstlos. Ihm war, als hätte sich ein Sommernachtstraum auf magische Weise in Hamlet verwandelt, und anstelle der toten Dänen lagen Schlafende auf der Bühne verstreut.

Nun, alle außer Aelfric, der das vielleicht teilweise verstanden hatte - vielleicht aber auch nicht, so zusammenhanglos wie er etwas von Schlangen vor sich hin brabbelte. Er sagte, Libbet fehle nichts, konnte allerdings nicht erklären, warum Titania sie geheilt hatte. Ihm schien es am wichtigsten zu sein, darauf zu warten, dass Lord Matlock erwachte, damit er ihn nach seinen Pferden fragen konnte.

"Sind heute Abend noch andere Magier hier?" fragte Darcy FitzClarence, der bei dem Gedanken, sich schwarzer Magie stellen zu müssen, sichtlich zitterte.

"Ich habe Watts vorhin gesehen, aber der ist bereits gegangen", sagte FitzClarence. "Mir wurde gesagt, ich solle mich Titania widmen, nicht den Gästen."

"Was ist mit Lady Frederica?"

"Sie ist mit Miss de Bourgh irgendwohin gegangen, nachdem der Prinzregent aufgebrochen ist."

Der Prinzregent? Er fuhr sich mit der Hand durch die Haare. Drei potentielle schwarze Magier und ein Magier, der noch grün hinter den Ohren war. Das war nicht vielversprechend. Vor ein paar Tagen wäre die Verantwortung für den Umgang mit der Situation seine gewesen, aber er war aus dem Collegium ausgetreten. "FitzClarence, mit Matlock und Eversleigh außer Gefecht gesetzt und diesen drei, die der schwarzen Magie verdächtigt werden, sind Sie hier das hochrangigste Mitglied des Collegiums, zumindest bis wir Richard Fitzwilliam finden. Es liegt an Ihnen, zu entscheiden, was mit unseren Gästen geschehen soll."

"Ich?", quietschte FitzClarence. "Sie sind schon länger dabei als ich."

"Unglücklicherweise für Sie bin ich vor zwei Tagen aus dem Collegium ausgetreten, hauptsächlich wegen der Possen von Biggins und dem Rest seiner Untersuchungskommission. Sie haben mich wegen Missbrauchs meiner Kräfte verurteilt." Zumindest könnte schwarze Magie eine Erklärung für ihr empörendes Verhalten ihm gegenüber sein.

Aelfric sagte: "Wenn es um die versiegten Quellen geht - das war er nicht. Ich war dafür verantwortlich."

"Ich glaube nicht, dass Darcy etwas falsch gemacht hat, aber ich habe keine Ahnung, was ich tun soll", sagte FitzClarence. "Wenn ich wirklich verantwortlich bin, dann ... dann bitte ich *Sie,* sich der Geschichte anzunehmen, Darcy."

Verdammt. Eversleigh und Lord Matlock würden ebenfalls von ihm erwarten, dass er sich darum kümmerte. "Aelfric, du hast gesagt, der eine Mann war dabei, eine Schlange zu machen. Die anderen beiden - sind sie auch dunkle Magier oder nur Sklaven eines dunklen Magiers?"

Aelfric zuckte mit den Achseln. "Das kann ich erst sagen, wenn sie versuchen, einen Zauber anzuwenden. Ich habe die Schlangen nur bemerkt, weil sie sich so erschreckt haben."

Ausgerechnet jetzt musste Aelfrics schiere Omnipotenz versagen! "Gibt es eine andere Möglichkeit, das zu bestimmen?"

Aelfric dachte darüber nach. "Du könntest die Phouka fragen. Sie könnte es wissen."

Pepper! Im Vergleich zu FitzClarence und Aelfric war Pepper eine wahre Säule der Zuverlässigkeit, aber sie war in die Nacht verschwunden, nachdem sie ihn hierher geführt hatte.

"Pepper, ich brauche deine Hilfe", rief er in die Nacht hinein und suchte den Himmel nach einem weißen Raben im Flug ab.

Druck gegen seinen Knöchel ließ ihn nach unten schauen. "Pepper! Gute Katze." Er ging in die Hocke, um ungefähr auf einer Augenhöhe mit ihr zu sein. "Pepper, wir haben ein Problem. Die Männer, die gefesselt sind - mindestens einer von ihnen ist ein schwarzer Magier, der dunkle Magie anwendet. Kannst du mir sagen, ob die anderen ebenfalls schwarze Magier sind oder nur unter einem Bann stehen?"

Pepper miaute, streckte sich und schlenderte gemächlich zu den Männern hinüber.

FitzClarence wirkte entsetzt. Er musste gedacht haben, Darcy hätte den Verstand verloren, weil er mit einer Katze gesprochen hatte.

"Sie sieht nur aus wie eine Katze. Sie ist eine Phouka." Als Pepper ihren Kopf drehte, und ihm einen bösen Blick zuwarf, fügte Darcy hastig hinzu: "Oder sie ist eine Katze, die auch eine Phouka ist. Was die Details anbelangt bin ich nicht so sicher."

"Ihre Augen passen nicht zusammen", flüsterte FitzClarence nervös.

Pepper schnüffelte an einem der unbekannten Männer und wandte ihr Gesicht ab, als würde ihr der Geruch missfallen. Sie wiederholte den Vorgang mit dem zweiten Mann. Als sie zu Biggins kam, schnüffelte sie an einer Seite seines Kopfes, ging an seinem Körper entlang, schnüffelte an seiner Hose und versenkte ihre Zähne direkt über seinen Stiefeln in seinem Bein. Biggins' Körper zuckte, aber sein Schrei wurde von seinem Knebel gedämpft.

Darcy hätte nicht gedacht, dass eine Katze angewidert aussehen könnte, aber Pepper tat es, als sie zu ihm zurücktrottete. "Lass mich sehen, ob ich dich recht verstehe. Biggins ist ein schwarzer Magier, die anderen beiden sind es jedoch nicht. Richtig?"

Pepper begann zu schnurren.

"Damit hast du dir noch viel mehr Fisch verdient." Darcy richtete sich auf. "Meine Herren, ich glaube, unsere beste Vorgehensweise besteht darin, diese Männer an einem sicheren Ort einzusperren, bis Eversleigh sie untersuchen kann. Der dunkle Keller in Rosings Park sollte durchaus geeignet für sie sein."

Kapitel 16

"Was machst du hier, Darcy?" Eversleighs Stimme, immer noch rau vom Schlaf, unterbrach Darcy beim Lesen.

Darcy schloss sein Buch und legte es auf einem Beistelltisch ab. "Endlich! Ich habe mich schon gefragt, ob du jemals aufwachen würdest."

"Wie lange habe ich geschlafen?"

"Einen Tag und eine Nacht. Du bist eingeschlafen, nachdem Titania deine Hand geheilt hat. Aelfric hat sich um Georgianas Schlange gekümmert, woraufhin sie ebenfalls einschlief, sodass keiner meine Fragen beantworten konnte. Dann wurden die Dinge wirklich interessant - im schlechten Sinne."

"Aber wie bin ich hierhergekommen? Ich erinnere mich, dass ich in Faerie war."

"Aelfric hat dich nach Rosings zurückgebracht, aber Titania bestand darauf, Georgiana zu dort zu behalten, bis sie aufwacht. Was in Gottes Namen ist mit ihr geschehen?"

Eversleigh setzte sich auf und streckte sich. "Sie wurde von George Wickham mit einem schwarzmagischen Zauber belegt. Nichts, was ihr Schaden zufügte; sie musste ihm lediglich jedes Mal sagen, wohin du gehst, wenn du London verlässt. Das löst das Rätsel, wie jemand alles über deine Reisen wissen konnte, selbst als du versucht hast, es geheim zu halten."

Darcys Miene verfinsterte sich. "Wickham macht mehr Ärger, als ich jemals für möglich gehalten hätte, und das will was heißen. Jetzt sind es schon vier schwarze Magier - der verstorbene Sir Lewis de Bourgh, Lady Catherine, Wickham und Biggins."

"Biggins ist ebenfalls auf die dunkle Seite gewechselt? Verdammt."

"Ich fürchte ja. Er ist mit verbundenen Augen und gefesselt im Weinkeller eingesperrt und wird von Richard Fitzwilliam, zwei männlichen Bediensteten und einer sehr selbstzufriedenen Katze bewacht. Natürlich steht Biggins laut Aelfric auch unter dem Bann eines anderen schwarzen Magiers, vermutlich handelt es sich dabei um Wickham. Biggins' Kumpane sind beide mit einem Bann belegt und eingesperrt. Und jetzt sind sie dein Problem." Darcy zwang sich, innezuhalten, bevor er anfing, sich vor Frust die Haare auszureißen. Der Tag war sehr nervenaufreibend gewesen.

"Guter Gott, was ist vorgefallen, während ich geschlafen habe? Wie hast du entdeckt, dass er ein schwarzer Magier ist?" Eversleigh war jetzt hellwach.

"Anscheinend hat Aelfric es ihm ins Gesicht gesagt. Möglicherweise kann dir Aelfric das besser erklären. Mir sagt er nur Sachen wie 'Schlangen sind schlüpfrig'. Lord Matlock und Elizabeth sind beide ebenfalls im fay-induzierten Schlaf, das ist also alles, was ich weiß. Ich habe mich in meinem Leben noch nie so ahnungslos gefühlt."

"Darcy", sagte Eversleigh deutlich, "ich denke, du solltest am besten beim Anfang beginnen und mir alles erzählen, was vorgefallen ist."

Darcy funkelte ihn an. "Was bedeutet es, wenn eine Frau einem Mann gegenüber Blutrecht beansprucht?"

"Können wir uns die Diskussion über die Fay-Etikette für später aufsparen, bis wir uns mit der schwarzen Magie befasst haben?" Eversleigh klang verärgert.

"Nein, das kann nicht warten." Er hatte bereits eine Nacht und einen Tag auf diese Antwort gewartet, von der so viel abhing.

"Wenn du darauf bestehst. Bei den Fay ist Blutrecht das Äquivalent zur Ehe, wobei es auch ein Element der Adoption und einen Austausch von magischen Kräften beinhaltet. Kannst du mir jetzt sagen, was geschehen ist?"

"Eine Feenehe? Ist sie unwiderruflich?"

"Ja, sie gilt lebenslang, aber warum ist das so verdammt wichtig?"

Darcy gestattete sich ein dümmliches Grinsen. "Weil Elizabeth, kurz bevor du ankamst und vor unseren Füßen zusammengebrochen bist, von mir Blutrecht eingefordert hat."

"Elizabeth hat Blutrecht gefordert? Gütiger Himmel! Ich habe noch nie zuvor gehört, dass ein Sterblicher das getan hat!"

Darcy zuckte mit den Schultern. "Sie wollte Aelfric zwingen, mich vor dem Bindebann zu retten. Es schien zu funktionieren." Er würde eine sehr interessante Diskussion mit Elizabeth führen, wenn sie endlich aufwachte.

"Wie kommt Aelfric da ins Spiel? Schon gut. Fang einfach am Anfang an, wenn dir dein Leben lieb ist."

"Am Anfang schuf Gott Himmel und Erde, und vermutlich schuf er auch Faerie", blaffte Darcy.

"Darcy, ich bin nicht-", er hielt abrupt inne, seine Augen weiteten sich und er starrte geschockt zur Tür. "Lady Frederica?"

Gütiger Gott, was machte Freddie hier? Noch dazu im Nachthemd!

Sie eilte zu Eversleighs Bett. "Du bist wach! Gott-sei-Dank! Aber geht es dir gut?"

Mit viel sanfterer Stimme als er mit Darcy gesprochen hatte, sagte Eversleigh: "Noch nie in meinem Leben ging es mir besser als jetzt."

"Du!", stotterte Frederica, "du... weißt du eigentlich, wie besorgt wir waren? Was hast du dir dabei gedacht, dich an solch riskanter wilder Magie zu versuchen? Das hätte dich umbringen können!" Sie verlieh jede Aussage Nachdruck, indem sie mit der Seite ihrer Faust gegen seine Schulter schlug.

"Frederica-"

"Habe ich dir erlaubt, mich beim Vornamen zu nennen? Nach allem, was ich deinetwegen durchgemacht habe?"

"Dann also Marigold-"

"Hör auf damit! Du weißt gar nicht, wie es ist, wenn man nicht weiß, ob- mmpf." Ihre Worte wurden verschluckt, als Eversleigh ihren Beschwerden in einer nicht allzu zivilisierten Weise ein Ende setzte. Das Bett knarzte, als er sie zu sich heranzog.

Darcy starrte das Paar an, das alles um sich herum vergessen hatte. Was war mit allen auf Rosings Park los? Er sollte sie aufhalten, aber dann würde es wieder Streit geben und er war es leid zu kämpfen. Mit einem Seufzer nahm er sein Buch wieder auf und hielt es sich direkt vors Gesicht, so nah, dass die Buchstaben verschwammen.

Er würde ihnen fünf Minuten Zeit geben, um ihre Schwierigkeiten zu lösen, dann würde er eingreifen. Was konnte schon in fünf Minuten passieren? Aber halt - sie waren schon im Bett. Dann besser drei Minuten. Und in ihrer Nachtwäsche. Nein, er würde ihnen eine Minute geben.

Lady Matlocks Stimme war eiskalt: "Wie ich sehe, werde ich heute Abend keine Zusicherungen von Viscount Eversleigh zur Gesundheit meines Mannes erhalten. Ich glaube, ich werde in mein Bett zurückkehren, und ich hoffe, wenn ich morgens aufwache, wird sich dies als nichts Schlimmeres als ein sehr böser Traum herausstellen."

Darcys Buch fiel aus seinen plötzlich erstarrten Händen. Diesmal stand Lady Matlock, in einen züchtigen Hausmantel gekleidet, im Türrahmen und funkelte ihre unglückselige Tochter an.

Frederica machte sich von Eversleigh los. "Mama, es ist nicht was du denkst -"

"Ganz sicher ist es genau das, was ich denke." Lady Matlock wandte sich um, um zu gehen, und warf im Gehen noch eine Bemerkung über ihre Schulter: "Darcy, ich schäme mich für dich. Zumindest du hättest es besser wissen sollen."

"Ich? Ich war nicht derjenige, der die Anstandsregeln mit Füßen getreten hat!", sagte er ungläubig, aber sie war schon weg. Lady Matlock hatte gern das letzte Wort. "Zumindest bin ich nicht aus dem Raum gegangen und habe euch beide alleine gelassen."

"Zu schade", sagte Eversleigh, der sich ein Lächeln nicht verkneifen konnte.

"Ich wusste, dass du uns aufhalten würdest", verkündete Frederica. "Aber keine Sorge. Mama ist nicht wirklich böse."

Darcy sagte trocken: "Wenn du diesen Raum verlässt und weiterhin darauf bestehst, dass ihr nicht verlobt seid, werden wir einen Ausbruch erleben, der den Vesuv in den Schatten stellt."

"Oh, na also schön", sagte Frederica.

Eversleigh grinste, zog sie an sich, und legte im Sitzen seinen Arm um ihre Schultern. "Gut. Ich bin froh, dass das endlich geklärt ist. Aber so entzückend dieses Thema auch ist, ich glaube, Darcy wollte mir etwas äußerst Wichtiges über schwarze Magier im Weinkeller erzählen."

FREDERICA KAM EINIGE Stunden später in Elizabeths Zimmer. "Gut, du bist auch wach. Der arme Darcy ist ganz außer sich, schnauzt alle an und sieht aus, als würde er jeden Moment explodieren. Er hat sich schreckliche Sorgen um dich gemacht und hat versucht, mit all der schwarzen Magie fertigzuwerden, ohne jemanden im Collegium um Hilfe bitten zu können. Das Schlimmste war, als er deine Katze bitten musste, ihm zu sagen, welcher von denen ein schwarzer Magier ist. Der arme Darcy, musste sich dazu herablassen, Befehle von einer Katze entgegenzunehmen!"

"Ich kann mir vorstellen, dass ihm das nicht gefällt", sagte Elizabeth, während sie einen Kamm durch ihre Haare zog. "Ich kann seine Sorgen allerdings verstehen. Zuerst Sir Lewis, dann George Wickham und nun auch noch Biggins - alle waren Mitglieder des Collegiums. Wenn im Collegium gleich drei Magier im Verborgenen agieren konnten, wie viele mag es dann noch unter seinen Mitgliedern geben?"

"Eversleigh plant wegen dieses Notfalls bereits ein außerordentliches Treffen des Collegiums, wenngleich ich mir nicht vorstellen kann, wie er ihnen erklären wird, dass Aelfric jedem in die Augen schauen und Pepper an ihnen schnüffeln muss. Mein Vater scheint nicht in der Lage zu sein, lange genug stillzusitzen, um sich darüber Sorgen zu machen."

"Geht es deinem Vater gut? Ich war mir sicher, dass er vor meinen Augen stirbt, bevor Titania kam. Es war so viel schlimmer als der Anfall, den er zuvor hatte, und meine Magie war bereits erschöpft."

"Mein Vater?", Frederica rollte mit den Augen. "Er treibt meine Mutter in den Wahnsinn. Titania hat sein Herz offenbar zu etwas gemacht, das irgendwo zwischen einem Sidhe- und einem Menschenherz liegt. Irgendwie hat das dazu geführt, dass er unerschöpfliche Energie und einen schelmischen Sinn für Humor hat. Es ist ein bisschen beängstigend."

"Ich frage mich, ob sie etwas mit meinem Herzen gemacht hat. Es war ein seltsames Gefühl. Aber sie würde wahrscheinlich nichts ändern, ohne mich vorher zu fragen." Elizabeth bewegte ihren schmerzenden

Arm. "Es hätte mir allerdings nichts ausgemacht, wenn sie sich darum gekümmert hätte. Wie geht es Anne de Bourgh?"

Fredericas Gesichtsausdruck wurde nüchtern. "Sie hat meiner Mutter geholfen, den nicht enden wollenden Strom von Besuchern aus London zu empfangen, aber es war schwierig für sie, einen schwarzen Magier im Haus zu haben. Es weckt zu viele Erinnerungen, sagt sie."

"Warum kommen sie zu Besuch? Nur, um Anne kennenzulernen?"

Fredericas Gesicht hellte sich auf. "Unsere Feier war ein großer Erfolg. Alle behaupten, sie seien von dem Moment an begeistert gewesen, als sie die Feen sahen, und Prinny selbst hat unser Illusionsgebäude gelobt und hat gesagt, dass er gerne mehr davon sehen würde. Niemand wird es nun wagen, dich eine Hexe zu nennen, wenn der Prinzregent deinen Einsatz von Magie gutheißt! Aber sie kommen aus dem Grund her, weil jede Gastgeberin in London die Sidhe zu ihren eigenen Soirées einladen möchte. Da sie nicht wissen, wo sie ihre Visitenkarten für das Feenvolk hinterlassen sollen, kommen sie hierher. Die gute Gesellschaft hat keine Ahnung, wie sie mit Wesen umgehen soll, denen ihre Regeln egal sind. Einige Damen haben sogar gefragt, wie sie dafür sorgen können, dass ihre Töchter lernen, Illusionen zu wirken. Darüber wird sich Anne besonders freuen."

"Darf ich fragen, was über die Blutrechtszeremonie gesagt wurde?" Sie vermutete, dass Darcy inzwischen ihre wahre Bedeutung herausgefunden hatte. Er hätte allen Grund, wütend auf sie zu sein.

"Kein Sterbenswörtchen. Darcy schweigt wie ein Grab was dieses Thema anbelangt. Wobei ich ihm auch zugestehen muss, dass er schwer beschäftigt war. Ich kann immer noch nicht glauben, dass du das getan hast."

"Ich bin selbst schockiert. Natürlich entlasse ich Mr. Darcy aus allen Verpflichtungen, wenn er es wünscht."

"Aber du hast es getan, um ihn zu retten!"

"Er hat mich nie gebeten, ihn zu retten, besonders nicht auf diese Weise. Bluebird sagte, die Bindungszeremonie kurz zuvor sei der Grund, warum ich meinen Teil der Illusion mit dir und Anne nicht aufrechterhalten konnte. Wenn Aelfric nicht eingegriffen hätte, um zu helfen, hätte ich uns alle in Verlegenheit gebracht."

"Es war sehr seltsam, zu spüren, wie seine Magie Teil davon wurde, wenngleich Anne es zu mögen schien. Ich finde es jedoch beunruhigend, dass die Sidhe sich in einen Zauber einklinken können, ohne die Person berühren zu müssen, die ihn wirkt. Was ist, wenn wir ihre Hilfe gar nicht wollen?"

"Deswegen brauchst du dir keine Sorgen zu machen. Aelfric konnte es nur, weil er Blutrecht auf mich hat."

"Diese Blutsrechtsgeschichte ist äußerst verwirrend. Ich bin froh, dass niemand es mir gegenüber geltend machen kann."

"Das kann ich dir nicht verdenken. Und jetzt habe ich drei Männer, die auf mich Blutrecht haben - Aelfric, Eversleigh und jetzt auch noch Darcy. *Tiarinn*, *Shurinn* und *Eliarinn*, obwohl letzteres, vorsichtig ausgedrückt, ziemlich hastig von mir eingegangen wurde."

"Bereust du es?"

"Nein." Selbst wenn Darcy verärgert wäre, war sie dennoch froh, dass sie ihn hatte beschützen können. Ein Teil von ihnen würde für immer verbunden sein, selbst wenn sie ihn nie wiedersah. Aber sein Kuss hatte ihr Hoffnung gegeben.

Es klopfte. "Herein", rief Elizabeth.

Darcy stand in der Tür, seine Augen waren mit einem nicht zu deutenden Blick auf sie gerichtet. Langsam ging er auf sie zu.

Du lieber Himmel! Er war in ihrem Schlafzimmer. Dies war mehr als unschicklich, selbst wenn Frederica dabei war.

Ohne seine Augen von Elizabeth abzuwenden, sagte er: "Freddie, du kannst jetzt gehen. Ich möchte mit meiner *Eliarinn* allein sein."

Er wusste es. Irgendwann zwischen der Feier und diesem Moment hatte er herausgefunden, was es bedeutete, wenn man Blutrecht beanspruchte.

"Aber sicher doch", flötete Frederica fröhlich und schloss die Tür hinter sich.

Elizabeths Herz begann zu pochen, als Darcy weiter auf sie zukam. "Ich weiß, dass du nicht verstanden hast, was Blutrecht bedeutet. Ich werde dich nicht auf eine Verpflichtung festnageln, die du unwissentlich eingegangen bist."

"Es spielt kaum eine Rolle, ob du das tun wirst, denn ich beabsichtige auf jeden Fall, dich darauf festzunageln, und die Bindung kann nicht gebrochen werden", sagte er im Plauderton. "Hast du seit dieser Nacht versucht, Magie einzusetzen?" Er blieb weniger als einen Fuß von ihr entfernt stehen.

Sie ging einen halben Schritt zurück. "Nur für die Illusion bei der Feier."

Er hob die Hand und rieb mit dem Daumen gegen seine Fingerspitzen. Eine blaue Flamme erschien aus seinem Daumen, genau wie bei ihr, wenn sie Feuer machte. "Siehst du, was mit mir geschehen ist? Ich kann mir vorstellen, dass mit dir dasselbe geschehen ist. In diesem Becken ist Wasser. Befiehl ihm, über den Rand zu laufen."

"Ich habe keine Macht über Wasser." So hatte sie ihn noch nie gesehen.

"Probier' es dennoch."

Lautlos sagte sie dem Wasser, es solle überlaufen. Und das tat es auch, ebenso wie es bei der Feier auf sie gehört hatte. "Gütiger Himmel!" Kein Wunder, dass sich ihre Magie nicht vorhersehbar verhalten hatte. Sie hatte etwas von Darcys Magie abbekommen und er etwas von ihrer.

"Gütiger Himmel, in der Tat. Jetzt schließ deine Augen und sag mir, was ich mit der Hand mache, die ich hinter meinem Rücken habe."

"Wie könnte ich ... Oh, also schön." Sie schloss die Augen und dachte an seine Hand. Plötzlich konnte sie es fühlen - von innen. Schlagartig öffneten sich ihre Augen. "Du hast deine Finger gespreizt."

Er zog seine Hand hervor, deren Finger tatsächlich gespreizt waren. Dann trat er vor, bis sich ihre Körper fast berührten. "Glaubst du immer noch, dass es möglich ist, mich aus der Verpflichtung zu entlassen?" Er schien gleichzeitig entschlossen und fordernd zu sein und kam auf sie zu, wie ein Löwe, der eine Gazelle jagt. War er unzufrieden mit ihr?

Sie befeuchtete ihre trockenen Lippen mit ihrer Zunge. "Ich hatte nicht erwartet, dass das passiert. Ich nahm an, dass es eher eine formelle Verbindung darstellt und ich konnte nicht ahnen, dass Aelfric an diesem Abend ohnehin mit Wickham brechen würde."

"Du hast gesagt, dass du mich liebst. Du hast gesagt, du würdest England mit mir verlassen. Du hast Blutrecht auf mich beansprucht.

Jetzt gibt es kein Zurück mehr." Er legte seine Hände auf ihre Schultern, aber anstatt sie wie erwartet an sich heranzuziehen, lenkte er sie Schritt für Schritt zurück. "Wenn ich gewusst hätte, was es bedeutet, weißt du, was ich dann getan hätte?"

Die Rückseite ihrer Beine stieß gegen das Bett, was dazu führte, dass sie mit einem dumpfen Plumps darauf zum Sitzen kam. "Was?" Warum war ihre Stimme so hoch?

Er stützte seine Hände zu beiden Seiten ihrer Hüfte auf das Bett und lehnte sich über sie bis sie seinen warmen Atem auf ihrem Gesicht spüren konnte. "Ich hätte es trotzdem getan", flüsterte er.

Seine Lippen senkten sich auf ihre. Während sein Mund sich über ihren bewegte und eine Flut von Verlangen auslöste, schob er sie nach oben bis ihr Kopf auf dem Kissen lag. Er hob ihre Beine auf das Bett und dann war er über ihr, stützte sich auf seine Ellbogen und klemmte ihre Beine mit seinen ein.

Elizabeths letztes Bisschen Verstand meldete sich. "Warum verhältst du dich so?"

Sein Lächeln hatte etwas Wildes. "Weil mir aufgefallen ist, dass du jedes Mal, nachdem du einen Schritt auf mich zugemacht hast, immer, wenn ich dachte, du würdest meinen Antrag endlich annehmen, danach wieder weggelaufen bist. Ich möchte klarstellen, dass diese Zeiten nun vorüber sind. Kein Wegrennen mehr."

Freude durchflutete sie. Sie schlang ihre Arme um seinen Hals. "Wer sagt, dass ich davonrennen will? Immerhin war ich diejenige, die Blutrecht beansprucht hat."

Seine Augen loderten. "Das hast du, *Eliarinn*." Er strich mit den Lippen über ihren Nacken und ließ seine Zunge bis zu ihrem Ohr hinauf gleiten. "Und ich habe es dir nicht verwehrt", flüsterte er, bevor er seine Aufmerksamkeit auf die empfindliche Kerbe zwischen ihren Schlüsselbeinen richtete.

Mit einem Wimmern bog sie sich ihm entgegen, verzweifelt, seinen Körper gegen ihrem zu spüren, und er tat ihr den Gefallen, indem er seinen Körper auf ihrem ablegte. Seinen Druck konnte sie auf jedem Zentimeter ihres Körpers spüren, und dennoch war es nicht genug. Sie umfing seinen Kopf mit ihren Händen und brachte seine Lippen zurück auf ihre.

Seit jener Nacht im Salon des Wittumshauses hatte sie sich so sehr danach gesehnt und sich verzweifelt gefragt, ob sie ihn jemals wieder spüren würde. Und es war sogar noch mehr - so viel mehr Kontakt zwischen ihnen, und diesmal konnte sie spüren, welche Wonne sie ihm mit ihrer Reaktion bereitete. Das machte sie noch schamloser und sie fuhr mit ihren Händen über seinen Rücken, während sein Kuss sie verschlang.

Dieses Ziehen, an das sie sich erinnerte, begann sich tief in ihr wieder aufzubauen, sodass sie sich unter ihm wand. Oh, sie brauchte mehr! Und diesmal gab es keinen Grund für Schuld oder Scham, und sie konnte in dem Vergnügen ertrinken, dass seine Hand ihren Nacken, ihre Schulter, ihren Arm streichelte - hatte er ihr das Kleid von den Schultern geschoben? Ja, und jetzt senkte sich sein Mund auf diese zarte Haut...

Elizabeth nahm das Klopfen an der Tür durch den Dunst der Sinnlichkeit hindurch kaum wahr, aber Darcy musste es bemerkt haben. "Geh weg!", rief er.

"Fitzwilliam Darcy, ich werde bis zehn zählen, und dann öffne ich diese Tür." Lady Matlock klang erzürnt.

"Ich hätte sie abschließen sollen", murmelte Darcy, als er Elizabeth half, die Schulterpartie ihres Kleides wieder hochzuziehen. Beide kletterten sie vom Bett.

Elizabeth versuchte, die zerknitterte Tagesdecke wieder gerade zu ziehen, aber das war ein hoffnungsloses Unterfangen. Stattdessen setzte sie sich entschlossen mitten drauf, um das Offensichtliche zu verschleiern. Gegen den zerzausten Zustand ihrer Haare konnte sie auf die Schnelle nichts unternehmen.

Die Tür öffnete sich und enthüllte eine stirnrunzelnde Lady Matlock. Ihr Mann stand hinter ihr und sah eher amüsiert als verärgert aus.

"Es gibt keinen Grund zur Sorge", presste Darcy hervor, "Elizabeth und ich haben kurz vor der Feier das Feenäquivalent einer Eheschließung durchlaufen."

"Das ist nicht mein Äquivalent einer Eheschließung", sagte Lady Matlock. "Darcy, du suchst dir ein Pferd, reitest nach London und kehrst mit einer Sonderlizenz zurück. Jetzt. Augenblicklich."

"Das hat keinen Sinn", sagte Elizabeth, die sich ihrer geschwollenen Lippen sehr bewusst war. "Ich bin noch nicht volljährig, sie hätte also keine Gültigkeit."

"In diesem Fall muss Darcy auch Ihrem Vater einen Besuch abstatten und seine Erlaubnis einholen", sagte Lady Matlock streng.

"Mein Vater wird mich eher auf dem Dachboden einsperren als seine Erlaubnis zu erteilen", sagte Elizabeth. "Ihn zu überzeugen ist vermutlich kein schneller Prozess, und ich bin derzeit nicht bereit, mit ihm darüber zu sprechen."

"Dann müssen wir euch beide auseinander halten, bis er seine Zustimmung gibt", stellte Lady Matlock fest.

Darcy machte ein Geräusch, das nur als Knurren bezeichnet werden konnte. "Komm, Elizabeth. Wir gehen."

"Wo wollt ihr hin?", forderte Lady Matlock.

"Nach Faerie, wo allgemeine Zustimmung herrscht, dass wir verheiratet sind", schnauzte Darcy zurück.

"Unsinn", sagte Lord Matlock fröhlich. "Das ist nicht nötig. Dieses Problem kann ich lösen." Er ging und einen Moment später ertönten rasche Schritte die Treppe hinunter.

Lady Matlock legte eine beringte Hand über ihre Augen. "Ich möchte mich nicht einmal fragen, was er damit schon wieder meint. Wir werden jedoch im Salon auf ihn warten. Nicht hier."

Sie fanden Eversleigh, Frederica, Anne und Colonel Fitzwilliam bereits im Salon, alle mit einem wissenden Grinsen auf dem Gesicht. Elizabeths Wangen brannten. Frederica musste ihnen allen erzählt haben, warum sie ihre Eltern in Elizabeths Zimmer geschickt hatte.

Eine Viertelstunde später betrat Lord Matlock den Salon und ließ zwei Papiere in Darcys Schoß fallen. "Unterschrieben und mit Siegel versehen. Damit sollte die Sache erledigt sein."

Darcy las das obenliegende Schriftstück durch und schüttelte den Kopf. "Ich weiß nicht, warum du denkst, dass es hilfreich sein wird, einen

Brief von dir zu haben, in dem du Elizabeth deine Erlaubnis erteilst, mich zu heiraten. Du bist nicht ihr Vater."

Lord Matlock machte es sich in einem großen Sessel bequem. "Zweites Schriftstück."

Darcy machte sich nicht die Mühe, es anzusehen. "Sag mir, dass du nicht die Unterschrift ihres Vaters gefälscht hast."

"Ich hab' sogar noch was Besseres gemacht. Ich habe sie adoptiert." Lord Matlock wirkte äußerst mit sich selbst zufrieden.

Elizabeth blieb der Mund offenstehen. "Ihr könnt mich nicht einfach adoptieren!"

"Selbstverständlich kann ich das", sagte Lord Matlock. "Ich habe euch gesagt, dass ich es in Ordnung bringen würde und das habe ich getan."

Elizabeth sah zu Darcy hinüber. "Das kann doch nicht legal sein, oder?"

"Möglicherweise, wenn dein Vater die Adoption nicht in Frage stellt."

"Das würde er nicht wagen", sagte Lord Matlock. "Wenn es ihm zu Ohren kommt, habt ihr bereits als Ehemann und Ehefrau zusammengelebt. Das wäre ein viel zu großer Skandal, und welcher Richter würde glauben, dass ein verarmter Gentleman vom Lande mit sechs Töchtern seine Erlaubnis verweigert hat, wenn der Earl of Matlock eine von ihnen adoptieren wollte?"

"Fünf Töchter, und Ihr solltet vorsichtig sein, Mylord", sagte Elizabeth schelmisch. "Ich könnte entscheiden, dass ich viel lieber die Tochter eines Earls bin als zu heiraten."

Darcy und Lady Matlock sprachen gleichzeitig: "Auf keinen Fall."

Lord Matlock lachte. "Keine Sorge. Sie würden niemals zustimmen, länger als nötig in meiner Obhut zu sein. Darcy wird heute Abend nach London reiten, gleich morgen früh die Sonderlizenz erwirken und noch vor dem Dinner werdet ihr verheiratet sein. Und heute Abend werden wir auf diese sehr kurze Verlobung anstoßen."

"Und um zu feiern, dass Ihr für ein paar Stunden eine neue Tochter habt", sagte Eversleigh. "Ganz zu schweigen davon, dass Blutrecht beansprucht wurde. Habe ich dir gesagt, dass Titania ganz aufgeregt ist deswegen? Sie sagt, Eure Kinder werden sie für *Tiarinn* sein, was euch beide auch zu ihren *Shurinn* machen wird."

"*Tiarinn*? Aber das bedeutet gemeinsame Blutsverwandte. Unsere Kinder hätten kein Blut von Titania", sagte Elizabeth.

Eversleighs schelmischer Blick verstärkte seine Ähnlichkeit mit den Sidhe. "Ihr wurdet durch Titanias Blut miteinander verbunden, das wiederum gibt offensichtlich etwas von ihrem Blut an eure Kinder weiter. Euer Nachwuchs könnte interessante magische Kräfte haben."

Darcy nahm Elizabeths Hand und verschränkte seine Finger mit ihren. "Ich hatte noch keine Gelegenheit, mit dir darüber zu sprechen, aber falls eines unserer Kinder sich als Elementarmagier herausstellen sollte, wäre es mir lieb, wenn es einen Teil seiner Kindheit in Faerie verbringen könnte. Ich hatte jahrelang Angst davor, Kinder zu haben und sie leiden zu sehen, wie ich es musste. Selbst wenn ich einen Ring aus Feensilber trage, bleibt immer noch genug Druck der Elemente übrig, um es einem Kind schwer zu machen. In Faerie hätte es die Chance, ein ganz normales Kind zu sein."

Sie klimperte mit den Wimpern. "Meinen Kindern erlauben, Zeit in Faerie zu verbringen? Wie könnten wir Titania jemals dazu bringen, dem zuzustimmen?"

Frederica und Eversleigh lachten, aber alle anderen, einschließlich Darcy, sahen verwirrt aus. Elizabeth erklärte: "Titania hat mich bereits gebeten, meine Kinder zu ihr zu schicken. Ich glaube, sie würde sich mit jedem Kind zufriedengeben, das ich auf der Straße auflesen könnte."

Lord Matlocks alter neugieriger Blick war zurück. "Wie spielt Titanias Blut da hinein? Erzählt mir von dieser Bindung."

"Wir finden selbst immer noch heraus, was es bedeutet", gab Darcy zu. "Hier ist ein Effekt davon." Er rieb Daumen und Zeigefinger aneinander und erzeugte Feuer. ·

Lord Matlock beugte sich vor, um die Flamme zu untersuchen. "Faszinierend. Wie hast du das gemacht?"

"Es ist Elizabeths wilde Magie. Ein Teil davon wurde während der Bindung auf mich übertragen, und sie kann nun Wasser zu einem gewissen Grad kontrollieren."

"Wirklich?" Frederica unterzog Eversleigh einem prüfenden Blick.

Lord Matlock rutschte sich einen Stuhl heran. "Das müsst ihr mir sofort erzählen."

Der Butler verkündete: "Miss Darcy und Mr. Alfred."

"Georgiana!" Darcy sprang auf und umarmte seine Schwester. "Du bist wach! Geht es dir gut?"

Sie lächelte ihn zitternd an. "Mir geht es sehr gut. Prinz Aelfric hat sich so gut um mich gekümmert."

"Aelfric?" Darcy klang überrascht.

Aelfric streckte Darcy beide Hände entgegen. Nach einem Moment ergriff Darcy mit verwirrtem Gesichtsausdruck Aelfrics Handgelenke.

Eversleigh zeigte mit dem Finger auf Darcy. "Du schuldest mir eine Entschuldigung für all die vielen Gelegenheiten, bei denen du behauptet hast, dass *Shurinn* keine echte Bindung ist."

Darcys Kiefer bewegte sich, aber er sagte nichts.

Eversleigh drehte sich mit einem fröhlichen Blick zu den anderen um. "Darcy hat soeben entdeckt, dass sich seine Reaktion auf Aelfric geändert hat, seit sie *Shurinn* sind. Ich wage, zu vermuten, dass er sich gerade den Kopf darüber zerbricht, weil es ihm unlogisch erscheint."

"Natürlich ist *Shurinn* echt." Aelfric klang erstaunt, dass jemand etwas Anderes denken könnte. Er packte Eversleigh an den Handgelenken, küsste Elizabeths Wange, setzte sich neben Anne und küsste sie. Auf die Lippen.

"Es tut mir leid, dass ich so lange weggeblieben bin", sagte Aelfric zu Anne. "Ich musste mich um die Schwester meines *Shurinn* kümmern."

"Das stand natürlich an erster Stelle." Anne wirkte völlig ungerührt.

Aelfric sah auf, als er bemerkte, dass es im Raum vollkommen still geworden war. "Ist etwas los?", wollte er wissen.

Anne sprach, bevor jemand anderes antworten konnte. "Aelfric ist hier in letzter Zeit häufig zu Besuch gewesen. Und wagt es ja nicht, auch nur ein Wort darüber zu verlieren. Nicht ein einziges Wort." Es war eine klare Warnung.

Lady Matlock mochte vielleicht nichts sagen, aber ihr Gesichtsausdruck sprach Bände.

Anne wandte sich wieder Aelfric zu. "Du kommst genau zur rechten Zeit. Wir haben gerade erfahren, dass Elizabeth und Darcy morgen

Nachmittag heiraten werden, und ich bin sicher, Elizabeth möchte, dass du anwesend bist."

"Heiraten?" Aelfrics Stirn runzelte sich. "Aber sie haben bereits Blutrecht beansprucht."

"Stimmt", sagte Eversleigh. "Aber in der Welt der Sterblichen erwartet jeder von einem Mann und einer Frau, die einander lieben, dass sie durch eine Ehe vereint werden. Die Leute wären Libbet gegenüber grausam, wenn sie und Diarcey die Trauungszeremonie nicht durchlaufen würden."

"Oh. Dann muss sie es tun." Aelfric schien jedoch immer noch besorgt zu sein. "Anne, sollten wir auch eine Zeremonie haben? Ich möchte nicht, dass jemand dir gegenüber grausam ist."

Dieses eine Mal schwand Annes Selbstsicherheit. Sie kaute einen Moment auf ihrer Lippe. "Lass uns später darüber sprechen."

"Euer Angebot ist eines Gentlemans würdig, Prinz Aelfric", lobte Lady Matlock zustimmend. "Einige Frauen sind mit Seeleuten verheiratet, die längere Zeit abwesend sind. Es wäre also nicht ungewöhnlich, wenn Ihr nicht immer hier anzutreffen seid."

Miss Darcys zuvor glücklicher Gesichtsausdruck war verschwunden und sie schien die Tränen zurückzublinzeln. Elizabeth überprüfte in Gedanken, was kürzlich gesagt worden war, und eilte an die Seite des Mädchens. "Miss Darcy, ich bin so froh, dass Sie hier sein können, wenngleich diese Hochzeit morgen lediglich eine rasch improvisierte Geschichte ist. Als Lady Matlock vor einigen Stunden entdeckte, dass Ihr Bruder und ich in Faerie ein Bindungsritual durchlaufen haben, bestand sie darauf, dass wir sofort heiraten müssen." Sie beugte sich näher und flüsterte dem Mädchen ins Ohr: "Um ehrlich zu sein, ist diese Hochzeit nicht ganz legal, weshalb Ihr Bruder und ich zu einem späteren Zeitpunkt eine weitere, richtige Hochzeit planen. Diese Zeremonie dient lediglich dazu, Lady Matlock zu beschwichtigen."

"Oh." Das Atmen schien Georgiana nun leichterzufallen. "Deshalb. Ich konnte nicht verstehen, warum alles so schnell gehen musste."

"Ich ebenfalls nicht." Sie musste das Mädchen ablenken, bevor es bemerkte, dass sein Bruder die Verpflichtung bereits eingegangen war, ohne es ihr vorher zu sagen. "Was halten Sie von Faerie?"

"Oh! Es war wundervoll. Sogar noch besser als ich es mir vorgestellt hatte. Ich bin nur ein paar Stunden vor unserer Ankunft aufgewacht, aber Königin Titania war so nett zu mir. Ich habe noch nie jemanden wie sie gesehen. Können Sie sich vorstellen, dass sie mich eingeladen hat, sie wieder zu besuchen? Sie hat mich ihre Waldlerche genannt, weil sie sagte, meine Stimme sei seidig wie die der Lerche."

"Oh nein", stöhnte Colonel Fitzwilliam, "nicht noch ein Name. Ich kann mir kaum einen Namen pro Person merken. Das ist zu viel für mich, zwei verschiedene Namen im Gedächtnis zu behalten, die an verschiedenen Orten verwendet werden. Noch dazu, dass es in der einen Welt unverschämt ist, jemandem zu danken, während es in der anderen unverschämt ist, jemandem nicht zu danken!"

"Feennamen ergeben mehr Sinn als sterbliche Namen", meldete sich Aelfric zu Wort. "Evlan und ich nennen dich Dubheach, das bedeutet schwarzes Pferd."

Colonel Fitzwilliam schlug sich die Hände an den Kopf.

DARCY KEHRTE AM NÄCHSTEN Morgen mit einer Sonderlizenz in der Hand zurück. "Sie haben die Briefe meines Onkels akzeptiert und mir die Lizenz gegeben", sagte er zu Elizabeth. "Ob es legal ist oder nicht, ist eine andere Sache."

Mit schelmischer Miene sagte Elizabeth: "Auf jeden Fall legaler als die Blutrechtszeremonie."

Er lächelte auf eine Weise, die Hitze durch sie strömen ließ. "Das kann ich nicht abstreiten."

"Ich hab' euch doch gesagt, dass ich das Problem lösen würde", sagte Lord Matlock selbstgefällig.

"Nicht zu vergessen, dass es christlicher ist", ergänzte Lady Matlock frostig. "Ich werde Vorkehrungen treffen, dass ein Geistlicher heute Nachmittag hierherkommt."

"Vielen Dank", sagte Darcy. "Mr. Cox, der Pastor von Chiddingstone, könnte eine gute Wahl sein. Er half dabei, mit der hiesigen Dienerschaft zu sprechen, nachdem Lady Catherines schwarze

Magie aufgedeckt wurde, er könnte also nicht ganz so schockiert von der gegenwärtigen Situation sein wie manch anderer es möglicherweise wäre. Mr. Collins aus Hunsford wäre nicht angemessen. Er hat Hausverbot auf Rosings."

Lady Matlock nickte. "Also schön." Sie rauschte aus dem Zimmer.

Der Butler verkündete: "Mr. Debenham."

Ein schlanker, dunkelhaariger Mann Mitte dreißig betrat den Raum und verbeugte sich. "Es ist mir eine Freude, Euch wiederzusehen, Eure Lordschaft, Darcy, Miss de Bourgh."

Lord Matlock erhob sich. "Was für eine angenehme Überraschung, Debenham. Ihre Anwesenheit hatte ich mir bereits gewünscht. Wann sind Sie aus Irland zurückgekehrt?"

Debenham sagte kühl: "Ich bin vor zwei Tagen in London angekommen und habe dort ziemlich alarmierende Berichte über Rosings gehört. Ich dachte, ich könnte meine Hilfe anbieten."

"Nett von Ihnen! Miss Bennet, darf ich Ihnen Mr. Debenham vom Rat der Magier vorstellen? Miss Bennet ist Darcys Verlobte."

Debenham verneigte sich über Elizabeths Hand. "Es ist mir ein Vergnügen. Darcy, ich muss die Nachricht von deiner Verlobung verpasst haben. Meine Glückwünsche."

"Vielen Dank. Die Verlobung wurde noch nicht bekannt gegeben", sagte Darcy.

Debenham beäugte Elizabeth. "Du kannst dich glücklich schätzen."

"In der Tat", sagte Lord Matlock. "Kommen Sie mit in die Bibliothek und ich werde Ihnen berichten, was vorgefallen ist. Ihre Hilfe kommt gerade zur rechten Zeit."

"Ich bin gespannt auf die jüngsten Ereignisse", sagte Debenham. "Vielleicht könnte sich Darcy uns anschließen? So weit ich verstanden habe, war er auch mit von der Partie. Ist Eversleigh ebenfalls hier?"

"Er ist irgendwo auf dem Gelände und geht mit meiner Tochter spazieren. Er kann sich uns anschließen, wenn er zurückkommt. Aelfric, Ihr habt ebenfalls eine einzigartige Sicht auf die jüngsten Ereignisse. Gestattet mir, Euch Mr. Debenham vorzustellen."

Debenhams Augenbrauen hoben sich. "Ein Sidhe? Die Details Eures Mondscheinfestes sind also wahr. Ich habe nicht gewusst, wie viel

Glauben ich den wilden Geschichten schenken soll, die mir zu Ohren gekommen sind."

Aelfric nickte kalt, sagte allerdings nichts.

Mit einem bedauernden Blick zurück auf Elizabeth folgte Darcy seinem Onkel und den anderen in die Bibliothek.

"DEBENHAM IST HIER?", rief Eversleigh aus, als er und Frederica von ihrem Spaziergang zurückkehrten. "Ausgezeichnet. Jetzt können wir endlich Entscheidungen treffen."

"Er ist mit Lord Matlock, Darcy und Aelfric in der Bibliothek", erklärte Elizabeth. "Vielleicht möchtest du Aelfric retten. Ich glaube nicht, dass er Mr. Debenham mochte."

"Ich denke, ich sollte mich ihnen anschließen." Er wandte sich zum Gehen um, ihm stellte sich allerdings ein grimmig dreinschauender Colonel Fitzwilliam in den Weg, der den Türrahmen blockierte und den Arm über den Bauch gedrückt hatte.

"Schwarze Magie", krächzte der Colonel. "Schlimm. In der Bibliothek, denke ich." Er brachte die Worte kaum heraus.

"Was?", rief Frederica.

Mit aschfahlem Gesicht bedeutete ihnen Eversleigh, nichts weiter zu sagen. "Nicht so laut. Bist du dir sicher?"

Der Colonel nickte langsam. "Dieser Gestank. Unverkennbar."

Eversleigh schien tief in Gedanken versunken zu sein. Nach einem Moment erschauderte er. "Jemand malträtiert Aelfric mit Eisen. Elizabeth, kannst du spüren, was mit Darcy geschieht?"

Elizabeth schloss die Augen und versuchte, ihn mit diesem besonderen Sinn zu erreichen. Sie schnappte nach Luft. "Er ist bewusstlos. Da ist etwas auf seinem Gesicht, etwas Raues." Sie sprang auf die Füße. Sie musste zu ihm.

"Halt", sagte Eversleigh. "Ihr müsst alle gehen. Augenblicklich. Nehmt die Küchentür und begebt euch unter Titanias Schutz."

Frederica hatte die Augen weit aufgerissen. "Ich werde nicht davonlaufen. Sie brauchen unsere Hilfe!"

"Glaubst du, ich weiß das nicht?" Eversleighs Stimme war zwar leise, aber hart. "Du kannst nicht von Angesicht zu Angesicht gegen einen schwarzen Magier kämpfen. Er wird dich mit einem Bann belegen und dir deine Kraft aussaugen. Miss de Bourgh kann ein Lied davon singen. Durch eure Flucht schwächt ihr ihn und bleibt frei, um die anderen später zu retten. Geht jetzt!"

"Aber du bleibst!", rief Frederica.

"Nur, weil ich mindestens eine halbe Stunde unsichtbar bleiben kann. In dieser Zeit werde ich so viel wie möglich in Erfahrung bringen, ehe ich mich euch dann anschließe. Und jetzt geht!"

Elizabeth ergriff Fredericas Hand und zog daran. "Komm, Frederica. Du auch, Anne. Du ganz besonders."

Frederica fragte Eversleigh verzweifelt: "Wirst du meine Mutter suchen und sie zu uns schicken?"

"Wenn ich kann." Eversleigh flackerte und wurde unsichtbar.

Elizabeth warf einen gequälten Blick über ihre Schulter in Richtung Bibliothek, als sie mit Frederica und Anne davoneilte. Was hatten sie Darcy angetan? Colonel Fitzwilliam stolperte hinter ihnen drein, während er gegen die Übelkeit ankämpfte.

Sie nahmen die Dienstbotentreppe hinunter in die Küche. Glücklicherweise stelle keiner Fragen, als sie ganz selbstverständlich zur Küchentür hinausmarschierten. Elizabeth hätte der Dienerschaft am liebsten gesagt, dass sie ebenfalls das Weite suchen sollten, aber das könnte ihre eigene Flucht gefährden und keiner der Bediensteten besaß Magie, die missbraucht werden könnte. Dennoch fühlte es sich falsch an, sie im Stich zu lassen.

Colonel Fitzwilliams Gesichtsfarbe begann sich wieder zu normalisieren als sie die Gemüsegärten hinter sich gelassen hatten. "Wir sollten den Rosengarten meiden. Der ist von den Fenstern der Bibliothek aus einsehbar."

Sie näherten sich dem Hain, als sich der Boden unter ihnen hob. Elizabeth taumelte und stieß mit Frederica zusammen.

"Darcy muss aufgewacht sein", sagte Colonel Fitzwilliam mit grimmiger Befriedigung. "Schaut mal." Er zeigte auf den See, dessen

Wasser in Fontänen auf das Haus zuschoss. Der Boden unter ihnen vibrierte noch immer.

Anne nahm die Hände vor den Mund und blies. Drei Wirbelwinde formten sich vor ihr und stoben auf das Haus zu. "Das könnte ihm helfen."

"Oh, nein!", rief Frederica. "Wir haben Georgiana vergessen! Sie ist immer noch im Haus."

Colonel Fitzwilliam fuhr sich mit den Fingern durch die Haare. "Wir müssen hoffen, dass Eversleigh sie findet. Weiter jetzt!"

"Ist es sicher, wenn wir in den Hain gehen? Werden die Bäume nicht umfallen?", fragte Elizabeth.

"Es ist sicherer als hier zu bleiben!", schnauzte der Colonel.

Elizabeth zitterte. "Dann lasst uns gehen."

"DU UND DEINE FREUNDE müsst hier bleiben", sagte Titania sofort, als Elizabeth ihr den Grund für ihre Flucht erklärte. "Niemand wird euch hier etwas zuleide tun. Dunkle Magie ist etwas Schreckliches."

"Ihr seid sehr großzügig, große Lady", sagte Elizabeth. "Ich möchte Euch nicht in Aufruhr bringen, aber einer der dunklen Magier, ein Mann namens Wickham, ist ein Halbblut und kann durch die Ringe reisen."

Titanias Nasenflügel blähten sich auf. "Woher weißt du das?"

"Er hatte Aelfric die Treue geschworen. Keiner von uns wusste zu der Zeit, dass er dunkle Magie anwendet."

"Dann wird er zumindest Prinz Aelfric beschützen."

Elizabeth schüttelte niedergeschlagen den Kopf. "Er ist ein Lügner und ein Betrüger. Wenn er einen Vorteil darin sieht, Aelfric aufzugeben, wird er es ohne zu zögern tun."

Titania winkte eine der Dryaden herbei. "Geh zu König Cathael. Informiere ihn, dass es einen sterblichen dunklen Magier gibt, der die Macht besitzt, durch die Ringe zu reisen."

Die Dryade nickte und ging.

"Ich kann mich nicht in Ereignisse in Eurer Welt einmischen, Libbet, aber wir werden unsere eigene verteidigen", sagte Titania. "Es gibt hier jedoch jemanden, der Euch vielleicht helfen möchte." Sie erhob die Stimme. "Albion, mein Lieber!"

Ein zerzauster Mr. FitzClarence erschien im Torbogen zu einem privaten Teil der Laube. "Große Lady?"

"Meine Libbet hat schlechte Nachrichten aus deiner Welt gebracht. Du solltest ihr helfen."

DARCY KAM WIEDER ZU Bewusstsein, als ein scharfer Geruch ihn zum Würgen brachte. Sein Kopf pochte und seine Augen wollten ihren Dienst nicht tun. Nein, irgendetwas drückte gegen seine Augen. Eine Augenbinde, das war es. Seine Hände waren hinter seinem Rücken gefesselt und etwas Scharfes stach ihm in die Kehle.

"Ah, ich dachte mir schon, dass dich das zu uns zurückbringen würde." Das war Debenhams selbstzufriedene Stimme. "Ich würde davon abraten, uns zu ertränken oder das Haus niederzureißen, bevor du gehört hast, was ich zu sagen habe. Ich habe ein Messer an deiner Kehle und werde nicht zögern, Gebrauch davon zu machen."

Schwarze Magie. Elizabeth. Verdammt, er musste seine Gedanken ordnen. "Dein Leben ist mit meinem verwirkt", sagte er heiser.

"Du befindest dich nicht in einer angemessenen Lage, um leere Drohungen auszusprechen, mein Freund." Debenham klang amüsiert.

Darcy hustete, was das Messer noch tiefer in seine Haut stach. "Keine leere Drohung. Ich habe einen Todesfluch, falls du dich daran erinnerst." Und er musste ihn setzen. Debenham, Biggins, Wickham, alle mussten sterben, für den Fall, dass er starb. Er verdrehte die Worte in seinem Kopf ein wenig, genau wie sein Vater es ihm beigebracht hatte. Na also, das wäre erledigt.

"Ah, dieses kleine Detail über Elementarmagier hatte ich vergessen. Ich hatte immer angenommen, dass es nur ein Mythos ist."

"Dann ist das deine Chance, es herauszufinden." Darcy hatte auch immer Zweifel daran gehabt, aber dies war nicht der rechte Moment, das zuzugeben.

"Das spielt keine Rolle. Ich kann dich jederzeit bewusstlos schlagen, bevor ich dich töte." Der Druck des Messers ließ nach.

"Zu spät. Ich habe ihn bereits gesetzt." Darcy hustete heftiger, aber sein Hals wollte nicht frei werden.

"Schade", sagte Debenham kühl. "Du zwingst mich, weniger ritterliche Optionen in Betracht zu ziehen, wie etwa, dich daran zu erinnern, dass deine liebreizende Verlobte unsere Gefangene ist und ich sicherstellen werde, dass sie den Preis dafür zu zahlen hat, falls du dich danebenbenehmen solltest."

Elizabeth! Darcys Magen krampfte sich vor Angst zusammen, aber er konnte es sich nicht leisten, Debenham das sehen zu lassen. "Ich nehme an, es ist nicht verwunderlich, dass ein Mann, der sich auf die dunkle Seite der Magie einlässt, nicht zögert, einer unschuldigen Frau Schaden zuzufügen."

Debenham lachte. "Darcy, Darcy. Die dunklen Künste sind nur ein Werkzeug, ebenso wie Magie auch. Wenn Veränderungen erforderlich sind, müssen wir die vorhandenen Mittel nutzen."

Die Augenbinde zog sich kurz enger zusammen, ehe sie zu Boden flatterte. Darcy blinzelte heftig, um wieder klar sehen zu können. Er befand sich immer noch in der Bibliothek, obwohl jetzt Bücher über den Boden verstreut waren und ein kleiner Tisch auf der Seite lag. Auf der anderen Seite des Raumes saß Lord Matlock, der ebenfalls eine Augenbinde trug. Er stand unter einem Bann. Ganz klar. Aelfric war nirgends zu sehen.

Debenham zog an den Fesseln, die Darcys Hände zusammenhielten. "Komm nicht auf irgendwelche dummen Gedanken, nur, weil ich so freundlich bin, dir diese kleine Freiheit zu gewähren. Die Wächter um dich herum sind nicht mit diesen schwachen Abwehrzaubern belegt, die du gewöhnt bist. Eine bloße Berührung ihrer Grenzen wird dein Fleisch zerfetzen. Nur dein Fleisch, nicht das eines anderen. Ich habe dein Blut benutzt, um die Wächter zu aktivieren. Sie werden alle Zauber blockieren, die du wirkst."

Es war kaum von Bedeutung. Er konnte nicht klar genug denken, um zu sprechen, geschweige denn sich lange genug konzentrieren, um einen Zauber zu wirken. Seine Hände wurden befreit. Darcy rieb sich mit kribbelnden Fingern die Handgelenke. Wenn die Abwehrzauber tatsächlich so stark wären, könnte nur jemand mit stärkerer Magie sie entfernen. "Wo ist Prinz Aelfric?"

"Eingesperrt, wo er keinen Schaden anrichten kann."

"Was hast du vor?" Es war ein Schuss ins Blaue, aber Darcys hämmernder Kopf hielt ihn davon ab, über eine subtilere Art zu fragen nachzudenken.

Debenhams kaltes Lächeln ließ ihn erschaudern. "Ich hatte nicht vor, so schnell zu handeln, aber ich konnte nicht zulassen, dass ihr die Sidhe weiter in unsere Angelegenheiten hineinzieht. Matlock, Eversleigh und dich alle an einem abgelegenen Ort auf einem Fleck zu haben war eine zu verlockende Gelegenheit, um sie verstreichen zu lassen und dann habt ihr uns auch noch eine Waffe gegen die Sidhe in Form von Prinz Aelfric auf dem Silbertablett serviert. Sobald wir noch ein paar Magier mehr unter unsere Kontrolle gebracht haben, um uns ihre Kraft einzuverleiben, können wir Lord Matlocks Verbindungen nutzen, um an den Premierminister und den Prinzregenten heranzukommen."

"Ich verstehe." Sie wollten also die Regierung übernehmen. Verdammt. Er hatte gehofft, dass ihre Ambitionen nicht so weit gingen. Wenn Debenham herausfand, wie viel Kraft er Anne de Bourgh stehlen könnte, wäre er nahezu unaufhaltsam.

"Ich hoffe, du kommst zur Besinnung, nachdem du ein wenig Zeit hattest, dir Gedanken darüber zu machen, was ich dir zu bieten habe. Wenn nicht, scheint mir der Kerker die einzige Option zu sein." Debenham zuckte mit den Achseln, als würde es für ihn keinen Unterschied machen, für welche Option er sich entschied. "Wenn ich deine Kraft nicht nutzen kann, hast du wenig Wert für mich. Lass dir das mal durch den Kopf gehen. Komm, Matlock." Er machte auf dem Absatz kehrt und verließ den Raum, Lord Matlock folgte ihm auf den Fersen.

Das brachte Darcy nur noch mehr auf. Er konnte es sich jedoch nicht leisten, sich jetzt Sorgen um seinen Onkel zu machen. Das einzige, was er tun konnte, war herauszufinden, wie sehr ihn die Abwehrzauber einschränkten. Er sagte dem See, er solle kleine Wellen schlagen und fühlte, wie er reagierte. Gut. Seine elementare Magie funktionierte immer noch. Er versuchte einen Zauberspruch, um eines der Bücher auf dem Boden außerhalb der Schutzzauber zu öffnen. Nichts.

Nun der angsteinflößende Teil. Er erweiterte seine Sinne, um Elizabeth zu suchen. Zuerst konnte er sie nicht finden und sein Herz schlug so heftig, dass es beinahe aus seiner Brust sprang, aber dann durchflutete ihn ihre Wärme. Er fühlte, wie erleichtert sie war, ihn spüren zu können. Sie war unverletzt, Gott sei Dank. Er versuchte zu spüren, wo sie war, aber bei der Anstrengung pochte sein Kopf so heftig, dass eine Fähigkeit, sie zu erreichen, ihm entglitt. Sie war in Sicherheit, und das war vorerst genug.

"DAS WAR VIEL LÄNGER als eine halbe Stunde!", schrie Frederica mindestens zum dritten Mal. "Sie müssen ihn gefangen genommen haben."

"Eversleigh ist klug genug, sich zu verstecken, falls seine Unsichtbarkeit nachlässt", sagte Elizabeth müde. Sie hatte keine Energie mehr, um sich Sorgen um Eversleigh zu machen. Er war wahrscheinlich in Sicherheit. Darcy war es mit Sicherheit nicht. Aelfric ebenfalls nicht.

"Nicht, wenn er verletzt wäre", argumentierte Frederica.

"Lass gut sein, Freddie!", wetterte Colonel Fitzwilliam. "Wenn er gefangen genommen wurde, befindet er sich in exakt der gleichen Lage wie unser Vater und unsere Mutter. Vater hat schon einmal einen Fluch überlebt, er wird es auch ein zweites Mal schaffen."

Eine Dryade verkündete Titania: "Prinz Evlan bittet um Audienz."

"Gott-sei-Dank!", rief Frederica.

"Bring ihn zu seinen Freunden", befahl Titania.

Eversleigh sah blass und erschöpft aus, war aber ansonsten unversehrt. Colonel Fitzwilliam streckte die Hand aus. "Brauchst du Kraft?"

Eversleigh nickte nur. Der Colonel nahm sein Handgelenk und allmählich kehrte Eversleighs Farbe zurück.

"Was hast du herausgefunden?", verlangte Frederica.

"Nichts Gutes. Das reicht, Fitzwilliam. Spar dir deine Energie. Wir brauchen sie vielleicht später mehr."

Der Colonel nahm seine Hand weg. "Sag mir, wenn du es dir anders überlegst."

Eversleigh nickte und ließ sich zu Boden sinken, um sich auf das Moos zu setzen. "FitzClarence, ich hatte nicht erwartet, dich hier anzutreffen."

Der junge Magier wurde rot. "Ich habe Titania einen Besuch abgestattet, als diese vier ankamen. Selbstverständlich habe ich meine Hilfe angeboten."

"Ich danke dir. Wir brauchen jede Hilfe, die wir kriegen können." Eversleigh rieb sich mit der Hand über die Stirn. "Debenham ist in der Tat auf die dunkle Seite gewechselt. Er hat zwei andere Magier versklavt, deren Kraft er raubt. Sie haben Biggins und die anderen freigelassen. Wickham ist offenbar auf dem Weg."

"Meine Eltern?", fragte Frederica jetzt mit ruhigerer Stimme.

"Lord Matlock steht unter einem Bann. Ob es deine Mutter ebenfalls ist, oder ob sie um seinetwillen kooperiert, konnte ich nicht sagen. Debenham und Biggins haben es nicht geschafft, Darcy zu binden, aber sie haben ihn von Dienern körperlich unterwerfen lassen. Er ist gefesselt, seine Augen sind verbunden und er ist von Abwehrzaubern umgeben."

"Und Aelfric?", fragte Elizabeth zögernd.

"Er ist in der schmiedeeisernen Pergola eingesperrt. Sie haben einen Teil davon abgerissen, um die offenen Stellen damit zu schließen. Entweder haben sie nicht versucht, ihn mit einem Bann zu belegen, oder ihre Versuche sind gescheitert, was wahrscheinlicher ist."

Elizabeth schüttelte den Kopf. Armer Aelfric, eingesperrt wie ein Tier. "Warum wollen sie ihn? Sicherlich muss ihnen klar sein, dass sie sich das gesamte Feenvolk zum Feind machen, wenn sie ihn einsperren."

"Sie planen, ihn als Geisel zu nehmen. Die Geschichte besagt, dass jene schwarzen Magier, die keines natürlichen Todes starben, durch Elfenpfeile ums Leben kamen. Sie denken, dass Aelfric in ihrer Gewalt die Fay davon abhält, sie anzugreifen."

Colonel Fitzwilliam sah auf. "Wird es das?"

Eversleigh schnaubte. "Wohl kaum. Die Sidhe würden es niemals zulassen, sich zu Marionetten der Sterblichen machen zu lassen. Das bedeutet leider, dass Aelfric in großer Gefahr ist."

"Es sei denn, wir werden zuerst die schwarzen Magier los", sagte Colonel Fitzwilliam. "Sie sind zu dritt, habe ich das richtig verstanden? Debenham, Biggins und Wickham?"

"Das ist alles, was wir bisher wissen. Dazu kommen noch die Magier, die sie versklavt haben, einschließlich Lord Matlock. Ich weiß wenig darüber, welche magischen Fähigkeiten Biggins oder Wickham haben, aber Debenham ist sowohl mächtig als auch bewandert. Er wird nicht leicht zu besiegen sein, wenn er schwarze Magie einsetzt." Eversleigh schaute grimmig drein. "Er benutzte beiläufig einen Zauberspruch, um einen Teil des Schadens zu reparieren, den Darcys Erdbeben am Haus angerichtet hatte, und baute eingestürzte Mauern wieder auf. Ich habe noch nie eine solche Macht bei einem Magier gesehen."

Anne durchschritt die kleine Laube, als könne sie nicht stillhalten. "Wenn es nur ein schwarzer Magier wäre, könnte ich seine Augen tilgen, wie ich es bei Sir Lewis gemacht habe. Das geht aber nur einmal, danach werde ich so schwach sein, dass es ein Leichtes ist, mich zu fangen."

Colonel Fitzwilliam hob den Kopf. "Mein Vater hat gesagt, du hättest Sir Lewis vollkommen getilgt, und sie haben einen leeren Sarg begraben."

"Wohl kaum! Ich bin gut im Tilgen, aber so gut wäre keiner. Ich habe seine Augen und den größten Teil seines Gesichts getilgt. Ich wusste nicht, wie ich es auf seine Augen beschränken sollte."

Die Brauen des Colonels zogen sich zusammen. "Ich bin sicher, dass er das gesagt hat."

"Vielleicht hast du das falsch verstanden oder vielleicht hat Lord Matlock einen Grund, warum er dich glauben lassen wollte, dass ich den ganzen Mann getilgt hätte. Das spielt keine Rolle."

Frederica sah auf. "Vielleicht hat er versucht, seine Entscheidung, sie zu binden, zu rechtfertigen. Aber wenn du nur einen Teil seines Gesichtes getilgt hast, was hat ihn dann umgebracht? Ist er verblutet?"

Anne blieb mit verwirrtem Gesichtsausdruck stehen. "Ich glaube nicht. Da war fast kein Blut. Es war sehr seltsam. Ich weiß nicht, was genau passiert ist. Ich wurde ohnmächtig und als ich aufwachte, sagten sie mir, er sei tot."

"Vielleicht haben Teile deiner Tilgung sein Gehirn erreicht und das hat ihn getötet. Aber das ist jetzt nicht wichtig. Wenn du allerdings Debenham sein Augenlicht nehmen könntest, stünden unsere Chancen besser, selbst wenn ihn das nicht umbringen würde."

Eversleigh sagte: "Es mag dazu kommen, aber zuerst brauchen wir einen Schlachtplan. Fitzwilliam, du bist unser Soldat. Begleitest du mich auf einen Spaziergang?"

EVERSLEIGH UND COLONEL Fitzwilliam kehrten eine Stunde später mit grimmigen Gesichtern zurück.

Frederica stürzte sich sofort auf sie. "Was habt ihr beschlossen?"

"Wir können die schwarzen Magier im offenen Kampf nicht besiegen, selbst, wenn wir Dutzende von Magiern für unsere Sache gewinnen könnten. Deshalb müssen wir nach anderen Alternativen suchen." Eversleigh sah Elizabeth direkt an. "Wir müssen Darcy befreien."

"Was ist mit meinen Eltern?", hakte Frederica ein.

"Es tut mir leid, sagen zu müssen, dass Darcy oberste Priorität hat. Wir haben eines herausgefunden und das ist, dass schwarze Zauber Darcy nichts anhaben können. Sie funktionieren an ihm nicht, es ist, als würden sie an ihm abprallen. Lady Catherine scheiterte mit ihren Gehorsamszaubern. Debenham und Biggins haben es nicht geschafft, ihn zu binden. Wenn Wickham in der Lage gewesen wäre, Darcy zu verzaubern, dann hätte er es schon längst getan."

"Vielleicht funktioniert schwarze Magie nicht an Elementarmagiern."

"Das war auch mein erster Gedanke, aber Lord Matlock konnte Miss de Bourgh mit einem Bann belegen. Wie auch immer - wichtig ist, dass Darcy unverwundbar zu sein scheint, was schwarze Magie anbelangt. Das macht ihn zu unserer mächtigsten Waffe. Wir brauchen ihn. Ohne ihn sind unsere Chancen, die schwarzen Magier zu besiegen, viel geringer."

Elizabeth würde kein Veto einlegen, nicht, wenn der Plan beinhaltete, Darcy zu retten. "Was müssen wir tun?"

"Ich arbeite an einem Plan, um ihn zu befreien", sagte Colonel Fitzwilliam. "Ich feile noch an den Details, aber ich bin geneigt zu glauben, dass wir das gemeinsam bewerkstelligen können." Er zeigte auf sie als Gruppe.

"Wie sollen sechs Leute etwas gegen einen schwarzen Magier ausrichten können?", fragte Frederica entmutigt.

"Wir sind keine sechs gewöhnlichen Leute", sagte der Colonel. "Anne hat außerordentlich starke Magie. Als Quelle kann ich noch mehr davon spenden. Eversleigh ist Meister was Zaubersprüche anbelangt, er ist einer unserer Besten. Und drei von uns sind Frauen. Debenham wird davon ausgehen, dass keine von euch über irgendeine nennenswerte Magie verfügt, also wird er euch unterschätzen. Am Wichtigsten allerdings ist - und das wird euch jeder Militärstratege bestätigen - Kommunikation. Sie ist der Schlüssel, wenn man eine Schlacht gewinnen möchte und Eversleigh und Miss Elizabeth können sich untereinander austauschen ohne am selben Ort zu sein."

Eversleigh nickte. "Normalerweise können wir nur starke Gefühle spüren, aber wir können vorher ausmachen, dass bestimmte Gefühle bestimmte Bedeutungen haben."

"Mit dieser Fähigkeit können wir uns in Gruppen aufteilen", sagte der Colonel. "Eine Gruppe kann sie ablenken, während die andere Darcy befreit. Wir werden jedoch bestimmte Dinge brauchen, die wir in Faerie nicht bekommen können, also werde ich nach London reisen, um sie zu besorgen. Ich bezweifle, dass Debenham die Chance hatte, Spione zu positionieren, die uns überwachen sollen, aber zur Sicherheit werde ich Matlock House fernbleiben."

Eversleigh sagte: "Ich werde ebenfalls gehen. Ich muss einiges über Bindungszauber in der schwarzen Magie in der Bibliothek des Collegiums recherchieren. Wir werden nicht vor morgen früh zurückkehren, damit wir die Ringe nicht zu häufig benutzen. Wir können es uns nicht leisten, diese Fähigkeit zu verlieren."

"Was ist mit dem Rest von uns?", fragte Elizabeth mit fester Stimme.

Eversleighs Blick streifte Frederica. "Mir wäre es am liebsten, wenn die Damen hierblieben. Ihr könnt uns nicht dabei helfen, Waffen zu kaufen, die Bibliothek des Collegiums steht euch nicht offen und für uns wäre es leichter, wenn wir uns keine Gedanken um eure Sicherheit machen müssten. FitzClarence, deine Hilfe könnten wir gebrauchen, wenn du bereit bist, uns zur Hand zu gehen. Du könntest unsere Häuser aufsuchen, um einige Gegenstände zu besorgen, die uns von Nutzen sein könnten."

"Ich mache gerne alles, was ich kann", sagte FitzClarence.

"Ich habe auch eine Aufgabe für die Damen hier in Faerie", sagte Colonel Fitzwilliam. "Mein Rettungsplan wird wahrscheinlich beinhalten, euch im Dunkeln als Elfen zu auszugeben. Wir werden geeignete Kleidung und ein paar Bögen und Pfeile brauchen. Der Rettungsversuch soll morgen Abend unternommen werden."

"Libbet, ich brauche ebenfalls deine Hilfe." Eversleigh runzelte die Stirn. "Damit die Rettung funktioniert, ist es wichtig, dass Darcy bis morgen Abend am Leben bleibt."

Colonel Fitzwilliams Stirn legte sich in Falten. "Darüber haben wir wenig Kontrolle, solange er in ihren Händen ist."

Eversleigh rieb sich mit der Hand über die Stirn. "Ich glaube, die größere Gefahr geht von ihm selbst aus und nicht von Debenham und das macht mir Sorgen."

Elizabeth erschauderte. "Was meinst du damit?"

"So wie ich Darcy kenne, wird er einen Plan aushecken, um Debenham mithilfe der Elemente zu töten. Sei es eine Überschwemmung, ein Feuer oder ein Erdbeben – alles davon könnte Debenham töten, aber Darcy würde mit ihm sterben."

"Das würde er nicht tun!", rief Frederica. "Damit würde er auch meine Eltern und seine Schwester töten."

Eversleigh wechselte einen Blick mit Colonel Fitzwilliam. "Wenn ich eine Chance sehen würde, die schwarzen Magier um den Preis meines eigenen Lebens und des von Lord und Lady Matlock zu töten, würde ich es ohne Zögern tun", sagte er sanft. "Dein Vater würde dasselbe tun, ebenso wie dein Bruder oder FitzClarence. Wir alle haben die

Geschichte der schwarzen Magie und das Böse, das sie hervorbringt, studiert. Unser Leben wäre ein winziger Preis, den wir zahlen würden, um eine weitere Herrschaft der schwarzen Magie zu verhindern."

Colonel Fitzwilliam sagte: "Unser Vater würde es tun, selbst, wenn das bedeuten würde, uns alle und alle, die er je gekannt hat, zu töten."

Frederica hob das Kinn. "Möchtest du damit sagen, Darcy sollte sie alle töten?" Ihre Stimme zitterte.

Eversleigh schüttelte langsam den Kopf. "Wenn ich mir sicher sein könnte, dass die schwarzen Magier sterben, ja, dann würde ich wollen, dass er es tut. Aber wir wissen nicht, ob Debenham und die anderen sich gegen Feuer, Wasser oder fallende Steine zur Wehr setzen können. Was wäre, wenn Darcy Rosings Park in Schutt und Asche legt, die schwarzen Magier aber unversehrt zwischen all den Trümmern stehen blieben? Wenn ich es wäre, würde ich es trotzdem versuchen, aber Darcy ist wertvoller als ich. Wenn wir den einen Mann verlieren, dem schwarze Magie nichts anhaben kann, sind unsere Chancen, Debenham zu besiegen, geringer."

"Deutlich geringer", krächzte Colonel Fitzwilliam. "Eigentlich gleich null."

"Leider kann ich ihm nicht sagen, dass er warten soll", sagte Eversleigh. "Libbet, glaubst du, du könntest ihm durch eure Verbindung sagen, er soll sich nicht zur Wehr setzen?"

"Ich kann es versuchen", sagte Elizabeth zittrig. "Ich habe noch nie versucht, eine ganz spezifische Nachricht zu übermitteln. Ich wünschte, ich hätte mehr Erfahrung damit."

Darcy. Sie stellte ihn sich in ihren Gedanken vor und plötzlich war er da. Wärme, Liebe und Dankbarkeit lösen sich in Angst auf. Gefangen und hilflos. Sie dachte so laut sie konnte. *Warte auf uns. Kämpfe nicht. Warte auf uns.*

Ihr Sinn für ihn begann ihr zu entgleiten. Sie schlug sich frustriert mit der Faust auf den Oberschenkel.

"Und?", erkundigte sich Eversleigh.

"Er fühlt sich gefangen, als säße er in der Falle. Ich kann nicht sagen, ob das bedeutet, dass er eingesperrt ist oder noch etwas Anderes. Er schien froh zu sein, mit mir verbunden zu sein, aber er ist verdrossen, und vielleicht fürchtet er sich auch vor etwas. Ich habe versucht, ihm zu sagen, dass er warten soll, aber ich weiß nicht, ob es bei ihm ankam." Sie öffnete ihre rechte Hand und blickte auf ihre Handfläche. Blutrecht. "Ich werde es weiter versuchen."

"Es ist beruhigend, dass er noch lebt und nicht zu Schaden gekommen ist", sagte Eversleigh. "Vielleicht plant er überhaupt nichts, oder er weiß etwas, woraus er schließen kann, dass es ohnehin nutzlos wäre. Ich fühle mich selbst ziemlich verdrossen, deshalb bin ich nicht überrascht, dass es ihm ebenso geht."

Aber Elizabeth fühlte, dass es mehr als nur das war, und die Angst fraß sich durch ihren Bauch.

Kapitel 17

Darcy massierte seinen schmerzenden Nacken. Irgendwie hatte er es geschafft, ein oder zwei Stunden in seinem Stuhl zu schlafen, doch nun zahlte er mit seinen steifen Muskeln den Preis dafür. Zumindest hatte sich die Morgensonne vor dem Fenster der Bibliothek sehen lassen und erlöste ihn von den langen Stunden der Dunkelheit, in denen er seinen Gedanken nicht entkommen konnte.

Eine gute Lösung gab es nicht für ihn. Ihm blieben nicht viele Optionen und die waren allesamt schlecht. Die wohl würdevollste davon war, seine Gefangenschaft zumindest nach außen hin ruhig hinzunehmen, selbst wenn das bedeutete, ein Buch zu lesen, das ihn nicht einmal interessierte. Zumindest war das besser, als das Haus niederzubrennen, da er nicht sichergehen konnte, dass Debenham dabei ebenfalls in Flammen aufgehen würde.

Als Biggins mit seinem üblichen Grinsen hereinkam, sah Darcy nur kurz zu ihm auf, ehe er sich wieder seinem Buch widmete.

"Aber, aber, Darcy. Mich zu ignorieren hat keinen Sinn. Diesmal tue ich dir einen Gefallen."

Ja, und die Erde ist eine Scheibe. "Wie freundlich von dir."

"Lord Matlock hat sich Sorgen um dein Wohlergehen gemacht und Debenham überzeugt, ihm zu erlauben, dass er mit dir sprechen darf. Zehn Minuten, mehr nicht."

Damit hatte er Darcys Aufmerksamkeit. Er spähte um Biggins herum und sah Lady Matlock, die den Arm ihres Mannes hielt, dem man die Augen verbunden hatte. "Du hast Glück, Biggins. Zufällig habe ich gerade Muße, Besucher zu empfangen."

Biggins trat einen Schritt zurück, damit die Matlocks eintreten konnten. Lady Matlock führte ihren Mann zu einem Lehnstuhl. "Der Stuhl ist direkt hinter dir, mein Lieber. Du kannst dich setzen."

"Nie hätt' ich mir träumen lassen, dass du mich wie ein hilfloses Baby herumführen musst", grummelte Lord Matlock. "Ich hasse das."

"Ich weiß, mein Lieber", sagte Lady Matlock. "Das geht uns allen so. Aber hier ist Darcy, und er scheint unversehrt zu sein."

"Ich bin in der Tat unverletzt." Die paar blauen Flecke konnte man kaum als Verletzung durchgehen lassen. "Und du?"

Lord Matlock machte ein zischendes Geräusch. "Angewidert von mir selbst und unter einem Kontrollzauber, aber das ist alles." Seine Hände waren nur durch ein kurzes Seil aneinander gefesselt, sodass er sie bewegen konnte. Das war mehr Freiheit, als Darcy erwartet hatte.

"Der Kontrollzauber hindert dich daran, die Augenbinde zu entfernen, nehme ich an."

"Debenham ist zu schlau, um sich dazu herabzulassen. Er hat mir gesagt, dass sie mir das Augenlicht nehmen würden, wenn ich auch nur den Versuch mache, die Augenbinde abzunehmen."

"Ich bin froh, dass sie das nicht getan haben." Darcy hatte angenommen, Debenham hätte seinen Onkel bereits geblendet.

Lord Matlock machte ein finsteres Gesicht. "Debenham möchte so wenig Zauber wie möglich auf mich anwenden. Anscheinend reduziert jeder Zauber die Kraft, die er aus mir ziehen kann. Ein interessanter Aspekt über schwarze Magie, falls wir lange genug leben, um das zu dokumentieren." Seine Stimme triefte vor Bitterkeit. "Wie haben sie dich behandelt?"

"Ich kann mich nicht beklagen. Debenham hat Blutwächter um mich herum aufgestellt, um meine Magie zu blockieren, und ich werde durchweg bewacht, aber ich habe einen komfortablen Stuhl und sie bringen mir jedes Buch, das ich verlange. Es könnte viel schlimmer sein." Es würde nur so lange vorhalten, bis Debenham klar wurde, dass Darcy niemals kooperieren würde, deshalb genoss er die Annehmlichkeiten solange es ihm noch möglich war.

"Blockieren die Blutwächter deine Elementarmagie?"

Darcy schüttelte den Kopf, ehe ihm klar wurde, dass sein Onkel ihn nicht sehen konnte. "Nein, aber das macht auch keinen Unterschied. Ich kann nur Wasser und Erde kontrollieren, und die stellen keine Gefahr für Debenham dar, sodass sie mir wenig nützen." Würde Lord Matlock seine unausgesprochene Botschaft verstehen?

Sein Onkel saß für einen Moment vollkommen still. "Ja. Zu schade, dass du nicht auch Feuer kontrollieren kannst, aber es hat keinen Sinn, etwas zu beklagen, was wir nicht ändern können."

Es hatte mehrere Stunden gedauert, bis Darcy begriff, dass sein Versäumnis, gestern Feuer einzusetzen, bei Debenham den Eindruck hinterlassen haben musste, er habe keine Macht darüber. Nun, da Darcy wusste, dass Elizabeth und die anderen an einem anderen Ort in Sicherheit waren, wartete er auf die passende Gelegenheit. Sobald ihm Debenham nahe genug käme, würde er ihn und alles um ihn herum in Flammen aufgehen lassen. Unschuldige Leben wären auch davon betroffen - die Dienstboten, seine Tante, sein Onkel und sein eigenes - aber wenn Debenham zu voller Macht auflaufen würde, würde noch viel Schlimmeres passieren. Außerdem musste es bald geschehen, bevor Wickham eintraf. Wickham wusste, dass seine Kräfte Kontrolle über Feuer einschlossen.

Darcy sagte: "Debenham scheint zu hoffen, dass er mich auf seine Seite ziehen kann, deshalb behandelt er mich gut. Ich weiß nicht, ob er wirklich glaubt, meinen Verstand kontrollieren zu können, oder ob er nur das Beste daraus macht, da er mich weder verzaubern noch umbringen kann."

"Ah, ja", sagte Lord Matlock, und wirkte wieder ein wenig mehr wie er selbst. "Der Todesfluch der Elementarmagier. Wie nützlich, ihn zu haben, selbst wenn man ihn nicht einsetzt."

"Ich kann dir versichern, dass ich ihn bereits gesetzt habe und er bei meinem Tod in Kraft tritt, selbst wenn ich davon überrascht werde." Wenn Darcy sich ganz sicher sein könnte, dass die alten Geschichten über den Todesfluch wahr waren, würde er alles unternehmen, um jemanden dazu zu bringen, ihn zu töten, allein schon, weil dann die drei Magier mit ihm sterben würden.

"Ich wünschte, Debenham würde mich töten", sagte Lord Matlock. "Zumindest wäre das ein ehrenhafter Tod, anstatt mitansehen zu müssen, wie alles, wofür ich gekämpft habe, zerstört wird."

"Mein Lieber, wir dürfen nicht verzweifeln", sagte Lady Matlock. "Ich mag nicht die Klügste sein, aber ich weiß, dass es immer Hoffnung gibt."

Lady Matlock, nicht klug? Also verbarg auch sie ihre Fähigkeiten.

Lord Matlocks Hände ballten sich zu Fäusten. "Selbst, wenn wir auf wundersame Weise einer weiteren Herrschaft der schwarzen Magie entgehen, ist mein Lebenswerk zerstört. Ich wollte als Gelehrter und Magier in Erinnerung bleiben, der England vor schwarzer Magie schützte. Stattdessen wird mein Name noch von vielen Generationen verflucht werden als der Mann, der die schwarzen Magier wieder hat an die Macht kommen lassen, sogar direkt vor seiner Nase. Mein eigener Schwager und meine Schwester schwarze Magier. Ich habe einen schwarzen Magier in den Rat der Magier berufen, und wenn Debenham zu diesem Zeitpunkt nicht in Irland gewesen wäre, hätte ich ihn möglicherweise anstelle von Eversleigh zum Großmeister des Collegiums gemacht. Ich habe ihnen quasi den Weg geebnet."

"Das konntest du nicht wissen. Sie haben ihre schwarze Magie gut versteckt", sagte Lady Matlock sanft.

"Oh, es gab Anzeichen. Nur kleine, aber nun, da ich darauf zurückblicke, waren die Anzeichen durchaus vorhanden und ich habe sie übersehen. Wäre ich doch nur gestorben, bevor ich herausfinden musste, wie kläglich ich in meiner Pflicht versagt habe."

"Du hast Debenham vertraut", sagte Lady Matlock. "Du konntest nicht dein ganzes Leben damit verbringen, alle zu verdächtigen und auf den geringsten Hinweis einer Täuschung zu achten."

"Warum nicht?", brüllte Lord Matlock, "das lag in meiner Verantwortung!"

Darcy wünschte, er könnte ihm Trost spenden. Niemand hatte Debenham verdächtigt, aber sein Onkel hatte recht. Er war derjenige, der dafür verantwortlich gemacht werden würde. "Schwarze Magier handeln stets im Verborgenen. Ehrenwerte Männer sind ihnen im Laufe der Geschichte immer wieder zum Opfer gefallen. Du erwartest Unmögliches von dir."

Lord Matlock verzog das Gesicht. "Es war Selbstüberschätzung, nicht mehr und nicht weniger. Ich war der zweite Sohn meines Vaters und daher dazu bestimmt, das Collegium zu leiten. Als mein Bruder starb und mir die Grafschaft zufiel, dachte ich in meinem Stolz, ich könnte beide Positionen einnehmen - die des Großmeisters des Collegiums und des Earls of Matlock. Stattdessen konnte ich dem Collegium nur die Hälfte meiner Aufmerksamkeit schenken. Ich hätte zurücktreten sollen, sobald ich mein Erbe antrat."

"Mein Lieber, du wirst immer einen Weg finden, dir selbst die Schuld daran zu geben. Der Fehler liegt bei Debenham, nicht bei dir. Wir können jetzt nichts dagegen tun. Ich wünschte nur, ich wüsste, ob Frederica und Richard in Sicherheit sind."

Endlich etwas, bei dem Darcy behilflich sein konnte. Er hatte es geschafft, Elizabeth zu erreichen, zumindest soweit, um zu wissen, dass sie mit den anderen in Faerie war. "Um die beiden mache ich mir keine Sorgen. Irgendwie bin ich mir sicher, tief in meinem Herzen, dass sie beide in Sicherheit und bei Miss Bennet sind."

Lady Matlocks Augen schlossen sich für einen Moment, doch ein anderes Zeichen für die Erleichterung, die ihr das bringen musste, gab sie nicht. "Ich hoffe, du hast Recht, aber du weißt ja, welche Sorgen ich mir immer mache."

"Natürlich. Ich würde mir auch Sorgen machen. Deshalb habe ich aufgehört, gegen Debenham zu kämpfen. Er drohte, den Damen Schaden zuzufügen, und mir war noch nicht klar gewesen, dass sie entkommen waren." Darcy machte sich immer noch Vorwürfe deswegen.

Lord Matlock meldete sich schließlich wieder zu Wort. "Wenn Debenham versucht, dich zu beeinflussen, indem er mich bedroht, solltest du dich ihm nicht fügen."

Darcy lächelte fast. "Ich weiß. Er hat mir bereits gedroht, euch beide zu verletzen. Ich habe ihm gesagt, dass du auf mein Grab spucken würdest, wenn ich mit ihm zusammenarbeiten würde, um dich zu schonen."

"Gut", sagte Lord Matlock. "Da hast du vollkommen recht."

Biggins ging laut dazwischen: "Das ist genug." Er nickte dem Diener zu. "Hilf Lord Matlock zurück in sein Zimmer und denk daran, die Tür abzuschließen."

Nachdem Lady Matlock ihren Mann hinausgeführt hatte, bemerkte Darcy einen Fetzen Papier auf dem Stuhl, auf dem sie gesessen hatte. Es war außerhalb seiner Reichweite, außerhalb der Abwehrzauber, die ihn gefangen hielten. Aber wenn er es fertigbrächte, den Wachmann nur für eine Minute abzulenken, könnte er möglicherweise eine leichte Brise erzeugen, die den Zettel zu ihm trug.

Er bereitete sich sorgfältig vor und organisierte die Luftströmungen in seinem Kopf. Dann hielt er das Buch hoch, das er las. "Verzeihung, können Sie mir den zweiten Band von *Platons Werken* bringen? Es sollte im dritten Regal in der Ecke stehen." Als der Diener sich gehorsam umdrehte, um nach dem Buch zu suchen, befahl Darcy der Luft, sich zu bewegen. Der Wind hob das Zettelchen an und wehte es neben ihm auf den Boden. Darcy griff danach und stopfte es in sein Buch. Die Brise war stärker gewesen als beabsichtigt, und mehrere andere Papiere waren ebenfalls zu Boden geflattert. Wenn er lebend aus dieser Geschichte herauskam, würde er seine Kontrolle über Luft noch mehr üben, das schwor er sich.

"Dieses hier?", erkundigte sich der Diener.

"Ja, genau das."

Der Dienstbote brachte ihm das Buch, las die verstreuten Papiere wieder auf und schickte sich an, das Fenster zu schließen.

"Lassen Sie es offen", sagte Darcy. "Ich mag die frische Luft, selbst wenn es ein wenig zieht." Und es ließ eine Möglichkeit für einen weißen Raben offen, der vielleicht einen Weg zu ihm suchen könnte. Nicht, dass er eine Rettung gegen einen so starken schwarzen Magier wie Debenham für möglich gehalten hätte, aber er musste an einem Hoffnungsschimmer festhalten. Er schlug sein Buch auf der Seite mit Lady Matlocks Notiz auf. Sie stand auf dem Kopf, aber er schaffte es, sie heimlich zu wenden, während er zu husten vorgab. Seine Tante hatte in winzigen Buchstaben geschrieben, die nur schwer zu entziffern waren.

Mein Mann erwägt, etwas Unüberlegtes zu tun, das zum Scheitern verurteilt ist. Wenn etwas Übereiltes getan werden soll, ist es wahrscheinlicher, dass Du damit Erfolg hast. Du hast unseren Segen, ganz gleich, was uns dabei geschehen sollte. Gott segne Dich.

Darcy schluckte schwer. Er hatte es ohnehin bereits geplant, aber das befreite ihn von der Schuld, die er dabei empfand. Dann war es also entschieden. Wenn Debenham das nächste Mal diesen Raum betrat, würde Rosings in Flammen aufgehen.

ELIZABETH LÖSTE DAS Problem, an Elfenkleidung zu kommen, indem sie Bluebird danach fragte. Nachdem sie diese Aufgabe in weniger als fünf Minuten erledigt hatte, blieben ihr endlose Stunden, die sie füllen musste. Sie nahm regelmäßig Kontakt mit Darcy auf und hoffte, dass ihm ein Gefühl ihrer Verbundenheit etwas Erleichterung bringen würde. Das war vielleicht das einzige, was sie davon abhielt, verrückt zu werden. Sie las Titania vor und machte später einen langen Spaziergang, um sich abzulenken, aber meistens blieb sie bei Frederica und Anne in einer privaten Ecke der Laube, da Titania traurige Gesichter nicht mochte.

Aber während alledem spürte sie einen Schmerz in jedem Zentimeter ihres Körpers, ihr war übel von der Vorstellung, dass Darcy eingesperrt war. Eversleigh hatte ihr gesagt, dass die schwarzen Magier ihn nicht töten würden. Sie glaubte ihm, aber der ekelhafte Geschmack in ihrem Mund kam von dem Gedanken, dass Darcy den Tod vorziehen könnte, anstatt auf unbestimmte Zeit von schwarzen Magiern festgehalten zu werden. Dann fühlte sich ihre Brust hohl an, wenn sie daran dachte, seine Arme nie wieder um sich zu spüren. Oh, warum hatte sie sich ihm so lange verwehrt? Dann hätten sie wenigstens noch ein wenig Freude gehabt, bevor all das geschah.

Anne und Frederica unterhielten sich leise miteinander, aber Elizabeth brachte es nicht über sich, daran teilzunehmen. Wie konnten sie es ihr nicht übelnehmen, wenn das Wohlergehen von Fredericas Eltern und Aelfric an zweiter Stelle nach Darcys gestellt wurde? Es schien so unwahrscheinlich, dass eine Rettung funktionieren könnte. Sie wagte es nicht, daran zu glauben.

Als Eversleighs am Nachmittag mit Colonel Fitzwilliam wieder erschien, hatte das Warten ein Ende.

"Die Rettungsmission wird heute Abend stattfinden", sagte Colonel Fitzwilliam. "Eversleigh hat den Spruch gefunden, den er braucht, um den Blutwächter eines schwarzen Magiers außer Kraft zu setzen, und ich habe Waffen und Feuerwerk besorgt, die an einen versteckten Ort auf Rosings geliefert werden."

"Feuerwerk?", fragte Frederica zweifelnd. "Was soll das denn werden?"

"Die Waffen sind für unser erstes Ablenkungsmanöver. Ich werde sie in der Nähe der Wildhüterhütte abfeuern. Debenham wird alle verfügbaren Diener aussenden, um herauszufinden, was los ist, aber sein eigenes Leben wird er nicht aufs Spiel setzen. Das Feuerwerk ist für unsere zweite Ablenkung, bei der wir uns als Feenvolk ausgeben, das Aelfric retten möchte. Das wird die schwarzen Magier herauslocken. Dann wird Eversleigh sich und Anne unsichtbar halten, während sie Darcy finden, sich um seine Wache kümmern und die Blutwächter brechen."

"Das wäre ein guter Plan, abgesehen von dem Teil, in dem Elizabeth, FitzClarence und ich die schwarzen Magier davon überzeugen müssen, dass wir eine ganze Fay-Armee sind", sagte Frederica.

"An dieser Stelle kommen Feuerwerk, Illusionen und Magie ins Spiel. Ah, FitzClarence, du bist zurück! Gut gemacht." Der Magier wurde von Jasper Fitzwilliam begleitet.

Frederica schnappte nach Luft. "Jasper? Was machst du hier?"

"Ich habe FitzClarence gebeten, ihn mitzubringen", sagte der Colonel.

"Bist du verrückt geworden?", zischte Frederica.

Jasper, das jüngste und am wenigsten angesehene Mitglied der Familie Fitzwilliam, schien sie nicht zu hören, vielleicht war er aber auch nur an die Verachtung seiner Familie gewöhnt. Aber sein sonst übliches übermütiges Grinsen fehlte heute, vermutlich wegen der Ernsthaftigkeit der Situation. "Du wolltest mich?" Es klang, als bezweifle er das. "FitzClarence sagt, du willst Darcy retten, aber ich weiß nicht, wie ich dir dabei helfen kann."

Richard klopfte ihm auf den Arm. "Du bist der perfekte Mann für das, was ich für dich vorgesehen habe. Zunächst brauche ich dich, um den Wildhüter auf Rosings betrunken zu machen, und danach sollst du vier Leute im Dunkeln wie eine ganze Armee aussehen lassen, indem du Feuerwerk, Lärm und alle mögliche Magie einsetzt, die Elizabeth, Frederica und FitzClarence aufbringen können."

Jaspers Miene erhellte sich. "Ist das alles? Das wird nicht schwer."

WURDE ROSINGS ANGEGRIFFEN? Gott, Darcy hoffte es, aber er konnte nicht erkennen, was draußen im Dunkeln vor sich ging. Lichtblitze huschten am Fenster vorbei, ließen es aufleuchten und unmenschliches Geheul und Gejaule jagte Darcy eine Gänsehaut den Rücken hinunter. Verdammte Blutwächter, die ihn gefangen hielten und seine Bewegungsfreiheit so einschränkten, dass er nicht zum Fenster gelangen konnte! "Können Sie etwas sehen?", fragte er seinen Wächter, der hinausspähte. Nicht dass er sich auf das verlassen konnte, was seine Wache berichtete, aber es war besser als nichts.

"Schwer zu sagen. Fliegende Feuerbälle und viele bunte Lichter auf der anderen Seite des Gartens."

Auf der anderen Seite des Gartens? Das musste in der Nähe der Pergola sein, wo sie Aelfric gefangen hielten. Der junge Sidhe konnte selbst keine Magie anwenden, wenn er von Eisen umgeben war, also musste es jemand anderes sein. Versuchten die Fay, Aelfric zu retten?

Nichts davon ergab Sinn. Zuerst hatte es irgendwo in der Nähe des Sees vereinzelte Schüsse gegeben, und dann dies hier. Helle Lichter und Rufe, begleitet von ohrenbetäubendem Krach. Feuerwerk. Warum sollten die Fay Feuerwerk einsetzen?

Seine Hände schmerzten von dem Wunsch, den Angreifern zu helfen. Er würde alles einsetzen - eine Waffe, einen Degen, sogar seine bloßen Fäuste. Aber alles, was er tun konnte, war auf diesem vermaledeiten Stuhl zu sitzen.

Er hörte ein Rascheln und plötzlich sackte sein Wächter zu Boden. "Sind Sie verletzt?", rief Darcy.

"Leise!" Es war Eversleighs Stimme, die klang, als wäre er nur ein paar Meter entfernt, doch der Raum war leer.

Darcys Kopf schnellte von einer Seite zur anderen, aber er konnte nichts erkennen. Hatte die Gefangenschaft seinem Verstand schon so zugesetzt, dass er verrückt wurde?

"Er ist bewusstlos." Annes Stimme kam aus Richtung des Fensters, vor dem der Diener lag.

Sie waren nicht zu sehen und dann plötzlich doch. Pure Erleichterung erfüllte Darcy, dass ihm beinahe schlecht davon wurde. "Was tut ihr hier?", flüsterte er.

Eversleigh hockte sich vor eine der Steinschnitzereien, die für die Blutwächter verwendet wurden, und studierte sie. "Dich befreien." Er streckte seine Hand in Richtung des Blutwächters, berührte ihn allerdings nicht.

"Was passiert da draußen?"

"Ein Ablenkungsmanöver. Debenham und Biggins sind jetzt da draußen. Ist das ein Blutwächter?"

"Mit meinem Blut gemacht", sagte Darcy. "Debenham sagt, die Abwehrzauber zerfetzen mein Fleisch, aber sie scheinen sonst niemandem etwas anzuhaben."

"Können Sie sie brechen?" fragte Anne Eversleigh.

Eversleigh nickte. "Ich vollbringe den Zauber, wenn Sie die übermenschliche magische Kraft liefern können, die dafür nötig ist."

Selbstverständlich. Debenhams schwarze Magie war weitaus mächtiger als Eversleighs Magie. Annes Macht sollte jedoch ausreichen, um sie zu brechen. Zumindest hoffte er das.

Eversleigh sagte zu Anne: "Wenn ich auf Sie zeige, nehmen Sie den Wächter und bringen ihn in diese Ecke hinüber. Stellen Sie sich darauf ein, dass er Widerstand leistet und sich nur schwer bewegen lässt."

Anne nickte. "Ich bin bereit."

Eversleigh begann die Worte des Wächterbrechzaubers zu singen. Als er zum Schluss kam, zeigte er auf Anne.

Sie bückte sich, um den Wächter aufzuheben, und erstarrte mit einem Ausdruck des Grauens im Gesicht.

"Was ist los?", fragte Darcy entsetzt.

"Ich kann meinen Körper nicht bewegen, nur meinen Kopf. Wenn ich es versuche, passiert nichts", flüsterte sie gequält. "Das ist seine Magie. Die meines Vaters."

"Nein, ich versichere dir, dass Debenham die Schutzzauber gesetzt hat", sagte Darcy. "Vielleicht hat er mit deinem Vater zusammengearbeitet, sodass dir seine Magie ähnlich erscheint."

"Nicht ähnlich." Anne atmete schnell. "Es ist dieselbe, das ich sage dir!"

"Das kann nicht sein. Du hast Sir Lewis getilgt."

"Nein, das habe ich nicht! Ich weiß nicht, warum Lord Matlock das behauptet hat. Ich habe seine Augen getilgt, und als ich wieder zu mir kam, sagten sie, er sei tot."

Eversleigh murmelte einen Zauberspruch. "Können Sie sich jetzt bewegen?"

"Nein." Tränen liefen ihr über die Wangen.

"Verzeihen Sie bitte." Eversleigh versuchte, ihren Arm zu bewegen, aber er rührte sich nicht, auch nicht, als Eversleighs Gesicht rot wurde und Schweiß auf seiner Stirn ausbrach. "Das hat keinen Sinn."

Es musste einen Weg geben, sie zu befreien. "Anne, kannst du den Wächter tilgen?"

Anne schloss die Augen. "Nein. Es ist, als ob er gar nicht da wäre."

Was hatte Debenham getan? Und warum war seine Magie wie die von Sir Lewis? Die Notizbücher, die in Sir Lewis' Arbeitszimmer. Was war im letzten gestanden? Sir Lewis hatte Möglichkeiten getestet, den Körper eines anderen Mannes zu kontrollieren. In seinem letzten Notizbuch hatte er einige kleine Erfolge aufgezeichnet.

Das Notizbuch war bis zur letzten Seite vollgeschrieben gewesen. Alle, die sie gefunden hatten. Warum war ihm nie aufgefallen, dass es noch ein weiteres, letztes Notizbuch hatte geben müssen, in dem seine letzten Aufzeichnungen standen? Er war ein Narr.

"So, so, so!" Debenham stand in der Tür. "Hier findet eine Soirée statt, zu der ich nicht eingeladen wurde?"

Eversleigh flackerte und war unsichtbar.

"Beeindruckender Trick, Eversleigh, aber er wird dir nichts nützen." Debenham schloss die Tür und lehnte sich dagegen. "Ich muss lediglich warten, bis die Diener zurückkehren. Sie werden dich ertasten können und du kannst nicht unendlich lang unsichtbar bleiben. Eure kleine Ablenkung hätte hervorragend funktioniert, wenn ich die Blutwächter nicht so präpariert hätte, dass sie mich alarmieren, sobald sie jemand berührt. Schwarze Magie kann sehr nützlich sein."

Darcy war hilflos, Anne ebenfalls. Aber Eversleigh hatte noch eine Chance. Er würde nicht in der Lage sein, das Fenster aufzubrechen und zu fliehen, bevor Debenham ihn aufhalten konnte, aber vielleicht konnte Darcy ihm dabei helfen. Er stellte sich die Fensterscharniere in seinem Kopf vor und setzte ein winziges, intensives Feuer in ihnen, das er mit seiner eigenen Energie speiste.

"Nichts dazu zu sagen, Darcy?", sprach Debenham gedehnt.

"Ich hatte mich noch nicht entschieden, ob ich dich Debenham oder Sir Lewis nennen soll", sagte Darcy kühl. "Es muss befriedigend sein, nach all den Jahren wieder nach Rosings zurückzukehren."

Debenham stutzte, fing sich aber rasch wieder. "Ich weiß nicht, was du meinst."

Darcy heizte das Feuer in den Scharnieren weiter an. Wenn er Debenham noch etwas länger ablenken konnte, könnte Eversleigh möglicherweise das Fenster herausdrücken. "Wenn es dir so lieber ist. Aber ich kenne Debenham von früher und du bist es nicht."

"Menschen ändern sich mit der Zeit, Darcy."

Heißer, heißer. "Wenn du wirklich Debenham bist, wo sind wir uns dann zum ersten Mal begegnet?"

"Ich habe im Laufe der Jahre Tausende von Menschen kennengelernt. An die meisten von ihnen erinnere ich mich nicht mehr."

War das der Geruch von schmelzendem Metall? "Welches College hast du in Cambridge besucht? Daran kannst du dich sicher erinnern."

Debenhams Augen verengten sich. "Das ist ein dummes Spiel, und ich bin mit dir fertig."

Es stimmte also. Darcys Magen schien seinen Boden zu verlieren. "Kennt Biggins die Wahrheit über dich? Was würde er denken, wenn er wüsste, dass du dich nicht an euer College erinnern kannst?"

"Ich war auf dem Trinity, du Narr!" Debenhams Gesicht nahm rote Flecken an.

"Netter Versuch, wenn man bedenkt, wie groß Trinity ist, aber Debenham ging aufs Corpus Christi. Wann befreist du die arme Anne von deinem Wächter? Das sieht nach einer sehr unangenehmen Haltung aus."

"Du wirst niemandem auch nur ein Sterbenswörtchen darüber sagen, Darcy. Ich kann dich nicht töten, aber ich kann dafür sorgen, dass du dir wünschst, ich hätte es getan."

"Daran habe ich keinen Zweifel." Die Drohungen bedeuteten für Darcy nichts als eine Möglichkeit, mehr Zeit zu gewinnen. "Wie funktioniert das? Bleibt ein Teil von Debenhams Geist bestehen?"

Der Zauberer zuckte mit den Achseln. "Weder weiß ich es, noch kümmert es mich."

"Zu schade. Ich mochte den Mann - zumindest bisher." Feuer. Feuer in den Scharnieren.

"Spar dir dein Mitleid. Er hat sich schon mit schwarzer Magie beschäftigt, als ich ihn kennengelernt habe." Dann wandte er seine Aufmerksamkeit Anne zu. "Das kleine Mädchen ist erwachsen geworden, wie ich sehe. Ich sollte dir dafür danken, dass du mir in die Falle gegangen bist. Deine Kräfte werden mir sehr nützlich sein und wir haben ohnehin noch eine Rechnung offen. Du hast mich viel gekostet."

Anne antwortete nicht.

"Du erinnerst dich noch daran zu schweigen? Gut. Aber sei gewarnt, dein kleiner Trick wird kein zweites Mal funktionieren. Wenn du diese Augen zerstörst, ist das nichts weiter als eine kleine Unannehmlichkeit. Mein eigener Körper lebt noch und ich kann ihn nutzen, um die Kontrolle über den eines anderen zu übernehmen. Aber wo sollen wir anfangen, du und ich? Auge um Auge vielleicht?"

Das Fenster fiel mit einem Krachen und dem Geräusch von zersplitterndem Glas aus den Angeln. Rauch stieg aus den zerbrochenen Scharnieren auf.

Debenham eilte zum Fenster und starrte hinaus. "Was zum Teufel!"

Eine unsichtbare Hand öffnete die Tür zur Bibliothek. Eversleigh musste entkommen sein.

"Verdammt!" Debenham war schon an der Tür und rannte hinaus.

"Töte mich." Es war Annes Stimme, kaum ein Flüstern.

Darcy war sprachlos. "Ich..."

"Ich flehe dich an! Ich weiß, was mir bevorsteht und er wird sich an mir rächen wollen." Ihre Stimme klang gequält.

Anne wusste besser als er, wozu Sir Lewis fähig war. "Aber..."

"Schnell! Bevor er zurückkommt! Eine weitere Chance wird sich uns nicht bieten."

An ihrer Stelle würde er ebenfalls sterben wollen, und er hatte stundenlang Zeit gehabt, nach Wegen zu suchen, die schwarzen Magier mithilfe seiner Kräfte zu töten. Aber der Tod konnte nicht rückgängig gemacht werden. "Das kann ich nicht. Es tut mir leid."

"Dann mache ich es selbst!" Sie ließ einen winzigen Wirbelwind direkt vor sich entstehen, der vor ihrem Gesicht schwebte. Zunächst geschah nichts. Sie konnte sich nicht bewegen und ihr Gesicht lag hinter dem Wirbelwind verborgen, der die Luft aus ihren Lungen saugte.

Länger und länger. Wie lange noch, bis sie das Bewusstsein verlor? Darcys Hände kribbelten, weil sie sie erreichen wollten, aber die Blutwächter schnitten ihm den Weg ab. Wie konnte sie sich das antun? Und warum hielt *er* den Atem an?

Der Wirbelwind verschwand. Annes Kopf hing schlaff vorn über, ihre Haut kreidebleich. Aber einen Moment später saugte sie hörbar Luft in ihre Lungen und ihre Farbe kehrte langsam zurück.

Natürlich. Sie konnte den Wirbelwind nur so lange aufrechterhalten, bis sie das Bewusstsein verlor, und dann sorgte ihr Körper dafür, dass sie wieder atmete. Er stieß einen tiefen Atemzug aus, aber seine Brust schmerzte bei dem Gedanken daran, was ihr nun bevorstand.

Sie hob den Kopf und blinzelte. "Lieber Gott, nein", flüsterte sie heiser. "Nein."

"Das tut mir leid." Was konnte er sonst sagen? Er fühlte sich so hilflos, dass ihm die Galle in den Mund stieg.

"Darcy, ich bitte dich, hilf mir. Ansonsten muss ich Feuer zu Hilfe nehmen und ich möchte nicht verbrennen." Ihre Stimme zitterte vor Entsetzen.

O Gott, nein. Wie oft hatte er sich gestern vorgestellt, durch Feuer zu sterben? Sein Mund war trocken. Was war schlimmer - zuzusehen, wie sie entsetzliche Qualen im Feuer erlitt bevor der Tod ihr Erleichterung brachte oder das Feuer zu löschen und sie den Qualen durch die schwarzen Magier auszusetzen?

"Verdammt, Darcy." Anne sah ihn direkt an, als der Saum ihres Rocks zu brennen begann. Sie würde es tun.

Das konnte er nicht zulassen. Er griff nach dem Wasserkrug, den sie ihm zum Waschen gegeben hatten, und schüttete den Inhalt auf die Flammen, ehe er zusätzliches Wasser aus dem Teich herbeirief, um die Überreste zu löschen. "Nicht so, Gott erbarme dich!" Verzweifelt sah er sich um. Die Waschschüssel. Damit würde es gehen. Er stapelte drei Bücher, stellte das Becken darauf und schob den Stapel mit einem anderen Buch durch die Abwehrzauber der Wächter, bis er knapp unter ihrem Kinn zum Stehen kam. Er wies das Teichwasser an, es bis zum Rand zu füllen. "Mach nochmal den Wirbelwind. Wenn du das Bewusstsein verlierst, fällt dein Gesicht ins Wasser." Und sie würde ertrinken.

"Ich danke dir." Ihre Stimme wurde leiser. "Sag Aelfric ... Nein, nichts."

Die Luft begann wieder zu wirbeln und versuchte, das Wasser aus der Schüssel zu saugen, ebenso wie sie die Luft aus Annes Lungen saugte. Darcy brauchte alle Willenskraft, die er aufbringen konnte, um das Wasser ruhig zu halten. Zumindest hielt es ihn davon ab, darüber nachzudenken, was gleich geschehen würde.

Der Wirbelwind erstarb wieder. Diesmal schwappte Wasser über den Rand des Beckens, als Annes Gesicht hineinfiel. Er wusste, wann sie Wasser inhalierte, und er wusste, was sie durchmachen würde, wenn sie noch etwas fühlen konnte. Er hatte mehrmals eine Lunge voll Wasser eingeatmet, bevor er lernte, seine Magie zu kontrollieren. Es war ein schmerzhaftes Gefühl des Erstickens. Er schaute weg, weil er es nicht ertrug, zuzusehen.

Schließlich gab es einen dumpfen Schlag, als ihr Körper zu Boden fiel. Das war nicht passiert, als sie vorhin bewusstlos gewesen war. Das musste bedeuten ... Ihr Kopf war von ihm weg gerichtet, so dass er ihr Gesicht nicht sehen konnte.

Debenham tauchte wieder auf und blieb beim Anblick von Annes schlaffem Körper abrupt stehen. "Was ist geschehen?"

"Sie hat elementare Magie. Sie hat sich selbst ertränkt." Und er hatte ihr geholfen.

Debenham rollte Anne auf den Rücken. Wasser lief aus ihrem offenen Mund. "Ich brauche Hilfe in der Bibliothek!", brüllte er, ehe er zu Darcy aufsah und mit den Fingern schnippte.

Schwarze Flecken tanzten vor Darcys Augen. In seinen Ohren begann es zu rauschen und die Welt glitt davon.

ELIZABETH VERSUCHTE, die Panik in Schach zu halten, indem sie die anderen zählte, als sie neben dem Feenring in Rosings ankamen. Frederica, Jasper und Richard Fitzwilliam. Keine Spur von FitzClarence, aber Titania hatte ihm seinen eigenen Talisman gegeben, mit dem er nach Faerie reisen konnte, und Eversleigh konnte Anne helfen.

"Wartet!", rief die Stimme eines Mädchens. "Bitte nehmt mich mit!"

Fredericas Kopf schnellte herum. "Georgiana?", sagte sie ungläubig.

Darcys Schwester eilte auf die Lichtung. "Freddie? Warum bist du als Elfe verkleidet?"

"Das ist jetzt gleichgültig", sagte Elizabeth. "In den Ring, schnell! In Faerie können wir uns in Ruhe unterhalten." Elizabeth berührte ihren Stein, der Boden unter ihnen sackte weg und im nächsten Moment umgab sie der vertraute blumige Duft von Faerie.

Frederica umarmte Georgiana. "Wir haben uns solche Sorgen um dich gemacht!"

"Sie haben mich gar nicht gefunden. Ich habe euch alle vom Haus wegrennen sehen, also wusste ich, dass irgendetwas nicht stimmt. Und als ich hörte, wie die Diener sich darüber unterhielten, dass der schwarze Magier im Keller freigelassen wurde, versteckte ich mich bis in die Nacht in einem Schrank und schlich mich dann aus dem Haus. Ich verbrachte den ganzen Tag dort, in der Hoffnung jemand würde kommen, aber als es dunkel wurde, versteckte ich mich dann anderswo. Als ich die ganzen

Lichter sah, dachte ich, das könnten die Feen sein, deshalb rannte ich zum Hain."

"Kluges Mädchen!", lobte Frederica.

"Einen Moment noch", sagte Elizabeth scharf. "Colonel, fühlen Sie etwas Ungewöhnliches an ihr?"

Der Colonel runzelte die Stirn. "Kein Aal in Aspik-Gefühl. Sie steht nicht unter einem Bann."

Elizabeth stieß den Atem aus, den sie zuvor unbewusst angehalten hatte. "Gut."

"Was ist da passiert?", forderte der Colonel. "Warum hast du die Mission abgebrochen? Hat Eversleigh Darcy befreit?"

Sie winkte ihre Begleiter aus dem Ring. Die anderen könnten ihn brauchen. "Ich weiß es nicht. Eversleigh hat mir gesagt, ich soll davonrennen. Irgendetwas ist ziemlich schiefgelaufen." Die Verzweiflung und Angst hinter dem zuvor besprochenen Signal hallte immer noch in ihr nach. Natürlich tat es das; Eversleigh spürte sie ja immer noch, und damit auch sie. "Hat FitzClarence mein Pfeifen gehört?"

"Keine Ahnung", sagte Jasper. "Er war mit seinem Bogen hinter einigen Bäumen verschwunden."

Elizabeth spürte das Pochen der Magie aus dem Ring und drehte sich um, um Eversleigh ankommen zu sehen. Anne war nicht bei ihm. Sie rannte auf ihn zu und streckte ihm die Hände entgegen. Frederica war direkt hinter ihr.

Eversleigh hob eine Hand, um sie aufzuhalten. "Fasst mich nicht an, sonst zerbreche ich in tausend Teile." Er klang unnahbar, wie ein Fremder.

"Was ist geschehen?", erkundigte sich Frederica.

Eversleigh schloss fest die Augen, als könnte er es nicht ertragen, sie anzusehen. "Es war eine Falle. Wir kamen problemlos rein, aber sobald Anne den Blutwächter berührte, konnte sie sich nicht mehr bewegen. Debenham hat uns dort erwischt. Ich habe versucht, uns beide unsichtbar zu machen, aber bei Anne hat es nicht mehr funktioniert, ganz gleich, was ich versucht habe." Sein Adamsapfel bewegte sich, als er schwer schluckte.

"Was hat Debenham gemacht?" Elizabeth glaubte nicht, dass sie die Antwort wissen wollte.

"Debenham ist in Wirklichkeit Sir Lewis. Er lebt noch und hat es irgendwie geschafft, Debenhams Körper zu übernehmen. Anne hat es gemerkt."

"Gütiger Gott", flüsterte Richard.

"Wo ist Anne?", wollte Frederica wissen.

Eversleigh wischte sich mit dem Handrücken über den Mund. "Sie ... Oh, verdammt." Er nahm Richard Fitzwilliams Arm und führte ihn ein Stück weit weg.

Ein paar Minuten später stapfte der Colonel mit aschfahlem Gesicht zu ihnen zurück. "Er hat mich gebeten, es euch zu sagen. Es gelang ihm, im Raum zu bleiben, als Debenham glaubte, er sei entkommen. Anne war Debenham, das heißt, Sir Lewis, ausgeliefert und sie war diejenige, die ihm das Augenlicht genommen hatte. Er ... nun, es spielt keine Rolle, was er ihr antun wollte. Sie hat Darcy angefleht, sie zu töten, und als er es nicht machen wollte, hat sie sich selbst das Leben genommen."

Frederica fiel auf die Knie und vergrub ihr Gesicht in ihren Händen. Georgianas Gesicht war aschfahl.

Ein Gefühl der Taubheit breitete sich in Elizabeth aus. Das konnte nicht wahr sein. Sie wollte nicht zulassen, dass das wahr war, aber der unglaubliche Druck in ihrer Brust wollte nicht nachlassen.

Der Colonel fuhr fort: "Das ist noch nicht alles. Als Eversleigh floh, sah er, wie sie FitzClarence ins Haus trugen. Schlimm genug, dass einer von ihnen gefangen genommen wurde, aber er war eine direkte Verbindung zur königlichen Familie. Sie können ihn benutzen, um an seinen Vater, den Duke of Clarence, heranzukommen, und der ist Prinnys Bruder und der Sohn des Königs. Gütiger Gott im Himmel, warum hätten sie nicht mich stattdessen nehmen können?" Seine verzweifelte Stimme schien die Luft zu durchschneiden.

Darcy musste sich mehr als grauenhaft fühlen. Elizabeth konnte sich nicht vorstellen, was es ihm antun würde, mitansehen zu müssen, wie seine Cousine sich umbrachte. Sie nahm mit diesem speziellen Sinn Kontakt mit ihm auf. Es war schwer, ihn über Eversleighs Verzweiflung hinweg zu hören, aber schließlich fand sie Darcy. Er war bewusstlos, was vermutlich ein Segen war.

Was sollten sie jetzt tun?

KURZE ZEIT SPÄTER DRÄNGTE sich das traurige Grüppchen in seiner privaten Ecke von Titanias Laube zusammen. Der gescheiterte Rettungsversuch hatte sie alle erschöpft. Frederica hatte Georgiana das Bisschen, das sie selbst wussten, erzählt, und nun saß Georgiana neben Colonel Fitzwilliam, während Eversleigh den Arm um Fredericas Schulter gelegt hatte. Keiner ihrer Brüder erhob irgendwelche Einwände. Keinem von ihnen war es nach Sprechen zumute, aber schlafen wollte auch niemand.

Schließlich meldete sich Jasper Fitzwilliam zu Wort. "Was jetzt?"

Eversleigh seufzte tief. "Debenham weiß nicht, dass du daran beteiligt warst, also kannst du jederzeit nach London zurückkehren, wenn das dein Wunsch ist, wobei Debenham früher oder später jeden mit Magie für sich vereinnahmen wird, um seine eigene Macht zu speisen. Während ich in London war, habe ich meinen Juristen angewiesen, nach einem Haus in einem abgelegenen Teil Schottlands Ausschau zu halten. Ich werde es unter falschem Namen kaufen und einen Teil meines Vermögens in Gold umwandeln. Wir können nicht für immer in Faerie bleiben, und wir werden einen sicheren Rückzugsort brauchen."

Frederica hob ihren Kopf von seiner Schulter. "Du gibst doch sicherlich nicht auf?"

"Ich werde niemals aufgeben, aber ich habe akzeptiert, dass es keinen schnellen Sieg geben wird. Dies wird ein langer Kampf werden. Wir brauchen Zeit, um Verbündete zu finden und ihre Schwachstellen herauszufinden. Dafür brauchen wir Geld und einen sicheren Ort, an den wir uns zurückziehen können."

Elizabeth konnte ihn nicht ansehen. "Was ist mit Darcy?"

"Wenn Anne de Bourghs Kraft seine Blutwächter nicht außer Kraft setzen konnte, dann ist keiner von uns dazu in der Lage. Debenham wird ihn nicht töten, nicht, solange er den Todesfluch hat. Früher oder später wird er ihn in einer Art Gefängnis unterbringen. Unsere Chancen, ihn zu retten, sind möglicherweise besser, wenn er nicht mehr von schwarzen Magiern umgeben ist."

"Aber meine Eltern -" begann Frederica.

Richard sagte schwer: "Er sieht es realistisch, Freddie. Wir müssen uns zurückziehen und unsere Wunden lecken, bis ein besserer Zeitpunkt gekommen ist."

"Aber in der Zwischenzeit werden die schwarzen Magier ihre Macht festigen!"

"Wir können jetzt nicht gewinnen", sagte Richard. "Es hat keinen Sinn, unser Leben wegzuwerfen."

"Was würde unser Vater sagen?", fragte Frederica.

Eversleigh machte ein Geräusch, das einem Lachen nur entfernt ähnelte. "Er würde sagen, Schottland ist nicht weit genug entfernt, aber weiter bin ich nicht bereit zu gehen. Ihr alle seid herzlich eingeladen, euch mir dort anzuschließen, sofern ihr das möchtet. Libbet, ich hoffe du wirst zustimmen, mich als meine Schwester dorthin zu begleiten."

Elizabeth glaubte nicht, dass ihre Stimme ihr nun dienen könnte, also nickte sie nur. Es hatte mehr Sinn als jede andere Option, da Debenham wusste, dass sie mit Darcy verlobt war.

Mit erstickter Stimme sagte Frederica: "Ich nehme an, ein schottischer Geistlicher kann eine Hochzeit ebenso durchführen wie ein englischer."

Eversleigh drückte schweigend ihre Schultern.

Jasper sprang auf und begann auf und ab zu gehen. Sein Bruder und seine Schwester achteten nicht darauf. Elizabeth nahm an, es grenzte ohnehin schon an ein Wunder, dass er überhaupt so lange stillgesessen hatte.

Nach ein paar Minuten hektischen Umhermarschierens brachte Jasper seine Hände vor seinem Gesicht zusammen. "Ich habe eine Idee."

Sein Bruder entgegnete müde: "Das Letzte, was wir jetzt brauchen, ist eine deiner verrückten Ideen."

Frederica wandte ihr Gesicht von Jasper ab.

Mit einem gereizten Schnauben hockte Jasper sich neben Eversleigh. "Sir Lewis kontrolliert Debenhams Körper von seinem eigenen aus, richtig? Magie wird mit zunehmender Entfernung immer schwächer, daher kann Sir Lewis' Körper nicht weit entfernt sein. Wenn wir seinen Körper finden würden, könnten wir ihn töten. Debenham würde seine schwarzmagischen Kräfte verlieren und dann ... dann können wir entscheiden, was als nächstes zu tun ist. Was denkst du?"

Eversleigh sagte langsam: "Ein interessanter Gedanke. Selbst wenn wir es nicht fertigbrächten, ihn zu töten, könnten wir mehr darüber erfahren, wie Sir Lewis vorgeht."

"Ein interessanter Gedanke?", brachte sich der Colonel ein. "Das ist ein verdammt brillanter Gedanke. Jasper, bei all den verrückten Ideen, die du die ganzen Jahre über ausgeheckt hast - diese macht einiges wieder wett."

"Tatsächlich?" Jasper klang überrascht.

Mit neuem Mut sagte Richard: "Wir müssen eine Liste der Orte erstellen, an denen er sich befinden könnte. Sir Lewis würde seinen Körper vor den anderen geheim halten wollen, daher ist es unwahrscheinlich, dass er sich im Haupthaus oder im Wittumshaus befindet. Aber die Nebengebäude ... In den Ställen ist vermutlich zu viel Trubel, aber ausschließen sollten wir diese Möglichkeit dennoch nicht. Die Dreschscheune, der Taubenschlag, die Hopfendarre oder das Haus des Pförtners. Wir können die Hütte des Wildhüters ausschließen, da wir dort gerade schon waren."

"Und den Taubenschlag", sagte Georgiana mit leiser, aber ruhiger Stimme. "Dort habe ich mich nach Einbruch der Dunkelheit versteckt und er war leer."

"Wartet", sagte Eversleigh, "wie sollen wir all diese Orte überprüfen? Ich kann nicht so lange unsichtbar bleiben, selbst wenn man mir Kraft speist."

"Wir brechen nach Einbruch der Dunkelheit auf", sagte Colonel Fitzwilliam.

"Zu gefährlich", entgegnete Eversleigh. "Sie werden nach uns Ausschau halten."

"Überlasst das mir", sagte Jasper mit einem Grinsen, das nicht wirklich zu den Umständen passte. "Niemand dort kennt mich. Ich kann die Arbeiterkleidung tragen, die ich verwendet habe, als ich den Wildhüter betrunken gemacht habe und den örtlichen Dialekt habe ich auch drauf. Mich wird keiner verdächtigen."

"Bis du abgelenkt wirst", grummelte Richard.

Jaspers Augen blitzten. "Du kannst über mich sagen, was du willst, aber, wenn ich eines kann, dann einen Akzent nachahmen und eine Rolle spielen. Ich habe es bei dem Wildhüter geschafft, und wie oft habe ich Gäste im Matlock House getäuscht, ich sei ein Stalljunge?"

"Das stimmt", sagte Frederica. "Jasper liegt die Schauspielerei im Blut."

"Wie kommst du in die Gebäude?" Richard war noch lange nicht überzeugt.

"Das brauche ich gar nicht. Ich muss nur herausfinden, welches dieser Gebäude bewacht wird. Das wird es sein."

"Versprich mir, dass du auf eigene Faust nicht mehr versuchen wirst", flehte Frederica.

"Ich verspreche es", blaffte Jasper. "Nur, weil ich keine Magie benutzen kann, heißt das nicht, dass ich überhaupt nichts zu Stande bringe."

Überrascht fragte Elizabeth: "Warum sagst du, dass du keine Magie benutzen kannst? Du hast das vorhin ganz wunderbar gemacht."

Jasper verzog das Gesicht. "Ich habe Magie, aber nur um Zaubersprüche anzuwenden, wie bei meinem Vater. Wenn ich mir die Worte eines solchen Spruches auch nur zehn Minuten merken könnte, wäre ich vielleicht zu irgendwas nütze, aber mein Gedächtnis ist wie ein Sieb."

"Und was glaubst du, wie du dann all diese magischen Feuerbälle gemacht hast?"

Er schüttelte den Kopf. "Du hast die Feuerbälle gemacht. Ich habe sie nur für dich geworfen, weil sie bei mir weiter geflogen sind."

"Glaubst du das tatsächlich? So hat es angefangen, aber ich habe sie nicht schnell genug für dich geschaffen, also hast du angefangen, sie selbst zu machen." Was stimmte nicht mit ihm? Hatte er auch Probleme mit seinem Gedächtnis?

"Ich weiß nicht einmal, wie man Feuerbälle macht! Ich sage dir, meine Magie ist nutzlos!"

Das war es also. Elizabeth brachte sogar ein kleines Lächeln zustande. "Du wolltest mehr Feuerbälle, und schon erschienen welche. Das war wilde Magie, genau wie bei mir, und deine ist sehr stark."

495

Jasper sah verblüfft aus. "Wilde Magie? Was ist das?"

Eversleigh erklärte: "Dabei wird Magie instinktiv eingesetzt, ohne auf Zauber zurückzugreifen."

"Willst du damit sagen, dass ich Magie auch ohne Zaubersprüche anwenden kann?" Jaspers Stimme erhob sich bei den letzten Worten. "Warum hat mir das nie jemand gesagt?"

"Ich bezweifle, dass sie es selbst wussten", sagte Elizabeth beruhigend. "Dein Vater wusste fast nichts über wilde Magie, bevor er mich traf. Er würde alles darum geben, sie selbst anwenden zu können, aber er hat zu viele Jahre Zaubersprüche angewandt." Beinahe hätte sie hinzugefügt, dass Anne ebenfalls wilde Magie hatte, ehe ihr wieder bewusst wurde, dass Anne nie wieder Magie anwenden würde.

"Kannst du mir mehr zeigen? Gleich jetzt?"

Vor dem nächsten Morgen konnten sie ohnehin nichts unternehmen, um Sir Lewis' Körper zu finden und Elizabeth würde verrückt werden, wenn sie die Stunden bis dahin damit verbrächte, über Annes Tod und Darcys Gefangenschaft nachzugrübeln. Vielleicht konnte sie sogar etwas Gutes tun, während sie sich ablenkte. "Gewiss. Lass uns dafür aber vor die Laube gehen."

Frederica fragte nicht einmal, ob sie zuschauen dürfte.

DARCY GÄHNTE, ABER es war sinnlos, überhaupt an Schlaf zu denken. Selbst mit offenen Augen sah er immer wieder das Bild von Annes Gesicht, das in das Wasserbecken fiel, und hörte den Schlag ihres schlaffen Körpers, der zu Boden sackte. Wenn er seine Augen schloss, wurden seine Erinnerungen nur umso lebendiger.

Hatte er das Richtige getan? Hätte er ihr helfen sollen? Hätte er sie irgendwie davon abbringen können? Verdammt, wie oft würde er sich immer wieder dieselben Fragen stellen, auf die es keine Antworten gab? Es brachte nichts, sich zu fragen, was er gewollt hätte, wenn er kurz davorgestanden wäre, sein Augenlicht zu verlieren und unter einen schwarzmagischen Bindebann gestellt zu werden. Allein bei der Vorstellung, vor welchem Dilemma sie gestanden haben musste, drehte sich ihm der Magen um. Stattdessen sprach er ein weiteres Gebet für ihre Seele und bat Gott, ihr zu vergeben, dass sie sich das Leben genommen hatte. Es hatte keinen Sinn, um Vergebung für sich selbst zu bitten; er konnte sich noch nicht dazu bringen, seine Handlungen zu bereuen. Eines konnte er jetzt allerdings noch für sie tun und das war, ihren Namen vor dem Stigma der Selbsttötung zu bewahren. Es gab keine weiteren Zeugen ihres Todes und so konnte er behaupten, bei einem Zauber sei etwas schiefgelaufen.

Er hatte ihre Verbindung mit Aelfric als unüberlegt und rücksichtslos angesehen, aber jetzt war er froh darüber. Zumindest war ihr dieses kurze Glück beschieden gewesen.

Die Tür öffnete sich und Debenham trat ein. "Raus", befahl er der Wache und zeigte mit dem Daumen über seine Schulter.

Der Wachmann hastete davon. Debenham schloss die Tür hinter sich.

Es war einfacher, von ihm als Debenham zu denken. Wenn er zu sehr über Sir Lewis nachdachte, der in Debenhams Körper lebte, könnte sein Magen rebellieren und den Rest seines Abendessens wieder zutage fördern. Das Leben eines Mannes zu übernehmen war ein unvorstellbares Verbrechen.

Debenham zog einen Stuhl heran und setzte sich Darcy gegenüber. "Deine Freunde schienen eine sehr genaue Vorstellung davon zu haben, wo Du und Prinz Aelfric waren."

"Offensichtlich."

Debenham kniff die Augen zusammen. "Woher wussten sie das?"

"Das müsstest du sie fragen. Ich habe ihre Zeit nicht mit Fragen verschwendet." Es wäre eine gute Antwort an einen Sidhe gewesen - wahr, aber irreführend.

"Komm schon, Darcy. Ich kann mir vorstellen, dass du die ein oder andere Idee hast."

Darcy zuckte mit den Schultern. "Du willst Ideen? Vielleicht haben sie einen Diener bestochen, um an die Informationen zu kommen. Oder es könnte Eversleigh gewesen sein. Du hast gesehen, wie er unsichtbar wurde. Vielleicht hat er durch die Fenster hereingeschaut. Nach allem, was ich weiß, könnte er jetzt direkt neben dir stehen. Vielleicht hat Prinz

Aelfric als Fay eine Methode der stillen Kommunikation und konnte so die anderen Fay darüber informieren, wo er war. Wähl die Theorie, die dir am besten gefällt."

"Eversleigh ist eine interessante Möglichkeit. Ich bin beeindruckt, dass er sich so gut verbergen kann. Ich kann das auch, aber es erfordert schwarze Magie. Aber wer weiß, ob Eversleigh nicht von derselben Macht Gebrauch gemacht hat?"

Darcy lachte höhnisch. "Ich denke nicht."

"Das weiß man nie. Du wurdest schon überrascht was die dunklen Künste anbelangt, würde ich vermuten."

Er nickte. "In der Tat haben wir erst vor wenigen Monaten erfahren, dass du ein schwarzer Magier bist. Sir Lewis meine ich. Das hast du gut verborgen."

Debenham sah zufrieden aus. "Ich weiß. Matlock hat mir einen Brief geschickt, in dem er zu Kreuze gekrochen ist, weil er die Anzeichen nicht erkannt hatte. Das war äußerst amüsant."

"Zweifellos. Ich war allerdings neugierig, wie du es geschafft hast, zu verschwinden. Wie hat ein Mann ohne Augen einen Weg gefunden, sich mit seinem Notizbuch und genug Geld zum Leben davonzustehlen? Zumindest die Diener müssten dich gesehen haben. Lady Catherine hat nie berichtet, dass es einen Diebstahl gab." Vielleicht konnte er die ein oder andere nützliche Information aus ihm herausbringen.

Debenham lachte. "Du übersiehst das Offensichtliche, mein Freund. Lady Catherine hat dafür gesorgt, dass ich verschwinden konnte. Sie hat alles arrangiert. Sie warf einen Blick auf mein ruiniertes Gesicht und entschied, dass sie lieber einen toten Ehemann als einen blinden und entstellten haben wollte. Sie war bereit, mir alles zu geben, was ich verlangte, solange ich nur verschwand."

Lady Catherine würde sich für einiges verantworten müssen. "Warum hast du zugestimmt zu gehen? Es war dein Haus und dein Geld."

"Es war eine Gelegenheit, mich meiner Forschung zu widmen. Ich wurde nicht mehr durch lange Abendessen, Besuche, das Tagesgeschäft des Anwesens und so weiter unterbrochen, bah! Und ich wollte nicht für mein Leiden bemitleidet werden. Ich wusste, dass ich bald wieder Augen haben würde, also musste es auf jeden Fall so aussehen, als ob Sir Lewis gestorben sei. Der Zeitpunkt war so gut dafür wie jeder andere."

"Also bist du gegangen?"

"Nachdem ich mich ein paar Wochen auf dem Dachboden auskuriert habe." Debenham grinste.

Trotzdem konnten Magier ohne Augenlicht keine Magie ausführen. "Wie kannst du ohne deine Augen Magie wirken?"

"Das war Glück oder vielleicht gute Planung meinerseits. Ich hatte einen Diener, dessen Geist ich bereits kontrollierte, und ich lernte schnell, durch seine Augen zu sehen. Es ist erstaunlich, wie viel Fortschritt man machen kann, wenn man wirklich motiviert ist."

"Ich nehme an, du hast an Dienern geübt, bis du Debenham gefunden hattest. Oder gab es andere dazwischen?" Die Worte hinterließen einen üblen Geschmack in Darcys Mund.

"Ein Paar. Ich musste meine Fähigkeit perfektionieren, bevor ich mich an einem erfahrenen Magier versuchte, der mächtig genug war, um meine Ziele zu erreichen."

Nun die Frage, auf die Darcy wirklich die Antwort haben wollte. "Wie lange bist du schon Debenham?"

Der schwarze Magier nahm sich einen Moment Zeit zum Nachdenken. "Ungefähr acht Jahre. Seit der arme Debenham diesen seltsamen Hirnschlag hatte. Er war danach nie mehr derselbe, weißt du. Er redete sogar ein wenig anders als zuvor. Alle waren sehr mitfühlend und gratulierten mir zu meiner wundersamen Genesung. Ich bin nach Irland gezogen, bevor jemand anfing, Fragen zu den merkwürdigen Lücken in meinem Gedächtnis zu stellen, und bin seitdem dortgeblieben, abgesehen von kurzen Besuchen um mich dem Collegium zu widmen. Diese Treffen waren sehr nützlich, um weitere Magier für meine Sache zu gewinnen. Und dieser Dummkopf Matlock hat nie gesehen, was direkt vor seiner Nase vor sich ging! Ich bin halb versucht, ihm die Wahrheit zu sagen, aber dieses Risiko einzugehen ist sinnlos."

Darcy lehnte sich in seinem Stuhl zurück. "Ja, ich kann mir vorstellen, dass du Biggins und Wickham unbedingt im Dunkeln lassen möchtest. Andernfalls könnten sie nicht so kooperativ sein, wenn du versuchst, ihre Körper zu übernehmen."

"Du hast es erfasst. Und du wirst es ihnen nicht sagen, Darcy." Debenham lächelte drohend. "Du weißt jetzt, wozu ich fähig bin."

"Wenn du denkst, mich würde auch nur im Geringsten interessieren, welches schreckliche Schicksal Wickham oder Biggins erwartet, könntest du dich nicht mehr irren."

"Ich wusste, dass du kein Dummkopf bist, Darcy."

Warum enthüllte Debenham ihm so viel? Sicherlich konnte er nicht glauben, dass Darcy sich nach Annes Tod mit ihm verbünden würde, noch dazu nun, da er wusste, dass Debenham anderen den Körper stahl. Und während er vielleicht seine Geheimnisse ausplauderte, benahm er sich nicht wie jemand, der Darcys Vertrauen gewinnen wollte.

Die Antwort kam ihm mit einem Schlag. Sir Lewis hatte niemandem seine Geschichte erzählen können, seit er Rosings vor all den Jahren verlassen hatte. Er wollte sich seiner Leistungen rühmen und zeigen, wie klug er war. Nun, wenn er reden wollte, würde Darcy ihm diese Chance geben. Früher oder später könnten die Informationen nützlich sein, und etwas Anderes hatte er ohnehin gerade nicht zu tun. "Ich habe eine Frage – nur, um meine eigene Neugier zu befriedigen: Was erhoffst du dir davon, wenn du die Regierung übernimmst?"

"Ich habe nicht vor, sie zu übernehmen, ich möchte lediglich sicherzustellen, dass bestimmte Entscheidungen getroffen werden. Auf all die Scherereien, die es mit sich bringt, wenn man das Land regieren und Kriege führen muss, habe ich keine Lust."

"Was willst du dann?"

Debenham lächelte und seine Augen weiteten sich. "Abgesehen von Reichtum? Die Aufhebung der Gesetze gegen schwarze Magie. Ich weigere mich, den Rest meines Lebens damit zu verbringen, meine Talente zu verstecken. Ich habe große Pläne für England."

Darcy schauderte innerlich. Der Mann war wahnsinnig. England würde einen enormen Preis für seinen Wahnsinn zahlen, und er konnte nichts tun, um ihn aufzuhalten. "Die wirst du ohne meine Hilfe erreichen müssen."

Der Zauberer zuckte mit den Achseln und kniff die Augen zusammen. "Wie du willst, wenngleich du vielleicht nicht erfasst hast, wie dumm du bist. Aber das reicht für heute Abend. Schlaf gut, Darcy."

Als ob er jemals wieder gut schlafen könnte.

ES WAR WEIT NACH MITTERNACHT, als Wickham in die Bibliothek schlenderte, die zu Darcys Gefängnis geworden war. "Sieh an, sieh an. Der allmächtige Darcy, endlich am Boden."

Darcy hatte gewusst, dass Wickham dem Drang, vorbeizukommen, um seine Häme loszuwerden, nicht widerstehen können würde, aber nachdem er Anne sterben gesehen hatte, kam es ihm nur noch kleinlich vor. "So scheint es", sagte er gleichgültig.

"Ich hatte nicht erwartet, das Vergnügen eines echten Gesprächs mit dir zu haben, da du eigentlich unter einen Bindebann stehen solltest. Ich wusste, dass du das hassen würdest, noch mehr als ich es hasste, aus dem Collegium ausgeschlossen zu werden. Aber eigentlich sollte es mich nicht wundern, denn meine Zauber haben auch nie bei dir gewirkt."

"Es wäre so viel einfacher für dich gewesen, wenn sie funktioniert hätten. Du hättest dir nicht die Mühe machen müssen, all diese Quellen versiegen zu lassen und die Untersuchungskommission mit Zaubern zu belegen." Sollte Wickham ruhig sehen, dass er sich nicht zu Narren halten ließ.

Wickham lachte. "Du hast es also erraten."

Darcy zuckte mit den Schultern. "Ich hatte ein aufschlussreiches Gespräch mit Prinz Aelfric über dich."

Wickham schlug in gespielter Überraschung die Hände vor der Brust zusammen. "Du hattest Kontakt mit Faerie? Ich bin schockiert."

"Ich bin sicher, du hast es genossen, ihn dazu zu bringen, dir zu helfen. Sag mir, fühlst du dich als sein Lehensmann auch nur im Geringsten schuldig angesichts seiner gegenwärtigen Lage?" Darcy hatte einmal versucht, über seine Sinne Kontakt mit Aelfric aufzunehmen, und gedacht, dass es funktionieren könnte, da sie jetzt *Shurinn* waren.

Er hatte sogar eine Verbindung herstellen können, aber Aelfric war zu rasend vor Wut gewesen, um es zu bemerken.

"Nicht im Geringsten. Er war ein Mittel zum Zweck, um an Oberon heranzukommen, nichts weiter."

Oberon? Was hatte Oberon mit dem Ganzen hier zu tun? "Zweifellos hast du Wege gefunden, auch ihn zu benutzen."

"Selbstverständlich. All meine Hinweise, dass Sterbliche absichtlich versuchten, die Haine zu zerstören, stellte er nie auch nur in Frage. Sein kleiner Krieg ging nicht so weit wie wir gehofft hatten, aber man kann nicht alles haben. Vielleicht sollte ich ihn noch einmal besuchen und sehen, ob er nun empfänglicher ist."

Wickham war die treibende Kraft hinter Oberons Misstrauen gegenüber Sterblichen gewesen? Und er wusste nicht, dass Oberon sich zurückgezogen hatte. "Was hattest du dir davon erhofft?"

Wickham lächelte. "Debenham dachte, es würde die Regierung und das Collegium davon abhalten, nach schwarzen Magiern Ausschau zu halten. Es schien jedoch niemanden zu interessieren. Hat er dir gegenüber erwähnt, dass er mir Pemberley versprochen hat?"

Galle brannte in Darcys Kehle. "Ich kann nicht sagen, dass mich das überrascht, außer dass du dich mit so wenig zufriedengibst."

Wickham setzte sein vertrautes, charmantes Lächeln ein. "Ich war noch nie besonders ehrgeizig, weißt du. Solange ich mich an dir rächen kann und so viel Geld und Frauen habe, wie mir beliebt, kümmert es mich nicht, wer das Land regiert. Vielleicht schaue ich mal wieder nach der lieben Georgiana. Sie teilt nicht deine Unverwundbarkeit gegenüber schwarzer Magie, weißt du."

Es würde Wickham nur ermutigen, wenn Darcy ihm irgendeine Reaktion darauf zeigte. "Ich weiß. Wie du bereits sagtest: Wir können nicht alles haben." Darcy gähnte demonstrativ. "Debenhams Großzügigkeit mir gegenüber geht nicht so weit, dass er mir auch ein Bett zugestehen würde, aber ich schlafe ganz annehmbar in diesem Stuhl. Ich könnte mir eine bessere Auswahl an Büchern wünschen, aber dafür kann ich nur Lady Catherine verantwortlich machen."

"Mir machst du nichts vor, Darcy. Du hasst es, machtlos zu sein, und mich nicht aufhalten zu können, aber das hättest du bedenken sollen, bevor du es ausgenutzt hast, als ich keine Macht hatte. Jetzt hat sich das Blatt gewendet." Er verbeugte sich spöttisch. "Schlaf gut, Darcy. Ich werde es auf jeden Fall tun." Er winkte ihm unbeschwert im Gehen.

Erst jetzt ließ Darcy die Wut zu, die ihn beinahe erstickte. Verdammter Wickham, und verdammt sollte er dafür sein, dass er jede seiner Schwachstellen kannte. Aber zumindest hatte er nichts über Darcys elementare Fähigkeiten mit Feuer gesagt. Entweder war er zu bequem, um sich über die möglichen Auswirkungen Gedanken zu machen, oder er nahm an, dass Debenham sich bereits darum gekümmert hatte.

Nicht, dass das jetzt noch eine Rolle spielte. Rosings niederzubrennen würde Sir Lewis nicht töten, also hatte es keinen Sinn. Jetzt hatte Darcy überhaupt keine Optionen mehr.

AM NÄCHSTEN MORGEN machte sich Jasper Fitzwilliam vor Tagesanbruch fröhlich auf den Weg nach Rosings, als gewöhnlicher Arbeiter verkleidet, und mit einem Talisman in seiner Tasche ausgestattet, um die Feenringe benutzen zu können, doch durch sein Fortgehen verlor die Gruppe ihren letzten Rest Frohsinn. Als die Sonne bereits hoch am Himmel stand, begann Elizabeth, sich Sorgen zu machen. Die Nebengebäude in Rosings waren nicht weit voneinander entfernt, es sollte weniger als eine halbe Stunde dauern, um sie alle abzuklappern.

Frederica zupfte am Stoff ihres Rockes. "Ich wünschte, wir hätten ihn nicht gehen lassen." Ihre Stimme zitterte.

"Jasper? Dem geschieht schon nichts", sagte Colonel Fitzwilliam etwas zu fröhlich.

"Das kannst du nicht wissen. Er lässt sich so leicht ablenken." Eine Träne rollte über ihre Wange.

Elizabeth sagte: "Er weiß, wie wichtig das ist, und er wird uns nicht im Stich lassen. Außerdem hat er einige neue Fähigkeiten. Letzte Nacht, als keiner von uns schlafen konnte, habe ich ihm beigebracht, wie man mit wilder Magie Illusionen webt."

"Hat er es tatsächlich fertiggebracht?", fragte der Colonel scharf.

"Als hätte er es schon sein Leben lang gemacht. Im Gegensatz zum Wirken von Zaubern mit Zaubersprüchen liegt ihm die wilde Magie im Blut, würde ich sagen. Sie ist bei ihm sehr stark ausgeprägt. Wenn er mehr Erfahrung gesammelt hat, wird es nur wenige geben, die es mit ihm aufnehmen können."

"Beides hat den gleichen Ursprung", sagte Eversleigh.

Frederica brach in Tränen aus. Ihr Bruder hatte schon den Arm um sie gelegt, noch bevor Eversleigh sie erreichte.

"Er wird bald zurück sein. Du wirst sehen", sagte der Colonel.

Sie vergrub ihr Gesicht in ihrem Taschentuch. Zwischen den Schluchzern brachte sie erstickt hervor: "Er ist mein kleiner Bruder. Dieser Mann hat uns bereits unsere Eltern, Darcy und Anne genommen. Ich kann es nicht ertragen, wenn er uns auch noch Jasper nimmt."

Die Tränen, die derzeit nie ganz aus Elizabeths Augen verschwinden wollten, drohten, zu entkommen. Sie stand ruckartig auf und ging hinaus in den Hauptbereich der Laube, wo Titania einer Dryade zuhörte, die Harfe spielte. Wie konnten die Dryaden und Elfen angesichts dieser drohenden Katastrophe so sorglos erscheinen? Aber schwarze Magier in der Welt der Sterblichen hätten nur wenig Einfluss auf ihr Leben hier. Sofern ihnen Aelfric nichts bedeutete, war niemand, den sie liebten, in Gefahr.

Eversleigh sprach neben ihr. "Als ich meinen Juristen besuchte, fügte ich meinem Testament einen Nachtrag hinzu. Falls ich das nicht überleben sollte, wirst du eine lebenslange Zuwendung erhalten, die ausreicht, damit du dir keine Sorgen über ein Dach über deinem Kopf und Essen zu machen brauchst."

Elizabeth drehte sich überrascht zu ihm um. "Das ist großzügig von dir, aber nicht wirklich nötig. Ich habe eine Familie, die mich unterstützen wird." Zumindest vorerst und wenn es möglich war, ohne sich in Gefahr zu bringen. Noch vor zwei Tagen dachte sie, sie würde die Herrin von Pemberley werden, und jetzt könnte es sein, dass sie überhaupt kein Zuhause mehr haben würde.

"Ich habe es für meinen eigenen Seelenfrieden getan. Ich kann mich der Aussicht auf den Tod mit etwas weniger Feigheit stellen, wenn ich weiß, dass für die Menschen, die mir wichtig sind, gesorgt ist."

"Ich würde es sehr bevorzugen, wenn du nicht stirbst." Ihr Atem stockte bei den Worten.

"Ah, aber nur ein Dummkopf würde leugnen, dass es eine reelle Möglichkeit ist, nicht zuletzt, weil ich mich wie Anne de Bourgh in einer Situation befinden könnte, in der ich abwägen muss, ob der Preis für mein Weiterleben nicht zu hoch ist."

Darauf gab es keine Antwort. "Was denkst du über die Theorie mit Sir Lewis' Körper? Glaubst du, das kann funktionieren?"

"Seinen Körper finden? Ja. Ihn zu töten? Nein. Sir Lewis ist kein Dummkopf. Er wird seinen Körper sehr gut bewacht und geschützt haben. Wegen seiner Blutwächter sind wir nicht bis zu Darcy durchgedrungen. Würde er sein eigenes Leben weniger gut schützen?"

Elizabeth biss sich auf die Lippe. "Was ist mit einer Waffe? Können Abwehrzauber eine Kugel aufhalten? Oder vor einem Feuer schützen?"

"Seine Abwehrzauber sind jenseits meiner Vorstellungskraft. Und womöglich finden wir niemals heraus, wo er sich befindet. Jasper Fitzwilliam hätte längst zurück sein sollen."

Auf der anderen Seite der Laube schnappte Titania nach Luft. "Ich bin gleich zurück." Sie eilte aus der Laube.

"Was war das?", fragte Eversleigh.

Elizabeth zuckte mit den Achseln. "Ich weiß es nicht."

Aber Titania kehrte bereits zurück. "Prinz Evlan, Libbet, kommt mit mir."

Elizabeth tauschte einen verwirrten Blick mit Eversleigh, als sie Titania aus der Laube folgten. Die Königin der Feen führte sie vom üblichen Weg ab zwischen die Bäume hinein.

Dazwischen stand Oberon.

Eversleigh erstarrte. "Geehrter Vater."

"Wo ist Aelfric?" Oberon spieh' die Worte förmlich aus.

"Er wurde von dunklen Magiern, drei an der Zahl, in der Welt der Sterblichen gefangen genommen. Er ist in einer eisernen Pagode an einem Ort namens Rosings Park gefangen."

"Was wurde getan, um ihn zu retten?"

Eversleigh sagte: "Meine sterblichen Freunde und ich haben letzte Nacht eine Rettung versucht, sind allerdings gescheitert. Ich hoffe immer noch, die dunklen Magier zu besiegen, die auch zwei Sterbliche deiner Bekanntschaft gefangen halten, Lord Matlock und Diarcey. Es mag außerhalb unserer Macht liegen, so viele dunkle Magier gleichzeitig zu bekämpfen, aber wir werden nicht aufhören, es zu versuchen, solange sie Aelfric gefangen halten."

"Zeig es mir", befahl Oberon.

Eversleigh trat vor und senkte den Kopf. Oberon legte seine Handfläche auf Eversleighs Stirn. Die beiden standen für einen langen Moment da wie Statuen. Oberon nahm seine Hand weg, verschwand wortlos und ließ sie schweigend zurück.

"Was hat er vor?", fragte Elizabeth zögernd.

"Wer kann das schon sagen?", Titania wandte sich ab, als sie sprach und kehrte zu ihrer Laube zurück. Das Gespräch war eindeutig beendet.

"Wenn ich raten müsste", sagte Eversleigh langsam, "würde ich vermuten, er plant, sich im Austausch für Aelfric anzubieten. Er würde alles tun, um ihn zu befreien."

"Aber dann wäre er in Gefangenschaft."

"Er könnte in der Lage sein, sich herauszutricksen. Debenham ist Oberons Listigkeit auch in seinem Niedergang nicht gewachsen. Aber Oberon kümmert nicht mehr, was mit ihm selbst geschieht. Sein Leben ist schon vorbei." Eversleigh sah grimmig drein. "Dies war ein schwerwiegender Verstoß gegen die Sidhe-Regeln. Nachdem sie sich in ihrem Niedergang zurückgezogen haben, sehen oder sprechen sie nie mehr einen anderen Sidhe."

"Er muss Aelfric sehr lieben", sagte Elizabeth. Armer Eversleigh, der seinen Vater gegen seinen Bruder eintauschen musste!

"Wenn wir beide Aelfrics Schmerz spüren können, muss Oberon ihn zehnmal stärker spüren. Nichts Geringeres als das hätte ihn aus dem Alterssitz zurückbringen können." Eversleigh rieb sich mit der Hand über die Stirn. "Ich hoffe, er kann ihn befreien. Aber wir könnten genauso gut zu unseren eigenen Planungen zurückkehren. Ich bezweifle, dass wir nochmals von Oberon hören werden." In seiner Stimme lag eine schreckliche Endgültigkeit.

Kapitel 18

Wickham betrat den Raum, vier Gefolgsleute an seine Fersen geheftet. "Hoch mit dir, Darcy. Du hast außergewöhnlichen Besuch, einen lieben alten Freund von mir. Er weigert sich, das Haus zu betreten, also musst du zu ihm gehen. Jeder von euch nimmt einen der Blutwächter. Achtet darauf, dass sie nicht eure Haut berühren, nur eure Handschuhe. Darcy, du gehst in die Mitte."

"Einen Besucher?" Darcy erwartete nicht, dass es sich um eine angenehme Überraschung handelte, da Wickham zufrieden mit den Neuigkeiten wirkte. Die Befriedigung, Angst zu zeigen, würde Darcy ihm nicht geben, deshalb lief er einfach zwischen den Dienern, die die Wächter trugen. Würden sie es fertigbringen, die Abstände zwischen den Wächtern konstant zu halten, damit die Grenzen seines Gefängnisses aufrechterhalten blieben? Wenn eine Seite der Kuppel zu stark gedehnt würde, könnte sie in sich zusammenfallen und er würde seine Gelegenheit nutzen. Die Diener gingen jedoch mit militärischer Präzision, was zweifellos auf einen schwarzmagischen Kontrollzauber zurückzuführen war.

Die helle Sonne draußen brachte seine Augen zum Tränen. Am anderen Ende des Rasens bewegten sich Leute, er konnte allerdings nicht erkennen, wer es war. Seine Wachen führten ihn an Debenham, Biggins und ihrer Gefolgschaft vorbei zu dem Besucher.

Darcys Augen weiteten sich. Es war Oberon, dessen Krone in der Sonne funkelte und der wie ein zum Angriff bereiter Panther über den Rasen streifte. Aber Oberon war nicht länger König, oder? Eversleigh sagte, er habe sich zurückgezogen, weil er zu gereizt und impulsiv geworden sei. Doch hier war er, majestätisch wie eh und je. Ein wütender, impulsiver Sidhe-König.

Darcy blieb stehen, als die Diener die Blutwächter abstellten. Erst dann bemerkte er, dass Lord Matlock mitten auf dem Rasen stand, mit hängenden Schultern, seine untersetzte Gestalt warf einen langen Schatten im morgendlichen Sonnenlicht. Wickham kehrte zurück und stellte sich zu Debenham und Biggins neben das Haus.

Debenham rief Oberon zu: "Wie Ihr seht, sind sie beide unverletzt. Wie lauten nun Eure Bedingungen?"

Oberons Oberlippe verzog sich. "Meine Bedingungen sind folgende: Ich werde an keinem Sterblichen Magie wirken oder körperlichen Schaden anrichten. Sollte irgendein Sterblicher versuchen, mir Schaden zuzufügen, wird jeder von euch dieselben Qualen erleiden, allerdings doppelt und dreifach." Oberon schritt zwischen Darcy und Lord Matlock, um sich vor einen verängstigt aussehenden Diener zu stellen. Der Sidhe streckte den Arm aus. "Kneif mich."

Der Mund des Dieners bewegte sich, aber es kam kein Laut heraus.

"Kneif mich!" Oberons klingende Stimme hallte wider und kehrte zurück.

Der Diener gehorchte. Oberon zuckte nicht zusammen, aber Debenham schrie vor Schmerz auf. Wickham und Biggins umklammerten ihre Arme.

Oberon wandte sich wieder den schwarzen Magiern zu: "Sorgt für meine Sicherheit als wäre sie eure eigene. Ein Pfeil oder eine Kugel aus einer sterblichen Hand hätte denselben Effekt."

"Garantiert Ihr, uns nicht zu töten, wenn wir für Eure Sicherheit sorgen?" Debenhams Stimme war gut zu hören, allerdings wirkte sie nicht so gelassen wie sonst.

"Das habe ich gesagt." Oberon könnte ebenso gut mit ungezogenen Kindern sprechen.

"Was unsere Bedingungen anbe-"

Oberon unterbrach Debenham. "Ich möchte Eure Bedingungen noch nicht hören." Stattdessen ging er auf Darcy zu, die personifizierte, strahlend goldene Macht, ihn trennten Welten von dem einfachen Schreiber, den Darcy in Faerie getroffen hatte. Seine Augen schienen ihn direkt zu durchbohren. "Du wirst Zeugnis ablegen und es meinen

509

Söhnen berichten." Das war ohne Frage ein Befehl. Oberon drehte sich auf dem Absatz um, ohne eine Antwort abzuwarten.

Was sollte er bezeugen? War Oberons Verstand schon zu sehr angegriffen?

Jetzt stand Oberon vor Lord Matlock, aber keiner von ihnen sprach. Lord Matlock fingerte an dem goldenen Ring an seiner Hand herum. Sie mussten durch den verzauberten Ring miteinander kommunizieren.

Oberon deutete auf den Boden. Ein großer, brennender Kreis bildete sich im Gras um die beiden Männer. Oberon sagte mit seltsam verstärkter Stimme: "Jeder, der diese Grenze überschreitet, wird sterben."

Die schwarzen Magier berieten sich aufgeregt.

Lord Matlocks Augenbinde verschwand und eine kleine Schlange erschien in Oberons Hand. Er warf sie ins Gras und zerquetschte sie mit dem Absatz seines Stiefels, genau wie Aelfric es bei Georgiana getan hatte. Hatte er den Kontrollzauber von Lord Matlock entfernt? Das würde auch keinen Unterschied machen. Debenham würde den Zauber einfach erneut aussprechen.

Oberon sprach mit Lord Matlock im Plauderton, der gerade so laut war, dass Darcy ihn hören konnte. "Der Kreis der hellen Magie hat weder Anfang noch Ende."

Lord Matlock antwortete: "Sterbliches Blut und das der Fay werden es besiegeln."

"Dunkle Magie trübt den Kreis und alles in ihm."

Lord Matlock antwortete: "Sterbliches Blut und das der Fay werden es besiegeln."

Es klang wie ein blutmagischer Zauber, aber wofür? Um Aelfric zu befreien? Sicherlich musste es dafür einen einfacheren Weg geben. Wusste Lord Matlock, dass Oberon nicht mehr ganz bei Verstand war?

Oberon sprach weiter, aber seine Stimme war jetzt leise genug, dass Darcy nur vereinzelte Worte aufschnappen konnte. Irgendetwas über Fay und sterbliche Seelen und verkümmerte Herzen, die sich in Stein verwandeln. Lord Matlocks Antworten wurden jedes Mal länger und er stand wieder aufrecht da.

Magie begann sich um sie herum anzustauen. Darcy konnte fühlen, wie ihr Sog an ihm zerrte, ein Zug, der so stark war, dass er die Kraft davon praktisch sehen konnte. Der Feuerkreis wurde breiter und heller.

Oberon hob mit triumphaler Miene ein silbernes Messer in die Höhe. "Darauf vergieße ich meines Herzens Blut." Mit der Anmut eines Tiers schnitt er sich die Kehle durch. Blut quoll aus der Wunde und fiel auf den Boden. Er trug ein erschreckendes Lächeln auf den Lippen, das nicht von dieser Welt zu stammen schien, als er langsam auf die Knie sank und in die Blutlache fiel.

Aber das Blut floss weiter, als Lord Matlock ein identisches silbernes Messer durch seinen eigenen Hals zog. Seine Bemühungen waren weniger anmutig und grauenhafter anzuschauen. Seine Lippen bewegten sich in einem stillen Gebet, als sich sein Blut auf dem Boden mit Oberons vermischte, aber er sah nicht weniger triumphierend aus.

Das Sonnenlicht wurde plötzlich gleißend hell. Ein Krachen, das lauter war als jeder Donner, hallte aus allen Richtungen wider. Die Luft schien wie Glas zu zerspringen, als sich die Erde bewegte und Darcy auf die Knie warf.

Lord Matlock fiel neben Oberon zu Boden, und der Blutfluss aus seiner Kehle verlangsamte sich zu einem Rinnsal. Der Feuerkreis flackerte auf und war verschwunden.

Vollkommen verdattert konnte Darcy nur die Leichen seines Onkels und Oberons anstarren. Ein Schössling, der ihm nicht weiter als bis zum Knie reichte, wuchs bereits zwischen ihnen.

Sie hatten zusammen einen Ewigen Bann kreiert, den ersten seit Julius Cäsars Zeiten. Sein Verstand konnte es nicht recht fassen. Der letzte Ewige Bann hatte Faerie in zwei Teile geteilt. Was hatte dieser bewirkt?

Nichts. Nichts hatte sich verändert. Sein Onkel und Oberon waren tot, und Debenham, Wickham und Biggins standen immer noch da, scheinbar unversehrt.

Debenham kam angelaufen und blieb kurz vor der Linie stehen, wo zuvor der Feuerkreis gewesen war. Er schnippte mit den Fingern und zeigte auf einen Diener. "Du da. Geh über diese Linie."

Die Füße des Mannes bewegten sich vorwärts, allerdings deutlich gegen seinen Willen.

Debenham stieß einen scharfen Schrei aus und drückte seine Faust gegen seine Brust. "Was?", keuchte er. Er beugte sich vor, sein Gesicht verzog sich vor Qual und er fiel zu Boden.

Die Abwehrzauber um Darcy herum flackerten und verschwanden. Debenham war derjenige gewesen, der sie gesetzt hatte. Wenn der Abwehrzauber tot war, musste es Debenham ebenfalls sein.

Biggins eilte vorwärts. "Tragt ihn hinein! Holt einen Arzt und..." Sein Gesicht wurde aschfahl. Mit großen Augen streckte er eine Hand aus und stürzte nach vorne.

Darcy blieb der Mund offen stehen. Der Ewige Bann hatte funktioniert. Er hatte die Gesetze der Magie geändert. Einen schwarzmagischen Zauber anzuwenden war nun ein Todesurteil. Oberon und sein Onkel konnten die schwarze Magie an sich nicht zerstören, aber von nun an war die Entscheidung, schwarze Magie einzusetzen, fatal.

Wickham machte mit einem Ausdruck des Grauens ein paar Schritte rückwärts von der Szene weg. Dann drehte er sich um und rannte zum Stall.

Darcy wollte ihm beinahe schon nachrennen, hielt sich aber zurück. Es gab keinen Grund, ihn zu verfolgen. Wickham war keine Bedrohung mehr. Mit ihm konnten sie sich auch noch später befassen.

"Mr. Darcy, Sir. " Die Stimme des Butlers klang ungewöhnlich schüchtern. "Was sollen wir tun?"

Ein Ewiger Bann, zwei tote schwarze Magier, ein Sidhe und ein Mitglied des Hochadels tot, und der Butler dachte ernsthaft, Darcy würde wissen, was zu tun war? "Befreien Sie Prinz Aelfric und bitten Sie ihn, hierher zu kommen." Aelfric könnte etwas darüber wissen, wie man mit den Folgen eines Ewigen Banns umgehen musste. Er konnte unmöglich weniger wissen als Darcy.

ELIZABETH ZUCKTE ZUSAMMEN, als die Erde zu beben schien. Irgendwo läutete eine Glocke. Nein, es konnte keine Glocke sein, denn der Ton kam aus allen Richtungen gleichzeitig und hallte wieder und wieder. Die Luft nahm den scharfen Geruch an, der oft auf Blitzeinschläge folgte. "Was ist geschehen?"

"Irgendeine Form von Magie. Gewaltige Magie." Eversleigh hob eine Hand, als wollte er die Luft testen. "Mehr als das kann ich nicht sagen. Allerdings keine schwarze Magie."

Titania wandte ihr Gesicht mit einem klagenden, scharfen Heulen gen Himmel, eine unheimliche Version eines Wolfsgeheuls. Ihr Gesicht war von Kummer gezeichnet. "Oberon!" Sie rannte aus der Laube.

Eversleigh sprang auf und folgte ihr.

Frederica schnaubte verärgert. "Hätte er sich nicht eine Sekunde Zeit nehmen können, um uns aufzuklären, was hier vor sich geht?"

Elizabeth schloss die Augen und versuchte, Darcy mit ihrem Sinn zu erreichen. Etwas hatte sich für ihn geändert. "Darcy ist frei. Etwas hat ihn verblüfft, aber er fühlt jetzt keine Gefahr mehr."

"Bist du dir ganz sicher, dass keine Gefahr mehr herrscht? Könnte es eine Falle sein?"

Elizabeth schüttelte den Kopf und sagte: "Darcy hält es für sicher und er kann mich durch diese Verbindung nicht anlügen." Zumindest glaubte sie nicht, dass er es konnte.

"Dann lasst uns gehen." rief Frederica aus.

Georgiana stand auf und schüttelte ihren Rock aus. "Wohin gehen wir?"

"Rosings", sagte Elizabeth und war sich plötzlich vollkommen sicher. "Die große Rasenfläche vor dem Haus." Sie sollte sich mehr Sorgen machen, aber irgendwie wusste sie, dass Darcy sie an diesem bestimmten Ort haben wollte.

SIE TRATEN AUS DEM Feenring im Hain. Colonel Fitzwilliam hatte sein Messer erwartungsvoll gezückt, als könnte es sie vor schwarzer

Magie schützen. "Warte hier", sagte er zu Georgiana. "Ich komme und hol dich, wenn es sicher ist."

Georgiana nickte.

Elizabeth konnte Darcys Ruf jetzt deutlicher spüren. Sie hob ihre Röcke an und rannte durch den Hain, kletterte über heruntergefallene Äste und umrundete den italienischen Garten und den Westflügel des Hauses. Bei dem Anblick des großen Rasens blieb sie abrupt stehen. Verängstigte Diener drängten sich auf den Stufen des Hauses zusammen. Die Körper zweier Männer lagen vollkommen vergessen vor ihnen. Waren sie tot? Am anderen Ende des Rasens knieten Gestalten in einem Ring um einen Schössling, der von einer Wolke aus Nebel und Dunst umgeben war. Titania und Aelfric saßen nach Art der Feen auf ihren Fersen. Eversleigh kniete auf menschliche Weise neben Darcy. Brownies, Dryaden, Zwerge und sogar ein paar Rotkappen tauchten auf und schlossen sich den Knienden an. Nur Lady Matlock stand stocksteif da.

Darcy, der offensichtlich Elizabeths Anwesenheit spürte, schaute über seine Schulter. Er sagte etwas zu Eversleigh, bevor er aufstand und auf Elizabeth zuging.

"Was in Gottes Namen ist das?", forderte Colonel Fitzwilliam, als er sie einholte.

"Mama sieht unglücklich aus", sagte Frederica vorsichtig.

Elizabeth hatte nur Augen für Darcy. Sie rannte zu ihm, weil sie sich nicht mehr beherrschen konnte. Seine Arme schlossen sich um sie und wärmten die gefrorene Leere in ihr.

Darcy drückte seine Wange für einen allzu kurzen Moment gegen ihren Kopf. Ohne sie gehenzulassen, sagte er: "Richard, Freddie, wartet. Es gibt etwas, das ihr wissen müsst." Sein Körper spannte sich an.

Elizabeth trat zurück. Nur ein wenig, und sie behielt ihre Hand auf seinem Arm, weil sie es noch nicht ganz ertragen konnte, ihn loszulassen.

"Euer Vater und Oberon haben einen Ewigen Bann gewirkt, um der schwarzen Magie ein Ende zu setzen." Darcys Stimme klang rau.

"Einen Ewigen Bann?", fragte Frederica zögernd. "Aber das heißt ..."

"Ja", sagte Darcy. "Sie sind beide tot. Sie gaben ihr Leben, um die schwarze Magie aus unserer Welt zu verbannen. Wir erweisen gerade dem Opfer, das sie gebracht haben, die Ehre."

Frederica stieß einen keuchenden Schrei aus. Colonel Fitzwilliams Gesicht erstarrte.

Ein Ewiger Bann. Elizabeth ließ ihre Hand von Darcys Arm fallen. Seine erste Pflicht galt jetzt seinen trauernden Verwandten.

Langsam gingen sie zusammen den Rasen hinunter und Frederica schluckte ihre Tränen hinunter. Als sie den Kreis erreichten, kniete sich Colonel Fitzwilliam schweigend neben Lady Matlock. Frederica zögerte, bevor sie sich ebenfalls auf der anderen Seite ihrer Mutter nach Fay-Art auf dem Boden niederließ. Ihre Schultern zuckten vor lautlosen Schluchzern. Ob Lady Matlock die Ankunft ihrer Kinder bemerkte, war ihr nicht anzusehen.

Elizabeth schaute über die Schulter zurück zum Haus und erstarrte, ein Schauder lief ihr über den Rücken. Konnte sie ihren Augen trauen? Sie flüsterte Darcy zu: "Eversleigh hat uns erzählt, dass deine Cousine Anne tot ist."

Er sah sie mit einem nüchternen Ausdruck an. "Das stimmt."

"Aber sieh' doch!" Sie zeigte auf das Portal, unter dem Anne im Türrahmen stand.

Darcys Augen weiteten sich und er rannte los. Elizabeth folgte ihm in einem etwas ruhigeren Tempo und erreichte sie, als Anne sich aus Darcys Umarmung löste. "Gütiger Gott, Darcy, was ist los mit dir?"

"Ich dachte, du wärst tot!"

"Das habe ich auch gedacht", sagte Anne gereizt. "Aber dann bin ich vor einiger Zeit aufgewacht. Ich habe mich versteckt, bis mir klar wurde, dass das Haus leer war und... was im Gottes Namen ist hier draußen los?"

Elizabeth überließ es Darcy, ihr das zu erklären und eilte den Hügel hinunter, um Frederica und Richard die Neuigkeit zu überbringen. Und dort, neben Richard kniend, war Jasper, dessen Arbeiterkleidung völlig unpassend wirkte, noch dazu stank er nach Bier, aber er war am Leben.

"ER MUSS MICH IRGENDWIE zurückgebracht und einen Zauber benutzt haben, um mich bewusstlos zu halten", sagte Anne zu Darcy.

"Das Letzte, woran ich mich erinnere, ist, dass mir schwindelig wurde, als der Wirbelwind mir den Atem raubte."

Das Bild von Annes Kopf, der in die Wasserschale fiel, durchschnitt Darcys Brust. "Dann musst du aufgewacht sein, als Debenham starb, und sein Zauber mit ihm."

Anne runzelte die Stirn. "Debenham ist tot, aber was ist mit Sir Lewis? Könnte er den Tod von Debenhams Körper überlebt haben?"

"Gütiger Gott! Daran hatte ich nicht gedacht. Wo könnte sein Körper wohl sein?"

"Woher soll ich das wissen?"

"Verzeihung." Wie hatte er diese Möglichkeit übersehen können? Darcy ging zum Bannkreis hinunter und ergriff Richards Schulter. "Es tut mir leid, dass ich dich stören muss. Hat Eversleigh dir gesagt, dass Sir Lewis in Debenhams Körper steckte? Wir müssen Sir Lewis' Leiche finden und sicherstellen, dass er auch wirklich tot ist. Kannst du mir helfen?"

Richards Augen weiteten sich und er rappelte sich auf. "Das hatten wir schon versucht. Jasper, hast du ihn gefunden?"

"In der alten Hopfendarre mit einem halben Dutzend Wachen. Sie wollten, dass ich ihnen Bier bringe, also hab ich das gemacht. Darüber reden, was sie bewachten, wollten sie nicht, aber das muss er gewesen sein."

Lady Matlock wandte sich mit versteinerter Miene zu ihnen um. "Habt ihr Sir Lewis gesagt?"

"Freddie kann es erklären", sagte Richard im Gehen. "Wir müssen los."

Zur alten Hopfendarre war es nicht weit. Darcy, Richard und Jasper erreichten sie innerhalb weniger Minuten. Eine Gruppe von Wachen stand davor, aber sie stritten miteinander, anstatt sie zu bewachen.

Eine der Wachen sah auf, als sie sich näherten. "Wer seid ihr?"

"Ich bin Fitzwilliam Darcy. Debenham ist tot und ich trage nun die Verantwortung."

Der Wachmann rieb sich die Stirn. "Bin froh, dass es jemand tut. Wir wissen nich' richtig, wie wir hierhergekommen sind. Klingt seltsam, ich weiß, aber so ist es."

"Erklärungen können warten." Richard griff nach dem Riegel der Tür.

Darcy zog ihn zurück. "Ich werde zuerst hineingehen. Seine Zauber wirken bei mir nicht." Er machte sich entschlossen auf in die Hopfendarre. Drinnen war es dunkel, doch die Gestalt, die auf einem Stuhl zusammengesunken dalag, war nicht zu übersehen. Die obere Hälfte seines Gesichts war eine Ruine aus Kratern und Narben. Der Anblick war so schrecklich, dass er würgen musste.

Darcy versuchte, nicht auf sein Gesicht zu schauen, und legte seine Hand auf Sir Lewis' Brust. Nichts. Kein Herzschlag, keine Atmung. "Du kannst reinkommen. Er ist tot. Es ist vorbei." Vorbei. Gott-sei-Dank!

Richard war der erste, der eintrat, eine Pistole in jeder Hand. Er musste sie den Wachen abgenommen haben. Beim Anblick von Sir Lewis' Leiche hob er eine Pistole und schoss ihm zielgerichtet in die Brust. Dann wechselte er die Hände und jagte eine Kugel der anderen Pistole durch den Kopf des schwarzen Magiers.

Darcy wandte seinen Kopf von dem Anblick ab. "Er war bereits tot."

"Ich weiß", sagte Richard, "ich wollte sicherstellen, dass es dieses Mal auch so bleibt."

"Gut." Das war Annes ruhige Stimme, die hinter ihnen ertönte.

"Komm mit mir raus", sagte Darcy. "Das willst du nicht sehen."

"Doch, das will ich." Anne trat an ihm vorbei und starrte Sir Lewis' Körper an, ihre Lippe verzog sich vor Verachtung.

Elizabeth wartete auf Darcy vor der Hopfendarre. "Ich weiß, dass ich nicht hier sein sollte, aber ich bin noch nicht bereit, dich aus den Augen zu lassen."

Darcy nahm ihre Hand. "Dem kann ich nur zustimmen."

Richard tauchte auf und übergab die Pistolen an die Wachen. Er machte einen Schritt auf sie zu und hielt plötzlich inne. "Oh Gott. Ich habe Georgiana vergessen!"

Darcys Haut prickelte vor Angst. "Was ist mit Georgiana?"

"Nichts", sagte Elizabeth schnell. "Dein Cousin sagte ihr, sie solle im Hain warten, während er sicherstellte, dass es hier sicher ist, aber dann erfuhren wir von dem Ewigen Bann und haben alles andere vergessen."

Die arme Georgiana musste schon ganz krank vor Sorge sein. "Ich geh sie holen", sagte Darcy. "Bleib du bei den anderen."

Mit einer Spur ihres alten, schelmischen Eigensinns sagte Elizabeth: "Hast du mich nicht sagen hören, dass ich dich nicht aus den Augen lassen werde? Ich komme mit dir. Keine Sorge - ich bin mir sicher, dass ich in zehn oder zwanzig Jahren soweit sein könnte, dich die ein- oder andere Minute allein zu lassen."

Selbst nach diesen schrecklichen Tagen besaß sie immer noch die gleiche Macht, ihn vollkommen zu verzaubern. "Wenn du davon ausgehst, dass ich mich beschwere, kannst du lange warten." Er lehnte sich zu ihr herunter und strich mit seinen Lippen über ihre.

MEHR FEENVOLK TRUDELTE im Laufe des Nachmittags ein, darunter viele der Sidhe. König Cathael war einer der ersten, der auftauchte. Trotz ihrer Neigung zu impulsiven Handlungen schienen die Fay zu glauben, sie sollten einfach beim Ewigen Bann bleiben, also taten die Sterblichen dasselbe. Der Baum wuchs weiter sichtbar.

Als die Sonne schließlich hinterm Horizont verschwand, stand Titania auf und fragte: "Sind wir jetzt alle versammelt?"

Das war nicht leicht zu beantworten, ohne zu wissen, wen sie denn eigentlich dort erwartete, aber es gab genug zustimmendes Gemurmel, das Titania zufriedenzustellen schien. Ihr silberner Dolch erschien in ihrer Hand. "Jetzt werden wir Matlock und Oberon ehren, indem wir ihren Zauber besiegeln." Titania glitt vorwärts in den Kreis und hielt kurz vor dem Nebel an, der die Körper bedeckte. Sie hob ihr Messer und fuhr sich damit über die Handfläche, streckte ihren Arm aus, sodass Blutstropfen in den Nebel fielen. "Ich gebe mein Blut um den Ewigen Bann zu besiegeln. Titania, *Eliarinn* von Oberon." Sie ging zurück zu den anderen und übergab den Dolch an Lady Matlock.

Lady Matlock studierte den Dolch, als ob sie unsicher wäre, was sie damit anfangen sollte. Auf Titanias Geste hin schritt sie vor zum Nebel, zögerte und schnitt sich in die Fingerspitze. "Ich gebe mein Blut um den Ewigen Bann zu besiegeln. Eleanor, Gattin von Matlock."

Als Lady Matlock den Kreis verließ, nahm ihr Eversleigh den Dolch ab und folgte ihrem Beispiel. "Ich gebe mein Blut um den Ewigen Bann zu besiegeln. Evlan, Sohn von Oberon und Freund von Matlock." Er brachte den Dolch zu einem erschrocken aussehenden Colonel Fitzwilliam.

Der Colonel mochte überrumpelt worden sein, aber seine militärische Ausbildung zeigte sich, als er vorwärts marschierte und sich in die Hand schnitt. "Ich gebe mein Blut um den Ewigen Bann zu besiegeln. Richard, Sohn von Matlock."

Aelfric erwartete ihn. "Ich gebe mein Blut um den Ewigen Bann zu besiegeln. Aelfric, Sohn von Oberon."

Eversleigh flüsterte Frederica ins Ohr.

Sie hob die Augenbrauen, stand aber auf und nahm den Dolch von Aelfric entgegen. Mit erhobenem Kinn ging sie nach vorn und schnitt sich ohne zu zögern in den Finger. "Ich gebe mein Blut um den Ewigen Bann zu besiegeln. Frederica, Tochter von Matlock."

Eversleigh tauchte neben Elizabeth auf. "Jetzt bist du dran."

Elizabeth starrte ihn an. "Ich? Aber ich bin keine Verwandte."

"Du bist Oberons *Shurinn*, und durch Darcy bist du mit Matlock verwandt. Geh."

Elizabeth atmete tief durch, nahm den Dolch von Frederica entgegen und versuchte, nicht an die Leichen unter dem Nebel zu denken. Sie öffnete ihre Handfläche, wechselte aber in letzter Minute doch zu ihrem Zeigefinger. Es wäre peinlich, wenn das Blut nicht fließen würde. Der Dolch war unerwartet scharf und sie schnitt tiefer, als sie es beabsichtigt hatte. "Ich gebe mein Blut um den Ewigen Bann zu besiegeln. Libbet, *Shurinn* von Oberon und verwandt mit Matlock."

Ihr Finger schmerzte. Sie blickte hilfesuchend zu Eversleigh, dessen Kinn in Richtung Jasper ruckte. Elizabeth machte ein paar vorsichtige Schritte auf ihn zu, wieder war ihr schwindelig, genauso wie nach ihrer Blutrechtszeremonie. Darcy hielt sie am Ellenbogen, als Jasper sagte: "Ich gebe mein Blut, um den Ewigen Bann zu besiegeln. Jasper, Sohn von Matlock."

Eversleigh sagte leise: "Du bist der nächste, Darcy."

"Ich gebe mein Blut um den Ewigen Bann zu besiegeln. Darcy, Neffe von Matlock, und von Oberon benannt."

Miss Darcy wartete auf ihren Bruder. Eversleighs Stirn runzelte sich und er flüsterte ihr etwas zu, aber sie schüttelte den Kopf. "Ich will es", antwortete sie.

Darcy schien zu zögern, den Dolch seiner jüngeren Schwester zu übergeben, aber sie griff danach, und er widersetzte sich nicht.

Miss Darcys Stimme war so leise, dass Elizabeth ihre Worte nicht hören konnte. Sie zuckte zusammen, als sie sich in den Finger schnitt.

Titania nahm den Dolch wieder von ihr entgegen. "Sind heute noch weitere Verwandte zugegen?"

Anne schüttelte entschlossen den Kopf. Anscheinend glaubte sie Lady Catherines Geschichte und ging davon aus, dass sie nicht mit Lord Matlock verwandt war.

Als niemand antwortete, schritt Cathael nach vorne, ein neues Messer in der Hand. Anstatt sich dem Nebel zu nähern, vergoss er Blut in allen vier Himmelsrichtungen: Nord, Ost, Süd und West. "Ich bin Cathael, König von Faerie, und ich schütze diesen Zauber. Auf dass kein Geschöpf, das Schaden anrichten will, es vermag, diese Wächter zu passieren." Die Linien zwischen seinen Stationen leuchteten sanft golden.

Titania tat es ihm gleich und fügte ihr Blut an den vier Punkten hinzu. "Ich bin Titania, Königin von Faerie, und ich schütze diesen Zauber." Die Linien wurden heller.

Eversleigh flüsterte Mr. FitzClarence aufgeregt zu, der den Kopf schüttelte. Eversleigh gab ihm einen entschlossenen Schubs nach vorn. "Die Fay kümmert nicht, ob du unehelich geboren wurdest. Was für sie zählt, ist dein königliches Blut", zischte er.

Nervös kam FitzClarence nach vorne, seine Hände zitterten. Er musste sich noch in einen zweiten Finger schneiden, um genug Blut für die letzte Station zusammenzubekommen. "Ich bin Henry, Enkel von König George, und ich schütze diesen Zauber." Die schimmernden Linien flammten auf. FitzClarence taumelte, als er wieder zurückging.

Cathael hob die Arme. "Der große Zauber ist besiegelt und geschützt. Lasst die Namen von Oberon und Matlock für alle Zeit in gesegneter Erinnerung leben." Seine Worte hallten nach und wieder auf.

Ein Schauder lief Elizabeths Rücken hinunter.

EIN SELTSAMER DRUCK hatte begonnen, auf Darcys Schultern zu lasten. "Elizabeth, würdest du für ein paar Minuten bei Georgiana bleiben?"

"Selbstverständlich. Ist etwas geschehen?"

"Nein, einfach etwas, was ich vergessen hatte, Eversleigh und Aelfric zu erzählen. Ich bin gleich wieder da."

Er fand Eversleigh und Aelfric, die bei Cathael standen. "Entschuldigt, dass ich unterbreche. Es gibt etwas, das ich Oberons Söhnen sagen muss. Kurz bevor er den Ewigen Bann sprach, kam Oberon zu mir. Ich wusste nicht, was er zu tun beabsichtigte, aber er befahl mir, Zeugnis abzulegen und seinen Söhnen zu sagen, was ich gesehen hatte." Das Gewicht verschwand von seinen Schultern. Oberon musste Magie in seinen Befehl gelegt haben.

"Du hast den Ewigen Bann miterlebt?", fragte Eversleigh überrascht.

Darcy hatte vergessen, dass keiner der anderen zu diesem Zeitpunkt dort gewesen war. "Ja. Die schwarzen Magier und einige Diener ebenfalls, aber ich stand am nächsten. Biggins hatte mich dorthin gebracht, weil Oberon den Beweis verlangte, dass ich unverletzt war."

Aelfrics Blick richtete sich auf den Baum. "Ich möchte es hören, aber diese Geschichte gehört uns nicht allein."

"Da stimme ich dir zu", sagte Cathael. Er schritt an den Rand des Kreises und klatschte in die Hände, um sich Gehör zu verschaffen. "Ich habe gerade erfahren, dass Diarcey, Neffe von Matlock und von Oberon benannt, Zeuge des Ewigen Banns war. Möchtet ihr seine Geschichte hören?"

Die versammelten Fay bejahten im Chor.

"Verdammt", murmelte Darcy.

"Tut mir leid, mein Freund", sagte Eversleigh. "Das wird von dir erwartet. Erzähl alles, jedes Detail, an das du dich erinnern kannst, ganz gleich, wie irrelevant es dir auch erscheinen mag. Die Farbe des Grases. Die Wolken am Himmel. Was die Diener anhatten. Mal ihnen ein Bild von der Szene." Er nahm Darcys Ellenbogen und führte ihn zu Cathael.

Darcy fuhr sich mit der Hand durch die Haare. Er hasste es, vor einer Menge zu sprechen. "Muss ich?"

"Ja."

Ein helles Licht erschien über seinem Kopf, als er neben Cathael stand und erleuchtete Darcys Gesicht. Guter Gott, wie sollte er das fertigbringen? Er räusperte sich. "Ich habe zuvor noch nie Zeugnis abgelegt, deshalb hoffe ich, dass ihr Prinz Evlan und König Cathael gestattet, mich daran zu erinnern, welche Informationen für euch wichtig sind." Seine Stimme klang seltsam in seinen Ohren. Einer der Sidhe musste sie verstärken, damit sie für alle zu hören war.

Ein zustimmendes Gemurmel ertönte.

Cathael sagte: "Beginne damit, uns zu sagen, wer du bist."

Das sollte nicht allzu schwer sein. "Ich bin Diarcey, Neffe von Matlock und von Oberon benannt, und ich bin ein Elementarmagier. Ich wurde von den dunklen Magiern gefangen genommen -"

Cathael machte ein zischendes Geräusch. "Wer ist dein Vater? Wo wurdest du geboren? Wie bist du nach Faerie gekommen?"

Gütiger Himmel. Er verabschiedete sich von der Erwartung, das rasch hinter sich bringen zu können. "Ich bin der Sohn von George Darcy, ebenfalls ein Elementarmagier, und Lady Anne Darcy, der Schwester von Matlock. Ich wurde im Norden Englands geboren." Was sonst noch? Sicher wollten sie nicht wissen, wo er zur Schule gegangen war. "Meine ersten Lektionen in Magie erteilte mir mein Vater und später dann Lord Matlock."

"Erzähl ihnen, was du mir erzählt hast, wie du gelernt hast, mit deiner Elementarmagie umzugehen", half ihm Eversleigh.

"Was hat das damit zu tun?", flüsterte Darcy ihm genervt zu. Musste er wirklich seine peinlichsten Kindheitsmomente für alle hier offenlegen?

"Es ist Teil deiner Geschichte", sagte Cathael fest. "Wir müssen wissen, wer uns diese Geschichte erzählt."

Darcy seufzte und gab sich geschlagen. "Es ist nicht einfach, als Elementarmagier in der Welt der Sterblichen aufzuwachsen. In Faerie lastet das Gewicht der Elemente nicht auf meinen Schultern, wohl aber in der Welt der Sterblichen. Bis ich lernte, meine Fähigkeiten zu kontrollieren, sprang mich Wasser an und ich entzündete Feuer, ohne es zu wollen..." Zumindest wurde es einfacher, während er erzählte.

Es dauerte fast eine Viertelstunde, bis er bei seinen Jahren auf der Universität angelangt war. Eversleigh verschaffte ihm eine kurze Pause und sprach an seiner Stelle über die Ausbildung von Magiern und die Arbeit des Collegiums, aber er bestand darauf, dass Darcy die Geschichte von Wickhams Ausschluss aus dem Collegium erzählte. Darcy gelang es, von dort aus direkt zur Untersuchungskommission zu springen. Er würde der Welt nichts über Georgiana und Wickham preisgeben. Das war nicht Teil seiner Geschichte, aber Elizabeth war es, also erzählte er davon, wie sie sich in Hertfordshire begegnet waren, wie sehr er sich von ihr angezogen gefühlt hatte und dass sie seinen Heiratsantrag abgelehnt hatte und von dem Jungen, der von der Rotkappe gebissenen worden war und der Angst vor Fay-Angriffen. Es dauerte eine weitere Viertelstunde, bis er bei seiner ersten Reise nach Faerie angelangt war.

Sein Publikum war durchaus wertschätzend, da konnte er sich nicht beklagen. Die Fay, sogar die Sidhe, hingen an seinen Lippen. Sie murmelten mitfühlend als er die Geschichte seines gescheiterten Antrags erzählte und lachten, als er die Geschichte des Gnomen zum Besten gab, der sie zu Cathaels Schloss reiten ließ, aber es war ein freundliches Lachen. Jemand drückte ihm ein Glas Feenwein in die Hand, als sein Mund trocken wurde, und auch das half.

Cathael erzählte von Darcys und Elizabeths Erscheinen in seiner Halle und wie er erfahren hatte, dass die Sterblichen nichts vom Ewigen Vertrag wussten. Die Zuhörer teilten seine Überraschung und plötzlich begriff Darcy, dass der neue König mit seiner Geschichte beabsichtigte, die Fay darüber aufzuklären, wie die Sterblichen leben und woran sie glauben. Irgendwie machte es das einfacher, obwohl es ihm so vorkam, als würde er die halbe Nacht reden.

NACHDEM ES ENDLICH vorbei war, brach Darcy neben Elizabeth zusammen und legte sich ins Gras.

"Du musst erschöpft sein", sagte Elizabeth leise. "Das hast du sehr gut gemacht, mein Liebster."

"Ich hoffe, so etwas steht mir nie mehr bevor. Ich fühle mich, als würde ich gar nichts mitbekommen, weil ich nicht präzise wiedergeben konnte, in welchem Winkel die Sonne stand, als der Ewige Bann gesprochen wurde."

"Wofür es auch immer gut sein mag - ich jedenfalls habe das Gefühl, dich nun besser zu kennen." Elizabeth beugte sich vor und küsste seine Stirn.

Georgianas leise Stimme schien aus dem Nichts zu kommen. "Ich auch, und ich bin froh darüber."

Zumindest ein Gutes hatte die ganze Geschichte gehabt.

Eversleigh hockte sich neben ihn. "Ich danke dir zutiefst. Du hast heute etwas fertiggebracht, was mir in all den Jahren nicht gelungen ist: Du hast den Fay geholfen, die Sterblichen zu verstehen."

"Was geschieht nun?", fragte Elizabeth.

"Die Sidhe und die niederen Fay werden bis zum Sonnenaufgang Ehrenwache halten, aber von uns erwarten sie das nicht. Sie verstehen, dass die Kraft der Sterblichen begrenzt ist."

"Besonders nachdem wir den Bann besiegelt haben. Das war eine Art von Bindungsritual, nicht wahr? Ich kann fühlen, wie sich meine Magie wieder verändert." Elizabeth rieb sich die Arme. "Ja, genau. Ich mache mir Sorgen um Mr. FitzClarence. Ihn trifft das schwer."

"Mir geht es prächtig", sagte der junge Magier tapfer, obwohl ihm der Schweiß über die Stirn lief, seine Hände zitterten und sein Gesicht in der Dämmerung aschfahl war. "Mir fehlt nichts, außer dass Prinny mich umbringen wird, wenn er entdeckt, dass ich zugestimmt habe, die Rolle eines Mitgliedes der königlichen Familie einzunehmen."

"Unwahrscheinlich, dass er selbst über Magie verfügt, er wäre folglich gar nicht in der Lage gewesen, das Ritual durchzuführen, selbst wenn er hier gewesen wäre. Es war pures Glück, dass du schon anwesend warst." Eversleigh griff an Elizabeth vorbei und berührte den Handrücken von FitzClarence. "Du glühst geradezu vor Magie."

"Du hattest mir gesagt, dies wäre die einfachste Aufgabe, die ich jemals zugewiesen bekäme, und jetzt sieh mich an", grummelte Mr. FitzClarence.

"Wie viel einfacher kann ein Auftrag sein, als Titania zu umgarnen? Ich wusste nicht, dass schwarze Magier, ein Ewiger Bann und Blutbindungen auch noch mit hineinspielen würden. Du wirst einige interessante Kräfte haben, wenn dies vorbei ist. Wenn du vorhattest, nur ein kleiner, unbedeutender Magier am Rande des Geschehens zu sein, steht dir möglicherweise eine Enttäuschung bevor."

"Warum ist es bei ihm so viel schlimmer?", fragte Elizabeth.

"Wir haben nur Blut geteilt, um einen Zauber zu besiegeln, selbst wenn dieser Zauber ein Ewiger Bann war. FitzClarence hat mit zwei Sidhe einen gemeinsamen Blutwächter geschaffen, und nun fließt Sidhe-Magie in seinen Adern", sagte Eversleigh. "FitzClarence, ich denke, es wäre klug, die nächsten Tage in Titanias Gesellschaft zu bleiben. Sie wird dir bei diesem Übergang helfen können. Ich werde mit ihr darüber sprechen."

"Dagegen habe ich sicherlich keine Einwände", sagte Mr. FitzClarence.

Elizabeth fragte: "Eversleigh, woher wusstest du, was wir bei der Besiegelungszeremonie tun sollten? Ich kann mir nicht vorstellen, dass du wusstest, wie das beim letzten Ewigen Bann abgelaufen ist."

"Kaum", sagte Eversleigh. "Fay-Zeremonien folgen in der Regel einem Muster, sodass ich mir vorstellen konnte, was kommen wird, als Titania damit begann. Ähnlich läuft es ab, wenn einer der Sidhe durch einen Unfall aus dem Leben scheidet."

"Deine Jahre in Faerie haben sich als durchaus nützlich erwiesen."

"Es scheint so", sagte Eversleigh. "Und jetzt, FitzClarence, lass uns zusammen zu Titania gehen. Du kannst dich auf mich stützen, wenn du Unterstützung brauchst."

FitzClarence nickte, offensichtlich zu erschöpft, um zu widersprechen, als er sich aufrappelte.

"Und dann, *Shurinn*, wäre ich dir sehr verbunden, wenn du dich neben Frederica oder Aelfric setzen und deinen nervösen Geist zur Ruhe kommen lassen würdest", sagte Elizabeth spitz. "Dich haben die letzten beiden Tage noch stärker getroffen als mich, und du musst dich ausruhen. Keiner von uns hat etwas davon, wenn du vor Müdigkeit zusammenbrichst."

Eversleighs Mund verzog sich. "Hat Frederica dich gebeten, mir das zu sagen?"

Elizabeth schüttelte den Kopf. "Ich fürchte, es ist offensichtlich, dass du nicht aus freiem Willen aufhörst, selbst wenn du es solltest."

"Also schön, *Shurinn*. Ich werde es tun, da du darauf bestehst."

Nachdem Eversleigh gegangen war, fragte Darcy: "Muss er dir gehorchen, wenn du ihn *Shurinn* nennst?"

Elizabeth überlegte. "Nein, aber es ruft ihm ins Gedächtnis, dass wir einander verpflichtet sind. Wenn er einen guten Grund hätte, gegen meinen Willen zu handeln, könnte er es tun. Aber wenn er einfach keine Lust hätte, auf mich zu hören, dann, ja, würde von ihm erwartet werden, dass er es tut."

"Ich habe mich gefragt, warum du immer getan hast, was er verlangt hat. Ich dachte, das könnte bedeuten, dass ihr euch einander versprochen hättet und das hat mir überhaupt nicht gefallen."

"Oh, nein. Einfach nur *Shurinn*." Mit schelmischem Blick fügte sie hinzu: "Die gleichen Regeln gelten für *Eliarinn*, aber diese Macht setzt du auf eigenes Risiko ein."

Darcy flüsterte in ihr Ohr: "Ich hätte dich viel lieber willig denn aus einer Verpflichtung heraus."

Hitze erfüllte Elizabeths Körper. Morgen würden sie ein Fleisch werden, dennoch schien es falsch, solche Gefühle zu haben, wenn die Körper von Oberon und Lord Matlock noch unbestattet unter dem Nebel lagen. Plötzlich erstarrte sie.

"Was stimmt nicht, Elizabeth?", fragte Darcy.

"Nichts." Sie wollte nicht diejenige sein, die auf das Offensichtliche hinwies.

"Es ist nicht nichts. Ich kann es fühlen."

Natürlich konnte er das. Es würde einige Zeit dauern, bis sie sich an diese Bindung gewöhnt hatte. "Nichts von Bedeutung. Mir wurde klar, dass wir morgen doch nicht heiraten können, da du wegen deines Onkels in Trauer bist."

Darcy runzelte die Stirn. "Es muss eine Lösung geben. Meine Tante bestand darauf, dass es so schnell wie möglich geschehen muss, und ich stimme ihr vollkommen zu."

"Es kann immer noch bald sein", sagte sie langsam und versuchte, ihre eigene Enttäuschung zu begraben, "aber am Tag nach dem Tod deines Onkels kann es nicht geschehen."

Darcys Nasenflügel blähten sich auf. "Ich werde morgen mit meiner Tante sprechen." Seinem Tonfall nach zu schließen, würde er keine weitere Verzögerung mehr tolerieren.

AM NÄCHSTEN MORGEN versammelte sich die Gruppe in gedrückter Stimmung zum Frühstück. Keiner von ihnen wirkte ausgeruht. Obwohl nicht genug Zeit geblieben war, um Trauerkleidung zu besorgen, hatten sich alle dafür entschieden, gedeckte Farben, Grau- und Brauntöne zu tragen. Sogar das Essen schien ihre Trauer widerzuspiegeln. Anstelle der üblichen Platten mit Gebäck, Obst und Fleisch stand ein einziger, dürftiger Teller mit Toast und Brötchen auf dem Sideboard.

Anne sagte: "Ich hoffe, ihr versteht, dass das Angebot heute ein wenig zu wünschen übrig lässt. Die Dienerschaft hat Mühe, Essen für die vielen Fay draußen bereitzustellen und ein paar Dienstboten sind aus Furcht vor ihnen geflohen. Meine Haushälterin hat im Dorf Ersatzkräfte angeworben, aber ihre Unerfahrenheit zeigt sich doch."

Das erklärte die begrenzte Auswahl an Essen zum Frühstück. "Vielleicht kehren die Diener zurück, nachdem sich alles wieder normalisiert hat." Elizabeth bediente sich an Toast und Marmelade.

"Wenn sie Angst vor den Sidhe haben, ist es besser, wenn sie ihren Hut nehmen", sagte Anne kühl. "Aelfric sollte sich nicht verstellen müssen, wenn er hier ist."

Es war definitiv zu früh am Morgen, um Annes Beziehung zu Aelfric zu thematisieren, also fragte Elizabeth: "Habt ihr den Baum heute Morgen schon gesehen? Der Nebel ist verschwunden und der Baum sieht mindestens doppelt so hoch aus wie letzte Nacht." Sie erwähnte nicht, dass Lord Matlocks und Oberons Körper offenbar zusammen mit dem Nebel verschwunden waren. Ihr war lieber, wenn die Fitzwilliams diese Entdeckung selbst machten.

Anne bestrich sich eine Scheibe Toast mit Butter. "Das ist eine willkommene Abwechslung. Mir hat die Aussicht ohnehin nie gefallen."

Lady Matlock rauschte in den Raum. "Guten Morgen. Ich hoffe, ihr habt alle gut geschlafen." Sie trug ein Kleid aus grün gestreiftem Musselin, das mit Goldborte verziert war und sah wie ein tropischer Vogel aus, der zwischen einer Herde Spatzen landet.

Fredericas Blick wanderte anklagend auf das Kleid ihrer Mutter.

"Das ist ein äußerst unattraktiver Gesichtsausdruck, Frederica", sagte Lady Matlock. "Du kannst Trauer tragen, wenn das dein Wunsch ist, aber ich werde es nicht tun. Mein Gatte hatte drei große Leidenschaften: Zaubersprüche entwickeln, eine Faszination für Faerie und einen absoluten Hass auf schwarze Magie. Gestern war der Höhepunkt seines Lebens, nicht das Ende. Ich werde den persönlichen Verlust betrauern, den ich erlitten habe, aber ich werde feiern, was er und König Oberon geschaffen haben, und für immer dankbar dafür sein, dass sich meinem Mann diese außergewöhnliche Gelegenheit eröffnet hat, zu einer lebenden Legende zu werden."

"Da bin ich aber froh", sagte Anne. "Ich hasse es, schwarz zu tragen."

"Ich glaube, er hätte dir zugestimmt", sagte Darcy. "Sein letzter Ausdruck war einer des Triumphs."

Lady Matlock nickte. "Danke, Darcy. Ich bin froh, das zu wissen. In der Zwischenzeit habe ich meinem ältesten Sohn eine Nachricht über den Tod seines Vaters geschickt. Frederica, ich wäre dir sehr verbunden, wenn du mit dem Studium der Verteidigungsmagie beginnen würdest. Ich möchte nicht, dass du dich jemals in derselben Situation wie ich wiederfindest, in dem Wissen, dass meine Magie uns vielleicht hätte schützen können, wenn ich mich nur dazu entschlossen hätte, ihre Anwendung zu erlernen."

Fredericas Augen verrieten, wie sehr sie diese Aussage schockierte. "Ja, Mama. Sobald ich jemanden finde, der mich unterrichtet."

"Lord Eversleigh kann dich unterrichten, sobald er das Collegium aufgelöst hat."

Eversleigh verschluckte sich an seinem Kaffee. "Nun, ich nehme an, das erspart mir die Schwierigkeit, Sie über mein Vorhaben in Kenntnis zu setzen."

"Diese Schlussfolgerung war leicht zu ziehen. In der Charta des Collegiums heißt es, dass es besteht, um schwarzer Magie vorzubeugen und das ist nun nicht länger notwendig."

Elizabeth versuchte immer noch, sich an den radikalen Gedanken einer Welt ohne das Collegium zu gewöhnen, als Aelfric hereinkam, sich neben Anne setzte und ihre Hand nahm. "Ich habe gerade mit meinem Vater über dich gesprochen, und er war erfreut, von unserer Verbindung zu erfahren."

Anne legte zweifelnd den Kopf schief. "Mit deinem Vater?"

"Ja. Oberon freut sich."

Eine plötzliche Stille legte sich über den Raum. Elizabeth starrte Aelfric an. Was für eine Feennarretei war das?

Eversleigh schluckte seinen letzten Bissen herunter. "Sie können bereits sprechen? Ausgezeichnet. Es gibt mehrere Dinge, die ich Lord Matlock fragen muss. Entschuldigt mich." Er stand auf, warf seine Serviette über die Stuhllehne und verließ den Raum.

Frederica und Lady Matlock sahen beide Elizabeth an, als hätte sie irgendeine Antwort darauf.

"Aelfric", sagte Elizabeth vorsichtig, "ich hatte den Eindruck, dass Oberon und Lord Matlock, nun, nicht mehr am Leben waren."

"Natürlich leben sie", sagte Aelfric. "Wenn sie tot wären, wäre der Zauber mit ihnen gestorben."

Elizabeth befeuchtete ihre trockenen Lippen. "Wie können sie am Leben sein, wenn sie das Blut ihres Herzens vergossen haben?"

"Eiche und Asche, hat dir niemand etwas über Ewige Banne beigebracht? Ihr Fleisch und Blut haben sich in den Ewigen Baum verwandelt und sie leben darin."

Es klang unmöglich, aber Eversleigh war von der Nachricht nicht überrascht gewesen. Wenn Aelfric und Eversleigh sich beide einig waren, stimmte es höchstwahrscheinlich. "Wie kannst du mit ihnen sprechen, wenn sie sich, ähm, in einem Baum befinden? Ein Baum hat keinen Mund."

Aelfric schüttelte den Kopf, als könne er ihre Unwissenheit nicht verstehen. "Sie können in unseren Gedanken sprechen, wenn wir den Baum berühren."

Frederica sagte scharf: "Sie können uns erkennen?"

"Sicherlich." Aelfric griff nach einem Brötchen. "Sie können sich nicht lange auf ein Gespräch konzentrieren, aber ansonsten hat sich nichts verändert."

Darcy sagte langsam: "Eversleigh brachte uns zum Ewigen Baum in Faerie, und Lord Matlock hat dort mit dem Baum gesprochen."

Fredericas Stuhl kratzte über den Boden, als sie ihn zurückschob. Ohne ein Wort rannte sie aus dem Raum. Lady Matlock sah nachdenklich aus.

Aelfric schien nicht zu bemerken, dass seine Neuigkeiten jemanden schockiert hatten. "Ich bin sehr froh, die Zustimmung meines Vaters zu haben", sagte er zu Anne. "Das heißt, dass er keine Bedenken hinsichtlich deiner Abstammung hat."

Das mochte sein, aber Elizabeth vermutete, Oberons wahre Sorge bestand vielmehr darin, dass sein Sohn versuchen sollte, so bald als möglich einen weiteren Sidhe zu zeugen. Sie nahm einen Schluck von ihrem Kaffee und beäugte ihr verbleibendes Frühstück mit Bedauern. Frederica könnte jetzt eine Freundin brauchen. "Wenn ihr so freundlich wärt, mich zu entschuldigen, ich glaube, ich sollte Frederica folgen."

Anne zuckte mit den Achseln. "Wenn du wünschst."

Wie ähnlich waren Annes Manieren doch Aelfrics! Keiner von beiden würde jemals lernen, sich in der Gesellschaft zu bewegen, wenn das so weiterging. Andererseits könnte Elizabeth selbst von nun an damit zu kämpfen haben, wenn man bedachte, wie schnell sie sich an den Gedanken gewöhnt hatte, dass Lord Matlock und Oberon in einen empfindungsfähigen Baum verwandelt wurden, der noch dazu zur Kommunikation fähig war. Vielleicht waren in letzter Zeit so viele unmögliche Dinge geschehen, dass ihr selbst das vollkommen unmögliche nun möglich erschien.

Die Eiche schien weiter gewachsen zu sein, seit sie sie vor einer Stunde durch ihr Fenster gesehen hatte. Ein Teppich mit Mohnblumen blühte dort, wo sie ihr Blut vergossen hatten, um den Zauber zu besiegeln. Elizabeth rieb gedankenverloren ihren Daumen gegen die wunde Stelle, an der sie sich in die Fingerspitze geschnitten hatte.

Frederica lehnte sich gegen den Baumstamm und berührte mit gespreizten Fingern und geschlossenen Augen dessen Rinde. Außerhalb der Schutzzauber schüttelte Eversleigh heftig den Kopf, während Titania mit ihm sprach. Cathael stand ein kurzes Stück entfernt, stramm wie ein Soldat, die Hände auf dem Griff seines silbernen Schwertes ruhend, aber dennoch wirkte seine Haltung nicht bedrohlich.

In der Nacht waren mehr Sidhe und niedere Fay dazugekommen. Wie ungerecht es doch war, dass die Sidhe selbst nach einer ganzen Nachtwache so schön und makellos aussehen konnten! Elizabeth hatte in einem Bett geschlafen, aber trotzdem lag ihr eine bleierne Müdigkeit in den Knochen.

Titania winkte ihr zu, sich ihnen anzuschließen. Als Elizabeth sie erreichte, sagte die Königin der Feen: "Libbet, du musst mir helfen, diesen störrischen jungen *Shurinn* von mir zu überzeugen. Ich sage, er sollte auf Marigold Mädesüß Blutrecht beanspruchen, und er will sich mir nicht beugen."

Eversleigh erwiderte trocken: "Ich habe ihr bereits gesagt, dass ich nichts dagegen habe, Blutrecht zu beanspruchen. Allerdings muss die Lady diejenige sein, die diese Entscheidung trifft, nicht ich."

Titania schmollte. "Du bist mein *Shurinn*, Prinz Evlan, also solltest du meinem Rat folgen."

Was war unerklärlicher, dass Eversleigh eine Bitte der Königin, seiner *Shurinn* ablehnte, oder dass Titania sich in eine solch persönliche Angelegenheit einmischte, direkt dort, wo Oberon sich am Tag zuvor die Kehle durchgeschnitten hatte? "Große Königin, könnte ich einen anderen Ansatz vorschlagen? Marigold Mädesüß kann störrisch sein und mag es nicht, wenn ein Mann etwas von ihr verlangt. Sie könnte Prinz Evlan diesen Wunsch allein deshalb abschlagen, weil er so forsch war, es von ihr zu verlangen. Vielleicht schlagt Ihr stattdessen eher der Lady vor, selbst Blutrecht zu beanspruchen?"

"Eine bloße Sterbliche kann auf einen Prinzen von Faerie kein Blutrecht beanspruchen!", empörte sich Titania.

Elizabeth verkniff sich ein Lächeln. "Kann es nicht, oder würde es nicht wagen? In der Welt der Sterblichen hat Marigold Mädesüß einen hohen Rang, und Prinz Evlan ist kein Prinz. Wenn es verboten ist, können wir nichts dagegen tun, aber wenn es sich nur um Wagemut handelt, kann ich Euch versichern, dass sie diesen durchaus aufbringen wird, wenn sie es möchte."

"Dem kann ich nur zustimmen", sagte Eversleigh, "nichts würde sie mehr erfreuen, als die Konventionen zu sprengen."

Titania kniff die schrägstehenden Augen zusammen.

Elizabeth sagte hastig: "Ich bitte Euch, Prinz Evlan die Möglichkeit zu geben, zunächst unter vier Augen mit ihr zu sprechen, bevor Ihr einen solchen Schritt unternehmt. Es ist seine einzige Chance auf Erfolg."

Der Zorn der Faerie-Königin schien sich ebenso schnell aufzulösen wie er sich aufgebaut hatte. "Also schön, aber zögere es nicht zu lange hinaus." Sie wandte sich ab, um mit Cathael zu sprechen.

Eversleigh bot Elizabeth seinen Arm an und führte sie auf die andere Seite des Rasens, wo für die Sterblichen Decken auf dem Boden ausgebreitet worden waren. Sie setzte sich, und er ließ sich neben ihr zu Boden sinken.

Eversleigh wischte sich mit seinem Taschentuch die Stirn. "Gütiger Gott! Ich habe mich noch nie zuvor einer Bitte eines *Shurinn* widersetzt, der noch dazu ein mächtiger Sidhe war. Es bereitete mir sogar körperlichen Schmerz."

Elizabeth verkniff sich ein Lächeln. "Ich hoffe, Frederica weiß dein Opfer zu schätzen."

"Ich auch! Aber unsere Übereinkunft ist immer noch so frisch und zerbrechlich, dass ich nicht wage, ein Risiko einzugehen, selbst wenn das bedeutet, Titania zu enttäuschen. Ich hoffe, Lady Frederica stimmt zu, da ich nicht weiß, wie lange ich das noch durchhalten kann."

"Titanias Beharrlichkeit überrascht mich. Dass ich auf Darcy Blutrecht beansprucht habe, muss sie auf die Idee gebracht haben."

"Es mag sie auf die Idee gebracht haben, aber hier geht es um mehr. Sie weiß, dass wir vorhaben, zu heiraten und sie möchte ganz dringend ein Blutsband zwischen uns besiegeln, bevor wir Kinder zeugen."

"Meine Kinder mit Darcy sind nicht genug?" Wie seltsam es sich anfühlte, das als ihre Zukunft festzuschreiben!

"Deine Kinder werden ihr Blut in sich tragen, aber meine Kinder hätten sowohl ihres, als auch Oberons Blut in sich. Das ist etwas, das sie zuvor nie für möglich gehalten hätte."

Und nun, da Oberon tot war - oder zumindest in einen Baum verwandelt - war dieser Wunsch natürlich besonders stark. Titania wartete nicht gerne. "Ich verstehe."

"Wenn sie Oberon davon überzeugt, mich als sein *Tiarinn* zu fragen, werde ich mich nicht weigern können", sagte er düster. "Darf ich mich darauf verlassen, dass du es Frederica erklären würdest, falls es soweit kommen sollte?"

"Das hätte ich auch ohne deine Bitte getan. Und ich werde in deinem Namen nochmal mit Titania sprechen, falls es nötig sein sollte."

"Du bist die beste aller *Shurinns*." Offenbar hielt die Anwesenheit der Feen um sie herum Eversleigh davon ab, seinen Dank auszudrücken.

Darcy trat von hinten an sie heran und setzte sich an Elizabeths andere Seite. "Guten Morgen."

Wie viel lebendiger sie sich in seiner Gegenwart fühlte! Es war, als ob ein Funke zwischen ihnen tanzen würde, als sie seinem intensiven Blick begegnete. "Guten Morgen", sagte sie und fühlte sich plötzlich atemlos. "Wir warten auf Frederica, die mit dem Baum spricht."

"Es funktioniert also?"

"Das tut es", sagte Eversleigh. "Ich habe mich kurz mit Lord Matlock unterhalten, und er stimmt der Auflösung des Collegiums zu. Viel weiter sind wir nicht gekommen, bevor Lady Frederica eintraf."

In diesem Augenblick trat Frederica vom Baum weg. Sie entdeckte sie und kam, um sich neben Eversleigh zu setzen, die Spuren von getrockneten Tränen noch immer auf ihrem Gesicht sichtbar.

"Konntest du mit ihm sprechen?", fragte Eversleigh sanft.

Frederica nickte.

Elizabeth fragte: "Wirkte er auf dich noch wie er selbst?"

Frederica lachte zittrig. "Unverkennbar. Wer sonst könnte so selbstgefällig sein?"

"Selbstgefällig?" fragte Elizabeth überrascht.

"Unerträglich selbstgefällig. Er sagte, Oberon habe ihn nicht vorgewarnt, dass er einen Ewigen Bann plante, und dennoch gelang es ihm, aus dem Stand heraus eine Zauberformel zu kreieren, die ausreichte. Noch dazu auf Englisch, wo er zuvor ausschließlich Latein als Zaubersprache verwendet hatte. Er sagte, er habe auch die Grenze zwischen unserer Welt und Faerie etwas durchlässiger gemacht. Auch dahingehend war er unglaublich selbstgefällig."

"Ich frage mich, was das bedeutet", sagte Eversleigh.

"Ich weiß es nicht. Danach war er abgelenkt." Ihr Gesichtsausdruck wurde ernster. "Ich vermute, dass wir noch auf mehr tote schwarze Magier stoßen werden."

"Das fürchte ich auch", sagte Eversleigh.

Auf der anderen Seite des Rasens musterte Titania sie prüfend.

Elizabeth sagte: "Titania brennt darauf, mit dir zu sprechen, Frederica."

"Mit mir?"

"Ja. Schau, sie sieht dich an."

"Nun, dann muss ich wohl zu ihr gehen, denke ich."

Eversleigh stand auf und half Frederica auf die Beine. Er sah ihr nach, als sie wegging, bevor er sich wieder setzte. "Auf jeden Fall die Beste aller *Shurinns*", sagte er.

Sie lachte. "Wenn meine und deine Kinder beide *Tiarinn* zu Titania sind, macht sie das dann untereinander zu *Shurinn*?"

Er stöhnte. "Ich habe noch nicht einmal herausgefunden, wie die neuen Blutsbande zwischen Oberon und Lord Matlock all die magischen Feenverwandtschaften beeinflussen, ganz zu schweigen davon."

"Wenn man zusammen einen Ewigen Bann ausführt, entsteht ein Blutsband?"

"Ein sehr starkes sogar, als ob sie nun eine Person wären. Ich bin mir Colonel Fitzwilliams bewusster als erwartet." Mit einem selbstironischen Lächeln fügte er hinzu: "Lady Fredericas bin ich mir unentwegt bewusst."

Titania klatschte in die Hände, um alle zum Schweigen zu bringen. "Meine Marigold Mädesüß hat etwas zu sagen", kündigte sie an.

Eversleighs Augen weiteten sich. "Schon?"

Fredericas Stimme ertönte deutlich. "Nun, da Matlock und Oberon im Blute vereinigt sind, sollen ebenfalls Matlocks Tochter und Oberons Sohn miteinander verbunden werden. Prinz Evlan, ich beanspruche Blutrecht." Sie streckte ihm die Hand entgegen.

Eversleigh bewegte sich nicht und schien festgefroren zu sein. Elizabeth versetzte seiner Schulter einen kleinen Schubser. "Geh zu ihr, *Shurinn*."

Schließlich schien er die Fähigkeit, sich zu bewegen, wiederentdeckt zu haben, wenngleich ihm seine sonst übliche, flüssige Anmut fehlte. Er nahm jedoch ohne zu zögern Fredericas Hand.

Cathael verkündete feierlich: "Ihr erweist euren Vätern große Ehre."

"Streckt mir eure Hände entgegen", sagte Titania. Ein weiteres Mal schnitt sie sich in die Handfläche und ließ ihr Blut auf ihre Hände tropfen. "Handflächen zusammen, wendet euch einander zu und geht zwei Runden gegen den Uhrzeigersinn im Kreis."

Als Frederica und Eversleigh anfingen sich zu bewegen, schloss sich Darcys Hand um Elizabeths.

DARCY SCHÜTTELTE DIE Hand des aufmerksamen jungen Mannes, der den Kragen eines Geistlichen trug. "Es ist mir eine Freude, Sie wiederzusehen, Mr. Cox. Vielen Dank, dass Sie heute nach Rosings gekommen sind. Mir ist bewusst, dass es für Sie etwas unpraktisch ist, aber Sie werden verstehen, warum ich Mr. Collins nicht bitten wollte, meine Hochzeit durchzuführen."

"Selbstverständlich nicht." Mr. Cox' Lippen wurden schmal. "Sein Verhalten ist für die örtlichen Geistlichen recht beschämend. Jedenfalls bin ich froh, heute hier sein zu können. Ich habe einige seltsame Gerüchte aus Rosings Park gehört."

"Vermutlich sind sie alle wahr", sagte Darcy resigniert. "Zumindest, wenn es dabei um die Feen und schwarze Magie geht."

"Ich war überrascht, die Fay zu sehen, als ich ankam. Ich habe sie seit meiner Kindheit nicht mehr sehen können."

"Aufgrund der jüngsten Ereignisse haben sie beschlossen, sich zu zeigen. Es ist eine lange und beinahe unfassbare Geschichte. Vielleicht möchten Sie sich setzen, während ich es Ihnen erkläre." Darcy schuldete ihm die ganze Geschichte, nachdem er ihnen mit den Dienern behilflich gewesen war, als sie entdeckt hatten, dass Lady Catherine schwarze Magie angewendet hatte.

Eine Viertelstunde später war Mr. Cox' Stirn gerunzelt. "Schwarze Magie ist Teufelswerk, und ich freue mich, dass sie unsere Welt nicht weiter schädigen wird. Aber ich bin schockiert, dass Lord Matlock Selbstmord begehen würde. Das verstößt gegen Gottes Gesetz!"

"Er hat keinen Selbstmord begangen." Lady Matlocks kühle, aber entschlossene Stimme kam von der Tür. "Nicht mehr als ein Soldat, der um seines Landes willen in eine hoffnungslose Schlacht marschiert, oder unser Herr, der sich töten ließ, um uns von unseren Sünden zu erlösen. Lord Matlock hegte nicht den Wunsch, sein Leben zu beenden, aber er tat es, um England vor unermesslichem Elend zu retten. Das ist kein Selbstmord."

Darcy sprang auf. "Lady Matlock, darf ich Euch Mr. Cox, den Pfarrer von Chiddingstone, vorstellen? Er ist derjenige, den ich erwähnt hatte, der der Dienerschaft hier in der Frage der schwarzen Magie von Lady Catherine Unterstützung angeboten hat."

Mr. Cox verbeugte sich tief. "Entschuldigt bitte, Lady Matlock. Ich hatte die Sache noch nicht wirklich durchdacht, aber Ihr habt Recht."

Lady Matlock würdigte seine Worte mit einem majestätischen Nicken. "Wenn wir weiterhin mehr Kontakt mit dem Feenvolk haben, könnte die Kirche vor einigen Herausforderungen stehen, um zu bestimmen, wie ihre Magie in unseren christlichen Glauben integriert werden kann."

"Mehr von Gottes Schöpfung zu verstehen, kann uns alle nur bereichern", pflichtete ihr Mr. Cox bei.

"Vielleicht können wir später weiter darüber sprechen. Irgendwann möchte ich an der Stelle, an der der Ewige Bann gesprochen wurde, einen Gottesdienst abhalten lassen. Dort kann auch die Hochzeit stattfinden."

Darcy schüttelte den Kopf. "Dort halten immer noch viele Fay Ehrenwache. Ich möchte sie nicht vor den Kopf stoßen."

"Ich stimme Lady Matlock zu." In Mr. Cox' Augen loderte ein neues Feuer. "Die Fay sind Heiden. Es gereicht ihnen zum Vorteil, einen christlichen Gottesdienst mitzuerleben, selbst wenn er für sie eine Beleidigung darstellen sollte."

"Ganz genau", sagte Lady Matlock.

Es war nicht wert, darüber zu streiten. "Also schön."

DARCY FAND ELIZABETH beim Großen Bann, zusammen mit Frederica, Eversleigh, Richard und Aelfric. "Bist du bereit, meine Liebe? Der Pfarrer ist angekommen, und meine Tante besteht darauf, dass wir die Zeremonie hier am Baum abhalten."

Elizabeth blickte durch ihre Wimpern zu ihm hoch. "Ich hoffe, sie glaubt nicht, dass der Baum uns sehen kann."

Darcys Lippen zuckten. "Ich würde es vorziehen, mich in diesem Punkt nicht mit ihr zu streiten." Er streckte ihr seine Hand entgegen, sein Herz war voller Liebe zu ihr.

Eversleigh sagte: "Könnt ihr noch ein paar Minuten abwarten, bevor ihr beginnt?"

Darcy wandte sich an Elizabeth. "Ich nehme an, es gibt keinen Grund, warum wir das nicht könnten."

"Gut!" Eversleigh eilte auf die Gruppe von Sidhe zu, die Ehrenwache hielt.

"Wir könnten das bereuen", sagte Elizabeth gut gelaunt. "Ich hoffe, sie werden uns keine Feenstreiche spielen."

"Ah, hier ist Mr. Cox", sagte Darcy. "Miss Bennet, darf ich Ihnen Mr. Cox, den Pfarrer von Chiddingstone, vorstellen? Mr. Cox, Miss Bennet ist die Braut."

"Es ist mir eine Freude", sagte Elizabeth. "Vielen Dank, dass Sie heute hierhergekommen sind."

Mr. Cox verneigte sich. "Ich bin froh, Ihnen dienen zu können."

"Oh je", murmelte Frederica.

"Was ist jetzt schon wieder?", fragte Richard düster.

Sie deutete über den Rasen. "Schau zu Eversleigh hinüber."

Eversleigh sprach mit Cathael und bewegte seine Hände, um eine eckige Form zu demonstrieren. Cathael antwortete ihm und plötzlich erschienen mehrere Bänke vor dem Baum. Eversleigh schüttelte den Kopf und sagte etwas. Nun waren die Bänke in zwei Reihen aufgestellt, mit einem Gang in der Mitte.

Mr. Cox' Augen traten hervor.

"Versucht er, es wie eine Kirche aussehen zu lassen?", fragte Elizabeth. "Wer glaubt er, wird all diese Bänke füllen?"

"Ich habe keine Ahnung", sagte Darcy. Aber die Antwort wurde sofort offensichtlich, als Sidhe und niedere Fay sich auf die Bänke zubewegten.

"Dies war nicht ganz das, was mir vorschwebte", sagte Mr. Cox leise. "Aber ich nehme an, dass es dienlich sein wird."

Eversleigh schritt wieder auf sie zu. "Ich hoffe, das ist zufriedenstellend", sagte er zu Darcy.

Darcy hob eine Augenbraue. "Gibt es einen Grund, warum du möchtest, dass die Fay an unserer Hochzeit teilnehmen?"

Eversleigh grinste. "Nicht direkt, aber du hast gestern den Traditionen der Fay große Ehre erwiesen. Sie möchten euch den gleichen Respekt erweisen, indem sie eure sterbliche Tradition würdigen."

Lady Matlock erschien hinter ihm. "Wenn das der Fall ist, sollten wir das auch richtig machen. Richard, du wirst Darcy als Trauzeuge zur Seite stehen. Elizabeth, möchtest du, dass Lord Eversleigh oder Aelfric dich zum Altar führt, um dich zu übergeben?"

"Warum sollte jemand Libbet übergeben wollen?", erkundigte sich Aelfric. "Man kann Leute nicht übergeben."

"Es ist ein symbolischer Teil der Zeremonie", erklärte Lady Matlock. "Für gewöhnlich würde dieser Part von Elizabeths Vater übernommen werden, doch in seiner Abwesenheit übernimmt einer ihrer männlichen Verwandten diese Rolle."

"Dann sollte ich es tun", sagte Aelfric fest.

Elizabeth sagte taktvoll: "Mr. Cox, darf ich Ihnen meinen Halbbruder, Prinz Aelfric von den Sidhe, vorstellen? Könnte er diese Rolle übernehmen, auch wenn er kein Christ ist?"

Mr. Cox war ziemlich blass geworden. "Ich nehme an, es stellt kein Problem dar, solange er unsere christliche Tradition respektiert."

Lady Matlock nickte. "Wen hättest du gerne als Brautjungfer an deiner Seite?"

Elizabeth spähte über den Rasen. "Ist Bluebird hier? Sie ist meine älteste Freundin."

Viscount Eversleigh räusperte sich. "*Shurinn?*"

Elizabeth drehte sich mit einem Ausdruck gespielter Bestürzung zu ihm um. "Oje. Lord Eversleigh hat diese Entscheidung bereits für mich getroffen. Wer soll es sein?"

Er wurde rot. "Titania hat deine Blutrechtszeremonie durchgeführt. Es könnte als Beleidigung angesehen werden, sie jetzt auszuschließen."

Elizabeth lachte. "Also schön, aber du musst sie fragen, *Shurinn*. Und mach schnell, da wir wissen, dass die Fay nicht gerne warten."

"Titania?", Mr. Cox' Stimme zitterte. "Wie bei Shakespeare?"

"Genau diese", sagte Elizabeth mit einem Lächeln.

Als Eversleigh von den Fay zu ihnen zurückeilte, sagte Lady Matlock: "Wenn es schnell gehen soll, lassen Sie uns alle unsere Plätze so unkompliziert wie möglich einnehmen. Elizabeth, wirst du Aelfric erklären, was er zu tun hat?"

Innerhalb weniger Minuten hatte Ihre Ladyschaft alles zu ihrer Zufriedenheit arrangiert und ließ den Gottesdienst beginnen. Mr. Cox' Stimme brach nur einmal, als er mit der Zeremonie begann. Aelfric erledigte seine Aufgaben mit würdevoller Gelassenheit, selbst als ein weißer Rabe herbeiflog und auf Elizabeths Schulter landete, während sie den Gang entlangschritten.

SPÄTER, ALS DARCY UND Elizabeth als Mann und Frau den Mittelgang in die entgegengesetzte Richtung hinuntergingen, sagte Darcy zögernd: "Was den Ring anbelangt. Ich werde dir noch einen besorgen, der richtig passt. Ich war so in Sorge, dass wir die Lizenz nicht bekommen könnten, dass ich einen Ring völlig vergessen habe."

Elizabeth hob die Hand, um den Ring zu bewundern. "Ich bin sehr zufrieden mit diesem und er passt perfekt."

"Er kann dir unmöglich passen. Deine Finger sind viel kleiner als meine."

Sie streckte ihre Hand aus, damit er sehen konnte, dass der Ring tatsächlich passte. "Wurde er möglicherweise von Feenhand erschaffen?"

"Ja. Wie könnte ich das vergessen? Eversleigh hat ihn mir gegeben."

Cathael war der erste Fay, der sie erreichte. "Unter unseren Leuten ist es üblich, beim Erreichen der Volljährigkeit ein Geschenk zu überreichen. Da dies bei dir nicht möglich war, hoffe ich, dass du mir gestattest, es bei dieser Gelegenheit nachzuholen." Er nahm Elizabeths Hände und legte seine Manschetten aus Silberfiligran um jedes ihrer Handgelenke. Sie schrumpften sofort, um sich ihr anzupassen.

"Das ist sehr großzügig von Euch. Sie sind exquisit und werden mich immer an das erste Mal erinnern, als wir uns in Eurer Halle aus Silberfiligran begegnet sind." Elizabeth klang irgendwie gerührt.

"Dies ist für dich, Diarcey." Cathael reichte ihm einen silbernen Dolch, dessen Griff mit Rubinen besetzt war.

Darcy nahm ihn entgegen, da er keine Ahnung hatte, was er sonst tun sollte. Was sagte man, wenn man ein Geschenk erhielt, das eines Königs würdig war? "Es wird mir eine große Ehre sein, solch ein königliches Geschenk zu tragen." Er testete die Schneide mit der Fingerspitze, da er während des Besiegelungsrituals bereits festgestellt hatte, dass Sidhe-Messer weitaus schärfer waren, als es für eine Klinge aus Silber eigentlich möglich war.

"Er wurde von Zwergen hergestellt. Der Dolch wird niemals seine Schärfe verlieren, und solange du ihn bei dir trägst, werden dich die Elemente nicht behelligen und dir wird kein Leid geschehen."

Er konnte fühlen, wie die Magie durch ihn hindurchprickelte. Eines Kaisers würdig also. "Es ist ein größerer Schatz als ich verdiene und fast so wertvoll wie der Frieden zwischen unseren Völkern."

"Es war ein glücklicher Tag, als du in mein Haus gestolpert bist. Wenn das nicht geschehen wäre, lägen wir im Krieg miteinander und schwarze Magier würden dein Land durchstreifen." Er berührte die Krone, die er trug. "Und es hat mich auf einen höchst unterwarteten Pfad geführt." Er nickte ihnen zu und ging davon.

Elizabeth schaute auf die Manschetten an ihrem Handgelenk. "Nun werde ich mich nicht mehr schuldig fühlen, weil ich keine Mitgift mit in die Ehe gebracht habe."

"Gut. Eine Mitgift ist mir nämlich überhaupt nicht wichtig, solange ich dich habe."

"Das habe ich damit nicht gemeint." Sie hielt eine ihrer Manschetten hoch, damit er den Diamanten darin sehen konnte. Es hatte die Größe eines Singvogeleis. "Diese sollten in den Kronjuwelen sein."

Er lächelte. "Ich frage mich, wie ich mit meiner modernen Kleidung einen magischen Juwelendolch tragen soll. Wir tragen keine Dolchscheiden mehr."

Elizabeth warf einen Blick auf seine Weste. Mit einem schelmischen Blick sagte sie: "Auf die meisten Herren mag dies zutreffen, aber es scheint, dass du es von nun an doch tust. Vielleicht wirst du eine neue Mode ins Leben rufen."

Mit gerunzelter Stirn folgte er ihrem Blick und stellte fest, dass tatsächlich eine Lederdolchscheide unter seiner Weste hing. "Wie ist das... oh, lass gut sein. Ich werde mich wohl nie an Sidhe-Magie gewöhnen." Vorsichtig steckte er den Dolch in die Scheide.

Ein paar Elfen, Dryaden und Sidhe traten ebenfalls vor, um ihnen Geschenke zu überreichen. Viele von ihnen überreichten ihnen ein Geschenk der Natur - eine perfekte Muschel, einen abgerundeten Stein, ein farbenfrohes Blatt oder eine Blume. Darcy gelang es, Elizabeths Vorbild zu folgen, indem er jedes dieser Geschenke ebenso bewunderte wie die gelegentlich überreichten unbezahlbaren Edelsteine oder magischen Harfen.

Eine finster dreinschauende Brownie stapfte auf sie zu und blieb vor Elizabeth stehen. "Gar nich' so schlecht, das da." Sie deutete mit dem Kopf auf den Baum des Ewigen Bannes.

"Dich hab' ich in der Hütte der Millers kennengelernt, nicht wahr?", fragte Elizabeth.

"Aye." Mit einem wilden Stirnrunzeln drückte die Brownie etwas in Elizabeths Hand, bevor sie davonstapfte.

Elizabeth grinste. "Für eine Brownie war sie ausgesprochen höflich zu einer Sterblichen."

"Was hat sie dir gegeben?", fragte Darcy.

Elizabeth öffnete ihre Hand. "Es sieht aus wie ein Samenkorn. Ein magisches Samenkorn."

"Was wird daraus wachsen?", sagte Darcy vorsichtig.

"Ich habe nicht die geringste Ahnung, aber es wird interessant sein, das herauszufinden."

Eversleigh schloss sich ihnen mit Frederica am Arm an. Er zeigte auf Elizabeths Handgelenksmanschetten. "Hat Cathael dir die Bedeutung davon erklärt?"

"Nein, und ich spüre keine Magie in sie eingewebt", sagte Elizabeth.

Eversleigh lächelte trocken. "Keine Magie, aber silberne Manschetten sind das traditionelle Geschenk, das ein Sidhe seiner Tochter macht, wenn sie volljährig wird, und sie trägt sie ihr ganzes Leben lang."

"Was geben sie ihren Söhnen?", fragte Darcy.

"Einen silbernen Dolch." Eversleigh zog einen aus einer versteckten Scheide unter seinem Mantel hervor. "Oberon hat mir diesen geschenkt."

Darcy zog den Dolch heraus, den Cathael ihm gegeben hatte. "Du wirst mir zeigen müssen, wie man eine Dolchscheide richtig trägt. Hat das Geschenk eine besondere Bedeutung?"

"Ich vermute, er erkennt damit an, dass er in deiner Schuld steht. Es deutet darauf hin, dass du das Recht hast, ihn in Zukunft um Hilfe zu bitten."

"Interessant", sagte Elizabeth mit einem Hauch von Lachen. "Ich finde Hochzeiten oft ein wenig langweilig. Diese war die Ausnahme."

"Ich finde, sie war vollkommen perfekt", sagte Frederica.

Elizabeth warf ihr einen schelmischen Blick zu. "Da stimme ich dir zu. Ich finde, jede Braut sollte von einem Sidhe übergeben und von der Königin der Feen begleitet werden und eine Phouka auf der Schulter sitzen haben."

Frederica seufzte. "In St. George's am Hanover Square zu heiraten wird im Vergleich dazu so öde werden."

"Ah ja, was das anbelangt..." Elizabeth nahm Frederica beiseite und senkte ihre Stimme. "Darf ich etwas äußerst Unverschämtes und Unangemessenes sagen?"

Fredericas Augenbrauen hoben sich. "Ja, bitte."

"Du bist dir dessen bewusst, dass die Fay der sterblichen Welt Fruchtbarkeit bringen? Heute waren sie besonders während der Hochzeitszeremonie sehr beschäftigt. Wir waren von Fruchtbarkeitsmagie umgeben. Jedes Geschenk, das mir überreicht wurde, war damit durchdrungen. Titania hat mich praktisch damit überschüttet. Ich wäre sehr erstaunt, wenn ich heute Nacht kein Kind empfangen würde. Ich kann fast genauso viel Fruchtbarkeitsmagie an dir spüren. Ich weiß, dass deine Mutter plant, deine Hochzeit bis zum Beginn der Saison zu verschieben, und... nun, ich weiß auch, wie schwierig es ist, das Blutrecht nicht zu vollziehen, selbst nur für einen Tag. Wenn du hoffst, bis zu deiner Hochzeit Vorkehrungen gegen eine Empfängnis treffen zu können, muss ich dich warnen, dass sie höchstwahrscheinlich nicht von Erfolg gekrönt sein werden. Mit allerhöchster Wahrscheinlichkeit nicht."

"Ah." Fredericas Blick schien in die Ferne zu schweifen. "Ich danke dir für diese Warnung. Ich sollte am besten mit meiner Mutter über das Hochzeitsdatum sprechen."

"Vielleicht kannst du deine Mutter davon überzeugen, deinen Vater in der Sache zu konsultieren. Ich gehe davon aus, dass er dich dabei unterstützen würde. Ich kann mir vorstellen, dass er jetzt ein besseres Verständnis für wilde Magie hat."

Frederica kicherte. "Oh, ja. Armer Oberon. Vater muss ihn gnadenlos mit Fragen löchern."

"Danke, dass du dich von meinem Ratschlag nicht beleidigt gefühlt hast. Ich freue mich nicht darauf, mit Georgiana darüber zu sprechen oder meinem frisch gebackenen Ehemann zu erklären, warum seine kleine Schwester zwischen lauter Sidhe-Männern besser von bewaffneten Wachen umgeben sein sollte. Sie scheinen sie vorerst in Ruhe zu lassen, aber das kann nicht von Dauer sein."

"Arme Georgiana! Wirst du Anne ebenfalls warnen?"

Elizabeths Lippen zuckten. "Ich werde es Aelfric überlassen, das zu erklären. Deine arme Mutter könnte möglicherweise keine weitere überstürzte Hochzeit ertragen."

"Zumindest werden unsere Kinder im gleichen Alter sein und zusammen spielen können", sagte Frederica.

"Wie praktisch du denkst", neckte Elizabeth.

Eversleigh schloss sich ihnen an. "Was diese Hochzeit in St. George's, am Hanover Square anbelangt -"

"Du brauchst dir keine Sorgen zu machen, *Shurinn*. Ich habe sie bereits gewarnt", sagte Elizabeth.

Erleichterung flackerte über sein Gesicht. "Wie ich bereits sagte, bist du die beste aller *Shurinns.*"

"Ich kann nicht glauben, dass ihr beide überhaupt miteinander über diese Angelegenheiten sprechen könnt!", rief Frederica aus und errötete.

Elizabeth grinste. "Wenn du einmal du so viel Zeit in Faerie verbracht hast wie wir, wird dich auch nichts mehr so schnell in Verlegenheit bringen. Allerdings erreicht das seine Grenzen, wenn es um andere Männer geht, *Shurinn,* also zähle ich darauf, dass *du* die Fitzwilliam-Brüder und Mr. FitzClarence darüber informierst."

Eversleigh verneigte sich. "Ich habe sie bereits gewarnt, ihre Aufmerksamkeit vorerst nur Sidhe-Damen zu widmen, und ich glaube auch nicht, dass ihnen dies Schwierigkeiten bereiten wird. Fitzwilliam entdeckt bereits seine neu gewonnene Popularität." Er deutete über den Rasen, wo Colonel Fitzwilliam zwischen Aislinn und einer anderen Sidhe-Dame stand, die beide seine Arme streichelten. Ihn schien seine Lage nicht im Geringsten zu beunruhigen. "Jasper ist vor ein paar Minuten mit einer Sidhe-Dame verschwunden."

"Sie müssen denken, dass sie nun im Himmel angelangt sind", sagte Frederica.

Eversleighs Blick nahm nun ebenfalls etwas Schelmisches an. "Sie werden bald feststellen, dass der Himmel ein kräftezehrender Ort sein kann. Sidhe-Damen haben große Schwierigkeiten, Kinder zu empfangen, und ein ungewöhnlich fruchtbarer Sterblicher wird in der Tat sehr beliebt sein."

Frederica schlug sich die Hände über ihre brennenden Wangen. "Ich habe nicht annähernd genug Zeit in Faerie verbracht, um mir das anzuhören!"

"Dann wirst du mit Erleichterung hören, dass Aelfric seinen bösesten Blick eingesetzt hat, um Sidhe-Männer von Georgiana fernzuhalten." Eversleigh klang amüsiert.

"Gott-sei-Dank!", rief Elizabeth.

DA ELIZABETH OFFENBAR Geheimnisse mit Frederica teilte, nutzte Darcy die Gelegenheit, um sich an den Pfarrer zu wenden. "Mr. Cox, Sie sind ein couragierter Mann. Ich muss mich entschuldigen. Ich hatte keine Ahnung, dass Sie sich hierbei mitten unter dem Feenvolk wiederfinden würden. Ich weiß, wie schockierend meine ersten Erfahrungen mit ihnen waren."

Der junge Pfarrer fuhr sich mit dem Finger unter seinen Pastorenkragen. "Es war sicherlich unerwartet, aber ich freue mich über die Gelegenheit, unsere unsichtbaren Nachbarn zu treffen. Viscount Eversleigh war so freundlich, mir zu helfen, während die Fay mir Fragen zum Christentum stellten. Ich hatte keine solche Neugier von ihnen erwartet. Natürlich hatte ich noch nie das Privileg, einen Gottesdienst vor einem lebendigen Wunder zu leiten." Er nickte in Richtung der Eiche.

Ein Wunder, in der Tat. "Haben Sie immer schon in Kent gelebt?", fragte Darcy.

"Nein, meine Familie stammt aus Norfolk. Ich bin vor zwei Jahren auf eine Anzeige für einen Pfarrer hierhergekommen."

"Die Pfarrersstelle auf meinem Familienanwesen in Derbyshire ist derzeit vakant. Es ist sicherlich nicht die höchstbezahlteste Stelle, aber durchaus respektabel und sicher. Wenn Sie daran interessiert sind, könnten wir es vielleicht näher besprechen."

Die Augen des Pfarrers weiteten sich. "Ich ... aber natürlich, ja, ich wäre höchst interessiert daran, das mit Ihnen zu besprechen, wann immer es Ihnen recht ist."

"Gut. Ich gehe davon aus, dass ich noch mindestens ein paar Tage auf Rosings bleiben werde."

"Lady Matlock hat mich bereits gebeten, morgen zurückzukehren, um einen weiteren Gottesdienst zu besprechen."

Darcy fragte sich, ob seine Tante einen Gedenkgottesdienst oder eine weitere Hochzeit plante. Sie war nicht erfreut gewesen, als sie feststellte, dass Frederica ebenfalls Blutrecht beansprucht hatte. "Morgen dann."

ALS SICH DER SONNENUNTERGANG näherte, verließen immer mehr Feen Rosings bis nur noch zwei Elfen Ehrenwache vor der Eiche des Ewigen Bannes hielten.

"Was bewachen sie?", fragte Elizabeth Eversleigh.

"Ich habe nicht die geringste Ahnung", antwortete er. "Sie sagen, dass es so gemacht wird, und das scheint die einzige Antwort zu sein, die wir bekommen. Miss de Bourgh, ich fürchte, Ihr großer Rasen ist ein heiliger Ort für die Fay geworden, und Sie werden sie dort wahrscheinlich häufiger vorfinden. Ich gehe davon aus, dass auch Magier den Ewigen Bann besuchen möchten."

Anne zuckte mit den Achseln. "Sie sind willkommen. Wir hatten fast nie Gäste in Rosings bis meine Mutter fort war, und jetzt ist es ein ständiges Kommen und Gehen. Mir gefällt das."

"Wenn Sie Ihre Köchin weiterhin ermutigen, Essen für die Fay auszugeben, werden noch mehr kommen", sagte Eversleigh.

"Gut. Aelfric sagt, dass Nahrung von den Sterblichen ihnen Vitalität verleiht, aber nur, wenn sie ihnen freiwillig gegeben wird. Dazu bin ich nicht bereit."

"Vielleicht möchtest du darüber nachdenken, den Rasen zum Garten umzugestalten", sagte Elizabeth. "Ich vermute, du hast hier nun den fruchtbarsten Boden in ganz England und deine Gärtner könnten es leid werden, jeden Tag den Rasen zurückschneiden zu müssen."

Anne schien darüber nachzudenken. "Ich hätte gerne einen neuen Garten."

Elizabeth spürte eine Berührung an der Innenseite ihres Ellbogens, die ihr Hitze durch den Körper strömen ließ. Sie musste nicht einmal nachsehen, um zu wissen, von wem sie ausging.

"Ich habe dafür gesorgt, dass unser Abendessen auf meinem Zimmer serviert wird." Darcys warmer Atem kitzelte ihr Ohr, als er leise sprach. "Ich habe dich den ganzen Tag mit allen geteilt. Jetzt möchte ich dich für mich haben."

Sie sah mit einem neckenden Lächeln durch ihre Wimpern zu ihm auf. "Ich hoffe, das bedeutet, dass wir jetzt gleich gehen können."

Seine Augen verdunkelten sich vor Verlangen und ließen ein angenehmes Flattern durch ihr Inneres strömen.

ENDLICH WAREN SIE ALLEINE. Darcy sah über den kleinen Tisch hinweg in Elizabeths schöne Augen. Seine Ehefrau, seine *Eliarinn*, seine Elizabeth. Seine für diese Nacht und für immer, hier, in seinem Schlafgemach.

Er war entschlossen, sich heute Abend wie ein Gentleman zu benehmen und Elizabeth beim Abendessen zu umwerben, auch wenn jeder Instinkt darauf aus war, sie sofort leidenschaftlich zu lieben. Er würde das richtig machen, und wenn es ihn umbringen würde. Er würde nicht daran denken, den blauen Musselin ihres Kleides von ihrer Schulter zu schieben und das Fleisch zu enthüllen, von dem er in unzähligen frustrierenden Nächten geträumt hatte, und schon gar nicht daran, wie es sich wohl anfühlte, wenn sich ihr geschmeidiger Körper unter seinem bewegte und ihre dunklen Locken sich über sein Kissen ergossen, wenn er sie zu der Seinen machte. Nein, daran würde er jetzt nicht denken. Noch nicht. Er würde Elizabeth zeigen, dass er sich zurückhalten konnte.

Elizabeth nahm ihr Weinglas und studierte es. Sie schien in das Spiegelbild der Kerzenflamme auf der gekrümmten Oberfläche vertieft zu sein und biss sich auf die Lippe.

Er nahm ihre Hand in seine. Selbst diese leichte Berührung ließ sein Verlangen auf ein beinahe schmerzhaftes Maß anschwellen. "Beunruhigt dich etwas?", fragte er. "Wir müssen das nicht überstürzen, wenn du dich noch nicht bereit dazu fühlst." Natürlich könnte er in Flammen aufgehen, wenn er noch viel länger warten müsste, aber Elizabeths Wohlergehen heute Abend war von größter Bedeutung. Der Vorgeschmack auf ihre Leidenschaft, den er bereits kosten durfte, war berauschend und er würde nicht zulassen, dass eine schlechte Erfahrung ihr Verlangen trübte.

Ihre Miene hellte sich auf und sie lächelte. "Oh, es ist nichts dergleichen! Mir geht nur durch den Kopf, was wahrscheinlich nach heute Nacht geschehen wird. Hast du die ganze Magie gespürt, die uns bei unserer Hochzeit umströmte?" Sie streckte die Hand aus und fuhr mit ihrem Finger über seinen Wangenknochen.

Gott, war ihre Berührung berauschend! Er konnte fühlen, wie sich die Hitze in seinem Körper ausbreitete. "Es wäre schwer zu übersehen gewesen, aber ich wusste nicht, was sie bewirkte. Sie fühlte sich nicht bösartig an." Wie konnte er an Magie denken, wenn seine ganze Aufmerksamkeit darauf gerichtet war, für die nächste Stunde nicht den Verstand zu verlieren, bis er Elizabeth anständig in sein Bett bringen konnte?

"Es war Fruchtbarkeitsmagie. Jede Menge davon." Sie legte ihren Kopf mit einem neckenden Blick schief.

Fruchtbarkeitsmagie? Das war es, was die Fay normalerweise in der Welt der Sterblichen taten, sie brachten ihr Fruchtbarkeit, nicht wahr? Dann traf es ihn wie ein Schlag. "Du meinst, die Magie war für dich und mich?"

"Ja. Wir werden es für einige Zeit nicht sicher wissen, aber es ist sehr wahrscheinlich, dass du mich heute Nacht nicht nur zu deiner Frau, sondern auch zur Mutter deines Kindes machen wirst." Sie schien ihn besorgt zu mustern. "Ich hoffe, es macht dir nichts aus, dass es so schnell geht."

Elizabeth, die sein Kind in sich tragen würde. Er konnte praktisch spüren, wie sein Blut durch ihn hindurch rauschte. Am Morgen schon könnte sein Samen in ihr wachsen. Sie würden in jeder Hinsicht miteinander verbunden sein. Sie hatte ihn zuvor bereits erregt, aber das war nichts im Vergleich zu dem Verlangen, das nun durch ihn pulsierte.

"Ob es mir etwas ausmacht?", brachte er irgendwie hervor. "Ganz im Gegenteil."

Wie konnte er sich jetzt noch zurückhalten? Die Sidhe glaubten daran, dass man jedem Drang sofort nachgeben sollte, und er war durch Sidheblut und -magie mit Elizabeth verbunden. Vielleicht war es an der Zeit, dieser Tradition Ehre zu erweisen, anstatt auf angemessene gesellschaftliche Manieren zu achten. Wenn die Feen wollten, dass Elizabeth sein Kind zur Welt brachte, würde er diesem Wunsch nachkommen. Auf der Stelle.

Er stand hinter ihrem Stuhl, nahm ihr das Weinglas aus der Hand und stellte es ab. Sein Finger zitterte, als er ihre weiche Haut direkt über dem Stoff ihres Kleides entlangfuhr.

"Mmm." Sie drückte sich wie eine Katze in seine Hand.

Guter Gott, wie viele Knöpfe passten auf die Rückseite eines Oberteils? Winzige Knöpfe, die ihm immer wieder durch die Finger rutschten, als er versuchte, sie zu lösen, aber jetzt begann das verborgene Fleisch über ihrem Hemdchen zum Vorschein zu kommen. Er konnte sich nicht davon abhalten, seine Lippen gegen jeden Zentimeter neu freigelegter Haut zu drücken.

Elizabeth stöhnte leise als er sie so liebkoste. "Die Fruchtbarkeitsmagie scheint bereits zu wirken", sagte sie mit heiserer Stimme.

Er neigte sich zu ihr hinunter, um an ihrem Ohrläppchen zu knabbern und flüsterte: "Wenn die Fay wollen, dass du mein Kind in dir trägst, wäre es nicht unhöflich, sich ihnen in den Weg zu stellen?"

"Schrecklich unhöflich", sagte sie mit einem atemlosen Lachen und stand auf. "Ich gehe davon aus, dass ich keine Zofe rufen muss, die mir beim Ausziehen hilft."

"Nicht im Geringsten." Es gab sogar noch mehr Knöpfe als er gedacht hatte. Oh, wäre er doch nur ein Sidhe, der ihr Kleid mit einer einzigen Handbewegung komplett verschwinden lassen könnte! Ihm blieb nur eines übrig, wenn er bei Verstand bleiben wollte. Er ergriff beide Seiten des Kleides und riss, bis die Knöpfe nachgaben, und legte so ihr Hemdchen und das Mieder frei. Eine Schicht weniger, mit der er sich herumschlagen musste.

Sie drehte sich um und schlang ihre Arme um seinen Hals, die Augen schwer vor Verlangen. "Ich habe mich schon gefragt, wie lange du noch brauchen würdest, *Eliarinn*. Du bist nicht der einzige, den die Ungeduld plagt." Sie strich mit dem Mund über seinen.

Schieß doch die verdammte Zurückhaltung in den Wind! Er neckte sie mit Küssen, bis sie ihren Mund öffnete und er ihren herrlichen Geschmack auf seiner Zunge schmeckte. So nah aneinander spürte er, wie ihr Verlangen auf ihn überschwappte und sein eigenes verstärkte.

Elizabeth.

VIEL SPÄTER FUHR DARCY mit den Fingern durch Elizabeths Haar. "Ich hoffe du warst nicht zu schockiert, meine Liebe."

Elizabeth kicherte. "Die Gefühle, die das in mir hervorrief, haben mich überrascht, aber was den Rest anbelangt - nun, ich habe Zeit mit Titania und ihren Dryaden verbracht. Da lernt man schnell, nicht schockiert zu sein."

"Da hast du vermutlich recht." Darcy küsste ihre Mundwinkel.

"Abgesehen davon haben wir uns glaube ich beide daran gewöhnt, uns auf das Unbekannte einzustellen. Erinnerst du dich noch daran, als ich dich das erste Mal mit Pepper in Rabengestalt bekannt gemacht habe, kurz bevor wir das erste Mal in Faerie waren? Du hast ausgesehen, als wäre deine ganze Welt auf den Kopf gestellt worden."

Er lächelte. "Vögel miauen eigentlich nicht."

"Und jetzt bittest du meine Katze, schwarze Magier für dich zu identifizieren, und du lässt meinen Sidhe-Halbbruder Schlangen aus dem Kopf deiner Schwester ziehen. Du hast kaum mit der Wimper gezuckt, als dein Onkel seine Kehle durchgeschnitten und sich in einen Baum verwandelt hat!"

"Da habe ich mehrmals mit der Wimper gezuckt", sagte Darcy mit gespielter Empörung. "Aber du hast recht. Magie, die mich vor ein paar Monaten schockiert hat, scheint jetzt fast Routine zu sein. Du hattest den Vorteil, schon dein ganzes Leben lang davon zu wissen."

"Ich musste andere Dinge lernen." Elizabeth fuhr mit ihrer Hand über seine Brust. "Ich erinnere mich daran, wie ich Charlotte einmal gesagt habe, dass sich nie etwas ändern würde. Frauen würde die Magie immer verboten sein und ich war mir sicher, dass du nur nach einer Ausrede gesucht hast, um mich mit einem Bindebann zu belegen. Ich hätte mir nie im Leben vorstellen können, dass das Collegium sich auflösen würde oder dass die Sidhe aus ihrer Abgeschiedenheit zurückkehren würden, und noch viel weniger, dass ich unter ihnen einen Bruder haben könnte. Und allein der Gedanke, ich könnte Eversleigh als Freund betrachten, während er gleichzeitig Großmeister des Collegiums ist! Im Vergleich zu diesen markerschütternden Veränderungen war dein Onkel, der sich in einen Baum verwandelt hat, kaum der Rede wert. Alles hat sich verändert, und ich habe keine Ahnung, was uns der morgige Tag bringen wird. Ich kann mir keine Welt frei von schwarzer Magie und dem Collegium vorstellen, in der Frauen ihre Magie sicher einsetzen können." Sie klang wehmütig.

"Unsere Welt wird anders sein, zumindest für diejenigen von uns mit Magie, aber solange ich dich habe, bin ich glücklich."

"Gut, da du mich nicht mehr loswerden wirst." Elizabeth legte ihren Kopf auf seine Schulter. "Ich frage mich, ob jemand jemals zuvor sowohl verheiratet als auch *Eliarinn* gewesen ist."

Darcy wand eine ihrer Locken um seinen Finger. "Ich kann nicht sagen, ob es in der Vergangenheit schon einmal jemanden gegeben hat, aber da Lady Matlock Mr. Cox gebeten hat, morgen zurückzukehren, denke ich, dass wir bald Gesellschaft haben werden."

"Ganz bestimmt." Elizabeth gähnte und ihre Augenlider wurden schwer. "Ich wollte immer schon einmal die erste sein, die eine neue Mode beginnt."

Epilog

Einen Monat später

"Es ist nicht zu spät, um umzukehren, wenn du das möchtest", sagte Darcy zu Elizabeth. "Ich kann alleine nach Longbourn fahren, um mit deinem Vater zu sprechen."

Elizabeth warf ihm einen amüsierten Blick zu. "Meine Wünsche ändern nichts an der Tatsache, dass wir vor fast einem Monat geheiratet haben, und ich dies meiner Familie gegenüber noch erwähnen muss. Das lässt sich nicht für immer aufschieben, und wenn ich mich dem jetzt nicht stelle, besteht keine Hoffnung, dass Jane oder meine Mutter mir das jemals vergeben werden."

"Geht es nur um sie?"

"Meine jüngeren Schwestern werden es mir wohl niemals vergeben, dass ich Aelfrics Existenz aufgedeckt habe, daher ist es nicht wirklich von Bedeutung, was sie davon halten", sagte sie leichthin.

"Natürlich *Eliarinn*." Sein Tonfall machte deutlich, dass er sich nicht täuschen ließ.

Elizabeth seufzte. "Ich habe mich immer noch nicht daran gewöhnt, dass du meine Bemühungen, die Dinge leichter aussehen zu lassen, durchschaust." Es war in gewisser Weise der schwierigste Teil an ihrer *Eliarinn*-Verbindung miteinander. Sie hatte zuvor gar nicht bemerkt, wie häufig sie ihre wahren Gefühle verschleierte.

"Bedauerst du es, ihnen von Aelfric erzählt zu haben?"

Elizabeth sah auf ihre Hände hinab. "Manchmal bereue ich es, meiner Mutter nicht unter vier Augen von ihm erzählt zu haben, wie ich es ursprünglich geplant hatte. Meine Schwestern wären glücklicher gewesen, wenn sie es nicht gewusst hätten, aber meine Mutter hätte es wahrscheinlich ohnehin nicht für sich behalten können."

"Es war Frederica, die diesen Verlauf vorangetrieben hat, nicht wahr?"

"Ihre Absichten waren gut. Ich glaube nicht, dass sie verstanden hat, dass meine Familie nicht so liberal ist wie ihre."

"Nicht gar so liberal. Lady Matlock hat ihr die eilige Hochzeit noch nicht vergeben", sagte Darcy. "Zumindest ist sie auf uns nicht mehr böse."

"Habe ich dir erzählt, dass ich Eversleigh gefragt habe, warum Lady Matlock angesichts der Blutbindung nicht mit der Wimper gezuckt hat? Er lachte und sagte, das liege daran, dass sie eine sehr gute Schauspielerin sei."

Darcy lächelte. "Er kann sie gut lesen. Ich glaube, Lady Matlock könnte von einer Kugel getroffen werden, ohne zusammenzucken oder eine Miene zu verziehen."

"Das wird ihr in den kommenden Wochen gute Dienste leisten." Die Londoner Gesellschaft war immer noch in Aufruhr was die Ereignisse auf Rosings Park anbelangte. Zuerst hatten die Fay sich gezeigt, dann war schwarze Magie im Spiel und kurz darauf gab es einen Ewigen Bann - das alles hatte sie schockiert und mehr als nur eine Zeitung hatte es rundheraus als Täuschung bezeichnet. Eine Delegation ungläubiger Magier war nach Rosings gekommen, um den Baum zu inspizieren und alle Anwesenden zu befragen. Glücklicherweise war es schwer, die Existenz eines offensichtlich sprechenden Baumes zu leugnen und ebenso wenig konnten all die Berichte von Leuten im ganzen Land ignoriert werden, die zum ersten Mal seit ihrer Kindheit wieder kurze Blicke auf die Fay erhaschen konnten. "Wie war dein Treffen mit Cathael heute Morgen?"

Darcy lächelte. "Ich gebe einen lausigen Botschafter ab. Ich habe viel mehr Verständnis für Cathaels Direktheit als für die Schwadronierer im Außenministerium. Ein Treffen mit Cathael dauert zehn Minuten. Im Außenministerium hören sie sich gerne den halben Tag lang reden."

"War er wütend, dass sie nicht damit einverstanden waren, die Haine neu pflanzen zu lassen?"

"Nein, weil ich ihn gewarnt hatte, dass keine schnellen Veränderungen zu erwarten wären. Wir haben uns jedoch einen Plan ausgedacht. Er wird den niederen Feen sagen, dass sie um zerstörte Haine herum nicht weiterarbeiten sollen und er wird mehr Arbeiter zu den angrenzenden Ringen schicken. Wenn sich um jeden zerstörten Hain ein Kreis fehlgeschlagener Ernten zieht und die Ernten auf den angrenzenden Feldern reichlich ausfallen und alles blüht, ist das Außenministerium möglicherweise eher bereit, die Haine neu zu bepflanzen."

Elizabeth lachte. "Du bist in der Tat ein lausiger Botschafter! Du tust dich mit Cathael gegen unsere Regierung zusammen."

"Nun, Cathael hat recht", sagte Darcy vernünftig. "Ich habe dem Premierminister erklärt, dass man keine normalen Verhandlungen mit jemandem führen kann, der seine Entscheidungen auf der Stelle trifft und jede Täuschung spürt, aber er scheint es nicht zu verstehen. Cathael hat erwähnt, dass Titania dich vermisst hat."

"Wie kann sie mich vermissen?", rief Elizabeth. "Als ich sie letzte Woche besuchte, hatte sie ihre beiden neuen Anhängerinnen, Rowan und Honeysuckle, ganz zu schweigen von Mr. McKee, der ein weiteres Gemälde von ihr anfertigte, außerdem noch einen Poeten, den sie Buckthorn nannte und selbstverständlich Mr. FitzClarence. Wie viele Sterbliche braucht sie?"

Darcy beugte sich vor, um mit seinen Lippen über ihre zu streifen. "Keiner von ihnen bist du. Sie hat dich dein ganzes Leben lang gekannt, nicht nur ein oder zwei Wochen. Ich kann Titania in dieser Hinsicht nur voll und ganz zustimmen. Was mich anbelangt, könnte sonst auch niemand deinen Platz einnehmen."

DARCY NAHM ELIZABETHS Hand, als die Kutsche in den Weg einbog, der nach Longbourn führte. "Bist du bereit, meine Liebe?"

"Nein", sagte Elizabeth mit einem atemlosen Lachen. "Aber ich bezweifle, dass ich es jemals sein werde."

Er strich mit den Lippen über ihre Knöchel, drehte ihre Hand um und wiederholte das Ganze an der Innenseite ihres Handgelenks.

Ihr lief ein Schauer über den Rücken. "Du versuchst mich abzulenken!", warf sie ihm vor.

Darcy lächelte, dieses gemächliche Lächeln, das sie erst in letzter Zeit an ihm zu sehen bekommen hatte. "Funktioniert es?"

"Wie eitel du bist!", neckte sie ihn.

Die Kutsche hielt an. Darcy stahl sich einen kurzen Kuss, bevor sich der Wagenschlag öffnete. Als er ihr die Hand reichte, um ihr beim Aussteigen zu helfen, hielt er ihrem Blick mit einem warmen seinerseits stand.

Elizabeth atmete tief durch, als sie ihr ehemaliges Zuhause sah. War es in ihrer Abwesenheit kleiner geworden? Sie strich die Seide ihres Rocks glatt, ein rosafarbenes Seidenkleid, das Frederica ihr geschenkt hatte. Elizabeth fühlte sich nicht mehr wie das gleiche Mädchen, das Longbourn im März verlassen hatte, also hatte sie beschlossen, ein Kleid zu tragen, das sie auch anders aussehen ließ.

Der vertraute Butler öffnete die Tür und sein Gesichtsausdruck wechselte von überraschtem Vergnügen zu Vorsicht. "Miss Lizzy!"

"Ist meine Mutter zu Hause, Jenks?", fragte Elizabeth sachlich.

"Sie ist im Salon. Soll ich Sie ankündigen und ... Mr. Darcy, nicht wahr?"

"Genau." Darcy gab ihm eine Visitenkarte.

"Es besteht keine Notwendigkeit, uns anzukündigen, denke ich", sagte Elizabeth.

Sie blieb vor dem Salon stehen und holte tief Luft. "Also schön", sagte sie mehr zu sich selbst als zu Darcy und ging hinein.

Mrs. Bennet sprang auf die Füße. "Lizzy!" Sie eilte zu ihr, um sie zu umarmen. "Was für eine schöne Überraschung! Oh, sieh dich nur an! Wenn du mir jetzt sagst, dass dieses Kleid nicht von einer Londoner Schneiderin gefertigt wurde, werde ich dir kein Wort glauben! Und diese wunderschönen Manschetten! Du siehst wie eine Feenprinzessin aus."

Elizabeth, die angesichts dieser enthusiastischen Begrüßung ihre Sprache erst wiederfinden musste, sagte: "Dein neuer Stil steht dir sehr gut." Wie schon in London trug Mrs. Bennet ein einfaches Kleid mit nur wenig Spitze und ganz ohne Volants, aber mit eleganter Linienführung.

Jane erschien neben ihrer Mutter. "Oh, Lizzy! Ich bin so froh, dass du gekommen bist! Ich habe deinen Brief erhalten, wusste aber nicht, wohin ich dir schreiben sollte."

Elizabeth küsste ihre Schwester. "Als Mr. Gardiner mir sagte, dass du mit Mr. Bingley verlobt bist, konnte ich nicht länger fortbleiben." Es war der letzte Anstoß für diese Reise gewesen, zumal Elizabeth jegliche Unannehmlichkeit mit ihrem Vater vor Janes Hochzeit ausgeräumt haben wollte.

"Du wirst zur Hochzeit kommen, nicht wahr?"

"Das würde ich um nichts in der Welt verpassen!"

Bingley schüttelte Darcys Hand. "Es ist schön dich zu sehen, mein Freund."

Mrs. Bennet schien ihn zum ersten Mal zu bemerken. "Mr. Darcy, vergeben Sie mir, dass meine Freude, Lizzy wiederzusehen, mich überwältigt hat. Sie sind herzlich willkommen auf Longbourn." In ihrer Stimme schwang Verwirrung mit.

Impulsiv nahm Elizabeth Darcy bei einer Hand und ihre Mutter bei der anderen und fügte alle Hände zusammen, sodass Mrs. Bennets Hand ihre bedeckte. "Mama, Mr. Darcy und ich haben Blutrecht beansprucht."

Mrs. Bennet blieb der Mund offenstehen. "Blutrecht? Du ... und Mr. Darcy? Ach du meine Güte! Mr. Darcy! Ich kann es gar nicht glauben! Du und Mr. Darcy! Oh, du warst ganz schön gerissen, Lizzy! Blutrecht! Du meine Güte!" Sie fächelte sich mit ihrer freien Hand Luft zu.

Elizabeth lachte und erkannte zum ersten Mal etwas von ihrer Mutter in dieser neuen Mrs. Bennet wieder. Doch selbst in ihrer Verzückung hatte sie sich verbessert, sie hatte Darcys Reichtum mit keinem Wort erwähnt. "Es war ein wenig überstürzt, aber ich bin froh, dass du zufrieden bist."

"Zufrieden? Ich könnte nicht glücklicher sein! Blutrecht! Ich nehme an, das bedeutet, dass Mr. Darcy auch in Faerie gewesen sein muss."

"Ich bin Elizabeth dorthin gefolgt." Darcy klang amüsiert.

"Stimmt, das erste Mal ist er mir dorthin gefolgt", sagte Elizabeth. "Beim zweiten Mal hat ihm der König die Freiheit von Faerie erteilt. Und jetzt hat Cathael, der neue König, den Prinzregenten gebeten, Darcy zum Botschafter vom St. James' Court in Faerie zu berufen. Den Sidhe ist er durchaus ans Herz gewachsen."

Darcy wurde rot. "Er hat nach mir gefragt, weil ich der einzige sterbliche Mann bin, den er gut kennt."

Mrs. Gardiner schlug ihre Hände aufeinander. "Botschafter in Faerie! Wie gut das klingt. Und du wirst die Frau des Botschafters sein!" Ihr Lächeln schwand. "Oder bin ich da ein wenig vorschnell? Seid ihr verlobt?"

Darcy sagte fest: "Mrs. Bennet, Sie brauchen sich keine Sorgen zu machen. Wir sind heute hierhergekommen, damit ich Mr. Bennet um Erlaubnis bitten kann. Wenn er im Hause ist, werde ich das auf der Stelle tun."

"Gewiss! Mary, bitte führe Mr. Darcy in die Bibliothek."

"Viel Glück", sagte Elizabeth, als er Mary aus dem Raum folgte.

Lydia, die mit Kitty am Fenster gesessen hatte, sagte mürrisch: "Du wolltest nur die erste von uns sein, die heiratet, selbst, wenn das bedeutet, einen Mann zu heiraten, den du hasst! Aber das hat nicht geklappt. Jane wird die erste sein."

Mrs. Bennet sagte scharf: "Das reicht, Lydia. Entschuldige dich bei deiner Schwester und geh auf dein Zimmer."

Lydias Augen blitzten. "Entschuldigung, Lizzy", knurrte sie. "Ich hasse dich!" Sie floh aus dem Raum.

Mrs. Bennet seufzte. "Wie gut, dass du den Bann endlich entfernen ließt. Lydia braucht dringend eine feste Hand, und zuvor war mir das nicht einmal bewusst."

Vollkommen überrascht fiel Elizabeth nichts ein, was sie darauf hätte antworten können. Jahrelang hatte ihre Mutter Lydia in ihrem schlechten Benehmen sogar noch ermuntert. Diese Veränderung war überfällig.

Jane sagte leise: "Lydia mag die Veränderungen an unserer Mutter nicht und sie macht dich dafür verantwortlich."

"Ich verstehe", sagte Elizabeth schwach.

DER BUTLER KÜNDIGTE Darcy an, als dieser die Bibliothek betrat.

Mr. Bennet stand auf, um ihn zu begrüßen. "Mr. Darcy, welch eine Überraschung. Ich hatte nicht bemerkt, dass Bingley Sie nach Netherfield eingeladen hat."

Was hatte Bingley damit zu tun? Hielt er Darcy immer noch nur für Bingleys Freund? "Nein. Ich bin heute mit Ihrer Tochter Elizabeth hierhergekommen. Ich möchte Ihre Erlaubnis, sie zu heiraten."

"Lizzy? Sie wollen Lizzy heiraten? Ist sie hier?" Mr. Bennet erhob sich halb aus seinem Stuhl, hielt inne und ließ sich langsam wieder zurücksinken.

"Sie ist bei ihrer Mutter und ihren Schwestern, um uns Zeit für unsere Unterhaltung zu geben."

Die Miene des Hausherrn wurde kalt. "Dann nehme ich an, dass Sie ebenfalls in diese Geschichte mit den Fay involviert sind? Vermutlich sind Sie es."

"Ja, das bin ich. Ich glaube, an diesem Punkt sollte ich Ihnen versichern, dass ich Ihre Tochter respektiere und ihr von Herzen zugetan bin und dass ich über ausreichende Mittel verfüge, um für sie zu sorgen, was ich auch vorhabe. Nach den Gesetzen von Faerie sind Elizabeth und ich bereits verheiratet, und wir haben uns einer Trauungszeremonie durch einen Geistlichen unterzogen, sodass wir vor Gott und dem Englischen Gesetz verheiratet sind. Aufgrund von Ereignissen, die außerhalb unserer Kontrolle liegen, konnte ich Ihre Erlaubnis zu dieser Zeit jedoch nicht einholen. Ich hoffe, Sie erteilen sie mir jetzt."

"Eine Fay-Ehe hat keinerlei Bedeutung für mich, aber wenn Lizzy Sie aus tiefstem Herzen heiraten möchte, dann stehe ich ihr nicht im Weg." Die Worte klangen bitter.

"Ich danke Ihnen."

"Wie viel von dieser traurigen Geschichte wissen Sie, Mr. Darcy?"

"Wenn Sie mit ‚dieser traurigen Geschichte' auf Bindebanne und Prinz Aelfric anspielen, denke ich, dass ich alles weiß."

"Sagen Sie mir, wie viele der Männer Ihres Bekanntenkreises hätten das Neugeborene nicht schon in seiner Wiege erwürgt, wenn Ihre Frau einen Sidhe zur Welt gebracht hätte?"

"Nur sehr wenige, kann ich mir vorstellen. Es verdient Anerkennung, dass Sie sich dagegen entschieden haben."

Mr. Bennet nahm seine Brille ab und legte sie auf dem Schreibtisch ab. "Es war keine leichte Entscheidung, und ich bin es ziemlich leid, dass Lizzy mich als Bösewicht der Geschichte darstellt, weil ich versucht habe, meine Ehe zu retten."

"Da ich mich nicht in Ihrer Lage befand, kann ich das nicht beurteilen. Elizabeth ist diejenige, die Sie überzeugen müssen. Übrigens besteht eine geringe Möglichkeit, dass sie und ich ein Sidhe-Kind bekommen könnten, weil unsere Verbindung durch Sidheblut zustande gekommen ist. Ich hoffe es allerdings nicht, da ich kein Kind weggeben möchte, damit es in Faerie großgezogen wird."

Mr. Bennets Lippen verzogen sich vor Abneigung. "Sie werden mir vergeben müssen, wenn ich glaube, dass ein Fayritual bedeutungslos ist."

Darcy neigte den Kopf. "Sie haben ein Recht auf Ihre Meinung. Nach meiner Erfahrung ist das Ritual, das wir durchlaufen haben, durchaus real und bindend, in gewisser Weise sogar stärker als die traditionelle Ehe der Sterblichen."

"Sie halten die Ehe der Sterblichen nicht für bindend?"

"Das ist etwas Anderes." Darcy schloss die Augen und richtete seine Aufmerksamkeit auf Elizabeth. "Im Moment sitzt Elizabeth im Sessel neben dem Kamin. Sie hat ihren rechten Arm so angehoben, weil sie ihrer Mutter gerade erklärt - ich kann es nicht ganz verstehen - nein, es geht um die Hochzeit von Lady Frederica Fitzwilliam mit Viscount Eversleigh. Sie ist schockiert über die Art und Weise, wie Ihre Frau Ihre jüngeren Töchter diszipliniert, und sie freut sich, weil sie spüren kann, dass meine Aufmerksamkeit ihr gilt." Er öffnete die Augen. "Das ist ein Resultat der Blutbindung durch die Fay."

"Sie haben Ihre Privatsphäre aufgegeben? Ich bin froh, dass mir das erspart bleibt."

"Nur, wenn wir uns dafür entscheiden. Ich kann sie daran hindern, zu sehen, was ich tue, wenn ich Privatsphäre wünsche."

"Das wird nur Ärger geben. Sie wird sich fragen, was Sie getan haben und vom Schlimmsten ausgehen."

Offensichtlich wollte sich Mr. Bennet nicht von seinen Vorurteilen wegbewegen. "Auf jeden Fall danke ich Ihnen für Ihr Einverständnis. Ich werde mich jetzt wieder Elizabeth anschließen. Ich vermute, Ihre Frau hat weitere Fragen an mich."

"Vielleicht begleite ich Sie."

"WIE WAR ES HIER SEIT deiner Rückkehr, Mama?", fragte Elizabeth. "Wollen die Nachbarn etwas mit dir zu tun haben?"

"Einige schon noch, ja. Niemand weiß von Aelfrics Existenz, nur, dass ich unter einem Bann stand. Leute, die mich vor langer Zeit kannten, haben die Veränderung ziemlich gut aufgenommen. Andere, wie diese dumme Lady Lucas, wissen nicht, was sie mit mir anfangen sollen. Zumindest hat es dem Klatsch über deine Magie Einhalt geboten, da meine Situation skandalöser ist. Es wird lange dauern, bis die Menschen in Meryton eine Frau mit Magie akzeptieren."

Ihre Mutter hatte sich wirklich verändert, wenn sie nun erkannte, wie albern ihre liebe Freundin Lady Lucas war!

"Es tut mir leid, dass über dich geklatscht wurde", sagte Elizabeth. Es hatte immer Klatsch über Mrs. Bennet gegeben, aber zuvor hatte man an ihrem Mangel an Manieren Anstoß genommen.

"Nichts von Belang. Oh, Lizzy, ich war so besorgt um dich! All diese beängstigenden Neuigkeiten über schwarze Magie und Ewige Banne und tote Magier, und ich wusste, dass du wahrscheinlich mitten drin warst. Ich schrieb nach Matlock House und fragte nach deinem Aufenthaltsort und Lady Matlock selbst hat mir eine so freundliche Antwort geschrieben, obwohl sie selbst in Trauer ist. Sie schrieb, dass es dir gut gehe und du dich sicherlich bald bei mir melden würdest. Aber sie hat mir nicht verraten, wo du bist, und das hat mich noch mehr beunruhigt."

"Ich hatte nicht vor, dir Sorgen zu bereiten. Ich war in Faerie, während die schwarzen Magier in Rosings waren, aber ich bin zurückgekehrt, sobald sie tot waren. Ich sah nur die Folgen des Ewigen Bannes. Seitdem war ich die meiste Zeit auf Rosings und habe von Neuem gelernt, wie ich meine Magie einsetzen kann, ohne versehentlich etwas in Brand zu setzen. Alle, die nach dem Ewigen Bann zugegen waren, sind von seiner Magie durchdrungen worden und Viscount Eversleigh wollte keinen von uns gehen lassen, bis wir mit den Veränderungen zurechtkamen. Es war ein ziemliches magisches Durcheinander."

Ein Schatten huschte über Mrs. Bennets Gesicht. "Die Zeitung berichtete, einer der schwarzen Magier sei ein Mr. Wickham. Wir haben uns alle gefragt, ob das möglicherweise unser Mr. Wickham sein könnte, aber keiner von uns konnte es glauben."

"Leider war er es. Er floh aus dem Land, nachdem er die anderen schwarzen Magier sterben sah. Anscheinend dachte er, schwarze Magier wären außerhalb Englands in Sicherheit, aber der Ewige Bann hört nicht an unseren Grenzen auf. Er ist gestorben, als er zum ersten Mal versuchte, einen schwarzmagischen Zauber anzuwenden." Keiner von ihnen hatte darüber nachgedacht, was außerhalb Englands passieren könnte, aber sie erreichen rasch Berichte über schwarze Magier, die über ganz Europa hinweg verstarben. Italien war nach dem Verlust seiner regierenden schwarzen Magier in Aufruhr, und es gab interessante Gerüchte über plötzliche Todesfälle unter Napoleons Adjutanten.

"Viscount Eversleigh - ist er dann Aelfrics Bruder? Ich kann mir keine andere Möglichkeit vorstellen, wie du sein *Shurinn* sein könntest."

"So ist es."

Mrs. Bennet senkte die Stimme. "Wie geht es Aelfric? Ich habe nichts von ihm gehört."

Elizabeth lächelte. "Er ist derzeit in eine junge Frau verliebt und sehr mit ihr beschäftigt. Es gibt keinen Grund zur Sorge."

"Aber er hat seinen Vater durch den Großen Zauber verloren ..." Mrs. Bennet verstummte. Selbst nach all dieser Zeit war ihr die Erinnerung an Oberon offenbar nicht gleichgültig.

"Aelfric geht es so gut, wie man erwarten kann. Oberon hatte sich bereits in seinem Niedergang zurückgezogen, also hatte Aelfric ihn bereits verloren." Aelfric war immer noch sehr erschüttert von seinen Erfahrungen mit den schwarzen Magiern, aber er würde es ihr nicht danken, wenn sie diese Information weitergegeben hätte.

"Lebst du noch in Rosings?", fragte Jane, offensichtlich bestrebt, das Thema zu wechseln.

"Nein, ich bin vor zwei Wochen nach London umgezogen. Viscount Eversleigh, Mr. Darcy und Colonel Fitzwilliam, Lord Matlocks Sohn, mussten sich mit dem Premierminister und seinem Kabinett treffen, um ihnen von den schwarzen Magiern und dem Ewigen Bann zu erzählen.

Aelfric hat sie zeitweise begleitet, weil Lord Eversleigh der Meinung war, dass sie angesichts von Aelfrics Beweisen eher geneigt wären, ihm zu glauben. Dann mussten sie das Collegium informieren, was sehr schwierig war, besonders nachdem zwei weitere Magier beim Versuch, schwarze Magie anzuwenden, starben. Jetzt ist das Collegium aufgelöst und Lord Eversleigh hat begonnen, eine neue Organisation der Magier zu planen." Der größte Teil der Planung wurde von Frederica und Lady Matlock durchgeführt, aber es war besser, das unerwähnt zu lassen. "Darcy trifft sich weiterhin mit dem Außenminister, um mit ihm über die neue Beziehung zu Faerie zu sprechen."

Mrs. Bennet runzelte die Stirn. "Wo hast du gewohnt? Im Matlock House?"

Elizabeth sah ihrer Mutter ruhig in die Augen. Sie konnte die Tatsache ihrer Hochzeit nicht für immer verbergen. "Ich muss etwas gestehen. Lady Matlock bestand darauf, dass wir sofort heiraten, nachdem wir Blutrecht beansprucht hatten. Lord Matlock hat es geschafft, uns eine Lizenz zu besorgen, obwohl ich minderjährig war, aber wir haben beschlossen, unsere Heirat erst öffentlich zu machen, nachdem mein Vater seine Erlaubnis gegeben hat." Ihre angebliche Adoption durch Lord Matlock war ein weiterer Teil der Geschichte, der besser unerwähnt blieb. "Ich habe natürlich im Darcy House gewohnt. Wir kamen auf der Stelle hierher, sobald Mr. Darcy sich freimachen konnte."

Mrs. Bennet schlug die Hände vor dem Herzen aufeinander. "Ihr seid schon verheiratet? Mrs. Darcy! Klingt das nicht gut?"

Beim Anblick von Janes schockiertem Gesicht sagte Elizabeth: "Ich wünschte, ihr hättet alle dabei sein können. Es ging alles so schnell und die Hochzeit selbst war so ungewöhnlich, dass ich kaum glauben kann, dass es wirklich geschehen ist. Lady Matlock kündigte an, dass es so kommen würde, und zehn Minuten später stand ich vor dem Pfarrer! Das alles geschah während des ganzen Wahnsinns nach dem Ewigen Bann. Eines Tages, wenn wir viel Zeit haben, werde ich euch die ganze Geschichte erzählen."

"War Aelfric dort?" Natürlich waren Mrs. Bennets Gedanken sofort zu ihm gewandert.

"Als mein einziger anwesender männlicher Verwandter hat er mich übergeben. Wir hatten einen bemerkenswert verständnisvollen Priester. Wir hatten vor, eine zweite Zeremonie in der Longbourn-Kirche auf die traditionelle Weise abzuhalten, aber nun..." Sie wandte sich an ihre Mutter und flüsterte ihr ins Ohr: "Zwei Tage später sagte mir Titania, ich erwarte bereits ein Kind." Der Gedanke, eine weitere Hochzeit durchzuführen, wenn sie bereits im dritten Monat war, hatte keinen Reiz.

"Schon? Oh, oh, oh! Oh, mein Liebling! Ist es wirklich wahr? Ich freue mich so! Ich werde Großmutter! Und Titania selbst hat es dir gesagt? Welch eine Ehre! Du meine Güte!"

Soviel dazu, es die erste Zeit noch vor ihren Schwestern geheim halten zu wollen! "Titania hat es gesagt, und ich habe keinen Grund, an ihr zu zweifeln, aber es wird Monate dauern, bis ich es mit Bestimmtheit weiß." Sie hatte gerade begonnen, sich morgens ein wenig unwohl zu fühlen.

Jane war die erste, die ihr gratulierte und sie liebevoll auf die Wange küsste. Elizabeth nutzte ihre Nähe, um zu flüstern: "Du musst mich in London besuchen kommen. Ich habe dir so viel zu sagen!"

Mary fragte abrupt: "Stimmt es, dass Miss de Bourgh in Rosings eine Schule für Frauen mit Magie eröffnet?"

"Das ist ihr Plan."

Die Knöchel ihrer Schwester wurden weiß. "Ich würde gerne dorthin gehen, wenn ich darf."

Mrs. Bennets Gesichtsausdruck hellte sich auf. "Eine wunderbare Idee, Mary! Genau das, was ich tun würde, wenn ich in deinem Alter wäre."

Elizabeth sagte: "Ich sehe keinen Grund, warum du das nicht tun solltest. Ich kann Miss de Bourgh gerne fragen, wenn du möchtest. Ich werde wahrscheinlich selbst eine Menge Zeit auf Rosings verbringen, da Mr. Darcys jüngere Schwester dort ist." Georgiana hatte einen langen Weg vor sich. Ihre unentwickelte Magie, die plötzlich durch Sidhe-Magie und Elementarmagie verstärkt wurde, schien zu neuen, unbekannten magischen Kräften aufzublühen.

"Danke." Mary senkte den Kopf und sah angesichts der mütterlichen Zustimmung ebenso unbehaglich aus, wie Elizabeth sich fühlte.

Ein Themenwechsel war eindeutig überfällig. "Jane, ich sehne mich danach, alles über deine Hochzeitspläne zu hören. Die Gardiners wussten nichts weiter als das Datum."

Bevor Jane überhaupt antworten konnte, kam ihr Mrs. Bennet zuvor. "Stimmt es, was deine Tante mir geschrieben hat, dass du zwei ihrer Kinder nach Faerie mitgenommen hast?"

Elizabeth lachte. "Ich habe sie für einen Tag ausgeliehen, um Titania zu beruhigen. Sie hat es vermisst, sich um sterbliche Kinder zu kümmern, und sie brauchte die Ablenkung nach all dem, was vorgefallen war. Am meisten war sie von der jungen Maddy angetan und möchte, dass sie wiederkommt. Mein Onkel spricht sich dafür aus, da er mit dem Gedanken spielt, Schmuck, der von Feen hergestellt wurde, an Sterbliche zu verkaufen." Sie warf einen Blick auf ihre Handgelenksmanschetten.

"Das sind schöne Manschetten. Ich habe mir immer selbst welche gewünscht, aber zu meiner Zeit haben sie sie Sterblichen nicht gegeben." Mrs. Bennet sah sich die Manschetten genauer an und ihre Augen weiteten sich. "Sind das Diamanten?"

"Glas", sagte Elizabeth fest. Wenn sie sie jeden Tag tragen musste, wollte sie nicht, dass die Leute glaubten, sie würde diese Art von Reichtum zur Schau stellen.

"Trotzdem sind sie wunderschön", sagte Mrs. Bennet mit einem Seufzer.

"Cathael, der neue König der Feen, hat sie mir anlässlich meiner Hochzeit geschenkt, und ich muss sie jeden Tag tragen, um ihn nicht zu beleidigen. Einige Damen in London haben ähnliche bestellt. Ich hoffe, dass sie in Mode kommen, da es schwierig ist, sie Leuten zu erklären, die Faerie nicht kennen. Aber immerhin passen sie über lange Handschuhe."

Das ungefährliche Geplauder hielt an, bis das Teetablett zusammen mit Darcy und Mr. Bennet eintraf. Elizabeth war erleichtert, ein kleines Lächeln auf Darcys Gesicht zu sehen.

Es war beruhigend, Darcy wieder neben sich zu haben, aber das ungewöhnlich grimmige Gesicht ihres Vaters schlug ihr auf den Magen.

Welches Recht hatte er, wütend zu sein? Ihre Mutter mochte ihm womöglich vergeben haben, aber Elizabeth war noch nicht bereit dazu.

Mrs. Bennet deutete auf den Stuhl in ihrer Nähe. "Mr. Bennet, setz dich zu uns. Ich wollte gerade den Tee einschenken."

"Ich danke dir für die Einladung, aber ob ich bleibe oder nicht, hängt von Lizzys Wünschen ab", sagte Mr. Bennet.

Das kam unerwartet, und sie fühlte sich wie auf Treibsand. Wie sollte sie darauf reagieren? Dass sie sich ihn weit weg wünschte, mehr noch, dass sie wünschte, er wäre der Mann, für den sie ihn einst hielt? Nach so viel Zeit in Faerie kamen ihr höfliche Lügen nicht mehr so leicht über die Lippen.

Mrs. Bennet sagte vorwurfsvoll: "Lizzy, du magst seine Entscheidungen nicht gutheißen, aber er ist immer noch dein Vater. Du schuldest ihm Respekt und Höflichkeit."

Wut schnürte ihr die Luft ab. Wie konnte ihre Mutter das sagen, nach allem, was sie durchlitten hatte? Sie hätte heute nicht herkommen sollen. Aber sie schaffte es zu sagen: "Ich hoffe, du schließt dich uns an."

Darcy murmelte: "Elizabeth, der Tee."

Der Tee? Was kümmerte ihn der Tee? Dann bemerkte sie, dass die Teekanne zitterte, weil das Wasser darin wild herumwirbelte. Schnell verjagte sie ihren Zorn, wie Darcy es ihr beigebracht hatte, konzentrierte sich nur auf den Moment und beruhigte sich mit langsamen Atemzügen und glücklicheren Erinnerungen. Dies war nichts weiter als ein Höflichkeitsbesuch, bei dem sie höfliche Freundlichkeiten austauschten.

Die Teekanne hörte gerade noch rechtzeitig auf zu wackeln. Mrs. Bennet hob sie an und begann einzuschenken.

ELIZABETH WINKTE DEN Bennets zum Abschied nach, bis sie außer Sicht waren, und ließ sich auf den Sitz zurücksinken. "Ich nehme nicht an, dass wir stattdessen durch die Feenringe reisen und die Kutsche leer nach London zurückschicken könnten?"

Darcy lächelte mitfühlend. "Ich denke nicht, dass dies als diskrete Verwendung durchgehen würde. Wenn andere Leute wüssten, wie leicht wir durch das Land reisen können, würden sie alle die Freiheit von Faerie fordern und die Ringe überstrapazieren."

"Vermutlich. Ich hoffe, Jane nimmt meine Einladung an und kommt uns in London besuchen. Ich hatte kaum Gelegenheit, mit ihr zu sprechen, und meine Mutter lenkte das Gespräch immer wieder auf Faerie, Aelfric und Magie, was die arme Jane ausgeschlossen hat. Seit ich das letzte Mal alleine mit ihr gesprochen habe, ist so viel passiert, dass es sich anfühlt, als wären wir Fremde. Wie verlief das Gespräch mit meinem Vater?"

"Gut genug. Er konnte sehen, dass ich ihm gegenüber nicht freundlich eingestellt war. Er war nicht glücklich darüber, dass ich auch mit Faerie zu tun hatte, und er scheint sich von uns missverstanden zu fühlen."

"Von mir meinst du."

"Ich habe ihm gesagt, er solle es dir erklären, nicht mir, aber ich denke, ich beginne langsam seine Beweggründe zu verstehen. Was er getan hat, kann nicht gerechtfertigt werden, aber ich kann jetzt besser verstehen, wie seine Situation ihn dazu brachte, eine schlechte Entscheidung zu treffen. Es tut mir leid. Ich sage das nicht, um dir wehzutun."

Ihr Hals schnürte sich zu. "Was hat er gesagt?" Sie war sich nicht sicher, ob sie die Antwort hören wollte.

"Er fragte mich, was andere Männer wohl in seiner Situation getan hätten und..."

"Und was?"

"Dabei habe ich an mich in seine Situation versetzt. Ein junger Mann, sehr verliebt in seine junge Frau, genau wie ich, der gespannt darauf wartet, Vater zu werden. Wenn ich in dem Moment, in dem ich erwartet hatte, mein Kind in meine Arme gelegt zu bekommen, stattdessen herausfinden müsste, dass du mir nicht treu gewesen bist, mich höchstwahrscheinlich nur geheiratet hattest, um deinem Kind einen Namen zu geben, und der wahre Vater ein gottgleiches Wesen ist, mit dem ich es niemals aufnehmen könnte - ich kann es mir gar nicht vorstellen, da würde eine Welt für mich zusammenbrechen. Und wenn du stolz auf dieses Kind wärst und aufgeregt, wo es doch für mich gerade alles zerstört hätte...", er schüttelte den Kopf. "Ganz zu schweigen von der Sorge um den Skandal, sollte jemand feststellen, dass es sich nicht nur um ein seltsam aussehendes Baby handelt. Er hätte das Neugeborene töten können. Er hätte deine Mutter wegschicken können, um allein in Armut oder sogar in einer Anstalt zu leben. Aber er hat sie genug geliebt, um sie bei sich zu behalten und er tat, was ihm beigebracht worden war, wenn eine Frau über Magie verfügte. Ich hätte das nicht getan, aber mein Vater und mein Onkel haben mir mein ganzes Leben lang gesagt, dass Bindebanne falsch sind."

Tränen liefen Elizabeth über die Wangen.

Darcy legte schnell seine Arme um sie. "Es tut mir so leid, meine Liebste! Ich hätte nichts sagen sollen. Ich bitte dich, mir meine Ungeschicklichkeit zu vergeben."

Sie vergrub ihr Gesicht in seiner Schulter und würgte ein Schluchzen zurück. "Nein, du hattest Recht, es mir zu sagen."

"Trotzdem hätte er einen anderen Magier bitten sollen, den Zauber zu wirken. Es ist verboten, Zaubersprüche an der Familie anzuwenden."

"Eversleigh sagte, mein Vater habe später versucht, den Zauber zu entfernen, sei aber gescheitert. Wenn ja, warum hat er nicht einen anderen Magier gesucht, der ihm hätte helfen können?"

"Da habe ich eine Ahnung. Es wäre ihm zu peinlich gewesen, zuzugeben, dass er den Zauber nicht nur gegen die Regeln gewirkt hatte, sondern ihn noch dazu nicht einmal selbst entfernen konnte."

"Es war einfacher, sich vom Collegium zu entfernen und nichts zu tun", sagte Elizabeth bitter. "Er wählt immer den einfachsten Weg."

"Wenn der Zauber entfernt worden wäre, hätte er den Leuten erklären müssen, warum sie sich plötzlich verändert hatte."

"Trotzdem war ich ihm gegenüber nicht gerecht. Ich habe nur gesehen, was seine Handlungen Aelfric, meiner Mutter und mir angetan hatten. Mama sagte sogar, dass ich ihm Unrecht tue. Dass es durch das, was sie getan hat, erst soweit kommen konnte."

"Und durch das, was er getan hat, kam es zu keinem Ende", sagte Darcy "Wenn seine Scham nicht größer gewesen wäre als sein Wunsch, seine Fehler wieder auszumerzen, wäre dies schon vor Jahren abgeschlossen gewesen."

"Wohl wahr. Keiner von ihnen ist ohne Fehler. Ich nehme an, ich sollte mit ihm sprechen, wenn wir zu Janes Hochzeit kommen." Sie kuschelte sich näher an Darcy und schob ihre Hand in seinen Mantel, um sie auf seiner Weste ruhen zu lassen.

"Du schienst das mit deiner Mutter gut zu machen."

"Einigermaßen. Ich denke, der Umgang mit ihr wird nun leichter, da sie nicht mehr so einfältig ist, aber wir werden wohl nie viel gemeinsam haben. Selbst wenn es um Faerie geht, idealisiert sie es auf eine Weise, wie ich es nicht tue."

"Du musst deine Eltern nicht öfter besuchen, als du willst. Mir scheint, als wären wir mit Pemberley, London und Faerie gut beschäftigt. Ich freue mich darauf, dir Pemberley zu zeigen. Ich denke, es wird dir gefallen."

"Solange ich bei dir bin, werde ich glücklich sein. Ich freue mich darauf, auf Pemberley auch Charlotte wiederzusehen. Ich habe jetzt so viel mehr Familie als früher - deine Verwandten, Eversleigh und Aelfric. Wenn ich daran denke, dass ich euch beide nicht besonders mochte, als ich euch das erste Mal traf!"

Er sah sie scharf an. "Du ärgerst dich immer noch regelmäßig über Aelfric."

"Oft auch zurecht! Aber er hat ein gutes Herz."

Die Kutsche fuhr langsamer, bis sie schließlich zum Stehen kam. Elizabeth spähte aus dem Fenster und sah Felder mit grasenden Schafen. "Stimmt etwas mit der Kutsche nicht?"

"Ich weiß es nicht."

Der Diener öffnete die Tür und klappte die Stufen hinunter. Sein Ausdruck war beeindruckend undurchschaubar, als er sagte: "Mrs. Darcys Bruder und ihr Rabe."

Pepper schoss an ihm vorbei in die Kutsche, verwandelte sich in eine Katze und rollte sich auf Elizabeths Schoß zusammen.

Darcy stieg aus dem Wagen und umschloss Aelfrics Handgelenke zum Gruß. "Im Allgemeinen ist es einfacher, Menschen zu Beginn oder am Ende ihrer Reise zu finden, weißt du."

Aelfric runzelte die Stirn. "London ist voller Eisen, und ich habe zu viele Schwestern in Longbourn. Es ist einfacher, Libbet zu finden, wo immer sie gerade ist."

"Nun, jetzt, wo du hier bist, setz dich zu mir", sagte Elizabeth und tätschelte die Bank neben sich.

Er griff nach einem Korb, der mit einem Tuch abgedeckt war, und senkte den Kopf, um hineinzusteigen. "Was für eine seltsame Art zu reisen."

Elizabeth warf Darcy einen amüsierten Blick zu. "Ist das nur ein Höflichkeitsbesuch, oder hattest du einen Grund, uns mitten in Hertfordshire aufzuspüren?"

Aelfric drückte ihr den Korb in die Hände. "Bluebird hat mich gebeten, dir das zu geben. Sie sagte, es sei für das Baby."

Elizabeth presste die Lippen zusammen, um das Lachen zu unterdrücken, das ihr zu entwischen drohte. "Euch ist bewusst, dass das Baby erst im nächsten Frühjahr in Erscheinung treten wird?"

Aelfric zuckte mit den Achseln. "Sie wollte, dass du es jetzt bekommst."

"Na schön", sagte Elizabeth resigniert. Sie öffnete den Deckel des Korbs und rief: "Was ist das denn?"

Eine schwarze Katze öffnete die Augen und streckte den Kopf aus dem Korb. Ein Auge war grün und das andere bernsteinfarben.

Darcy lachte. "Noch eine Phouka? Reicht eine noch nicht?"

"Diese ist für das Baby", erklärte Aelfric geduldig.

"Ich nehme an, jedes Baby braucht seine eigene Phouka", sagte Elizabeth scherzhaft.

Pepper miaute laut und zustimmend.

"Das ist alles", sagte Aelfric. "Ich überlasse euch nun wieder eurer Reise in diesem seltsamen Gefährt. Oh, Libbet, Titania fragt nach dir."

"Herr im Himmel, weiß denn jeder Bescheid?", fragte Elizabeth.

Aelfric sah verwirrt aus. "Ja, natürlich." Er stieg vorsichtig aus dem Wagen und sah auf den Stufen unverhältnismäßig groß aus.

Nachdem der Diener die Tür geschlossen hatte, kroch die schwarze Katze aus dem Korb und schnüffelte an Darcys Bein.

Aelfrics Gesicht erschien wieder am Fenster. "Ich habe vergessen, es dir zu sagen." Er zeigte auf die schwarze Katze. "Bluebird sagt, sie heißt Schneeweißchen."

Glossar

Anmerkung: Die Feenkreaturen in diesem Buch basieren auf traditioneller Folklore. [Die englischsprachige] Wikipedia verfügt über Artikel zu jedem Feentyp, falls Sie mehr über sie erfahren möchten. Ich habe gekennzeichnet, welche Begriffe ich selbst erfunden habe.

Beltane - Altirischer Name für das Fest zum 1. Mai, an dem der Beginn des Sommers meist mit einem großen Freudenfeuer gefeiert wird.

Bindebann - "Fesseln für den Geist" - sie drohen meist Frauen, aber auch Magiern, die ihre Kräfte missbrauchen, und dienen dazu, die Person davon abzuhalten, ihre magischen Kräfte einzusetzen. Menschen, die "gebunden" wurden, neigen dazu, träge, launisch, misstrauisch, ängstlich und unruhig zu sein. Meist können sie keinen Gedanken zu Ende führen und meiden bestimmte Themen, die der Magier, der den Bann ausgesprochen hat, zuvor definiert hat, z.B. Feen, Magie. Meine Erfindung.

Blutmagie – Zauber, die durch das Vergießen von Blut verstärkt werden. Meine Erfindung.

Brownie – (sprich: *Brauni*) eine Feenart (Hauswichtel), deren Mitglieder Aufgaben in einem speziellen Haushalt übernehmen und dafür im Gegenzug Sahne oder andere Gaben erhalten. Aus der britischen Folklore.

Collegium der Magier –Gesellschaft der Magier, die Regeln für die Anwendung von Magie aufstellt und vom Rat der Magier geleitet wird. Meine Erfindung.

Dryade – eine Feenart. Dryaden sind Wald- bzw. Baumnymphen. Klassische und deutsche Folklore.

Elementarmagie – eine instinktive Form der Magie, die die Elemente (d.h. Wasser, Luft, Erde und Feuer) beeinflusst. Meine Erfindung.

Elfenpfeil - tödliches Projektil, das aussieht wie eine kleine Pfeilspitze. Es scheint aus dem Nichts zu kommen und sein Eindringen in die Haut verursacht keine Blutungen. Unbehandelt wandert der tödliche Elfenpfeil zum Herzen. Elfenpfeile suchen ihresgleichen, ähnlich einem Magnet, weshalb ein Elfenpfeil mit einem (weitestgehend) inaktiven Elfenpfeil von einer Kräuterfrau aufgespürt werden kann. Wie alles, was mit Feen zu tun hat, scheut er Eisen, auch Feuer mag er nicht. Meine Erfindung.

Eliarinn – eine Form der Feenverwandtschaft, vergleichbar mit der Ehe, die zwischen zwei nicht miteinander verwandten Personen durch die Beanspruchung von Blutrecht und einen speziellen Ritus hergestellt wird. Titania und Oberon sind ein Beispiel für Eliarinn. Meine Erfindung.

Ewiger Bann - Ein Zauber, der Faerie in zwei Welten gespalten hat, um das Böse abzuspalten und auf ewig gilt. Meine Erfindung.

Ewiger Vertrag - Vertrag, den die Sterblichen mit den Feen vor ca. 1000 Jahren abgeschlossen hatten. Im Gegenzug für ihre Freiheit verpflichteten sich die Menschen darin, die Feenhaine zu bewahren und zu erhalten. Meine Erfindung.

Faerie – (sprich: *Färi*) das Reich der Feen

Fay – (sprich *Fäi*), auch Feen oder Feenvolk, die Gesamtheit aller Kreaturen die in Faerie leben. Dies schließt Elfen, Dryaden, Brownies, Rotkappen, Sidhe, Zwerge, Phoukas und mehr ein. Traditionelle Folklore.

Gestaltwandler - Ein Wesen, das unterschiedliche Gestalten bzw. Erscheinungsformen annehmen kann.

Glamour – (sprich: *Glämr*) Glamour wird gewirkt, ähnlich wie Illusionen. Im Gegensatz zu letzterem ist G. nicht leicht zu durchschauen, da Dinge oder gar ganze Welten durch Magie erschaffen werden. Meine Interpretation.

Illusion - Ebenso wie Glamour, werden Illusionen mithilfe von Magie gewirkt. Sie beschränken sich jedoch auf das Visuelle, gaukeln bestimmte Gegebenheiten vor, können allerdings durch den Einsatz von Sinneswahrnehmungen (z.B. anfassen) leicht entlarvt werden. Ein Anzeichen für eine Illusion sind seltsame Reflektionen an ihren Rändern. Meine Interpretation.

Kavalierstour - Die "Grand Tour" ("große Reise"), ist ein längerer Auslandsaufenthalt, der in der Regel von vermögenden Gentleman nach deren Schulabschluss unternommen wird. Für gewöhnlich führt diese Bildungsreise die jungen Herren (in kleineren Gruppen) über den (europäischen) Kontinent, wo sie sowohl Verbindungen knüpfen, fremde Kulturen kennenlernen und ein wenig Freiheit genießen sollen, ehe zu Hause "der Ernst des Lebens" auf sie wartet und sie sich ihren Verpflichtungen und Verantwortungen des Lebens stellen müssen.

Kräuterfrau - Beinahe ausschließlich ältere Frauen, die im Verborgenen mithilfe von Magie und Kräutern Menschen behandeln, die von Feen angegriffen wurden. Sie heilen durch deren Magie verursachte Wunden oder Krankheiten. Von Magiern werden sie verächtlich "Heckenhexen" genannt und verfolgt. Meine Interpretation.

Niedere Feen – alle Feen, die nicht der Gattung der Sidhe angehören. Traditionlle Folklore.

Magier – ein Sterblicher, der über Magie verfügt. Im Allgemeinen sind sie Mitglieder des Collegiums der Magier. Meine Interpretation.

Phouka – (sprich: *Pukka*) eine Feenart. Phoukas sind Gestaltwandler, die die Gestalt verschiedener Tiere/Geschöpfe mit Magie annehmen können: Katze, Rabe, Pferd, Wolf, Fuchs oder Mensch. Für gewöhnlich sind sie dunkel. Aus der keltischen Folklore.

Quelle - Quellen können anderen Magiern Kraft zuführen bzw. verbrauchte Kraft wieder auffüllen. Sie dienen also als eine Art Reservoir. Außerdem können sie den Ursprung von Zaubern besser als andere Magier spüren. Meine Interpretation.

Rotkappe – eine sehr kleine Feenart mit scharfen Zähnen, die bösartig sein kann. Aus der Border Folklore (Grenzregion zu Schottland).

Schwarze Magie - Magie, die zu eigennützigen Zwecken eingesetzt wird, und in die Köpfe von Menschen eindringt, um ihr

Urteilsvermögen, ihren freien Willen und ihre Entscheidungen zu kontrollieren. Wird auch „dunkle Künste" genannt.

Shurinn – eine Form der Feenverwandtschaft zwischen zwei Wesen, die denselben Blutsverwandten teilen aber ansonsten nicht miteinander verwandt sind. Eversleigh und Elizabeth sind Shurinn weil sie einen gemeinsamen Halbbruder haben. Meine Erfindung.

Schutzzauber - Ein Zauber, um Magie oder Wesen mit Magie "auszusperren". Meist spannt er sich über ein Gebäude oder einen bestimmten Bereich auf, und wird durch Wächter verankert. Eine Unterform der Schutzzauber sind die Abwehrzauber, die Magie fernhalten oder einsperren sollen. Meine Interpretation.

Sidhe – (sprich: *Schi*) die höchste Feengattung, die Faerie regiert. Sie sind von ätherischer Schönheit und sind einst durch die Welt der Sterblichen geritten, um sich mit Poeten und anderen Künstlern zu treffen. Aus der irischen und schottischen Folklore.

Schwarzer Magier – ein sterblicher Magier, der die dunklen Künste praktiziert und seine Zauber an Menschen und nicht an Dingen vollführt. Meine Interpretation.

Tiarinn – eine Art der Feenverwandtschaft, die zwischen engen Blutsverwandten besteht. Meine Erfindung.

Tilgen/Tilgungszauber - Beim Tilgen werden Gegenstände dematerialisiert bzw. aufgelöst. (Ehemals) Lebende Wesen widersetzen sich jedoch der Tilgung. Generell ist für diesen Zauber eine starke Magie vonnöten, insbesondere für das Tilgen von Lebewesen oder Teilen davon.

Wächter – W. können Gegenstände sein, an denen ein Schutzzauber verankert wird, der sich dann wie eine Kuppel darüber aufspannt. W. verankern den Zauber an einem bestimmten Ort. Meine Interpretation.

Wechselbalg - In britischen Gebieten glaubten die Menschen daran, dass Feen Babys stehlen, um sie durch ihre eigenen, kranken Kinder auszutauschen. Meist waren die Babys klein und kränklich und ihre Überlebenschancen nur schlecht, sodass es für die Eltern tröstlich war, zu glauben, dass ein kränkliches Feenkind gestorben sei und ihr eigenes im Feenreich weiterlebe.

Wilde Magie – Magie, die instinktiv ausgeführt wird, anstatt traditionelle Zaubersprüche anzuwenden. Meine Erfindung.

Anmerkung zur Genetik der Feen: Da Faerie nicht denselben Naturgesetzen folgt wie die Welt der Sterblichen, habe ich mir Mühe gegeben, Regeln für die Entstehung von Feenwesen zu etablieren, die nach unseren Standards vollkommen unmöglich wären.

Danksagungen

Schon vor Jahren trug ich mich mit dem Gedanken, eine Fantasy-Variation von Stolz und Vorurteil zu schreiben. Ich verdanke vielen Menschen, dass dieses Vorhaben in die Realität umgesetzt werden konnte und hoffentlich lesenswert ist, obwohl ich kaum Erfahrung im Fantasygenre habe. Mein größtes Lob gebührt Monica Fairview und MeriLyn Oblad, da sie den Mut hatten, mir mitzuteilen, dass meine ursprüngliche Version noch überarbeitungsbedürftig war. Ich habe euch wirklich nur für ein paar Tage gehasst, bevor ich wieder zu schätzen wusste, was ich an euch habe!

Außerdem möchte ich mich bei Nicole Clarkston, Nicola Geiger, David Young, Dave McKee, Susan Mason-Milks, Ana Martinez Ribeiro, Debbie Fortin und Lori Orcena bedanken, denn sie haben dafür gesorgt, dass in der finalen Version wesentlich weniger Tippfehler zu finden sind. Das hätte ich allein nicht geschafft.

Über die Autorin

Abigail Reynolds mag Ärztin und US-Bestsellerautorin sein, kann aber keine gerade Linie mit einem Lineal ziehen. Ursprünglich stammt sie aus Upstate New York, hat Russisch und Theater am Bryn Mawr College und Marinebiologie am Marinebiologischen Labor in Woods Hole studiert. Nach einem kurzen Gastspiel in der Verwaltung der Darstellenden Künste beschloss sie, Medizin zu studieren und hat das Schreiben als Hobby während ihrer Jahre in einer Privatpraxis für sich entdeckt.

Da sie ihr Leben lang die Romane von Jane Austen liebte, hat Abigail 2001 damit begonnen, Variationen von Pride and Prejudice (Stolz & Vorurteil) zu schreiben, um ihr Repertoire dann um einen Romanzirkel zu erweitern, der auf ihrem geliebten Cape Cod spielt. Ihre neuesten Bücher sind, neben diesem hier, die US-Bestseller *A Matter of Honor, Conceit&Concealment (Mr. Darcys Loyalität)*, *Mr. Darcy's Journey (Mr. Darcy's Reise)*, *Alone with Mr. Darcy (Allein mit Mr. Darcy)* und *Mr. Darcy's Noble Connections (Mr. Darcys feine Verwandtschaft)*. Bisher wurden ihre Bücher bereits in sechs Sprachen übersetzt.

Sie ist ein lebenslanges Mitglied der JASNA (Jane Austen Society of North America) und lebt mit ihrem Ehemann und einer Menagerie von Tieren, auf Cape Cod. Zu ihren Hobbies gehören weder schlafen noch putzen.

www.pemberleyvariations.com[1]
www.austenvariations.com[2]

---

1. http://www.pemberleyvariations.com

2. http://www.austenvariations.com

Weitere Werke von Abigail Reynolds

Pemberley-Variationen in deutscher Übersetzung

Mr. Darcys Zauber

Mr. Darcys Loyalität

Mr. Darcys Reise

Allein mit Mr. Darcy

Die Kraft des Instinkts

Die Darcys von Derbyshire

Mr. Darcys feine Verwandtschaft

Es regnet seinen Lauf (kostenlose Kurzgeschichte)

Intermezzo (Kostenlose Kurzgeschichte)

Englischsprachige Pemberley-Variationen

What Would Mr. Darcy Do?

To Conquer Mr. Darcy

By Force of Instinct

Mr. Darcy's Undoing

Mr. Fitzwilliam Darcy: The Last Man in the World

Mr. Darcy's Obsession

A Pemberley Medley

Mr. Darcy's Letter

Mr. Darcy's Refuge

Mr. Darcy's Noble Connections

The Darcys of Derbyshire

Alone with Mr. Darcy

Mr. Darcy's Journey

Conceit & Concealment

Mr. Darcy's Enchantment

A Matter of Honor

MR. DARCYS ZAUBER

The Price of Pride

The Woods Hole Series
The Man who loved Pride & Prejudice
Morning Light

www.ingramcontent.com/pod-product-compliance
Lightning Source LLC
Chambersburg PA
CBHW022232020726

47496CB00004B/873